孫康宜文集

學生凌超
丁酉敬題

卷一

中西文學論述

Collected Works of Kang-i Sun Chang

名家推薦

余英時（中央研究院院士、美國哲學會院士）

白先勇（香港中文大學教授、華文文學泰斗）

余秋雨（上海戲劇學院教授、著名華語散文家）

王德威（中央研究院院士、美國哈佛大學中國文學與比較文學Edward Henderson講座教授）

鄭毓瑜（台灣大學中國文學系講座教授、中央研究院中國文哲研究所合聘研究員）

黃進興（中央研究院院士）

胡曉真（中央研究院中國文哲研究所所長）

柯慶明（台灣大學中國文學系名譽教授）

作者致謝

感謝蔡登山、宋政坤二位先生、以及主編韓晗的熱心和鼓勵，是他們共同的構想促成了我這套文集在臺灣的出版。同時我也要向《文集》的統籌編輯鄭伊庭和編輯盧羿珊女士及杜國維先生致謝。

感謝徐文花費很多時間和精力，為我整理集內的大量篇章，乃至重新打字和反復校對。她的無私幫助令我衷心感激。

感謝諸位譯者與合作者的大力協助。他們的姓名分別為：李奭學、鍾振振、康正果、葉舒憲、張輝、張健、嚴志雄、黃紅宇、謝樹寬、馬耀民、皮述平、王瑷玲、錢南秀、陳磊、金溪、淩超、卞東波。是他們的襄助充實和豐富了這部文集的內容。

感謝曾經為我出書的諸位主編——廖志峰、胡金倫、陳素芳、隱地、初安民、邵正宏、陳先法、楊柏偉、張鳳珠、黃韜、申作宏、張吉人、曹淩志、馮金紅等。是他們嚴謹的工作態度給了我繼續出版的信心。

感謝耶魯大學圖書館中文部主任孟振華先生，長期以來他在圖書方面給我很大的幫助。

感謝王德威、黃進興、陳淑平、石靜遠、蘇源熙、呂立亭、范銘如等人的幫助。是他們的鼓勵直接促成了我的寫作靈感。

感謝外子張欽次，是他多年來對我的辛勤照顧以及所做的一切工作最終促成這部文集的順利完成。

二〇一六年十月寫於耶魯大學

徜徉古典與現代之間*

——《孫康宜文集》導讀

韓晗

二〇一五年，本人受美國耶魯大學與臺灣秀威資訊科技有限公司的共同委託，主編《孫康宜文集》（五卷本）。孫康宜教授是一位我敬慕的前輩學者與散文家，也是馳名國際學壇的中國古典文學研究專家。經出版方要求及孫康宜教授本人同意，筆者特撰此導讀，以期學界諸先進對孫康宜教授之學術觀念、研究風格與散文創作有著更深入的認識、把握與研究。

一

總體來看，孫康宜的學術研究分為如下兩個階段。

與其他同時代許多海外華裔學者相似，孫康宜出生於中國大陸，上世紀四十年代末去臺灣，在臺灣完成了初等、高等教育，爾後赴美繼續攻讀碩士、博士學位，最後在美國執教。但與大多數人不同之處在於孫康宜的人生軌跡乃是不斷跌宕起伏，並非一帆風順。因此，孫康宜的學術研究分期，也與其人生經歷、閱歷有著密不可分的聯繫。

* 上海戲劇學院教授余秋雨先生對該導讀的修訂提出了非常重要的修改意見，筆者銘感至深，特此致謝。

一九四四年，孫康宜出生於中國北京，兩歲那年，因為戰亂而舉家遷往臺灣。其父孫裕光曾畢業於早稻田大學，並曾短期執教北京大學，而其母陳玉真則是臺灣人。孫康宜舉家遷臺之後，旋即爆發「二・二八」事件，孫康宜的舅舅陳本江因涉「臺共黨人」的「鹿窟基地案」而受到通緝，其父亦無辜受到牽連而入獄十年。[1]

可以這樣說，幼年至少年時期的孫康宜，一直處於顛沛流離之中。在其父蒙冤入獄的歲月裡，她與母親在高雄林園鄉下相依為命。這樣獨特且艱苦的生存環境，鍛鍊了孫康宜堅強、自主且從不依賴他人的獨立性格，也為其精於鑽研、刻苦求真的治學精神起到了奠基作用。

一九六二年，十八歲的孫康宜保送進入臺灣東海大學外文系，這是一所與美國教育界有著廣泛合作並受到基督教會支持的私立大學，首任校董事長為前教育部長杭立武先生，這是孫康宜學術生涯的起點。據孫康宜本人回憶，她之所以選擇外文系，乃與其父當年蒙冤入獄有關。英文的學習可以讓她產生一種逃避感，使其可以不必再因為接觸中國文史而觸景生情。從某個角度上講，這與「後毛澤東時代」的中國青年在選擇專業時更青睞英語、日語而不喜歡中國傳統文史有著精神上的相通之處。

在這樣的語境下，孫康宜自然對英語有著較大的好感，這也為她今後從事英語學術寫作、比較文學研究打下了基礎。她的學士學位論文以美國小說家麥爾維爾（Herman Melville）的小說《白鯨》（*Moby-Dick; or, The Whale*）為研究對象。用孫康宜本人的話講：「他一生中命運的坎坷，以及他在海洋上長期奮鬥的生涯，都使我聯想到自己在白色恐怖期間所經歷的種種困難。」[2]

從東海大學畢業後，孫康宜繼續在臺灣大學外文研究所攻讀美國文學研究生。多年英語的學習，使得孫康宜有足夠的能力赴美留學、生活。值得一提的是，此時孫裕光已經出獄，但屬於「有前科」

---

1 如上回憶詳見孫康宜：《走出白色恐怖》，北京：生活・讀書・新知三聯書店，二〇一二年。

2 孫康宜：藉著書寫和回憶，我已經超越了過去的苦難（燕舞採寫），《經濟觀察報》，二〇一二年八月三十一日。

的政治犯，當時臺灣正處於「戒嚴」狀態下，有「政治犯」背景的孫康宜一家是被「打入另冊」的，她幾乎不可能在臺灣當時的體制下獲得任何上升空間（除了在受教育問題上還未受到歧視之外），甚至離臺赴美留學，都幾乎未能成行。[3]在這樣的語境下，定居海外幾乎成為了孫康宜唯一的出路。

在臺大外文所攻讀碩士學位期間，成績優異的孫康宜就被新澤西州立大學羅格斯分校（Rutgers-the State University of New Jersey）圖書館學系的碩士班錄取。歷史地看，這是一個與孫康宜先前治學（英美文學）與其之後學術生涯（中國古典文學）並無任何直接聯繫的學科；但客觀地說，這卻是孫康宜在美國留學的一個重要的過渡，因為她想先學會如何在美國查考各種各樣的學術資料，並對書籍的分類有更深入的掌握。一九七一年，孫康宜獲得該校圖書館學系的碩士學位之後，旋即進入南達科達州立大學（South Dakota State University）英文碩士班學習，這是孫康宜獲得的第二個碩士學位——她又重新回到了英美文學研究領域。

嗣後，孫康宜進入普林斯頓大學（Princeton University）東亞研究系博士班，開始主修中國古典文學，副修英美文學與比較文學，師從於牟復禮（Frederick W. Mote）、高友工等知名學者。普林斯頓大學的學術訓練真正開啟了她未來幾十年的學術研究之門——比較文學視野下的中國古典文學研究。

一九七八年，三十四歲的孫康宜獲得普林斯頓大學博士學位，並發表了她的第一篇英文論文，即關於加州大學伯克利分校（University of California, Berkeley）東亞系教授西瑞爾・白之（Cyril Birch）的《中國文學文體研究》（*Studies of Chinese Literary Genres*）的書評，刊發於《亞洲研究》（*Journal of Asian Studies*）雜誌上。這篇文章是她用英文進行學術寫作的起點，也是她進入美國學界的試筆之作。

3 孫康宜在《走出白色恐怖》中回憶，她和兩個弟弟離臺赴美留學時，數次被臺灣當局拒絕，最終時任保密局長的谷正文親自出面，才使得孫康宜姐弟三人得以赴美。一九七八年，其父孫裕光擬赴美治病、定居，但仍遭到當局阻撓，孫康宜無奈向蔣經國寫信求助，其父才得以成行。

一九七九年是孫康宜學術生涯的重要轉捩點。她的第一份教職就是在人文研究頗有聲譽的塔夫茨大學（Tufts University）任助理教授，這為初出茅廬的孫康宜提供了一個較高的起點。同年，孫康宜回到中國大陸，並在南京大學進行了學術講演，期間與唐圭璋、沈從文與趙瑞蕻等前輩學者、作家有過會面。作為「改革開放時期」最早回到中國大陸的旅美學者之一，孫康宜顯然比同時代的其他同行更有經歷上的優勢。

次年，在普林斯頓大學東亞系創系主任牟復禮教授的推薦下，孫康宜受聘普林斯頓大學葛思德東方圖書館（East Asian Library and the Gest Collection）擔任館長，這是一份相當有榮譽感的職位，比孫康宜年長五十三歲的中國學者兼詩人胡適曾擔任過這一職務。當然，這與孫康宜先前曾獲得過圖書館學專業的碩士學位密不可分。在任職期間她由普林斯頓大學出版社出版了自己第一本英文專著《晚唐迄北宋詞體演進與詞人風格》（*The Evolution of Chinese Tz'u Poetry: From Late T'ang to Northern Sung*）。這本書被認為是北美學界第一部完整地研究晚唐至北宋詩詞的系統性著述，它奠定了孫康宜在北美學術界的地位。一九八二年，孫康宜開始執教耶魯大學（Yale University），並在兩年後擔任該校東亞語文研究所主任，一九八六年，她獲得終身教職。

如果將孫康宜的學術生涯形容為一張唱片的話，從東海大學到普林斯頓大學這段經歷，是為這張唱片的A面，而其後數十年的「耶魯時光」將是這張唱片的B面。因此，《晚唐迄北宋詞體演進與詞人風格》既是A面的終曲，也是B面的序曲。此後孫康宜開始將目光聚集在中國古典文學之上，並完成了自己的第二本英文專著《六朝文學概論》（*Six Dynasties Poetry*）。

從嚴謹的學科設置來看，唐宋文學與六朝文學顯然是兩個不同的方向。但孫康宜並不是傳統意義上的歷史考據研究學者，她更注重於從現代性的視野下凝視中國古典文學的傳統性變革，即「作家」如何在不同的時代下對政治、歷史乃至自身的內心進行書寫的流變過程。這與以「樸學」為傳統的古典文學經典研究方式不盡相同，而是更接近西方學界主流研究範式——將話語分析、心理分析、女性主義與文體研究等諸理論引入古典文學研究範疇。

這就不難理解孫康宜的第三本英文專著《情與忠：晚明詩人陳子龍》（下文簡稱《情與忠》，*The Late-Ming Poet Ch'en Tzu-lung: Crises of Love and Loyalism*）緣何會成為該領域的代表作之緣由。陳子龍是一位被後世譽為「明詩殿軍」的卓越詩人，而且他官至「兵科給事中」（相當於今日臺灣「國防部監察局局長」），屬於位高權重之人。明亡後，他被清軍所俘並堅決不肯剃髮，最終投水自盡。孫康宜將這樣一個詩人作為研究對象，細緻地考察了其文學活動、政治活動與個人日常生活之間的關係，認為其「忠」（家國大愛）與「情」（兒女私情）存在著情感相通的一面。

不言自明，《情與忠》的研究方式明顯與先前兩本專著不同，前兩者屬於概論研究，而後者則屬於個案研究。但這三者之間卻有著內在的邏輯聯繫：立足於比較文學基礎之上，用一系列現代研究理論來解讀中國古典文學。這是有別於傳統學術的經典詮釋研究。從這個角度上來講，孫康宜別出心裁地將中國古典文學研究推向了一個新的高度。

在孫康宜的一系列著述與單篇論文中，「現代」與「古典」合奏而鳴的交響旋律可謂比比皆是。如〈象徵與托喻：《樂府補題》的意義研究〉著重研究了「詠物詞」中的象徵與托喻；而〈隱情與「面具」——吳梅村詩試說〉獨闢蹊徑，將「面具」說與「抒情主體」理論引入到了對吳梅村（即吳偉業）的詩歌研究當中，論述吳梅村如何以詩歌為工具，來闡釋個人內心所想與家國寄託；〈明清女性詩人之才德觀〉則是從女性主義的角度論述女性詩人的創作動機與群體心態。凡此種種，不勝枚舉。

從東海大學到普林斯頓大學完整的學術訓練，讓孫康宜具備了「現代」的研究視野與研究方式，使其可以在北美漢學界獨樹一幟，成為中國古典文學研究在當代最重要的學者之一。

但公正地說，用「現代」的歐美文學理論來研究中國古典文學，決非孫康宜一人之專利。在晚清時便有王國維借鑒德國哲人叔本華的若干理論來解讀《紅樓夢》，對學界影響深遠，至於海外漢學領域內，可謂比比皆是。如艾朗諾對北宋士大夫精神世界的探索、浦安迪的《紅樓夢》研究、宇文所安對唐詩文本的精妙解讀、余國藩的《西遊記》再解讀以及卜松山在儒家美學理論中的新發現等等，無一不是將新方法、新視野、新理論、新觀點乃至新視角與傳統的「老文本」相結合。甚至還有觀點認為，海外中國古典文學研究其實就是不同新方法的博弈，因為研究對象是相對穩定、明確的。

無疑，這是與中國現代文學研究截然不同的路數。發現一個「被忽略」的現當代作家（特別是在世的作家）不難，但要以考古學的研究範式，在中國古典文學史中找到一個從未研究過的個案，之於海外學者而言可謂是難於上青天。

談到這個問題，勢必要談到孫康宜學術思想的特殊之處。從「傳統」與「現代」的相結合當然是大多數海外中國古典文學研究者的「共性」，但孫康宜的「傳統」與「現代」之間卻有著自身的特色，筆者認為，其特殊之處有二。

首先是女性主義的研究視角。這是許多海外中國古典文學學者並不具備的。在海外中國古典文學研究領域，如孫康宜這樣的女性學者本身不多見，孫康宜憑藉著女性特有的敏感性與個人經驗對中國古典文學進行獨特的研究與詮釋，這是其特性而非共性。因此，「女性」這個角色（或身分）構成了孫康宜學術研究中一個重要的關鍵字。譬如他在研究陳子龍時，會考慮到對柳如是進行平行考察，而對於明代「才女」們的審理，則構成了孫康宜極具個性化的研究特色。

當然，很多人會同時想到另外兩位華裔女性學者：田曉菲與葉嘉瑩。前者出生於一九七一年，曾為《劍橋中國文學史》（*The Cambridge History of Chinese Literature*，該書的主編為孫康宜和宇文所安Stephen Owen）中撰寫從東晉至初唐的內容，並在六朝文學研究中頗有建樹，而出生於一九二四年的葉嘉瑩則是一位在中國古典文學研究領域成果豐碩的女性學者，尤其在唐宋詞研究領域，成就不凡。

雖都是女性學者，但她們兩者與孫康宜的研究仍有著不可忽視的差異性。從年齡上講，田曉菲應是孫康宜的下一代人，而葉嘉瑩則是孫康宜的上一代人。孫康宜恰好在兩代學人之間。因此，相對於葉嘉瑩而言，孫康宜有著完整的西學教育，其研究更有「現代」的一面，即對於問題的認識與把握乃至個案研究，都更具備新理論與新方法。但之於田曉菲，孫康宜則更看重文本本身。畢竟田曉菲是從中國現代史轉型而來，其研究風格仍帶有歷史研究的特徵，而孫康宜則是相對更為純粹的文學研究，其「現代」意識下的女性主義研究視角，更有承上啟下、革故鼎新的學術史價值。

廣義地說，孫康宜將女性主義與中國古典文學糅合到了一起，打開了中國古典文學研究的一扇大門，提升了女性作家在中國古典文學史中的地位，為解讀中國古典文學史中的女性文學提供了重要的理論工具。更重要在於，長期以來中國古典文學史的研究與寫作，基本上都是男權中心主義的主導，哪怕在面對女性作家的時候，仍然擺脫不了男權中心主義這一既成的意識形態。

譬如《情與忠》就很容易讓人想到陳寅恪的《柳如是別傳》，後者對於陳（子龍）柳之傳奇故事也頗多敘述，但仍然難以超越男權中心主義的立場，即將柳如是作為「附屬」的女性進行闡釋。但是在《情與忠》中，柳如是卻一度構成了陳子龍文學活動與個人立場變化的中心。從這個角度來看，孫康宜不但提供瞭解讀中國古典文學史中女性作家的理論工具，而且還為中國古典文學研究提供一個相當珍貴的新視野。史景遷（Jonathan D. Spence）曾評價該著的創見：「以生動的史料，深入考察了在十七世紀這個中國歷史上的重要時期，人們有關愛情和政治的觀念，並給予了深刻的闡述。」[4]

其次是將現代歐美文論引入研究方法。之於傳統意義上的中國古典文學研究而言，引入歐美文論是有一定爭議的，與之相比，乾嘉以來中國傳統學術（即「樸學」）中對古籍進行整理、校勘、注疏、輯佚加上適度的點校、譯釋等研究方式相對更受認可，也在古典文學研究體系中佔據著主流地位。

隨著「世界文學」的逐步形成，作為重要組成的中國古典文學，對其研究已經不能局限於其自身內部的循環闡釋，而是應將其納入到世界文學研究的體系、範疇與框架下。之於海外中國文學研究而言，尤其應承擔這一歷史責任。同樣，從歷史的角度來看，中國古典文學的形成決非是在「一國」（非現在所言民族國家之概念）之內形成的，而是經歷了一個漫長的民族融合、文化交流的過程。因此，中國古典文學的體制、內容與形態是處於「變動」的過程中逐漸形成的。

在這樣的前提下，研究中國古典文學，就必須要將當代歐美文論所涉及的新方法論納入研究體系當中。在孫康宜的研究中，歐美文論已然被活學活用。譬如她對明清女性詩人的研究如〈明清文學的經典與性別〉、〈寡婦詩人的文學「聲音」〉等篇，所著眼的即是比較研究，即不同時代、政權、語境下不同的女性詩人如何進行寫作這一問題；而對於中國古典文學經典文本、作家的傳播與影響，也是孫康宜所關注的對象，譬如她對「典範作家」王士禛的研究，就敏銳地發掘了宋朝詩人蘇軾對王士禛的影響，並提出「焦慮」說，這實際上是非常典型的比較文學研究了。此外，孫康宜還對陶潛（陶淵明）經典化的流變、影響過程進行了文學史的審理，並再度以「面具理論」（她曾用此來解讀過吳

4 張宏生：經典的發現與重建——孫康宜教授訪談錄，任繼愈主編，《國際漢學・第七輯》，二〇〇二年。

梅村）進行研究。這些都反映了歐美文論研究法已構成了孫康宜進行中國古典文學研究中一個重要的內核。

孫康宜通過自己的學術實踐有力地證明了：人類所創造出的人文理論具有跨民族、跨國家的共同性，歐美文論同樣可以解讀中國古典文學作品。她曾將「文體學研究」融入到中國古典文學研究當中，其《晚唐迄北宋詞體演進與詞人風格》一書（北大版將該書名改為《詞與文類研究》），則明顯受到克勞迪歐・吉倫的《作為系統的文學：文學理論史札記》（*Literature as System: Essays toward the Theory of Literary History*）、程抱一的《中國詩歌寫作》（*Chinese Poetic Writing*）與埃里希・奧爾巴赫的《摹仿論：西方文學中的真實再現》（*Mimesis: The Representation of Reality in Western Literature*）等西方知名著述的影響，並將話語分析與心理分析引入對柳永、韋莊等詞人的作品研究，通讀全書，宛然中西合璧。

女性主義的研究視角與歐美文論的研究方法，共同構成了孫康宜學術思想中的「新」，這也是她對豐富現代中國古典文學研究體系的重要貢獻。但我們也必須看到，孫康宜的「新」，是她處於一個變革的時代所決定的，在孫康宜求學、治學的半個多世紀裡，臺灣從封閉走向民主，而中國大陸也從貧窮走向了復興，整個亞洲特別是東亞地區作為世界目光所聚集的焦點而被再度寫入人類歷史中最重要的一頁。在大時代下，中國文化也重新受到全世界的關注。孫康宜雖然面對的是古代經典，但從廣義上來講，她書寫的卻是一個現代化的時代。

三

哈佛大學東亞系教授、《劍橋中國文學史》的合作主編宇文所安曾如是評價：「在她（孫康宜）

所研究的每個領域，從六朝文學到詞到明清詩歌和婦女文學，都揉合了她對於最優秀的中國學術的瞭解與她對西方理論問題的嚴肅思考，取得了卓越的成績。」而對孫康宜學術思想的研究，在中國大陸也漸成熱潮，如陳穎〈美籍學者孫康宜的中國古典詩詞研究〉、朱巧雲〈論孫康宜中國古代女性文學研究的多重意義〉與涂慧的〈挪用與質疑，同一與差異：孫康宜漢學實踐的嬗變〉等論稿，對於孫康宜學術思想中的「古典」與「現代」都做了不同角度的論述與詮釋。

不難看出，孫康宜學術思想中的「古典」與「現代」已經被學界所公認。筆者認為，孫康宜不但在學術思想上追求「古典」與「現代」的統一性，而且在待人接物與個人生活中，也將古典與現代融合到了一起，形成了「丰姿優雅，誠懇謙和」（王德威語）的風範。[5]其中，頗具代表性的就是其與學術寫作相呼應的散文創作。

散文，既是中國傳統文人最熱衷的寫作形式，也是英美現代知識份子最擅長的創作體裁。學者散文是中國新文學史上的重要組成，從胡適、梁實秋、郭沫若、翦伯贊到陳之藩、余秋雨、劉再復，他們既是每個時代最傑出的學者，也是這個時代裡最優秀的散文家。同樣，作為一位學者型散文家，孫康宜將「古典」與「現代」進行了有機的結合，形成了自成一家的散文風格，在世界華人文學界擁有穩定的讀者群與較高的聲譽。與孫康宜的學術思想一樣，其散文創作，亦是徜徉古典與現代之間的生花妙筆。

從內容上看，孫康宜的散文創作一直以「非虛構」為題材，即著重對於人文歷史的審視與自身經驗的闡釋與表達，這是中國古代散文寫作的一個重要傳統。她所出版的《我看美國精神》、《親歷耶魯》與《走出白色恐怖》等散文作品，無一不是如此。

5 王德威：從吞恨到感恩──見證白色恐怖（《走出白色恐怖》序），詳見孫康宜：《走出白色恐怖》，北京：生活・讀書・新知三聯書店，二〇一二年。

若是細讀，我們可以發現，孫康宜的散文基本上按照不同的歷史時期分為兩個主題，一個是青少年的臺灣時期，即對「白色恐怖」的回憶與敘述，另一個則是留學及其後定居美國的時期，則是對於美國民風民情以及海外華人學者的生存狀態所作的記錄與闡釋。在孫康宜的散文作品中，我們可以明顯地讀到作為「作者」的孫康宜構成了其散文作品的中心。正是因為這樣一個特殊的中心，使得其散文的整體風格也由「現代」與「古典」所構成。

現代，是孫康宜的散文作品所反映的總體精神風貌。即表露家國情懷、呼喚民主自由、批判專制集權與嚮往美好生活，用帶有基督精神的「信、望、愛」來寬容歷史與個人的失誤乃至荒悖之處。一言以蔽之：孫康宜的散文是用人間大愛來書寫大時代的變革，這些都是傳統中國散文中並不多見的選題。

值得一提的是，孫康宜對自身經歷臺灣「白色恐怖」的家族史敘事、旅居美國的艱辛與開拓等等，這些都是特定大時代的縮影，構成了孫康宜在「現代」層面上獨一無二的書寫特徵。海外華裔學者型散文家甚眾，如張錯、陳之藩、鄭培凱、童元方與劉紹銘等等，但如孫康宜這般曲折經歷的，僅她一人而已。或者換言之，孫康宜以自身獨特的經歷與細膩的感情，為當代學者型散文的「現代」特質注入了特定的內涵。

在《走出白色恐怖》中，孫康宜以「從吞恨到感恩」的氣度，將家族史與時局、時代的變遷融合一體，以史家、散文家與學者的多重筆觸，繪製了一幅從家族災難到個人成功的奮鬥史詩。成為當代學者散文中最具顯著特色的一面。與另一位學者余秋雨的「記憶文學」《借我一生》相比，《走出白色恐怖》中女性特有的寬厚與作為基督徒的孫康宜所擁有的大愛明顯更為特殊，因此也更具備積極的現代性意識；若再與臺灣前輩學者齊邦媛的「回憶史詩」《巨流河》對讀，《走出白色恐怖》則更加釋然——雖然同樣在悲劇時代的家庭災難，但後者憑藉著基督精神的巨大力量，走出了一條只屬於自己的精神苦旅。因此，這本書在臺灣出版後，迅速被引入中國大陸再版，而且韓文版、捷克文版等外文譯本也將陸續出版。

與此同時，我們也應注意到孫康宜散文中「古典」的一面。她雖然是外文系出身，又旅居海外多年，並且長期用英文進行寫作。但其散文無論是修辭用典、寫景狀物還是記事懷人，若是初讀，很難讓人覺得這些散文出自於一個旅居海外近半個世紀的華裔女作家之筆。其措辭之典雅溫婉，透露出標準的古典美。

筆者認為，當代海外華裔文學受制於接受者與作者自身所處的語境，使得文本中存在著一種語言的「無歸屬感」，要麼如湯婷婷、哈金、譚恩美等以寫作為生的華裔小說家，為了更好地融入美國則直接用英文寫作，要麼如一些業餘專欄作家或隨筆作家（當中包括學者、企業家），用一種介於中國風格與西式風格（甚至包括英文文法、修辭方式）之間的話語進行文學書寫，這種混合的中文表達形態，已經開始受到文學界尤其是海外華文研究界的關注。

讀孫康宜的散文，很容易感受到她敬畏古典、堅守傳統的一面，以及對於自己母語——中文的自信，這是她潛心苦研中國古典文學多年的結果，深切地反映了「古典」風格對孫康宜的影響，其散文明白曉暢、措辭優雅，文如其人，在兩岸三地，孫擁有穩定、長期且優質的讀者群。《走出白色恐怖》與《從北山樓到潛學齋》等散文、隨筆與通信集等文學著述，都是中國大陸、臺灣與香港地區知名讀書報刊或暢銷書排行榜所推薦的優質讀物。文學研究界與出版界公認：孫康宜的散文在中文讀者中的影響力與受歡迎程度遠遠大於其他許多海外學者的散文。

孫康宜曾認為：「在耶魯學習和任教，你往往會有很深的思舊情懷。」從學術寫作到文學創作，徜徉於古典與現代之間的孫康宜構成了當代中國知識份子的一種典範。孫康宜在以古典而聞名的耶魯大學治學已有三十餘年，中西方的古典精神已經浸潤到了她日常生活與個人思想的各個方面。筆者相信，《孫康宜文集》（五卷本）問世之後，學界會在縱深的層面來解讀孫康宜學術觀念、研究風格與創作思想中「現代」與「古典」的二重性，這或將是今後一個廣受關注的課題，而目前對於孫康宜的研究，還只是一個開始。

二〇一七年十二月，於深圳大學

出版說明

《孫康宜文集》一共五卷，涵蓋孫康宜先生治學以來所有有代表性的著述，所涉及文體亦多種多樣。慮及散文創作與學術著述的差異性，編者在整理散文部分時，除主要人名、地名與書名等名詞詞彙首次出現使用外文標註并將譯法予以統一之外，其使用方法、表述法則與語種選擇基本上保留當時發表時的原貌，以使文集更具備史料意義，特此說明。

目次

Contents

輯四　學術訪談

輯一

由現代到傳統

施蟄存的詩體回憶：《浮生雜詠八十首》

一九七四年，施蟄存先生七十歲。那年他「偶然發興」，想動筆寫回憶錄《浮生百詠》，「以志生平瑣屑」。[1]那年正是他自一九五七年（因寫了一篇雜文〈才與德〉，以「極惡毒的誣衊歪曲國家幹部」的罪名）被打成右派，又在文革期間被打成牛鬼蛇神以來的第一次「解放」。我在此之所以美其名曰「解放」，是因為七十歲的施先生被迫從華東師大的中文資料室退休了。那時他身體還很好，精力也十分充沛，但他們硬把他送回家，還祝頌他「晚年愉快」。當時他曾寫詩一首，以記其事：「謀身未辦千頭橘，歷劫猶存一篋書。廢退政需遮眼具，何妨乾死老蟫魚。」[2]（後來一九七八年七月他又復職了，此為後話）。

必須說明，在這之前那段漫長的二十年間，施先生先後被迫到嘉定、大豐勞動改造，文革時又被撤去原來的教授職務、學銜和工資，最後才被貶到中文系資料室去搬運圖書、打掃衛生。在那段期

---

* 我要感謝沈建中先生提供有關施蟄存先生的寶貴資料。同時在撰寫文章的過程中，我曾得到陳文華教授的大力協助。我的博士生凌超在查考資料方面也幫了大忙。此外，我要感謝林宗正教授、范銘如教授、黃進興博士等人的鼓勵和啟發。

1 《浮生雜詠》最初在《光明日報》連載發表，但最初刊印書籍是一九九五年三月，施先生的散文集《沙上的腳跡》。見施蟄存，《沙上的腳跡》（瀋陽：遼寧教育出版社，一九九五年），頁第一九〇—二一九。參見施蟄存，《北山樓詩》（上海：華東師範大學出版社，二〇〇〇年），頁一二五—一八三。並見《浮生雜詠八十首》，《北山樓詩文叢編》，劉凌、劉效禮編，《施蟄存全集》（上海：華東師範大學出版社，二〇一二年），第十卷，頁一三三—一五五。

2 《北山樓詩》，見《北山樓詩文叢編》，《施蟄存全集》（上海：華東師範大學出版社，二〇一二年），第十卷，頁一一九。並見《世紀老人的話：施蟄存卷》，林祥主編，沈建中採訪（瀋陽：遼寧教育出版社，二〇〇一年），頁一一七。

間，紅衛兵不僅查抄了他的家產和藏書，還屢次把他推上批鬥臺。挨批鬥時，他的帽子被打落在地上，他就從容地撿起來再戴上；被人推倒在地上，就「站起來拍拍衣服上的塵土，泰然自若地挺直站好並據理力爭。」被剃了陰陽頭，卻連帽子也不帶，照樣勇敢地由家裡步行到華師大。有一次，紅衛兵突然衝進他家，他挨了當頭一棒，頓時血流滿面，晚間疼痛得無法入睡，於是他「想了很多」，又「咬咬牙，就熬過來了」。[3]

這樣一個百般受辱，一路走過「反右」及「文革」風潮的倖存者，會寫出怎樣的回憶錄呢？當然，上個世紀的七〇年代，施先生還沒有恢復發表文章和任何著作的權利，但如果我們聯想到八〇年代初，中國大陸那種傷痕文學的狂潮，我們一定會猜想：那個一向以文學創作著稱的施蟄存至少會寫一本「傷痕文學」式的回憶錄——或者題材類似的自傳小說吧！但與多數讀者的想像不同，施蟄存並沒有那樣做，他不想把精力放在敘說和回憶那種瑣碎的迫害細節。一直到九十六歲高齡，在一次採訪中，他還說道：

……我卻想穿了，運動中隨便人家怎麼鬥我，怎麼批我，我只把自己當作一根棍子，任你去貼大字報，右派也好，牛鬼蛇神也好，靠邊站也好，這二十年（指一九五七－一九七七），中國知識分子的坎坷命運原也不必多說，我照樣做自己的學問。……文革前期，在「牛棚」度春秋的日子裡，我不甘寂寞，用七絕作了許多詩，評述我所收集碑拓的由來、典故、價值及賞析，後來我把這些「牛棚戰果」編成約二萬字的《金石百詠》。

（沈建中採訪）。[4]

---

3 《世紀老人的話：施蟄存卷》，頁一〇三－一〇四。
4 《世紀老人的話：施蟄存卷》，頁一〇四－一〇五。

與撰寫《金石百詠》相同，當初一九七四年，施老開始想寫《浮生雜詠》時，也是因「不甘寂寞」而引起的。本來他也計畫寫一百首（原來的題目是「浮生百詠」），但那年卻只作得二十餘首，因為「忽為家事敗興，擱筆後未及續成。」一直到十五年後，八十五歲時，施老才終於有機會續成該詩體回憶錄，並將「百詠」改成「雜詠」。他曾在〈引言〉中解釋道：

> ……荏苒之間便十五年，日月不居，良可驚慨。今年欲竟其事，適《東風》編者來約稿，我請以此詩隨時發表，可以互為約束，不便中止。但恐不及百首，遽作古人，又或興致蓬勃，卮言日出，效龔定庵之《己亥雜詩》，皆未可知。故題以《雜詠》，不以百首自限，作輟之間留有餘地也。
>
> 一九九〇年一月三十日，北山施蟄存記。[5]

後來《浮生雜詠》寫畢卻只有八十首，這是因為他寫到八十首的時候，才發現只寫完一九三〇年代在上海之文學生活（即抗日戰爭前夕），而往後的數十年大半生卻無法在二十首詩中寫盡，所以他只得擱筆：

> ……以後又五十餘年老而不死，歷抗戰八年、內戰五年、右派兼牛鬼蛇神二十年。可喜、可哀、可驚、可笑之事、非二十詩所能盡。故暫且輟筆，告一段落。
>
> 一九九〇年除夕記。[6]

5 《浮生雜詠八十首》引言，《北山樓詩文叢編》，《施蟄存全集》，第十卷，頁一三三。

6 《浮生雜詠八十首》附記，《北山樓詩文叢編》，《施蟄存全集》，第十卷，頁一五五。

誠然，對施蟄存來說，把一個人的生命過程分成不同的「段落」來處理，是完全可以的。他曾說過：「因為我的生活『段落』性很強，都是一段一個時期，『角色』隨之變換，這樣就形成我有好幾個『自己』。」[7]但據筆者猜測，施蟄存的《浮生雜詠》之所以在一九三七年抗戰前夕打住，還有一個重要的原因，那是因為在往後的八年抗戰期間——即施先生先後逃難至雲南和福建的期間，他連續寫了大量的詩篇，那些詩歌完全可視為自傳性的見證文學，無須在《浮生雜詠》中重複。至於在那以後，內戰相繼而來，接著又有「反右」和「文革」的恐怖風潮，那也正是施老最不願意回憶的一段生活內容。但諷刺的是，那段飽受折辱的後半生卻成為他一生中學問成就最高、作品最多產的一段。他的女弟子陳文華曾感慨地說道：

被稱為「百科全書式專家」的施蟄存先生，學識之淵博，涉獵之廣泛，用學貫中西、融會古今來形容毫不過分。他晚年曾說自己一生開了四個視窗：東窗是文學創作，南窗為古典文學研究，西窗是外國文學翻譯和研究，北窗為金石碑版之學。施氏「四窗」在學術界名聞遐邇，因為推開每一扇窗戶，我們都能看到他留下的辛勤足跡，品嘗到讓我們享用不盡的纍纍碩果。[8]

不用說，施先生那動人的詩體回憶錄《浮生雜詠八十首》也正在他爐火純青的晚年完成的。雖然

7 《世紀老人的話：施蟄存卷》，頁九。

8 陳文華，《百科全書式的文壇巨擘——追憶施蟄存先生》，見《師魂》（上海：華東師範大學出版社，二〇一一年），頁四一〇。有關「四窗」的定義，這裡可能有些出入，根據一九八八年七月十六日香港《大公報》，施先生曾對來訪者說道：「我的文學生活共有四個方面，特用四面窗來比喻：東窗指的是東方文化和中國古典文學的研究，西窗指的是西洋文學的翻譯工作，南窗是指文藝創作，我是南方人，創作中有楚文化的傳統，故稱南窗。」見言昭，《北山樓頭「四面窗」——訪施蟄存》，香港《大公報》，一九八八年七月十六日。

那段「回憶錄」主要關於他幼年和青年時代的經驗，但老人將近一世紀的「閱歷」所凝聚的詩心卻涉及所有「四窗」的內容，其才情之感人，趣味之廣泛，實在令人佩服。

同時，我們應當注意施蟄存為《浮生雜詠八十首》這組詩所選擇的特殊詩體和形式，尤其因為他是一位對藝術形式體裁特別敏感的作家。在〈引言〉中他已經提到自己可能在仿效「龔定庵之《己亥雜詩》，皆未可知。」我想這是作者給我們的暗示。在很大程度上，《浮生雜詠》確實深受龔自珍詩歌的影響，但重要的是，施蟄存最終還是寫出了自己的獨特風格。

首先，施先生的《浮生雜詠》與龔自珍的《己亥雜詩》都採取七言絕句的體裁，同時詩中加注。對龔自珍而言，詩歌的意義乃在於其承擔的雙重功能：一方面是私人情感表達的媒介，另一方面又將這種情感體驗公諸於世。《己亥雜詩》最令人注目的特徵之一就是詩人本身的注釋散見於行與行之間、詩與詩之間。在閱讀龔詩時，讀者的注意力經常被導向韻文與散文、內在情感與外在事件之間的交互作用。如果說詩歌本身以情感的耽溺取勝，詩人的自注則將讀者的注意力引向創作這些詩歌的本事，此兩者合璧，所致意的對象不僅僅是詩人本身，也包括廣大的讀者公眾。龔自珍的詩歌之所以能深深打動現代讀者，其奧妙也就在於詩人刻意將私人（private）的情感體驗與表白於公眾（public）的行為融為一體。在古典文學中很少會見到這樣的作品，因為中國的古典詩歌有著悠久的託喻象徵傳統，而這種特定文化文本的「編碼」與「解碼」有賴於一種模糊的美感，任何指向具體個人或是具體時空的資訊都被刻意避免。但我以為，恰恰是龔自珍這種具有現代性的「自注」形式強烈吸引了施蟄存。郁達夫也曾指出，中國近代作家作品中的「近代性」在很大程度上得益於龔自珍詩歌的啟發。[9]

施蟄存在〈引言〉中已經說明，他在寫《浮生雜詠》詩歌時，「興致蓬勃，卮言日出。」因而使

9 郁達夫，《郁達夫全集》（香港：三聯書店，一九八二年），第五冊。亦見孫文光、王世芸編，《龔自珍研究資料集》（合肥：黄山書社，一九八四年），頁二四八—二四九。

他聯想到龔定庵的《己亥雜詩》，[10]這點非常重要。原來一八三八年龔自珍突然遇到一場飛來橫禍，據說是某滿洲權貴想對他進行政治迫害，為了保身，龔必須立刻離開北京。他當時倉皇出京，連家小都沒帶上，在浪跡江南的漫漫途中，龔總共寫下了三百一十五首七言絕句。出於某種奇妙的靈感，自從龔離開京城以後，他產生了難以遏止的創作衝動，寫詩的靈感如泉水般奔湧不息，正如《己亥雜詩》第一首所言：「著書何似觀心賢，不奈卮言夜湧泉。」現在施蟄存的《浮生雜詠》也是在「興致蓬勃、卮言日出」那種欲罷不能的情況中寫就，足見施老也具有同樣的浪漫詩人情懷。唯一不同的是，龔自珍寫《己亥雜詩》那年，他才四十七歲；但施老寫完《浮生雜詠》那年，他已是八十五歲的老人。施蟄存這種在文壇上「永葆青春」的創作力，大陸學者劉緒源把它稱為一種奧祕的文學「後勁」——那是一些極少數的文壇老將由於自幼具備特殊的才情和文章素養，早已掌握了自己的「創作個性和審美個性」，因而展現出來的「強韌而綿長的後勁」。[11]我想施蟄存的「後勁」還得力於劉緒源先生所謂的「趣味」：劉以為施老的「獨特處和可貴處，就在於一切都不脫離一個『趣』字。」[12]

我想就是這個「趣」的特質使得施先生的《浮生雜詠》從當初模仿龔自珍，走到超越前人典範的「自我」文學風格，最明顯的一點就是施的詩歌「自注」已大大不同於龔那種「散見」於行與行之間、詩與詩之間的注釋。施老的「自注」，與其說是注釋，還不如說是一種充滿情趣的隨筆，而且八十首詩每首都有「自注」，與詩歌並排，不像龔詩中那種「偶爾」才出現的本事注解。值得注意的是，施先生的「自注」經常帶給讀者一種驚奇感，有時詩中所給的意象會讓讀者先聯想到某些「古典」的本事，但「自注」卻將讀者引向一個特殊的「現代」情境。例如，我最欣賞的其中一個例子就

10 《浮生雜詠八十首‧引言》，《北山樓詩文叢編》，《施蟄存全集》，第十卷，頁一三三。
11 劉緒源，〈儒墨何妨共一堂〉，收入《世紀老人的話：施蟄存卷》，頁一七五—一九三。
12 劉緒源，〈儒墨何妨共一堂〉，《世紀老人的話：施蟄存卷》，頁一九一。

是第二十四首：

鵝籠蟻穴事荒唐，紅線黃衫各擅場。
堪笑冬烘子不語，傳奇志怪亦文章。

第一次讀到這首詩，我以為這只是關於作者閱讀「鵝籠書生」（載於《續齊諧記》）的故事、〈南柯太守傳〉、〈紅線〉、〈霍小玉傳〉、《子不語》等傳奇志怪的讀書報告。但施先生的「自注」卻令我大開眼界：

中學二年級，國文教師徐信字允夫，其所發國文教材多唐人傳奇文。我家有《龍威祕書》，亦常閱之，然不以為文章也。同學中亦有家長對徐師有微詞，以為不當用小說作教材。我嘗問之徐師，師云此亦古文也，如曰敘事不經，則何以不廢《莊子》。

才是一個十二、三歲的中學生，已從他的老師那兒學到「傳奇志怪亦文章」的觀點，而且還懂得《莊子》乃是「敘事」文學中的經典作品，也難怪多年之後，施先生要把《莊子》介紹給當時的年輕人，作為「文學修養之助了」。[13] 這個有關《莊子》的自注，很自然地促使我進一步在《浮生雜詠》中找尋有關《文選》的任何資料。這是因為眾所周知，施蟄存於一九三三年因推薦《莊子》與《文選》為青年人的閱讀書目，而不

13 施蟄存，〈《莊子》與《文選》〉，一九三三年，十月八日。見徐俊西主編，《海上文學百家文庫》，第七九卷，《施蟄存卷》，陳子善編，（上海：上海文藝出版社，二〇一〇年），頁三六六－三六七。

幸招致魯迅先生的批評和指責，後來報紙上的攻擊愈演愈烈，以至於施先生感到自己已成了「被打入文字獄的囚徒」。[14]那次的爭端使得施蟄存的內心深受創傷，而且默默地背上了多年的「惡名」。我想，在施老這部詩體回憶錄《浮生雜詠》中，大概可以找到有關《文選》的蛛絲馬跡吧？

於是我找到了第四十一首。詩曰：

殘花啼露不留春，文選樓中少一人。
海上成連來慰問，瑤琴一曲樂嘉賓。

在看「自注」以前，我把該詩的解讀集中在「文選」一詞（第二行：「文選樓中少一人」）。我猜想這個「文選」會不會和施先生後來與魯迅的「論戰」有關？至少這首詩應當牽涉到有關《昭明文選》的某個典故吧？還有，蕭統的《文選》裡頭會有什麼類似「殘花啼露不留春」的詩句嗎？

然而讀了施老的「自注」之後，我卻驚奇地發現，原來作者在這首詩中別有所指：

創造社同人居民厚南里，與我所居僅隔三四小巷。其門上有一信箱，望舒嘗以詩投之，不得反應。我作一小說，題名《殘花》，亦投入信箱。越二週，《創造週報》刊出郭沫若一小箚，稱《殘花》已閱，囑我去面談。我逡巡數日，始去叩門請謁，應門者為一少年，言郭先生已去日本。我廢然而返。次日晚，忽有客來訪，自通姓名，成仿吾也。大驚喜，遂共坐談。仿吾言，沫若以為《殘花》有未貫通處，須改潤，可在《創造週報》發表，且俟其日本歸來，再邀商

[14] 施蟄存，〈突圍〉，《申報・自由談》，一九三三年十月二十九日。

> 榷。時我與望舒、秋原同住，壁上有古琴一張，秋原物也。仿吾見之，問誰能彈古琴。秋原應之，即下琴為奏一操。仿吾頷首而去。我見成仿吾，生平唯此一次。《創造週報》旋即停刊，《殘花》亦終未發表。

沒想到，原來「文選樓」是指《創造週報》的編輯室，與昭明《文選》毫無關聯。由於主編郭沫若等人乃是「選文」刊登的負責人，所以施老就發明了這樣一個稱呼：「文選樓」。當年施蟄存只是一個二十一、二歲的大學生，就得到主編郭沫若和成仿吾等人如此的推重，所以施老要特別寫此詩以為紀念。至於他是否有意用「文選」一詞來影射他後來與魯迅之間的矛盾，那就不得而知了。詩歌的意義是多層次的，讀者那種「彷彿得之」的解讀正反映出詩歌的複雜性。施蟄存自己也曾說過：「我們對於任何一首詩的了解，可以說皆盡於此『彷彿得之』的境地。」[15]儘管如此，作者的「自注」還是重要的，因為它增添了一層作者本人的見證意味。

作為一個喜愛闡釋文本的讀者，我認為我對施老以上兩首詩中有關《莊子》和《文選》的解讀也不一定是捕風捉影，至少我的「過度闡釋」突出了施先生的幽默，那就是「趣」，是一種「點到為止」的趣味。他利用詩歌語境的含蓄特質，再加上充滿本事的「自注」，就在兩者之間創造了一種張力，讓讀者去盡情發揮其想像空間。其實，詩歌一旦寫就，便彷彿具有了獨立的生命，對其涵義的闡發也不是作者的原意所能左右或限制的。所以儘管我對以上兩首詩的揣測之詞或許出於我對施蟄存和魯迅從前那場論戰的過度敏感，但一個讀者本來就有考釋發掘文本的權利，何況我以為詩有別「趣」，有時「假作真時真亦假，無為有處有還無。」詩歌自有其美學的層面，不必拘泥於本事的局

15 這句話來自施先生一篇有關他的新詩〈銀魚〉的文章。見〈海水立波〉，《北山樓詩文叢編》，《施蟄存全集》，第十卷，頁四八。

限。我相信施老也會同意我的看法——在他一篇回答陳西瀅的文章裡（即回答陳君對他那篇解讀魯迅〈明天〉的文章之批評），他曾寫道：

也許我是在作盲人之摸象，但陳先生也未始不在作另一盲人……而我要聲明的是，我並不堅持自己的看法是對的，也並不說別人是錯的……我還將進一步說，這不是一個對不對的問題，而是一個可能不可能的問題。[16]

施先生提出的這個「可能不可能的問題」，正是我們解讀他的詩歌之最佳策略，而他的詩中，「趣味」也會因這樣的解讀方法進一步啟發讀者更多的聯想。我以為真正能表達施蟄存「詩趣」的莫過於《浮生雜詠》的第六十八首：

粉膩脂殘飽世情，況兼疲病損心兵。
十年一覺文壇夢，贏得洋場惡少名。

「自注」中說明此詩的「第三、四句乃當年與魯迅交誶時改杜牧感賦」。據沈建中考證，那兩句詩原來發表於一九三三年十一月十一日的《申報．自由談》。在那篇《申報》的文章裡，年輕的施先生曾寫道：

[16] 施蟄存，〈關於《明天》〉，原載《國文月刊》第一一期，一九四一年，十二月。見《北山樓詩文叢編》，《施蟄存全集》，第十卷，頁五二六。

我以前對於豐先生（指魯迅），雖然文字上有點太鬧意氣，但的確還是表示尊敬的，但看到〈撲空〉這一篇，他竟罵我為「洋場惡少」了，切齒之聲儼若可聞。我雖「惡」，卻也不敢再惡到以相當的惡聲相報了。[17]

令人感到驚奇的是，當年在那種天天被文壇左翼包圍批判，被迫獨自「受難」的艱苦情況中，一個二十九歲的青年居然還有閒情去模仿杜牧的〈遣懷〉詩，而寫出那樣充滿自嘲的詩句。我以為，年輕的施先生能把杜牧的「十年一覺揚州夢，贏得青樓薄倖名」改寫成自己的「十年一覺文壇夢，贏得洋場惡少名」乃為古今最富「情趣」的改寫之一。

更有趣的是，半個世紀之後，八十五歲的施老在寫他的《浮生雜詠》第六十八首時，為了補足一首完整的七言絕句（第六十八首），他不但採用了從前年輕時代所寫的那兩句詩，而且很巧妙地加了上頭兩句：「粉膩脂殘飽世情，況兼疲病損心兵。」這樣一來，施老就很幽默地把讀者引到了另一個層面——那就是性別的越界。他用「粉膩脂殘」一詞把自己比成被社會遺棄的女人，就如「自注」的開頭所述：「拂袖歸來，如老妓脫籍，粉膩脂殘。」在這裡，他藉著一個老妓的聲音，表達了一種在現實生活中難以彌補的缺憾，以及一種無可奈何的心態。「自注」中又說：「自一九二八年至一九三七年，混跡文場，無所進益。所得者唯魯迅所賜『洋場惡少』一名，足以遺臭萬年。」

其實「性別越界」（我在從前一篇文章裡稱為「gender crossing」）乃是中國傳統文人常用的「政

17 施蟄存，〈突圍（續）〉，《申報・自由談》，一九三三年十一月一日。有關「洋場惡少」以及近人為施蟄存的正名論，請見王福湘，〈「洋場惡少」與文化傳人之辨——施蟄存與魯迅之爭正名論〉，《魯迅研究月刊》二〇一三年，第二期（該雜誌是北京魯迅博物館主辦出版的）。

治託喻」手法。[18]傳統男人經常喜歡用女人的聲音來抒情，因為現實的壓抑感使他們和被邊緣化的女性認同。但我以為，施蟄存的詩法之所以難得，乃在於他能在傳統和現代的情境中出入自如，他幼年熟讀古代詩書，及長又受「五四」新文學影響，並精通西洋文學。他不但寫古詩，也寫新詩，凡此種種，都使得他的詩體亦新亦舊、既古又今。或從內容、或從語言、或從性別的意識，他的詩歌都能提供深入的解讀和欣賞的新視點，可以說他的詩歌一直是多層次的。

我們也可以用同樣的「多層次」之角度來解讀《浮生雜詠》第六十七首。該詩描寫有關當年施先生在被文壇左翼圍攻擊得無處可逃的時候所遇到的尷尬情境：

心史遺民畫建蘭，植根無地與人看。
風景不多文飯少，獨行孤掌意闌珊。

本來施蟄存自從一九三二年三月被現代書局張靜廬聘請來當《現代》雜誌的主編之後，他已經走上文學生涯最輝煌的道路。在那之前，他早已出版了他的代表作《將軍底頭》、《鳩摩羅什》、《石秀》等，接著他最得意的心理小說《梅雨之夕》以及《善女人行品》也在一九三三年先後問世。同時，作為主編，他在上海文壇所產生的影響是空前的，就如學者李歐梵所說：「《現代》雜誌被認為標誌著中國文學現代主義的開始，在很多方面，施蟄存似乎都在領導著典型的上海作家的生活方式；而且他因編輯《現代》雜誌獲得了更多的『文化資本』，從而迅速地在上海文壇成了名。」[19]此時，

18 見拙作〈傳統讀者閱讀情詩的偏見〉，《文學經典的挑戰》（南昌：百花洲文藝出版社，二〇〇一年），頁二九二—三〇三。參見康正果，《風騷與豔情》（上海：上海文藝出版社，修訂版，二〇〇一年），頁四八—五七。

19 Leo Ou-fan Lee, *Shanghai Modern: The Flowering of A New Urban Culture in China, 1930-1945* (Cambridge, MA: Harvard University Press,

《現代》的聲譽也隨著提高，而雜誌的銷路「竟達一萬四千份」，令那個現代書局的老闆張靜廬好不開心，[20]一直慶幸他聘對了人——從一開始他就想辦一個採取中間路線的純文藝雜誌，而那政治上「不左不右」的施蟄存正好合乎他心目中的理想。

但沒想到這個「不左不右」的中間路線也正是施蟄存被文壇左翼強烈打擊的主要原因。到了一九三四年四月，《現代》已經快撐不下去了，其實這也是魯迅早已預料到的：「想不到半年，《現代》之類也就無人過問了。」[21]據施蟄存後來自述：「我和魯迅的衝突，以及北京、上海許多新的文藝刊物的創刊，都是影響《現代》的因素。從第四卷起，《現代》的銷路逐漸下降，每期只能印二、三千冊了。」[22]最後現代書局只好關門，各位同人也紛紛散夥，所謂「風景不多文飯少，獨行孤掌意闌珊。」所以施先生在第六十七首的自注中寫道：

一九三四年，現代書局資方分裂。改組後，張靜廬拆股，自辦上海雜誌公司……我與杜衡、葉靈鳳同時辭職。其時水沫社同人亦已散夥，劉吶鷗熱衷於電影事業，杜衡……另辦刊物。穆時英行止不檢，就任圖書什志（原文如此）審查委員。戴望舒自辦新詩月刊。我先後編《文藝風景》及《文飯小品》，皆不能久。獨行無侶，孤掌難鳴，文藝生活從此消沉……。

應當說明的是，當時除了《文藝風景》及《文飯小品》以外，還有一九三五年施先生與戴望舒

1999), 130-132。參見李歐梵，《上海摩登》，毛尖譯（北京：北京大學出版社，二〇〇一年），頁一四五、一四七。

20 劉緒源，〈儒墨何妨共一堂〉，《世紀老人的話：施蟄存卷》，頁一八七。

21 魯迅致姚克函，一九三四年二月十一日，《魯迅全集》（北京：人民文學出版社，二〇〇五年），第一三卷，頁二四。

22 施蟄存，〈我和現代書局〉，見《沙上的腳跡》，頁六四頁。

合辦的《現代詩風》，由脈望出版社出版，施蟄存並出任《現代詩風》的發行人，該雜誌創刊號的扉頁刊有他的撰文〈文飯小品廢刊及其他〉，還刊有他的新詩〈小豔詩〉三首以及他的譯作美國羅蕙兒〈我們為什麼要讀詩〉（署名「李萬鶴」），此外還刊登了「本社擬刊詩書預告」，可惜《現代詩風》僅出一期就夭折了。

這就難怪《浮生雜詠》第六十七首把作者當時那種無可奈何的「消沉」心境比喻成一個傳統「遺民」的心態——那是一種類似蘭花「有根無地」的心態：「心史遺民畫建蘭，植根無地與人看。」施老在自注中進一步解釋道：「南宋遺民鄭所南畫蘭，有根無地。人問之，答曰：『地為人奪去。』」

所以，真正的關鍵乃在於：「地為人奪去」，所謂「地」就是一個人的生存空間，諷刺的是，施蟄存和他的現代派友人原來是擁有極大的「生存空間」的。就如李歐梵所說：「這個刊（指《現代》雜誌）帶異域風的法文標題Les Contemporains，顯然是相當精英化的，同時也帶著點先鋒派意味，它是施蟄存這個團體的集體自我意象，這些人自覺很『現代』。」[23]在現代文學的領域裡，他們無疑曾經占據了一個最新、最先鋒的領導地位，然而當殘酷的現實使他們終於失去「生存空間」時，那對他們心中的打擊也就特別嚴重。一九三四年七月二日，施蟄存給好友戴望舒的信中說到：「這半年來風波太大，我有點維持不下去了，這個文壇上，我們不知還有多少年可以立的住也。」[24]

這是施先生有生以來體驗到的最大一次「空間」失落，為了生存下去，他必須另找生路（此為後話）。然而必須一提的是，施家幾代以來早已有那種從一處漂泊到另一處的「萍浮」感，而那也正是《浮生雜詠》最重要的主題之一，第十六首寫道，「百年家世慣萍浮，乞食吹簫我不羞。」其實已

23 李歐梵，《上海摩登》，毛尖譯，頁一五二。
24 孔另境編，《現代作家書簡》，（上海：生活書店，一九三六年），頁一二四。並見孔另境編，《現代作家書簡》，（廣州：花城出版社，一九八二年），頁八四。

經概括了他們家的奮鬥史。自注中也說：「寒家自曾祖以來，旅食異鄉，至我父已三世矣。」這就是施蟄存童年時代經常隨家人從一個城市遷居到另一個城市的原因。施家世代儒生，家道清貧，《浮生雜詠》第一首告訴我們，施先生的出生地在杭州水亭址學宮旁的古屋，但四歲時他便隨父母從杭州遷居蘇州烏鵲橋，因為當時剛罷科舉不久，其父施亦政頓失「進身之階」，故只得搬到蘇州以謀得一職（見第二首：「侍親旅食到吳門，烏鵲橋西暫託根。」）在蘇州時，他的父親曾帶他到寒山寺，指著刻有張繼〈楓橋夜泊〉詩的碑，教他背誦唐詩，乃為讀古典詩歌之始。（見第六首：「歸來卻入寒山寺，誦得楓橋夜泊詩。」）後來施蟄存八歲那年，辛亥革命發生，其父因而「失職閒居」，也只得「別求棲止」，最後終於搬到松江（見第十一首：「革命軍興世局移，家君失職賦流離。」）

施先生後來在松江長大，居住了近二十餘年之後才遷居上海，對於松江，他始終懷有一種深厚的鄉愁情感。《浮生雜詠》第十四首描寫在他幼時，母親每晚「以縫紉機織作窗下」，他在旁「讀書侍焉」的動人情景（「慈親織作鳴機急，孺子書聲亦朗然。」）在《雲間語小錄》的〈序引〉中，[25]施先生一開頭就強調：「我是松江人，在松江成長，」雖然他的出生地是杭州。有趣的是，在《浮生雜詠》中，他經常喜歡與那些原本為外來者，最終定居在松江的古代前賢認同，例如第十七首詩曰：「山居新語曲江篇，挹秀華亭舊有緣。他日幸同僑寓傳，附驥濩落愧前賢。」自注：「元楊瑀著《山居新語》，錢惟善以賦曲江得名，皆杭州人僑寓華亭者，《松江府志》列入〈寓賢傳〉。」同時，他也喜歡與古代詩人陸機、陸雲二兄弟認同，因為他們是松江人：「俯顏來就機雲裡，便與商人日往還。」（第十二首）自注：「松江古名華亭，陸機、陸雲故里也。」此外，晚年的施先生特別懷念松江的山水勝地——尤其是帶有歷史淵源的景點，例如城西的白龍潭是他一直喜歡提起的，《浮生雜

25 施蟄存，《雲間語小錄》，沈建中編（上海：文匯出版社，二〇〇〇年），頁一。

詠》第十九首主要在詠歎錢謙益和柳如是定情於白龍潭的故事：

樺燭金爐一水香，龍潭勝事入高唐。
我來已落滄桑後，裙屐風流付夕陽。

自注：

「白龍潭在松江城西，明清以來，為邑中勝地。紅蕖十畝，碧水一潭，畫舫笙歌，出沒其間。錢謙益與柳如是定情即在龍潭舟中。牧齋定情詩十首，有『樺燭金爐一水香』之句，為松人所樂道。入民國後，潭已汙瀦蕪穢，無復遊賞之盛。余嘗經行潭上，念昔時雲間人物風流，輒為憮然。」[26]

但令施蟄存最念念不忘的乃是他自幼在松江所受的古典文學教育，據《浮生雜詠》第二十三首，他才上小學三、四年級時，就能從課文中體會到「清詞麗句」的美妙：「暮春三月江南意，草長花繁鶯亂飛。解得杜陵詩境界，要將麗句發清詞。」所以當他才十來歲時，他早已熟讀古書也學會作詩。《浮生雜詠》第二十五首，「自君之出妾如何，隨意詩人為琢磨。」主要記載當年初擬漢魏樂府「自君之出矣」的詩句之情況。他曾說：

26 並參見施蟄存，《雲間語小錄》，沈建中編，頁四三－四七頁。

「我的最初期所致力的是詩……那時的國文教師是一位詞章家，我受了他很多的影響。我從《散原精舍詩》、《海藏樓詩》一直追上去讀《豫章集》、《東坡集》和《劍南集》，這是我的宋詩時期。那時我原做過許多大膽的七律，有一首云：『揮淚來憑曲曲欄，夕陽無語寺鐘殘。一江煙水茫茫去，兩岸蘆花瑟瑟寒。浩蕩秋情幾洄澓，倉皇人事有波瀾。邇來無奈塵勞感，九月衣裳欲辦難。』一位比我年長十歲的研究舊詩的朋友看了，批了一句『神似江西』，於是我歡喜得了不得，做詩人的野心實萌於此。」[27]

又，周瘦鵑主編的《半月》雜誌曾於一九二一年出版施蟄存為該刊封面〈仕女圖〉所作的題詞十五闋，一時頗為轟動，那年施先生才十七歲。[28]

我想，促使施蟄存文學早熟的另一個原因，可能是他從小就喜歡與人訂「文字交」的緣故。他自己說在松江念中學時「與浦江清過從最密」，兩人經常在一起讀詩寫詩。有一次，兩人「共讀江淹〈恨〉、〈別〉二賦」，並「相約擬作」。於是浦江清作〈笑賦〉，年輕的施蟄存作〈哭賦〉。《浮生雜詠》第二十六首曾記載該事：「麗淫麗則賦才難，飲恨銷魂入肺肝。欲與江郎爭壁壘，笑啼不得付長歎。」雖然那次兩人的擬賦並不成功，但施老一直難忘那次的經驗。同時他也難忘當年與浦江清和雷震同一起遊景點醉白池，三人互相「論文言志，臧否古今」，「日斜始歸」的情景，第二十一首詩描寫其中的閒情逸致：

---

27 施蟄存，〈我的創作生活之歷程〉，見應國靖編，《施蟄存散文選集》（天津：百花文藝出版社，一九八六年），頁九六。

28 必須一提，周瘦鵑當時也請杭州才女陳小翠（即天虛我生之女公子）續作九闋，以補足「全年封面畫二十四幀之數」，「瘦鵑以二家詞合刊之，題云〈半月兒女詞〉。見施蟄存，《翠樓詩夢錄》，寫於一九八五年七月一日。參見《施蟄存先生編年事錄》，沈建中編（上海：上海古籍出版社，二〇一三年），一九二一年九月二十一日條。

水榭荷香醉白池，納涼逃暑最相宜。
葛衣紈扇三年少，抵掌論文得幾時。

可以說，早在青年時代，施蟄存已經掌握了傳統的古典教育，也學會與人和詩、論詩，這與松江的文化背景不無關係。同時，由於松江的特殊教育制度，他上中學三年級時就已勤讀英文，並大量閱讀外國文學，從此水到渠成，也就打開了從事翻譯西洋文學的那扇窗。

然而他也同時受「五四」新文化的薰陶，所以經常利用課餘時間大量閱讀各種報章雜誌。據《浮生雜詠》第三十首詩的自注，當時他漸漸感到「刻畫人情、編造故事，較吟詩作賦為容易。」儘管還是個中學生，所創作的小說早已陸續刊於《禮拜六》、《星期》等雜誌（當時他經常署名為「施青萍」或「青萍」。）對他來說，這是他人生「一大關鍵」，也是「一生文學事業之始。」不久，他也開始思考如何寫一種「脫離舊詩而自拓疆界」的新詩，以為郭沫若的〈女神〉頗可作為一種過渡時期的典範新詩，所以他在《浮生雜詠》第二十九首寫道：

春水繁星蕙的風，凌波女神來自東。
鳳凰涅槃詩道變，四聲平仄莫為功。

總之，施蟄存的文學早熟促成了他走向上海文壇的一大關鍵，但人生的際遇也有難以預料的巧合因素。一九二二那年，施蟄存上杭州之江大學一年級，有一回，他與同學泛舟西湖，正好遇到幾位杭州文學社團「蘭社」的主要成員——即戴望舒、戴杜衡、張天翼、葉秋原等。當時這幾位蘭社成員才只是中學四年級生，但已經以文字投寄上海報刊，故與施蟄存一拍即合，遂有「同聲之契」。《浮生雜詠》第三十二首寫道：

湖上忽逢大小戴，襟懷磊落筆縱橫。
葉張墨陣鶼堪換，同締芝蘭文字盟。

那次的結盟無疑給了施先生許多新的啟發和動力，不久他們在杭州戴望舒家中聯手籌辦刊物《蘭友》，望舒出任主編，施先生為助編，於一九二三年一月一日出版創刊號。同時施蟄存也寫《西湖憶語》，在《最小》雜誌連載。同年八月，他自費出版了平生第一部小說集《江干集》（收有《冷淡的心》、《羊油》、《上海來的客人》等多篇介於「鴛鴦蝴蝶派和新文學之間」文體的小說）。[29] 該集署名施青萍，所收的小說都是他在之江大學肄業那年寫的，因為「之江大學在錢塘江邊，故題作《江干集》」。《江干集》的〈卷首語〉以十分典雅的古典詩歌形式寫成，同時以「江上浪」作為人生譬喻，獨具魅力：

蹤跡天涯我無定，偶然來主此江干。
秋心寥廓知何極，獨向秋波鎮日看。
世事正如江上浪，傀奇浩汗亦千般。
每因觸處生新感，願掬微心託稗官。

29 見沈建中，《遺留韻事：施蟄存遊蹤》，（上海：文匯出版社，二〇〇七年），頁一六一—一九，有關《江干集》的介紹和討論。

晚年的施先生不願把這本集子視為他的第一部小說集，以為尚不成熟，只稱它為一部「習作」。[30]但我始終以為施先生這一部處女作在中國文學史上頗有重要性，尤其他代表一個早期從傳統過渡到現代的文人所經歷的複雜心思。《江干集》有一篇附錄，題為「創作餘墨」，是作者專門寫給讀者看的。它很生動地捕捉了一個青年作家所要尋找的「自我」之聲音：

我並不希望我成為一小說家而做這一集，我也不敢擔負著移風整俗的大職務而做這些小說，我只是冷靜了我的頭腦，一字一字的發表我一時期的思想。或者讀者不以我的思想為然，也請千萬不要不滿意，請恕我這些思想都是我一己的思想，而我也並不希望讀者的思想都和我相同。我小心翼翼地請求讀者，在看這一集時，請用一些精明的眼光，有許多地方千萬不要說我有守舊的氣味，我希望讀者更深的考察一下。我也不願立在舊派作家中，我更不希望立在新作家中，我也不願做一個調和新舊者。我只是立在我自己的地位，操著合我自己意志的筆，做我自己的小說。[31]

這是時代的影響，同時也是施蟄存本人的文學天分之具體表現。他不久和他的蘭社友人一起到上

30 施先生把小說集《上元燈》（一九二九年八月由上海水沫書店初版印行，一九三二年二月由上海新中國書局出版改編本）以前的《江干集》和《娟子姑娘》——包括由水沫書店出版的《追》，都一併視為「文藝學徒的習作」。所以他認為《上元燈》才是他的「第一個短篇小說集」。見施蟄存，《中國現代作家選集・施蟄存・序》、《十年創作集・引言》。參見《施蟄存先生編年事錄》，沈建中編，一九二九年八月、一九二八年一月條。又，有關《上元燈》的討論，請見陳國球，〈從惘然到惆悵〉，《中國現代文學研究叢刊》，一九九三年第四期（十一月），頁八三—九五；〈文本言說與生活〉，《中國現代文學研究叢刊》，一九九四年第三期（八月），頁一八〇—一九〇。

31 施蟄存，《江干集》附錄〈創作餘墨〉（代跋），見《施蟄存序跋》，沈建中編（南京：東南大學出版社，二〇〇三年），頁三一。

海去，他們合力奮鬥了幾年（包括建立文學社團「瓔珞社」和創辦《瓔珞》、《新文藝》等雜誌），最後由於《現代》的空前成就一躍而成為三〇年代初，上海文壇現代派的先鋒主力。在他的《浮生雜詠》中，施老花了很大的篇幅回憶這一段難以忘懷的心路歷程，從第三十三首到六十六首，我們讀到有關他那不尋常的大學生涯（「計四年之間就讀了大學四所」），還有他與戴望舒、杜衡如何「在白色恐怖中倉皇離校，匿居親友家」的情景，以及他和劉吶鷗刊編《無軌列車》、《新文藝》月刊，後又開水沫書店的甘苦談，最後他終於得到上海現代書局經理張靜廬的賞識，成為《現代》雜誌的主編，真可謂「天時、地利、人和」。（見第六十一首：「一紙書垂青眼來，因緣遇合協三才。」）

可以想見，一九三四年當現代書局瓦解、《現代》雜誌同人解散之時，施蟄存和他的青年朋友們（他們都還不到三十歲）有多麼頹喪。難怪施蟄存要說：「獨行孤掌意闌珊。」據他後來自述：一九三五年，春節以後，他「無固定職業，在上海賣文為生活。」他曾說：「度過三十歲生辰，我打算總結過去十年的寫作經驗，進一步發展創造道路……以標誌我的『三十而立』。」[32]那時出版界突然流行晚明小品熱，所以施蟄存就為光明書店編了一本《晚明二十家小品》，但主要還是因為周作人在北京大學作「中國新文學的源流」之演講，以為新文學「起源於晚明之公安、竟陵文派」，因而提高了晚明小品的身價。當時上海書商個個「以為有利可圖」，就紛紛「爭印明人小品」（參見《浮生雜詠》第六十九、七十、七十一、七十二首）。重要的是，周作人當年還為施先生題簽《晚明二十家小品》的封面，也難怪晚年的施蟄存念念不忘此事：「知堂老人發潛德，論文忽許鍾譚袁。」（見第六十九首）但那次編《晚明二十家小品》曾再次得到魯迅的攻擊：

[32] 施蟄存，《十年創作集・引言》。參見《施蟄存先生編年事錄》，沈建中編，一九三五年一月條。

如果能用死轎夫，如袁中郎或「晚明二十家」之流來抬，再請一位活名人喝道，自然較為輕而易舉，但看過去的成績和效驗，可也並不佳……五四時代的所謂「桐城謬種」和「選學妖孽」，是指作「載飛載鳴」的文章和抱住《文選》尋字彙的人們的……到現在，和這八個字可以匹敵的，或者只好推「洋場惡少」和「革命小販」了罷。[33]

就在那以後不久，施蟄存開始為上海雜誌公司主編《中國文學珍本叢書》，其中包括《金瓶梅詞話》的標點工作（見《浮生雜詠》第七十三、七十四、七十五、七十六首）。

但一九三六年六月，施蟄存黃疸病復發，只得離開上海，轉到杭州養病。但這一「養病」卻改變了施先生的人生方向，使他培養出一種寧靜恬適的生活方式。他先在西湖畔的瑪瑙寺（即他所謂的「釋氏宮」）居住月餘，在那兒他整天過著安靜清淡的書齋生活，佛教尤其對他影響深厚，《黃心大師》那篇充滿佛教背景的小說也就在杭州休養的期間寫成（請注意，小說中的主角黃心大師閨名原叫「瑙兒」，而他的父母也把她當作「瑪瑙」看待。）[34]不久，施蟄存從瑪瑙寺轉到附近的行素女子中學執教，從此更是利用課餘的閒暇時光沉浸在欣賞自然風光的樂趣中。正巧行素女中的校園就是清初文人龔翔麟（一六五八年－一七三三年）的宅院故址，其「宅旁小園即所謂蘅圃，有湖石名玉玲

33 魯迅（署名「隼」），《五論「文人相輕」——明術》，見《文學》月刊，第五卷第三號，一九三五年九月一日。必須一提，儘管魯迅一再抨擊他，施先生多年後（即一九五六年）曾寫〈弔魯迅先生詩〉，表達了自己「感舊不勝情，觸物有餘悼」的心情。其序曰：「余早歲與魯迅先生偶有齟齬，竟成胡越。蓋樂山樂水，識見偶殊；巨集道巨集文，志趨各別。忽忽二十餘年，時移世換，日倒天回。昔之殊途者同歸，百慮者一致。獨恨前修既往，遺蹟空存，喬木云頹，神聽莫及。」在這首詩中，施蟄存那種坦白、誠懇的一貫風度被淋漓盡致地表達了出來。（施蟄存，〈弔魯迅先生詩〉，見《北山樓詩》，《北山樓詩文叢編》，《施蟄存全集》，第十卷，頁一一一）。

34 施蟄存，《黃心大師》，見徐俊西主編，《海上文學百家文庫》，第七九卷，《施蟄存卷》，陳子善編，頁二一七。

瓏、宣和花石綱也。」石旁又有著名的玉玲瓏閣，乃為龔氏藏書之所，而施先生「授課之教室即在閣下」。每回他下了課沒事，就在玉玲瓏旁邊一邊品茶一半欣賞周遭的美景。《浮生雜詠》第七十八首正是描寫那種閒適的心境：

橫河橋畔女黌宮，蘅園風流指顧中。
罷講閒居無個事，茗邊坐賞玉玲瓏。

這首詩韻味十足，頗有言外之意。從詩中的優美意境，讀者可以感受到一種大自然的「療傷」功能——可以想見，當年施蟄存雖然懷著「海瀆塵囂吾已厭」的心情離開了上海，但他終於在他的出生地杭州找到了新的生存空間。那是一個富有自然趣味的藝術空間，也是一種心靈的感悟（同年他也寫出《玉玲瓏閣叢談》一組隨筆，「聊以存一時鴻爪。」）[35]

值得注意的是，就在杭州養病那年，他開始了「玩古之癖」——也就是說，他多年後之所以埋首「北窗」（指金石碑版之學），其最初靈感實來自那次的杭州經驗。《浮生雜詠》第七十九首歌詠這段難得的因緣：

湖上茶寮喜雨臺，每逢休務必先來。
平生佞古初開眼，抱得宋元窯器回。

35 見沈建中，《遺留韻事：施蟄存遊蹤》，頁二九。

自注：

湖濱喜雨臺茶樓為古董商茶會之處，我每星期日上午必先去飲茶。得見各地所出文物小品，可即時議價購取。其時，宋修內司官窯遺址方發現，我亦得青瓷碗碟二十餘件，玩古之癖，實始於此。

從今日的眼光看來，這樣突然的興趣轉移——從現代派小說轉到「玩古之癖」——令人感到不可思議。但其實這正反映了施蟄存自幼以來，新舊兼有的教育背景以及他那進退自如的人生取向，尤其在遭遇人生的磨難時，「進退自如」乃是一種智慧的表現。而且能自由地退出已進入的地方，需要很大的勇氣，這不是人人都能做到的。我想，年輕的施蟄存之所以把《莊子》推薦給當時的青年人，恐怕與他特別欣賞莊子的人生哲學有關，晚年的施先生曾經說過：「我是以老莊思想為養生主的。如古人所說『榮辱不驚，看庭前花開花落；去留無意，望天上雲卷雲舒』。」[36]

這樣的人生哲學使得施蟄存在一九三七年夏天做出了一個重要的決定：當他看見時局已變，整個文學創作的氣氛已非往昔，便毅然決定受聘於昆明大學，從此講授古典文學。所以《浮生雜詠》最後以「一肩行李賦西征」為結，從此「漂泊西南矣」（第八十首）。

這就證實了施老所說有關他生命中的「段落」性，誠然，他的生命過程「都是一段一個時期」，而且「角色隨之轉換」。我想這就是《浮生雜詠》的主題之一，當八五歲的施老回憶他那漫長坎坷的

36 陳文華，〈百科全書式的文壇巨擘——追憶施蟄存先生〉，見《師魂：華東師範大學老一輩名師》，吳鐸主編（上海：華東師範大學出版社，二〇一一年），頁四〇六。

人生旅途時，他尤其念念不忘年輕時那段充滿趣味和冒險的文壇生活。那段時光何其短暫，但那卻是他生命中（也是二十世紀中國文學史）很重要的一段。

*初稿載於《從北山樓到潛學齋》，沈建中編，上海：上海書店出版社，二〇一四年。

施蟄存的西行逃難詩歌

抗戰八年，給我以很好的機會，使我在大後方獲得多次古代旅行的經驗。騎驢下馬，在雲南的山陵丘壑間尋幽攬勝，乘一葉輕舟，在福建的溪洪中驚心動魄地逐流而下……不論是騎馬，乘船或徒步，每一次旅行都引起我的一些感情。

我也做過幾十首詩，自己讀一遍，覺得頗得唐宋人的風格和情調，因為我的行旅之感和古人一致了。

——施蟄存

一九三七年對於施蟄存是特別重要的一年，那年他才三十三歲，已經出版過許多本小說集和不少新詩，尤以新潮的心理分析小說享譽上海文壇，並曾主持受人矚目的《現代》雜誌。但他眼見上海文壇的氣氛已不同於往昔，故於那年的七月下旬接受了雲南大學校長熊慶來的聘請（通過朱自清的推薦介紹），決定前往昆明教書。

但那是一個動盪不安的時代，兩個多星期之後，他還來不及上路西行，中、日軍就在上海地區發生衝突，八月十三日淞滬抗戰正式爆發。當時施蟄存和他的妻兒正在老家松江，目睹敵機日夜以機槍掃射，頗為心悸，於是對於去滇之意，他開始有些動搖：

實則私心尚有躊躇。堂上年高，妻兒又幼弱不更事，余行後，家中頗無人能照料者，無事之時，固不生多大問題，但在此兵革期間，卻不忍絜然遠去也。且去滇程途，聞亦頗生險阻，上海直放海防之船，聞極擁擠，公路能否直到昆明，亦無從打聽，即使啟行，究竟宜取海道乎，陸路乎？頗亦不能自決。半日間思慮種種，甚為焦苦。[1]

最後他與家人和友人商量之後，決定出發前往雲南以便趕上秋季開學。這時中國大地已經開始了中日大戰，於是施蟄存那個原本頗為單純的赴滇之旅，一變而成了十分艱辛的逃難之行。九月六日他從老家松江出發，經過了持續不斷的長途跋涉，途經浙江、江西、湖南、貴州諸省，直到九月二十九日才抵達昆明。一路上他經常目睹敵機在高空盤旋，又時聞砲聲大作，並見各處逃生者紛紛四散，人心惶惶。每天他提著三大件行李上路，又忙著購票、上車、下車，又得跑警報、找旅館，一路上十分艱苦。在那段充滿緊張情緒的旅程中，雖明知前途艱險，但既已上路，也只有冒險前行了。

正是在這段三個星期的緊張逃難中，施先生平生第一次（而且不間斷地）寫出了大量的舊體詩。他二十三天內共寫了二十五首詩，其中包括六首〈車行浙贛道中得詩〉（只存二首）和八首〈長沙漫興〉。此前他雖早有過舊體詩創作（他曾說「在文藝寫作的企圖上，我的最初期所致力的是詩」）[2]，但僅為斷斷續續的寫作，偶爾有感而發而已。再者，五四運動之後，他傾向新文學，故許

---

* 我要感謝沈建中先生提供有關施蟄存先生的寶貴資料。同時在撰寫和修改這篇文章的過程中，我曾得到陳文華教授和我的耶魯同事康正果的幫助，在此一併致謝。

1 施蟄存，《同仇日記》，八月三十一日。《同仇日記》，見《北山散文集》第四輯，劉凌、劉效禮編，《施蟄存全集》（上海：華東師範大學出版社，二〇一二年），第五卷，頁一六一九－一六三三。

2 施蟄存，〈我的創作生活之歷程〉，一九三三年五月。見《施蟄存散文選集》，應國靖編（天津：百花文藝出版社，一九八六年），頁九六。

多年不太作舊體詩。但奇妙的是，一九三七年九月，當他開始走上逃難之行時，他忽然詩興大發，妙語佳句接二連三地湧上心頭，而他的《西行日記》也同時開始。於是在這段非常時期，他的舊體詩創作與旅途日記並駕齊驅，二者形成「互文」關係——如果說他的日記以散文的方式對歷史作出了具體的見證，他的詩歌乃是詩人感性所發出的抒情聲音。當這兩種聲音疊合在一起的時候——尤其在描寫苦難、逃亡、挫折的過程，我們似乎可以聽見一種新的「時代」的聲音，那是一個充滿複雜性而又富多層意味的「自覺」意識。英國現代詩人艾略特（T. S. Eliot）——也是施先生特別尊敬的詩人就曾經說過這樣的話：

> 詩人只是把人們早已熟悉的感情用更富有自覺性的方式表達出來，因而能說明讀者更加認識他們自己。[3]

談到文學「自覺」，很少有比逃難時期的施蟄存更有「自覺」性了。他在赴滇的途中，每天都寫日記和詩，甚至在出發的前幾天，當他目睹敵機不斷來襲之際，他還忍不住在炮火中趕寫兩篇有關抗戰的文章，希望能激起讀者的共鳴。第一篇寫於九月二日，題為〈後方的抗戰力量還不夠〉（發表時改為〈後方種種〉），第二篇寫於九月三日，題為〈上海抗戰的意義〉。[4]可以想見，九月六日那天，當他開始出發西行，之後又頻頻因敵機的轟炸而隨時改道時，他的內心有多大的焦慮。其狼狽的

3　T. S. Eliot, *On Poetry and Poets* (New York: Noonday Press, 1961), p.9。

4　〈後方種種〉後來發表於一九三七年十月一日的《宇宙風》，第四八期。〈上海抗戰的意義〉發表於一九三七年九月三十日的《非常時期聯合旬刊》，第四期。參見《施蟄存先生編年事錄》，沈建中編（上海：上海古籍出版社，二〇一三年），一九三七年九月二日及九月三日條。

情況可由九月七日和八日的日記得知一二：

> 昨晚即決定改道由洙涇到楓涇，若幸而有楓杭長途汽車，則乘汽車到杭，否則即從楓涇搭火車赴杭，則既過石湖蕩鐵橋，亦可較少危險。蓋石湖蕩之三大鐵路橋實為滬杭線第一要隘，戰爭發作以來，日機無日不來投彈。我方則屢損屢修，敵人則屢修屢炸，故行旅者咸有戒心耳。今晨七時，仍攜行李僱人力車到西門外秀南橋船埠，搭乘洙涇班船。八時啟碇，十時到達。問訊楓涇班船夫，則謂楓杭汽車確已通行，但每日只上下行各一次，今日到楓涇，已趕不及……。
>
> 九月七日《西行日記》[5]。

> 船行凡八十分鐘即到楓涇，僱人挑行李到汽車站。沿途見大街上已有數屋被炸殘跡，鎮上居民似亦移去十之六七，蕭條甚矣……火車站中候車難民已甚擁擠，余攜笨重行李三事，車到時恐亦無法擠上……十一時三十分，汽車先來，余遂到汽車站買票。據站長謂汽車不載行李，拒不賣票，余多方譬說，亦不見允……余見此事不可以理爭，遂徑將行李搬上車中，即坐於行李上，招站長來視，許其不再另占座位。餘人亦紛紛效法。站長無詞，始允賣票。
>
> 九月八日《西行日記》。

當時逃難過程之艱難，由此可見一般。然而，與日記體裁不同，詩歌則更偏重於詩人的內心世界。如果說前者注重描寫逃難期間的日常細節，後者則較重詩人內在情緒的發抒。他的〈長沙漫興〉

---

5 《西行日記》，見《北山散文集》第四輯，劉凌、劉效禮編，《施蟄存全集》，第五卷，頁一六三四—一六五一。

八首頗能表達作者在逃難途中的複雜心態：

一肩行李一囊書，來及長沙霖雨餘。
胡為泥中乾曳尾，秋風征旅始愁予。

大道青樓天樂居，客來何事誤停車。
笙歌別館中宵發，一榻蕭然且聽渠。

八角亭邊列肆張，綺窗朱戶小門牆。
女兒市粉翁賒帽，彷彿杭州保佑坊。

鑿地兼尋始及泉，荷塘深似九重淵。
移來湘浦凌波種，花發真成玉井蓮。

武夷清茗佐芽薑，猶是唐人水厄方。
半日偷閒碧茵社，任他犖確走羊腸。

猶是先生痛哭時，三年獵龜古今疑。
何人夜半頻前席，閒煞長沙太傅祠。

藥碗茶鐺未便虛，愁霖腹疾兩難攄。
支頤倚枕都無計，自聽潺潺雨灌渠。

病室淒清客夢孤，幾曾問疾見文殊。
若非天女般勤意，誰為維摩夜點酥。[6]

（第一三頁）

以上這八首詩反映的是施蟄存不幸被困於長沙長達六天的狼狽狀況，必須說明，當初他於九月十日清晨早已抵達南昌，原本預備從南昌到九江、漢口，再乘飛機去雲南。但由於敵機開始轟炸該區，他只得臨時改道，故決定次日買票前往長沙。誰知在往長沙的途中，那司機「年老力衰，且於汽車機構似不甚熟悉」，故汽車時開時停，直到九月十三日早晨才到長沙。剛抵長沙那天，施先生頗為興奮，因為他的三妹及其夫家的人正好都在長沙，大家「相見各道行旅艱辛」，並到酒家大吃一頓晚餐（參見〈長沙左宅喜晤三妹〉一詩）。沒想到當晚在旅館中，施先生即開始腹瀉不停：「……既而腹痛欲絕，披衣下樓如廁，竟病泄矣。余所僦室在三樓，廁所則在底層，半夜之間，升降五次，疲憊之至。」（九月十三日《西行日記》）。第二天仍腹瀉不止，故只得進入附近醫院。一直到九月十八日清晨才平安出院，於次日繼續趕路。

就在這樣的艱難情況之下，施蟄存寫出了〈長沙漫興〉八首。該組詩中，每一首寫一個情景或一種特殊的心情。

---

6 除非特別標明，所有詩歌都取自施蟄存，《北山樓詩》（上海：華東師範大學出版社，二〇〇〇年）。

首先，第一首的開頭兩句（「一肩行李一囊書，來及長沙霖雨餘」）很細膩地描寫了一幅連綿多日大雨後的蕭條景象，一種寂寞的羈旅之情油然而生。最後一句「秋風征旅始愁予」顯然借用〈楚辭・湘夫人〉的意境：「帝子降兮北渚，目渺渺兮愁予。嫋嫋兮秋風，洞庭波兮木葉下。」在這令人哀愁的秋景中，作者感歎他那飄泊異地、顛沛轉徙的苦楚。他問道：「胡為泥中乾曳尾？」意思是說：為什麼我像龜一樣拖著尾巴在泥潭中爬行（典出〈莊子・秋水〉）？答案是不言而喻的——一切都為了逃難，以全生遠害也。接著第二首又描寫他住進天樂居旅館之後的情況，該旅館十分吵鬧，別室一直有人在歌唱（「笙歌別館中宵發，一榻蕭然且聽渠」）。把他人的徹夜歡娛和自己的蕭然獨宿對舉，更有一種客居淒涼之感。此外，國難當頭，依舊「笙歌」，似有「商女不知亡國恨，隔江猶唱後庭花」之歎，於是詩人又問道：「客來何事誤停車？」言下之意是開車的司機為何把我帶到這個地方？不幸的是，晚間不停的腹瀉（加上窗外不停的霖雨聲）又增加了這段羈旅的痛楚，所以第七首詩寫道：「藥碗茶鐺未便虛，愁霖腹疾兩難攄。支頤倚枕都無計，自聽潺潺雨灌渠。」

在病中，詩人特別聯想到古代謫居長沙的賈誼（第六首）。賈誼原來是洛陽人，在漢文帝初年被召為博士，後被權貴中傷，貶為長沙王太傅。當初賈誼曾上〈治安策〉，開頭有「臣竊唯事勢，可為痛哭者一」之語，此策卻不為文帝採納，故李商隱有「賈生年少虛垂涕」（〈安定城樓〉）之句。此處言「猶是」，說明施蟄存以為當前的情勢與賈誼獻策時一樣不安定，足可令人痛哭。詩中三、四句則用「宣室夜對」事：文帝曾在宣室召見賈誼，「至夜半，文帝前席」成為君臣遇合的千古佳話，但賈誼最終還是被貶到長沙，不為重用，所以李商隱曾有「可憐夜半虛前席」（〈賈生〉）的感慨，在此，施先生更以詰問的口氣表達了他對賈誼（一個懷才不遇之士）的惺惺相惜之感：「何人夜半頻前席，問煞長沙太傅祠？」

但施先生終究還是幸運的，即使他不幸住進了醫院，並嘗盡了百般的痛楚（「病室淒清客夢孤」，見第八首），最終還是平安出院。根據《維摩詰經》，維摩嘗以稱病為由，向釋迦牟尼遣來問疾的文殊等宣揚大乘深義。在此施蟄存顯然以維摩自比，只是無人問候探望（「幾曾問疾見文殊」），可見詩人客地臥病之孤淒，若非維摩室中的「天女」（即醫院裡的護士）殷勤伺候，連為自己點燈的人也沒有。但他最後還是痊癒了，而且在出院之後還有一個「半日偷閒」的機會到著名的景點八角亭散步，甚至到長沙市的街上去參觀市面，還發現那個市面與杭州的保佑坊十分相似。他甚至還有時間飲茶，欣賞池塘裡的蓮花等（見第三首到第五首）。

把腹瀉前後的經驗如此生動地寫入詩中，確實是施蟄存的一大發明，這樣的寫法使得他的古典詩歌顯得更加「現代化」。另外一個頗為「現代」的主題就是在旅途中所經常遭遇的「臭蟲」之患，有關臭蟲，施先生在他的《西行日記》中經常提起。其實在長沙的旅館中開始「腹痛不絕」時，他已經埋怨道：「床上臭蟲又多，反側不能成寐。」（九月十三日《西行日記》）後來腹瀉痊癒之後，他奔馳了整整兩天（計程共三百八十一公里），於九月二十日抵達沅陵（他在詩裡寫道：「一日奔馳七百里，長沙西來皆坦途。」）然而不巧的是，本來以為住進了當地的全國大旅館就可以好好地休息一夜，誰知臭蟲又給他帶來了厄運。他當天的日記寫道：

> 九時解被褥就睡。初，肢體得蘇憩。睡極酣適。既而臭蟲群集，競來侵齧，殆警覺時，左股及左脅間已累累數十餅，略一撫摩，肌膚起粟矣。……後室有女伎三五，更番作樂，謳歌宛轉，箏笛低迷。俱大擾人，不能安枕。遂披衣排闥而出，山月初升，西風忽緊，哀猿絕叫，孤鵲驚飛，敻獨幽涼，悲來無方，真屈子行歌之地，賈生痛哭之時也。
>
> 《西行日記》，九月二十日

臭蟲之擾的確敗壞了詩人的心情，同時，旅館的周圍環境吵鬧不堪，使他不能安眠。最後他只得半夜逃出戶外，但終究還是感到「夐獨幽涼，悲來無方。」在〈沅陵夜宿〉那首詩中，他把臭蟲群集的情況比成螞蟻入侵，尤其令人難忘：

瞢騰欲睡乍驚起，爬搔四體無完膚。
明燈熒熒照文簟，臭蟲歷亂如蟻趨。

（第一四頁）

這次恐怖的經驗使得詩人從此害怕臭蟲，而該詩也就以這種非常真實的顧慮作結：「遲明發軔尚惺忪，惡道崎嶇心所虞。」後來施蟄存幾乎對臭蟲產生了一種神經質似的畏懼。九月二十八日抵達曲靖時，他甚至不敢隨意睡在旅館的榻上：

余榻上所設一草薦，已塵汙作黑色，恐有臭蟲，不敢用，遂卷置一端。解被包，出一薄被，擬和衣而臥矣。

九月二十八日《西行日記》

前面已經說過，如果施蟄存的日記注重描寫逃難期間的日常細節，那麼他的詩歌則較重詩人內在情緒的發抒，但由以上的例子可見，他詩裡所描寫的「內在情緒」實與日常經驗息息相關。換言之，他之所以在長沙和沅陵的旅程不甚愉快，實由於腹瀉和臭蟲的騷擾而引起。當然古人一定也有腹瀉和遭遇臭蟲的經驗，但他們大多不認為那是合適的詩歌主題，尤其有關亂離詩，他們通常都注重描寫家國之痛——例如明末女詩人王端淑（也是施先生很佩服的一位才女）的〈悲憤行〉就是典型的一例：「凌殘漢室滅衣冠，社稷丘墟民力殫。勒兵入寇稱可汗，九州壯士死征鞍……。」[7]然而，施蟄存卻傾向把現代人所感受的真實心理情況——哪怕是神經質的，用現代人的方法注入他的詩中，這或許與他的現代派小說之心理描寫有關。總之，我們應當把施蟄存的古典詩歌放在這種特殊的現代語境來閱讀，學者陳聲聰（兼與）曾如此評論過施蟄存的《北山樓詩》：

然時代變，詩亦從無不變。自《三百篇》而《離騷》而樂府，而宋、齊、梁、陳，而唐、宋，以迄於清之同光，其表現意識，放映事務，實有不同之境界，皆有無形之進步。蓋其變者內容，而不甚變者文字，恆為人所不覺耳……君（指施蟄存）華亭傑士，方其少日，文壇角逐，抗手時賢。中更喪亂，輾轉越南海角三湘八閩間，其所遇之境，所見之物，非前人所曾遇見。以君淹貫中西，融會新舊之才，發為聲歌，雖由古之體，而其詩究為今之詩，與君一人之詩……。[8]

把施先生的舊體詩歸納為十分富有創意的「今之詩」和「君一人之詩」，確實甚有見地。可惜一般研究施蟄存的人都把注意力放在他二十多歲時所寫的小說，卻忘了他從三十多歲以後在舊體詩以及其他有關古典文學方面的輝煌成就。難怪陳聲聰先生感歎道：「欣賞者（指欣賞舊體詩者）固已日少。」

另一方面，行旅中的施蟄存喜歡與古人認同。在一篇回憶的散文中，老年的施先生居然把他平生的行旅稱為「古代旅行」，這是因為他的「行旅之感和古人一致」：

7 王端淑，《吟紅集》，一六五一年，卷三，頁一。

8 陳聲聰，〈北山樓詩序〉，《兼與閣雜著》（上海：上海古籍出版社，二〇〇二年）。

唐宋詩詞中，有許多贈別和行旅的作品，都是以當時的交通條件為背景的。

> 現代人讀了，總是隔一層，沒有體會。即如「夜泊秦淮近酒家」、「夜半鐘聲到客船」這等詩句，古人讀過，即有同感，因為人人都有這種生活經驗。現代青年讀後便無動於衷，連想像也無從想像，因為他們的生活中從來沒有這等境界。各式各樣的古代旅行給了我的好處，就是使我能更深入地了解和欣賞這一類詩詞……。[9]

正是一九三七那年的西行逃難之旅（那是長達二十三日的長途跋涉，而非舒適的飛機之行），使他開始進入這種「古代旅行」的趣味中，這也可以解釋為何那年施蟄存突發詩興，居然在途中欲罷不能地寫出了那麼多首抒情的舊體詩（順便一提，西方中古時代的大詩人但丁也是因為在「被貶」的逃難之行中有所感觸，才開始大量寫出抒情詩。所以現代文學批評家瑪麗亞・莫納克（Maria Rosa Menocal）曾經說過：「中古時代——以及現代和後現代的抒情詩是在『貶謫』之中發明的。」）[10]

然而，值得注意的是，一個逃難者必須從「逃難」的心態轉為「旅人」的心態才可能領略這種「古代旅行」的真正趣味，施蟄存的詩歌正好反應了這種微妙的心理變化。有趣的是，在西行的旅途中，最初觸發他進入這種「旅者」心態的原因就是小說家沈從文的湘西世界。且說九月二十一日那天，施蟄存順利地離開了沅陵（那個充滿「臭蟲」記憶的地方），驅車凡二百四十里，最後抵達辰溪。一路上他「經過湘西各地，接觸到那個地區的風土、人情」，頓時就想起了「鳳凰沈從文著《湘西》一卷，摹寫其地風物甚佳。」於是他忍不住在辰溪口作了一首詩，題為〈辰溪待渡〉：

9 施蟄存，〈古代旅行〉，寫於一九七九年九月十七日。見《乙夜偶談》，《施蟄存散文選集》，應國靖編（天津：百花文藝出版社，一九八六年），頁二九三－二九五。

10 Maria Rosa Menocal, *Shards of Love: Exile and the Origins of the Lyric* (Durham: Duke University Press, 1994), p. 91。

辰溪渡口水風涼，北去南來各斷腸。
終古藤蘿牽別緒，絕流人馬亂斜陽。
浣紗坐老素足女，叩棹行歌黃帽郎。
湘西一種淒馨意，彩筆爭如沈鳳凰。（第一五頁）

就是這首作為「有詩為證」的〈辰溪待渡〉首先記錄了詩人進入「旅人」心境的重大改變（半個世紀之後，在他追悼沈從文的輓聯中，施蟄存還念念不忘那段有關湘西的經驗：「沅芷湘蘭，一代風騷傳說部；滇雲浦雨，平生交誼仰文華。」他曾自己闡釋過這幅輓聯，他說：「上聯說從文的作品是現代的楚風、楚辭，不過不表現為辭賦，而表現為小說。」）[11]

其實，施先生的〈辰溪待渡〉一詩（尤其是「浣紗坐老素足女」等意象）也使我聯想到明代詩人楊慎（一四八八－一五五九？）。楊慎曾作〈題浣女圖〉詩一首，戲仿李白的〈浣紗女詩〉，其開頭的兩句就是：「紅顏素足女，兩足白如霜。」[12]不過更關鍵的是，施蟄存的西行經驗很自然地使我聯想到楊慎的赴滇旅程。楊慎本來在文壇上很早（二十多歲時）就占據了很顯赫的地位，後來（一五二四年，三十七歲時）卻不幸因「議大禮」事件而觸怒了嘉靖皇帝，故在遭到廷杖之後，終被貶到雲南永昌衛，他在長達三十五年的流放生活中仍繼續勤學，努力寫作，其持續的多產令人驚歎。[13]雖然

---

11 施蟄存，〈滇雲浦雨話從文〉，寫於一九八八年，八月二十三日。見施蟄存，《沙上的腳跡》（瀋陽：遼寧教育出版社，一九九五年），頁一三一。

12 楊慎，《升庵集》，卷六八，〈素足女〉條，見影印《文淵閣四庫全書》（臺北：臺灣商務印書館），第一二七〇冊，頁六七一。

13 楊慎所撰寫和編纂的文字多達四百餘種（現存約二百多種），僅雜著就有一百餘種。見豐家驊，《楊慎評傳》（南京：南京大學出版社，一九九八年），頁三四二。

施蟄存並沒被貶（只是他的「西行」原有「自我放逐」的涵義），他後來在雲南也只待了三年，但他那種身處「邊緣」卻新作疊出的創作精神，讓我不得不聯想到明代大才子楊慎的經歷。重要的是，當年的楊慎曾經從一個「放逐者」轉而變成了一位融入大自然的「旅人」，他曾在〈遊點蒼山記〉中寫道：「自余為僇人，所歷道途，萬有餘里……號稱名山水者，無不遊已。」尤其是在他見了點蒼山之後，終於「如醉而醒，如夢而覺……然後知吾嚮者之未嘗見山水，而見今日始。」[14]

與楊慎相同，在初往滇黔的道中，施蟄存也有一種「如在夢中」的感觸。他在九月二十二日的日記中曾記載道：

車入貴州境後，即終日行崇山峻嶺中，紆迴曲折，忽然在危崖之巔，俯瞰深溪，千尋莫止，忽焉在盤谷之中，瞻顧群峰，百計難出。巉峨之狀，心目交栗。鎮雄關，鵝翅膀，尤以險塞著聞，關輪疾馳以過，探首出車窗外，回顧其處，直疑在夢寐中矣……。

當時施蟄存曾寫詩〈晃縣道中〉一首，以描寫這種既險峻又令人感到震撼的特殊景象。作為一個旅者，面對如此經驗，可謂大開眼界：

漸有居夷感，終朝瘴霧間。

14 楊慎，〈遊點蒼山記〉，《升庵詩文補遺》卷一，《楊升庵叢書》（成都：天地出版社，二〇〇二年），第四冊，頁六五。參見葉餘，〈楊升庵的〈遊點蒼山記〉〉，《滇池》，一九八二年，第一〇期，頁六〇。並請見拙作，〈走向邊緣的「通變」：楊慎的文學思想初探〉，《中國文學學報》創刊號（北京大學中國語言文學系及香港中文大學中國語言文學系合編），二〇一〇年十二月，頁三五九—三六八。

天無三日霽，地屬五溪蠻。
林杪猿啼急，雲中鳥道艱。
回車吾豈得，越嶺復登山。（第一六頁）

尤可紀念者，當車行至「中國第一瀑布」黃果樹時，施蟄存忍不住要請司機停下來，以便讓他靜靜地觀賞那千仞山壁、飛泉直落的震撼景觀。他的日記寫道：

至黃果樹，路轉峰迴，便見中國第一大瀑布。上則匹練千尺，下則浮雲萬疊，勢如奔馬，聲若春雷，遂命司機停車十分鐘，憑窗凝望焉。

九月二十六日《西行日記》

那天他當場就寫下了〈黃果樹觀瀑〉一詩：

黃果奴千樹，青山界一條。
靜垂吳女練，急卷浙江潮。
幽谷晴噴雪，曾陰晝聽梟。
蠻煙封絕域，殊勝在三苗。（第一七頁）

「青山界一條」、「靜垂吳女練」等詩句顯然暗用中唐詩人徐凝〈廬山瀑布〉中的名句「千古長如白練飛，一條界破青山色」，但施先生卻把它放在一個「蠻煙封絕域，殊勝在三苗」的全新背景中，於是就更加令人震撼。就是在這種「馳驅於懸崖絕壑」的旅途中，使得施蟄存由衷地感歎道：「昔嘗從《徐霞客遊記》中知其為黔西險要，今親臨其地，視之果然。」[15]同樣，在〈車行湘黔道中三日驚其險惡明日當入滇知復何似〉那首詩中，我們不但讀到「驅車三日越湘黔，墮谷登崖百慮煎」那種令人驚心動魄的描寫，也能體驗到作者詠歎滇黔地方風物的樂趣：「負鹽苗女支笻歇，叱馭奚僮解馱眠。」（第一八頁）。

值得注意的是，這段充滿刺激的西行逃難之旅，最終成了施蟄存一生中很重要的治學和文化之旅。他於九月二十九日抵達昆明，九月三十日往雲南大學報到，不久開始教大一國文、文選、歷代詩選等課程。施先生是抗戰爆發後第一批到昆明教書的「外省人」之一，當時與他同時抵達昆明的教師們還包括吳晗、李長之等人。他們「都是在盧溝橋事變以前決定應聘的」，所以當初選擇來到昆明，「不是由於戰事的影響」。[16]然而不久就來了大批的清華、北大師生，當時兩校合併為西南聯合大學，又有中央研究院的沈從文、楊振聲等人也同時逃難到了昆明，所以一下子昆明成了人才的集中地，施先生也就很自然地進入了這個學術圈子。同時，昆明大學面臨美麗的翠湖，那湖濱也是學者們經常聚合的地方。據沈建中的書中所載，施蟄存曾回憶道：

那時候，中國的學術圈子主要是在北平，一大批學者雲集北平的幾所大學。抗戰爆發後，北平淪陷，北平城裡的這一大批精英開始撤離，一部分去了成都、重慶，另一部分隨著清華、北大、中央研究院遷到了昆明，成立了西南聯大。在那裡，我碰到了聞一多、向覺明、羅庸、馮友蘭、張蔭麟、陳寅恪、魏建功、唐蘭、林徽因、楊振聲、冰心等許多人，還有舊友朱自清、

15 見《西行日記》，一九三七年，九月二十七日。

16 施蟄存，〈滇雲浦雨話從文〉，見《沙上的腳跡》，頁一三三。

浦江清、沈從文、滕固、傅雷、徐遲、孫毓棠、鳳子、徐中玉和葉秋原夫婦。課餘時常聚集在一起，有時在翠湖公園裡散步聊天，有時到圓通公園喝茶，漸漸地似乎也進了這個圈子。對於我來說，在治學方面深受影響，知識面廣了，眼界開了。[17]

很巧的是，施蟄存當時正好與浦江清等人住在翠湖旁邊的承華圃街，所以他課餘閒暇之時經常到風景優美的湖邊散步。他當時所交的新朋友——例如吳宓、馮友蘭等人，大多是在翠湖散步時相識的。如果說昆明是戰亂時期知識分子的避難所，那麼翠湖就成了那個「避難所」的象徵，在〈翠湖閒坐〉那首詩中，施蟄存企圖捕捉其中的平靜之美：

斜陽高柳靜生煙，魚躍鴉翻各一天。
萬水千山來小坐，此身何處不隨緣。

重要的是，一個人必須在歷經千驚萬險的顛沛逃亡之後，才能真正體會這種「此身何處不隨緣」的境界。

在昆明的前半段時期，施蟄存還沒有真正感到戰事的威脅，因為那時昆明很少遭受嚴重的空襲，然而詩人內心的焦慮卻因松江老家被日機炸毀的消息而難以平靜。一九三七年十一月二日，他突然接到家人的電報，得知老家已在戰火中毀去，內心感傷之情無以名狀，當下即賦詩一首，題為〈得家報知敝廬已毀於兵火〉：

17 沈建中，《遺留韻事：施蟄存遊蹤》（上海：文匯出版社，二〇〇七年），頁一三二。

去家萬里艱消息，忽接音書意轉煩。
聞道王師回濮上，卻教倭寇逼雲間。
屋廬真已雀生角，妻子都成鶴在樊。
忍下新亭聞涕淚，夕陽明處亂鴉翻。（第二三頁）

從此，「已是無家爭得歸」（見〈大觀樓獨坐口占〉）就成了他詩中的一大主題。在〈除夕獨遊大觀樓〉那首詩中，他把自己比成古代詩人陸機那種隻身漂泊異鄉的孤寂心情：

樓外樓空遊客稀，老夫策杖獨依依。
城中兒女喧分歲，日下倭夷正合圍。
入洛士衡非得計，去家元節總思歸。
蕭寥一段殘年意，伴取西山冷翠微。（第二四頁）

在給妻子的家書中，施蟄存雖表達了憂國思家的愁悶，但總是盡量給予安慰，總是盼望戰爭很快就會過去（「王師旦夕定東夷」）。例如〈寄內〉一首：

干戈遍地錦書遲，每發緘封總不支。
莫枉相思歌杕杜，暫時辛苦撫諸兒。
浮雲隨分天南北，閨夢欲來路險巇。
春水方生花滿陌，王師旦夕定東夷。（第三二頁）

然而，對施蟄存來說，真正能起到撫慰心靈作用的，乃是徜徉於山水的旅行經驗。一九三八年的寒假，他終於有個好機會到路南縣旅遊前後十五天，在其間他「遊玩石林、芝雲洞諸名勝三天，在彝人山中住了十天」，「自然界的奇觀及倮羅人的風俗習慣」均使他多年之後「未能忘懷」。[18]該行是應雲南大學學生李埏的邀請，到他的家鄉路南彝族自治縣旅遊，同行之人還有吳晗先生和他的弟弟吳春曦。其中尤以石林之遊特別引人入勝，施先生嗣後還寫了長詩〈遊路南石林詫其奇詭歸而作詩〉一首。其開頭四句寫道：

平生不解馳驅樂，一朝捉轡心手艱。
石林遊興不可降，踞鞍叱馭終自嫻。

該詩以如此風趣和自嘲的口吻開頭，在古今詩中都是少見的。原來，施蟄存一向不善騎馬，不像吳晗和他的弟弟平日課餘就經常租馬去郊外練習馳騁，因而在往路南縣的山路旅途中他們總是策馬急馳，唯獨施先生因「不善捉鞚」，只得「享用滑竿」。但那次石林之遊，施先生終於有了平生第一次騎馬的經驗，他的《路南遊蹤》很生動地記載了當時的情況：

吃了早飯，李埏君已將馬匹預備好。我本來想乘坐滑竿，但吳君昆仲堅主騎馬，並且也勸我趁此機會學一學馳騁之術。我心中不免動搖，頗油然而有據鞍之興，遂即欣然首肯。李延君知道我不會騎馬，所以特地替我預備了一匹馱馬……我跨上馬背，坐在那鞍架上，覺得怪不舒

18 施蟄存，《路南遊蹤》，見《北山散文集》第一輯，劉凌、劉效禮編，《施蟄存全集》（上海：華東師範大學出版社，二〇一二年），第二卷，頁一〇五。

服……於是我表示寧願摔跤，不願騎這馱馬。吳君等都笑起來，請李君給我的馬換上了一道鞍子……出了東門……來到城外大路上，吳君昆仲策馬疾馳，李君的馬也跟著跑了。我的馬在最後，看見前面三匹馬絕塵而去，也不甘落後，翻滾銀蹄，追奔上去了。我竭力保持身子的平衡，不讓給溜下去，但是有好幾次是已經滑下了鞍子，又努力坐正來的。我覺得馬背在我胯下像波浪一樣地往前湧，耳朵中只聽見呼呼的風聲，眼前只見一大堆馬鬣毛。我屢次大叫前面的馬趕快停止了奔馳，但吳君他們都哈哈大笑。這樣我完成了生平第一課的騎術。[19]

後來他們四人終於安抵石林峭壁，並爬上了最高的石堆。施蟄存那首〈遊路南石林詫其奇詭歸而作詩〉的後半部（第十七行至末尾三十八行）就是描寫他剛見到那些嶙峋的巨石所產生的非尋常之感官意識：

千巖萬崿開竹田，琅玕磊砢難躋攀。
虎牙桀峙荊門竦，天光隱遁日腳黮。
望夫插灶羅星躔，督郵亭長趨朝班。
蒼鷹靜發山鬼笑，杜鵑亂作洪荒殷。
始知女媧煉石處，鼎爐乃在西南蠻。
米顛屐齒不到此，丈人寂寞苔蘚斑。
蘇柳門詩虛想像，幾曾真見劍鋩山。

19 施蟄存，《路南遊蹤》，見《北山散文集》第一輯，劉凌、劉效禮編，《施蟄存全集》，第二卷，頁一〇八－一〇九。

東吳培塿亦小巫，萬笏朝天徒自訕。
老夫眼福得天賜，色飛魂動眸子孱。
拊髀爵躍不可說，欲寵以詩辭已慳。
待乞項容揮水墨，臥賞崔嵬几席間。（第三四頁）

以上這一段詩的大意是：石林的千萬石柱拔地而起，如竹林一般，又多又密，難以攀登。這些尖銳的怪石有如「虎牙」一般，連太陽光都被擋住，它們彷彿是望夫石和插灶山的巨石一般，都一起高聳入雲，峭壁上的兩塊大石有如「督郵」和「亭長」兩個官吏正在攘袂相對。[20]這些奇石或如展翅欲飛的蒼鷹，或如凝睇含笑的山鬼，姿態各異。同時亂石堆積，滿目殷紅，似杜鵑遍地，又好像到了混沌的遠古時代。[21]這才令人恍然大悟：原來女媧煉石的「鼎爐」就在這裡（「西南蠻」）。可惜善畫山水的米芾遊蹤不到此地，以致奇山怪石寂寞不為人知，到處都長滿了苔蘚。從前蘇、柳等人也都寫過有關「尖山」似「劍芒」的詩文，但他們「幾曾真見劍鋩山」了[22]（言下之意是眼前石林之陡峭遠勝蘇、柳所見）？我今天見了這兒的石林，才終於想到：原來蘇州的天平山（「東吳培塿」）雖然早已擅名「萬笏朝天」，其實只是小巫見大巫，我（「老夫」）真是「眼福得天賜」，讓我面對此景，

---

20 插灶，山名，位於湖北省宜昌縣附近。又，有關督郵和亭長，語出劉義慶的《幽明錄》，「宜都、建平二郡之界有五、六峰，參差互出，上有倚石，如二人像，攘袂相對，俗謂二郡督郵爭界於此。」

21 「蒼鷹靜發山鬼笑，杜鵑亂作洪荒殷」兩句似乎指向《楚辭》中的〈山鬼〉一章：披著薜荔衣裳的山鬼「既含睇兮又宜笑」，她「采三秀兮於山間，石磊磊兮葛蔓蔓。」

22 有關「蘇柳」兩句：柳宗元〈與浩初上人同看山寄京華親故〉：「海畔尖山似劍鋩，秋來處處割愁腸。若為化作身千億，散向峰頭望故鄉。」《東坡題跋》：「僕自東武適文登，並海行數日，道旁諸峰，真若劍鋩。誦柳子厚詩，知海山多爾耶。」蘇、柳皆貶南方蠻荒之地，而施蟄存也到了同樣的地方（雲南），故此兩句既言石林之陡峭勝蘇、柳所見，或亦蘊含詩人自己望鄉思家之意。

少見多怪，故覺驚心動魄，以至眉飛色舞，歡欣雀躍，所見奇景無法形諸言語文字（「欲寵以詩辭已慳」）。但願唐代著名的山水畫家項容能為我畫出這個石林偉觀（「待乞項容揮水墨」），好讓我臥賞石林的高大奇景（「臥賞崔嵬几席間」）。

像這樣生動的遊記詩確實少見，比起韓愈那首〈山石〉，施蟄存的〈遊路南石林詫其奇詭歸而作詩〉更來得「奇詭」。韓愈的〈山石〉其實並非關於「山石」，只是因為開頭一句「山石犖確行徑微」而得名，全詩乃是有關詩人遊山之後，在歸家途中之所見所感，其中尤以結尾諸句（「人生如此自可樂，豈必局束為人羈。嗟哉吾黨二三子，安得至老不更歸。」）流傳於世。施蟄存特別欣賞韓愈這首詩的結尾，曾在他的《唐詩百話》中評論道：「像這樣的生活，自有樂趣，何必要被人家所拘束，不得自由自在呢？我們這兩三人，怎麼能在這裡遊山玩水，到老不再回去呢？」[23]施蟄存的〈遊路南石林詫其奇詭歸而作詩〉似乎也抒發了「至老不更歸」的旅遊情趣。當然除了〈山石〉，施先生此詩（至少在多層描寫的技巧上）顯然更受韓愈〈南山詩〉的影響，韓愈〈南山詩〉之描寫險語疊出，也頗動人心魄，在此不能不提及。[24]但施詩最大的不同是：它雖是一首舊體詩，其中所表達的卻是一種「新」的感覺。換言之，詩人用很艱深的古典用語來描寫自己獨特的心理印象——從詩人的眼中看來，石林中所有那些嶙峋的巨石都被人格化了，在他的想像中，那些石頭已經不是什麼靜態的峭拔石塊，而是充滿動作的主動者。這樣的寫法不得不令人想起：施先生其實是用他那種寫「現代派」心理小說的寫法來寫詩。與他從前所寫的許多心理小說相同，他在這首詩中採用了不少古代的典故，但描寫的卻是極其現代的心理感覺。[25]

23 施蟄存，《唐詩百話》（上海：上海古籍出版社，一九八七年），頁四〇八。
24 見韓愈，〈南山詩〉，《全唐詩》第三三六卷（北京：中華書局，一九六〇年），第一〇冊，頁三七六三—三七六五。
25 有關施蟄存的心理小說經常採用古代典故和故事，尤以《將軍底頭》最明顯。該故事從頭就引用杜甫的詩：「成都猛將有這種古典中的「新鮮」感，其實是施先生的雲南詩歌中很重要的一個特徵。在昆明期間，他最流連欣賞的景致之一就是到處滿目怒放的山茶花。他曾與浦江清、吳晗等人多次到著名的金殿欣賞茶花之美，目睹「茶花盛放」的景致。有一次，其中一株「色淺紅者尤大，高二丈許，花大可比芍藥。」[26]至於施蟄存所寫有關山茶花的詩歌，尤以長詩〈華亭寺看山茶〉最為壯觀：

雲南鶴頂誇絕豔，未到雲南先在念。
寓齋頗有犀角株，初浣征塵已點朱。
繁霜濃霧日凌扇，坼蕊吐苞忽滿院。
曈曈曉日蒸燕支，蕩蕩瓊瑰照酒卮。
豐肌穠態出殊色，江外盆栽那比得。
老夫一日三憑欄，欲賦新詩琢句難。
涯渚自欣天下好，坐被鄰翁笑絕倒。
朝來挈我上西山，松檜蕭森苔蘚斑。
迤邐卻入華亭寺，目眩魂翻心忽墜。
赤城霞起建高標，三月阿房火勢驕。
即墨奔牛猶爇尾，東甌燒佘驚山鬼。
眼前物候失春冬，暖入重裘四體融。

花卿，學語小兒知姓名」。此外，他的小說《石秀》（一九二九）、《鳩摩羅什》（一九三一？）等也都建立在古典用事的基礎上。見施蟄存，《十年創作集》（上海：華東師範大學出版社，一九九六年）。

26 沈建中，《遺留韻事：施蟄存遊蹤》，頁一四三，引用浦江清日記。

誰遣炎官主北政，日炙風薰來用命。
當階一丈飾瓏璁，突兀凌霄照殿紅。
簇碗堆盤幾千朵，醉眼酡顏爭婀娜。
雲從煙擁舞霓裳，朱鸞赤鳳翩回翔。
桃杏不須誇爛漫，芙蓉失色山榴歎。
南強北勝徒紛爭，籬角牆根浪得名。
寺僧為我徵故實，屈指昆明推第一。
移向安寧三泊開，劣與茶王作輿臺。
鄰翁聞之面發赤，拘虛人笑拘虛客。
要余更作三泊遊，觀海一洗井魚羞。
老夫回面謝不敏，莫損有涯逐無盡。
歸來詩成不飾文，寄去家園詫細君。（第二六頁）

這首長詩大約作於一九三八年三月間，是施先生與葉秋原、杜衡夫婦遊華亭寺之後寫的。[27]據沈建中考證：

> 滇西南郊西山之腹地有座殿宇華亭寺，元延祐七年（一三二〇年）由高僧玄峰建立，傳說大殿上梁之際有群鶴翔集，詫為華亭仙翩，因而名寺。明末毀於兵燹，清康熙二十六年（一六八七

27 沈建中，《施蟄存先生編年事錄》（上海：上海古籍出版社，二〇一三年），一九三八年三月條。

年）修繕，至咸豐七年（一八五七年）又遭毀，在光緒九年（一八八三年）重新興建。一九二三年虛雲和尚增建了藏經樓、大悲閣、海會塔，改名為雲棲禪寺。寺內有天王殿、大雄寶殿、鐘樓，大殿內有三尊三世佛金身塑像，兩旁壁上塑有五百羅漢像；天王殿雕有四大金剛和哼哈二將，正中供奉彌勒佛。寺周圍蒼松翠柏，曲徑通幽，頗為古雅。[28]

然而，施蟄存的長詩〈華亭寺看山茶〉卻把重點放在「紅色」山茶的描寫上。據傳說「華亭寺」最初乃因「大殿上梁之際有群鶴翔集，詫為華亭仙翮，因而名寺。」所以施先生此詩的開頭首句就把雲南的山茶花比成丹頂鶴——那是一種頭頂上有一抹豔紅的白鶴：「雲南鶴頂誇絕豔」，這樣一來，該詩的氣氛從頭就是既紅又豔的。首先，詩人描寫當天在旅途中，從一開始就看到周遭的樹林已有紅色的點綴（「初浣征塵已點朱」）。後來他漸漸覺察到太陽照在胭脂色的山茶花上之景觀：「曈曈曉日蒸燕支」（第七句）。於是那紅色的山茶立刻使他聯想到紅玉般的酒杯（「蕩蕩瓊瑰照酒卮」）。抵華亭寺之時，那兒的山茶花更讓他感到「目眩魂翻心忽墜」，因為整個華亭寺有如一座「赤城」。此外，滿山遍布的山茶也令他聯想到阿房宮中的紅火：「赤城霞起建高標，三月阿房火勢驕。」（第一九－二〇句）他接著還聯想到古代春秋時代那種像火一般的「火牛陣」，還有那足以令山鬼心驚的火燒佘田（「即墨奔牛猶爇尾，東甌燒佘驚山鬼。」）此時詩人猛然覺察到：似乎季節完全倒錯了，否則山茶花的「紅熱」怎麼使得寒冷的初春溫暖得有如盛夏一般？於是他又問道：是誰差遣火神（炎官）來到人間，使他做出違背節序之事？

28 沈建中，《遺留韻事：施蟄存遊蹤》，頁一五四。

眼前物候失春冬，暖入重裘四體融。
誰遣炎官主北政，日炙風薰來用命。（第二三—二六句）

接著詩人注意到有一棵一丈多高的山茶，就在華亭寺的臺階上，它長得特別突出，它的紅色照亮了整座寺院。同時，它樹上的「幾千朵」山茶花有如堆積起來的碗盤，其豔麗猶如美人的兩腮醉顏：

當階一丈飾瓏璁，突兀凌霄照殿紅。
簇碗堆盤幾千朵，醉眼酡顏爭婀娜。（第二七—三〇句）

此外，詩人也把這些山茶花比成「舞霓裳」的美女，還有天上飛翔的「朱鸞赤鳳」。最後他的結論是，無論是桃杏或是木芙蓉或石榴花，即使它們也是紅色的，根本無法和山茶的燦爛相比：「桃杏不須誇爛漫，芙蓉失色山榴歎」（第三三—三四句）。

把山茶花比成像火一般的熱烈，確實是施先生的一大創見。在這首詩中，我們也可以感受到所謂「通感」（synaesthesia）在詩中的作用。錢鍾書把「通感」定義為中國古典詩中很重要的詩法，它指的是一種視覺、聽覺等「感覺挪移」的交互作用。[29]但在〈華亭寺看山茶〉這首詩中，施蟄存所表達的更是一種「現代派」的全面象徵手法，那是法國波德雷爾（Baudelaire）等人所主張的「象徵通感」（correspondence）之進一步發揮。因為施蟄存所強調的不僅是「感覺挪移」的作用，而是一種整體的感官想像——詩人由視覺進入觸覺的熱感，又由熱感轉入心理的描寫。有關色彩的渲染，施蟄存無

[29] 錢鍾書，《通感》，收入《七綴集》（北京：三聯書店，二〇〇二年），頁六二—七六。

疑是受了唐代詩人李賀詩法的影響（施在少年時代曾寫〈安樂宮舞場詩〉，自稱是「模仿了許多李長吉的險句。」）[30]但在這首〈華亭寺看山茶〉的詩中，施蟄存所創造的意象卻有一種「現代派」的特徵，那就是觸及到「心理現實」的層面。尤其是他把山茶花擬人化，並讓它具有某種心理活動，確實令人大開眼界。

當然，並非施蟄存所有的逃難詩歌都具有這種「現代派」手法，但一般來說，施先生所寫的較長的「古詩」——尤其像〈遊路南石林詫其奇詭歸而作詩〉和〈華亭寺看山茶〉等長詩，都比較容易展示他這一方面的特徵。相比之下，他一般所寫的律詩或絕句則似乎較為含蓄而濃縮，這乃是因為短詩較不容易安排大規模的意象「通感」。例如有一回他和朋友在晉寧探望聞一多，順便遊盤龍寺，之後寫了一首五言律詩，題為〈晉寧偕浦君練呂叔湘侍聞一多先生遊盤龍寺〉。該詩云：

殘晉開蠻郡，蒙元選佛場。
三乘空貝葉，十地舍金裝。
來見不見相，謂盡無盡藏。
闍黎供一飯，毛孔生妙香。

這首詩的重點自然和以上的長詩十分不同。

此外必須說明，並非施蟄存在昆明所寫的全部詩歌都和旅遊有關，前文已經提到，在抗戰初期，昆明成了人才薈萃之地，施蟄存也就很自然地進入了這個文人的圈子，所以他的許多詩歌都是他當時

30 施蟄存，〈我的創作生活之歷程〉，一九三三年五月。見《施蟄存散文選集》，應國靖編（天津：百花文藝出版社，一九八六年），頁九七。

和朋友的唱和。例如，昆明的大觀樓一向是文人賦詩聚會之處，所以施先生經常和朋友們到該地品茶酬唱，有一首詩〈何奎垣李季偉張和笙諸公招飲大觀樓分韻賦詩因呈一章〉就特別記錄了那次的聚會：

勝地初相引，來同詩酒盟。
倭氛妨北顧，蜀學喜南行（諸公皆蜀人）。
佳句草堂舊，玄言秋水清。
幸從傾蓋語，尊俎定平生。

據施先生告訴沈建中，「這三位四川籍教授都是風雅之士，何奎垣尤善詩詞，李季偉偏愛戲曲，張和笙長於圍棋。」[31]另外，施蟄存也經常與他的同事周泳先唱和，當時周泳先住在風景優美的磨盤山，施先生常去拜訪他家。有一首詩〈贈大理周泳先〉云：「蒼洱新詞客，清真有嗣音。湖山容寄傲，花草費鉤沉。寇騎不窺塞，霜翰寧息林。從今謝羈旅，松菊入瑤琴。」對周氏的隱居方式表示羨慕之情。另有一首題為〈周泳先招飲率爾有作〉，對周氏後院「松菊存三徑」的環境尤為稱讚，相較之下，自己卻還在「風塵」中逃難，他因而感歎道：「周郎招取飲香醪，更與吳箋寫鬱陶。篆刻雕蟲童子技，霜刀飛鱠細君勞。輸卿松菊存三徑，老我風塵見二毛。小閣銀燈共遙夜，羈愁聊借一尊逃。」施先生對朋友的坦白和幽默的情趣完全在該詩中表現無遺。

此外，施蟄存對抗戰期間避居昆明的才女格外敬仰，其中有一位女詩人盧葆華，她早年曾在上海求學，後不斷在報刊上發表詩文，施先生早與她結識。抗戰爆發後，盧氏攜帶老母和兩個孩子避居

31 沈建中，《遺留韻事：施蟄存遊蹤》，頁一三七。

昆明，又被丈夫遺棄，所以施蟄存特別同情她，也經常與她唱和，曾贈她「今來解後滇池上，避地俱為離亂人」等詩句〔見〈為盧葆華女士題飄零集詩卷〉：「少日相逢歇浦濱，茗邊曾與共佳辰。今來解後滇池上，避地俱為離亂人。樂鏡漫隨黃鵠舉，文君解賦白頭新。如何浪作飄零計，聞道劉盧是世親（女士適劉生，時方議仳離）。」〕另外，有一次施先生在翠湖公園散步時認識了著名的女詩人徐芳，後來經常有來往，曾作一詩〈漫題一絕為徐芳作〉：「元是凌波縹緲身，雕蟲獺祭亦天真。焚書王壽終能舞，卻道君家有解人。」（第三三頁）。

對當時不在昆明卻不幸遭遇困難的朋友們，施蟄存也同樣以寫詩的方式表示關切。例如，他曾作詩〈寄郁達夫南洋〉：「容臺高議正紛紛，競奏蠻書靖敵氛。雪涕賈生方賦鵩，投荒杜老政憐君。朱弦欲為佳人絕，玉鏡難緣舞鳳分。珍重東坡謫儋耳，隨行猶自有朝雲。」（第二五頁）。此詩顯然寫於一九三九年郁達夫在香港《大風》雜誌刊登《毀家日記》，公布自己與王映霞婚變內幕之後。詩的前半部集中描寫抗戰期間對於當時文人的衝擊，他把郁達夫的南洋逃難比成賈誼被貶和杜甫在安祿山事變期間的「投荒」四川，詩的後半部則對朋友的婚變表示遺憾——大意是，即使那個被貶到海南島的蘇東坡也比郁達夫幸運。總之，整首詩表達了對郁達夫的關切，也表示問候之意（順便一提，後來一九四〇年初夏，施蟄存到了香港，有一天見到王映霞，聽她述說自己的經歷，故作一詩〈香港寰翠閣遇王映霞話近事為賦一章〉，深表遺憾：「朱唇蕉萃玉容臞，說到平生淚漬襦。早歲延明真快婿，於今方朔是狂夫。謗書漫玷荊和璧，歸妹難為合浦珠。蹀躞御溝歌快絕，上山無意采蘼蕪。」[32]後來一九四二年，施蟄存轉到福建長汀，聽說王映霞已改嫁，又作〈聞王映霞近事〉一首，中有「可憐京洛風塵裡，緇盡凌波白練裙」諸語，卻不無微詞，此為後話。）

[32] 該詩原來題目為：〈二十九年仲夏晤王映霞女士於香港皇后道寰翠閣娛樂咖啡室為言達夫不可同居，已告仳離矣，因綴其語〉。見沈建中，《施蟄存先生編年事錄》，一九四〇年六月條。

昆明在抗戰時期所扮演的文化角色是比較特殊的，當初施蟄存之所以決定到昆明去教書，他所選擇的純粹是一條傳統文人的道路——這與他的朋友戴望舒、穆時英等人的目標極其不同。然而，施蟄存最終在昆明只住了三年（嚴格地說，前後只住了兩年半），這完全是外在現實的情況所造成的。首先，一九三九年之後，由於屢次躲避敵機的轟炸，施蟄存和他的朋友們經常被迫避居離昆明一百里以外的小城，情勢已經很危險了。從他的散文〈山城〉和〈枯坐〉那首詩中（有「索居空眾慮，枯坐遂中宵」等語），已可以讀出作者日漸孤寂的心態。[33]同時，據他所寫的〈米〉一文可知，當時昆明的通貨膨脹已到了「一百元一石的米價威脅之下」，他說「我們每天擔憂著明天或許要挨餓，因為我們沒有權利一次買到一斗以上的米，也沒有把握能確定每一次都買得到。」[34]一九四〇年三月十日，施先生在給成都聞宥先生信中則更清楚地寫道：「弟現已定於十三日離滇赴港」，並說「昆明物價近已無法對付，米售百元一石尚可，所更難堪者，紙菸『皇后輪』二十支乃售一元六角。故弟不能待至暑假結束告退耳。」[35]不過，當時施先生可能只想暫時離開一下，想在香港待一段時間，等將來情況好轉再回昆明。誰會料到，僅只三個月之後，日本軍就澈底封鎖了滇緬線的鐵路，即使他想再回昆明，也已經不可能了。

在施蟄存的人生記憶中，昆明一直占有極其重要的地位。在他的心目中，昆明不僅是一個特殊的「地點」，也是一種特殊心靈境界的象徵，尤其在離開雲南之後，他更加懷念昆明。事實上，才離開昆明不到兩個月，他就寫出了以下憶舊遊的文字：

33 施蟄存，〈山城〉，一九四〇年五月十八日。見《北山散文集》第一輯，劉凌、劉效禮編，《施蟄存全集》，第二卷，頁一五〇—一五二。

34 施蟄存，〈米〉，一九四〇年四月八日。見《北山散文集》第一輯，劉凌、劉效禮編，《施蟄存全集》，第二卷，頁一四一—一四九。

35 見沈建中，《施蟄存先生編年事錄》，一九四〇年三月十日條。

現在到了香港了，安居下來之後，一天一天地覺得不自在起來。雖然在這裡抽紙菸、吃魚都比昆明方便，可是當時所渴望而不可得者，現在既得之後，反而又覺得不甚珍異，非但不甚珍異，甚且有點厭膩，而對於昆明的生活，轉覺得大可懷戀，雖然明知道此刻的昆明比我離開它時更不易居了。[36]

八月二十日，施先生又發表了一篇題為〈馱馬〉的文章，其中寫道：

我第一次看見馱馬隊是在貴州，但熟悉馱馬的生活則在雲南……二萬匹運鹽運米運茶葉的馱馬，現在都在西南三省的崎嶇的山路上，辛苦地走上一個坡，翻下一個坡，又走上一個坡，在那無窮盡的山坡上，運輸著比鹽米茶更重要的國防材物。我們看著那些矮小而矯健的馬身上的熱汗，和牠們口中噴出來的白沫，心裡將感到怎樣的沉重啊！[37]

這篇散文令人想起了他的石林之遊，還有那首題為〈馱馬〉的五言律詩：「巴滇果下馬，款段耐登山……長楸嘖玉過，斜日識途還……。」（第二七頁）。後來十月間他到了福建，在途中寫〈坑田道中得六詩〉，詩中卻有「吾昔遊滇中，好山看不已」之句（第三九頁）。在福州的西湖公園內喝茶，也不知不覺地想起了昆明：

36 施蟄存，〈抗戰氣質〉，《薄鳧林雜記》，載於一九四〇年六月二十日香港《大風》半月刊第六九期。見《北山散文集》第二輯，劉凌、劉效禮編，《施蟄存全集》，第三卷，頁五七一—五七二。

37 施蟄存，〈馱馬〉，《薄鳧林雜記・續》，香港《大風》半月刊第七三期。

福州也有一個西湖，但我在西湖公園內開化寺前喝茶的時候，卻彷彿身在昆明翠湖公園中的海心亭茶寮內。我自己也有點吃驚，為什麼昆明能使我愈益留戀起來？」[38]

不久他到了山中的永安教書，心裡特別寂寞，也就懷念起從前在昆明的日子：

這一年中的生活，大約將花費於朝看山色，暮聽溪喧裡了。到此地，真有寂寞之感了。在昆明的時候，感覺到寂寞。到這裡來之後，就不禁想起在昆明時的熱鬧了。這裡沒有親戚，沒有同鄉，也沒有一個舊朋友，投身到一個完全陌生的環境裡，即使我原是抱著此勇氣而來，到其間也不禁有點後悔的樣子。[39]

不久他寫長篇的〈愁霖賦〉表達他那種哀「世亂而流離」的情緒，中有「初紆轡於昆滇，旋揚舲於閩越」的感歎。[40]接著他寫〈歸去來辭並序〉，抒發無家可歸的悲哀，寂寞之情油然而生：

庚辰之冬，寄跡閩越諸山中。除夕，少飲酒，便而陶然，空堂獨坐，無與歡者……歸去來兮！歲云暮矣，爾安歸？……[41]

38 施蟄存，〈適閩家書〉，一九四〇年十一月一日。見《北山散文集》第四輯，劉凌、劉效禮編，《施蟄存全集》，第五卷，頁一七八二—一七九八。

39 施蟄存，〈適閩家書〉，一九四〇年十一月九日。

40 施蟄存，〈愁霖賦〉，一九四一年，三月二十七日。見《北山詩文叢編》，劉凌、劉效禮編，《施蟄存全集》，第十卷，頁一七一—一七二。

41 施蟄存，〈歸去來辭〉，刊於香港《大風》，第八七期，一九四一年四月五日。一九四一年四月十六日又刊於《宇宙

在那段期間，與昆明的老朋友們通信已成為他生活中最大的安慰——當然，那些朋友大都已離開昆明，轉到成都或重慶去了。好友呂叔湘就曾經由成都來函，中有「前讀〈愁霖之賦〉、〈歸去來辭〉，讀之淒然」諸語。[42]後來施蟄存遊著名的武夷山，寫〈武夷行卷〉三十五首，在該〈題序〉中居然也提到了雲南：「予居滇三年，嘗發意遊雞足山，輒因循未踐，既去滇乃大悔。今因緣來閩越，武夷山近在眉睫，詎忍復失之？」原來他遊武夷山的原因之一，乃是為了補償當年在雲南之行的遺憾。最有意思的是，閩食那種「一撮花生佐濁醪」的趣味居然也令他想起了昆明的美食。他曾作〈偶憶昆明肴饌之美，戲賦一首〉：「浪跡昆明意氣豪，盤觴排日助吟毫。薄批雲腿凝脂酪，小盞香螺細縷蒿。五月雞蔆真俊味，三年蟲草亦珍芼。朅來閩嶠艱生事，一撮花生佐濁醪。」這首詩大約作於一九四三年的春天，當時他在長汀的廈門大學教書。

尤可注意者，在一組題為〈綺懷〉十二首（副標題為「十年影事微見於斯」）的詩作中（作於一九四三年秋季，於長汀），昆明翠湖的「海心亭」居然成為其中少有的一個「實證」。首先就整體而言，該詩組讀來頗令人感到一種迷離恍惚的心理狀態——初讀之下，讀者會以為每首詩可能影射一事，但細讀之下卻很難找到明顯的事實。[43]詩人忽而套用近代人黃景仁〈綺懷〉十六首的豔詩詞彙（如「飄蓬」、「紅燭」、「明珠」、「沈郎」、「梨雲」等），忽而轉用曹植〈洛神賦〉和劉禹錫詩中的典故（例如第一首開頭二句：「瑤琴羅襪各生塵，病樹前頭忍見春。」）[44]總而言之，此詩組

風》，第一一七期。

42 呂叔湘，一九四一年八月七日函。見沈建中，《施蟄存先生編年事錄》，一九四一年八月七日條。

43 特別要感謝張宏生教授與我深入討論施先生此組詩歌的多種意境，也感謝他與我分享他的新著《讀者之心》。他的《讀者之心》取「讀者之心何必不然」的意思，他認為現在不少人說是研究文學，其實都是研究文學史，他的這本書主要就是文本解讀，希望能夠在一定程度上回到文學本位。感謝張宏生教授的啟發。

44 「瑤琴羅襪各生塵」採用曹植〈洛神賦〉中「羅襪生塵」之意象。有關「病樹前頭忍見春」，請見劉禹錫的詩〈酬樂天揚

似乎充滿了許多虛化的事實，故給人一種憑空臆造、故布迷陣、若有若無的「影事」情境。然而有趣的是，第七首居然提到「海心亭」，那至少是一個可以證實的實際地名：

海心亭畔觀魚樂，笑說儂心樂似魚。
今日華堂供設醴，可曾緘淚戒魴鱮。

至於「海心亭畔觀魚樂」是否指實有其事，也無從考察。但有一個暗示就是該詩的後半部似乎意味著那個被懷念的朋友已經亡故，但詩人還一直難以忘懷，至於結尾「戒魴鱮」一詞似可由以下漢樂府〈枯魚過河泣〉一詩引申出意思：

枯魚過河泣，何時悔復及！
作書與魴鱮，相教慎出入。

所以「戒魴鱮」大概是指好友之間互相警戒的意思。當然，「觀魚樂」一事的具體事實如何，那就純屬個人內心的祕密了。

最令人感動的是，施蟄存終其一生都無法忘記昆明的翠湖。二〇〇一年，他已是九十七歲的老人，但他的那首舊作〈翠湖閒坐〉（寫於一九三八年寓居昆明時）又一次刊登在《新民晚報》上：[45]

州初逢席上見贈〉。

45 施蟄存，〈翠湖閒坐〉，刊於《新民晚報・夜光杯》，二〇〇一年三月十九日。

斜陽高柳靜生煙，魚躍鴉翻各一天。
萬水千山來小坐，此身何處不隨緣。

對於施先生，昆明似乎永遠代表著內在心靈的避難所，如果不是一九三七那年，他毅然走上那個赴滇的逃難之旅，他的後半生將會十分不同。就如他在垂暮之年所說：「去雲南大學教書，成為我一生的生活轉捩點。」[46]

*載於《國際漢學研究通訊》，第八期，北京大學國際漢學家研修基地編；北京：北京大學出版社，二〇一三年十二月。

[46] 沈建中，《遺留韻事：施蟄存遊蹤》，頁一二二。

語訛默固好

——簡論施蟄存評唐詩

近代讀者總記得施蟄存先生是三〇年代的「新感覺派小說大師」（例如一九八七年《聯合文學・十月號》，李歐梵教授所策劃的「新感覺派小說」一欄即稱施先生為該派小說家的先驅。）[1]但或許因為施先生在小說界的名聲太大，反而容易使人忘記他在古典文學研究中的輝煌成就。其實他晚年的獨特功力完全放在研究古典詩詞上，可謂「晚節漸於詩詞專」。

從一九八八年起，我經常採用施著《唐詩百話》（一九八七年出版）為教科書。我的耶魯研究生一致公認，歷來論詩從未能如此深入淺出者。而且書中篇篇俱佳——不論是論初唐、盛唐、中唐抑是晚唐詩，都令人體驗到其理論之新、文體之佳。因為書中共有一百篇論文，每篇精簡易讀，令人雅俗共賞，有些學生甚至把全書當日記來讀，每日一篇，從不間斷。另外，學生裡有幾位「有心人」，因感於該書的獨特創意，希望能用分工合作的方法，把它一篇篇地譯成英文，以饗美國讀者。

至於我，則是以一貫閱讀書信的態度，仔細玩味那一篇篇思想的涵義，詮釋那精心安排的文字。讀其書有如閱其信，閱其信有如見其人，在我想像中，施先生晚年的思想創意代表的是一種疏淡反省

1 但李歐梵在二〇一四年於上海交通大學的演講（題為「『怪誕』與『著魅』：重探施蟄存的小說世界」中，已經說明施蟄存自己曾經強調他並非新感覺派的作家：「我當時在寫《上海摩登》，要研究新感覺派，覺得施先生是領導人物，但施先生卻跟我說：『我不是新感覺派』，他說，『我和劉吶鷗、穆時英不一樣』。」「我先要做自我批評，要重新思考施先生說自己不是『新感覺派』的問題。我犯了一個疏忽，就是反而忘了施先生小說文本本身的文學性……。」（孫康宜補注，二〇一四年十二月）

的「中唐詩」境界，而非那種情感浪漫的「盛唐詩」境界。因此他的論點常常呈現出一種非比尋常的創意，一種因生活經驗累積而成的體會，一種灑脫的生活藝術。

我最欣賞施先生討論韓愈〈落齒〉的那一篇，奇怪的是，以前我從未注意到韓愈這首詩（其實即使讀到這詩，那曾經沉醉於美感世界的年輕的我，也必定不能領會韓愈的「落齒」經驗。）而今日的我，由於人生閱歷漸多，初讀到施先生所引的這首韓愈詩，內心產生一種難以形容的感動。下列引這首韓愈〈落齒〉詩：

去年落一牙，今年落一齒。
俄然落六七，落勢殊未已。
餘存皆動搖，盡落應始止。
憶初落一時，但念豁可恥。
及至落二三，始憂衰即死。
每一將落時，懍懍恆在己。
叉牙妨食物，顛倒怯漱水。
終焉舍我落，意與崩山比。
今來落既熟，見落空相似。
餘存二十餘，次第知落矣。
倘常歲一落，自足支兩紀；
如其落並空，與漸亦同指。
人言齒之落，壽命理難恃，

我言生有涯，長短俱死爾。
人言齒之豁，左右驚諦視，
我言莊周云：木雁各有喜。
語訛默固好，嚼廢軟還美，
因歌遂成詩，時用詫妻子。

這首詩酷似一篇小品文，描寫的是一件極平常的事，敘述的是一般老年人所經過的階段——人老了，牙齒一顆顆掉落的經驗。或許因為這個題材太尋常了，這首〈落齒〉詩從不被選集選取，也幾乎沒有「齒及」。施蟄存算是第一個撰寫專文討論此詩的學者專家。

這首詩表現的是中唐詩人一種從憂患裡漸入清境的心理過程——與盛唐詩以美感取勝的體裁截然不同。其實韓愈這首〈落齒〉詩幾近宋詩風格——頗與吾友柯慶明教授所謂宋詩之「以意念造作形象」的風格（一九八八年耶魯大學專題演講）酷似。細細玩味咀嚼此詩，我尤其喜愛詩中那句「語訛默固好」（末尾一絕首句）所呈現的意念——意思是說，牙齒落光了，說話多誤，那麼就經常保持緘默也不錯。從這一詩句中，我領悟出一個老年詩人所創出的另一種自由空間——一種對生命過程的信心，一種把握人生風浪的智慧心靈。人老了，不必怨這怨那，最好安靜下來，憑自己的智慧來思考，使那生命之樹永不枯萎，不斷啟發生命的再思。

也就是這種「啟發再思」的詩意，使我深深珍視施先生給我的每一封信。其實我也喜歡看施先生寫給其他友朋的信件（當然要在友朋的允許之下才能看），因為他的書信總是流露出清澈鑑人的言語。例如，他曾給著名詞家張珍懷（當時張旅居美國）寫信，信中勸道：「孤獨一些，閉目養神，弄弄花鳥，也可消磨時日。」在我心目中，施先生永遠像個辛勤的老前輩，以自己的智慧繼續開拓出滿園花開的生命境界，也不斷流露出堅毅的神采。

從前施先生在其《浮生雜詠》八十首中曾詠出一絕：

湖上茶寮喜雨臺，
每逢休務必先來。
平生佞古初開眼，
抱得宋元窯器回。（第七九首）

那是記載他年輕時，每逢星期日喜歡至湖濱「喜雨臺」茶樓古董商處飲茶，並購取文物的玩古之癖。到了老年，他仍保持那一塵不染的生命境界，徜徉於清淨的自由空間。他說：「現在我是四大皆空，一塵不染，非但富貴於我如浮雲，連貧賤也如浮雲了。」（見《聯合報》海外版，一九八八年七月十九日，施蟄存文，〈不死就是勝利——致瘂弦〉）這是陶淵明的境界，也是中唐詩裡「語訑默固好」的疏淡境界。[2]

——《聯合報・聯合副刊》，一九九二年十二月二十四日。

[2] 施蟄存先生已於二〇〇三年逝世，享年九十九歲。

詞的嚮往：話說詞家唐圭璋

偶讀小說家張系國的一篇文章，其中有一段話很發人深省：

……有一種經驗，相信許多人也有過，我的興趣是寫作，如果今天心血來潮，要寫某個題材的故事，那麼無論走到哪裡，無論是看電影、讀報紙，甚至和不認識的人聊天，都會碰到有關的素材，想躲都躲不掉。

《中央日報》，一九九三年七月三日，「張系國專欄」

這種「想躲都躲不掉」的感覺，與我心有戚戚焉。最近有一個心靈上的特殊經驗，更使我深信這種「經驗契合」理論的神祕作用，我這經驗是關於大詞家唐圭璋的。不知怎麼的，最近幾個月來，有關唐老的題材排山倒海地臨到我的面前——首先，有朋友贈我一本唐老的《夢桐詞》，接著我的學生嚴志雄贈我一篇近著，題為〈鶯老花殘——夢桐詞〉。兩個星期後又接到張珍懷女士大作《飛佚山民詞稿》，書中最後兩首詞是輓唐老的[1]。正巧北京的劉夢溪先生寄來他主編的《中國文化》第七期，其中有吳白匋先生撰寫的〈唐圭璋教授墓表〉。同時，訪問學者鍾振振抵達耶魯，贈我兩本唐老的著

[1] 唐老卒於一九九〇年，享年九十。

作，一本是《唐圭璋推薦唐宋詞》，另一本是鍾先生本人與唐老合編的《金元明清詞鑑賞辭典》。最奇妙的是，前些時候突然收到「陌生人」王筱芸女士從中國社會科學院來函，信的開頭寫道：「我是詞學專家唐圭璋先生的博士生……」接著不久，她又寄來唐老幼女唐棣棣的一篇追憶短文，題為〈春冰薄，人情不薄〉。

這樣大大小小有關唐老意象的碎形，都使我情不自禁地憶起一九七九年到南京師範大學訪問唐老的情景。已是十四年前的事了，但在我的腦海中，一切仍歷歷如繪。我記得自己是在一個偶然的情況下得到訪問唐老的機會，那天我們在南京師大一號樓的貴賓室內一共談了一個多小時，當時我剛完成生平所寫的第一本專書，是有關詞的，所以面對著名詞家，心中一直有說不出的快樂。而唐老也因為我是第一位訪問他的「海外學者」，自然喜形於色。那天的興奮與喜悅使我滔滔不絕地發問，由《全宋詞》的編纂問到《全金元詞》的校勘，由《詞話叢編》的修訂問到他個人的詞作。一說起他的詞作，他那閃爍著靈性的眼睛突然亮了，他說：「我年輕時很愛寫詞，但現在老了，我願意把全部精力放在編詞的事上。」一種語猶未盡的神情至今令人難忘。

接著我就「大膽」地告訴他，將來想研究明清女性詩詞的創作問題，尤其想探討一下晚明歌伎對詞的再興之貢獻。當時有些後悔提出這樣一個「大膽」的問題，因為不知那斯文保守的大詞家唐老會有什麼反應？沒想到，他聽了很是高興。他微微驚喜，輕輕點一點頭，又仰起臉來說道：「這個題目很好，第一，因為我在蒐集全清詞人詞集時，發現女性詩詞之多真是前所未有，令人驚歎！第二，明清女性文學研究一向為古典文學研究的空白，妳能在美國用新的觀點來研究，這是很好的。」

這些年來，時過境遷，我由一個研究專題換到另外一個研究專題，有時自己所做的並非心中所期盼的。最近終於能安下心來，把全部精力放在研究婦女詩詞上，內心感到十分高興。想唐老九泉有知，一定也會感到欣慰。

在研究婦女詩詞上，我特別注重詩人所採用的典範問題——例如女詞人柳如是以秦觀為典範，女詩人王微以《楚辭》及六朝詩為典範等。最近翻閱唐老的《夢桐詞》，頗感到興奮的是，唐老所採用的典範之一就是女詞人李清照（其他還有姜白石、周邦彥等傑出典範）。以下是唐老擬李清照的一闋詞——〈蝶戀花：擬漱玉〉：

淒緊西風吹雁斷。一寸柔腸，化作千絲亂。細雨霏霏深閉院，如何花落人難見。
塵冷湘匳疏寶鈿。鎮鎖眉峰，無計排幽怨。昔日芳辰遊賞慣，如今事事心情懶。

這是唐老在創作上繼承中國文人喜歡擬「女性聲音」（female persona）的悠久傳統之表現。這一類詞可以讓我們思考並了解中國文人對才女之作的特別愛好，並進而解釋中國婦女詩歌特別繁榮的原因——蓋全世界沒有一個國家比傳統中國產生更多的女詩人。在西方，所謂「女詩人」常被認為是個「自相矛盾的名詞」，尤其在希臘文中的「詩人」（poiete）一詞本屬陽性名詞。反觀中國，據胡文楷考證，僅止明清兩代就有三千五百位女詩人，而且她們的總集、選集及專著共有三千多種，數目之多可謂驚人。在很大程度上，中國婦女詩歌（尤其是明清時代）的繁榮乃是由於文人對女性文學的關注。

再者，中國文人崇尚婦才常常基於他們對某種理想女性的嚮往，所以在失意、淪落天涯之際，許多傳統才子才會把自己比作命若飄蓬的才女歌伎。也因為如此，著名史家陳寅恪在晚年目盲體衰之時，曾花了十年功夫為明末歌伎柳如是立傳——就如劉夢溪所說，《柳如是別傳》「是以史家深微的筆觸鉤沉三百年前國士名姝的情緣和心理……在轉寫中蘊含著三百年後史家的一顆詩心。」（見劉夢溪，〈以詩證史，借傳修史，史蘊詩心——陳寅恪撰寫柳如是別傳的學術精神和文化意蘊及文體意義〉，載於《中國文化》，一九九〇年十二月號，頁九九－一一一）

我以為詞家唐圭璋也繼承了這種特有的「頌紅妝」的文人傳統，在他弔晚明歌伎李香君的詞中，他曾流露出同樣的心緒，並把歌伎之薄命與朝代的興亡連在一起：

〈高陽臺〉訪媚香樓遺址[2]

曉夢迷鶯，暖香簇錦，秦淮曾照驚鴻。花裡調箏，垂楊十里東風。南都盒子爭羅帕，算兒家、第一玲瓏。想柔情，描黛雙修，燈影紗紅。

塵飛滄海江山換，念天涯客子，一例飄蓬。薄命春絲，知誰重訪芳叢。冰綃灑血貞心在，也應羞、中閫元戎。弔興亡，斜徑苔深，何處遺蹤。

這首一詠三歎的慢詞，一方面可看出唐老對理想女性的推崇，另一方面也說明他寫詞的歷史意識有多麼強烈。唯有用這種角度來評價唐老，才不會被他口口聲聲只做編纂校勘的自謙之辭給「瞞過」了。

後記：本文在《當代》雜誌登出後，收到唐老幼女唐棣棣轉來的一篇短文，〈夢桐情——記爸爸唐圭璋和媽媽尹孝曾〉，方知唐老與其夫人「兩情長繾綣」的那種「紅袖添香夜讀書」之閨中情趣。惜好景不長，夫人早逝。從唐老「孤墳話淒涼」與「生死兩相知」的那種追憶詞中，我們可以想見詞人多麼珍視理想女性之情操。

——《當代》，一月號，一九九四年。

2 媚香樓在南京秦淮河南岸，相傳為明伎李香君故居。

從周策縱談周邦彥說起

耶魯東亞語文系請威斯康辛大學的周策縱教授來校演講周邦彥的詞，一時傳為佳話。巧合的是，周策縱與周邦彥都姓周，而且兩人都是詩人才子，也同樣是「文化醉人」（恕我借用陳祖芬的詞語）。

學問淵博的長者周策縱顯得愈來愈年輕——雖已七十七歲高齡，但舉止動作面孔看來不過六十歲，[1]一見面就那麼親切，而且天真地笑個不停。於是我忍不住問道：「您那年輕的祕訣是什麼？」他不假思索地答道：「秘訣是吃許多蔬菜。」接著又說，「所以我才選了這本剛出版的Cookbook（食譜）送給你。」我一時腦筋轉不過來，正在驚奇他為何送我食譜時，只見書皮明明印著一棵蔬菜，並在扉頁給我這樣的題字：

康宜教授：

只好說：假作真時真亦假，無為有處有還無。或者當作Cookbook看，多吃些蔬菜，多笑一笑，也許對健康無害罷。

周策縱

一九九三年九月二十八四重訪耶魯時

[1] 周策縱教授已於二〇〇七年逝世於美國三藩市，享年九十二歲。

我這才恍然大悟，原來他在開玩笑，「假作真時真亦假」。其實這是一本極嚴肅的書，題為《創作與回憶：周策縱教授七十五壽慶集》（王潤華、何文滙、瘂弦編，香港中文大學出版社出版），只因書皮印了周先生本人的國畫作品〈蔬菜〉，他才乘機幽默一番。我看周先生這種富聯想力的「遊戲態度」，基本上是一種年輕的生命力。

也就是這種年輕的生命力，使他這回來耶魯演講宋代詞人周邦彥，特別起了一種革命性的震盪。他的演講題目是：「詩歌、黨爭與歌伎：周邦彥蘭陵王詞考釋。」首先，令我感到意外的是，我從前以為周邦彥的詞作〈蘭陵王〉是寫於詩人六十三歲時（西元一一一八年）——即詩人提舉大晟府時。但周先生卻證明此詞作於一〇八七年，當時周邦彥只有三十二歲。

〈蘭陵王〉

柳陰直。煙裡絲絲弄碧。隋堤上，曾見幾番，指水飄綿送行色。登臨望故國。誰識。京華倦客，長亭路，年去歲來，應折柔條過千尺。

閒尋舊蹤跡。又酒趁哀弦，燈照離席。梨花榆火催寒食。愁一箭風快，半篙波暖，回頭迢遞便數驛。望人在天北。

淒惻。恨堆積。漸別浦縈回，津堠岑寂。斜陽冉冉春無極。念月榭攜手，露橋聞笛。沉思前事，似夢裡，淚暗滴。

據南宋初年毛幵的《樵隱筆錄》，〈蘭陵王〉詞的樂譜傳自大晟樂府的「協律郎」，故一般人斷定周邦彥的〈蘭陵王〉必作於詩人提舉大晟府時（即一一一七年），或次年離京出知真定府時。這種說法早已成為「定論」，而我也從未懷疑過，加上周邦彥的〈蘭陵王〉是一首膾炙人口的名作，每年總有機會把這首詞（以及圍繞著它的相關理論）介紹給學生。

但周先生卻對這個長期的「定論」提出了疑問，並證明此詞是周邦彥年輕時因與歌伎的關係而被迫離開太學和汴京時所作，並不是一般人所說的「老年之作」。

演講中，周先生所用的證據都讓聽眾十分信服——他指出詞中「望人在天北」的「人」字是指送行的人（即留在汴京的人），因此離去的人（周邦彥）必定是向南走而向北望的。而且詞中明明說是水程而非陸程，故一定是指一〇八七年詩人出都南返杭州，而非指一一一八年出知河北真定府（蓋周邦彥一生只有三次出都，另外一次是於一一一二年往西北走，到山西去。）此外，周先生又用許多詩歌的證據來解說為何年紀輕輕的周邦彥會因「犯法」而被迫於一〇八七年離開太學及汴京——其中最令人信服的是，周先生把周邦彥寫給友人的〈友議貼〉與詩的證據連合起來，因而重新揭發了一段早被歷史遺忘的事件。

據羅抗烈《周邦彥清真集箋》所示，周邦彥的〈友議貼〉即寫於一〇八七年南行之前，其貼有「罪逆不死……言念及死，益深哀摧，此月末挈家歸錢唐……」諸語，可見周邦彥因罪被迫出都。周先生以為年輕的周邦彥曾因新舊黨爭的連累而遭受政治壓力，但引發「被迫出都」的近因卻是由於周邦彥公然夜宿娼家（違犯了太學的「法規」），且又膽敢寫詞來記錄此種風流經驗：

〈少年遊〉

並刀如水，吳鹽勝雪，纖手破新橙。錦幄初溫，獸煙不斷，相對坐調笙。

低聲問，向誰行宿，城上已三更。馬滑霜濃，不如休去，直是少人行。

當時官吏和詞人歌伎往來，甚至招伎外宿都無所謂，可是周先生發現：若官吏留宿於伎館，卻是干犯法令，可受處罰的。難怪這位犯了法而被「驅逐出境」的浪漫詞人要說：「不為蕭娘舊約寒，何因容易別長安……」（〈浣溪沙〉）。

那天周先生用他的新闡釋法引導我們重新解讀周邦彥，使所有在場的聽眾都有了一次大開眼界的經驗。

但會後我卻忍不住要問：為什麼幾百年來大家都千篇一律地把〈蘭陵王〉讀成是「當筵命筆」，而從來沒有人企圖從創新角度來看這首詞呢？對於這個問題，周先生只是笑而不答。但我想，這是因為大多數的學者都缺乏周先生那種「假作真時真亦假」的想像力，也就自然採取「人云亦云」的閱讀方式了。

相較之下，周先生經常以不同的眼光來閱讀歷史和文學。例如，他早就以撰寫「禁書」著名，他曾經花了好幾年的心血寫成《五四運動史》一書，但因為其中所持的民主自由立場不合黨派教條，故此書長期在中國大陸及臺灣都成了禁書。[2] 後來他還寫成七律一首，以重申這種寫「禁書」的志願，以及「自甘如此」的執著態度：

哀時竟止鉤沉史
浮海寧甘著禁書

我想也就是這種「寧甘著禁書」的精神使得宋代詞人周邦彥敢於說真話——雖明知其危險性。像周邦彥一樣，周策縱也自認是個「亡命者」（見周策縱，〈忽值山河改：半個世紀半個「亡命者」

[2] 近年來，《五四運動史》在中國大陸獲得出版，並且接連再版，累計銷量近十萬冊，成為了大陸歷史學的暢銷書——編者注。

的自白〉，《傳記文學》，一九九三年六月十日，頁三五－三八），而亡命者的最大特色就是永遠年輕，永遠創新。周策縱自己就曾經說過：「五四永遠是年輕的，五四永遠是個青年。」

原載於《明報月刊》，一九九三年十一月號，今稍做補充

一九四九年以來的海外崑曲

——從著名曲家張充和說起

一九四九年是海外崑曲最關鍵性的一年，也可以說，歷史和政治的偶然直接促成了崑曲在海外興盛的必然。

在這篇文章裡，我希望藉著一九四九年以後，崑曲在海外的傳承關係來說明中國文化的特殊生命力及其長久之韌性。從某一方面來說，崑曲一直是海外曲人生命中的精神寄託，即使在極其艱難的情況下，這些海外華人總是努力讓傳統中國的崑曲文化繼續延綿下去。在這篇文章裡，我要以著名的世紀老人張充和女士的崑曲成就作為討論的主軸，因為在振興海外崑曲的事業上，她作出了很大的貢獻。

但在深入討論海外崑曲之前，我必須說明一下張充和女士和她那一代文化人早年在中國大陸所受的崑曲教育。若純粹從技藝上的師承關係來看，充和的第一位崑曲老師沈傳芷是著名崑曲家沈月泉的兒子，不論是小生戲或是正旦戲，他樣樣都會，充和有這樣一位啟蒙老師實屬幸運（此外還有「江南笛王」李榮欣教她吹笛），所以充和很年輕時就經常有演唱崑曲的機會。後來她進北大讀書，開始跟弟弟宗和定期參加俞平伯先生創辦的谷音曲會，那個曲社的活動就在清華大學舉行。[1] 在那期間，她也曾去青島參加過兩次曲會，因為沈傳芷當時正在青島教曲。[2]

---

1 有關俞平伯先生創辦谷音曲社的經過，參見吳新雷，《二十世紀前期崑曲研究》（瀋陽：春風文藝出版社，二〇〇五年），頁一八一。

2 有關張充和到青島參加曲會的詳細情況，參見金安平，《合肥四姐妹》，凌雲嵐、楊早譯（北京：三聯書店，二〇〇七然而，若從「文化曲人」的薪火傳承意義來說，應當說充和是吳梅先生（一八八四－一九三九年）的女弟子。雖然充和沒正式選過吳梅先生的課（一九三四年她進北大時，吳梅先生早已離開北大），但在蘇州，她們家和吳家來往密切，故充和經常有機會向吳梅先生請教詩詞和曲律，早已認他為師。重要的是，充和一直受傳統教育，十分熟悉「曲學大師」吳梅所代表的那個文人文化，她尤其欣賞文人傳統中那種不媚俗、不為謀利而作的精神。[3]同時，身為一個自幼熟諳詩書畫的才女，充和很早就體會到崑曲實與詩書畫的韻致有其共通之處，所以當初她開始要收藏一些曲人的字畫時，第一個就想到要請吳梅先生在她的《曲人鴻爪》書畫冊的首頁上題字。[4]我認為這是因為在充和的心目中，吳梅先生一直代表著傳統中國的文人傳統。果然那次吳梅給充和抄錄的就是他的自度曲〈北雙調．沉醉東風〉，其中特別提到清代畫家王蓬心（王宸）那種「自寫胸懷」的文人畫風格，難怪多年後，余英時先生在給充和的一首贈詩中，也點出了充和師承吳梅（霜崖）的關係（「霜崖不見秋明遠，藝苑爭推第一流。」）[5]

值得注意的是，一九四九年以後的海外崑曲——無論是在美國或是臺灣，所傳承的也正是吳梅所代表的文化曲人傳統。但這個「文化曲人」的傳統並非憑空就在海外產生的，在很大程度上，它是八年抗戰期間（一九三七－一九四五年）文人崑曲文化的延續。所以，以下容我先就抗戰時期的情況做一個簡單的概述。

年），二九七頁。

3 北京的趙珩先生曾將這樣的「文人」稱為「精神的貴族」。見趙珩，《舊時風物》（桂林：廣西師範大學出版社，二〇〇九年）：「文人的概念絕非我們今天所說的知識分子，也不同於西方的貴族和上流社會。……這個群體具有深厚的文化積澱，有綜合文化與藝術的修養和造詣，有超然物外的獨立精神，也兼有絕塵脫俗的人格魅力和不可逾越的道德操守。文人可以任何身分和職業立世，但無論順達或坎坷，富貴或清貧，畢竟是精神的貴族。」（頁三六）

4 參見《曲人鴻爪》，張充和口述、孫康宜撰寫（桂林：廣西師範大學出版社，二〇一〇年），頁三五－四二。

5 取自一九八五年充和退休時，余英時寫給充和的一首的贈詩。全詩為：「充老如何說退休，無窮歲月足優遊。霜崖不見秋明遠，藝苑爭推第一流。」

抗戰時期的文化曲人

眾所周知，在八年抗戰期間（一九三七－一九四五年），為了躲避日軍轟炸，許多學者、學生、作家、藝術家們都紛紛逃難到了昆明、成都、重慶等地區。在這些漂泊人士當中，有許多人受過國學根柢深厚的教育，而且也熟諳崑曲，所以他們經常召開曲會，一方面可以同唱崑曲，也可以藉此交流其他許多文化友人。可以說，當時的曲會有點兒像歐洲的salon，是文化人經常聚會的地方，也是戰亂時期的一個精神「避風港」。那些來自各地的人本來無緣相識，卻無形中因為逃難而相識，因此更加珍惜彼此的緣分和文化認同。那時才剛二十來歲的張充和女士首先來到成都，再到昆明、呈貢等處，最後又到了重慶。每到一處，她都是曲會裡的重要成員，也經常在戲院裡演唱崑曲。

在昆明時，充和的主要工作是參與教科書的編纂，由她編選散曲，沈從文編選小說，朱自清編選散文。有關那段期間的經驗，充和至今最難忘的乃是一九三九年一月在查阜西先生家參加曲會的那一次。那天，昆明附近的許多曲友（包括西南聯大的幾位師生）都聞風而來，大家同聚一堂，在查府輪流唱曲，好不愉快。座中正好也有吳梅先生的兒子（老四）吳南青，他很會吹笛，經常在充和上臺演出時扮演伴奏的角色。那天他也照例為充和吹笛，到了晚間，曲友們正在用餐時，吳南青突然接到一通電報，只見他看完電報之後，臉色變得沉重，接著立即起身，向大家鞠個躬，說道：

我父親過去了。

那時抗戰才開始不久，在場的各位都為那突來的消息感到十分傷心。但冥冥之中，吳梅先生的早逝似乎在提醒大家：尤其在戰亂時期，崑曲的傳承更加顯得重要。原來早在民國初年，崑曲已到了頻臨失傳的邊緣，後來幸而在吳梅等人的努力之下才使穆藕初、張鍾來等人創辦了崑曲傳習所，而直接促成了蘇州崑曲的復興。然而在他年輕時，吳梅曾一度因找不到崑曲老師而感到煩惱，所以在《顧曲麈談》中，他曾說道：「余十八、九歲時，始喜讀曲，苦無良師以為教導，心輒怏怏。」一直到後來，吳梅才終於有機會師從清唱大家俞粟廬（俞振飛之父），當然在那以前，他早已學詩於散原老人（陳寅恪之父），學詞於朱祖謀。但自從學習崑曲藝術之後，吳梅便開始專心推動崑曲，不遺餘力。他先後在北京大學（一九一七—一九二二年）、南京中央大學（一九二二—一九二七年當時校名為東南大學；一九二八—一九三七年）、廣州中山大學（一九二七年）、上海光華大學（一九二八年）等校教授詞曲。[6]他能作曲譜曲、唱曲吹笛，而且還經常在曲會中登臺客串。[7]從這一方面看來，吳梅研究崑曲的途徑和方法顯然和王國維的考證曲學大有不同——就如唐圭璋先生在〈回憶吳瞿安先生〉一文中所說：

> 近代研究戲曲貢獻最大的，當推海寧王靜安先生和吳瞿安先生兩人。靜安先生從歷史考證方面研究中國戲曲的源流與發展，作《宋元戲曲史》，開闢了研究戲曲的途徑，瞿安先生則從戲曲本身研究作曲、唱曲、譜曲、校曲……他自己不僅能作、能譜、而且能吹、能唱、能演……。[8]

6 但據陳平原的考證，在北大教書時，吳梅先生除了教他所擅長的詞曲以外，也教一門文學史的課。只是吳梅後來從未提及自己所開的「中國文學史」課程及他為該課所寫的講義，而近代中國文學史似乎也將此遺忘了。一直到二〇〇四年，陳平原在法蘭西學院研究所偶然發現了吳梅先生當年在北大講授中國文學史課程時的講義。見陳平原，〈不該被遺忘的「文學史」——關於法蘭西學院漢學研究所所藏吳梅《中國文學史》〉，載於《早期北大文學史講義三種》，林傳甲、朱希祖、吳梅著，陳平原輯（北京：北京大學出版社，二〇〇五年），頁六一三—六二三。並見吳梅先生講義，頁三一五—六一二。

7 吳梅曾經登臺演出《遊殿》裡的崔鶯鶯、《學堂》裡的陳最良、《八陽》裡的丑角等。見吳新雷，《二十世紀前期崑曲研究》，頁五七。

8 原載《雨花》一九五七年五月號。參加許宏泉，《關領風騷三百年：僅三百年學人翰墨貳集》（合肥：黃山書社，二〇〇不久前，陳平原在其〈不該被遺忘的「文學史」〉一文中也特別強調，王國維先生「重歷史考證」，而吳梅先生則「重戲曲本身」。前者的貢獻主要在於「現代中國學術之建立」，而後者則「更像是藝術修養很高的傳統文人」。[9]

的確，與許多當時的「文人」相同，吳梅先生最喜歡與曲友們一同吹笛度曲，[10]因此他曾在北京、蘇州、南京等處創造曲社，並與王季烈、路朝鑾（金坡）、溥侗、俞振飛、夏煥新、項馨吾、張鍾來（張紫東）、蔡晉鏞等曲友定期相聚，而且無論在課堂或課外，他都不忘培養優秀的曲人後輩。在度曲、唱曲、校曲方面，他的桃李滿天，是有目共睹的。吳梅先生的高足包括盧前（盧冀野）、汪經昌（汪薇史）、俞平伯等——他甚至指導職業演員顧傳玠、朱傳茗等人排演他的自製〈湘真詞〉曲譜，還收北崑演員韓世昌為學生。可以說，吳梅一生最重師生的薪火傳承，一直到逝世的前夕，他還在努力校對他的得意門生盧前所作的傳奇和曲詞。[11]

而張充和女士一向最佩服吳梅先生的，也就是他這種不斷提攜崑曲後輩的精神。後來吳梅先生的幾位傑出弟子（例如盧前、汪經昌等）都先後在抗戰期間成為充和的曲友或同事，並經常一道登臺演唱。總之，充和的崑曲生涯一直和吳梅先生的文人傳統分不開，許多吳梅的朋友和門徒也都在充和珍藏的《曲人鴻爪》畫冊裡各自留下了他們的作品。

在此必須強調的是，這種極其親密的師生傳承關係，實與中國文化的傳統特質息息相關，尤其

九），頁一九二。

9 見陳平原，〈不該被遺忘的「文學史」——關於法蘭西學院漢學研究所所藏吳梅《中國文學史》〉，載於《早期北大文學史講義三種》，林傳甲、朱希祖、吳梅著，陳平原輯（北京：北京大學出版社，二〇〇五年），頁六二〇。

10 參見趙珩，〈月華秋水夜聞歌——文人與戲〉，《舊時風物》（桂林：廣西師範大學出版社，二〇〇九年）。就如趙珩所說，清末民初的「文人士大夫」普遍「鍾情於戲曲」。

11 見桑毓喜，「吳梅」條，《中國崑劇大辭典》，吳新雷主編（南京：南京大學出版社，二〇〇二年），頁四三〇。

在戰亂時期，這種師生關係更顯得重要。比如說抗戰期間，昆明的西南聯大乃是一大文化本營，在他的〈六位師長和一所大學——我所知道的西南聯大〉一文中，陳平原教授就曾敏銳地指出，有關後來西南聯大校友們的「追憶，始終是以『師生情誼』為主軸」的。這可能與當時大家一起在「炮火紛飛中」進行「傳道授業解惑」的經驗有關。[12]張充和女士雖然從未正式任職於西南聯大，但她在昆明時與沈從文和朱自清（西南聯大教授）共同編教科書，故與西南聯大的師生過從甚密。

一九三九年秋季，由於日軍轟炸昆明日益猛烈，充和就與沈從文一家人和西南聯大的幾位師友一起逃往雲南的鄉下呈貢。充和當時住在一個名為雲龍庵的祠堂中，故以「雲龍庵」名其居處。唐蘭先生後來就住在充和的樓上，因而也經常和充和一同唱曲。唐老原為充和的北大教授，一九四〇年直接從河北地區坐船到呈貢（並開始在西南聯大中文系執教）。據說當他初抵雲龍庵時，他與充和兩人因為太激動，難以言說，於是就一同背誦杜甫的〈秋興〉八首，當下唐老就為充和題匾「雲龍庵」三個大字，至今仍為充和所珍藏。有趣的是，就在那個寬敞卻很簡陋的臨時住處內，充和因陋就簡，居然利用佛像前的空處，在兩個汽油桶上搭起一塊長木板，自製了一張長長的書案。每逢友人來訪，充和就與他們在那張桌子上一同寫字、作畫、彈琴、唱曲，大有劉禹錫陋室接待鴻儒之樂。當時充和還特別準備了一卷長卷，讓朋友們在上頭輪流題上字畫，名為《雲庵集》，至於曲人，則大都在充和的

12 陳平原，〈六位師長和一所大學——我所知道的西南聯大〉，《歷史、傳說與精神——中國大學百年》（北京：三聯書店，二〇〇九年），頁一四一。同時，最近美國著名漢學家牟復禮先生（已於二〇〇五年去世）在他出版的《回憶錄》中就提到，根據他於一九四〇年間在中國大陸生活的親身體驗和觀察，當時即使在戰後，那種從前在戰時的「炮火紛飛中」（air raids）所培養起來的情誼是令人終身難忘的。見Frederick W. Mote, *China and the Vocation of History in the Twentieth Century: A Personal Memoir* (Princeton: East Asian Library Journal, in Association with Princeton University Press, 2010), p. 64: "...the war years were indeed a time of adventure amidst perils of air raids and evacuations and of wide ranging friendships formed amidt hardships and uncertainties. Throughout China in the immediate postwar years, there was a wave of romanticized nostalgia for the war time period when dislocation, deprivation, and real peril also brought adventure..."

《曲人鴻爪》書畫冊中題上字畫，以為紀念。直到今日，充和仍視這兩件珍藏為至寶。

一九四一年充和遷居重慶，開始在教育音樂委員會裡工作，負責選曲。有趣的是，充和平生唱曲唱得最多的就是在重慶的那幾年。據她回憶，當年即使「頭上有飛機在轟炸」，他們仍「照唱不誤」。可以說八年抗戰期間，中國的崑曲文化最興盛的地區是重慶而非蘇州，對充和本人來說，在重慶那幾年的經驗也是極其難得的。

首先，充和有幸與吳梅的得意弟子盧前（字冀野）同在教育部的音樂委員會裡共事。兩人是在策劃勞軍節目的會議上初次見面的，他們所策劃的其中一個專案是有關公演《刺虎》的事宜，那次充和演《刺虎》中的費宮人，盧前則扮演其中一個龍套。一九四三年以後，教育部的音樂教育委員會改成「禮樂館」，館址遷至北碚，禮樂館的館長為汪東（旭初）先生，禮組主任為盧前，樂組主任為楊蔭瀏。從此充和經常與盧前、汪東、楊蔭瀏等人一起參加北碚地區著名的周家曲會，在曲會中，曲人們除了演唱崑曲，也都能詩詞善書畫，於是周家夫婦——即周仲眉先生和他的夫人陳戊雙（陳衡哲的五妹），一直希望將這些曲友的題簽文字留下來作紀念。有一天，周夫人戊雙突發雅興，揮毫點彩，畫成〈琅玕題名圖〉一幅，該圖背景帶有淡淡的翠竹意象，主要為了讓曲友們在這個富有詩意的圖面上隨意留下他們即興的詩詞作品（〈琅玕圖〉典出《牡丹亭》的〈拾畫〉一出：「客來過，年月偏多，刻畫琅玕千個。」）同時，主人周先生也寫了一篇很長的〈琅玕題名圖序〉，中有「寒花荒草，客來有玉茗之詞」諸語。[13]不用說，這張面積頗大的〈琅玕題名圖〉一時成為佳話，當時許多曲人都在〈琅玕題名圖〉上頭題寫自己的詩作，包括盧前先生所題的〈琅玕圖題名圖〉散曲一套，以記其事。[14]盧前那一組套曲可謂曲史上一組不可多得之作，或者可以說，它本身就是一篇難得的「曲史」

13 參照李甡，《張充和的一幀書法和陳鸛的〈琅玕圖〉》，http://tieba.baidu.com/f?kz=210651224，頁三。

14 有關盧曲全文，見盧前，《盧前詩詞曲選》（北京：中華書局，二〇〇六年），頁二三九－二四〇，（《冀野文鈔》第四

——其內容主要在敘述諸位曲友在北碚周家聚集唱曲的盛況，尤其對每個人物的描寫都十分逼真，將充和描寫成「小葉娉婷」，更是神來之筆。

此外，自從搬去北碚之後，因為充和所住的宿舍與盧家緊鄰，她與盧前一家人後來相處甚熟，尤其盧前經常到充和處寫字、吟詩、題畫。充和經常追憶那段逃難期間在北碚的朋友情誼，多年後，已經九十三歲高齡的充和終於能為好友盧前的遺著——即《盧前曲學四種》四大冊（北京：中華書局，二〇〇六年）寫序，因而倍感榮幸。重要的是，在那篇序的開頭，充和不忘提醒讀者有關盧前繼承其師吳梅先生的傳承關係：「霜崖先生的三大弟子：任中敏（訥）、汪薇史（經昌）、盧冀野（前）關於曲學方面，無論是教學或是著述，都是功不可沒。」

一九四九年以後：崑曲在美國

一九四九年，中國大陸滄桑巨變，許多人就在那時到了海外，開始了中國史上最大的移民潮。那年一月，張充和女士和她剛結婚不久的德裔美籍丈夫傅漢思先生一同離開北京，赴美定居。當時他們住在加州的舊金山附近，因為傅漢思在柏克萊教書，後來一九六一年，傅漢思受聘於耶魯大學，他們就從加州搬到東岸的康州。不久充和也開始在耶魯大學的藝術系裡教書法，一直到一九八五年退休。

與許多移民到海外的人不同，充和女士來到美國之後並沒有改行，多年來，她一直推廣她所熱愛的書法和崑曲藝術。首先，抵達新大陸之後不久，她就和老曲友們（例如西岸的李方桂夫婦和東岸的項馨吾）合力把國內的曲會活動帶到了美國。在頻頻舉行的曲會中，老朋友天涯重逢，彼此的感慨是

卷）。

可以想見的，這些老曲友早在抗戰期間就與充和有過崑曲合作，所以來到美國也就經常唱和並同臺演唱。能在海外振興崑曲，讓它在異國新生，實為這批新移民的貢獻。

但要在海外推動崑曲也是極其辛苦的事，問題是，當時在美國，除了李方桂夫婦、項馨吾先生等人外，張充和女士在振興崑曲方面可謂孤軍奮鬥。就如充和的二姐張允和在《崑曲日記》一書中所轉述，當時充和在美國開始唱曲，可謂耗盡苦心：

> 我的了解是，她（指充和）對於宣揚崑曲，開始是孤軍獨戰，不，而是一個人戰鬥，最初幾次演出時，自己先錄音笛子，表演時放送，化妝更麻煩，沒有人為她梳大頭，就自己做好「軟大頭」，自己剪貼片，用游泳用的緊橡皮帽……。[15]

但即使在如此艱難的情況中，充和對崑曲的愛好一直沒變。半個多世紀以來，充和繼續在美國唱、吹、教、演，甚至到法國、香港、臺灣等地表演。經常由傅漢思教授演講（傅先生已於二〇〇三年去世），她自己則示範登臺演出。僅在北美——除去她經常去的紐約市和當地的耶魯校園以外，她曾先後到過二十多所大學演唱崑曲——包括哈佛大學、普林斯頓大學、芝加哥大學，斯坦福大學、威斯康辛大學、加州大學和加拿大的多倫多大學。多年來，充和的崑曲在西方的漢學界已經引起了十分深遠的影響，著名漢學家A. C. Scott（斯考特）就在他的Traditional Chinese Plays（中國傳統戲劇，三冊，Madison: University of Wisconsin Press, 1967-1975）一套書中記錄了充和的崑曲演出，其中包括美國觀眾對充和演出的評價。[16]

15 張允和，《崑曲日記》，頁二五五。
16 張允和，《崑曲日記》，頁二五四－二五五。

此外，為了培育崑曲人才，充和還在自己康州家中（即「也廬曲社」）每週教人唱崑曲——當年她的得意門生不少，包括宣立敦（Richard Strassberg）、李卉（即張光直夫人）、張一峯等。值得一提的是，有一回在給她崑曲學生宣立敦的書法題字中，充和特別表達了對吳梅先生的懷念，足見她即使身在海外，也不忘把霜崖先生的薪火傳承教給後輩（包括洋人）。在給宣立敦的那幅題字中，充和所抄錄的就是《桃花扇・寄扇》中的〈新水令〉小曲（正巧宣立敦也是研究《桃花扇》的位個著名美國學者）。在那長長的一卷墨跡末尾，充和寫道：「右桃花扇寄扇中一曲，為霜崖（指吳梅先生）所拍，其嗣南青曾為擫曲，今無人唱矣。」

這種把崑曲和詩書畫結合在一起的精神，很具體地表達了傳統中國文人文化的流風餘韻。藉著張充和等人的努力，這種中國文化精神才得以傳到西方世界，並得到充分的發揮和創意。

此外，有一次在哈佛大學所開的曲會中，余英時先生為充和所寫的一組詩，以及後來那組詩在曲人圈內所引起的熱烈唱和，最能說明詩詞與崑曲融合為一的精神。

那是一九六八年的一個四月天，張充和女士帶著她的女弟子李卉到哈佛表演崑曲。那天她們演唱《思凡》和《牡丹亭》裡的《遊園驚夢》。曲會完畢，余先生就即興地寫了一組詩。因為當時大陸正在鬧文革，故其中一首曰：

一曲思凡百感侵，
京華舊夢已沉沉。
不須更寫還鄉句，
故國如今無此音。

後來余詩整整沉睡了十年，一直到一九七八年秋才又奇妙地「復活」了。

且說在中國大陸，充和的二姊張允和女士自一九五六年開始就與俞平伯先生主持北京崑曲研習社，她經常幫助召開曲社大會，也屢次登臺演出，故一時崑曲活動在大陸十分流行。但可惜在文革期間，崑曲卻被整死了，一直到一九七八年文革過後，人們開始又可以欣賞崑曲了。就在那年十一月間，張允和有機會到南京江蘇省崑劇院看了一場崑曲（看《寄子》等劇），十分興奮。當下張允和就提筆寫信給在美國的四妹充和，告訴她有關南京演崑曲的盛況。

接信後，充和立刻回信，並把從前余先生所寫的那首詩寄給北京的二姊允和。當時充和在信中只說，那首詩是「有人」在一九六八年的哈佛曲會中所寫的，所以允和完全不知那首詩的真正作者是誰。收到那首詩後，允和十分激動，同時因為她剛從南京看崑曲回來不久，還處於十分興奮的心境中，故立刻寫了兩首和詩，快寄給四妹充和。其中一首有：「不須更寫愁腸句，故國如今有此音。」有趣的是，不久後，允和的許多曲友們——包括北京崑曲研習社的諸位同仁都開始流行「和」余英時那首「故國如今無此音」的詩，最後他們將所有和詩集成一起（充和將之戲稱為《不須曲》），由戲劇名家許姬傳用毛筆抄錄下來，寄到美國給充和。其實余英時先生並非「曲人」，以一個「非曲人」的詩作居然能引起如此眾多曲人的「讀者反應」——而且該讀者反應還持續地貫穿在中國大陸和美國的文化社群中[17]，由此可見，舊體詩詞與崑曲的密切關係了。

其實崑曲與詩書畫三絕，原來就是息息相關的。有關張充和等人在這一方面的貢獻，最近在我的那本新著《曲人鴻爪》（張充和口述）中有更詳細的描述。

---

17 其實那首余詩的讀者群不限於中國大陸和美國。例如目前住在紐西蘭的周素子女士曾是北京崑曲研習社社員，當時也是《不須曲》的讀者之一。

臺灣的崑曲

另外，一九四九年以後的臺灣也與當時美國的崑曲發展方向大同小異。臺灣原來並無真正的「崑曲」，但一九四九年以後，幾位從大陸抵臺的曲人合力振興崑曲，才使得崑曲藝術開始在臺灣發展。

首先必須提到的是，蔣復璁先生乃是臺灣崑曲的關鍵人物。蔣復璁是曲學大師吳梅的弟子，所以他很早就精通崑曲，會演唱生、旦、淨、丑各種角色。同時也是充和多年的曲友，一九四〇年代兩人在重慶時就因唱曲而相識了。

但一般人並不知蔣先生也是一位優秀的曲人，這可能因為他一向以圖書館學專家著稱，尤以保護古籍聞名。抗戰期間（一九四〇年），中央圖書館正式在重慶成立，他即受命為首任館長。一九四一年，他曾冒生命危險，暗自潛往淪陷地區上海，從日本人那兒搶救出大量的珍貴古籍。後來他一九四九年到了臺灣，畢生推動文化事業，當初他被聘為中央圖書館館長，一九六五年以後則開始擔任臺灣故宮博物院院長。因為他一直身居顯要，後來在臺灣熱心弘揚崑曲，崑曲藝術才得以在臺灣生根。

巧合的是，就在一九六五年蔣復璁先生剛上任故宮博物院院長後不久，張充和女士正好與夫婿傅漢思一起到臺灣休假。沒想到過了二十多年，在四處奔波之後，兩位老曲友（且同為吳梅的弟子）又有機會在海外相會。就在那一年，蔣復璁先生經常為充和安排表演崑曲的機會，並藉著充和把崑曲藝術介紹給臺灣的藝術愛好者。同時，他也把許多臺灣的曲友介紹給充和，一時興起了重振崑曲的熱潮（當時充和的大姊元和和她的丈夫——即著名崑曲家顧傳玠恰好也在臺灣，因此元和也經常粉墨登場。）總之，臺灣崑曲界從一開始就繼承了吳梅的曲學傳統。

有關吳梅曲學的薪火傳承，當時以執教於臺灣師範大學的汪經昌先生的貢獻最為顯著。汪經昌曾受教於吳梅先生，為吳先生的高足之一，抗戰期間在重慶時，他即與張充和女士熟識（兩人正好同歲），經常在曲會中一同登場。有時他唱，充和吹笛，有時輪到充和唱，則由他吹笛。他不但會清唱吹笛，也會制譜填詞，且精研曲律，著有《南北曲小令譜》等書。所以一九四九年汪經昌一到臺灣，就開始在師範大學教授曲學課程，並設立師大崑曲社，多年下來，他培養了不少曲學方面的人才——包括不久前主編《崑曲辭典》（二〇〇二年）的洪惟助和目前擔任紐約海外崑曲研究社社長的陳安娜。與臺大諸位曲學教授（例如鄭騫等）最大的不同是，汪經昌的教學法較注重實際演唱，所以他堅持學生們必須學習唱崑曲。同時，他積極加入蓬瀛曲集（即當時臺灣最著名的曲社），不但經常參加該區社所舉辦的同期和曲會，而且還為後來出版的曲譜《蓬瀛曲集》寫序。此外，他還延聘蓬瀛曲集的諸位曲學大將到師大校園教導學生們唱崑曲——例如由焦承允擔任主教旦角唱腔，由夏煥新教老生唱腔兼吹笛，由充和的大姊張元和教練身段。

有關蓬瀛曲集，這裡還必須稍作補充，可以說當年如果沒有蓬瀛曲集，崑曲不可能在臺灣如此風行，後來更不可能進而薪傳崑曲種子。臺灣本來並無所謂的「曲會」，但一九五一年左右，焦承允、夏煥新、陸永明、汪經昌、毓子山（即著名曲家溥侗的兒子）和蔣復璁等人開始首倡崑曲「小集」，在一個中學裡，每週舉行兩次曲會，自一九五八年起則開始輪流在各曲友家中唱曲。後來參加曲會的曲友人數逐漸增加（包括充和的大姊張元和等），終於在一九六二年一月正式成立了「蓬瀛曲集」（之所以把曲會命名為「蓬瀛」，乃取臺灣為「蓬萊瀛洲」之意）。正巧三年後，張充和女士到臺灣休假，在那期間她積極參加蓬瀛曲集，也給該曲社增添了活力。她經常舉辦曲會，也屢次在曲會中唱曲，有一次她在蓬瀛曲會中演唱《遊園驚夢》和《思凡》，舉座莫不歎服。陸永明先生特贈詩一首：

小集蓬瀛一曲歌，

水磨遺韻託微波。
繞梁三折非凡響，
贏得青衫濕淚多。

那天陸家的才女陸蓉之（才十四歲）也特別作〈古松圖〉相贈，尤其令充和驚歎不已。

此外，其他曲友們——包括蔣復璁、焦承允、汪經昌、夏煥新、毓子山、吳子深、張谷年等，也經常在曲會中為充和題字、作畫。據充和說，曲友們對崑曲和詩書畫的愛好所表現出來的知心與識趣，乃是她那次臺灣之旅的最大收穫。

紐約海外崑曲研究社

前面已經提到，一九四九年以後，是張充和女士和她的幾位老曲友（例如李方桂夫婦和項馨吾等人）合力把中國的崑曲文化帶到美國的，雖然生活在離散中，他們仍努力在完全陌生的環境中開闢園地，發揮了一枝獨秀的影響。

然而在今日的美國，老一輩的華裔曲人已經逐漸凋零（今年九十七歲的張充和女士可謂例外），因此崑曲的薪傳工作就顯得特別要。有關這一方面的工作，首先必須提到這些年來，紐約海外崑曲研究社的貢獻。

有關紐約海外崑曲社的歷史，必須從年輕一代的曲人陳安娜女士說起。陳女士於一九六〇年代後期，從臺灣來到美國，當初在臺灣時，她曾是汪經昌先生在師大的崑曲學生，汪經昌既是吳梅先生的大弟子，陳安娜就算是吳梅曲學的後繼人之一了。後來到了紐約，她還繼續研究戲曲文學，有專著出版，同時在聯合國任教。不久陳安娜認識了康州的張充和女士，就開始向她學吹笛，兩人頓時成為崑曲知音。其實充和早自一九六〇年初開始，就經常在紐約上臺表演崑曲了，但當初經常是自己先吹笛錄音，表演時才播放以為伴奏，後來陳安娜學會了吹笛，充和從此就讓她上臺吹笛伴奏（例如一九八一年四月間，她們一同在紐約大都會美術館的明軒裡表演崑曲）。一九八八年，「紐約海外崑曲社」終於正式成立，安娜擔任該社的第一任副社長兼秘書，並請陳富煙先生擔任社長的職務（陳富煙是民族音樂博士，也向充和學崑曲）。後來陳安娜成為該社的第二任社長，從此任職社長至今，多年以來，充和一直是該社的主要顧問之一。

紐約海外崑曲社成立二十年以來，有今日之成就，確也不易，如今它已經成為訓練海外崑曲演員的大本營。值得一提的是，這個曲社之所以如此傑出，實與它全面綜合了來自臺灣（主要是一九六〇年代後期）和中國大陸（主要是一九八〇年後期）的曲人精英息息相關。該社團的組成主要有三方面的結合：學者如張充和、陳富煙、陳安娜、鄧玉瓊（地球物理博士、紐約民族樂團團長）等，以及駐社藝術家（中國大陸南、北崑劇院團的崑劇從業人士），還有海外業餘的崑劇愛好者和支持者。同時，崑劇社底下還設有兩個部分：即崑劇團和傳習班。僅在過去十年間，該崑曲社舉辦過一百多場表演、示範和演講。在這些演出活動中，都由該社著名的駐社藝術家親自登臺演出，故總是圓滿成功。最近以來，海外崑曲社最受歡迎的公演之一就是二〇〇六年十一月間在紐約曼哈頓交響樂劇場（Symphony Space）舉行的「兩代名伶同臺獻藝」，當時曾經演出四出折子戲——即《鳳凰山》的《百花贈劍》，《水滸記》的《借茶》和《活捉》，以及《長生殿》的《驚變》。此外，二〇〇八年十月間，他們為了慶祝海外崑曲社二十週年紀念，曾在哥倫比亞大學的彌勒劇場舉行一次盛大的公演，當天他們演出《長生殿》裡的《定情》、《哭像》，以及《潘金蓮》中的《挑簾》、《裁衣》等折子戲，十分轟動，這些公演都得到了海外崑曲觀眾們和媒體的好評。

目前有關紐約海外崑曲社的諸位曲人，除了陳安娜以外，我自己比較熟悉的有以下幾位：尹繼芳（副社長兼藝術總監，專唱小生，原是江蘇「繼」字輩的重要崑曲傳人）、王泰琪（駐社藝術家，專唱小生）、史潔華（海外崑曲社崑劇團團長，專演旦）、蔡青霖（海外崑曲社崑劇團副團長，專演丑），和吳德璋（駐社藝術家，專唱小生）。此外，王振聲先生（駐社藝術家兼音樂家）則專事擊鼓，笛子和二胡也很出色，他原是江蘇省崑劇院鼓師。這些曲人大約都在一九八〇年代末期從中國大陸移民到美國，從一開始，他們就在紐約海外崑曲社服務，多年來曾應邀在美國和世界各處演出，並應邀參加國際藝術節等重要活動。

當然，時代已經不同了，今日年輕一代的曲家已經無法再現那種傳統文化曲人將崑曲與詩書畫三絕融合為一的境界了，但他們無疑對老一代的文人傳統十分敬重。所以紐約海外崑曲社的諸位曲人還經常在百忙中，從紐約開車趕來康州探望張充和女士，與她共唱崑曲，並欣賞她的詩書畫作品。他們顯然十分嚮往那個已逐漸失去的文人崑曲傳統，從張充和女士的身上，他們還是可以領會老一代文化曲人的風雅情趣的。

*本文原為一篇會議論文，宣讀於二〇一〇年三月八－九日北京大學舉行的「中國典籍與文化國際學術研討會」。該會議由北大中國古文獻研究中心承辦，並由北大中國語言文學系和耶魯大學東亞研究中心合力主辦。本文曾載於《中國文化研究》，二〇一〇年五月，夏之卷（總第六十八期），頁一五－二四。

好花原有四時香：讀《獨陪明月看荷花：葉嘉瑩詩詞選譯》有感

去年暑假，臺灣大學的齊益壽教授來耶魯校園參觀，他贈給我一本葉嘉瑩教授詩詞的英譯本，題為：*Ode To the Lotus: Selected Poems of Florence Chia-ying Yeh*（《獨陪明月看荷花：葉嘉瑩詩詞選譯》）。[1]這本書印得十分雅致，封面上有周半娟女士所繪荷花，書中收有葉教授的中文詩詞原文，配上陶永強先生（Tommy W. K. Tao）的英文譯文，其中每首詩詞都附有謝琰先生（Yim Tse）的書法。多年來我一直想在我那門「中國女詩人」的英文課中介紹葉教授的詩詞，但苦於找不到合適的英譯本，得贈此書，我如獲至寶。現在持有此詩詞原文及其英譯相對照的新書作為課本，讓我滿懷如願以償的欣喜。心想，明年春天若能及時採用此書作為課程教科書，也算是對葉嘉瑩教授九十華誕的課堂祝賀。

去年五月間，齊教授先到加拿大的溫哥華旅遊，期間他曾拜訪書法家謝琰先生。當時葉嘉瑩教授正好在場，於是就親自贈送了一本《詩詞選譯》給齊先生，並在書上加上題簽：「迦陵，二〇一二年五月二十四日，於溫哥華謝先生府上」。但到了耶魯之後，齊先生得知我急於擁有一本葉教授的詩詞譯本，便慷慨割愛，先將那本英譯詩詞轉贈給我，說他回頭再請葉教授補寄一本到臺灣給他。幾天

---

1 *Ode To the Lotus: Selected Poems of Florence Chia-ying Yeh*（《獨陪明月看荷花：葉嘉瑩詩詞選譯》）（溫哥華：中僑互助會出版，二〇〇七年）。

後，齊先生就收到葉教授的電子回函，說一切照辦沒問題，而我也同時接到葉教授來自溫哥華的長途電話，我們在電話中敘舊長談。不用說，我迫不及待地細讀這本英譯本，首先我覺得書中有關葉教授詩詞的選錄，做得相當好，雖然只選了五十一首——等於只收錄葉教授十分之一的詩作（從前二〇〇〇年臺北桂冠出版社出版的《迦陵詩詞稿》共收有五百四十首之多），但因為所選的葉氏詩詞篇篇具佳，每首都具代表性，而陶永強先生的譯筆又屬上乘，閱讀中極富樂趣。此外，書中還收有一些過去《迦陵詩詞稿》所未收的新作，也大大擴展了我的視野。套用葉教授評賞詩歌的用語，我之所以特別對這些詩作有一種「興發感動」的感觸，乃是因為多年以前葉教授曾給我看過她一些詩詞的手稿，現在時過境遷，我再重讀她這些舊作，同時眼見詩人又累積了最近幾十年來的生命經驗，且都已寫出新的詩詞——所有這一切都足以讓我這次的閱讀成為更深層的「知音」閱讀，並能更貼切地進入葉教授的詩境中。記得從前葉教授曾對王國維、王維和李商隱的「寂寞心」作出比較：「靜安先生所有的是哲人的悲憫，摩詰居士所有的是修道者的自得，而義山所有的則是純詩人的哀感。」[2] 通過這次閱讀，我發現葉教授晚年的詩詞已經不只擁有李商隱那種「純詩人的哀感」，也同樣具有王國維的「哲人的悲憫」和王維的「修道者的自得」。我想這是因為詩人在飽經人生的坎坷之後，對生命有了更深的體會，有所寄託的緣故吧。

我是一九七六年三月間才認識葉教授的，當時我還是普林斯頓大學的研究生，正在撰寫有關唐宋詞的博士論文。作為葉教授的普通讀者，我讀過她有關「人間詞話三種境界」、李商隱的「嫦娥詩」、溫庭筠詞、大晏詞、杜甫七律、「李杜交誼」、陶淵明的「認真」與「固窮」等論著，對她講評詩歌的方法和角度十分欣賞，但那種「欣賞」僅限於學術層次，對葉教授其人，我並無任何了解。

2 參見齊益壽，《盡吐冰絲化彩雲（〈神蠶〉，一九八一年）——旅臺二十年的憂患歲月與詩詞成就》，書稿第四章，頁一一一。

在一九七六年那次相識後不久，由於某種特殊的因緣，使我從此很能體會葉教授的「心靈世界」，對於她那種歷經「百劫」憂患之後而仍然保有堅毅不拔的精神，打自心底佩服。她最終給我的是一種難得的「生命」教育。

我永遠忘不了一九七六年三月二十日那天，我生平第一次見到葉教授。那天正是普大東亞系所舉行的「中國文學敘事研究」會議的前夕，我的指導教授高友工先生囑我負責招待葉教授和她的學生施淑女（即作家李昂和施淑青的大姊），所以在會議期間，她們兩人就住在我的公寓裡。記得那次會議中，葉教授所講的題目乃是有關王國維對詩詞意境的拓展，同時也涉及一般詩詞賞析的標準問題。那是我首次聽葉教授演講，對於她優雅的態度以及充滿智慧的分析和講解，印象頗為深刻。兩天後，三月二十二日那天，大會就結束了。

但她們才離開兩天，我就聽到了一個青天霹靂的消息——那就是葉教授的大女兒與女婿死於車禍。這個消息令我感到震驚而焦慮，我想，葉教授如何能經受得了這場突然喪女的打擊？我們要用怎樣的話語才能安慰她？我知道遇到這樣的情況，任何安慰都可能流於形式，然而我還是寄了一封短信給她。

直到三年後，一九七九年一月，我有一個偶然的機會到溫哥華的不列顛哥倫比亞大學演講，才再次見到葉教授。記得那天在晚餐結束後，葉教授將我送回旅館，剛一打開旅館房門，葉教授就立刻說道：「咱們見面不容易，應當好好聊一聊，我乾脆幫妳把行李整好，今晚妳就睡在我家，明天早上我負責把妳送到機場。」就這樣，我在她的溫哥華家中過了一個難忘的夜晚，我們倆打開話匣子促膝懇談，直至深夜。就在那天，她第一次讓我看她的詩詞手稿，印象最深刻的就是她為大女兒所寫的十首詩，題為：〈一九七六年三月二十四日，長女言言與婿永廷以車禍同時罹難，日日哭之，陸續成詩十首〉，讀到「誰知百劫餘生日，更哭明珠掌上珍」等詩句詩，我的淚水不禁奪眶而出。

也就在那天晚上，我了解到她從前在臺灣的白色恐怖期間的種種遭遇。她告訴我：一九四九年年底，她丈夫趙先生被捕下獄，半年之後她自己也受牽連，與彰化女中的校長及其他幾位教師同時被捕拘訊，當時她的長女言言才幾個月大，她也只好帶著吃奶的言言一起住進拘留所。後來被釋放之後，她竟然成了無家可歸之人（當時趙先生還在左營獄中），她不得已只好投奔親戚，夜間在親戚家的走廊上鋪一條毯子，母女勉強過夜。葉教授當時才剛滿二十六歲，曾寫〈轉蓬〉詩記載此事，有「剩撫懷中女，深宵忍淚吞」等句，那個「懷中女」也就是後來喪生於車禍的言言。生命中的種種陰晴變化和反覆無常，確實令人難解，她內心之悲苦自不待言。

我以為一九七六那年，葉教授的喪女經驗乃是她生命中的轉捩點，在那以後，她的詩詞逐漸體現出她內心的一種新境界——那就是逐漸由悲苦走向超越的境界。換言之，從前對人生的「感發」已轉為「感悟」。她於一九八三年所寫的〈浣溪沙〉尤能表達這種「感悟」之情：

> 已是蒼松慣雪霜，任教風雨葬韶光，卅年回首幾滄桑。
> 自詡碧雲歸碧落，未隨紅粉鬥紅妝，餘年老去付疏狂。

末尾那句「餘年老去付疏狂」最能道出詩人在經過無限「滄桑」之後所悟得的「自由」感（譯者陶永強先生將此句譯為 "The remaining years--as I grow old--/ Let me spend them with abandon" 用 "abandon" 來描寫一個「狂」字，特佳。）其大意是：既然「已是蒼松慣雪霜」，那麼就乾脆趁著「餘年」來好好地「疏狂」一番。「疏狂」指的是一種類似「隨心所欲不逾矩」的境況，那是一個人的心境完全處於淡泊之後的自然表現。「疏狂」也令人想起蘇軾在〈定風波〉一詞中所描寫的那種「莫聽穿林打葉聲，何妨吟嘯且徐行。竹杖芒鞋輕勝馬，誰怕？一蓑煙雨任平生」的瀟灑意境。在此，蘇軾有一種「也無風雨也無晴」的感悟，在葉教授的〈浣溪沙〉詞中，也有「任教風雨葬韶光」的通脫解悟，是大智慧的表現。

同樣在葉教授的許多「荷花詩」中，也隨著後來生命經驗的改變而寫出她對人生的不同感悟。[3] 有關荷花這一意象，葉教授顯然有意將之作為她自己理想中的象徵，但一直要到一九八三年（即撰寫上述〈浣溪沙〉的同一年），她才在〈木蘭花慢・詠荷〉的詞作中明白地告訴讀者有關她那「花前思乳字」的故事。她甚至在該詞的前頭冠以一篇特長的〈自序〉（是《葉嘉瑩詩詞選譯》中最長的一段序），詳細解釋她與荷花的因緣：

……蓋荷之為物，其花既可賞，根實莖葉皆有可用，百花中殊罕其匹。余生於荷月，雙親每呼之為「荷」，遂為乳字焉。稍長，讀義山詩，每頌其「荷葉生時春恨生，荷葉枯時秋恨成」，及「何當百億蓮花上，一一蓮花現佛身」之句，輒為之低徊不已。曾賦五言絕詠小詩一首云：「植本出蓬瀛，淤泥不染清，如來原是幻，何以渡蒼生。」其後幾經憂患，輾轉飄零，遂羈居加拿大之溫哥華城。此城地近太平洋之暖流，氣候宜人，百花繁茂，而獨鮮植荷者，蓋彼邦人士既未解其花之可賞，亦未識其根實之可食也。年來屢以暑假歸國講學，每睹新荷，輒思往事……。

從這篇〈自序〉可知，由於她出生於「荷月」間（即陰曆六月），她的乳名就是「荷」，所以每回詩人寫荷，其實就是寫她自己。我想這就是為什麼葉教授把這本《詩詞選譯》題為《獨陪明月看荷

3 學者曾慶雨也有相似的看法：「同一意象，隨著作者（指葉嘉瑩教授）人生經歷的變化以及不同時期的不同感悟，也處於不斷發展不但豐富的過程中。」見曾慶雨，《葉嘉瑩先生詩詞曲管窺》，文稿頁二二。

花》的原因，可以說這本《詩詞選譯》就是由詩詞組成的自傳。

必須指出，「獨陪明月看荷花」這句詩乃是多年前詩人由夢中偶然得之，那時女兒車禍的悲劇尚未發生。那還是一九七一年，即她剛遷往加拿大溫哥華城之後兩年，有一天夜裡，葉教授在夢中得句，醒來之後無法全部記得清楚，因此就雜用李商隱詩句，臨時寫成絕句三首。[4]《詩詞選譯》只選第三首，題為〈夢中得句雜用義山詩足成絕句〉。詩曰：

一春夢雨常飄瓦，
萬古貞魂倚暮霞。
昨夜西池涼露滿，
獨陪明月看荷花。

在此，詩人如實地表達了自己的「寂寞心」：除了獨自陪著天上的明月「看荷花」之外，她又能做什麼呢。整首詩有一種寄身異域的飄零之感。

但多年之後，在二〇〇二年所寫的〈浣溪沙・為南開馬蹄湖荷花作〉那首詞中，她的寫作風格顯然有了很大的改變。同樣寫的是荷花，已沒有從前那種帶有「寂寞心」的意味。該詞的第二闋寫道：

蓮實有心應不死，
人生易老夢偏痴，

4 參見曾慶雨，〈月明萬里荷香度，不辨清風只自疑——讀迦陵師「夢中得句」三首〉，文稿頁二。

千春猶待發華滋。

大意是說：荷花因有「實心」而不死，雖然「人生易老」，但詩人依然夢多，仍舊繼續等待著無數個春天的開花結果。陶永強先生將末尾一句譯為 "Still dream of the blossoming /after a thousand springs," 可謂知音也。

其實早在一九九一年，在一首題為〈金暉〉的絕句中，詩人早已表達了晚年那種逐漸平靜而淡泊的心態：

晚霞秋水碧天長，
滿眼金暉愛夕陽。
不向西風怨搖落，
好花原有四時香。

我想就是這種「好花原有四時香」的高貴品質，使得一位飽經坎坷悲苦的女性詩人和學者，自始至終能在百般困難中勇敢地挺立過來，而且「挺立」得如此之漂亮！以一個年近九十歲的人，葉教授至今仍不斷為她所喜愛的教書工作和寫作投入她大部分的生命精力，其精神足以令人肅然起敬。

最後，我要引用書法家謝琰先生在《獨陪明月看荷花：葉嘉瑩詩詞選譯》一書中所寫的〈書者序〉，以聊表我對葉教授的無限感佩：

……書寫之前，我細讀葉教授的詩詞，藉以進入她詩詞中的內心世界，體會她堅毅不拔的精神，超越人生種種的困苦，終能昇華自我，予人的啟迪無窮。葉教授的詩詞給我內心的震撼與共鳴實非拙筆所能形容……。

——《世界日報・副刊》，二〇一三年七月二十八－二十九日。

永遠的「桂枝香」

——重看白先勇的《遊園驚夢》

藉著Christopher Lupke教授來耶魯演講的機會，我又把白先勇的小說《遊園驚夢》仔細讀了一遍。最令我感到意外的是：從前讀這篇小說，自己的注意力總在錢夫人（藍田玉）身上——作者白先勇也說，錢夫人是故事中的「女主角」（詳見白先勇《為逝去的美造像》）。但這一次我卻不知不覺地把注意力集中在竇夫人（桂枝香）身上，而且以為竇夫人或許更是作者「下意識中」所創出的特具魔力的角色。其象徵性與神祕性使竇夫人（在我這次閱讀經驗中）較諸錢夫人更具吸引力。

此回我是如何詮釋竇夫人這個角色的呢？首先，其藝名桂枝香典出王安石的〈桂枝香〉詞：

〈桂枝香金陵懷古〉

登臨送目，正故國晚秋，天氣初肅。千里澄江似練，疊峰如簇。征帆去棹殘陽裡，背西風，酒旗斜矗。彩舟雲淡，星河鷺起，畫圖難足。念往昔，繁華競逐。歎門外樓頭，悲恨相續。千古憑高，對此漫嗟榮辱。六朝舊事隨流水，但寒煙衰草凝綠。至今商女，時時猶唱，〈後庭〉遺曲。

此詞題為〈金陵懷古〉，描寫對六朝金陵（即今南京）「繁華競逐」的今昔之感。〈桂枝香〉此調首見於王安石此作（一〇六七年），此詞在當時即已成為「懷古」之正格——如《古今詞話》云：

「金陵懷古，諸公寄詞於『桂枝香』凡三十餘首，獨介甫（王安石）最為絕唱。」連一向反對王安石的著名詩人蘇軾也佩服此闋詞的魄力，因而歎息道：「此老（指安石）乃野狐精也！」

不論白先勇本人是否有意取材於王安石此詞，但他之把竇夫人取名為桂枝香，實已給了讀者一個最有力的「互文根據」（intertextuality）——那就是對臺北與南京的「今昔關係」作了一個最大的象徵性暗示，使《遊園驚夢》更有效地成為所謂的topical allegory（時事寓言）。

從劇情上來看，《遊園驚夢》寫的是錢夫人應邀來臺北參加竇夫人所開宴會的始末。從錢夫人抵達竇公館到宴會結束，前後只有幾個鐘頭的時間，但在這短短幾個小時之間，臺北完全成了南京的投影，因為在錢夫人眼中（即敘述者的眼中），今日的臺北宴會相當於昔日的南京宴會——這種今昔並現的象徵手法也就是歐陽子所謂的「平行技巧」（詳見歐陽子〈《遊園驚夢》的寫作技巧和引申涵義〉）。

一般讀者（包括我自己過去）總是專注在錢夫人那個角色，並對她賦予無限的同情。錢夫人算是時代的犧牲者——從前在南京，她是個享受無限富貴榮華的人（相當於今日那愛排場、講派頭的竇夫人），有一次還特為當年的唱戲姊妹桂枝香開了一場三十歲生日盛宴。但大陸淪陷後，錢夫人的命運完全改變了——來臺灣之後，她已成為一個既老又窮的老女人，而面對今日金光閃爍、華麗無比的「臺北宴會」，更加使她感到自卑與過時——她久居偏僻的臺灣南部，自己沒有私人汽車還怕人知道。總而言之，今日的臺北宴會可說是對錢夫人（藍田玉）的昔日南京宴會的一種諷刺，而這種今昔之感很像王安石詞中所謂「念往昔，繁華競逐。歎門外樓頭，悲恨相續。」

但從另一個層面看來，我更對竇夫人這角色感到興趣：從前在南京時，她只是一個微不足道的清唱歌女桂枝香，而今日在臺北她卻儼然成為十分「雍容矜貴」的竇夫人（因為今日「竇瑞升的官大了，桂枝香也扶了正」）。宴會中，她打扮得像天仙一般（與穿過時旗袍的錢夫人成一明顯對照），一切排場、派頭和會客的款待均是一流，而且以女主人的權利（其實是權力）在公眾面前「分派角色」給別人做。細心敏感的讀者總會記得她對程參謀（情人？）如此發號施令：

> 程參謀，我把錢夫人交給你了。你不替我好好伺候著，明天罰你做東。
> 程參謀，好好替我勸酒啊，你長官不在，你就在那一桌替他做主人吧。

對於這些「命令」，程參謀均必恭必敬地行事，從頭到尾把錢夫人照顧得服服帖帖——左一句錢夫人，右一句錢夫人，並隨時往她酒杯裡篩酒。

竇夫人的「權力感」使她懂得如何在情場中占上風。在宴會中，她那輕浮妄動的妹妹蔣碧月（天辣椒）「穿了一身火紅的緞子旗袍」，顯然極盡賣弄風情的本領，想把程參謀勾引了去——這一切竇夫人均看在眼裡。但竇夫人完全不是錢夫人那種脆弱的人（錢夫人在臺北宴會中因目睹蔣碧月與程參謀的親熱鏡頭而引起聯想，突然憶起當年南京宴會中，自己親妹妹月月紅如何奪走她心中戀人程參謀的一段傷心往事，這一聯想終於使錢夫人失去理性而一時變啞。）在臺北宴會中，錢夫人可謂嘗盡了「尷尬人難免尷尬事」的苦頭，反之，竇夫人卻凡事在握，知道如何控制那「凡事順服」的程參謀。小說的末尾描寫程參謀開車要將蔣碧月送回去，這時竇夫人突然「又把程參謀叫了過去，附耳囑咐了幾句，程參謀直點著頭笑應道：『夫人請放心』。」

就如歐陽子所說，「細心敏感的讀者禁不住疑惑：竇夫人究竟在程參謀耳邊說了什麼？」關於此點，作者白先勇故意不寫明，可謂耐人尋味。但我想，從小說上下文的隱約暗示來看，竇夫人很可能故意在大眾面前施展她的「權力」，也想讓她妹妹蔣碧月看看她對程參謀的無限操控力。她似乎在說：「妳別做夢！妳是搶不去的。」

不管這種設想對不對，總之竇夫人是女人中的得勝者，過了這些年，她仍舊「沒有老」（不像錢夫人已老），有些像「永遠的尹雪豔」，她的美麗形象給人以神祕的感覺。另一方面，竇夫人卻是十分正經懂事的女人：「論到懂世故，有擔待，除了……，桂枝香再也找不出第二個人來。」她是永遠的桂枝香，也是永遠的南京。就因為擁有那內心與外表的「永遠」，她才可能把臺北變成一個永恆的仙境，企圖捕捉過去的繁華——用劉紹銘的話來說，對這種人，「臺北就成了他們的大觀園」（見劉紹銘〈《臺北人》與《紐約客》〉）。

據我自己在臺灣住過多年的親身經驗，我覺得像竇夫人那樣的「外省人」居多——他們懂得如何在外地生存，如何創造他們的藝術世界。但到美國定居以後（我二十四歲到美國）[1]，卻看見許多像錢夫人那樣的華僑，他們是現實生活的失敗者，只活在「想當年」的回憶中，而不能像竇夫人一樣地創造嶄新的大觀園。

就因為如此，我才特別對那「永遠的桂枝香」感到興趣，轉而探討白先勇的《遊園驚夢》之新涵義。

——《聯合報》，一九九三年三月三十一日。

[1] 我於一九六八年移民到美國（康宜補注，二〇一四年十二月）。

批評家的使命

近日重讀夏志清先生《新文學的傳統》（時報書系，一九七九年），頗被其中討論「當代小說」的部分所吸引。夏先生說：「看小說對我來說，既是日常課業，看的時候總是『正襟危坐』的……」這句話說得既嚴肅又中肯，因而觸發我對小說與文學評論之關係再加一番思索的興趣。

人人皆知寫小說難，因非長時期的閱歷與修練，不易掌握其關鍵。其實讀小說又何嘗容易，必須有相當素養，然後才能得其門而入。最優秀的讀者乃是最嚴肅的讀者，態度嚴肅才更容易運用個人的情智來領悟小說中所描寫的人生萬象。最佳的讀者往往對小說懷抱著一種宗教熱忱：前人如金聖歎、毛宗崗、張竹坡堪稱我國古典小說的模範讀者，由於他們苦心孤詣的「讀法」，才得將《三國演義》、《水滸傳》、《金瓶梅》等書的章法結構一一剖明。他們若非有貫徹始終、埋頭苦幹的精神，怎能把書中的「起伏波瀾」、「橫雲斷嶺」之妙掌握得那麼完美？難怪今日研究古典小說者，無不奉前人的「讀法」為圭臬，以為指點迷津之助。

卓越的小說批評家必定是卓越的讀者，除「正襟危坐」外，批評家還需具有敏銳的判斷及細膩的情感，方能體會小說錯綜複雜的脈絡精華，並進而分析其對人生意義的詮釋。我一向崇拜納布可夫（Vladimir Nabokov）的眼識，納氏不僅是本世紀公認最偉大的小說家之一，更是功力極深的評論家，從其生前講稿所編成之《文學講座》（Lectures on Literature）一書中，可以窺見他過人的批評眼光，令人佩服。讀書的首篇〈好的讀者與好的作者〉即開宗明義地強調閱讀小說須下一番功夫，只有養成一讀再讀的習慣，才能逐漸領會如何去「愛惜細節」，唯有兼備藝術家的熱情及科學家的耐力，才算是一個成功的讀者。

將小說當作純粹的藝術品來讀，確是今日中西批評界令人欣喜的現象。近年來在中國小說評論方面，特具代表性的著作，除夏氏的《中國古典小說》和《中國現代小說史》外，還有余英時的《紅樓夢的兩個世界》。余先生以一史學家而能自純文學的觀點來探討《紅樓夢》的藝術世界，更令人不得不重視此種批評精神在學術傳統中所扮演的角色了。我以為，若沒有一股藝術家的熱情，便不能觸發他對大觀園世界的想像；沒有一種史學家的精神，便不能指引他分析的途徑。唯有在這兩層功夫兼備的條件下，一個文學批評家才可能將個人的情感經驗提升到宇宙人生的層次。《紅樓夢》的「兩個世界」，亦只有經歷過諸種無可奈何的人生境遇而終能客觀分析其真義的批評家才能將之道破：

> 但這個理想世界自始就和現實世界是分不開的：大觀園的乾淨本來就建築在會芳園的骯髒基礎之上……乾淨既從骯髒而來，最後又無可地要回到骯髒去……
>
> 《紅樓夢的兩個世界》，頁五九

這種理想世界與現實世界互相衝突的矛盾與無奈，確實在人類的真實情感體驗中一再重現：正如龔鵬程先生在其〈無名的困境——愛〉（聯副，一九八一年三月十日）一文中所指出的：人間最美麗純潔的愛情原是建築在齷齪的私慾上的。他以為這種愛與慾、美與醜的綜合，正象徵人類經驗裡永恆不斷的衝突。然而即使生命的本質因此種衝突而充滿殘缺、虛妄的可能，生命的意義與價值仍能經由人類勇於承擔、深切體驗的行動中獲得肯定與提升。這正是柯慶明先生所謂「悲劇英雄」的崇高精神與奮鬥意義之所在：

悲劇英雄們正是經由受難而超越了苦難，經由擔負罪而消除了罪……在充滿虛妄的人生奔逐中，醒覺，發現生命的真理，就是生之唯一的莊嚴與意義——真正活過的活過，方才成為一種可能的，一種信念。

《境界的探求》，頁七二

其實，龔、柯二位先生所企圖捕捉的人生本質與人生意義，也正是小說批評家所最關切的問題。正因為人生實際經驗裡原有許多的無奈與不得已，小說世界才常在理想與現實的交互衝突間逡巡。小說家所創造的世界是人間現實生活的投影，時如夢幻，尚待批評家憑藉其情感理智的探索，將之轉化為智性的領悟。從這個角度來看，文學批評家乃是冷靜的哲學家——他不甘徘徊於恍惚的夢境之中，乃欲將從痴情纏綿的小說世界拉到冷酷現實的覺醒裡來。

這種針對小說藝術世界剖析人生真相的工作就是批評家的使命，一個批評家必須完全進入「小說家所創造的世界」（即余英時所謂「理想世界」），才能談到感知與領悟。這個藝術世界是永遠新穎的、獨立的、自足的，批評家在感性的沉溺中不斷兼做理性的分析，把一切人生現實的經驗用冷靜的言語化為宇宙的觀察。於是在夏志清先生的努力分析下，我們清楚看見張愛玲的小說如何描繪生命的一連串矛盾——人間的可愛與可怕、恐懼與憐憫、憎惡與留戀（見《愛情、社會、小說》，頁五一）。誠如夏氏在《文學的前途》一書中所言：「沒有批評家去關心作者的優劣……文學史就等於空白。」（頁一九八）如今我們更可以說：「沒有讀者去關心批評家的作品，文學史照樣有流於空白的危險。」

《新文學的傳統》一書從胡適、陳衡哲等寫到這一代的作家蔣曉雲、李捷金等人，每篇或多或少、或深或淺地透露出一個現代文學批評家對中國新文學傳統的關切。在《人的文學》裡，夏先生曾經將周作人的「新文學」定義做了補正，他說：「我認為中國新文學的傳統即是『人的文學』，即是『用人道主義為本』，對中國社會、個人諸問題，加以記錄研究的文學。」（頁二二八）而在《新文學的傳統》中，這個定義又得到進一步的引申：「……我可以說，《新文學的傳統》不單指現代文學，也包括了屬於同一傳統的古代文學……」（頁二）。明顯地，新文學的傳統是將重點放在「傳統」這一觀念之上，就如艾略特（T. S. Eliot）在其《傳統和個人天賦》（Tradition and the Individual Talent）一文所說，一個作家，不論他稟賦有多偉大的獨創力，仍要受制於傳統。

把目前初露頭角的年輕作家放在「傳統」的尺度上來評判，確是《新文學的傳統》之一大貢獻。當然所謂「傳統」非指復古的傳統，而是廣義地指小說傳統中所持的中心藝術原則。這樣的文學批評精神極其重要，因為文學批評家之一大任務就是幫助讀者提高文學趣味，這「趣味」相當於西方文學批評裡的"taste"，亦即艾略特所謂「美的判斷」。夏志清一向對文學趣味的提高有特別的關注，在《文學的前途》中，他建議讀者比較費滋傑羅（Scott Fitzgerald）的《大亨小傳》（The Great Gatsby）與西格爾（Erich Segal）的《愛的故事》（Love Story）二者境界之高下，因為「兩本書相比之下，自己的趣味可以提高」（頁一九二）。在Chinese Fiction from Taiwan（Jeannete L. Faurot, 1980年）中的一篇英文論著裡，他更義正辭嚴地說：「當今世上，我們需要批評家來維持文藝水準，將好作品與壞作品分開來。」（頁二四三）

關於一部小說的好壞，夏先生是從文字、技巧及意義三方面來考慮的。在《新文學的傳統》中，他又補充說道：

> 一篇文字、技巧拙劣的小說，談不上有什麼「意義」。即使作者想表達一個「正確」的「意識」，他的文字、技巧太差，也會把它寫走樣，把它醜化了。我們讀一篇小說，最主要的考慮

是作者是否有本領把我們帶進它的世界裡去，讓我們分擔他的愛憎，讀畢小說，走出它的世界後，還覺得回味無窮……（頁二七二）

這番話我覺得頗為重要，因為只有一篇藝術性高的小說能「把我們帶進它的世界裡去」。所以自始至終，夏氏把作者能否吸引讀者進入「小說世界」一點作為品評高下的第一準則。

雖然這只代表夏氏的一家之言，不必視為絕對的定論，然而這種藝術至上，針對文學作品本身的批評家，不但應有欣賞他人作品優點的風度，也必須有一種道德勇氣，肯將作品中的缺點及敗筆盡量指出。這種公平褒貶的態度實在蘊含著無限真實的關切，正因如此，當代文學評論有它不可抹殺的意義。誠實的批評、平心靜氣的討論，較之隱惡揚善或互相標榜式的評論積極多了。

（在準備此文的過程中，曾得王璦玲女士很大的幫助，特此致謝。）

原載於《中國時報・人間副刊》，一九八九年一月十九、二十日。

美文與荔枝

上海的陳子善先生寄來一本西安的《美文》雜誌給我，上面有「大散文月刊」、「賈平凹主編」等字樣。那封面印的是由一排一排粗糙的石塊組成的牆面，上頭帶有一種古樸而又典雅的韻致，第一眼就使我想起長春藤校園裡那種未經打磨，特意作舊處理了的牆壁。我把這本雜誌拿到詩學課上傳閱，一面問學生：「你們看看這本《美文》雜誌的封面，你們說它像不像校園裡許多建築物的牆壁？現在請大家說說『美文』這兩個字的涵義好嗎？」

一位能言善道的女生搶先舉手說道：「對了，所謂『美文』就是belles-lettres的意思，它指的是純文學的寫作，以別於專門技術和科學的文字。它的美就像校園裡那種或深或淺，帶有陳舊顏色建築物的外觀，它的美就在其若隱若顯的美感之中。它不論時間多麼久遠，總是讓人百讀不厭，不像科技的文字，一旦過時了，也就隨之被淘汰……。」她邊說邊注意著大家的反應。

原來那天課上討論的題目正巧涉及陸機（二六一－三〇三）的〈文賦〉和古希臘文學家Longinus（二一〇？－二七三年）所寫的《論崇高》（On the Sublime）一書的比較，所以學生們的興致也特別高，想乘機就這兩部東西方經典的討論來了解「美文」的意義。說實在的，我很少看見我的學生如此踴躍發言過，而且當天的討論還特別精彩。例如有一位本系的大學生說，陸機的〈文賦〉就是「美文」本身的象徵，因為該篇從頭至尾以美麗的辭藻寫成，不但深入分析了一位詩人如何在「遵四時以歎逝，瞻萬物而思紛」的情境下執筆寫作，而且一針見血地點出了美文的永恆不朽之特質——即所謂

「觀古今於須臾，撫四海於一瞬」也。另一位來自比較文學系的學生說，美文之所以常年不被遺忘，乃因其崇高之意境，所以凡是沒有崇高意境的文學都算不得美文。他引用Longinus的話，說明「崇高」也是一種靈感，「當崇高的靈感到來之瞬間，它會像雷電一般，擊倒眼前一切萬物。」這都足以說明文學創作的奧祕。有一位專攻六朝文學的研究生正在課上旁聽，他顯然受了啟發，就接著說：「我在《世說新語》一書中可以找到很多這一方面的例子，例如該書作者劉義慶把身長七尺八寸的嵇康比成孤松之獨立，並用極其形象的文字描寫其崇高的風采，這就是美文了。」總之那天的討論大大地增加了我對美文的理解，想到我的耶魯學生們居然想像力這樣豐富，能把抽象的理論問題說得如此具體而生動，真令人感到欣慰。

但沒想到有關美文的討論還一直延續到了次日。話說第二天一早就有人來敲我的辦公室的門，開門一看，原來是今年新來的研究生Andy Knight，中文名字叫雷安東，只見他微笑地說著：「很抱歉，我沒事先與妳約定時間，不知妳現在有沒有空和我討論唐代詩人張九齡所寫的一篇美文？」我看見他手上捧著一部很厚的線裝書《曲江集》（張九齡為韶州曲江人，故名），心中感到十分好奇，不知他所謂的「美文」指的是哪一篇？

「請進，請進！」我邊說邊注視著那一疊線裝書。只見他從當中很快地抽出了一篇題為〈荔枝賦〉的賦文來，一面又說道：「我看這篇〈荔枝賦〉才是真正的美文。從前我以為美文只是詞藻優美的作品，昨天課堂上的討論使我得到許多新的啟發，才知道美文原來指的是一種能把思想感情以生動的形象（image）表現出來的文字。但今天早晨我重讀張九齡的這篇賦，突然又有了新的靈感，我看中國人的美感很有意思，美文好像不只代表著形象之美，好像也象徵著味覺的美好……，但這篇賦裡我有許多字句還不太懂，想請妳幫個忙。」

於是我們花了一個鐘頭左右的時間慢慢地讀完了〈荔枝賦〉，那天早晨的閱讀經驗使我更加感到教學相長的好處，也終於領悟到陸機〈文賦〉開頭的第一句話：「余每觀才士之所作，竊有以得其用心。」意思是說：我每次閱讀文士的作品，內心都與作者有一種共鳴的體會。在〈荔枝賦〉裡，張九齡用駢儷文字寫出荔枝那種美麗可口的滋味，而我正好一向嗜食荔枝，故一面欣賞詩人的美文，一面聯想到自己吃荔枝時的感受。誠然，每回剝開朱紅色的荔枝皮，我都迫不及待地把那一顆顆狀似白珍珠的荔枝果放入口中，其滋味之美，難以形容，就像張九齡的賦文中所說的一樣：「朱苞剝，明璫出，炯然數寸，猶不可匹。未至齒而殆銷……彼眾味之有五，此甘滋之不一。」真的，讀這樣的美文等於是「吃」起文字來了。但雷安東說，可惜他從來沒見過也沒吃過荔枝，否則他還會更有切身的感受。

事實上，作者張九齡只是拿荔枝來比喻自己的內在美質，與古代詩人屈原用香草來象徵自己的潔身自愛是同樣的道理。

張九齡原於唐玄宗開元年間升為宰相，但不久為李林甫所害，被貶為荊州長史，故特作〈荔枝賦〉以抒其志。在該賦中，張九齡藉著描寫荔枝的意象，很巧妙地寫出了自己被驅貶到邊遠地區的不得志的命運。所以他說：「何斯美之獨遠，嗟爾命之不工。」大意是說：為什麼像荔枝這樣美麗而珍貴的果實偏偏要長在遠處呢？為什麼它又偏偏如此命薄呢？比起其他較為普通而價廉的果實——例如柿子和梨子等，荔枝顯然更不為人所知。因此在賦文的末尾，他以一種無可奈何的筆調總結道：「柿可稱乎梁侯，梨何幸乎張公，亦因人之所遇，孰能辨乎其中哉。」

這種懷才不遇的情懷其實是古代許多美文的特點，主要因為中國文化向來不太重視理論的辨析，所以文人更喜歡用具體的外物來體現這種個人遭遇困境的心情。一般說來，描寫事物華美之外形總是和作者內在的感性之存在息息相關，但我告訴雷安東，在這一層意義上，張九齡的〈荔枝賦〉似乎並沒有發明什麼新的命題，他的創新乃在於他給文學中的舊主題賦予了一個新的感覺層面——在原來有關「香草」的視覺和嗅覺之層面上，又加上了味覺。

那天晚上，我在城裡的一家中國店裡買到了荔枝。我特別選了幾顆最大的荔枝放在信封裡，之後又附上一張小紙條，上頭寫道：「給雷安東，你讀過了美文，現在讓你讀一讀它的美味吧。」

——《美文》，二〇〇〇年，十二月號。

輯二

由傳統到現代

如何用跨學科的「新視野」教國學？

這兩天我正在閱讀陳平原教授的《讀書的「風景」》一書，對於書中有關「清華國學院」的介紹，尤感興趣。原來，當初在吳宓的時代，「國學」是用來「發揚傳統，尋出中國的國魂」的，它主要是為了抵制現代新體系中的文學、歷史、哲學等專門學科。是在這樣的上下文中，王國維、梁啟超、陳寅恪等人成了清華國學研究院的主要「導師」。陳平原在他的書中還特別提到一個有趣的現象——那就是王國維雖然在這之前早已因為發表了不少文學研究作品而得名（例如他曾撰寫《紅樓夢評論》、《人間詞話》、《宋元戲曲考》等），但他一旦進入國學院之後，他所開設的課程就全部集中在《古史新證》、《尚書》、《儀禮》等科目上，可以說完全與他從前在文學方面的研究失去關聯。這個現象可以說明：當時的國學「導師」是把教國學和教文學的領域分開的。

在此，我特別贊成陳平原對教學的強調。他以為，今天我們談「國學」或是「大學」，「一定要把學生的因素考慮進來」。當然，目前的時代顯然已和王國維的時代大有不同，因為今日——由於跨學科的日漸興盛，我們已不必在「文學」研究和傳統「國學」課程之間劃一道鴻溝了。如果你問我的耶魯學生「國學是什麼？」他們會異口同聲地說：「國學就是廣泛的中國傳統文化知識。」（Guoxue means the broad knowledge of traditional Chinese culture.” 按照這個「廣泛的」解釋，我們可以說，今日在漢學領域中所有的研究和課程大都可歸入「國學」的系統中——包括中國文學、歷史、藝術、政治、考古、宗教、語言學、人類學等。換言之，我們盡可給學生開設與我們自己的研究有關的課程——不論研究的題目為何。這樣也就不必拘泥於傳統「國學」的狹義內容了。

另一方面，我也經常用教文學的方法來開設所謂「傳統」的「國學」課程，結果也頗為滿意。記得有一年我教《孫子》、《老子》、和《莊子》，課堂上的學生們特別喜歡討論有關這些經典文本如何使用文學技巧的問題。例如有一位學生曾撰文討論孫子善用水火意象的問題，同時也涉及讀者視角的方面。另有一位學生則從〈莊子・德充符〉一章引述孔子的話（其實是莊子虛擬孔子的話）來說明當今面對全球金融危機的年輕人所應具備的平靜心態：「人莫鑑於流水而鑑於止水，唯止能止眾止。」大意是說：人們通常不會到流動的水中去照自己的身影，只會到靜止的水面去照，所以我們必須學習莊子，凡事應當保持心平氣和。這就是所謂「東方的智慧」。

總之，我以為用今日跨學科的「新視野」來教國學，也是一種拓展「國學」的好辦法。

原載於《國學新視野》，二〇一三年，九月號。

中國上古的女神

葉舒憲（中國社會科學院）／孫康宜（耶魯大學）

女神再發現的世紀

如果把文字系統（書寫）的有無作為劃分文明與原始的尺度，那麼一個明顯的事實是：世界上已知的幾乎所有「文明」都是父權制的。根據二十世紀早期蓬勃興起的女性主義性別透視，所有的父權制文明都表現出對女性存在和女性權利的貶低。這一方面體現為社會現實中的男女不平等的普遍存在，另一方面透過語言文字折射為社會意識形態中被改造的女性聲音和女性形象。在「男人造語言」這一驚人的現代學術大發現刺激之下，女性主義學者們帶著對「性別政治」（sexual politics）的充分自覺，開始從各個角度批評父權制文明以來，男性中心的種種語言積習和文化表達，試圖透過這種男性化意識形態的帷幕，去重新尋找和發現真實的女性形象，傾聽真切的女性聲音。由於這種世界性的文化批判運動是在積壓了數千年之後，第一次引爆的「性別衝突」之戰，它不僅史無前例，而且驚心動魄（由階級衝突、民族衝突所導致的戰爭已為人們司空見慣），用「文化革命」來稱呼它似乎並不誇張。如果說自十九世紀至二十世紀前葉，這場戰爭還只是西方社會中發生的局部戰役，那麼二十世紀後半葉，它便充分發展成波及全球的「世界大戰」了。

從學術研究領域中看，女神的研究作為這場「世界大戰」的主戰場之一，可謂戰果輝煌。不僅各種文字文本中的女神形象得到空前的關注和大規模的研究[1]，而且更加引人注目的還有文字文本之外的女神形象的再發掘與再闡釋。借助於人類學、考古學、民俗學等學科日新月異的發展，成千上萬沉睡在漫漫黃塵之下的古老的女神偶像重新展現在世人面前，其範圍之廣大，數量之可觀，年代之久遠，足以顯示出一種比父權制宗教的男神崇拜要悠久得多的女神宗教的普遍存在。從這一意義上看，我們有理由把二十世紀稱作「女神再發現的世紀」。這一再發現的深刻影響早已超出了女性主義文學研究的學院領地，成為反思宗教史和思想史，乃至文化進化與文明起源等重大課題的契機與新起點。從梅林・斯通（Merlin Stone）的《上帝為女性時》[2]，到洛佩茲・考沃（P. E. Lopez-Corvo）的《上帝是女人》[3]，這些著作的名稱即可說明女神的再發現給基督教文明帶來的衝擊是多麼具有根本性和根源性。另一方面，這種新理論對患有厭女症的尼采（Friedrich Wilhelm Nietzsche, 1844-1900）也照樣是始料不及的。[4]

回顧十九世紀的神話學研究，不難發現那基本上是男人獨占的研究領地，即使曾撼動歐洲思想界的「母權論」倡導者巴霍芬（Johann Jakob Bachofen, 1815-1887）自己也是男性。女性神話學家的全面缺席如同女性哲學家的絕對稀有一樣，正是男性中心文化的性別角色所規定下來的。到了二十世紀後半期，這種情形得到根本的改觀，走進當今西方社會任何一間稍具規模的書店，在整架整架的「婦女研究」（Women Studies）出版物中，關於女神研究的新書不在少數，而此類著述的作者泰半皆為女性。

1 如Carolyne Larrinton, ed., *The Feminist Companion to Mythology* (London: Pandora Press, 1992); Sandra Billington and Miranda Green, ed., *The Concept of Goddess* (London; New York: Routledge, 1996).

2 Merlin Stone, *When God was a Woman* (New York: Harcourt Brace Jovanovich, 1976). p.131

3 Rafael E. Lopez-Corvo, *God is a Woman* (Northvale, N.J.: Jason Aronson, 1997).

4 尼采的厭女症告白同他的上帝死亡告白一樣有名：「去見女人別忘記帶鞭子。」

其中著作豐富而且學術水準較高的瑪麗加・吉姆巴塔絲（Marija Gimbutas）、理安・艾絲勒（Raine Eisler）、奧弗拉赫蒂（Wendy Doniger O' Flaherty）等人已經有了與男性神話學家平起平坐的顯赫地位。

倘若在女神研究方面舉出兩個世紀以來影響最大的學者，那麼在十九世紀，似乎非巴霍芬莫屬，而二十世紀之內，也許要首推美籍女教授吉姆巴塔絲。

巴霍芬原為瑞典古典學者，一八六一年發表德文版的《母權論》（Mother Right）一書，副題為《古代世界的母權特性與宗教之研究》（An Investigation of the Religion and juridical Character of Matriarchy in the Ancient World），其開篇寫道：

> 至今為止的考古學家對母權未置一詞，這個詞是新的，而家庭的狀況尚不可知。這個題目極有吸引力，同時也帶來很大的困難。最基本的工作有待於展開，因為母權興盛的那個文化時代從未有過嚴肅的研究，這樣我們正在進入一片處女地。

巴霍芬提出，在人類社會建立父權制之前，曾經普遍存在的一個階段是母權制，他把這個階段看作是人類歷史的第一個時期。那時不僅沒有出現威嚴的父親形象，就連孩子的父親是誰都無法確定，正如中國古書中所說的「知母不知父」的狀態。在家庭和社會上，母親的權威至高無上，繼嗣和財產的傳承均按照母系來進行。巴霍芬建構其理論體系的主要材料是古典神話，他善於從性別衝突的角度去重新解說希臘神話，從中分析出由母權制向父權制過渡轉化的跡象。比如說把得墨忒耳（Demeter）女神看作神話第一階段的代表，大地母親是主宰宇宙間生命創造的本源；把阿弗洛狄忒（Aphrodite）女神看作神話第二階段的代表，女性在追求性愛活動上仍然具有充分的自主性；隨後的第三階段以男性神與太陽和天空的認同為標誌，大地成了與天空的陽性力量相對立的傳統因素。巴霍芬把這個階段稱作阿波羅階段（Apollonian stage），陽具與太陽成為一體，女性生殖力遭到貶低。狄奧尼索斯（Dionysus）還只是讓父性凌駕於母性之上，阿波羅則已將一切女性束縛擺脫乾淨。巴霍芬的見解早在女性主義這個名稱出現之前，就把性別政治的分析方式帶進學界，母權時代雖然不可逆轉地被父權社會所取代，卻在思想文化史上留下了遙遠的懷戀和追憶，為反抗和批判現存制度提供了現成的對立面。美國神話學家約瑟夫・坎貝爾（Joseph Campbell）指出，二十世紀的藝術家、心理學家和文學家們重新發現巴霍芬的著作不是偶然的，因為他解說神話象徵的高超技巧使他遠遠超出同時代的其他神話學家〔如布爾芬奇（Thomas Bulfinch）, 1796-1867〕之上。[5]

然而二十世紀以來的人類學主流在大量原始民族中的田野作業資料面前，非但未能確證「母權制」的普遍性，甚至連這個在十九世紀後期為學者們津津樂道的詞[6]，也乾脆被棄而不用。特別是到了二十世紀後期，人類學界反思古典進化論的謬誤與消極影響，巴霍芬倡議的由母權到父權的普遍模式也未能倖免，《母權論》被視為「一部社會達爾文主義之書」。英國人類學者庫柏（Adam Kuper）於一九八八年出版的《原始社會的創建》一書，將「母權」概念與「群婚」、「圖騰」等概念一起視為具有誤導性的虛構概念，陳述人類學主流如何識別和否定了這些為假想中的「原始社會」提供基礎的概念。[7]

儘管職業人類學家閉口不提巴芬及其母權論，但這並不妨礙大批的女性主義學者、文史研究者繼續從他的概念和性別分析視角中獲得力量和靈感。在巴霍芬看來，父權制取代母權制，正像母權制取代亂婚制一樣，是一種歷史的進步。而對女性主義來說，母權制的存在才是真正令人嚮往的黃金時

5 Joseph Campbell, *Myth, Religion, and Mother Right* (Princeton: Princeton University Press, 1967), Introduction, p.xxv.

6 如摩根（Henry Morgan, 1818-1881）《古代社會》和恩格斯（Friedrich Engels, 1820-1895）《家庭、私有制和國家的起源》一類人類學經典文獻中，母權制理論占有顯赫地位。

7 Adam Kuper, *The Invention of Primitive Society: Transformations of anIllusion* (London; New York: Routledge, 1988), pp.35-41, 243-244.

代，而父權制的出現代表著文化高潮的結束和衰落。若干非西方國家的學術界也對母權說表現出很高的興趣，相關的論述多不勝舉。與女神研究相關的有日本學者佐喜真興英《女人政治考》、林道義《尊與巫女的神話學》、吉田敦彥《神話學的試展望——世界神話與日本神話》等。[8]

二十世紀女神研究的最重要學者吉姆巴塔絲，生前為加州大學洛杉磯分校文化史博物館主任。她以一位職業考古學家的身分，畢生從事歐洲考古研究，著有《古歐洲的女神和男神：六五〇〇-三五〇〇B.C.》，《女神文明：古歐洲的世界》、《女神的語言》、《活的女神》等一系列圖文並茂的巨著。[9]她在這些著述中率先提出與父權制文明相區別的「古歐洲」（Old Europe）和「女神文明」（The Civilization of the Goddesses）等概念，從時空分布上確認該文明存在的界限與傳播軌跡，復原眾多的女神偶像及其史前藝術表現的象徵系統，並試圖破譯這種「女神的語言」所傳達的宗教資訊和文化資訊，描述女神文明對後世歐洲各主要民族神話和信仰的作用方式和遺留形態。一九九九年才出版的遺著《活的女神》是她一生研究的總結，她嘗試將從考古遺物中復原的女神信仰與其在父權文明中的殘存現象有機地結合起來，使被遮蔽和被遺忘的「女神的語言」與「男人造的語言」同樣成為我們建構現代知識的基石。

儘管吉姆巴塔絲並沒有直接從女性主義激進的文化批判立場出發從事她的研究，而是從考古學家式的客觀實證的職業習慣開始入手，她的著述發展的軌跡卻顯現出一種從已死去的女神到活著的

---

8 佐喜真興英，《女人政治考》，收入《佐喜真興英全集》（東京：新泉社，一九八二年）。林道義，《尊與巫女的神話學》（東京：名著刊行會，一九九〇年）。吉田敦彥，《神話學的試展望——世界神話與日本神話》，第一節〈古的神話主人公是大地母〉，收入松村一男等編，《比較神話學的展望》（東京：青土社，一九九六年），頁九－一三。

9 Marija Gimbutas, *The Goddesses and Gods of Old Europe, 6500-3500 B.C. Myths and Cult Images* (Berkeley: University of California, 1982); *The Civilization of the Goddess* (San Francisco: Harper Press, 1991); *The Language of the Goddess: Unearthing the Hidden Symbols of Western Civilization* (San Francisco: Harper & Row, 1989); *The Living Goddesses* (Berkeley: University of California Press, 1999).

（living）女神的清晰方向，這當然會給非學院派的女性主義提供非常有益的作戰武器。[10]七〇年代中期，斯通借鑑考古學新發現而提出她的「上帝為女性時」假說時，她所要證明的只是在猶太教－基督教的父性上帝以前，人們曾經普遍信奉女性的至上神，而二十年之後的考沃已經對此表示不滿：難道上帝只在遙遠的過去曾是女性碼？為什麼現在就不是了呢？「我以為向過去尋找答案，如同模仿男性一樣悲慘。我們當下的時間是現代的，明天將會是原始的，因為我們常常複製歷史。」[11]考沃就這樣把斯通的「上帝曾為女性」改成了「上帝是女性」，期待著女神文明的重新降臨。

另一位女性宗教學者卡莫迪（Denise Lardner Carmody，1935-）繼《婦女與世界宗教》一書之後，在八〇年代又出版了《最古的神靈——遠古宗教之今昔》[12]，將女神宗教從史前考古領域中引申到現存的原始民族，並討論了這些處在前文字階段的民族及其信仰實踐與生態環境之間的互動關係。卡莫迪還從非洲土著、澳洲和美洲原住民的儀式中歸納出共同的生命循環的自然主題，並由此提出反思以男性為主導的現代技術文明對自然的破壞之課題。卡莫迪的「遠古宗教」說成為近年來興盛的「生態女性主義」（ecofeminism）在神話和宗教研究方面的代表。

女神研究：從西方到中國

對於具有三千年學術傳統的中國來說，神話學還是一門相當陌生的外來學問。由儒家聖人制定的「不語怪力亂神」的戒條，使一切幻想性的和想像力的產物都難免遭到現實理性和官方意識形態的壓

10 Susan T. Hollis, Linda Pershing, and M. Jane Younged, *Feminist Theory and the Study of Folklore* (Urbana: Universi:y of Illinois Press, 1993).

11 Rafael E. Lopez-Corvo, *God is a Woman*, p.xvii.

12 Denise Lardner Carmody, *The Oldest God: Archaic Religion Yesterday and Today* (Nashville: Abingdon Press, 1981).

制和排斥，所以當二十世紀初，少數留學日本的中國知識分子以日文中的「神話」一詞為仲介，將西文的myth的概念引進到漢語學術界以來，並沒有像「民主」和「科學」這樣一些舶來語彙那樣引起持久的熱烈反響。倒是幾位深信神話為文學母胎的文學家（如茅盾、魯迅、周作人、聞一多等），對這樣一門新學科表現出較大的興趣。[13]他們分別撰寫文章或著作，借助於他們的文學聲望，神話學總算堂而皇之地進入了中國現代大學的講堂，使「子不語」之禁忌在兩千五百年之後，終於廢棄。

以古希臘羅馬、北歐、印度和日本神話為借鏡，學者們開始從中國古代的歷史和傳說中辨認出男神和女神。於是，「三皇五帝」、「盤古開天」、「后羿射日」、「鯀禹治水」等均還原為漢語族的古神話。一些有志之士傾畢生之精力，蒐集、整理、研究這些散落在古籍之中的神話，還有些學者深入民間和少數民族中去記錄、採集尚存活在口耳傳承之中的神話，數十年來積累了相當可觀的素材。但就女神的研究來看，則相對於整個神話學而言，稍顯冷清，除了文獻中的女媧、西王母、嫦娥三位女神較受關注外，聞一多、陳夢家撰寫論文討論了高唐神女和高媒神，[14]而研究女神的中文專著卻直到二十世紀末期方才出現。[15]

在西方女性主義「文化革命」浪潮的衝擊下，八〇年代以來，日漸開放的中國學界也掀起了小小的餘波。由於受到考古學發現的刺激，女神研究與再發現的熱情也在學術界蔓延開來，一九八四至一

13 如茅盾（沈雁冰，一八九六—一九八一年）、魯迅（周樹人，一八八一—一九三六年）、周作人（一八八五—一九六七年）、聞一多等。參看葉舒憲，〈神話學的興起及其東漸〉，《人文雜誌》（西安），一九九六年三期（一九九六年五月），頁一一一—一一六、一二六。

14 聞一多，〈高唐神女傳說的分析〉，《清華學報》，一〇卷四期（一九三五年十月），頁八三七—八六五；一一卷一期（一九三六年一月），頁二七五—二七七。又陳夢家，〈商代的神話與巫術〉，《燕京學報》，二〇期（一九三六年十二月），頁四八五—五七六。

15 龔維英，《女神的失落》（開封：河南大學出版社，一九九三年）。葉舒憲，《高唐神女與維納斯》（北京：中國社會科學出版社，一九九七年）。楊利慧，《女媧的信仰與神話》（北京：中國社會科學出版社，一九九八年）。

九八六年，在北京出版的考古學權威刊物《文物》連續發表了遼寧喀左縣東山嘴新石器遺址女神陶像和遼寧牛河梁紅山文化女神廟與積石塚群的報告，使五千年前東亞居民所崇奉的女性偶像，破天荒第一次呈現在現代人眼前。[16]這些巨腹肥臀的裸體造型使那種認為史前女神宗教只是歐洲的現象，與中華文化傳統無關的本土主義偏見不攻自破，由此而引發出的靈感和啟悟效應是難以估量的。[17]十餘年來發表的研究女神的論文和著作的數量超過以往的八十多年，雖然這些當代出版物顯得良莠不齊，泥沙俱下，但可以預期的是，在經過一定時間的沉澱之後，中國女神研究還會後來居上，迎來更加繁榮和更為成熟的局面。

考古學在中國同在西方國家一樣，都是少數專業人士經過特殊訓練才能勝任其職務。絕大部分的人文研究者除了借鑑已有的考古成果外，並不能直接從事挖掘工作。然而以漢語為母語的人文學者卻擁有一種其他文化所沒有的象形文字的資源，這就使中國女神的當代再發現工作有可能超越純粹的考古學資料的局限，拓展成一種文本解讀、文字考源、實物與民俗相參照比較的綜合性研究方法。借用福柯（Michel Foucault, 1924-1984）的術語，或許可以把這種重新進入歷史的方法看作是廣義的「知識考古學」。

從漢字的原始造型表象入手，探求觀念意義的由來，這是一種既有趣又難免要冒一定風險的「考古」嘗試。只有充分利用文獻記載、出土文物和域外神話民俗之類的綜合證據，才可能盡量少一些誤入歧途的風險。反過來看，由漢字表象和漢語文獻所提供的神話素材，對於文化人類學的普遍理論和

---

16 遼寧文物考古研究所，〈遼寧牛河——梁紅山文化「女神廟」與積石塚群發掘簡報〉，《文物》，一九八六年八期（一九八六年八月），頁一—一七。

17 關於史前及殷商時期女性社會地位的爭論，關於是否存在母系社會的討論，較新的綜述性文章可參看David N. Keightley, "At the Beginning: The Status of Women in Neolithic and Shang China," *NanNv :Men, Women and Gender in Early and Imperial China*, 1:1(March1999), pp. 1-63.

模式假說也具有一種驗證和參照的價值。

下面就讓我們進入中國上古女神再發現的「知識考古」之旅，對若干相關的基本概念語詞、神格譜系做一種系統化梳理的嘗試。

重構中國上古女神的象徵體系

中國上古文獻中所能見到的女神為數很少，而有相當完整的敘述故事的女神就更是寥寥無幾，除了女媧、西王母和嫦娥之外，先秦典籍中很難找到有關女神的敘述。日本學者森三樹三郎在四〇年代著《中國古代神話》一書，首章為〈諸神列傳〉，結果能講出相對完滿的「列傳」的古神共有十六位，其中的女性神靈唯有女媧和西王母有幸入選。[18] 這個十六分之二的比例不僅比古希臘十二主神中五位女神的性別均衡現象要顯得過於懸殊，就是與文明歷史晚得多的近鄰日本神話高天原諸神相比，也顯得不成比例。

為什麼古今人口眾多的中國漢族只有少得如此可憐的女神故事呢？

從性別學視角考察中國神話，首先就會碰到這個問題，莫非是這裡的父權制控制要比其他古文明更加嚴重，或者是華夏先民的神話想像本來就偏重於男性？面對新出土的五千年前的女神廟和女神像，我們無論如何也難以得出這樣簡單的結論。

眾所周知，與其他古文明相比，中國漢民族神話並不算發達，所以見諸於上古文本記載的神話均簡略而且散碎，有如散亂的珍珠，難以成串為一整體，男神的故事尚且如此，遑論女神。不過晚近的

18 森三樹三郎，《支那古代神話》（京都：大雅堂，一九四四年），頁九—一三六。

神話學與人類學研究表示，古老的神話與儀式密切相關，往往構成神話講述儀式的內容，儀式表演神話人物的相互對應關係。[19]根據這種線索，我們還可追索出若干中國上古所崇奉的儀式女神，如見諸於古文字和文獻的社、高禖，見於甲骨卜辭的東母、面母、西母。雖然有關她們的敘述故事皆未流傳於世，但可以肯定她們上承史前的生殖母神崇拜，下啟女媧、西王母和嫦娥等女神信仰，形成典型的農耕文化自生的本土宗教傳承系統——以大地母神為核心的以生育、死亡和再生為主題的象徵系統。無論是殷周以降的社與高禖的官方祭典，還是以民間巫術－薩滿信仰為源頭的道家思想，都可視為此種母神象徵系統在後代父權制文明確立和強化之後的殘餘形式和遙遠回響。

沿著由考古實物（史前母神偶像）、甲骨卜辭（東母、西母、面母等）、古文字、文本文獻所構成的這樣一條從西元前三〇〇〇年到西元前三世紀的連貫線索，現有的中國上古女神發生、發展、斷裂、殘存的大致過程，即可得到較為系統的關照。而前文提出的傳世的女神神話為什麼格外稀少的疑問，也可以從女神崇拜與祭禮的衰微及其抽象化過程得到解釋。

中國上古女神發生演變示意圖

東母——女媧——高禖（生育）
原母神——→母神——→地母——→
（申）（神）（坤）↙
西母——西王母（刑殺——死與再生）

[19] 參看Robert A. Segal, ed., *The Myth and Ritual Theory* (Malden, Mass. Blackwell Publishers, 1998).

根據筆者的分析，漢語中所說的「神」這個關鍵概念，若從探本求源的意義上看，本來就指雌性之孕育能力，也就是生命再生之能力。參證迄今在遼寧、河北、陝西等地相繼出土的華夏文化中最早的一批神像皆為女性的事實，我們可以把斯通的「上帝曾為女性」的命題延伸過來，重新構擬華夏父權文明到來以前的「神為女性」的時代。

「神」字從「示」從「申」，古代學者多解釋「申」為雷電之形，訛傳日久，積重難返。以域外的同類符號為參照，可測知「申」字表象代表生命循環不已之意，這在古代訓詁中有非常充分的證據。《尚書》、《詩經》、《荀子》的注文，《爾雅》、《廣韻》等辭書均訓「申」為「重」，也就是今語所說的重複，即生命再生產的意思。《詩・大雅・大明》：「大任有身」。《毛傳》：「身，重也。」可知「申」與「身」音義兼通。什麼是「重」的確切意指呢？漢儒鄭玄一語道破天機：「重謂懷孕也。」

懷孕又如何說是「重」呢？唐人又不太明白了，於是孔穎達（五七四-六四八年）再用更通俗的說法疏解道：「以身中復有一身，故言重。」清代小學家郝懿行（一七五五-一八二五年）在《爾雅義疏》中又舉出大量書證，確認申、身、神三字在古代「皆假借通用」。如果我們再加上與申、神的概念密切相關的「坤」這個《周易》中專用於大地母神之抽象概括的詞，「神本為女性」的命題就越發呼之欲出了。[20]

紐曼（Erich Neumann, 1905-1960）承繼分析心理學家容格（Carl Gustav Jung, 1875-1961）的原型理論，將宗教學史上所稱的「原母神」或「大母神」作為人類心理中普遍的女性原型之投射。並且根據神話、儀式、傳說和夢中的反覆出現意象的系統分析，得出該原型的中心象徵系統，概括為「女性=

[20] 參看葉舒憲，《高唐神女與維納斯》，第二章第四節，〈申・坤・神・身——從地母象徵系統看「神」概念的發生〉，頁七七—八七。

軀體=容器=世界」的公式，結合各族神話中的地母形象加以討論和驗證。

紐曼指出：在母權制的女性（the matriarchal feminine）占支配地位的地方，我們常常發現生育嬰兒的象徵，一種保存著未分化的特徵的陰陽兩性兼於一身的象徵。即使生育之水被視為一種陽性存在，從地母容器深處生育出的仍是兒子，這對於母權制境況來說是典型的，兒子被原母神所支配。[21]他還指出：「大地母親從自身中誕育出一切的生命，她理所當然地是所有植物的母親。全世界的豐殖儀式和神話都建立在這個原型背景之上。而構成這種植物象徵體系的核心是樹木。」[22]這使我們想起中國上古的大地母神被抽象化為「社」以後，社樹就成了祭拜的象徵物。

既然「神」本為女性，可是漢語中為什麼還要說「女神」和「神女」呢？

正是因為父權制文明的偏見把「神」的聖化符號從女性那裡奪了過來，越到後來越是據為己有，「神」本來的生命再生產之意逐漸剝落和淡化，這一個詞好像成了男性的專利，所以後人不得不用「女神」、「神女」來指稱男神為主的神明世界中，個別的女性存在。[23]這種情況正像「巫」本來專指女性，可是在父權文明日益強化之後，變成性別不明的指稱，所以又產生出「女巫」這樣疊床架屋的性別用語一樣。如果考慮到專指男性巫師的「覡」字是在「巫」的概念之後才產生的，那麼不是可以想見一個唯有女性充當巫師—薩滿的遠古時代嗎？

如此一來，與「神本為女性」的命題相呼應，專門負責溝通神明與人類之關係，以通神和降神為

21 Eric Neumann, *The Great Mother: An Analysis of the Archetype*, translated from German by R. Manheim (Princeton: Princeton University Press, 1955), p. 48.

22 Eric Neumann, *The Great Mother*, pp.48-49.

23 明代文學想像中女神和神女數量大增，這與男性詩人白日夢幻想需求密切相關，參看孫康宜，《情與忠：陳子龍、柳如是詩詞因緣》，李奭學譯（北京：北京大學出版社，2012），頁84；Edward H. Schafer, *The Divine Woman* (Berkeley: University of California Press, 1973), pp. 7-54.

職能的巫者亦為女性或女扮男裝的「中性」這樣的現象就不難理解了。[24]

了解到中國上古文化中，「神」概念的性別轉換過程，再來看另外一個神聖崇拜的對象「帝」概念的起源和演化，就可以清楚地看出二者的類似經歷。古漢語中講到「帝」兼有天神與人帝的二重語義，《山海經》中的「帝俊」，《天問》中簡稱「帝」，與卜辭中常見的天神「帝」一脈相承，顯然要早於指人間稱帝的王者。人王稱「帝」不過是為了假借天帝之權威，證明君權神授之理。帝俊有妻子羲和，顯然已是男性天神，但是「帝」這個字形甲骨寫作、，金文寫作、，現代學者多以為是祭桌上供奉三角形之表象，而這種三角形則是女性生殖器的象徵，所以「帝」的概念由來為古人的女陰崇拜，[25]這當然也屬於母神生育功能神聖化的產物。漢語中還有一個代表大地母親之陰戶的「地」字（《說文解字》訓「也」字為「女陰也」）。「地」與「帝」也是同音假借的關係，語義上的關聯也就可想而知，馬衡（一八八一－一九五五年）便釋「帝」為「地」。

根據甲骨和金文中「帝」字的造型，現代古文字學家們提出了一些相關的解說。如王國維、吳大澂等認為指「花蒂」，由植物的繁育象徵生命之本根。姜亮夫則由花蒂而引申至人的胚胎：「帝是花蒂，猶人之始生曰胎。」[26]夏淥從花蒂說又引向母性與生殖崇拜說：

> 帝為蒂初文，本有花蒂、瓜果蒂和植物根蒂的涵義，連人的下部也叫「男根」或「根蒂」。「帝」釋「后」也，古籍中多稱「后帝」、「先后」，都是以其母性生育的德性得名的。[27]

---

24 參看葉舒憲《閹割與狂狷》（上海：上海文藝出版社，一九九九年），第四章第四節〈壹與中性之神〉頁一三一。

25 郭沫若，〈釋祖妣〉，《郭沫若全集：考古編》（北京：科學出版社，一九八二年），卷一，頁一九－六四；衛聚賢，《古史研究》（上海：商務印書館，一九三七年），第二集上冊，頁一四三。

26 姜亮夫，《古文字學》（杭州：浙江人民出版社，一九八四年），頁八二。

27 夏淥，〈中華民族的根——釋「帝」字的形義來源〉，《武漢大學學報》（社會科學），一九八二年二期（一九八二年三

日本學者鐵井慶紀（一九三〇－一九八九年）撰有〈試論「帝」字〉一文，提出的觀點與以上所述大體相類。[28]

道家之哲人老子在《道德經》第四章提出「象帝」一名，為古今的注釋家帶來頗多的爭議：

道沖而用之或弗盈也。淵兮，似萬物之宗（挫其銳，解其紛；和其光，同其塵。）湛兮，似或存。吾不知其誰之子也，象帝之先。[29]

蕭兵引證《周禮》中的「象人」指用來送葬的草人，推論「象帝」就是一種帝像或神像，某種神祕崇高事物的模型或象徵——不管它是圖騰神、祖先神、自然神，抑或「生殖器」之神，其性質和作用都像後代的神偶或祖宗牌位。而如果「帝」是生殖器、生殖神或女祖先神，並且是「人形」或「人格化」的，那麼「象帝」大體上該是石器時代遺址發現的母神像那個樣子，有如遼寧紅山文化新石器時代祭祀遺址所見的裸體女神。[30]現在若以歐洲考古學方面的符號研究相印證，那麼不論是代表帝之象的三角形，還是花蒂，顯然同屬於女神宗教的象徵語言中的常用語彙。

吉姆巴塔絲所著《女神的語言》第十二章題為〈女陰與生育〉（Vulva and Birth），其中講到貫穿於舊石器時代後期的裸體女像通常突出表現的是陰部三角形（pubic triangles），或肥厚的女陰（swollen vulvas），歷時之久，從西元前兩萬五千年一直到西元前一萬年。在這一百五十個世紀的漫

月），頁四二－四六、八三。

28 鐵井慶紀，〈「帝」字についての一試論〉，收入池田末利編，《中国神話の文化人類学的研究》（東京：平河出版社，一九九〇年），頁二〇八－二二六。

29 許抗生，《帛書老子注釋與研究》（武漢：湖北人民出版社，一九八五年），頁七九。

30 蕭兵、葉舒憲，《老子的文化解讀》（武漢：湖北人民出版社，一九九四年），頁六一八。

長積累過程中，形形色色的三角形刻畫圖案及其變形，已經成為不言自明的女性生殖力象徵。隨後在原始農耕文化中產生的女陰中，引出生物的刻畫母題也同樣不絕如縷地延續到文明史的前夕。

> 許多國家到這個世紀還因襲著古歐洲諸多文化群體在六千到五千年間的表現模式：刻畫在女陰之中的種子或植物。這些國家的農婦們朝著生長中的亞麻露出陰部，並且說道：『請長得和我的陰部一樣高吧！』馬爾他的民間信仰認為，只要放在水裡的乾枯植物（西番蓮）開了花，母親便要產下她的孩子。[31]

在此，「帝」字初形究竟代表的是女陰還是花蒂的爭論可告一段落。開花和生育在初民的信仰中是同一種母性生殖力作用的結果，生命的再生產觀念的神聖化，可以說既是古歐洲女神宗教的核心，也是古亞洲農耕文化中根深柢固的信仰基石。

> 在蘇美爾人最早的文字出現之前數千年，古歐洲人用象徵刻畫和抽象符號來裝飾神廟、雕像、陶器、人形和其他儀式用具。這些符號最初可能代表著實際物體，如用三角形和箭頭（↕）代表女陰，用彎曲的平行線代表流水。[32]

假如這種推斷不錯的話，「神」和「帝」一類概念的出現就必然與前文字社會中流傳已久的神祕符號或神聖意象相關聯。父權制文明的建立和強化使這些符號和意象逐漸喪失本義和原有的威嚴，伴

---

31 Marija Gimbutas, *The Language of Goddesses*, p. 102.

32 Marija Gimbutas, *The Living Goddesses*, p. 44.

隨著母神崇拜祭儀的衰落和變形，以女性生殖力為核心信念的女神宗教難免要向崇奉男神與男性上帝的新宗教轉化。在巴比倫創世史詩《艾努瑪・艾利什》（Enuma Elish）中，原始母神被改造成與男性創世主為敵的混沌海怪，在古希臘神話中，象徵女陰和女性生殖能量的芭博（Baubo）女神也被妖魔化並屢遭變形，幾乎難以辨識其本來面目。

反觀中國文化中的情況，我們看到在父權制的人王確立社會政治制定之後，借用「帝」之名使自己的統治聖化，「帝」字與女性生殖力相聯繫的本來意義就逐漸被男性中心文化所遮蓋。由於人間帝王皆有后妃作為配偶，天神的「帝」們也就搭配上了帝后或帝妻。羲和之於帝俊，螺祖之於黃帝，女媧之於伏羲，皆為此類實例，耳濡目染之下，後人印象中的「帝」好像天經地義地是男性了。我們從炎帝姜姓、黃帝姬姓的線索判斷，這兩個從「女」旁的字，似乎足以暗示中華兩位民族始祖神皆為女性。

聞一多在三〇年代著有《五帝為女性說》文稿，雖未刊行，但通過古史辨派的間接介紹，黃帝等遠古帝王曾為女性的觀點對於學界已不是很陌生。晚近學人不斷有相關的論述問世，如說「黃帝即是后土，……以土象徵母，所謂人生於土，即是人生於母。」[33]又如說：黃帝即黃地，今言黃土地，乃是對生養華夏文明的黃土生態的神化，證據是《史記・五帝本紀》索隱所稱：「有土德之瑞，土色黃，故稱黃帝。」還有學者從天文上尋找證據。如《史記・天官書》說：「軒轅，黃龍體，前大星，女主象。」「黃帝，主德，女主象也。」由此推論黃帝似為母系社會所崇拜的女性領袖。[34]還有一種看法乾脆把始祖黃帝認同為大女陰，也是生殖崇拜的女英雄，理由是《大戴禮・帝系》等古書中一再

33 黨晴梵，《先秦思想史論略》（西安：陝西人民出版社，一九五九年），頁二九四。

34 鄭慧生，《上古華夏婦女與婚姻》（鄭州：河南人民出版社，一九八八年），頁七一—七六。

講到的「黃帝產玄囂」和「黃帝產昌意」等事跡。《說文》釋「產」為「生」[35]，今言生育。凡此種種，不一而足，筆者以為，論證黃帝生育功能較為有力的說法出自《淮南子‧說林訓》的如下一段：

黃帝生陰陽，上駢生耳目，桑林生臂手，此女媧所以七十化也。

把黃帝在造人事業中的貢獻看成是大女神女媧的「七十化」化生工程的一個組成部分，這就較確鑿地說明了黃帝與女媧一樣以「生」為能事，而絕不像希伯來上帝之「造」。

女神的變性與抽象化

從以上的討論中可以看出，中國上古本來擁有源遠流長的女神崇拜傳統，在古漢語中超自然存在的主要命名體系中，暗含著一個被遺忘已久的母性生育崇拜的象徵系統。由於漢字書寫條件的限制，關於女神的神話故事大多不見諸記載而失傳，倒是作為語言活化石的漢字表象中保留了較豐富的女神信仰時代的資訊，有待於從多學科的角度去做進一步的發掘與重構。

下面將要探討的是女性神靈如何被父權制文化的意識形態所扭曲和改裝，或隱形消失，或轉變性別成為男神，或被抽象化為儀式化的符號、哲理化的乾枯概念，逐漸喪失本來面貌的。

首先，從女神變性的規則要素看，男性中心社會不大容忍無匹配或匹配不明確的女神形象的獨立存在。「神」和「帝」所代表的超自然的女性存在的觀念，當然不見容於以男性帝王為最高權力崇拜

35 龔維英，〈由女陰崇拜探溯黃帝的原型〉，《江漢論壇》，一九八八年十二期（一九八八年），頁五八－六二。

的社會意識形態，此類概念由原來的陰性轉變成中性或陽性也就勢在必然。而由「神」、「帝」所代表的超自然存在一旦變為與現實中的男性帝王相對應的男性存在，諸如黃帝、炎帝之類本無配偶的偶像也就完全化成了男性祖先神。

上述轉變過程可以從殷周之際的祭祀禮儀的變化中略見一斑，在殷卜辭中，我們看到祭祀先祖與祭祀先妣是同樣得到時人重視的，可是在周代文獻所見的官方儀禮中，先妣們的身影已漸漸隱退而去，男性祖先則升格為核心性的崇拜對象，卜辭中的東母、面母等或隱形不見，或變性，到漢代只剩下與西王母配對的東王公了。東母變成東王公的實例，最清楚地體現著女神變性的邏輯，其他如女性水神夸父，女性地母神「社」，也都遵循著同樣的父權文化的邏輯轉變成男性。[36]所不同的是，前者尚伴隨著若干敘述完整的故事情節，後者僅剩下抽象的概念和儀式。《禮記・郊特牲》正義引《五經異議》云：

今人謂社神為社公。

「社公」之稱呼的出現表明人們對於「地母」的觀念已經淡化，以至於原有的mother earth轉化成father earth，再發展到後代，輩分越加升高，乾脆成了「土地爺」（grandfather earth）！就連中國上古神話中的第一位大女神女媧看來也差一點難逃改變性別的命運，丁山（一九〇一－一九五二年）所著《中國古代宗教與神化考》講到：

[36] 參看葉舒憲，《中國神話哲學》（北京：中國社會科學出版社，一九九二年），頁一三三。

在秦漢以前的記載裡，（女媧）忽為舜妃，忽為禹妃，忽為炎帝少女，忽為炎帝母親，忽為老童之妻，這還不離其宗，知道女媧本是女性。等到嬌極、嬌牛的名詞發明出來，她就化身為男子了。[37]

筆者以為，作為嬌牛的男性化女媧之所以未能徹底取代女性女媧神的地位，關鍵在於原始獨身女神的配偶化過程——使她成為某一位男性神的妻子。這就是下面要探討的第二方面。

其次，從女神不變性的規則要素看，現存古籍中仍然保持女性身分且有敘述故事的三位主要的女神，無一例外皆是有了男性配偶才得以在父權制文化中占有一席之地。女媧在以上引文中做了多少回妻與妃都不重要，重要的是她終於與大神伏羲結為原配。所謂「伏羲女媧造人煙」的流行說法已經把這位原初的孤雌繁殖的獨身母神置換成了類似於夏娃的偷情者，以兄妹婚的亂倫形式實現華夏子民的傳衍。漢代以降的圖像資料中常常可以見到伏羲女媧交尾圖，就這樣把「女媧本是伏羲婦」的後代偽作當成了千古流傳的真相。

至於西王母如何因為作了東王公的「配對」而保持其女性身分不變，嫦娥如何因為作了神話英雄后羿的妻子而保持其月宮仙子的美妙傳說，無須多論，人們已經可以舉一反三，有所領悟。

日本學者谷口義介以為大地母神的觀念背景在上古歷史寫作和民間想像中均有基型的作用，他比較了周人的始祖傳說（姜嫄和后稷）和亡國傳說（褒姒）中的母題和象徵，認為兩者都是以地母神為觀念背景的。后稷和褒姒的降生故事都屬於「棄兒」類型，表明嬰兒為土地生命力產物的原始信念。但從姜嫄到褒姒，地母形象已經從嘉祥美慧的女神變成令人恐懼的禍國美人，這是父權制確立之後的

37 丁山，《中國古代宗教與神話考》（上海：龍門聯合書局，一九六一年），頁二四三。

男尊女卑觀念和女人禍水觀念作用下的結果。[38]

總結本節的論述，中國遠古女神宗教時代的女神形象大都未能按其原有面貌保存於後世，文獻記載和圖像資料中的女神乃是遠古女神群體中，僅存的個別遺留形式。能夠僥倖進入父權制文明書寫系統的女神之所以還能保持其原有性別而未變，關鍵在於充當了後起的男性神的配偶，更多的女神不是被變為中性或男性，就是被抽象化為儀式符號。

《嶺南學報・第二期》，二〇〇〇年十一月

[38] 谷口義介，〈褒姒說話の形成——中国古代における大地母神の残影〉，《熊本短大論集》，三七卷三期（一九八七年二月），頁一一——一五。

重寫明初文學：從高壓到盛世

前言

錦上添花，人之常情，文學史在詳略輕重的選擇上也有類似的趨熱傾向。就拿有明一代的文學來說，至少在西方漢學界，就明顯地存在著偏重晚明而忽視前中期的問題。這一失衡的文學史敘述通常多在強調一五五〇年之後的明代文學多麼重要，而在此前的近二百年間，似乎都無足稱道。但事實遠非如此，本文的撰寫就是要邊糾偏邊拾遺，把此一長期受忽視的文學史階段如實地陳述出來。希望這個填補空白的嘗試能引起足夠的注意和興趣，進而促成更加深入的探討。

讓我們從太祖朱元璋和後來的篡位者成祖朱棣這兩個最有權威的皇帝說起。如果把太祖在位的洪武年間描述為政治迫害盛行的恐怖年代，[1] 則成祖在位的永樂年間（雖然繼續有高壓政策）便可視為開啟了眾多文化工程的盛世。最初的三十一年中，成長於元代的詩人幾乎被摧殘殆盡，而後來的二十二年內則湧現出大批出入宮廷的士人，他們的文采斐然，頗令人聯想到歐洲的宮廷侍臣。

為敘述方便，我們可以將明代早中期文學分為三期：一三六八－一四五〇年為第一期；一四五〇－一五二〇年為第二期；一五二〇－一五七〇年為第三期。在第一期的八十二年中，我們可以看出

---

[1] 有關洪武年間的政治迫害，請見牟復禮教授的專著：Frederick W. Mote, *Imperial China, 900-1800.*（Harvard: Harvard University Press, 1999）, pp. 569-582.

士人為擺脫政治恐怖所做的努力。經過了數十年的文字獄迫害，他們漸漸懂得在政務上組成團體，在建議皇帝關心理學經典和朝政的同時，風雅的官員們也賦詩屬文，頌揚新王朝的確立。以朱熹之學為主體的理學被奠定為「八股文」的基礎，正是在這八十二年間，後來延續數百年之久的考卷新文體迅速地完善起來。第二期始於著名的土木堡之變，在這個英宗被俘後的不幸年代，朝廷明顯暴露出自己的弱勢，隨著壓迫和控制衰滅，第一期存在的恐怖與沉默日漸消除，文學創作相應地繁榮起來。在這七十年中，作家們不只得到了充分表達思想感情的機會，他們還敢於將批評的鋒芒指向腐敗的宦官和其他高級官員，指斥他們誤導了皇上。第三期主要集中在嘉靖年間（一五二二－一五六六年），世宗在位的四十五年中，不只沿海長期受倭寇騷擾，北京還再次遭蒙古進犯，為國家安全計，朝廷及時採取了通商議和的政策。在此期間，不斷有正直的官員昧死進諫，批評昏亂的朝政，而拒不納諫的世宗則對諫諍者嚴酷打擊，致使不少大臣都倒斃在臭名昭著的廷杖之下。堂堂的朝廷命臣被打得皮開肉綻的情景常出現在通俗小說中，小說書寫歷史的時代由此開始。與此同時，印刷業也有了飛速的發展，許多長篇小說和各種文體的作品由坊間大量推出，就某些文化產品的廣泛傳播而言，明代中期文學的盛況並不比歐洲的文藝復興遜色。

然而，本文的重點乃在於明初的第一期，即一四五〇年以前的那一段期間，因為那是文學史家一向最為忽視的文學史分段，而我本人三十多年前在普林斯頓大學牟復禮（Frederick W. Mote）教授門下學習元明史，學的正是那一段被忽視的文學史。牟教授一向主張文史不分家，可從他有關詩人高啟的那本專著中明顯看出。[2]以下就從詩人高啟與明初的政治迫害說起。

---

[2] Frederick W. Mote, *The Poet Kao Ch'i:1336-1374* (Princeton: Princeton University Press), 1962.

政治迫害和文字審查

一三七四年，朱元璋腰斬詩人高啟（一三三六－一三七四年），一個文網森嚴的時代從此開始。推翻了元蒙，建立了明朝，這本該意味著文化的復興，但朱元璋製造的恐怖卻使國人大失所望。這位打天下的光棍皇帝天性多疑，閱讀起詩文偏解得往往令人匪夷所思，對那些他認為在詩文中暗諷他的作者，迫害得尤其恐怖血腥。他出身貧賤，早先率紅巾軍造反起家，最後削平群雄，奪得了江山。正因為有過那段不太光彩的經歷，對飽學的鴻儒，他總是心懷猜忌，唯恐受到輕視和冒犯。因此這位偏執狂的太祖自從當上皇帝，一直都存心在臣民的詩文中搜求大逆不道的罪證，無數文士因此而遭到殺戮和貶謫。在所有的受害者之中，最著名的一個就是歷元而入明的高啟。

高啟和英國詩人喬叟（Geoffrey Chaucer, 1340-1400）同代而生，但喬叟一輩子太平無事，高啟卻不幸活在中國歷史上最悲慘的年代。元末天下大亂，兵禍加天災，乾旱後緊跟著瘟疫流行。高啟幸好生長在富庶繁華的蘇州，在十四世紀的大動亂年代，蘇州不僅是騷人墨客避亂的安樂窩，就是對比當時的歐洲，亦很難找出一個在各方面都優於蘇州的城市。也正是在蘇州，從未應考和出仕的高啟成就了他的詩才，結交了一批文友。早在十六、七歲，他便與張羽、楊基和徐賁號稱「吳中四傑」，再往後，他與這三個能詩善畫的文友又被納入「北郭十友」的團體，且位居十人之首。這些年輕的詩人和書畫家經常在姑蘇城中雅集，詩酒酬唱，詠遍了城內外的風景名勝，其中詠獅子林的組詩在園林題詠中至今仍屬膾炙人口的名作。所謂「國家不幸詩人幸」，身處動亂的年代，這群文友卻在蘇州城求得了庇護。

無奈好景不長，一三五六年，出身鹽販子的張士誠率叛軍攻占蘇州，從此在這裡割據長達十二年。張羽、楊基和徐賁均在脅迫下供職張氏小朝廷，高啟則可能考慮到全身遠禍，舉家遷至附近一個名叫青邱的小山下居住。在創作於當時的名作〈青邱子歌〉中，詩人以「閒居無事，終日苦吟」的隱者自居，[3]後來他離開青邱，漫遊吳越達兩、三年之久。這次出遊顯然是在躲避來自張氏小朝廷的壓力，從寫於此間的託喻之作〈南宮生傳〉即可看出，在這一充滿危機的時期，詩人在漫漫旅途中進退維谷（故事中描寫某個「藩府」屢次要把南宮生招到自己的幕下，但終於「不能得」，因為南宮生憑著機智脫逃了。）而就在此時，接二連三的內鬥和殘殺終於敲響了蘇州小朝廷的喪鐘，儘管在張士誠的割據下，該城曾一度出現小小的文化復興，但一三六七年，朱元璋大軍兵臨城下，許多文人學士相繼逃亡，蘇州城隨即一片蕭條，接著便在強攻下陷落。城破後，成千上萬的當地士紳，包括楊基、徐賁等詩人均被發配到邊遠地區，出於仇視強敵張士誠的心理，朱元璋對占領後的蘇州特別殘酷無情。處此動亂中，高啟旦夕自危，後來他赴南京短期參加《元史》的編纂工作，但最終還是沒逃脫滅頂之災。

高啟也是因文字招惹了殺身之禍，魏觀新任蘇州長官，他在張士誠舊官署的基礎上重建了新官署，高啟以詩文慶賀，結果構成了罪名。平心而論，高的賀詞純係應景酬和之作，因為魏觀本人也以詩名，誰也想不到，就是如此普通的唱和之作，竟導致了高啟、魏觀和另一位地方詩人的腰斬示眾。另有論者認為，如此殘酷處置的真實原因是朱元璋對高啟長期懷有仇恨，因為一三六九年，高啟在完成《元史》的編纂工作之後，他曾拒絕過朝廷的再次徵召。儘管如此，高在臨刑前仍不廢吟哦，慨然賦詩，呼喚江神來見證他的冤情（當時有「自知清澈原無愧，盍倩長江鑑此心」之句）[4]。高死後迫害進一步擴大，他的朋友，包括徐賁在內，都相繼死於全面的政治迫害。其中楊基和張羽死得更慘，楊死

[3] 見《高啟詩選》，李盛華選注（北京：中華書局，二〇〇五年），第六頁。

[4] 見〈前言〉，《高啟詩選》，李盛華選注，頁七。

於苦役，張則在流放途中因恐懼而投水自殺，短短的幾年內，蘇州的文人墨客就這樣被誅殺殆盡了。

通過上述蘇州詩人的慘況，即可見明初文化場景恐怖與傷痛之一斑。朱元璋的暴虐及其壓制異議的殘酷手段顯然震懾了當時的文人學士，從高啟的一首詩作中即可看出，他對自己筆下那些口無遮攔的表述深懷擔憂，只怕有朝一日會危及他的生命。儘管如此，他一直都在詩篇中執著地記錄當時的社會和政治現實，對他來說，這樣的見證要比聲韻詞藻的運用重要多了。放在其他人身上，可能會全然忽視或避而不談的事情，在他身上卻會激發感懷，通讀他的詩作，我們往往會沉吟於其中的興亡感慨和個人情懷。比如在那首題為〈見花憶亡女書〉的詩中，詩人就向我們呈現了戰爭的慘狀和個人的不幸遭遇，該詩顯然描述了朱元璋大軍圍困蘇州的情景，他的次女即死於此一時期。

通過個人的寫作以及對古代典籍的涵泳，高啟確實得到了慰藉。他的作品顯示出他對唐宋諸大家的師承關係，但也可以看出他對傳統的繼承和復興貫串了創新的努力。高詩明顯有雜融各體的多樣風格，它既脫胎於傳統的形式，又展現出一種有意糅合俚俗用語的新變，從而創造出他特有的抒情性。只可惜他英年早逝，不只未能在明詩的發展上造成更大的影響，甚至在文學史上一直都受到不應有的忽視。[5]他死後，只有蘇州的個別好友敢寫詩哀悼，後來連地方誌提到他的詩作都顯得非常慎重。早在一三七〇年，高啟即自編出十二卷詩集，但直至他去世三十年後，他的侄子才將遺稿整理出版。當時大多數文人都因懼怕文禍而不敢在自己的文字中提到高啟的名字，由於缺乏訃聞性的文字和詳盡的傳記資料，高啟死後幾乎為世所忘，直到一百年後，蘇州詩人兼畫家沈周才注意到由高啟建立的詩歌

[5] 參見左東嶺，〈高啟之死與元明之際文學思潮的轉折〉，《二〇〇五明代文學：國際學術研討會論文集》，左東嶺主編（北京：學苑出版社，二〇〇五年），頁二一－三四。按照左東嶺教授的分析，處在洪武年間那種政治環境中，高啟「不可能在創作上有什麼新的進展與新的成就，即使他不被朱元璋腰斬而依然活在世間，他也照樣不可能取得更大的成就」，頁二一。

傳統，[6]此外，李東陽和王世貞等明代詩人也極度稱讚高啟的詩作。後來到清代，高啟雖位居明代的優秀詩人之列，但由於明詩整體上仍受忽視，高啟其人及作品依舊晦暗不彰。直到十八世紀，趙翼才把高啟抬舉到典範的位置，女詩人汪端隨後再加揄揚，在她所編的《明三十家詩選》中，將高啟譽為最傑出的詩人。[7]及至二十世紀，牟復禮教授出版了有關高啟的專著，為這位冤死的明代大詩人做出有意義的「平反」，至此我們才得以知人論世地評價他的文學成就。

歷史的回顧，朱元璋對高啟的懲處顯然造成了很壞的後果，對後世文學的發展產生了深遠的影響。但後來新朝漸定，為進一步鞏固其合法地位，朱元璋開始大力宣揚起儒家傳統，將四書及其他儒家經典定為基本讀物。一三七〇年確立的科舉制度即以這些經典取士，通過新型的考試方式，在君主與年輕的士人間維繫了一條道德的紐帶。這位缺乏文化教養的皇帝儼然以君師自居，他向士人宣諭儒家的簡樸美德，嚴禁任何細小的奢華和放縱的行為。正因如此，指斥富裕的蘇州居民曾受到奢華的腐蝕，便成了他對強敵張士誠進行譴責的一大口實。按照朱元璋的要求，新王朝的臣民一言一行都應符合他所嚴厲規定的儒家綱常，正是這些強加的道德規範再加上伴君如伴虎的危險，明初的文人都被迫地韜光養晦，噤若寒蟬。

在懼怕文禍而自行審查的眾多作者中，值得一提的是以傳奇小說《剪燈新話》而聞名後世的瞿佑。他寫完《剪燈新話》時，已是明朝建立十年以後，雖該書早已完稿，但很可能出於謹慎，怕觸犯文網，書稿僅在好友中傳閱，後來此書傳之四方，也就出現了各種不同的抄寫本和刻本。諷刺的是，儘管瞿佑一直謹小慎微，到頭來還是難逃法網（在成祖朱棣篡位登基後）。與高啟一樣，瞿佑也是在早年即以文才著稱，他十三歲便寫出文詞華美的詩作，被元代的名詩人楊維楨譽為天縱之才。假使瞿

6 范培松、金學智主編，《蘇州文學史》（南京：江蘇教育出版社，二〇〇四年），第二冊，頁七五六。

7 汪端，《明三十家詩選》，一八二二年。

佑生逢其時，他仕途上肯定前程似錦，可歎他生當亂世，為避戰亂，年幼時即隨家人離開老家杭州，四處遷徙。與新王朝初建立便送了性命的高啟不同，瞿佑雖吃盡苦頭，卻有幸長壽，故能身歷五朝，目睹了朝廷中翻雲覆雨的變化。在明代前期的文人中，也許就數他多產，他一生著書二十多種，從詩詞文賦到文論、傳記和小說，眾體兼備，無所不包。他的《剪燈新話》文詞典雅，筆調流暢，充分顯示了他的文學功力和他繼承發揚唐傳奇小說傳統的開創性地位。《新話》特別誘人的一個特點就是其敘事上的當代背景以及故事中那些毫不留情的教誨，一切都針對著明初的讀者所熟知的殘暴和不義。此類道德教訓多穿插於夢中情境，瞿佑似乎特別樂意抒寫這些生動而奇幻的插曲。一般來說，情愛故事中那些抨擊禮教的言論最為感人，也特別有趣，而男歡女怨的場景大都以寫實的筆法和情色之趣見長，文字的運用既呈現出藻飾之美，也富有香豔氣息。此類情愛多發生在男人與女鬼之間，其色授魂予的情景都寫得頗有身臨其境之感，還有些故事描寫了男女的狎昵褋褻之私。像這樣的敘事描寫，對太祖一直盡力宣導的禮教和科舉，當然是明顯的挑戰了（詳情請見我的另一篇文章：〈文章憎命達：再議瞿佑及其《剪燈新話》的遭遇〉）。

儘管瞿佑後來受到政治迫害，他的《剪燈新話》一直受讀者歡迎。有位文人名叫李昌祺，為與瞿書爭勝，他寫了一本題為《剪燈餘話》的續作，書出後立即風行書肆，與《新話》並獲公眾的讚許。直到一四四二年（瞿佑死後九年），當朝廷高層擔憂此類書籍敗壞人心時，兩書均遭到禁毀。此次查禁使得《剪燈新話》在中國境內的傳播受挫，然而它後來在朝鮮、日本和越南卻廣為傳閱，不少作家競相效仿，寫出了類似的故事。[8] 一四五七—一四六二年左右，書禁告解，瞿書重印，再度風行達百

8 見徐丙娣，〈剪燈新話與金鼇新話之比較研究〉，國立臺灣師範大學國文研究所碩士論文，一九八一年；李東軍，〈上田秋成與《剪燈新話》〉，《日本學論壇》，一九九九年第四期，頁四七—五一；陳益源，《剪燈新話與傳奇漫錄之比較研究》，臺北：學生書局，一九九〇年。

年之久。瞿書中的故事極大地影響了《聊齋志異》之類的小說以及晚明的通俗文學，後者常從瞿書中獲取素材，例如馮夢龍和淩濛初這些作家，他們在取材瞿書時之所以從不作致謝的說明，不只因古代的作家無此慣例，應該說也與瞿書長期受忽視有一定的關係（當然，這裡必須指出的是當初馮夢龍出版他的《三言》白話小說時並無具名）。

與瞿佑同時代的其他文人日子又過得如何呢？似乎只有極少數文人學士——特別是身處邊遠地區的有幸全身而遠禍，這些幸運兒中包括林鴻和高棅這兩位主要詩人在內的「閩中十才子」最為傑出。林鴻未至不惑便及早辭官歸田，寫詩以消磨餘生，特別以他與才女張紅橋詩文酬唱而著稱。張紅橋據說死於相思，其逸事的真實性一直受到近代學者的懷疑。至於高棅，他最受稱道的則為其編選的《唐詩品彙》，在這部選集中，他把唐詩分為初、盛、中、晚四個時期，而特別奉盛唐為正聲和極致，該集選錄唐代一百二十位詩人的作品，計收各體詩作五七六九首，並從頭到尾插入他的評語。高棅特別提到他從林鴻那裡受到的教益，他說是林首先建議他以盛唐——開元天寶年間詩作為編選典範，只是到後來，他才讀到嚴羽的《滄浪詩話》。高對盛唐詩的看法也明顯受到元代批評家楊士宏的影響，楊所編選的《唐音》自一三四四年問世以來一直廣為傳播。高棅儘管贊同楊士宏有關唐詩的主要觀點，但卻對楊在選詩上的偏頗不均——特別是將李白、杜甫排除在外，提出了批評，因此高棅自信他的新詩選以系統和全面取勝，可為後世的吟詠者提供更有益的指導。隨後他又從原來的五七六九首詩中精選一〇一〇首，匯為新編一冊，名曰《唐詩正聲》，似乎專用以挑戰楊士宏那部「過時」的詩選。[9]可惜這兩部高選的唐詩在明初影響甚微，反倒是他有所不滿的楊選唐詩統領著當時的風騷。其所以如此，是因為《唐詩品彙》雖早在一三八四年編定，但在編者去世數十年後——直到成化年間，才由一

[9] 有關高棅的《唐詩品彙》與《唐詩正聲》的編選、刊刻等，請見陳國球，《明代復古派唐詩論研究》（北京：北京大學出版社，二〇〇七年），頁一八五－二〇七。

地方官出資在福建刊出，更由於刊印該書的福建地處偏遠，即使後來詩選問世，也沒有引起文壇的注意。由此可見，處地偏遠有時也會對作者的地位構成類似於政治審查的危害，高棅就這樣一直背時到十六世紀，隨後才產生了死後的影響。但最先產生影響的是較早刊印的《唐詩正聲》，而隨後出版的《唐詩品彙》更受歡迎，在十六世紀中期以後竟重印過多次。與他同時代的文人相比，高棅有幸避免了政治迫害與文字審查，永樂年間，他曾在翰林院供職，隨後即全身而退。與林鴻的情調相同，他似乎更樂於在故里優遊歲月，退避到那個天高皇帝遠的地方多交些騷人墨客，於是過著與瞿佑完全不同的生活。

宮廷戲曲和其他文學形式

如果說瞿佑的文言筆記小說對壓抑的明初社會顯示了抗議，並烘托出當時專制暴虐的政治氛圍，那麼由朝廷贊助的宮廷戲曲發出的聲響便有所不同，對於新王朝的榮耀，後者明顯表現出十足的歡慶。在這一領域，兩位出身皇家的劇作家——朱權和朱有燉，堪稱代表。他們的劇作別出新聲，給人以完全異樣的時代感觸。比如朱元璋十七子寧獻王朱權在其《太和正音譜》卷首序即大言不慚地宣稱：「猗歟盛哉，天下之治也久矣。禮樂之盛，聲教之美，薄海內外，莫不咸被仁風於帝澤也。於今三十有餘載矣。」[10]該序寫於一三九八年，正當洪武末年，不難想像如此歌功頌德的文字肯定甚討老皇上的歡心，滿足了他在文治武功上的自豪。周憲王朱有燉是朱權的侄子，在戲曲創作上他另有思路，比如配置上花團錦簇的布景，再輔之以抑揚婉轉的唱腔，整個舞臺設計都反映出他那個新藩國的

---

[10] 參見徐子方，《明雜劇研究》（臺北：文津出版社，一九九八年），頁七五。

富麗堂皇。與先前的元雜劇相比，朱有燉的戲曲富貴氣十足，尤以渲染王室的排場取勝。他生性喜愛鋪采摛文，其劇作最擅長以典麗的描述傳達帝王的氣派和雍容的情調。此外，動人的舞姿、銷魂的音樂、華美的劇裝，所有這些鋪陳都旨在創造出一種普天同慶的舞臺盛況。在他《牡丹》戲中，這一追求表現得特別典型。

從各方面看，朱有燉都是明初最傑出的劇作家，他通曉音律，感受靈敏，被公認為明朝最佳的韻文能手，一生共創作出版了三十二本雜劇。由於他愛玩語言，劇作中用俗語所寫的道白尤其生動，欣賞他劇作中那包羅甚廣的寫實內容，總會給觀眾帶來極大樂趣（即使在一百年後，詩人李夢陽仍有詩云：「齊唱憲王新樂府，金梁橋外月如霜。」）朱有燉在戲曲上的獨特成就也與他特殊的家庭背景有關，他父親朱橚就是成祖朱棣的親兄弟，如上所述，瞿佑即因朱橚的過失受連累遭到囚禁和流放。那朱橚也極有才華，好讀書，善詩文，曾以《元宮詞》一書知名。朱有燉終生從事詞曲戲劇的創作，無疑從他博學的父親那裡受到了很大的影響，然後他進而影響他周圍的人群，比如在其封地開封王府中，有不少宮嬪都受到吟詩度曲的教習。後來朱有燉元配夫人卒後，為他掌管內政的才女夏雲英便來自那群多才多藝的宮嬪。此外，對皇室中的晚輩，朱有燉也有過一定的影響，其中能詩善畫的朱瞻基就是後來的宣宗皇帝。

古人常說：「詩，窮而後工。」這一命運的戲弄連皇室成員也不放過。比如朱有燉和他叔父朱權，從某種程度上說，叔侄倆在詩文上的成就便與中央集權的明朝廷一再削弱藩國王權的政策有直接的關係。特別在燕王朱棣篡建文之位自立為帝後，這位做賊心虛的竊國者便系統地削去每個藩王手中的兵權，從而增強他自己的權力。他縱容諸王沉湎聲色犬馬，只要他們泯滅政治野心，他是過來人，只有他對諸王的危險性和不可靠性心知肚明。朱權和朱有燉均擁有資源豐富的封地，但在這樣的情勢下，那些優勢反促成了他們的窘境。朱權的封地位於大寧（今內蒙境內），他擁有將士衛隊八萬之眾，軍事實力上本來是很優越的，但成祖逼他交出兵權，從此他只好以戲曲文字消磨餘生。除了他那部《太和正音譜》外，他寫過十二本雜劇，但僅有兩種傳世。朱有燉在從政上無足稱道，他更以戲劇上的才能著稱，一四二五年，他繼承了父親的封地，似乎為表明自己無心過問朝政，終其一生，他都在編演戲曲中打發日子。不用說，目睹父親所受的政壇煎熬，他當然很明白該怎麼個麼活法。

明乎此，就不難理解朱有燉為什麼在劇作中一味歌功頌德和粉飾太平了，正如Wilt Idema（伊維德）在其《朱有燉的劇作》一書中所說，[11]忠君乃是朱劇的主題，他和他的叔父朱權其實都忠實地擁抱當朝所提倡的儒家倫理。在他的劇作中，他重述了司馬相如和卓文君的故事，為將那位新寡描繪成勤勞的「賢婦人」，在私奔途中，她甚至被安排幫相如驅車趕馬。在其他幾本劇作——《繼母大賢》、《團圓夢》和《復落娼》中，他表彰「賢母」和「貞婦」規矩的行為，而對「蕩婦」則予以鞭笞。這一道德觀基本上遵循了明太祖的信條，那位殘暴的開國之君似乎特別欣賞高臺教化的劇碼，比如對《琵琶記》就尤其偏愛。按照朱元璋一手確定的《大明律》，通行的戲曲只宜宣揚「義夫節婦，孝子順孫」，以及「勸人為善」等觀念。這當然並不意味著像《西廂記》之類的愛情喜劇完全禁演，當時確實有不少人指責這部元雜劇「輕豔」，朱有燉與另一位明初劇作家賈仲明對《西廂記》卻很推崇。但比較而言，朱有燉畢竟更喜歡宣揚從一而終的愛情主題，其中一出典型的劇碼就是《香囊怨》，劇中的女主角將她的情書藏入香囊，最後以自殺表明了她「之死矢靡他」的心跡。在這一方面，朱有燉與他的同時代作家劉東生——《嬌紅記》的作者，共用了相同的道德價值。劉劇講述了一對表兄妹的愛情，本取材元代作家宋梅洞的的小說，但將原作的悲劇改編成了喜劇。

自明初以降，朱熹版的理學風行朝野，科場上的八股文多援引朱學以代聖立言。雖說它那起承轉

11 Wilt Idema. *The Dramatic Oeuvre of ChuYu-tun* (1379-1439) (The Netherlands: E.J. Brill, 1985), p. 111.

合的格式直至十五世紀中葉尚未定型，但因受科舉取士制度的影響，明初的道德體系明顯地變得比歷代更加保守森嚴。而最有趣的就是所有的試卷文都眾口一詞地頌聖，對當朝君主的頌揚與當時舞臺上的宮廷戲一唱一和，形成了異口同聲的呼應。有位舉子名叫黃子澄，他在一三八五年的科舉考試中名列前茅，在他所寫的八股試卷中便對當朝天子的功德和治國才具大加讚揚。

這種歌功頌德的文風與後來永樂朝廷所流行的都邑賦頗有關聯，就如筆者在另外一篇文章（〈臺閣體、復古派和蘇州文學的關係與比較〉）中所說，[12]永樂皇帝或許為了努力使自己的篡權合法化，才不斷鼓勵他的廷臣們撰寫大量的〈北京賦〉，以頌揚遷都北京一事。

此外，成祖登基後做了不少文化工程，正是通過這些操作，他為新王朝確立了儒家的道德體系。他相信教育的功效，通過大力支持四書五經和其他教化讀物的出版，他促進了新的道德教育。首先，他命令編印理學基礎讀物《性理大全》、《五經大全》和朱熹集注的《四書大全》，並明確宣諭，以這些儒家經典作為文職官員和應試舉子的必備讀物。這一道德教育並不只限於男人，一四〇四年，當朝徐皇后還頒布她的《內訓》，向內廷宮嬪提出類似四書的教導。為進一步促使新朝廷政通人和，成祖還指令翰林院編纂出大部頭的類書《永樂大典》。該書總計二二九三八卷，裝訂成一一〇九五函，收書多達七萬多種，其門類包羅萬象，徵引的文本可謂無奇不有。為推動此一工程，曾動用兩千多名學者，至一四〇八年，大功始告完成，由於卷帙過於浩繁，這部五千萬字的類書從未付印，僅以抄本存世。可惜原本早在明末以前失傳，傳抄本至嘉靖年間亦殘缺不全，如今僅有五十一函收藏在大英圖書館內，其餘部分則散存於日本、韓國、台灣和中國大陸。儘管該書僅餘殘卷，其中仍保存了不少稀世珍本，包括數種孤本的劇作。

---

12 孫康宜，〈臺閣體、復古派和蘇州文學的關係與比較〉，見《二〇〇五明代文學：國際學術研討會論文集》，左東嶺主編，頁五一。

除上述文采斐然的業績，成祖還一心要發展帝國的海上威力。從他登基之初直至他在位的晚年，他多次派鄭和統領龐大的艦隊遠下西洋，遍訪東南亞各國和印度，甚至遠抵非洲東岸。鄭和統率的遠航並未完成任何實際的商務，這位三寶太監一死，遠航便告終結，在艦隊巡遊過的海外諸國，僅留下了中華天子神武富強的印象。不管怎麼說，對於一直囿於大陸的中華帝國，那畢竟算是個光榮的記憶，因此在鄭和去世一百多年後，他遠航的光輝業績還在舞臺上持續地串演。同時，一五九七年出版的百回小說《三寶太監西洋記通俗演義》一直頗受大眾讀者的歡迎，甚至在六百年後的今天，中國人還在自豪地誇耀那模糊不清的，據說是比哥倫布航海還早上一百年的遠洋航程。

康正果譯

*本文原為二〇〇六年十一月在臺灣中央大學舉辦的「中國文化研究的傳承與創新——紀念牟復禮教授國際學術研討會」的會議論文。後收入該會議論文集，王成勉編（香港：香港中文大學出版社，二〇〇九年），頁二四九－二六一。

臺閣體、復古派和蘇州文學的關係與比較

永樂朝的臺閣體文學

永樂年間（一四〇三－一四二四年），原先作為高啟那一代人詩歌特徵的抒情性顯然已式微。自那時至十五世紀中葉，詩歌轉而逐漸受階級決定，而不再以抒情性的表現和激盪的情感為特徵，一般只有享有崇高聲望的翰林院士大夫才被尊崇為有地位的詩人，而他們的詩則稱為「臺閣體」。這些詩並非因語言新奇而著稱，而是因為它們更集中讚頌了明朝皇帝的聖德。這些詩表達了儒家思想在文化上的優越性，並褒揚了治道所帶來的民族復興。從一定意義上說，其詩歌主題通常與同時代宮廷戲劇家的主題遙相呼應，但二者寫作風格殊為不同。多數情況下，臺閣體詩看起來平白、單調且經常重複——缺乏朱有燉在戲劇唱詞中表現出的豐富感性。對現代讀者而言，如此「無趣」的詩最終成為數十年中的主要詩歌形式，未免奇怪，但要解釋個中原因卻不難。由於永樂皇帝對文職官員的提拔，詩歌寫作漸漸成為官員最重要的經歷，同時，官場的一統化、儒家的忠義觀，以及維護社會秩序的共同願望也都導致了士大夫們去培養一種在政治上正確，在情感上令人滿意的詩歌風格。

這些士大夫多少與歐洲意義上的侍臣相類似，因為他們最重要的職責就是取悅他們的「主人」。但是與十六世紀卡斯蒂利奧內（Castiglione）所說的侍臣有所不同，永樂朝廷的中國士大夫們並不需要具有使用武器的技藝，也不需要表演高雅的繪畫與音樂藝術，他們所要做的只是在朝廷掌權，並不

斷作皇帝的參謀，關注儒家經典和官僚統治的細節。這些廷臣是真正有學問的人，但是他們的詩歌僅僅用於敘說官府的德行，並沒有中國詩歌在此之前通常所具有的抒情活力。

然而事雖如此，依然有一些臺閣體詩所使用的風格化的修辭形式值得關注。首先，在明初臺閣體詩人中，「三楊」〔楊士奇（一三六五－一四四四年）、楊榮（一三七一－一四四〇年）、楊溥（一三七二－一四四六年）〕是最重要的。特別是楊士奇是位文體大師，因為他的詩具有「正」的精神——而這是臺閣體的精髓。在詩人圈中，楊士奇頗受尊重，所以應邀為《唐音》的重版作序，而《唐音》則是由元代的批評家楊士弘所編輯的權威的唐詩選本。非常有意思的是，在創造他自己隱喻的詩歌世界時，楊士奇特別激賞春天的意象，因為春天為四季之首，象徵了德性卓越、為世垂範的朝廷。這一類比對現代讀者來說，似乎做作而老套，但是其高蹈的調子和華而不實的慶賀之詞，或許正反映了明初新一代士人的真實感受。無疑，他們已釋然地看到，國家已不再在元蒙統治下遭受羞辱。

這種慶賀的態度與另一種文學形式，即都邑賦的復興相呼應，因而格外值得重視。最有誘惑力的是，這一文學形式的復興似乎與永樂皇帝一四二〇年遷都北京暗合。北京是永樂皇帝先前作為太子時住的地方，同時也曾是元大都，或許為了努力使自己的篡權合法化，永樂皇帝才慫恿他的廷臣們寫作賦，以頌揚北京——而「都邑賦」這個文類則通常可追溯到漢朝。無論出於什麼原因，我們發現永樂朝廷的許多高官——比如李時勉、陳敬宗（一三七七－一四五九年）、楊榮以及金幼孜，都寫了長篇的賦，如〈北京賦〉、〈皇都大一統〉等。這些作品有兩個主題：都城之美，以及明廷的富麗輝煌。這些作品與漢賦的風格很接近，而區別也很顯著——因為這些明代早期的賦充滿著溢美之辭，是一再重複的儀典讚歌，讚頌王朝的仁德基礎。在許多方面，這些賦使我們想到了臺閣體詩，儘管這些賦更長也更加一唱三歎。所有這些作品的完成並不都是由於永樂皇帝本人的授意，士大夫們或許僅僅出於對新都北京的敬畏，才不得不寫作了那些賦。要不那就是一種寫作訓練，因為永樂朝廷在廷試時偶爾需要這樣的作品。不過，臺閣體與都邑賦在如此長的時間內成為一種時尚，已經可以說明二者的確在一定時期發揮了作用，至少對這種文學訓練精益求精，會大大有益於仕途。

永樂朝之後的變化

永樂朝之後的幾十年中，中國人繼續將北京作為王朝聲名與權威的象徵，這一時期的賦所寫的內容同樣具有世紀初那種溢美的特徵。賦的作者以為宏偉北京的出現代表了大明所秉承的天命，因為他們相信中國又一次成為宇宙的中心，而帝國則會延續「千秋萬代」。誠然，以這樣的信心看待世界，也就有了一種權力感。

但是到一四四九年，這種權力感就受到阻滯，二十一歲的明英宗這一年身陷蒙古人的囹圄。這位被俘的皇帝在一年之後又回到了北京，但是他發現自己的弟弟已取代了他的帝位，英宗最終於一四五七年回到皇帝的寶座，但是已然無法擺脫複雜朝政的糾纏。他死於八年後，死時三十七歲，此時他十六歲的兒子（未來的成化帝）繼承了王位。與此同時，中國朝廷變得愈來愈在意來自蒙古的可能襲擊，因此開始花費大量的人力、物力修築長城，試圖以之為防線。但長城似乎並沒發揮作用，一個世紀之後，異族軍隊就進入了北京，並給中國人造成了另一次危機。

值得我們注意的是，中央政府的軟弱，有時卻導致了文學的繁榮發展，這恰恰是一四五〇年之後中國文學的圖景。中國在軍事上的弱勢似乎並沒有對其文學發展造成消極影響，反而產生了一些史無前例的創造。首先，我們看到英宗被俘危機之後，中國作家和士大夫開始有了更多政治批評的勇氣——雖然他們常常冒著生命危險這樣做。作為士人，他們確實相信自己對國家的未來負有責任，不再像先前那樣處於膽怯和沉默的氛圍中，因而大膽地表達自己的思想和感情。這並不是因為當時他們完全擺脫了政治迫害，事實上，他們中的許多人受到慘無人道的「廷杖」且一再被流放，但是他們並不因此而膽怯。隨著時間的推移，他們的批評矛頭日益指向腐敗的宦官和高層官僚，並認為是那些人誤導了皇帝。基於這些變化，文學的權力中心逐漸從朝廷轉向了個體寫作者。這也是因為明代中葉的大多數皇帝，儘管不是特別有能力的統治者，卻對文化與教育活動給予了極大支持。突出的例子就是復位的皇帝明英宗，他儘管人品上臭名昭著，卻在學校體制上做了不少政策變動——特別是安排了學官，並擴大了學校制度。這一重要變化導致地方學校中學生人數的急劇增加，以至於到十六世紀初期，學校中的學生人數已達到史無前例的二四四三〇〇人。

這種大的文化氛圍也使得識字率有所增加，而這一時期尤其令人感興趣的現象是，皇帝推進了戲劇與民謠文化。大體上說，皇帝對歌唱文化的支援為明朝文學的發展提供了肥沃的土壤，最終音樂、口頭與書面文學構成了共同的文化氛圍。與此同時，明代中葉許多士大夫形成了多種知識共存的觀念，堅信文學家必須具有寬廣的知識基礎。這種觀念或許受到永樂皇帝早期編《永樂大典》那種全才思想的影響，但直到明代中期，全面的心智才在文學領域有所體現。毋庸置疑，這種觀念改變了文學的方向，正因為此，一四五〇年之後，中國文學的成果異常豐富。

新視野，舊地點

一四五〇年之後發生重要變化的文化表達形式之一就是賦。前文我們已經論及明初士大夫如何創作了關於北京的賦，而到明代中期，「都邑賦」則愈益變化多端、種類繁多。例如，黃佐（一四九〇－一五六六年）的〈北京賦〉就不再一味歌頌，而是用了狐狸、老鼠等動物意象來諷刺京城中的腐敗官僚。他的〈粵會賦〉，文體又有不同，該賦將注重視覺想像的漢代古典風格與對廣東地方風物的描寫結合了起來。事實上，他描寫新的、具有異國情調的地方風物，已經使他的賦與傳統上關於地方的賦區分了開來——雖然他的對句格式依然基本遵循慣例。另一個值得注意的例子是丘濬（一四二○－一四九五年），丘是著名的儒者和作家，他的〈南溟奇甸賦〉是關於海南島的，該賦強調了海島之「奇」，以複遝的句式表達了他從令人激動的風景中獲得的視覺快感。這篇賦同時描寫了當地居民的風俗與禮儀，並下了這樣的結論：海南島儘管並非仙境，但卻比人間的任何地方更美輪美奐。無疑地與先前所有的賦相比，明代中葉的賦更具表現力，描述的意象也更加色彩豐富。不僅如此，這些賦也更真實、可信，同時風格上更崇高。

以地方為描寫對象的賦的另一創新之處，就是用賦的形式描寫了海外之行。董越的〈朝鮮賦〉是一顯著的例子。一四八七年八月，就在弘治皇帝登基之後，董越受朝廷委派，到朝鮮恢復兩國的外交關係。回國後不久，董就寫作了這篇賦，它成了在地理與社會話語中，最引人入勝的篇章。賦非常具體地描述了山川形勝、都城的位置，以及朝鮮豐富多彩的農作物，同時也敘述了朝鮮與中國之間長期的貿易史。當然，明代中國與周邊國家的貿易從來沒有被看作平等貿易，因為中國將這種貿易置於納貢體系之中，外國以上貢物品來表達對中國的臣服。不過，與位於北方不斷襲擊中國的蒙古不同，朝鮮被視為文明之邦，因而與中國交好。正因為此，董越在賦中詳細描述了朝鮮的社會風俗，特別是朝鮮婦女在德行上所受到的中國文化聖德的影響，董越的觀點從各方面肯定了傳統中國文化的優越性。同樣的思想也表現在湛若水（一四六六－一五六○年）的〈交南賦〉中，在這篇賦裡，中國對教化安南（即現在的越南）的「蠻人」責無旁貸。湛若水寫作這篇賦的時間大概在一五一二年，恰好是在他參加完安南的新君登基儀式之後。作為一代大儒，湛若水對安南的神祕歷史非常感興趣，他將中國對安南的影響一直追溯到朱鳥、祝融、以及伏羲。從修辭風格來說，湛若水關於安南的賦似乎要遜色於董越那篇優雅的關於朝鮮的賦。但即使如此，湛若水的賦也是一篇很重要的文學作品，表達了明代中葉，人們發現新世界的願望。一般說來，此一時期的賦其細節表達的豐富性，是明初作者難以比肩的。

無論從哪方面說，如此的變化多端正表明了「多元文化主義」是明代中葉的重要特徵。但在我們考察臺閣體、復古派以及蘇州詩派的關係之前，首先需要討論一下八股文，這在明代中葉是對士大夫生活具有特殊影響的重要文類。

八股文

八股文又名「制藝」，它也被稱為「時文」，因與當時的社會有所聯繫。現代學者常常認為八股文殘害了明人的想像力，但是這一判斷並不完全公平，更準確地說，八股文只是明代中國人需要掌握的許多文類之一。這是一種青年人為獲取功名而需要學習的文類，而青年人通常也擅長於此，顯著例子是當時的許多著名作家都成功地通過了這項考試。事實上，正是在此期間——特別是在成化（一四六五－一四八七）年間，八股文發展為成熟的形式，其基本格式已然定型。從現代觀點看，八股文形式，特別是其對對偶的苛刻要求（雖然並非股股如此），的確是過於限制人、過於單調乏味了。但是任何熟悉早期中國文學（例如賦、駢文）修辭技巧的人都會理解，八股文不過部分反應了中國人所服膺的「平行」思維模式。而且八股文中至關重要的不僅是平行，還有賴於對偶句式與非對偶部分之間的均衡，以形成一種好的形式。從各方面看，八股文的交替原則是受文化決定的，因為從美學上說，中國人總是喜歡混合但平衡的句式，並行句式與從屬句式交替出現。自然，這要年輕人花很多功夫去掌握，因為學習八股文的過程包含許多重複、許多無休止的句型訓練，特別是隨著時間推移，形式變得愈來愈複雜時，更是如此。

但是與一般人的設想相反，對程式的嚴格要求並不總是抑制人的創造性，事實上，對形式的新的嚴格限制常常會成為發現不同尋常的主題的觸媒。王鏊（一四五〇－一五二四年）是這方面一個很好的例子，他的八股文受到很高評價，以至於人們將之與杜詩及司馬遷的《史記》相提並論。王鏊在鄉試與會試中均拔得頭籌，在一則經常被徵引的文章〈百姓足，君孰於不足〉中，他詳細闡明了治道，具體涉及到重稅問題，他用類比方法說出自己的觀點。這篇文章的題目取自《論語》（〈顏淵第十二〉），根據朱熹的解釋，這一章主要關注統治者如何體恤民情這一德行，但王鏊則另有新意，他集中關注的是藏富於民的重要性。王鏊對《論語》的新解釋反應了時代的變化，因為一四五〇年之後，中國社會愈來愈趨向商業化了。而這裡最重要的是八股文主題的新變，王鏊所集中關注的不再只是統治者的德行，而是人民的福祉。而且作者典雅的語言表述，無論是在對偶還是非對偶句子中都增強了其論證邏輯，總之，王鏊修辭藝術所發揮的效力與他對文類形式要求無可挑剔的把握，密切相關。

但這並不意味著八股文是被無批判地接受，事實上，最激烈的批評者就是王鏊自己——這位最著名的八股文作者。一五〇七年，王鏊上書給正德皇帝，勸他通過增加輔助性的考試招募更多青年才俊，比如博學鴻辭科考試等。如此一來，許多其他科目比如詩、賦、經、史等均可以包括在內，而這項考試可以專門為異才設立。根據王鏊的看法，八股文對選拔官府所需要的高級人才來說，是一種過於有局限性的方式。但是不幸的是，當時的朝政被臭名昭著的宦官劉瑾所把持，而王鏊也很快離開翰林院，所以他的上書並未得到應有重視。十年之後，劉瑾受懲罰被殺，王鏊又一次向皇帝上書，以更強烈的措詞建議增加詩賦考試。這一建議也遭到了拒絕，但是需要指出的是，正是由於王鏊以及其他的批評者，明代後來的考試——無論鄉試還是會試，均包括了不受八股文規則限制的文章。

另一方面，八股文在這一時期更加普及，首先，由於印刷文化的發展導致了許多八股文選本的出版。其次，關於各省成功應試者的花名冊也在成化（一四六五－一四八七）年間出版，也許可以說，明代中葉的考試市場可以與如今蓬勃發展的GRE產業相媲美。無論如何，八股文的形式在幾個世紀中經歷了許多次變化，到十八世紀之後開始被視為有問題的、退化的形式，到二十世紀初年，清政府決定廢除這一制度。但即使如此，在寬闊的中國文學與中國文化背景中，我們必須記得對明清兩代的中國人來說，八股文曾經是重要的文化表達形式，從中人們的確獲得了信心和力量。

臺閣體文學的新變

如前所述，八股文或「時文」並非明代人唯一需要學習的寫作形式。事實上，明代的許多精英人物甚至認為建立在古文與詩歌（即他們所謂的「古文辭」）上的可靠背景才更重要，特別是要晉升至高位時更是如此。對明代士人而言，進入翰林院是最顯赫的標誌，也只有在科舉考試中名列前茅的人才能進入。當某人進入翰林院，他就加入了為朝廷服務的高層文人團體，要從事寫作。大部分時間裡，這些官員將被要求研究經典和寫作詩歌，這就是翰林院是許多充滿抱負的年輕人所追求的最好目標的原因，因為這提供他們優閒而尊貴的生活。相反，如果他們在科舉考試中名次較低，他們就只能被派到外地擔任縣令，這樣他們的行政責任會更大，而如果某人足夠幸運被選入翰林院，可以自己支配時間，他就可以成為多產作家，並在任期內可以出版自己的作品。正像所期望的那樣，翰林院中的士人都是很有學問的，他們所閱讀的書根據他們的興趣有所不同，但是一般他們會閱讀所有的經典作品，包括詩集和史書。正像前文所說，他們所出版的作品往往被稱為臺閣文學或館閣文學。

但「臺閣」的定義曾在明代中葉經歷過一些變化，由於翰林院的士人興趣愈來愈廣，所以並不是他們所出版的作品都被稱為臺閣文學。一般而言，「臺閣」在明代中葉變成了一種文體概念，特指那些在官方公開場合寫作的頌祝之什。根據這個新的定義，在這期間，許多翰林院士人的作品並不被稱為臺閣文學，例如大學士王鏊曾經不僅以八股文知名，也以其在翰林院任內所寫的詩歌聞名，但是當他五十歲因宦官專權從翰林院退休之後，他的文學風格就發生了根本性變化。事實上，他的後期創作令人想起六朝的隱逸詩人陶淵明，像數百年前歸去來兮的陶淵明一樣，王鏊為他回到自己的故鄉蘇州而吟唱。王鏊將他的詩題名為〈己巳五月東歸〉三首，顯然是追摹陶淵明的〈歸田園居〉。王鏊退休後，其秀辭麗句的天賦在自然詩中表現尤佳，他對蘇州風物的格外青睞，使他在這方面的先天稟賦更加引人注目。正是在蘇州他寫作了大量山水詩，關於虎丘的那首尤其令人動容，該詩以最富想像力的方式表現了山頂的千人石給作者的印象。在詩中，王鏊想像自己在月光裡站在巨石下，與蒼穹對飲，醉酒後，聽到了從竹林中傳來的蕭蕭風聲。這首詩將生動的想像與細緻的感官描寫結合起來——這確實與他早期的「臺閣體」詩恰成對照。

另一位翰林院士人吳寬（一四三五—一五〇四年）也來自蘇州，他以不同的方式拓展自己的寫作主題。與退休較早的王鏊不同，吳寬為官達三十年之久，但作為一個嚴肅的作家，他總是意識到臺閣體的局限性。他知道要成為一名真正的詩人必須具有自由的視野，而在典型的蘇州風格中，他從一開始就具有融文學與藝術於一爐的取向。他廣泛的文學取向反映在範圍寬廣的寫作中，他寫作了感人的山水詩、敘事詩以及題畫詩，他的〈遊東園〉因其生動而可感可見的意象特別受到時人激賞。此外，他還創作了其他一些類型的詩，其中描寫中國南方洪水的詩作不僅表達了他對農人的人文關懷，而且體現了他試圖將口語與文言結合起來的興趣。總之，吳寬更為寬廣的文學取向表達了臺閣體詩人中所發生的諸多變化。

不過，臺閣重臣李東陽（一四四七—一五一六年）才是這一時期文學的仲裁者。對許多人而言，李東陽是文學權力的象徵，因為他是為朝廷選擇館臣的主要人物。李東陽也因其詩而名稱於世，但是他的作品風格的混雜性卻表明翰林院的新導向，而作為一名館閣重臣，李東陽也鼓吹擁有豐富知識的重要性。他特別讚賞宋代的詩人和學者歐陽修，他將歐陽修視為士大夫的代表，因為後者不僅擅長事功而且擅長文學藝術，儘管李東陽也喜歡許多古代作家，他喜歡歐陽修則是因其文學作品中的靜雅與妥帖的特徵。在他的《懷麓堂詩話》中，李東陽詳細而多方面地評述了唐、宋、元、明四代的許多詩人。從其《詩話》中可以看出，儘管他更偏愛宋朝的詩人歐陽修和蘇軾，但他的詩歌趣味則比較開放。這從他的書信和序中可以看出。總之，李東陽在培養明代中葉年輕士人中發揮了重要作用，例如他經常邀請他的年輕同事去他的東園赴詩會，在詩會上，每位參加者都要寫詩、吟詩並評賞繪畫，很可能正是在這樣的場合，吳寬寫作了他的〈遊東園〉。值得一提的是，吳寬是李東陽的摯友，李東陽甚至為到訪吳寬在蘇州的美麗田園寫了一篇長文，稱為〈東莊記〉，該文充滿了感覺意象和細緻描寫，而李東陽擅長此類散文也說明了他所提倡的臺閣文學與明初的確有很大不同。

復古運動

雖然李東陽在很長一段時間是文化權力中心的代表，但他的權力並非沒有遭到挑戰。最引人注目的是在一四九六－一五〇五年間，一批年輕的學人為挑戰李東陽的地位而形成了復古派，學者們一般稱他們為「前七子」，也就是李夢陽（一四七三－一五三〇年）、何景明（一四八三－一五二一年）、康海（一四七五－一五四〇年）、王九思（一四六八－一五五一年）、王廷相（一四七四－一五四四年）、邊貢（一四七六－一五三二年）以及徐禎卿（一四七九－一五一一年），但這個說法卻是多年後才追認的。「七子」大多是北方人，只有徐禎卿來自南方，是蘇州人。事實上，復古派由更多人組成，而這一文學運動也比人們所設想的要更變化多端、分布廣泛。有些學者認為，由於復古派中的一些成員比如李夢陽、何景明被拒絕進入翰林院，所以這個派別的建立是出於個人的恩怨。但事實上，「七子」中的兩個人康海、王九思就是翰林院學士，所以真實的原因似乎遠為複雜。一般說來，復古派的目的是建立一種新的詩歌觀念，在李夢陽和他的朋友們看來，真正的抒情詩已經消失很久了。根據他們的觀點，詩表達情，但是他們認為同時代人大多「出於情寡，而工於詞多」。康海、王九思特別批評了臺閣體詩，認為其「詩學靡麗、文體萎弱」，甚至陷入「流靡」。因此他們主張取法古人回到抒情詩的「本」，學習盛唐，特別是學習杜甫。從一定意義上說，他們關於盛唐詩歌具有典範意義的觀點，呼應了明初批評家高棅，但他們似乎對高棅的理論並不十分熟悉——這可能是因為高棅的《唐詩品彙》和《唐詩正聲》出版發行較遲的原因（這一時期首先提及高棅的似乎是福建詩人桑悅（一四四七–一五〇三年），但沒有任何一個復古派詩人提到高棅）。

至於散文作品，現代人一般認為復古派的理想典範是秦漢文，儘管復古派自身一直未承認這一說法。例如，復古派通常將賦作為文的一個分支，但是他們所寫的賦卻追摹魏晉與六朝，篇幅較短，而與篇幅更長、辭藻華麗的漢賦不同。這可能是由於復古派不滿意臺閣體作家冗長而乏味的賦，因而願意寫更短、更抒情的篇章。從這方面看，康海的〈夢遊太白山賦〉就是一個典型例子。在這篇賦中，康海傳達了以表現自我的真實風格來寫作的願望，這與古代風格的賦經常充滿寓言性的道德教誨和精妙而華麗的辭藻形成對照。康海的短賦似乎擁有六朝賦的某些特徵，在其中抒情性往往在組織思想時發揮至關重要的作用。不過並不是所有復古派都贊成六朝風格，例如在〈織女賦〉中，何景明就以批評六朝作者謝朓開頭，而一些明代中葉的作者，例如黃佐和丘濬也都以漢賦為典範。但是從一般情況來看，復古派在寫作賦的時候並不嚴格地追摹秦漢典範，總之，「文必秦漢，詩必盛唐」這個口號有些將明代復古派簡單化了。

回過頭來說詩，需要再次強調的是復古派並不像現代學者所設想的那樣，總是追摹盛唐，事實情況是，對許多復古派而言，他們的典範是《詩經》和漢魏晉時期的古體詩。如此看來，復古派就與臺閣體詩有很大不同，後者從未將《詩經》作為典範。而且復古派相信將詩與聲律，特別是與吟唱藝術相連繫，才能完滿地傳達感情，所以追溯詩的源頭《詩經》就很重要，因為《詩經》中，詩和音樂是一體的。如此說來，明代復古派的觀點就使我們想到了西方抒情詩本來的概念，根據這一概念，抒情詩需要使音樂因素成為其內在構成。從這方面看，我們就比較容易理解「法」、「格調」這些概念的完整意思，這些概念不僅指涉文學風格而且指聲律類型。當復古派的重要人物李夢陽宣稱他學習杜甫的「格調」時，他也在有意識地模仿唐代大師的音調。無論如何，李夢陽等人都堅信，詩是特殊的藝術，需經長期「鍛鍊」才能掌握其形式。

但並非復古派的成員都同意李夢陽對「法」的解釋，更多人對學習過程採取更自由的看法。例如，何景明就認為學習古人就像借筏登岸，登岸則需捨筏。不過一般說來，復古派內部儘管觀點各有不同，但卻在下列至關重要的問題上趨於一致：（一）反對臺閣體陳舊的文學形式。（二）對朱熹的理學產生懷疑。（三）與王陽明（一四七二－一五二九年）的心學同氣相求，而王學提倡的是良知和悟的重要性。（四）認為詩主情，而非主理。（五）通過從經典及其與人的關係中獲取可靠的知識，強調復興抒情性。（六）具有有效介入政治與文化領域的雄心。（七）激賞當時的通俗歌謠。

如前所述，明代中葉是通俗歌謠繁榮的時期，復古派對通俗歌謠的興趣似乎是因為他們堅信這些作品表達了真正的情感。李夢陽在一五二五年為其詩集寫的序言中這樣寫道：「今真詩在民間。」在另一個場合，李夢陽和他的友人何景明讚賞通俗歌謠採用了〈鎖南枝〉的曲調，指出如果詩人學習這樣的調子，將大有益於詩文品質的提高。復古派對通俗歌謠的普遍興趣，無疑促使他們在寫作中嘗試新的主題，例如在一首關於捕魚的詩中，何景明描寫了漁者捕魚、賣魚的體驗，以及附近村莊中其他人的日常生活，其中包括一名婦女從魚市上買回魚卻不敢殺魚的經歷。同時，李夢陽也寫了不少生動的散文，記錄商人的生活，這些作品有些是墓誌銘，有些是短篇傳記，有些則是閒適的小品文。李夢陽來自商賈之家，可以解釋他為什麼對這個特別的主題感興趣。此外，復古派的另兩名成員，康海和王九思則因其散曲聞名，這些散曲自由使用口語，受到通俗歌謠的影響。

大體上，復古派希望為社會培養一種文化責任感，這就使得他們在文學作品中更多地批評官府的政策。在這方面，李夢陽的經歷最引人注意，他不斷遭遇政治挫折，以至於身陷囹圄達四次之多。一四九四年通過科舉考試後，李夢陽任戶部主事並升遷為郎中。在壓力下他一直表現出非同尋常的勇氣以及領導才能，並被尊為「七子」的領袖，但他的政治災難卻始於一五〇五年。這一年他應詔上書，譴責了一位外戚的劣跡，而這人卻正巧是孝宗寵愛的張皇后之弟，結果李就被羈拿下獄，後來幸而孝宗諒解，不久便釋出。即使如此，在他一共十七首的系列詩〈述憤〉中，李夢陽還是講述了自己深受創傷的牢獄生活——其中包括在獄中所受到的肉體折磨，從而表達了他對不公正遭遇的極大義憤。他並不憚於揭露重要政權的罪惡，在詩的自注中，他這樣寫道：「弘治乙丑年四月，坐劾壽寧侯，逮詔獄。」其後不久，正德皇帝即位，宦官劉瑾把持朝政，李夢陽又由於自己的放膽直言得罪了權傾一世的劉瑾，再次下獄。他被判死罪，幾乎亡命，是朋友康海居間斡旋才救了他。後來，同樣的事情再次發生，李夢陽不得不完全退隱，但作為一個作家，他卻拒絕保持沉默。在他的詩中，李夢陽明白地表達了他的政治批判，勇敢寫出自己心中的所思所想。顯然，明代中葉像李夢陽這樣的士大夫已經不再相信在政治迫害與緘默無言之間有什麼必然關聯。

前面我們說到，著名哲學家王陽明的思想對復古運動有很大影響，事情的確如此。但許多現代學者只記得王陽明是位哲學家，而事實上，王也是知名詩人。王陽明的老家在浙江，但他卻在北京長大，他周圍有許多詩人、作家和官員，這都是因為他的父親在翰林院中地位顯赫。早在年輕時，他的詩就在京城頗受青睞，讀者也紛紛寫信向他索詩。而他後期的詩則將山水與哲學沉思結合起來，比如〈山中示諸生〉五首就是一個例子。在北京時，王陽明最好的朋友之一是李夢陽，這就使他有機會與復古派的成員互相唱和，並分享了他們的趣味。最重要的是，王陽明對良知的強調也激發了復古派去追尋詩的抒情性，甚至即使從政治關係上說，王陽明和李夢陽也有共同的處境。一五〇六年，王陽明因為替兩位上書譴責劉瑾的官員辯護而下獄，並被毒打，此後他受到進一步的懲罰，被流放到蠻荒之地貴州，直到劉瑾垮臺並於一五一〇年被處死後，王陽明才回到北京。正是在他受難的日子裡，王陽明經歷了精神的覺醒，並創立了新的良知哲學。李夢陽晚年退隱回到自己偏遠的故鄉甘肅研究心學，顯然也是受王陽明影響。

同樣需要指出的是，除了李夢陽，復古派的其他人在劉瑾當權時也體驗了政治危機所帶來的痛苦後果，但這些人在政治動亂中關係過於複雜，因此需要做些解釋。首先，與一般的看法不同，劉瑾並不是復古派所有成員的敵人，前面已經說到，康海一五〇五年自願為危難中的李夢陽居間斡旋，他之所以能夠如此做，乃是由於他與宦官劉瑾都是陝西同鄉的關係。起初，康海在官場上十分厭惡劉瑾，但為了李夢陽，他覺得需要向劉瑾說情。不過，當一五一〇年劉瑾失去權力並被殺時，康海和他另一位也來自陝西的復古派成員王九思卻因與宦官的「關係」，被逐出翰林院，這當然對康海和王九思是不公平的，因為他們與劉瑾的連繫非常非常有限。但在同鄉關係被看成最重要的個人連繫紐帶的時代，康海和王九思被視為劉瑾的「盟友」並受到懲罰卻也並不難理解。

正是由於長期隱逸故鄉陝西，康海和王九思才致力於創作散曲和雜劇，並且成為擅長北方風格曲調的著名作家和戲劇家。由於對自己的政治生涯非常失望，他們往往通過寫作來宣洩自己的挫敗感，康海一共寫了大約兩百首小令散曲，以及三十來篇套數，而王九思的作品數量大概是康海的一半——儘管王九思的散曲更被後人看重。然而，康海的許多描寫山水的曲子卻因其生動的描寫技巧和抒情性表達而獨樹一幟，例如〈滿庭芳・晴望〉、〈普天樂・秋碧〉等。總之，康海和王九思的散曲具有直接而坦率的表達，並有很好的聲律效果，同時也充滿了感歎，給人自然如話的印象和英雄般的決絕。

不過，王九思和康海在他們的戲劇作品中所運用的方法卻是諷刺和託喻，間接涉及政治。例如，在《杜甫遊春》中，王九思的故事依據歷史人物杜甫的生平，但是他這出戲卻顯然有意要讓人部分地聯想到作者自己的經驗。該劇描寫了唐代詩人杜甫在「官應老病休」的日子裡，春天外出買酒而對長安周遭荒涼的環境感到悲哀的情景。杜甫是如此的貧困，以致要當掉自己的衣服才能買得起酒，而他則將朝廷的失敗歸咎於權臣李林甫的濫用權力。在路上，杜甫剛好遇見岑參兄弟，並與他們一起遊歷了渼陂。其後，當新宰相房琯答應給杜甫一個在翰林院的職位時，詩人卻毅然決然地拒絕了：「讓與他威風氣概，我只要沽酒再遊春，乘桴去過海。」該劇的主要情節取自杜甫的兩首詩（〈曲江對酒〉、〈哀江頭〉），王九思顯然是用杜甫的故事來表達自己遭遇政治挫折後所面臨的情形。他退休後稱自己為王渼陂，並住在杜甫曾經遊歷過的渼陂，便是最好的證明。據他同代人的說法，這個戲是專門嘲諷大學士李東陽的，後者在劉瑾被殺後權力陡增。不過很難說這是否是作者的原意，只是如果考慮到王九思曾經是翰林院的一員，並且曾對李東陽的臺閣體頗有微辭，這種解釋就非空穴來風了。不管怎麼說，這出戲是王九思多年勞作的成果，它原來只是隱喻了家事，後來卻在全國其他地方流行——這多半由於其有爭議的內容。

王九思和他的朋友康海所屬意的另一個題材是諷刺寓言，這得自於馬中錫（一四四六－一五一二年）的師承。馬中錫是名正直的士人，飽受政治磨難，他受劉瑾迫害並死在獄中。馬中錫因其傳奇小說《中山狼傳》而知名，在此寓言中，不知感恩的狼要吃掉曾從獵人手上將之救下的書生東郭先生，這個故事取自宋代筆記小說，但是是馬中錫使這個主題流行於明初。在派系鬥爭和政治結盟日益複雜纏繞的情況下，不難理解這個故事是多麼吸引一般讀者，因為忘恩負義似乎正當其道。當然，王九思與康海所想像的中山狼的故事則與他們被背叛的感覺相契合，不管怎麼說，他們深受這個故事的啟發，並決定以戲劇形式來表達，只希望能影響新的觀眾，故而王九思和康海分別寫了關於中山狼的戲劇。在王九思的一幕院本劇中，那個在馬中錫的經典故事裡出現的判官「杖藜老人」變成了土地神，也許是為了增加舞臺效果，當狼、牛以及杏樹都作為角色出現在舞臺上時，王九思的這部戲對觀眾來說，一定具有更激烈、更普遍深入也更可感知的滑稽效果。但喜劇情節卻實際上反映了當時政治生活的現實——在混亂的派系紛爭中，人的作為開始像動物一樣。當然，這一時期許多其他作家也深入地描寫這個主題，比如董玘（一四八三－一五四六年）在其傳奇小說《東遊記異》中，將宦官劉瑾與白額虎，以及劉瑾之兄與看管狐狸洞的老狐狸相提並論。這些動物寓言與明代中葉的社會現實密切相關，因為正德皇帝正是日夜沉迷放蕩於歡場，而讓擅權的劉瑾把持朝政。

然而，重寫中山狼的故事使康海的戲更長（有四場），也使每場戲都即興發揮出更長的對話，因而比王九思的版本更具戲劇性。同時，他使土地神這個角色回復到老人角色，儘管觀眾已經熟悉故事情節，但是康海所細心處理的忘恩負義主題則令人震驚。康海抓住了時代的道德缺陷，並從老人的口中用令人感動的獨白說出來：

那世上負恩的好不多也。那負君的，受了朝廷大祿，不幹得一些兒事。使著他的奸邪貪佞，誤國殃民……那負親的，受了爹娘撫養，不能報答……那負師的，大模大樣，把個師父作陌生人相看……那負朋友的，受他的周濟，虧他的遊揚，真是刎頸之交，如膠如漆。稍覺冷落，卻便別處去趨炎趕熱，把窮交故友撇在腦後。

這些話使我們瞥見康海早年的官場生活，那時他目睹了許多人在政治危機的壓力下互相背叛的事實。康海讓老人在戲的結尾說了上面這番話，最使人吃驚的是，這些話似乎讓人回想起了賦中通常使用的對偶和並舉的精妙形式，而賦是康海所特別擅長的文類。不過，康海在戲劇中所使用的修辭技巧與他在賦中所使用的又有所不同，因為他混合了口語和成語，為雜劇創造了一種新的、嚴肅的風格，這使得晚明批評家祁彪佳判定康海的戲劇為「雅品」。同樣需要指出的是，通過創造一個儒者代言人（即杖藜老人）的角色，康海讓他的戲變成了一個道德劇，尤其還在道德劇的結尾加入了快樂的因素，讓邪惡的狼被救了牠命的東郭先生刺死。這個結尾更接近馬中錫原來的故事，而與王九思的短劇非常不同，在王九思的劇中，狼是被土地神派來的小鬼殺死的。

但故事還沒結束，王九思、康海創作了這些戲劇之後，讀者還要猜想誰是中山狼，在讀者的想像中，特別是康海的戲是直接針對復古派領袖李夢陽的。這是因為根據傳言，在康海（和王九思）陷入劉瑾事件之中，並在一五一〇年被逐時，李夢陽從未伸出援手去幫助他——儘管康海曾是李夢陽的救命恩人。而且許多人認為正是因為李的原因，康海才首先與劉瑾有了瓜葛，因此一些讀者宣稱康海寫作關於中山狼的戲劇正是為了諷刺不知報恩的李夢陽，因為他背叛了朋友。當然，很難說戲劇的內容與歷史事實有什麼直接連繫，但是讀者對此的反應卻已是非常流行，以致明代後期人們已經毫無批判地接受了這種看法，例如沈德符在評述《中山狼傳》時就認為康海是用寓言嘲諷李夢陽。從現代人的觀點看，這種評價降低了康海戲劇的藝術價值。不過在明代中葉的文化氛圍中，康海戲劇的流行恰恰正是由於這種沒有根據的解釋，這還刺激了很多模仿之作，許多同名劇相繼出現，很快整個文學圈子也對重寫狼的故事情有獨鍾。這並不是一個普通的重寫過去的例子——中國文學中這種重寫的例子有很多，這個例子將狼作為邪惡的公共象徵。後來在十八世紀的小說《紅樓夢》中，曹雪芹（一七一五－一七六三年）用中山狼代表一個「驕奢淫蕩」的「無情獸」（第五回）。

儘管康海還寫了許多其他戲——包括王蘭卿的愛情悲劇，在戲中，王在丈夫死後自殺身亡——但他卻因《中山狼傳》而知名，這顯然是因為這個戲引發了爭論。這一現象值得注意，因為這表明了文學接受是如何使士大夫間已經很複雜的派別關係進一步複雜化的。這也表明了復古派中的每個人，他們的文學主張與他們的文學實踐之間有多大差距，而他們的觀點又是怎麼隨人生階段的不同——特別是政治環境的影響發生變化的。他們之間相同的特徵似乎僅僅是他們的教育背景，以及他們所走過的職業階梯。

蘇州的復興

蘇州從明代開國者的大規模破壞中復原，花了相當長時間，但在十五世紀末十六世紀初，中國的經濟文化中心逐漸轉移到江南地區，特別是蘇州最終成為富庶的長江三角洲地區的文化中心。這座曾經養育了許多偉大詩人（比如元末明初的高啟）的城市，又一次養育了新一代詩人，他們均成為蘇州優雅文化的翹楚。與過去一樣，明代中葉的幾位主要蘇州詩人同時也是著名的畫家或書法家——比如沈周（一四二七－一五〇九年）、祝允明（一四六〇－一五二六年）、文徵明（一四七〇－一五五九年）和唐寅（一四七〇－一五二四年）等人。這些文人從小就受到詩畫同源的教育，因此唐寅在他的一首詩中這樣寫道：「生涯畫筆兼詩筆」。確實，對蘇州人來說，詩與畫的交融正是他們理解創造過程的不二法門，因為他們相信想像是詩和畫的源泉。在他們看來，生活也不過是藝術，而藝術則是生活的精粹。現代人對工作與娛樂所做的區分似乎並不適合蘇州文人，寫作和繪畫恰恰是他們兩種最好的娛樂。這就是蘇州詩人兼畫家、書法家在中國藝術史和中國文學中具有重要位置的原因。如今沈周、文徵明、唐寅以及祝允明由於藝術史家的努力，在西方已很著名，不過研究文學的西方漢學家們卻大大忽視了作為詩人的這些蘇州藝術家的重要性。忽視這一點，對這些重要作家的特殊造詣是不公平的。

另一個值得我們注意的蘇州文化的重要事實是明代中葉蘇州的城市氛圍，這對我們理解這個地方的文人也至關重要。明中葉以降，商人在城市的興起中發揮著愈來愈重要的作用，而他們也極大地推進了蘇州城市生活的形象。根據莫旦的〈蘇州賦〉，蘇州總是充滿了「遠土鉅賈」，而到明中葉，蘇州則已成為十分繁榮的城市：「坊市棋列，橋梁櫛比，梵宮蓮宇，高門甲第；貨財所居，珍異所聚，歌台舞榭，春船夜市……。」文徵明和唐寅的詩對當時的蘇州也多有描述。在這些詩中，商業區閶門的富裕和奢華格外得到強調。唐寅本人即是一個商人的兒子，他的例子表現出那時商人的社會角色是怎樣與社會精英逐漸融合的。

不過，蘇州最顯著的變化還是在那時的文化氛圍中所形成的新的金錢觀，與北方那些出生官宦的復古派文人不同，蘇州的文人選擇賣畫鬻文為生。這並不是說他們沒有獲得官府的職位，在許多情況下是他們拒絕了那些職位或者提前致仕。但是這些詩人和藝術家依然需要通過一些方式獲得獨立的收入，所以在他們的生活中，經濟成為重要的考慮。正是由於這個原因，我們在這些人的詩歌中發現了前有未有的關於金錢的詩篇。例如，在唐寅的〈言懷〉詩中，他感歎道：「漫勞海內傳名字，誰論腰間缺酒錢。」另一方面，他在〈言志〉一詩中則為自己努力畫畫賺錢感到驕傲：「閒來就寫青山賣，不使人間造業錢。」但是，詩人兼書法家祝允明則認為金錢是極端有害的，因為他認為金錢會使人變壞：「無端舉向人間用，從此人間無好人。」（見〈戲詠金銀〉一詩）不過關於金錢的最有趣的說法則來自沈周，在他著名的〈詠錢〉五首中，沈周寫出了金錢的意義和實質，他首次詳細說明了金錢的力量——特別是金錢可以買任何東西，包括「有堪使鬼原非謬」的道理。在四大詩人藝術家中，沈周似乎是唯一一個不以賣畫為生的人，這一點他後來似乎有些懊悔。其實在當時的蘇州，不僅賣畫價格不低，文字的「潤筆」也很高，可想而知，文徵明為人所寫的許多墓誌銘一類的文章也必定收費不少。據葉盛《水東日記》所載，自從一四四九年土木堡之變後，明中葉「文價頓高」。後來據楊循吉在《蘇談》中又提及蘇州文人如何賣文度日，有時每篇所得，「多或銀一兩，少則錢一百兩文。」無論如何，在中國文學史上，這或許是第一次有文人公開表達對金錢的迷戀與關注。

但也正是由於他們對金錢的「迷戀」，使得蘇州詩人和藝術家得以相當程度上擺脫官場的桎梏。首先，這些詩人藝術家均不喜歡八股文，沈周甚至從未操心去參加科舉考試，當他成名後被人推舉做官時，他真誠地拒絕了。而唐寅則因被科場舞弊所糾纏（其間，他的朋友徐經被控賄賂考官並獲得考題），乾脆退出官場。在一首詩中，唐寅清楚地表達了自己的願望：「但願老死花酒間，不願鞠躬車馬前。」而文徵明和祝允明則直到五十歲也沒有做官，有了官位也很快退了下來。所有這一切似乎表明了一種「蘇州精神」：將個人自由看得重於一切。不過，說蘇州人對官場完全不感興趣則又非矣，事實上，明代中葉蘇州有大量舉子，而蘇州的舉子也往往在其中名列前茅。著名的士大夫王鏊（以八股文知名）、吳寬（翰林院大學士）都來自蘇州，這都說明蘇州人有志於從事公共事務，而且一般在科舉考試中成績不俗。但另一方面，他們也很尊重那些放棄仕途的人，王鏊是個很好的例子，他從翰林院退休回到自己的家鄉蘇州後甚至贏得了更多尊重。也許正是對仕途的雙重態度，使蘇州人具有特別的自由的尊嚴。

也正是由於這雙重態度，給了蘇州文人一種普遍的家鄉認同。像他們明初的先輩高啟那樣，姑蘇的這些詩人藝術家對自己沒有像傳統文人那樣入仕，並不以為忤，因此他們可以把更多精力集中在文學藝術創造上。事實上，在命名「吳中詩派」時，沈周（這一詩派的年齡最長者）就將之追溯到了高啟，因為正是高啟首次首先建立了穩固的蘇州抒情傳統。不過沈周以為，一個多世紀以來，蘇州的詩歌傳統已經走下坡：「吳中詩派自高太史季迪後，學者不能造詣，故多流於膚近生澀，殊失為詩之性情。」沈周因此建議，為了發揚蘇州詩派的精神，他的同時代人必須重新找回「詩之性情」。在一定程度上，這一說法回應了復古派關於復興古代抒情理想的主張。不過，與復古派傾向於採用特定的古代模式有所不同，沈周與他的蘇州朋友們並不固執於古代模式（當然，區分也並不是絕對的，在不同的派別之間也有交叉。比如徐禎卿後來屬於復古派，但他本來自蘇州，與當地的藝術家來往甚密，當初曾與祝允明、唐寅、文徵明合稱「吳中四才子」）。

從一開始，沈周就號召一種新的詩歌抒情觀念：純粹、鮮活而又不加渲染。雖然他在詩中經常把自己刻畫成「獨倚杖藜舒眺望」的隱者形象，但沈周並不真正是個「隱士」。事實上，歷史上的沈周很喜歡住在鬧市，是個十足的「市隱」（在〈市隱〉一詩中，他曾寫道：「莫言嘉遯獨終南，即此城中住亦甘。」）沈周非常關心普通人的日常生活，他最好的詩是關於洪水期間居民受難的，在一首〈周孝婦歌〉中，他描寫一位可憐的寡婦將自己的婆婆背在背上，企圖在洪水中求生。在另一首〈十八鄰〉詩中，他則講述了以子易食的故事。所有這些詩都與另一個蘇州，一個歷史上並未記載的蘇州有關，但這些詩與高啟以詩為見證的風格卻有很大的類似。通常，蘇州文人有一種記錄事實的傾向，為的是達成自發的感情表達，但沈周認為，這種品質在他的同時代人中非常缺少。值得注意的是，沈周生前，主導詩歌風格的依然是臺閣體，因此沈周的「新」體詩一定對他的時代發揮了重要作用。當李東陽褒揚元末明初蘇州詩人高啟的「才力聲調」，說「百餘年來，亦未見卓然有以過之者」時，他很可能從他的蘇州朋友中獲得了靈感。沈周是吳寬的摯友，而吳寬又是翰林院中李東陽的重要同仁，這些事實足以證明我們的推測並非虛妄。在本章開頭所討論的特殊情形，使我們有理由認為，臺閣體詩歌的許多新變化受到了蘇州詩派的啟發。

另一方面，書法家祝允明所代表的放蕩不羈的精神卻象徵了蘇州文化無拘無束、反叛而華美的一面。從一定意義上，他與復古派對宋理學的公開批評相呼應，他欽佩王陽明的心學，這與徐禎卿等「前七子」在思想上有相通之處。在文學上，他則創造了一種「狂狷」的風格，在他的詩中，他將經常把自己描寫為一個「狂人」。這種自我描述恰恰反映了蘇州文化中日益增長的複雜性、微妙性——而更重要的是主體性。

同時，詩人和畫家文徵明則代表了蘇州合乎習俗的一面，而這被視為蘇州的真精神。從各方面說，文徵明或許是姑蘇四詩人藝術家中最有才氣的一個，因為他的詩主題豐富，風格多樣。首先，由於高壽（九十歲），使得他創作了大量文學作品。文徵明特別因為他的題畫詩而著名，他不僅成功地將詩歌與繪畫藝術結合起來，而且對他而言，大自然也是藝術品之一。有一回，文明在他的老師沈周的畫上題了一副聯句：「輕風淡日總詩情，疏樹平皋俱畫筆。」（〈題石田先生畫〉）可見在文徵明的想像中，大自然變成了一組畫，而每幅自然風景都在畫中。同樣的，在自然中也有「詩情」，因為詩在不斷流轉，它將所有的畫排列起來，如同大美中的和諧世界。換言之，文徵明的詩是在鼓勵我們看到生活和自然的多方面連繫，而這也正是蘇州生活風格的特徵。

文徵明另一方面的貢獻是園林文學，當然，園林詩早在高啟時代便已經很知名，這從高啟和友人在〈獅子林十二詠並序〉的相互唱和中可以看出。但是明代中葉的園藝文學發展成一種現象，前文我們已經說過，王鏊退隱後是如何享受他的私家園林，並開始發展出一種與其早期臺閣體詩形成鮮明對照的自然詩的。而在王鏊的友人中，經常造訪他的家庭園林的不是別人，正是文徵明。文、王二人經常在園中吟酒、酬唱，王鏊的〈徵明飲怡老園次韻〉描寫了園內水邊的美好景色，但使人痛苦地聯想到唐朝宰相裴度——像王鏊一樣，由於遭遇宦官所導致的政治危機，退休後他回到了自己的故鄉洛陽。與王鏊的詩相比，文徵明的作品更重視覺和感官，通常將理想的園林視為自成一體的地方。文徵明關於園林的篇什，包含了細緻的繪畫和詩篇，他最著名的園林作品題名為〈文待詔拙政園圖〉，包括三十一幅畫和詩，描繪了園林各各不同的景色。蘇州最大的園林名為拙政園，為弘治進士、御史王獻臣棄官回鄉後所築，今天該園依然是蘇州最大的園林、最著名的遊覽勝地。而拙政園的出名，似乎最早正是由於文徵明的詩畫，其中一首詩中的一副聯句，後來經常被人們徵引：「絕憐人境無車馬，信有山林在市城。」此詩顯然受到陶淵明〈飲酒〉第五首中的名句「結廬在人境，而無車馬喧」的啟發。不過文徵明的系列詩事實上是為了讚美蘇州的獨特性，因為在蘇州，具體而微的山林可以在鬧市中存在。

確實，著名詩人和畫家唐寅就生活在這樣的園林之中，唐寅稱自己的園林為「桃花庵」，並終日於其中作畫、寫詩、飲酒，那裡也是唐寅和他的友人文徵明、祝允明雅集的地方。但與歷史上作為高潔的藝術家的文徵明有所不同，在通俗文學中，唐寅的公眾形象是怪異而浪漫的。早在十多歲，唐寅的詩畫就很出名，並擁有了「江南第一才子」的美稱，〈桃花庵歌〉最為膾炙人口，其中不斷重複使用了「桃花」一詞：

> 桃花塢裡桃花庵，
> 桃花庵裡桃花仙。
> 桃花仙人種桃樹，
> 又摘桃花賣酒錢……

在這首詩中，花開花落，年復一年，唐寅將自己看成半醉半醒的花神。詩中表達了唐寅的主題：迷人的桃花是短暫、易逝的人生象徵。落花意象總在蘇州人心中縈繞，但只有在唐寅的筆下，花的意象才在文學中卓爾不凡。許多傳記上都說，唐寅對花總是充滿熱情，他愛花，欣賞花，並在花叢中作畫，花謝時，他為之哭泣，並在園林中將之埋葬。正由於此，後世的學者認為唐寅正是《紅樓夢》中那位多愁善感的黛玉原型（《紅樓夢》第二七回〈埋香塚飛燕泣殘紅〉）。

從一定意義上說，正是唐寅作為作家和畫家的獨特天賦為蘇州傳統開闢了新天地。他特別以仕女圖以及關於仕女的題花詩而聞名，而在唐寅之前，有關仕女圖的詩多半是由女作者自己寫的：比如十五世紀女詩人孟淑卿的〈觀蓮美人圖〉。但是，正是唐寅的詩最終表明了蘇州的另一面：一個纖柔而感性的蘇州。這與北方的復古派所追求的大相徑庭，也有別於臺閣文學那種歌頌朝廷的文體，但這幾種不同的文學流派卻能在同一時期（即一四五〇至一五二〇年左右）同時存在並發展，就足夠證明當時「多元文化」的特殊性了。值得注意的是，這段期間也正是歐洲文藝復興開始的時代。從許多方面看來，明朝中葉的文學確實是比較文學研究的好材料。

（張輝譯）

*本文原載於《二〇〇五明代文學：國際學術研討會論文集》，左東嶺主編（北京：學苑出版社，二〇〇五年），頁二一一—二三四。今增訂收入本書中。

主要參考書目

一、陳國球，《明代復古派唐詩論研究》，北京：北京大學出版社，二〇〇七年。
二、Chaves, Jonathan. The Columbia Book of Later Chinese Poetry. New York: Columbia University Press, 1986.
三、Elman, Benjamin A. A Cultural History of Civil Examinations in Late Imperial China. Berkeley: University of California Press, 2000.
四、范培松、金學智主編，《蘇州文學史》，南京：江蘇教育出版社，二〇〇四年。
五、郭紹虞，《中國文學批評史》，增訂本，上海，一九五六年。
六、黃卓越，《明永樂至嘉靖初詩文研究》，北京：北京師範大學出版社，二〇〇一年。
七、簡錦松，《明代文學批評研究》，臺北：學生書局，一九八九年。

八、馬積高，〈讀《歷代賦滙》明代都邑賦〉，見《辭賦文學論集》，南京大學中文系主編，南京：江蘇教育出版社，一九九九年，頁六三二－六四五。

九、Mair, Victor. The Columbia History of Chinese Literature. New York: Columbia University Press, 2001.

一〇、Mote, Frederick W. Imperia lChina, 900-1800. Harvard: Harvard University Press, 1999.

一一、Plaks, Andrew. "The Prose of Our Time." In W.J. Peterson, A.H. Plaks, and Y.S. Yu, eds., The Power of Culture: Studies in Chinese Cultural History. Hong Kong: Chinese University Press, 1994.

一二、錢基博，《明代文學》，香港：商務印書館，一九六四年。

一三、Tu, Ching-i. "The Chinese Examination Essay: Some Literary Considerations." Monumenta Serica 31 (1974-1975): p. 393-406.

一四、王凱符，《八股文概說》，北京：中華書局，二〇〇二年。

一五、徐子方，《明雜劇研究》，臺北：文津出版社，一九九八年。

一六、袁行霈主編，《中國文學史》，全四冊，北京：高等教育出版社，二〇〇三年。

一七、Yoshikawa Kojiro（吉川幸次郎）, Five Hundred Years of Chinese Poetry, 1150-1650, translated by John Timothy Wixted. Princeton: Princeton University Press, 1989.

一八、章培恒、駱玉明主編，《中國文學史》，全三冊，上海：復旦大學出版社，一九九七年。

一九、左東嶺，《王學與中晚明士人心態》，北京：人民文學出版社，二〇〇〇年。

中晚明之交文學新探

在中國歷史上，十六世紀是一段多災多難的時期，嘉靖皇帝在位的四十多年間（一五二二－一五六六年），宦官擅權，朝綱廢馳，其時倭寇日熾於沿海，不斷滋擾。而嘉靖二十九年（一五五〇年），蒙古人再犯北京，唯因許以貢市才得轉危為安。在此期間，不斷有正直的官員——如海瑞、楊慎等，冒著生命的危險，屢次向皇帝上疏而被捕入獄或遭放逐，貶謫文學也因而興起。同時，這也是一個改寫小說的時代，《三國志演義》、《水滸傳》和《西遊記》等書都在此時得到了十分完整的改定，否則後來不可能成為所謂的「小說」。與此同時，印刷業也有了驚人的發展，很多文學作品也因此由坊間大量出版。重要的是，在這個時代中，政治迫害並沒有使人沉默，而是造就了新一代的作者和讀者，尤其是許多讀者時時有好奇、求知之慾。此外，嘉靖時期文學產物的豐富和多彩多姿都讓人不得不拿它與十六世紀的歐洲文藝復興相比。

在中國文學史上，中晚明之交（即嘉靖年間，一五二二－一五六六年）是重要的承先啟後時代。可惜一般文學史經常忽略這一段文學，而且經常採取以文類分割（即機械性地分割為詩、詞、文、小說、戲劇史）的敘述方式，因此對整個文學現象的討論頗嫌簡略。有鑑於此，本文將採取一種較具整體性的文學文化史的方法來進行討論。

要談這段文學文化史，必須從嘉靖皇帝的即位開始說起。首先，正德十六年（一五二一年），二十九歲的正德皇帝駕崩，無子可嗣皇位，其從弟入繼大統，此即年僅十四歲的嘉靖皇帝朱厚熜。就如著名學者左東嶺所說，「嘉靖」二字原取《尚書‧無逸》：「嘉靖殷邦，至於小大，無時或怨」之意，是表示「安定而和樂」之意。[1] 然而諷刺的是，從一開始，嘉靖帝就不願納廷臣之諫，終至成為一代獨裁之君。他後來崇信方術，罔顧朝政，漸致宦官擅權，朝綱廢馳。當時倭寇日熾於沿海，不斷滋擾，嘉靖二十九年（一五五〇年），蒙古人再度進犯北京，唯因許以貢市才得轉危為安。嘉靖帝在位四十餘年，朝臣不斷冒死犯顏直諫，其最著者當屬海瑞（一五一三－一五八七年），他因上疏而被捕入獄，慘遭錦衣衛杖刑（順便一提，海瑞後來成為一些文學作品中的人物，乃是備受中國人崇敬的英雄，甚至在一九六〇年代的文化大革命中也是如此。當時由於新編歷史劇《海瑞罷官》的上演——劇本為大陸歷史學家吳晗所編，海瑞再次成家喻戶曉的人物。）總之，明朝的嘉靖皇帝熱衷於當廷辱官，一些朝臣竟被杖至死，廷杖的場景常常出現在當時的通俗小說裡。

楊慎（一四八八－一五五九年）也是幾死於廷杖者之一，楊慎乃大學士楊廷和（一四五九－一五二九年）之子，正德六年（一五一一年）廷試第一，至嘉靖帝即位時已是翰林院顯官，此人後來被推為「有明第一博學者」，著作風靡當時。但在嘉靖三年（一五二四年），「大禮議」起，其人生乃澈底改變。嘉靖帝不循尊崇先帝之舊制，而特尊其生父，激起群臣抗爭。其間，楊慎等百餘人被逮捕、廷杖，死者竟有十七人之多。楊慎雖倖免於死，卻為皇帝所嫉恨（大半因楊慎率朝臣抗爭之故），故被貶為軍籍，謫戍遼遠的邊陲雲南。根據明代法律，降為軍籍乃是被貶謫者所受到的最嚴厲懲罰，其他一百八十名朝臣雖也被貶謫，但楊慎所受的懲罰卻最為嚴厲。是年，楊慎三十七歲，其人生的後三十五年，他是在放逐中度過的，直至嘉靖三十八年（一五五九年）卒時，也未能像其他官員那樣得到赦免。

[1] 見左東嶺，《王學與中晚明士人心態》（北京：人民文學出版社，二〇〇〇年），頁二九二。

正是因為有被貶謫的不幸經歷，楊慎其後乃得成為文壇上一位真正重要的人物。在雲南期間，他幾乎對每種文學類型精心研究，諸體兼長，成為一位「全能」的作家。其作品到處傳誦，無遠弗屆，當時有人說：「吃井水處皆唱柳詞；今也不吃井水處亦唱楊詞矣。」（見《升庵長短句》，楊南今序，一五三七年）[2]。楊氏在時人心目中地位之高，固然與中華民族傳統的重才觀念有關，而與人們同情其才高如此卻遭受暴戾皇帝之迫害，尤有關係。明代由中入晚，有一重要的過渡時代，楊慎正是這一時代之特別見證人，而且正是通過楊慎刊行的眾多著作，明代讀者才漸漸欣賞雲南文化。事實上這個邊遠的地區是在洪武十五年（一三八二年）才正式成為中國的一省的。

楊慎初至雲南，其詩風還相當傳統，在他的一些作品中，全是隱然自比屈原。屈原《離騷》是中國貶謫文學之第一部傑作，與屈原一樣，楊慎也哀歎被逐之命運，抒寫去國之悲情（如〈軍次書感〉、〈戎旅賦〉）。可以想像，楊慎在雲南的生活一定艱難異常，周遭皆是蠻夷，而妻子家人遠在千里之外。但是當他知道被赦無望時，便對雲南漸生好感，雲南巡撫及其他官員對他皆禮敬有加，他也漸獲生活自由，不必履行其謫戍之役職。他常在邊境遊歷，著述不輟，刊行不絕，文名也隨之日盛，被貶的數十年竟成為其一生中成果最為豐富的時期。他或許是明代著述最豐之人，如果算上他所編集的各種選本，刊行的著作達一百餘種。

自由的生活與荒遠的景象對於楊慎來說似乎別有魅力，因而喚醒其一種新精神。其新詩奇景疊

[2] 此序收入《楊慎詞曲集》，王文才輯校（成都：四川人民出版社，一九八四年），頁一。

出，如〈禽言〉詩寫道：「鐵橋銅柱靈山道，僰雲爨霧連晴昊。」「靈山」指的是崑崙山，「僰」與「爨」則是指雲南地區的兩個少數民族。詩中新奇的意象、特殊的景色都是以前所不曾有的，[3]在其一系列遊記中，奇山異水呈現於筆下，讀來令人頗生敬畏之感。

尤其值得重視的是，楊慎乃是一名詞學大家，詞盛於宋，元以後漸衰，楊慎在很大程度上為詞體帶來了活力。首先他評點了宋代詞選《草堂詩餘》，其次，作為重振詞體的先驅，他還編選了兩部重要詞選，選錄唐以來之作品。他的這些行為或引發時人步趨其後，編刻詞選，其中包括張綖（一四八七–？）編《詩餘圖譜》（編成於一五三六年）。楊慎本人的詞作極富雲南地方色彩，而寓目興感，其內在世界，亦在在處處隱然可見（如〈漁家傲・滇南月節〉）。在〈鶯啼序・高嶢海莊十二景〉中，他稱雲南貶所之勝景強過王維隱居之輞川（輞川何似吾廬）。楊慎在雲南期間共寫了三百多首詞，他還撰有一部詞學著作《詞品》，討論詞體的起源、評價及與音樂之關係。楊慎詞名藉甚，乃至於在其卒後百年，小說評點家毛宗崗新刊《三國演義》還以其詞開場，這首〈臨江仙〉出自楊慎《廿一史彈詞》：「滾滾長江東逝水，浪花淘盡英雄。是非成敗轉頭空。」[4]直至今日，通行本《三國演義》之開場詞仍是這首詞作。

在明代讀者心目中，楊慎最是一位多情郎君，他時常寄情詩、情詞給遠在四川老家的才女夫人黃峨。路遙情長，互寄情詩以通衷懷，這對明代讀者來說極具吸引力。黃峨乃是著名學者黃珂（一四四九–一五二二年）之女，為楊慎繼室，其詩才及學識也著稱於當時。黃峨初隨楊慎赴雲南度過了

3 有關此詩，漢學家牟復禮有極深刻的分析。見Frederick W. Mote, "Yang Shen and Huang O: Husband and Wife as Lovers, Poets, and Historical Figures." In *Excursionsin Chinese Culture: Festschriftin Honor of William R. Schultz,* edited by Marie Chan, Chia-lin Pao Tao, and Jing-shen Tao (Hong Kong: The Chinese University Press, 2002), pp. 1-32.

4 這首〈臨江仙〉收入王文才輯校的《楊慎詞曲集》中的《歷代史略詞話》卷上，第三段，頁二九三。

三年，但在楊慎父親卒（一五二九年）後，黃氏即回到四川新都操持家務。黃峨未能生子，但她視
庶子如己出，養之教之。到楊慎卒時（一五五九年），大約三十年間，他們的唱和詩傳遍海內，為
人稱賞。著名作家王世貞（一五二六－一五九〇年）在其《藝苑卮言》附錄中，列舉黃峨詩（〈寄
夫〉）、詞（〈黃鶯兒〉）各一首，以顯示女詩人的才情。王氏特別指出，楊慎和〈黃鶯兒〉三首不
及夫人黃氏，黃氏的詞藝優於其夫。[5]王世貞（「後七子」領袖）是當時重要的批評家，黃峨一旦為
其稱賞，詩名詞名便迅速確立。不過，儘管黃氏寄夫詞流傳文苑，播於眾口，但詩作卻傳世甚少，其
所以如此，大概是因為黃氏也像其時代多數大家閨秀一樣，以為作詩乃閨中私密之事，不欲其流布於
外也。相反，楊慎之作品卻頻頻刊行，引人注目。楊氏平生刊刻著作眾多，重要的有嘉靖十九年（一
五四〇年）刊刻的詞七卷〔續刻於嘉靖二十二年（一五四三年）〕，嘉靖三十年（一五五一年）所刻
的詞曲集。但就我們所知，黃峨的詩作生前卻從未刊刻過。

在黃氏卒後次年（一五七〇年），由一位無名氏書商編集的《楊狀元妻詩集》一卷突然刊行，
此後，黃氏的詩作在各地陸續發現，數量也不斷增加。萬曆三十六年（一六〇八年），大型詞曲合集
《楊升庵夫婦樂府詞餘》刊行，其中很多散曲被稱是黃峨的作品，包括一些豔曲及調笑之作。特別引
人注目的是，此本卷首有一篇短序，題為徐渭（一五二一－一五九三年，著名戲劇家）所撰。編者楊
禹聲自稱，楊夫人詞餘原無刻本，僅有其「手錄」，「藏之帳中十五年矣」，後來他終於「謀而梓
之，以公諸賞音者。」[6]其中備受爭議的是一首著名散曲〈雁兒落〉，當代各種選本，包括為人所重
的《元明清散曲三百首》（羊春秋編選）[7]都選了此曲。這篇作品表達的是妒婦之怨怒，她指責丈

5 該附錄收入《楊慎詞曲集》，王文才輯校，頁四三六。
6 楊禹聲，《楊夫人樂府詞餘引》，錄自《楊慎詞曲集》的《楊夫人詞曲》部分，王文才輯校，頁三九一。
7 羊春秋編選，《元明清散曲三百首》（長沙：嶽麓書社，一九九二年）。

夫與他人「笑吟吟相和魚水鄉」，而自己「冷清清獨守鶯花寨」，又大叫「難當小賤才假鶯鶯的嬌模樣」，聲稱「老虔婆惡狠狠做一場」（此曲由美國著名詩人Kenneth Rexroth和鍾玲合譯成英文，見《中國女詩人》一書）。[8]現代學者譚正璧在其《中國婦女文學史》中稱，黃峨是位狂放不羈的作家，「她什麼都可以寫出來」，所以其曲子會有如此風格[9]。但事實上，早在明朝就有人（如《采筆情詞》的編者）認為，像〈雁兒落〉之類作品，乃是楊慎模仿女性口吻而作，實非黃氏本人所撰。[10]據王文才推測，萬曆三十六年刻本或許全是偽作，因為編者竟誤（有意？）將當時行世曲集中許多別人的作品，甚至是楊慎的作品歸在黃峨的名下。[11]人們甚至還可以懷疑，徐渭的那篇短序也是偽撰。

才女詩人時常寄詩詞給遠謫的丈夫——黃峨在人們心目中的這種形象，或許真的是出自書商們的創造。事實上，才子、才女之間互寄情詩，在當時的傳奇小說中，確乎已是流行的題材。典型的例子是南方作家楊儀（一四八八—一五五八年）所撰的愛情傳奇《娟娟傳》。在這篇小說中，男女以詩相和，終成眷屬，整個愛情故事即由往復和詩構成。如果我們再往前溯的話，早在瞿佑（一三四七—一四三三年）的文言小說《剪燈新話》和李昌祺（一三七六—一四五一年）的《剪燈餘話》中，這類互寄情詩的愛情故事即已出現了。十六世紀有一股編刊新舊小說的熱潮，而這類愛情故事尤其能激發當時讀者的興味。黃峨和楊慎後來也成為小說的題材，而最值得注意的是，他們在馮夢龍（一五七四—一六四六年）文言傳奇集《情史》中，竟成為有至情者的典範。

8 Kenneth Rexroth and Ling Chung, trans., *Women Poets of China* (New York: New Directions, 1972), p. 57.
9 譚正壁，《中國女性文學史話》（一九三〇年初版；天津：百花文藝出版社，一九八四年），頁三一五。
10 有關《采筆情詞》的觀點，見《楊慎詞曲集》中的《楊夫人詞曲》卷三，王文才輯校，頁四二二。
11 王文才，《楊夫人詩集序》，收入《楊慎詞曲集》一書中的《楊夫人詩集》部分，王子才輯校，頁四二七。

女性形象之重建

巧合的是，約在十六世紀中期，學者們開始積極致力於文學中女性形象的重建。康萬民（「前七子」成員康海之孫）傾力注釋女詩人蘇蕙的《織錦回文詩》，編訂《璿璣圖讀法》一書，可謂典型的例子。蘇蕙為三世紀時人，據載，此人才貌雙美，卻被丈夫竇滔所厭棄，因而創作了織錦回文詩（由八百四十一字構成）。此詩以五色巧織而成，縱橫都可閱讀。據說其遠謫敦煌的丈夫讀到此詩，感其悱惻之情，終於放棄新歡，重修舊好。蘇蕙故事之廣為人知大約在晉代（二六五–四二〇年），她既有織錦之技巧，又有文學之才能，被視為淑女的典範。數百年之後，其詩有題武則天皇帝所撰的序文一篇，稱其「才情之妙，超今邁古」，蘇蕙地位遂大大提高。此八百四十一字究竟能組成多少首詩，蘇蕙本人或許也未曾嘗試過，宋、元時代，偶爾有人試圖提出閱讀此詩的新方法，不過直至明嘉靖時代，主要由於康萬民的宣揚，此詩才驟然流行。康萬民在〈凡例〉中稱，宋代起宗道人讀至三千餘首，而他又增加四千餘首。[12]

當時，讀者的注意力日益為刻書業所支配，在這種文化氛圍中，像康萬民之類的學者，轉而關注才女這樣的新話題，尤其是那些一直被邊緣化的才女，似乎是自然而然的事情。在明代，即便像宋代著名女詞人李清照，其作品也因保存不善，多半亡佚，一些詞作之真偽，明代學者亦難以確定，因而亦需進行某種「考古學」的重建。結果，當明之世，僅有十七首詞作被認為真出李清照之手，而直至今日，李清照一些作品署名的真實性也還存在爭議。

12 有關康萬民和宋代起宗道人所提供的回文詩讀法，我要特別感謝陳磊的一篇英文論文：Lei Chen, "The Compass of Texturein Commentary: Reading Su Hui's Xuanjitu," manuscript, 2004.

明中期學者對於女性作品興趣濃厚，女性作家也因之逐漸被經典化。這些男性文士所以尊重女性，或許是意識到自身之邊緣化處境正有類於那些被邊緣化的才女。可惜的是，對於康萬民的生平著作，因為傳記資料缺乏，除了其《璿璣圖詩讀法》之外，我們難知其詳。不過，我們還是可以有把握地推測，其所以注釋蘇蕙的這部已被遺忘的作品，應是出於對才女的普遍同情，因為這些才女在此前的選本及文學史中多被擯棄不錄。正是由於認識到女性的文學地位鮮被承認，故而明代許多男性學者開始編集女性作品，有些編者醉心於女性作品的蒐集編選，甚至視之為一種人生理想。十六世紀中期的田藝蘅可謂先驅，他自稱要獻身於女性作品之蒐集。他所編的《詩女史》是一部女性詩選，〈《詩女史》敘〉說，自古以來，女子之以文鳴者代不乏人，原本並不遜於男性，然而這些女性作家與男性作家顯晦頓殊者，乃是由於采觀者闕而不載之故，他希望通過編刊女性作品，為女性文學之悠久而光榮的傳統伸張正義。《詩女史》刊於嘉靖時期，正是這部詩選發凡起例，首次為女性選集奠定了義例之基礎，此後約經百年，這種選本傳統遂得以發揚光大而真正走向繁榮。萬曆四十六年（一六一八年），蘧覺生編刊了規模宏大的選本《女騷》，共有九卷。編者強調女性文學不朽的觀念，並將女性作品與儒家經典作品諸如屈原《離騷》相提並論。[13]實際上，明代女作家確乎時常模仿屈原。十六世紀陝西女詩人文氏，寡居而作《九騷》，就是自比屈原，抒其悲苦。[14]其《九騷》中所體現出之博學多識，有類乎《離騷》及蘇蕙之作。文氏之才，當時以為罕有其匹，其詩也被編入方志之中。文氏的生活狀況罕有人曉，甚至其名亦不為人知，其所以不朽者，主要是尤其作品。她可謂是女性為文不朽之典型。

13 有關《女騷》，見胡文楷，《歷代婦女著作考》，修訂版（上海：上海古籍出版社，一九八五年，頁八八四－八八五。

14 謝無量在他的《中國婦女文學史》一書中（第三編下，第五章）曾對文氏的《九騷》有極深入的討論。見謝無量，《中國婦女文學史》，一九一六年初版；影印版，（臺北：臺灣中華書局，一九七九），頁三〇二－三一〇。

編集女性詩作的學者日益增多，更有甚者，竟將其編選女性作品與孔子刪詩相比。起初，男性文士們編集女性選集多半還是出於閒情逸致或者排遣鬱悶，但到後來，他們竟把傳布女性作品當成終生的使命。隨著參與其事者的日益增加，發現的作品也隨之俱增，編選者創造出一種專收女性作品的新型選本形式，這種選本在體例上與已往不同。已往的選本通常將女性作家置於書末，與方外、異域相鄰，體例創自五代詩人和選家韋莊（八三六－九一〇年）。而明代的新編選體例則主要反映女性創作領域中之多元格局，這種新體例為保存女性作品提供了非常適宜的機制，而這種機制對於繁榮女性詩歌創作來說也是必須的。[15]

但是，明代女性選本也存在一些問題，其一便是選擇不嚴，清代學者對許多女性作品包括明人選本中所選作品之真實性每有質疑，其因蓋在於此。當編選女性作品風氣益盛之時，書賈在刊刻時有所增補，應不出人意外。值得注意的是，自十六世紀中期開始，整個刻書業似乎都熱衷於「女性選本」這一新類型，在這種情形之下，作者、真偽等問題已不再重要，關鍵的是選本中的女性形象必須顯得佳淑可人，要能吸引讀者。也許正是在這種氛圍中，傳說中的林鴻外室張紅橋之情詩才會出現。歷史上，張紅橋可能實無其人，只是因為林鴻情詞中每有「紅橋」一語（其實是地名），後來的讀者便虛構出一女詩人與之相配。比如晚明作家兼選家馮夢龍，其《情史》中即有「紅橋」一目，言其為福建之良家女，久之，紅橋的詩作也開始出現並流傳開來，結果後來的選本，如王端淑所編《名媛詩緯初編》、顧璟芳《蘭皋明詞彙選》等，便收錄了張紅橋的詩作。[16]王嬌鸞之〈長恨歌〉最早出現在馮夢

15 有關明清女詩人選集的重要性，請見拙著：Kang-i Sun Chang, "Ming and Qing Anthologies of Women's Poetry and Their Selection Strategies", in *Writing Women in Late Imperial China*, edited by Ellen Widmer and Kang-I Sun Chang (Stanford: Stanford University Press, 1997), pp. 147-170. 中譯請見〈明清女詩人選集及其采輯策略〉，馬耀民譯，收入拙著《陳子龍柳如是詩詞情緣》（李奭學譯）（西安：陝西師範大學出版社，一九九八年，頁二一二－二四五（附錄二）。

16 有關張紅橋的討論，見張仲謀，《明詞史》（北京：人民文學出版社，二〇〇二年），頁七八－八〇。

龍《情史》中，或許也是基於一個虛構故事，但此詩卻被收入題為鍾惺（一五七四－一四六四年）所編的《名媛詩歸》中。根據編者注，王嬌鸞的未婚夫移情別戀，另娶他人，王氏便寫了〈長恨歌〉。王氏在將此詩寄給吳江縣令之後，自縊而死，而其未婚夫則受到了法律的嚴懲。[17] 據說，此事發生在英宗（一四五七－一四六四年）天順年間，明代讀者喜讀女性之趣事逸聞而刻書者便蜂擁而上，迎合其趣味。

不過，若說此類故事全都虛假不實，亦自不可。偶爾確有其文出於虛構，其事本乎真實者，並且其真實性可證之於當時的官方文獻。在馮夢龍所編通俗小說集中，有一則故事即屬此例。一名年輕女子李玉英，因繼母誣告其所作二詩涉及淫情，便被下錦衣衛，要處以極刑。玉英自獄中投書嘉靖皇帝，這位年輕皇帝素以無情著稱，但在此事中卻扮演了一個仁慈角色，玉英遂得以僥倖全命。據漢學家Ann Waltner考證，歷史上，李玉英確曾於嘉靖三年（一五二四年）上書皇帝，其書見於明代法律檔案中，馮夢龍小說中所載其書確乎與官方檔案中所存相似，唯其第二部分為小說所不載。顯而易見，小說中所寫李玉英之事，確實是個真實的故事，但就各種形式之奇聞逸事而言，內容必有某些真假難辨，不可盡信。不過大多數中國讀者業已習知，文史之作常有幾分脫離事實。「假作真時真亦假，無為有處有還無」，十八世紀小說《紅樓夢》所言真假難辨之狀，正道出傳統中國讀者此種複雜有趣之態度。

明代讀者似乎最為明白，他們生活在一個小說的時代，歷史常常被改寫成小說，反之亦然。正是在這個時代，瞿佑（一三四七－一四三三年）撰於十五世紀初年的文言傳奇《剪燈新話》又重新刊刻，再度流行。作家們群起摹仿，創作了各種文言故事，既富傳奇色彩又寓說教意味。尤其是邵景詹

[17] 鍾惺選輯，《名媛詩歸》，約一六二六年後出版。影印版見《名媛詩歸》（上海：有正書局，一九〇八年），卷二七，頁九a－頁十一b。

（生平不詳，約生活於一五六〇年左右）以《覓燈因話》名其集，繼踵瞿佑之意，至為明顯。[18]然而與兩百年前的瞿佑相比，邵景詹之興趣尤在於舊事重寫。如〈貞烈墓記〉所述乃烈婦舍生贖夫、溺水救子之事，而其故事所本乃一元代女子之舊事，最早見於元人陶宗儀《輟耕錄》卷十二。當然，邵氏書中故事亦並非都是史事的複述，如其〈姚公子傳〉即純屬虛構，後來為小說家淩濛初（一五八〇—一六四四年）重新演述，成為一篇通俗小說。以上所說都表明明代文士是如何醉心於重寫，主要以其幻想與想像將老故事翻舊出新，演繹成自己的故事，這些故事之情節與主題大多雷同。這些男性作者反覆編輯講述此類奇聞逸事，著眼不同，形式各異，其熱衷之程度，實在令人吃驚。

小說中英雄主義之改造

明代改定小說名著之成就，可謂無與倫比，《三國志演義》、《水滸傳》、《西遊記》三書的改定，尤其如此。這三部小說都經歷了長期的民間口頭流傳以及文字成熟的過程，但是，正如蒲安迪（Andrew H. Plaks）在其論著中所說，十六世紀的文本乃是這些著作的最完美的形式，本質上與今天所讀到的面貌相同。[19]換言之，正是由於明代的改寫才使得早期的敘述和材料最終成為「小說」。

與這一時期傳奇小說中的愛情故事相比，上述長篇小說以語言通俗著稱。《三國志演義》最早出，其語言仍是文白相雜，但書名卻冠以「俗」字（《三國志通俗演義》），顯然是意在提醒人們注意其語言之通俗。總體而言，這些明代小說的語言已與現代漢語差別不大。然而最令人感興趣的是，這些小說的作者在將已有素材加工改造成一部精美通俗小說的過程中，創造了一種新的英雄主義，依

18 見邵景詹，《覓燈因話》二卷，收入瞿佑等著，周楞伽校注（上海：上海古籍出版社，一九八一年），頁三〇三—三四〇。

19 Andrew H. Plaks, *The Four Masterworks of the Ming Novel* (Princeton: Princeton University Press, 1987), p. 3.

照這種英雄觀，善惡的分界變得日益模糊不清。

先說《三國志演義》，嘉靖元年（一五二二年）本乃是現存最早版本，許多資料皆稱羅貫中（約生活在十四世紀）為此書作者，然在嘉靖元年版，作者仍然不明。萬曆年間（一五七三－一六二〇年），由於著名作家和思想家李贄（一五二七－一六〇二年）的評點，新的版本得以刊行。到清代毛宗崗（一六三二－一七〇九年）修訂評點此書，這部小說於是變得最為流行。[20]《三國志演義》所講述的乃是中國歷史上一個重要時期，即三國時代的故事，此時天下三分而成魏、蜀、吳三國。作者在改編過程中，既採用了正史的資料，也汲取了民間流行的素材，甚至包括兵法之類的書籍。此書在生動描繪戰爭方面，可謂前無古人，小說中所寫的戰爭場景計有百餘場之多。當時漢室衰落，天下分裂，蜀之劉備、魏之曹操與吳之孫權，莫不欲爭正統，一天下，導致戰事不絕，本書的焦點即在於此，故而英雄主義觀念貫穿小說的始終。在某種意義上說，正是由於明代讀者心目中缺乏「現代」英雄，使得他們轉而欽慕過去的英雄。但是作者並沒有因循前代三國故事，創造新的英雄崇拜。我們知道，明代之前，講述三國故事時，聽者「聞劉玄德敗，顰蹙眉，有出涕者；聞曹操敗，即喜唱快。」這種「尊劉抑曹」態度或許反映出部分普通觀眾過於單一化的英雄觀，嘉靖元年本的貢獻之一，即是試圖打破這種單一的英雄觀。

但是英雄觀念乃是一個複雜的問題，在史書當中，蜀國並非都被視為正統。在陳壽（二三三－二九七年）所撰《三國志》中，魏乃是正統。此後數百年間，這種觀點一直被史家所秉承，直到宋代，

[20] 近人常將毛本《三國》簡稱為《三國演義》，其實《三國志演義》才是原作品的書名。有關這點，《中國文學史》的編者所說十分正確：「毛本《三國》……近人常將它簡稱為《三國演義》，並漸漸地與《三國志演義》混為一談，甚至將在文學史上最具代表意義的書名《三國志演義》取而代之了。」〔見袁行霈主編，《中國文學史》，第四冊，黃霖、袁世碩、孫靜編（北京：高等教育出版社，二〇〇三年），頁二八〕。

新儒家朱熹乃澈底改變之。朱熹在其《資治通鑑綱目》中，以為蜀國當繼漢祚，為正統。這種觀點影響深遠，在宋以後人們的心目中，蜀國的劉備為「仁」之代表，而魏之曹操則為「殘暴」的象徵。嘉靖元年本的作者總體上繼承了朱熹的正統觀，但是為了使其人物更加令人信服，作者在很大程度上改變了原來流行的單一化性格類型。我們注意到，此書中幾乎所有人物都是既強又弱，足智多謀的蜀相諸葛亮作為小說中的主要英雄，既無所不能，又忠誠賢良，或可謂是唯一近乎完美的形象。但即便是他，也犯戰略上的錯誤，最終也是天命難逃，在病榻上接受了上蒼安排的悲劇命運。

這部小說的明代作者對於人物性格興趣濃厚，在七十五萬字的小說中，共有四百個以上的人物。不僅如此，他還喜歡將代表不同性格類型的人物並列對照，尤其那些性格中帶有矛盾和缺陷的英雄。事實上，這部小說時時流露出來的矛盾感正是嘉靖版不同於早期版本的所在。例如，儘管作者對劉備表現出極大的同情，但劉備卻又總是被描繪成一個弱者，一打敗仗便痛苦流涕，垂頭喪氣，相反，充滿自信的曹操即便是吃了敗仗，卻能談笑以對。不過讀者們很快就會發現，正是曹操的過於自信，導致其在赤壁之戰中落敗，這次落敗也終為曹操上了一課，使他知道英雄的能力和弱點往往並存。總體上說，劉備是仁慈之主，能夠愛恤下民，相反，曹操則被稱作「奸雄」——「治世之能臣，亂世之奸雄。」他是一個冷酷無情的殺人者，他曾忘恩負義，殺了呂伯奢全家。他又是一個精於權謀之人，為了達到目的，可以無所不為——如他謀劃如何贏得人心。另一方面，曹操的某些慷慨義舉也最令人欽佩，如他因愛才而不殺陳琳，因敬重英雄而放了關羽（後來關羽同樣「義釋」曹操）。相比之下，另外一個「奸雄」袁紹便缺少曹操這種獅子般的英雄氣概。可以說，曹操英雄形象之重塑，是嘉靖本的偉大成就之一。

在另一部明代小說《水滸傳》裡，英雄觀念更加矛盾，更有爭議性。《水滸傳》文本形成的歷史極為複雜，甚至超過《三國演義》，其故事既本於歷史，也來自於民間的想像。小說講述的是北宋末年，宋江和一幫綠林漢在梁山建立政權之事。這些綠林之徒後來不僅投降朝廷，還幫助朝廷征討方臘。一些學者認為，施耐庵是這部小說的最初作者，羅貫中則是這部小說的編定者，但作者問題目前還有爭議。到十六世紀中葉，水泊梁山的主要故事對於當時讀者來說，已經是耳熟能詳了。《水滸傳》現存最早版本是大約刊行於嘉靖二十九年（一五五〇年）的一百回本，為武定侯郭勳主持刊刻。此後有萬曆十七年（一五八九年）重印本、萬曆三十八年（一六一〇年）容與堂刊行的李卓吾評本（近代有學者以為此評本為他人所偽託），以及金聖歎（一六〇八－一六六一年）改定的崇禎十七年（一六四四年）本。此外尚有其他的一百回及一百二十回本，同時還流傳有簡本。據說萬曆皇帝喜讀此書，這部小說在當時大受歡迎，廣為流傳，直至今天，此書仍繼續流行，喜歡電影《臥虎藏龍》的讀者肯定會發現其與《水滸傳》之間的共同符碼。

在《三國演義》中，幾乎所有人物都是歷史人物，《水滸傳》則與之不同，其一百零八位英雄，除了首領宋江和另一位主要成員楊志之外，都是出於虛構。作者描寫這些英雄也採用了不同的英雄觀，這些英雄人物身上往往兼有矛盾之特徵，他們大多反抗貪官，堅守兄弟之義，相信「四海之內皆兄弟」；他們大都武藝高強，見有不平，拔刀相助。但同時他們又殺人施暴，冷酷殘忍，很少有讀者會忘記鴛鴦樓中濫殺無辜的可怕場景：武松為復仇，不分青紅皂白連殺十數人（三十一回）。在整部小說中，人們自相殘殺，殺戮婦女，這樣的情節反覆出現，也大大困擾著現代讀者。事實上，正如夏志清評論《水滸》時所言：「英雄之於惡魔，有時難以區分。」[21]然而在十六世紀，批評家們似乎對英雄法則背後的「忠」、「義」觀念更有興趣，在晚明讀者看來，儘管綠林之徒對朝廷不滿，但如果朝廷用之，他們就會為國盡忠。相比之下，那些朝中的貪官如高俅、蔡京之流，則是不忠不義的壞

[21] C. T. Hsia, *The Classic Chinese Novel: A Critical Introduction* (New York: Columbia University Press, 1968), p. 86.

人，因此，當所有「忠義」的英雄死於奸臣之手時，這樣的悲劇結局對於明代讀者來說就顯得特別悲慘。很顯然，正是為了紀念這些悲劇英雄（儘管他們是出於虛構），在十六世紀，這部小說的所有版本，其書名都被冠以「忠義」二字，直到明末，當金聖歎對這部小說有了不同的解讀，「忠義」二字才被從書名中刪去。正如王爾德（Oscar Wilde）所言：「生活之摹仿藝術，遠勝於藝術摹仿生活。」[22]《水滸傳》對中國民眾思想之影響巨大，自萬曆十四年（一五八六年）以後，造反者大多喜歡把《水滸》中的話當作口號，如「替天行道」等，一些造反首領還使用《水滸》中人物的名號，如宋江、李逵等。正是為此，《水滸傳》屢被列為禁書。

如果說在《水滸傳》中，英雄們武藝高強，逞強稱雄於大道野徑，那麼在《西遊記》中，路途則是悟道之象徵。《西遊記》講述的是唐三藏帶領孫悟空、豬八戒、沙僧去西天取經的故事。此書在西方知名始於一九四〇年代，著名的翻譯家亞瑟・威利（Arthur Waley）節譯此書，書名《猴子》，[23]一九七〇年代末，又有余國藩教授的四冊全譯本。[24]與上述兩部小說一樣，明代《西遊記》的素材也多是淵源有自，早在南宋時代便有講述高僧前往西土取經的《大唐三藏取經詩話》。大約在元末明初，戲劇家楊景賢創作了這一題材的連續雜劇（六本二十四折），這一時期還有一本規模似乎更大的《西遊記平話》問世，現存《永樂大典》（成書於一四〇三年）中還載有某些內容，刊行於一四二三年的朝鮮教科書《樸事通諺解》亦載有若干情節。到十六世紀，《西遊記》終於以小說形式出現，共一百回。據可靠資料，嘉靖時期至少有兩個本子刊行（即魯府刊本、登州刊本，見《古今書刻》卷上），

22 Oscar Wilde, "The Decay of Lying", in *The Artist as Critic: Critical Writings of Oscar Wilde*, ed. Richard Ellmann (1969; rpt. Chicago: University of Chicago Press, 1982), p. 307.

23 Arthur Waley, trans., *Monkey* (New York: John Day, 1944).

24 Anthony C. Yu, trans., *The Journey to the West*, 4vols. (Chicago: University of Chicago Press, 1977). 余國藩的四冊全譯本於二〇一二年又出版修訂版（孫康宜補註，二〇一七年十一月二十三日）

現存最早的刊本是萬曆二十年（一五九二年）刊於南京的本子。關於這部小說的作者，有些學者認為是當時以詩詞著稱的吳承恩（一五〇〇？－一五八二年？），但直到今天，作者問題仍有疑問。[25]要之，作者將小說原有之取經人物及故事加以創造性改造，其出色的藝術技巧數百年來一直受到讀者的讚譽，尤其是在對孫悟空形象的再創造中，作者加入了新的英雄觀，使得小說更加富有藝術生命力。

孫悟空是個超級英雄，他有千變萬化的神通，常常拯救取經的同伴。在他的眼裡，沒有不能逾越的險阻，沒有不能降伏的妖魔。取經途中，為降妖伏魔，他常要變身，或為蟲子，或成女人，或作丈夫，如此等等。師徒四人共經歷了八十一難，終達彼岸，而每次劫難都是悟空的神通和智慧挽救了同伴的性命。具有諷刺意味的是，唐僧，這位在歷史上隻身從印度取回數百卷佛經的唐代聖僧，在小說中卻成了普通人，總是顯得懦弱，一遇險阻輒感不安，正是悟空每每幫助師父明白，各種劫難都只不過是悟道的津梁。但是悟空之超悟如此，並非沒有代價，他早在進入取經征程之前就已歷經諸多磨難，有過許多教訓。悟空原本是隻石猴，在祖師的教導下學得了神通，但後來大鬧天宮，被佛祖壓在五行山下，自他加入了取經隊伍後才學會修心，使心猿歸正。他踏上取經之途後所做的第一件事，就是消除六根，以便可以自我修持。用寓言的術語說，悟空代表心，其主要職責在於提醒師父修心之重要性。如在第八十五回，三藏又心神不安，悟空以《多心經》提醒師傅：「佛在靈山莫遠求，靈山只在汝心頭。」因而整部小說可以視為關於心靈歷程的寓言，即通過八十一難，最終達到覺悟之境。

這部小說兼綜釋、道、儒，突出強調心之地位，因而一些現代中國學者便將之與王陽明心學思想連繫起來。尤其值得注意的是，「心猿」之說也出現於王陽明本人的著作中，王氏曾說：「初學時心猿意馬，拴縛不定，其所思慮多是人欲一邊，故且教之靜坐、息思慮……無事時將好色好貨好名等私

25 有關《西遊記》的作者問題見袁行霈主編，《中國文學史》，第四冊，黃霖、袁世碩、孫靜編（北京：高等教育出版社，二〇〇三年），頁一六四、一八〇。

逐一追究，搜尋出來，定要拔去病根，永不復起，方始為快。」[26]故而明人改寫孫悟空故事，與王陽明之「向己心內求」觀念可能確實有直接的關係。儘管王學為嘉靖帝所禁幾近二十年（自一五二九年王陽明卒至一五四七年），儘管有官方審查，但終明之世，王學思想之流布也從未止息。李卓吾是晚明時代王陽明心學的最熱情鼓吹者，他竟成為《西遊記》（還有《三國演義》）的著名評點者，這無論如何都值得我們特別關注。他說，《西遊記》中所有的妖魔都充滿了「世上人情」，並說小說作者不過「借妖魔來畫個影子耳」。[27]李氏的評論對於後人詮釋這部小說，無疑起了極為關鍵的作用。

戲曲創造形式之重寫

與小說領域裡一樣，在戲曲領域裡，十六世紀的作家們廣泛吸取思想資源，將其轉變成不同的文學形式，其才能之卓越也同樣給人留下印象深刻。李開先（一五〇二－一五六八年）作為「嘉靖八才子」之一，正是這樣一位作家（「八才子」中另有兩為著名作家是唐順之（一五〇七－一五六〇年）和王慎中（一五〇九－一五五九年），他們文名更著）。李氏三十九歲時即以上疏彈劾權宦夏言（一四八二－一五四八年）而被罷官，在其歸里之後的漫長生涯中，他為文學和戲曲竭盡心力。他尤其究心於民歌、戲曲和小說，所藏此類圖書之富堪稱當時之冠，故以「詞山曲海」名聞天下。他特別讚賞民歌中所表現的「真情」，謂其「直出肺肝」，皆為至作。然而李氏之最大貢獻，恐怕還是在其興復

26 吳光等編校，《王陽明全集》，卷一，《傳習錄》上（上海：上海古籍出版社，一九九五年）；引文並見左東嶺，《王學與中晚明士人心態》（北京：人民文學出版社，二〇〇〇年，頁一九〇。

27 有關《李卓吾先生批評西遊記》的批語，見袁行霈主編，《中國文學史》，第四冊，黃霖、袁世碩、孫靜編（北京：高等教育出版社，二〇〇三年），頁一七一。

了南、北戲曲的傳統。首先，李開先改定刊刻了元雜劇，有《改定元賢傳奇》，[28]這部雜劇集包括十六種作品，都經李開先改定，其中六部雜劇尚存（見《續修四庫全書》，上海古籍出版社，據南京圖書館藏明嘉靖刻本影印）。我們現在所熟知的一些雜劇，包括白樸（一二二六－一二九一年後）的《梧桐雨》和馬致遠（約一二五一年）的《青衫淚》，都經過李開先的改寫，因而在某種意義上說，李氏是這些元雜劇的共同作者。當然，李氏究竟在多大程度上改寫了原作，現在已經難以確知，不過就這些作品的流傳過程而言，李氏的改定本乃是重要的里程碑。

李開先雖為北方人，卻同樣擅長寫作南方風格的傳奇，其家蓄有戲班，歌姬多長於這種唱腔，《寶劍記》被認為是其傳奇的代表作品。[29]這部作品的故事出自《水滸傳》而經過了作者的再創造，作品完成於嘉靖二十六年（一五四七年），即其被削職後的二、三年，從作品中可以看出他有意批評時政。李氏何以有感並取材於《水滸傳》？如果從其所處的時代文化政治背景看，這一問題就不難理解，因為《水滸傳》的主題之一就是揭示本分守法之人如何被逼上梁山，成為綠林之徒。李氏《寶劍記》的主要情節取材於《水滸傳》第七至十二回，按照原書情節，權奸高俅之子迷上林沖美妻便想奪取她，本書的英雄之一林沖，一位清白無辜的平民便因此與權奸陷入了對立。這個故事原本講的是朝廷高官如何濫用職權對待下民，但在《寶劍記》中，李開先卻將林沖變成一位耿直之臣，他因數次上疏彈劾奸臣而被發配到荒遠之地。奸臣之子欲誘娶林妻張氏，張氏冒死拒絕，與此同時，奸臣又數次謀害林沖，林沖被逼上梁山。但林沖畢竟是個忠義之人，最終投降朝廷，繼續在朝為官，劇末，林沖

28 《改定元賢傳奇》，見《李開先全集》，卜健箋校（北京：文化藝術出版社，二〇〇四年），下冊，頁一〇七一－一〇八。

29 《新編林沖寶劍記》，見《李開先全集》，卜健箋校（北京：文化藝術出版社，二〇〇四年），中冊，頁九三一－一〇三五。

與其忠貞之妻重又團圓，而奸臣父子則被處死。《寶劍記》語言通俗流暢，上百首曲辭優美動人，總體而言，其藝術成就巨大。李開先的改寫令人稱奇，耳目一新，本書激發讀者在一種新的體裁樣式中閱讀林沖的故事，並讓讀者理解其對當代朝政之微妙的暗諷。應該指出的是，明人戲曲劇本並非只供演出，也供案頭閱讀，從各種相關資料看，李氏的劇本在當時深受讀者青睞。八十一歲的戲曲家王九思（一四六八–一五五一年）稱讚此劇曲調卓絕，技巧高超，乃古今之絕唱。唯一的批評來自南方王世貞（一五二六–一五九〇年），他覺得李氏不閑南方聲韻，不過他的這種批評並不為時人所普遍認同。

李開先的創作中還有一個更為重要的方面，乃是即興而成的散曲，學者們多謂熱愛俗曲是李開先的一大特點。李氏散曲頗為率直，令人聯想到俗曲，但是其遣詞造語卻非常獨特，呈現出多數俗曲所缺乏的感性的雅致。當時李氏尤以其百首《中麓小令》著名，這些作品大都衝口而出，獨抒性情，亦不乏說理議論，個性鮮明。其散曲套數《四時悼內》最動人心弦，因而也為人所熟記。另外，其病中所撰《臥病江皐》一百一十首南曲小令也頗著名。[30] 所有這些都顯示出李氏嘗試以新文學形式創作，在當時影響巨大，勾畫出明代文學的新方向。其時致力於此種嘗試者決非李開先一人，而是有很多作家，李開先與王九思、康海等前輩作家關係甚為密切，正是他們，明顯地影響了李氏的審美思考。

30 《中麓小令》、《四時悼內》、《臥病江皐》，見《李開先全集》，卜健箋校（北京：文化藝術出版社，二〇〇四年），中冊，頁一一九一–一二三〇、一二三三–一二四九，一一七〇–一一八四。有關這些散曲的討論，見張建業、李勤印，《中國詞曲史》（臺北：文津出版社，一九九六年），頁二四九–二五一。

復古派之復興

明詩，尤其是十六世紀中期以後的詩歌，一直為當今學者所忽視，這是不公平的。其實在當時，詩人們極受尊崇，著名作家如楊慎、文徵明以及王世貞，都是作品甚豐的詩人，同時也都兼擅其他文體。

在文學史上，這一時期的文學活動也以復古派之復興而著稱，這一運動由李攀龍（一五一四－一五七〇年）主盟的「後七子」（顯與「前七子」並列）發起，力圖重振盛唐詩風。「前七子」基本上都是北方人，而「後七子」除李攀龍外皆為南方人，其成員除李攀龍之外還有不少著名作家，如王世貞（一四九五－一五七五年）、謝榛（一四九五－一五七五年）、宗臣（一五二五－一五六〇年）等。他們幾乎都是嘉靖二十九年（一五五〇年）前後成進士，而「新古典」運動之發動也是在他們始仕北京之時。「後七子」之稱最初出於何時，現已難以考知，他們最初只是自稱「五子」或「六子」，其成員無論如何不像某些現代史家所認為的那麼固定。

這些「後」復古派作家最終以不同於「前七子」的方式主導了嘉靖文壇，文學史家們通常以「詩必盛唐」來概括前後七子，但是「前七子」雖尊盛唐如杜甫等，亦尊《詩經》與漢魏，而「後七子」則認為唯有盛唐可堪摹擬。而更準確的說，「後七子」中，只有李攀龍一人主張嚴格摹擬盛唐詩。

李攀龍的詩歌在當時並未獲得好評，其真正貢獻在於編詩，由此空前提高了盛唐詩的地位。李氏之致力於編選盛唐詩，無疑受到重刊高棅（一三五〇－一四二三年）《唐詩品彙》、《唐詩正聲》的直接影響。高棅一生身名不顯，故其詩選在當時文壇流傳不廣，知者未多，直至高棅卒後百年，即嘉靖時代，其詩選才得以重刊，而此後情形乃有根本改觀。按照當時作家黃佐（一四九〇－一五六六年）等人的說法，高氏唐詩選本重刊後大為流行，很快成為家弦戶習的唐詩標準教科書，這也自然引發當時人重新選編唐詩。正是在這種背景之下，擬古者李攀龍編選了他的兩本唐詩選本：《古今詩刪》和《唐詩選》。總體而言，李氏之選本與高棅選本更為接近，而不贊成高棅選本者則自行另編，其典型例子便是楊慎。楊氏編選了《五言律祖》以糾正高氏選本的偏失，楊氏雖本質上同意高棅四唐之分，但他認為高棅失於辨體。楊慎將五律之源上溯至六朝，不用說，此一觀點自不能獲復古派之贊同。

在當時，大多數詩人，無論是否屬於復古派，都非常關心選本與經典觀念的關係。這些詩人似乎都急欲與經典建立新關係，尤其是在李攀龍看來，唐詩，就其體現純「詩」自身特徵而言，有其等級之不同。惟其如此，李攀龍僅想選那些最典型體現「唐體」精神、格法的作品，其〈選唐詩序〉云：「後之君子本茲集以盡唐詩，而唐詩盡於此。」[31]這裡應該指出的是李攀龍所謂「唐詩」，乃是指盛唐詩。根據陳國球對明代復古詩論的研究，《古今詩刪》所選唐詩中，盛唐詩超過百分之六十，而中晚唐詩僅占不到百分之二十。[32]李氏選本大大改變了高棅選本的基本格局，在高棅《唐詩正聲》中，盛唐詩僅占百分之三十二，而中唐詩幾占百分之三十五。李氏對詩歌之重新解讀雖然有益於確立盛唐詩人如杜甫、王維之典範地位，然而在當時也引起了激烈的爭議與反彈。李氏摹擬盛唐，陷入弊端，致使其詩作陳腐而缺乏新意。遺憾的是，儘管在創作上從事摹擬者僅有李攀龍，但現代學者卻因不喜「復古摹擬」而對整個明詩痛加貶抑。

與復古派同時，蘇州詩人也在創造自己的文學傳統，而他們基本上未受復古派的影響，著名的皇甫兄弟，即皇甫沖（一四九〇－一五五八年）、皇甫涍（一四九七－一五四六年）、皇甫汸（一四

31 引文見陳國球，《唐詩的傳承：明代復古詩論研究》（臺北：學生書局，一九九〇年），頁二五七。

32 見陳國球，《唐詩的傳承：明代復古詩論研究》（臺北：學生書局，一九九〇年），頁二五六。

九八－一五八九年）和皇甫濂（一五〇八－一五六四年），即在其列。[33]老畫家、詩人文徵明（一四九七－一五五九年）作為文學藝術方面的權威，繼續發揮影響，而其門生弟子亦成為下一代之著名作家、藝術家及學者。像文氏這樣一些大家族，在蘇州也漸成重要的文學和文化群體，而且隨著時間推移，其重要性也與日俱增。

李攀龍於隆慶四年（一五七〇年）卒後，詩人王世貞作為「後七子」領袖，聲名日顯。儘管王氏的文學觀念與李攀龍有明顯不同，但他最終還是成為復古運動的代表人物。

對於王世貞來說，作為復古派之偶像頗有些不幸，在十六世紀中後期，有一股非常強烈的反復古潮流，由於對復古運動的強烈不滿，王世貞常成為其攻擊的目標。有明一代，不同文學流派之間互相攻訐不已，這固然有個人關係、派別歸屬乃至年輩關係等方面的原因，而觀念方面的差異也是重要原因之一。例如著名散文家歸有光（一五〇六－一五七一年）顯然不喜復古派，他抨擊復古派，言辭間充滿敵意：「今世之所謂文者，難言矣。未始為古人之學，而苟得一二妄庸人為之鉅子，爭附和之，以詆排前人。」（〈項思堯文集序〉）[34]「一二妄庸人」明顯指年輕一代作家如王世貞等。歸、王之爭，非常尖銳地顯示出不同文學陣營之間結怨之深。但事實上，王世貞並非如人們對復古派所作的一般描繪那樣，儘管王世貞早年確實傾向於復古派之文學觀，但他的創作卻有多樣化風格特徵，從樂府詩到宋詩，從廟堂之歌到田園之吟，他都嘗試。這種多樣化傾向乃是李攀龍所不能贊同的。

王世貞還是位著名的詞作家，作為作家，王氏是個典型的個人主義者，他希望創作一種自我本真的詩歌，其〈鄒黃州鷦鷯集序〉謂：「蓋有真我，而後有真詩。」他常批評李攀龍作品之摹擬，譏

---

33 有關皇甫兄弟的討論，見范培松等主編，《插圖本蘇州文學史》（南京：江蘇教育出版社，二〇〇四年），第四冊，頁五五二－五六二。

34 引文見范培松等主編，《插圖本蘇州文學史》（南京：江蘇教育出版社，二〇〇四年），四冊，頁六〇四。

其缺乏新變。尤其值得稱道的是，王世貞作為一位嚴肅的批評家，能夠隨著年齡的增長而不斷修正其批評見解，這體現在其各種文學批評著作中，包括完成於四十歲的名著《藝苑卮言》。王世貞是一位具有多種趣味的批評家，他對不同文學領域的眾多作家都非常尊重，甚至包括對立流派的作家。王世貞對李開先非常友善，儘管李開先強烈反對「後」復古派。嘉靖三十六年（一五五七年），他在山東訪問了李氏，並為其組詩〈雪賦〉作序（應該指出，儘管李開先聲言反對李攀龍所代表的「後」復古派，但他非常讚賞「前七子」，贊同其「情」與「理」對立的觀點。）王世貞與李開先一樣喜讀曲作，他對元曲《琵琶記》之評論為後人熟知，同樣，他對《西廂記》的評點至今仍為現代學者所稱引，他說：「北曲當以《西廂》壓卷」，為其他劇本所「不能及」。此外，王氏也喜歡蒐集文言及通俗小說作品，編有《豔異編》，當時流行的幾篇文言傳奇即是出自此書，其中最著名的是舉子劉堯舉與船家女的愛情故事，這個故事後來被凌濛初改變成通俗小說（《初刻拍案驚奇》卷三十二〈喬兌換鬍子宣淫，顯報施臥師入定〉）。最有意思的是，王世貞還藏有劃時代小說《金瓶梅》的抄本，遠遠早於刊本。所有這些都顯示出王世貞之文學影響是多麼廣泛，而將其定義為「復古派」是非常狹隘的。

在許多方面，王世貞都令我們想起楊慎，他們都歷經政治迫害時代的巨大磨難，卻都享有崇高的文學聲望。楊慎久罹謫戍之苦卻醞釀出新的文學人生，與楊慎一樣，王世貞也遭逢大難，其父為權奸構陷，論死繫獄，他自己被迫解官奔赴。即便如此，他也能重塑自我，而成為其時代的最重要作家之一。這兩位作家都見證了嘉靖統治時代獨特的政治與文化，在這個時代中，印刷業有了驚人的發展，許多文學作品也因此由坊間大量出版。政治迫害並沒能使人沉默，而是造就了一種更新型的文學表達方式，這種方式被傳給新一代讀者。嘉靖時代的讀者睿智而好奇，時時有求知之慾、獵奇之心，也引發了我們的思考。嘉靖時期文學的豐富多姿——如女性形象的重建、各種戲劇形式的重寫以及復古派的復興等，讓人不得不將它與十六世紀的歐洲文藝復興相比。

不過要說到這一時代文學的弊病，我以為，就文士而言，其最大的弊病是，當其力求滿足新的讀者閱讀欲求之時，他們總是寫得太多，且用太多不同的形式與體裁。

張健譯

*本文原載於《北京大學學報：哲學社會科學版》，第四三卷第六期二〇〇六年十一月號，頁二三一三二。

文章憎命達：再議瞿佑及其《剪燈新話》的遭遇[1]

近年來，有關瞿佑（一三四七－一四三三年）的文言小說集《剪燈新話》，已有不少中外學者們做過頗為深入的研究。在這篇文章裡，我要進一步從文人的命運及其作品的遭遇、政治涵義、「跨國界」（transnational）的文化影響等方面，[2]來重新探討作者瞿佑及其《剪燈新話》的多層意義。

首先，要重新探討瞿佑的《剪燈新話》，必須從它的接受史談起，應當說明的是，《剪燈新話》是中國歷史上最早具有跨國界影響力的古典小說集。它從十五世紀開始就風行於韓國，後來也一直在日本和越南盛傳，然而唯獨在中國反隨著時間的推移漸趨淹沒。《剪燈新話》之所以長期在中國境內被遺忘，追根究柢，實與它曾被明朝政府查禁有關。

有關自我審查、傳抄、刊刻諸問題

不過，當初瞿佑的《剪燈新話》遲遲沒有刊印，完全是由於瞿佑本人的「自我審查」（self-

1 本文作者要特別感謝朱浩毅先生和李紀祥教授在蒐集和討論有關《剪燈新話》諸種材料方面的幫助。同時，在準備這篇文章的過程中，我也得到王瓊玲、Jeongsoo Shin（申正秀）、Tao Yang（楊濤）和康正果等人的幫助，在此一併致謝。

2 有關《剪燈新話》及其跨國界的文化影響，可參考拙作：Kang-I Sun Chang, "The Circulation of Literary Knowledge Between Ming China and Other Countriesin East Asia: The Case of Jiandengxinhua," paper presented at the NACS Conference held at the University of Stockholm, Stockholm, Sweden, June 11-13, 2007. (Seehttp: nacsorg.com/stockholmconf).

censorship），而非來自官方的阻止。該書早已於明初洪武十一年（即一三七八年）完成，但根據瞿佑的自序，他在寫成《剪燈新話》之後，只敢「藏之書笥，不欲傳出」，他自稱這是因為書中「涉於語怪，近於誨淫」。但我相信，瞿佑的「自我審查」，主要還是怕觸犯政治，因為書中的確含有不少影射作者對明朝官府的批評。瞿佑在年幼時即遭遇朝代變遷和動亂，入明之後又值嚴酷的朱元璋統治時代，因此見證了許多文人因「莫須有」的罪名而遭到殺戮和貶謫。例如，瞿佑顯然對詩人高啟（一三三六－一三七四年）因文字而招惹殺身之禍一事感到不平，所以他在《剪燈新話》的首篇〈水宮慶會錄〉裡就委婉地反應了這種憤慨。故事中描寫一位名叫余善文的潮州文人一直懷才不遇，但有一天南海的海龍神廣利王突然邀請他到了海龍國，請他為海底新建的宮殿作一篇「上梁文」。余善文的「上梁文」果然寫得十分精彩，所以倍受廣利王的禮遇，廣利王不但設宴答謝余善文，請他題詩傳盛事，還特贈珠寶作為詩文的報酬。這個故事情節顯然是將文人在人間與海龍國的不同遭遇作了強烈的對比，故事的背景雖在元朝末年的至正年間，但它的真正寓意可能指向高啟的事件，尤其是，瞿佑與高啟是年齡相當的同代人，《剪燈新話》成書時才是高啟死後四年。在洪武年間，高啟的冤獄乃是人們私下談論最多的話題之一，原來高啟寫了一篇「上梁文」（為恭賀新任的蘇州知府魏觀修復甦州府完工），因其中含有「龍蟠虎踞」之語而被斬腰示眾。[3]杜甫詩中所謂「文章憎命達，魑魅喜人過，應共冤魂語，投詩贈汨羅。」[4]正可以用來參照瞿佑對詩人高啟悲劇命運之感慨。誠然高啟一事不得不令人想到自古文章似乎特別憎惡命運通達的文人，因此文人才屢遭不幸，總讓奸邪小人（魑魅）陷

[3] 洪武七年，高啟和魏觀兩人同時在南京被斬腰示眾。參見《高啟詩選》，李盛華選注（北京：中華書局，二〇〇五年），頁八。筆者最近發現，喬光輝也認為瞿佑有關「上梁文」的描寫乃是受高啟案件的啟發。見喬光輝，《明代剪燈系列小說研究》（北京：中國社會科學出版社，二〇〇六年），頁一八八。

[4] 杜甫，〈天末懷李白〉，注釋請見《杜甫詩選》，梁鑑江選注，劉逸生主編（香港：三聯書店香港分店，一九八四年），頁三二。

害，到頭來只能和屈原的冤魂敘談，只能作詩投贈汨羅。因此，同樣撰的是「上梁文」，現實中，高啟的遭遇和小說裡余善文的遭遇是截然不同的，這種強烈的對比乃是瞿佑小說的特殊表現手法之一。因此在《剪燈新話》裡，我們也經常讀到有關文人在世間受害，卻在冥世受到重用的主題（如〈修文舍人傳〉）。與是非顛倒的今世不同，冥世總是正義之所在——在〈令狐生冥夢錄〉的故事中，我們目睹無數罪人正在受酷刑的折磨，有些被「剝皮刺血，剔心剜目」，有些讓「毒虺噬其肉，飢鷹啄其髓」，所有人都按罪狀的種類而受應有的懲罰，可以說其情況之悲慘不下於但丁《神曲》中所描繪的地獄情景。另外，在〈永州野廟記〉裡，那條長年作亂的「朱冠白蛇」（蛇妖）最後被英明的冥王押入地獄，才從此去妖除害。相信有些明初的讀者會把故事中的「朱冠白蛇」讀成朱元璋的化身，因為朱元璋早年曾以率紅巾賊造反起家（雖然這種讀法不能證明作者本人確有此意）。

問題是，在瞿佑當年所處的政治環境中，任何文本都會因得罪那位心懷猜忌的皇上而招來殺身之禍，所以在寫完《剪燈新話》之後，瞿佑只得把書稿藏在家中，不敢立刻公開刊印。但不久有讀者想借閱這部小說集，而且要求的人愈來愈多（「客聞而觀者眾」），瞿佑無法「盡卻之」，於是書稿就在朋友之間流傳了起來。後來書稿「傳之四方」，就有了各種不同的抄寫本和刻本。[5] 到目前為止，有關《剪燈新話》初刊於何年何月還是眾說紛紜——有人以為此書初刊於一三八一年，也有人認為不會早於一三八九年。[6] 但最近又有學者重新作了考證，以為初刻本大約出現在洪武年末建文年初——

5 瞿佑自序，《剪燈新話》外二種，瞿佑等著，周楞伽校注（上海：上海古籍出版社，一九八一年），頁三；瞿佑，〈重校《剪燈新話》後序〉（一四二一年），見《剪燈新話》，據日本內閣文庫藏韓國刻本《剪燈新話句解》上下兩卷影印；《古本小說集成》編委會編（上海：上海古籍出版社，一九八一年），頁七。

6 例如李慶認為該書初刊於一三八一年——見李慶，〈瞿佑生平編年輯考〉，《中國文哲研究通訊》，四卷二期（一九九四年六月），頁一六四。但有些學者以為這時的《剪燈新話》仍以抄本流傳，並未正式刊行——見薛貞芳、林風，〈中國第一部禁毀小說《剪燈新話》摭談〉，《安徽大學學報》（哲學社會科學版），一九九五年第四期，頁二二。其他另有學者

亦即一四〇〇年左右。[7]總之，儘管瞿佑始於「自我查禁」，但多年後此書終於透過傳抄和「鏤刻」而傳播四方。然而值得注意的是，為了避免觸犯政治，瞿佑從一開始就在自序裡（寫於一三七八年）小心地為自己辯解。他首先強調《剪燈新話》所含的道德寓意——既然《詩經》、《書經》、《易經》、和《春秋》等聖賢典籍都含有虛構的成分，那麼《剪燈新話》也可以藉其小說的形式向世人「勸善懲惡」，因而「言者」自然「無罪」，而「聽著」也「足以戒之」。[8]瞿佑另外還請友人為他寫序，以為助陣——例如凌雲翰的序（寫於一三八〇年）強調《剪燈新話》「動存鑑戒，不可謂無補於世」。後來又有小說家桂衡於一三八九年為該書寫序，再次提出其「褒善貶惡」的功能。[9]

這種以宣揚道德為策略的方法十分管用，因為至少當瞿佑在世時，《剪燈新話》尚未遭到政府的查禁（當然，瞿佑的後半生還是難逃「文章憎命達」的命運，因為他終於由於「詩禍」而下獄，長年被流放——詳情見下文。）事實上，儘管他後來因文字而惹禍，《剪燈新話》在當時讀者群中還頗為流行，甚至有些作者們也爭相模仿（例如，一四二〇年李昌祺的《剪燈餘話》和一四二七年趙弼的《效顰集》即為當時著名的仿作。）在明代前期的文人中，瞿佑算是最有才情的作家之一，他著作等身，從詩詞文賦到治經閱史、筆記等，無所不包。至於他的文言小說集《剪燈新話》之所以特別得到讀者們的歡迎，顯然與書中所描寫的故事之生動有關。

然而，如上所說，身為文人的瞿佑還是難逃法網。在永樂皇帝登基後的第六年（即一四〇八年），瞿佑不幸被捕入獄，在錦衣衛獄中度過數年，隨後又流放保安（今河北省內），被迫服苦役長

則認為《剪燈新話》的初刊本不會早於一三八九年，見喬光輝在其《明代剪燈系列小說研究》中的轉述（頁二五）。

7 見喬光輝，《明代剪燈系列小說研究》，頁一九二—一九三。

8 瞿佑自序，《剪燈新話》外二種，頁三。

9 有關瞿佑的自序和友人為《剪燈新話》所寫的序，見《剪燈新話》外二種，頁三—五。

達十八年之久。關於瞿佑下獄的原因，有人說是由於「詩禍」，有人以為是瞿佑擔任永樂皇帝之弟朱橚的「長史」時，由於「輔導失職」而犯了王法。但現代學者李慶則主張「詩禍」和「輔導失職」是「同一問題有關聯的兩個側面」，這可能是因為朱橚所撰的《元宮詞》與瞿佑〈詠物詩〉中「倚紅偎翠」的詩風頗為相似，而這種詩風正與永樂「提倡儒學」的精神相悖，可見在當時永樂皇帝正在對諸王進行整肅的情況下，瞿佑因他的特殊詩風而被告「輔導失職」。[10]總之，由於朱橚的連累，瞿佑後半生不幸被長期流放，一直到一四二五年高齡七十九歲時（即永樂皇帝去世，洪熙帝即位那年），才因太師英國公張輔的幫助而終於獲釋，但在此數月前，瞿佑的妻子已在家鄉過世，詩人為之痛苦莫名。當時瞿佑給妻子的祭文云：「花冠繡服，享榮華之日淺；荊釵布裙，守困厄之時多……。」[11]後來，瞿佑終於在八十二歲時由張輔的家中回到故鄉，發現其幼子也已過世，頗感淒涼。[12]

在瞿佑那段漫長的流放期間，尤其令人惋惜的乃是詩人因被流放，導致其文學作品的大量流失，他過去苦苦經營的二十多種著作稿本大多已「散亡零落，略無存者」。再者，由於手頭早已沒有這些書的稿本，有關過去的經驗也逐漸「不能記憶」。這一切都使得晚年的瞿佑感到「心倦神疲」，只能「付之長歎息而已」。[13]然而為了迫使自己盡量追憶，他還是努力撰寫了《歸田詩話》（一四二五年

---

10 李慶，〈瞿佑及其時代——日本內閣文庫所藏瞿佑《樂全稿》探析〉，《中華文史論叢》，第五三輯（上海：上海古籍出版社，一九九四年），頁二七三。有關瞿佑的「偎紅倚翠」詩風，見錢謙益，《列朝詩集小傳》，「瞿長史佑」條（上海：上海古籍出版社，一九八三年，新一版），冊一，頁一八九。但事實上，早在錢謙益以前，田汝成（一五〇〇？—一五六三年？）已在他的《西湖遊覽志餘》中用「偎紅倚翠」來形容瞿佑的詩體——引自陳田，《明詩紀事》（臺北：鼎文書局影印，一九七一年），冊二，頁八〇一。

11 瞿佑，《歸田詩話》卷上，《歷代詩話續編》（北京：中華書局，一九八三年），冊三，頁一二五三。

12 李慶，《瞿佑生平編年輯考》，頁一七三。

13 瞿佑，〈重校《剪燈新話》後序〉，（一四二一年），見《剪燈新話》，據日本內閣文庫藏韓國刻本《剪燈新話句解》上下兩卷影印，頁七。

序），將自己過去「平日耳有所聞，日有所見」的經歷寫了出來。[14]同時，在極端的孤寂中，他也不斷「追憶舊章」，開始編撰《詠物新題詩集》，「以備遺忘」。[15]然而最讓他耿耿於懷的乃是《剪燈新話》的原稿已不知去向，有一回，當朋友唐岳向他詢及《剪燈新話》時，他只感歎地答道：「舊本失之已久，自恨終不得見矣。」[16]

但一四二〇那年，友人胡子昂（即過去在錦衣衛獄中一同受苦受難的友人）於五月間到保安來訪，給瞿佑在失望中帶來了新的希望。在那次來訪中，胡子昂談及《剪燈新話》，並說他從前在四川時曾請人抄寫過《剪燈新話》全書，但其中錯誤不少，想請瞿佑從新校訂一遍。瞿佑自然喜出望外，因為《剪燈新話》在市面上早已失其「真本」，蓋多年來，該書的版本已變得十分混亂，真假難分。這是因為，某些「好事者」在傳播此書的過程中，經常抄寫「失真」，甚至連「鏤刻者」也「既略彌甚」，以致錯誤頗多。[17]所以胡子昂不久即託唐岳將《剪燈新話》抄本帶給瞿佑，請瞿佑校訂並寫〈重校剪燈新話後序〉，這就是所謂的一四二一年重校本，其卷末收有瞿佑的〈題剪燈錄後〉絕句四首，[18]其中有兩句詩寫道：

不知異日燈窗下，

14 瞿佑，〈歸田詩話自序〉，《歷代詩話續編》，冊三，頁一二三四。
15 見李慶，《瞿佑生平編年稽考》，頁一七二。
16 唐岳，〈剪燈新話卷後志〉，見《剪燈新話》，據日本內閣文庫藏韓國刻本《剪燈新話句解》上下兩卷影印，頁五。
17 瞿佑，〈重校《剪燈新話》後序〉（一四二一年），見《剪燈新話》，據日本內閣文庫藏韓國刻本《剪燈新話句解》上下兩卷影印，頁七。
18 瞿佑，〈重校《剪燈新話》後序〉（一四二一年），見《剪燈新話》，據日本內閣文庫藏韓國刻本《剪燈新話句解》上下兩卷影印，頁九。

還有人能識此心。

可惜的是，瞿佑在世期間，這本《剪燈新話》重校本似乎並沒得到刊印的機會。[19]這或許是因為胡子昂突於一四二二年去世，無人聯繫有關刊刻之事（此「重校本」後來由瞿佑的侄子瞿暹出資刊印，此為後話）。然而值得欣慰的是，瞿佑有幸長壽，又身歷六朝（即元順帝、明太祖、建文帝，明成祖、明仁宗、明宣宗六朝），目睹了從元末到明初的社會大動亂及朝廷中翻雲覆雨的變化，因此他於一四二五年獲釋之後，雖年已近八旬，仍能手不釋卷，將自已寶貴的人生閱歷化為文學，晚年一共完成了《樂全詩集》（一四二八年）、《東遊集》（一四二九年）、《詠物新題詩集》（一四二九年），《樂全續集》（一四三〇年）等多部書稿，可謂自始至終一直是位多產作家。

《剪燈新話》被查禁的過程

至於瞿佑的《剪燈新話》，雖然一四二一年的重校本沒能及時刊行，但市面上卻仍存在著各種抄寫本和舊刻本，使得該書繼續在民間通行。然而後來終因太受讀者歡迎，在社會上帶來了廣泛的影響而被政府查禁。[20]事情發生在一四四二年（即瞿佑死後九年）三月，國子監祭酒李時勉（一三七四－一四五〇年）突然上疏給英宗皇帝：

[19] 關於此《重校本》是否及時刊行，學術界仍未得到定論。例如，李慶以為重校本曾於一四二一年出版。見李慶，《瞿佑生平編年稽考》，頁一七一。

[20] William Nienhauser以為《剪燈新話》之所以被禁，不是因其內容的關係，而是由於該書所帶來的廣泛影響。William H. Nienhauser, Jr., "Aspects of a Socio-Cultural Appraisal of Ming Short Fiction—the Chien-teng-hsinhua and Its Sequels Example," *Tamkang Review*, 10, 3-4 (Spring-Summer 1980): p. 557-558.

近年有俗儒，假託怪異之事，飾以無根之言，如《剪燈新話》之類，不惟市井輕浮之徒，爭相誦讀，至於經生儒士，多舍正學不講，日夜記憶，以資談論。若不嚴禁，恐邪說異端，日新月盛，惑亂人心……。[21]

由此可見當時《剪燈新話》的影響不但已深入民間，而且已成了讀書人的心愛讀物，因此李時勉在奏疏中特別強調：「凡遇此等書籍，即令焚毀，有印賣及藏習者，問罪如律，庶俾人知正道，不為邪妄所惑。」

這就是為什麼瞿佑的《剪燈新話》成為中國歷史上第一部禁毀小說的原因，當時連李昌祺的《剪燈餘話》也一同被查禁了。當然還有一種可能，就是李時勉的真正攻擊目標乃是他的同僚李昌祺——之所以奏禁瞿佑的《剪燈新話》，其實只是為了指責李昌祺的仿作《剪燈餘話》。總之，這一切都可以說明為何瞿佑的侄子瞿暹一直要等到朝廷大臣李時勉去世多年之後，才敢刊行自己伯父所親自校訂的「重校本」《剪燈新話》。[22]當然還有一種可能，就是瞿暹早已在一四四二年以前——即李時勉上疏請求查禁以前就已經刊印了《剪燈新話》的重校本，而這個瞿暹的刊刻本或許在市井和讀書人中產生了巨大的影響，甚至到了威脅主流文化的程度，以至於後來導致官方對《剪燈新話》的全面查禁。再者，作為一個「能走四方」而又「善交士大夫」和「名公貴人」的大商人，瞿暹一向頗有影響力，所以他所刊刻的《剪燈新話》重校本也一定暢銷——尤其是他當時正在有計畫地為瞿佑刊印一套精美

21 《明英宗實錄》，卷九〇（臺北南港：中央研究院歷史語言研究所，一九六一—一九六六年），頁一八一一—一八一三。

22 到目前為止，大部分研究《剪燈新話》的學者都認為瞿佑的侄子瞿暹遲至天順年間（李時勉死後多年），才刊行瞿佑的重校本《剪燈新話》，甚至有人以為此重校本一直要到成化初年才刊印。見陳益源，《剪燈新話與傳奇漫話之比較研究》（臺北：學生書局，一九九〇年），頁五四。

的遺著系列。[23]當然，除非我們可以找到更有力的證據，筆者不敢在這個版本問題上隨便下結論。但不久前已有人猜測，瞿暹可能早在一四四二年朝廷禁毀該書以前就已刊刻了《剪燈新話》的重校本。[24]最近學者喬光輝則以為，瞿暹不是在正統七年（一四四二年）前就是在稍後的天順年間（即一四五七－一四六二年間）刊刻重校本《剪燈新話》[25]。

另外，從文學史的角度來看，《剪燈新話》被禁也是個有趣的現象：同樣是用文言文寫出的傳奇小說，唐傳奇沒有遭禁，而瞿佑的明傳奇卻被禁了，[26]這顯然與明初的政治和文化現象有極密切的關係。原來，瞿佑的時代是臺閣文風（即以太平盛世為主題的文風）盛行的時代，而後來身居高位的李時勉等人更是以寫臺閣體的文章著名，他們在文中所表達的通常是一種對朝廷歌功頌德的心態——即現代學者黃卓越所謂的「頌世現象」。[27]就如另一位著名學者吳承學所說，明初作家和後來晚明作家

---

23 陳敏政，〈樂府遺音序〉，見瞿佑《樂府遺音》，收入《明詞彙刊》，趙尊嶽輯（上海：上海古籍出版社，一九九二年），下冊，頁一二〇三。據陳敏政的〈樂府遺音序〉，瞿暹除了刊印瞿佑的《樂府遺音》（一四六三年）以外，早已刊印了包括《剪燈新話》在內的一系列瞿佑書稿——即《興觀集》、《詠物詩》、《剪燈新話》、《集覽鐫誤》等書。而且他說「其餘蓋將次第刊之未已也」。另外，瞿佑的《樂全稿》似乎早在一四四四年已由瞿暹和其兄弟贊助梓行（參見喬光輝，《明代剪燈系列小說研究》，頁一九五）。

24 例如，學者陳大康與漆瑗以為，瞿暹的刊本早在一四四二年明廷查禁以前就已傳入了韓國。見陳大康、漆瑗，〈《剪燈新話句解》明嘉靖刻本辨——兼論該書在朝鮮李朝的流傳與影響〉，《文學遺產》，一九九六年五期，頁一〇六。

25 見喬光輝，《明代剪燈系列小說研究》，頁一九六。

26 參見陶磊，〈文人傳奇小說的異化——論〈剪燈新話〉的世俗化傾向〉，《中國文學研究》，二〇〇二年第一期（總第六四期），頁八三。

27 黃卓越，《明永樂至嘉靖初詩文觀研究》（北京：北京師範大學出版社，二〇〇一年），頁四九－五〇。有關臺閣體的其他定義和及其複雜的發展脈絡，請見簡錦松，《明代文學批評研究》（臺北：學生書局，一九八九年）；魏崇新，〈明代江西文人與臺閣文學〉，見朱萬曙、徐道彬編，《明代文學與地域文化研究》（合肥：黃山書社，二〇〇五年），頁五二三－五三五；孫康宜，〈臺閣體、復古派和蘇州文學的關係與比較〉，見左東嶺主編《二〇〇五明代文學：國際學術研討會論文集》（北京：學苑出版社，二〇〇五年），頁五〇－六七。

的最大差別乃是：

> 嚴格地說，他們（指明初作家）並非「作家」，而是經國的大臣，他們的志向和興趣是治國、平天下，而絕不在於舞文弄墨。他們往往恥於當「文人」……。[28]

但問題是明初的瞿佑卻與他同時代的作家十分不同，首先，他絕對是「舞文弄墨」的那種文人，他的詩文風格完全異於當時流行的臺閣體，前文已經提及瞿佑或因「倚紅偎翠」的詩風而在永樂年間招致「詩禍」（錢謙益在他的《列朝詩集小傳》裡也用「風情麗逸」四字來形容瞿佑這種個人特殊詩風）[29]。再者，瞿佑早於少年時代就以「香奩八題」著名鄉里，被詩人楊維楨（一二九六－一三七〇年）譽為瞿家「千里駒」。同時，他的作品也特別注重文人的個人性和獨立性。此外，他的語言傾向於深入淺出，尤其在市民文化逐漸興起的時代，瞿佑這種文風正好投合了市井民眾的普遍愛好，[30]這就是為什麼《剪燈新話》後來被人們「爭相誦習」的原因。難怪以儒者自豪的李時勉要稱瞿佑為「俗儒」，認為《剪燈新話》與朝廷的主流文化已到了水火不相容的程度，故非嚴格查禁不可。

28 吳承學，〈明代前中期散文〉，見吳承學，《晚明小品研究》（南京：江蘇古籍出版社，一九九八年），頁一一。

29 見錢謙益，《列朝詩集小傳》，「瞿長史佑」條，冊一，頁一八九。

30 李慶先生曾經指出，這種詩文的「市民化」乃是中國元代以後的一個重要現象。見李慶，〈瞿佑及其時代——日本內閣文庫所藏瞿佑《樂全稿》探析〉，《中國文史論叢》，第五三輯（一九九四年），頁二八一。參見吉川幸次郎，《元明詩概說》的〈序章〉（岩波書店，《中國詩人選集，二集》本）；並參見Yoshikawa Kojiro, *Five Hundred Years of Chinese Poetry,1150-1650: The Chin, Yuan, and Ming Dynasties*, translated by John Timothy Wixted (Princeton: Princeton University Press, 1989), p. 9.

《剪燈新話》流傳東亞各國的情況

有趣的是，正當瞿佑的《剪燈新話》在中國遭到禁毀，逐漸從市面上消失時，該書開始在韓國盛行，後來居然成為朝鮮李朝的官方漢語經典——有些學者甚至以為瞿暹所刊刻的《剪燈新話》「重校本」，早在一四四二年明廷查禁以前就已傳入了韓國[31]（這點也可與上述有關「重校本」刊刻時間的問題相呼應）。無論如何，現代韓國學者崔溶澈已在他有關《剪燈新話》的文章裡特別強調《剪燈新話》在朝鮮「文人社會流傳較廣」的現象。[32]必須指出的是，當時的韓國也有些儒者對於《剪燈新話》的內容和文體提出嚴厲的批評，甚至痛斥該書「鄙褻」。[33]據中國學者陳大康和漆瑗的考證，《剪燈新話》之所以尤受朝鮮官吏和文人的青睞，主要由於當時李朝仍以漢語為「官方通行語」，所以學漢語乃是知識分子就業的必要條件。同時，對許多朝鮮人來說，瞿佑那種平易近人的文言體學起來特別容易，[34]後來負責刊刻《剪燈新話句解》的朝鮮高官尹春年（一五一四—一五六七年）就在他

31 陳大康、漆瑗，〈《剪燈新話句解》明嘉靖刻本辨——兼論該書在朝鮮李朝的流傳與影響〉，《文學遺產》，一九九六年第五期，頁一〇六。

32 崔溶澈，〈中國小說과 文化——『剪燈新話』의 刊行과 朝鮮에의 傳播〉，《中國小說論叢》，二〇〇二第二期，頁三一—五三。中文摘要見http://www.dbpia.co.kr/view/arview.asp?arid=65570&pid=791&isid=30589.（我要感謝劉寧教授的幫忙，讓我能順利在網上找到這篇文章的中文摘要。）

33 陳大康、漆瑗，〈《剪燈新話句解》明嘉靖刻本辨——兼論該書在朝鮮李朝的流傳與影響〉，《文學遺產》，一九九六年第五期，頁一〇七頁。有關這一點，我要感謝崔溶澈教授本人給我的提醒。

34 陳大康、漆瑗，〈《剪燈新話句解》明嘉靖刻本辨——兼論該書在朝鮮李朝的流傳與影響〉，《文學遺產》，一九九六年第五期，頁一〇六。

為該書所寫的跋中稱：「上自儒生，下至胥吏，喜讀此書，以為曉解文理之快捷方式。」[35]可見朝鮮人重視《剪燈新話》的程度了。當時韓國人學文言的熱情，或許可以把它比成中世紀歐洲人學拉丁文的情況，二者均與文化政治的大環境息息相關。

當然另外一個重要的因素乃是瞿佑所寫的傳奇故事很受韓國讀者的歡迎，因此《剪燈新話》曾在韓國被多次翻刻，後來韓國作者金時習（Kim Si-sup，一四三五－一四九三年）所寫的《金鼇新話》（大約寫於一四七〇年左右）——即韓國史上第一部文言小說集，也直接受了《剪燈新話》的影響。[36]金時習乃一憤世嫉俗之人，他於世祖篡奪王位之後（一四五五年），憤然退隱於金鼇山上（時年方二十），從此寄情於山水，專心寫作。他成長於一個文人的家庭，據說他的名字即取自《論語》的「學而時習之，不亦說乎。」他自稱是張騫的後代，「譜系漢臣家」（見〈過蔚珍詩〉），自幼即喜愛古文和中國詩詞。[37]他所讀到的《剪燈新話》很可能就是瞿佑親自校訂的「重校本」（即瞿暹刊刻的本子），因為他在《金鼇新話・龍宮赴宴錄》中所寫的詩句「挑燈永夜焚香坐，閒著人間不見書。」顯然專為和瞿佑重校本〈題剪燈錄後〉的詩句（「剪燈濡筆清無寐，錄得人間未見書」）而寫。[38]難怪韓國人總是把金時習的《金鼇新話》和瞿佑的《剪燈新話》聯想在一起，將二者視為同類

35 見尹春年，〈題注解剪燈新話後〉，《剪燈新話》，據日本內閣文庫藏韓國刻本《剪燈新話句解》上下兩卷影印，頁一四。

36 葉乾坤，〈金鼇新話研究〉，《國立政治大學學報》，第一七期（一九六八年，五月），頁二一九，參見Kim Kunggyu, "Choson Fiction in Chinese," in Peter H. Lee, *A History of Korean Literature* (Cambridge: Cambridge University Press, 2003), p. 261. 並參見崔溶澈，〈中國小說과 文化—《剪燈新話》의 刊行과 朝鮮에의 傳播〉，《中國小說論叢》，二〇〇二年，第二期，頁三一－五三。中文摘要見http:www.dbpia.co.kr/view/arview.asp?arid=655705&pid=791&isid=30589

37 徐炳嫦，《剪燈新話與金鼇新話之比較研究》，國立臺灣師範大學國文研究所碩士論文（一九八一年），頁一六。

38 有關金時習的詩句，見崔溶澈，《金鼇新話의 板本》（Seoul: Kukhak Charyowŏn국학자료원，二〇〇三年），〈金鼇新話朝鮮木板本（尹春年本）全文〉部分，頁一〇八。瞿佑的詩句請見《剪燈新話》，據日本內閣文庫藏韓國刻本《剪燈新話句解》上下兩卷影印，第九頁。參見陳益源，《剪燈新話與傳奇漫話之比較研究》，頁五五。

的文學經典，例如上文曾經提到的朝鮮高官尹春年，他在一五六四年先後刊印了《金鼇新話》和《剪燈新話句解》，使這兩部小說相得益彰，從此更加普及於韓國讀者之間。尹春年所刊的《金鼇新話》是目前所存此書的最早版本（於一九九九年由學者崔溶澈在中國大連發現），[39]而《剪燈新話句解》（由尹春年訂正，垂胡子集釋）則為世上最早的《剪燈新話》注釋本，可見韓國人對瞿著的流傳所作出的特殊貢獻。

尤其重要的是，尹春年於一五六四年所刊印的《剪燈新話句解》後來傳入日本，並有翻刻本，使瞿佑的文言小說也在日本境內盛行起來。但與韓國人熱烈學習漢語的情況不同，日本人真正開始欣賞《剪燈新話》乃是在瞿佑的小說被譯成日文（或改寫成日文）以後。最早約在一五七三－一五九一年左右，有人將《剪燈新話》中的〈金鳳釵記〉、〈牡丹燈記〉和〈申陽洞記〉三篇譯成日文，後來收入《奇異雜談集》，於一六八七年正式出版。但瞿佑第一次對日本文壇起了關鍵性的影響，乃是通過著名作家淺井了意（Asai Ryoi）所出版的《御伽婢子》（一六六〇年出版），在該書中，淺井了意用日語改寫了十八篇取自《剪燈新話》的故事（同時有兩篇取自金時習的《金鼇新話》）。[40]後來十

[39] 崔溶澈（Choe Yong Chul），"Discovery of KEUMOSHINHWA Printed in Chosun Dynasty and Its Significance"（article in English），《民族文化研究》，第三六期，頁三二二—三二四。並見崔溶澈，《金鼇新話의 板本》（Seoul: Kukhak Charyowŏn국학자료원，二〇〇三年），頁九—二六。崔溶澈於一九九九年在中國大連發現了一五六四年尹春年所刊行的《金鼇新話》，乃是學術上一個重大的發現。因為在此之前，學者們一致以為最早的《金鼇新話》版本都是在日本刊印的——例如一六五三年的承應本、一六六〇年的萬治本、一六七三年的寬文本，以及一八八四年的明治本（大冢本）。但崔溶澈的新發現卻改變了這個有關《金鰲新話》版本的結論，原來後來的日本刊印本都是根據尹春年的一五六四年版本重新編排的。〔在此我要特別感謝Jeongsoo Shin（申正秀）在翻譯方面的幫忙，他很耐心地為我將崔溶澈先生書中的〈自序〉譯成英文，讓我能充分了解崔溶澈在版本學上的貢獻。〕

[40] 王淑琤，《剪燈三種考析》（國立臺灣大學中國文學研究所碩士論文，一九八二年），頁一五八。有關《御伽婢子》的出版年代（一六六〇），請見Earl Miner, Hiroko Odagiri, and Robert Morrell, *The Princeton Companion to Classical Japanese Literature* (Princeton: Princeton University Press, 1985), p. 143.

八世紀時，上田秋成（Ueda Akinari, 1734-1809）的小說集《雨夜物語》（Ugetsumonogatari）也受《剪燈新話》的影響，學者們一向以為《雨夜物語》中的〈吉備津の釜〉一故事大多受了瞿佑〈牡丹燈記〉的啟發，而該書名「雨夜」也似乎取自瞿佑〈牡丹燈記〉裡的詩句：「天陰雨濕之夜，月落參橫之晨。」[41]與韓國的作家金時習相同，上田秋成也精通中國古文和詩詞，故能真正欣賞瞿佑的文學藝術。但整體而言，在《剪燈新話》的研究方面，日本所作出的最大貢獻就是在保存各種版本的事上。可以說幾乎所有現存的《剪燈新話》古刻本（包括韓國本《剪燈新話句解》）都來自日本圖書館的藏本，日本內閣文庫甚至還藏有瞿佑晚年作品《樂全稿》的抄本，難怪學者李慶要說：「在中國倒了楣的瞿佑在日本正走運。」[42]

《剪燈新話》在越南的傳播管道似乎與韓國和日本的情況不同，到目前為止，有關瞿佑小說開始在越南傳播的真實情況尚未得到定論。近年來有一種猜測就是：《剪燈新話》可能早在永樂年間（一四〇三－一四二〇年）就已傳入了越南。這是因為太師英國公張輔曾在那段期間四次出征安南，而他一向崇拜瞿佑的才情，故有可能把《剪燈新話》帶到當時的安南[43]（後來張輔終於成了瞿佑的恩主，因為他於一四二五年上奏章，讓年高七十九歲的瞿佑自塞外安全歸來，並請他在家教習子弟三年，此為後話。）無論如何，一般學者以為《剪燈新話》至遲在十六世紀初就已經傳入越南，因為越南作家阮嶼（Nguyen Hung）所寫的文言小說集《傳奇漫錄》（出版於一五四七年）已經呈現出《剪

41 王淑琤，《剪燈三種考析》，頁一五四；Ueda Akinari, *Tales of Moonlight and Rain*, translated by Anthony H. Chambers, (New York: Columbia Univ. Press), 2007, p. 13.

42 李慶，〈瞿佑及其時代——日本內閣文庫所藏瞿佑《樂全稿》探析〉，《中國文史論叢》，第五三輯（一九九四年），頁二六三。

43 徐朔方、鈴木陽一，〈瞿佑的《剪燈新話》及其在近鄰韓越和日本的回響〉，《中國文化》第一二期（一九九五年），頁一五二。

燈新話》的重大影響。越南學者何善漢當時在《傳奇漫錄》的序中就如此描述阮嶼的風格：「觀其文辭，不出宗吉（瞿佑）藩籬之外。」[44]而且，與《剪燈新話》相同，《傳奇漫錄》也分成四卷，共有二十個故事，書中也同樣充滿了有關書生「遭窮受屈」的情節。難怪現代學者陳益源說，《傳奇漫錄》「不僅僅是文辭上的蹈襲而已，即連結構、情節、風格、思想，亦（與《剪燈新話》）息息相關。」[45]總之，瞿佑的小說對越南文學的影響是十分深遠的。

從《剪燈新話》在韓國、日本、和越南的接受史看來，我們可以得到一個結論：瞿佑是一位懂得抓住大眾讀者且具魅力的作家。雖然當他在世時，由於明初官方思想的嚴禁，他並未享受一個「名家」所應當享受的愉悅和滿足，但在他身後，他的文學聲音卻傳播到海外諸國，使得《剪燈新話》成為異國的經典，因而終於被典藏下來。

足見命運還是公平的，文人雖然生前遭遇迫害，但在身後可以藉著文學作品變得「通達」。

《剪燈新話》的情節與話語方式

然而，我們必須問：是什麼原因使得瞿佑的《剪燈新話》在韓國、日本和越南諸國如此長期地獲得讀者的愛好？前文已經說過，有一些外在的原因——例如當時漢語在這些東亞國家所占的霸權地位，使得《剪燈新話》脫穎而出。但我以為，《剪燈新話》之所以備受異國讀者的歡迎，還有一層更深的原因——那就是作為一名小說家，瞿佑所具有的獨特敘事聲音（narrativevoice）。

44 阮嶼，《傳奇漫錄》，見陳慶浩、王三慶編，《越南漢文小說叢刊》，第一冊（初版：法國，遠東學院出版；臺北：學生書局，一九八七年），頁九。

45 陳益源，《剪燈新話與傳奇漫話之比較研究》，頁一三三、一五九。

為了充分討論這種「敘事聲音」，我想在此借用西方敘事學（narratology）的觀點來進行分析。據Seymour Chatman的看法，在了解一部敘事作品的作用（functioning）和結構（structure）以前，我們必須先分清楚該敘事作品的兩個重要的成分——那就是敘事中的what和how。根據這個理念，敘事中的「故事」情節（story, ornarrative content）就是所謂的「what」，而敘事的「話語」方式（discourse, or form）就是所謂的「how」。[46]所以我們可以由此引申地說，《剪燈新話》在東亞諸國讀者群中的成功，不但來自他們對作者瞿佑所呈現「故事」情節（what）的欣賞，也來自他們對瞿書的「話語」方式（how）的肯定。

據我看來，有關《剪燈新話》的「故事情節」，它之所以特別誘人，乃是其敘事上的當代背景。瞿佑自己在該書的序中曾經說道：「好事者每以近事相聞，遠不出百年，近止在數載。」並說這些當代故事使他「欲罷不能，乃援筆為文以紀之。」[47]由於他所寫的故事多半發生在元末明初，故對戰亂所造成的傷亡尤多紀實的描寫——應當指出的是，這段期間正是中國歷史上少有的充滿「尚武精神」的時代。[48]讀這些故事，讀者很容易讀出作者瞿佑反對窮兵黷武的聲音，以及那直率而生動的文字所傳達的凜然正義。同時，由戰亂而引起的人間悲劇也特別讀者感動，在一篇被公認是作者自傳的故事中（〈秋香亭記〉），女主角楊采采很直接地揭露了戰爭的罪惡：「只怨干戈不怨天」。我以為這個有關戰亂紀實的文學聲音也正是瞿佑小說打動讀者的關鍵所在，尤其是當《剪燈新話》在韓國、日

46 Seymour Chatman, *Story and Discourse: Narrative Structure in Fiction and Film* (Ithaca and London: Cornell University Press, 1978), p. 19-23.

47 瞿佑自序，《剪燈新話》外二種，頁三。

48 著名的明史專家Frederick W. Mote曾說元末明初是中國歷史上少有的充滿「尚武精神」（militarization）的時代：“China's normally unarmed, civilian-led society, as we have seen, underwent a process of militarization through the last half-century of the Yuan dynasty. Militarization as used here means that arms became widely present, and direct recourse to force came to be a norm in a society whose established patterns were quite different.”〔F. W. Mote, *Imperial China: 900-1800* (Cambridge: Harvard University Press, 1999), p. 554.〕

本、越南等國開始盛行的時候，也正是這些國家剛經變亂，還在動盪不安的期間。首先，當《剪燈新話》傳入韓國時，李朝端宗（一四五二－一四五五年在位）剛被世祖（一四五五－一四六八年）篡位不久，當時的朝鮮讀者應當仍記得政治動亂給百姓們所帶來的痛苦。同時，金時習也正在這段期間開始撰寫《金鼇新話》，在他的小說中，他經常模仿瞿佑，將故事的時代背景大多設在朝代轉換的戰亂中。[49]再者，他的故事也涉及高麗末年的紅巾之亂（如〈李生窺牆傳〉），讓人不得不聯想到元末的紅巾起義。後來《剪燈新話》由韓國傳入日本時，日本也同樣才剛結束一段長時期的內亂（一四六七－一五六八年），當時日本人還正處在滿目瘡痍的情景中，還在哀悼那無數的戰死者。至於越南，其情況也十分類似，當《剪燈新話》傳入安南時——約一四〇〇到一五二七年期間，也正是「戰禍頻仍」的時代。[50]但不同的是，越南的「戰禍」並非起於內戰，而是由於明朝軍隊的屢次侵犯，諷刺的是，就在與明猛烈交戰的期間，越南的讀者們迷上了中國小說《剪燈新話》，而阮嶼也在此後不久開始撰寫他的文言小說《傳奇漫錄》。同時，阮嶼也喜歡把故事背景設在朝代轉變的戰亂期間，所以他的故事大都設在戰火連綿的陳末黎初（約一四〇〇年）。總之，在亂世期間，瞿佑的《剪燈新話》為東亞各地的讀者們帶來了一種特殊的亂世心聲。

此外，《剪燈新話》還有一個特別吸引讀者的故事情節——那就是有關人鬼相戀的主題。亂離之世一方面給人帶來無限的災難，一方面也供給愛情主題的營養。在瞿佑的小說裡，有不少女主角不幸在戰亂中去世，但她們的鬼魂經常回到陽世，為了重續生死不渝的情緣。例如在一篇哀怨動人的故事〈愛卿傳〉裡，女主角羅愛愛遭逢亂世，她為了拒絕某位軍官的強暴而自盡，後來她的丈夫於亂離之後歸來，羅愛愛的鬼魂終於與丈夫相聚，兩人「入室歡會，款若平生」。在另一篇故事〈翠翠傳〉

49 葉乾坤，〈金鼇新話研究〉，《國立政治大學學報》，第一七期（一九六八年五月），頁一三五。

50 陳益源，《剪燈新話與傳奇漫話之比較研究》，頁三三。

裡，愛情的主題更明顯地與元末明初的社會動亂緊密結合——故事中描寫，當張士誠兄弟在高郵起兵時，一對相愛的男女被戰爭活生生地拆散，妻子被擄為妓妾，丈夫被迫流落江淮，幾經滄桑之後，兩人終於相會，但又因無法團圓而雙雙自殺，幸而兩人死後，鬼魂又得以團圓。另外，在〈綠衣人傳〉裡，人鬼相戀的主題更進一步強調男女情緣那種「海枯石爛，此恨難消；地老天荒，此情不泯」的超越生死之力量，這種故事特別引人注目，因為故事中的女鬼為了追求愛情，大多顯得格外大膽而積極。可想而知，瞿佑這種「人鬼相戀」的主題對於後來韓國、日本、和越南文學的影響十分深遠。[51]以韓國作者金時習為例，在他的《金鼇新話》中，最讓人難忘的女主角乃是那些由於姻緣未盡而大膽談情相戀的女鬼（如〈萬福寺〉、〈李生窺牆記〉）。而日本文學中的鬼故事（如上田秋成的《雨夜物語》）也受到瞿佑的啟發。至於越南阮嶼的《傳奇漫錄》，書中有關人鬼姻緣的故事，幾乎全都是《剪燈新話》故事的改寫（如〈麗娘傳〉、〈昌江妖怪錄〉）。[52]

有關《剪燈新話》的「話語」風格，我以為此書之所以特別受東亞諸國讀者的歡迎，不僅因為瞿佑的小說語言特別淺顯平易，而且因為書中採用了大量有趣的詩詞。身為一位傑出的詩詞家，瞿佑所寫成的《剪燈新話》其實是一部創新的「詩文小說」（當然，這種夾有大量詩詞的文言小說體也直接受了宋元傳奇的影響）。有證據顯示，當時的韓國讀者非常喜歡《剪燈新話》這種「詩文體」的小說，在金時習的《金鼇新話》中，到處都有模仿瞿佑詩歌的痕跡。此外，《李朝實錄》記載燕山君（在位一四九四—一五〇六年）曾派人到中國購買《剪燈新話》，其目的就是為了欣賞書中的詩詞：

51 Dominic Cheung, "The 'Ghost-wife' Theme in China, Japan, and Korea: New Tales of the Trimmed Lamp, Tales of Moonlight and Rain, and New Tales of the Golden Carp," *Tamkang Review*, 15(1-4), (Autumn, 1984/Spring, 1985): p. 151-174.

52 陳益源，《剪燈新話與傳奇漫話之比較研究》，頁一三二。

嘗覽《重增剪燈新話》有蘭英、蕙英相與唱和，有詩百首，號《聯芳集》，當時豪士多傳誦之，故令貿來耳。[53]

有趣的是，燕山君所謂《聯芳集》乃指瞿佑《剪燈新話・聯芳樓記》中的香奩體詩歌——該詩體效法楊維楨（人稱為「文妖」）的「淫詞」，也正是明朝臺閣體作家們所最忌諱的一種詩體。〈聯芳樓記〉描寫蘇州富商的兩個女兒薛蘭英和薛蕙英，她們與年輕商人鄭生夜夜私會偷情，互相贈詩吟詠，最後二女一男圓滿結婚。當然要從今日的文學觀點來看，該故事難免顯得膚淺，但在當時商業日漸發展的社會情況中，這樣的戀愛故事正好符合市民意識的新趨向，也一定很新潮。[54]更重要的是，在整部《剪燈新話》中，男女因詩結緣乃是瞿佑所採用最重要的「話語」方式之一，而許多人鬼相戀的故事也是靠寫詩、贈詩來增加其抒情性。例如在〈愛卿傳〉裡，已經死去的羅愛愛居然能自製〈沁園春〉一詞，向丈夫表達「一別三年，一日三秋，君何不歸」的哀怨情緒。

其他有關瞿佑的特殊小說技巧，例如「倒敘」的手法、幻夢插曲的運用等，雖不能說是瞿佑首創，卻是《剪燈新話》較為成功的方面。此外，瞿佑也擅長景物描寫，其描寫的細膩真切常有豐富故事情節和增強抒情性的效果（如〈渭塘奇遇記〉）。

以上簡述《剪燈新話》在故事情節（what）和話語（how）方面對當時東亞讀者們的可能吸引力所在，然而若說瞿佑的傳奇小說只影響到韓國、日本和越南等國的文學，那也不夠全面。《剪燈新話》後來在中國的影響也很大，尤其在十六世紀期間，此書數次重刊，再度流行，明代中後期的不

53 引自陳大康、漆瑗，〈《剪燈新話句解》明嘉靖刻本辨——兼論該書在朝鮮李朝的流傳與影響〉，《文學遺產》，一九九六年第五期，頁一〇六。

54 參見陳美林、皋于厚注釋，〈導讀〉，《新譯明傳奇小說選》（臺北：三民書局，二〇〇四年），頁五。

少小說戲劇都受其影響。[55]所以，就如陳益源所說，該書明代朝廷「禁而不絕」，但後來「轉入地下」，被收入各種筆記、蒙書、叢書、選本等，因而逐漸失其本來面貌。[56]例如馮夢龍的《情史類略》卷八即收錄瞿佑的〈愛卿傳〉（改名為〈羅愛愛〉）；凌濛初的《拍案驚奇》卷二三將瞿佑的〈金鳳釵記〉改寫成白話小說（題為〈大姊魂遊完夙願，小妹病起續前緣〉），但因中國傳統文人沒有注明出處的習慣，很少有人知道這些原來是瞿佑的作品，他的名字竟逐漸被人們遺忘。一直到二十世紀初，有人在日本偶然發現了《剪燈新話》的版本，由國內華通書局鉛印出版該書，中國學者才開始注意到瞿佑的存在。[57]可惜魯迅在《中國小說史略》中對《剪燈新話》的評價不高（有「文筆殊冗弱」、「粉飾閨情」、「拈掇豔語」等評語）[58]，以致在後來編寫的文學史中，瞿佑被完全忽略。劉大傑在他的《中國文學發展史》中就寫道：「如瞿佑的《剪燈新話》……一類的作品，在這一時代（明朝）已經失去其重要性，只好從略了。」[59]

幸而近二十年來，許多中外學者們都開始重新評價瞿佑的《剪燈新話》，使有志於重寫文學史的學者有了足夠的參考資料。當然，我並不是說瞿佑的小說藝術是完美無缺的，我寫這篇文章的目的只是在說明，我們有必要把一個作家的作品放在過去的時代背景來考慮。美國學者Wallace Martin就曾經

---

55 在戲劇方面，例如明人周朝俊的傳奇《紅梅記》即受瞿佑的〈綠衣人傳〉的影響；葉憲祖的雜劇《渭塘記》即改編瞿佑的〈渭塘奇遇記〉而成。參見陳美林、皋于厚注釋，《新譯明傳奇小說選・導讀》（臺北：三民書局，二〇〇四年），頁一六三、一六五。

56 參見陳益源，《剪燈新話與傳奇漫話之比較研究》，頁五八—五九。

57 趙景深，〈剪燈二種〉，《文學》第三期，第一卷（一九三四年七月），頁三八九—三九四。

58 魯迅，《中國小說史略》，見《魯迅全集》（北京：人民文學出版社，一九九八年），冊九，頁二〇八。

59 劉大杰，《中國文學發展史》（臺北：華正書局，一九八二年），頁九三二。參見陳益源，《剪燈新話與傳奇漫話之比較研究》，頁一〇九。

把「敘事學」定義為「一種了解過去的方法」（a method of understanding the past）。[60] 我希望此次藉著分析瞿佑《剪燈新話》的文學性與其時代性，能對「過去」又多了更深一層的理解。

*本文原為一篇講稿，曾在二〇〇七年八月三十日至三十一日臺灣中央研究院中國文哲研究所舉辦的「明清敘事理論與敘事文學」國際會議中宣讀，後載於《中山大學學報》（哲社版），二〇〇八年五月，頁一七一－二六。英文原稿（題為"The Circulation of Literary Knowledge Between Ming China and Other Countries in East Asia: The Case of Qu You's Jiandengxinha"）曾宣讀於二〇〇七年六月瑞典斯德哥爾摩大學舉行的NACS（Nordic Association for China Studies）國際會議，請參見會議論文集：*Chinese Culture and Globalization: History and Challenges for the 21st Century*, edited by Torborn Loden, Helena Lothman and Lena Rhdholm (Sweden: Stockholm Univ. and Uppsala Univ., 2009), pp. 159-170.

[60] Wallace Martin, *Recent Theories of Narrative* (Ithaca and London: Cornell University Press, 1986), p. 7.

走向邊緣的「通變」：楊慎的文學思想初探[1]

有明一代，楊慎是首屈一指的文學通才。[2]他在詩、詞、曲的創作上均有獨到的造詣，所以李卓吾對他有「無一體不備」的稱頌。[3]楊慎作品的豐富與龐雜可謂史無前例，清代的批評家李調元早就指出他「博學鴻文，為古來著書最富第一人」的百科全書式特色。[4]總之，楊慎的文學成就——無論是他的批評文字還是詩文創作，在明代文壇上及後代都產生了極大的影響。

可惜的是，長期以來，楊慎在明代文學批評史上的重要地位沒受到應有的重視。作為一個承先啟後的「批評家」，他的批評文字的確有重新闡發的必要，至於他在文學批評方面的成就被忽視的原因可緩後討論，在此我要先指出楊慎對明代文學思想的幾點主要貢獻。

1 我要感謝朱浩毅、李紀祥、陳志華和李唐等人在蒐集有關楊慎資料方面的說明。同時在撰寫這篇文章的過程中，我還得到康正果、張宏生、陳國球和張健的幫助和啟發，在此一併致謝。

2 從前一般學者都認為楊慎的卒年為一五五九年，但近年來由於新出土的資料又得到新的「佐證」，有人說楊慎卒於嘉靖四〇年（即一五六一年），也有人說他卒於嘉靖四一年（即一五六二年）。但其實早在明代，李卓吾先生就已提出楊慎生卒年的問題：「余讀先生文集，欲求其生卒之年月而不得也。」（李贄，《焚書》卷五《讀史・楊升庵集》，見《焚書、續焚書》（北京：中華書局，一九七五年），頁二〇七）。另外有關楊慎的卒年問題，請參見穆藥，〈楊慎卒年新證〉，《昆明師院學報》，一九八三年三期，頁二六—二九；並見豐家驊，《楊慎評傳》（南京：南京大學出版社，一九九八年），頁一六五—一七三。但迄今楊慎的卒年仍無定論。

3 見李贄，《焚書》卷五《讀史・楊升庵集》，見《焚書、續焚書》（北京：中華書局，一九七五年），頁二〇七。

4 見李調元，《函海・序》。參見陳廷樂，〈簡輯楊升庵著述評選書目〉，《昆明師院學報》，一八八二年一期，頁二五—二八。

挺身而出的批評家

在十分熱鬧的明代文壇中——尤其在以李夢陽、何景明為首的「前七子」復古派聲勢方盛之時[5]，楊慎是最早勇敢地站出來批評「前七子」詩歌觀的一人。但其實楊慎與李、何等人一向過從甚密，堪稱好友，也與他們常討論詩歌，尤其在何景明去世後，他十分傷心，還特別寫詩悼念：「何遜充泉別，范雲清淚多。他年淮隱處，腸斷八公歌。」[6]現在看來，楊慎公開批評李、何等人，不過本著「就詩論詩」的態度，他批評的目標是詩論本身，並非妄議朋友的短長。不幸就因楊慎太喜歡批評，結果招致了後人的不少指責：如說他「特好臧貶先輩」或喜歡「攻人……之短」等。[7]

儘管如此，在明代的文壇中，楊慎的批評聲音還是很有影響。他所提出的「人人有詩，代代有詩」的說法在當時特別有說服力——至少他的批評為前七子「詩必盛唐」的口號來了一計當頭棒喝。楊慎主張每一朝代都有其特殊的文學特色，都可以有好詩，不能只迷信盛唐詩。同時他極力反對復古派的「模擬」觀，以為「人人有詩」，不必非要模擬「盛唐」的詩歌。但楊慎眼看當時的詩人由學習而淪為模擬的惡習，感到十分痛心，因而歎道：「蓋竊病近日學詩者，拘束蹈襲，取妍反拙，不若質

---

5 一般人稱他們為「前七子」，其實並不算準確，因為此外也有「六子」的說法（例如何景明曾作〈六子詩〉，見何景明，《大復集》，卷八，《四庫全書珍本》第二四三冊，頁一）。而且就如陳國球所指出，「論參與其中的人，實在遠超『七子』，而實際居領導地位的則只有李夢陽、何景明等數人。」見陳國球，《明代復古派唐詩論研究》（北京：北京大學出版社，二〇〇七年），頁九一—一〇。

6 《升庵集》，楊慎撰，張士佩編，卷三二，〈存歿絕句〉，見影印《文淵閣四庫全書》（臺北：臺灣商務印書館），第一二七〇冊，頁二三四。

7 鄔國平，〈楊慎的文學批評〉，《文學遺產》，一九八五年第三期，頁八六，收入林慶彰、賈順先編，《楊慎研究資料彙編》（臺北南港：中央研究院中國文哲研究所），下冊，頁九一三。

任自然耳。」並作〈題浣女圖〉詩一首，戲仿李白的〈浣紗女詩〉和〈越女詞〉，以批評當時的模擬之風：[8]

紅顏素足女，兩足白如霜。
不著鴉頭襪，山花屐齒香。
天然去雕飾，梅嶺水月妝。
肯學邯鄲步，匍匐壽陵旁。

楊慎以為，一個詩人若要改掉模擬的惡習，最好的方法就是泛覽群書，博采諸家之長。所以他曾說：「杜子美云：『讀書破萬卷，下筆如有神。』此子美自言其所得也。讀書雖不為作詩設，然胸中有萬卷，則筆下自無一點塵矣。」（《丹鉛總錄》，卷一九，〈讀書萬卷〉）。[9]一個人只要在閱讀上積累深厚，得到各方面的啟發，等時機成熟了，自然能寫出好詩，不必一味模擬杜甫。但李、何等七子卻強調學詩必須學杜甫，因此楊慎特別警告讀者：「詩歌至杜陵而暢，然詩之衰颯，實自杜始。」追根究柢，錯不在杜甫而在模擬者，因為模擬很像「玩瓶中之牡丹，看擔上之桃李，效之者之罪也。」（《升庵集》，卷六，〈答重慶太守劉嵩陽書〉）[10]楊慎這個有關「影響」可能造成文學負面影響的看法，很自然地使人聯想到西方著名詩人兼批評家艾略特（T.S. Eliot）的一句名言：「即使

8 《升庵集》，卷六八，「素足女」條，見影印《文淵閣四庫全書》，第一二七〇冊，頁六七一。
9 見影印《文淵閣四庫全書》，第八五五冊，頁五六三。
10 見影印文淵閣四庫全書，第一二七〇冊，頁七四。

一位偉大的藝術家，也可能產生壞影響。」（A man may be a great artist, and yet have a bad influence.）[11]

總之，楊慎提出「人人有詩，代代有詩」，顯然是為了糾正當時文人（尤其是「前七子」）的模擬惡習及其門戶偏見而發的。我們或者可以說，在文學批評史上，楊慎的主要貢獻就是正當有些不良文風在明代文壇發展之時，他能及時以一種變通的文學觀來點醒時人，希望能激起某種文風的改革。更重要的是，楊慎採取的是一種尊重「文學史」的歷史意識，他主張文學研究應當回到詩體的本源，絕不能忽視唐詩與六朝詩之間的傳承關係，更不可隨便割裂歷史，只一味地崇拜盛唐詩。因此他說：「六朝之詩，多是樂府，絕句之體未純，然高妙奇麗，良不可及。溯流而不窮其源，可乎？」[12]同時，楊慎編篡了《五言律祖》、《七言律祖》、《絕句衍義》、[13]《絕句辨體》等書，其目的在說明唐人的詩歌乃出於六朝的事實，並鼓勵作詩者能溯流窮源。此外，楊慎認為在各個時期的文學發展背後，一直存在著「變」的動力，若不求變唯「模擬」之是務，必因陳陳相因而導致文風的衰頹。有關楊慎這種歷史觀，學者陳國球在他的《明代復古派唐詩論研究》一書中說得很對：

> 換言之，（對楊慎來說），歷代詩歌同一源流而又各具特色。他們之間的關係是：前者「變」成後者，而變動的前後又隱藏了促使變動的因素。[14]

---

11 T. S. Eliot, "Milton, Part I," in his *On Poetry and Poets* (1943; rpt. New York: the Noonday Press, 1961), p. 156.

12 《升庵詩話》，卷二，〈江總怨詩〉，見王仲鏞箋證，《升庵詩話箋證》（上海：上海古籍出版社，一九八七年），頁七九。但在丁福保所輯的《歷代詩話續編》中，此條卻收在《升庵詩話》的卷四，見丁福保，《歷代詩話續編》（北京：中華書局，一九八三年），中冊，頁七〇七。

13 見王仲鏞、王大厚箋注，《絕句衍義箋注》（成都：四川人民出版社，一九八四年）。

14 陳國球，《明代復古派唐詩論研究》，頁七五。

「通變」的文學觀

楊慎的「變動」文學觀其實很像劉勰在《文心雕龍》中所說的「通變」。首先，與楊慎相同，劉勰之所以提出「通變」的寫作原則，乃是為了糾正當時六朝的某種不良文風——尤其是那種爭相模仿的毛病。在〈通變〉（第二九章）裡，劉勰主要在說明一個作家所必備的兩個重要的條件——那就是一方面要能融會貫「通」古人作品的精神，一方面也要能適應文學發展的新「變」（即「新聲」）。過去的文學體裁固然具有恆常性，值得效法，但當一個人提筆寫作時，他還得採取創新變通的方法，如此才能馳騁在創作的道路上，並能汲取永不枯竭的創作泉源。否則像有些人，因取水的繩子太短就打不到水喝，又因腳力疲乏就容易半途而廢：

> 夫設文之體有常，變文之數無方……通變無方，數必酌於新聲，故能騁無窮之路，飲不竭之源。然綆短者銜渴，足疲者輟途……
>
> 《文心雕龍．通變》[15]

當然，若說明代前七子的復古派不懂得「通變」的道理，這也是不公平的。事實上，李、何與楊慎在改革明代文風的事上，還是有其共同點的——尤其是對當時流行的「理氣詩」的批評。[16] 重要的是，他們都反對言「理」而不言「情」的詩歌，也都想改革某些不良的文風——只是二者所採取的改

---

15 《文心雕龍》，卷六，〈通變第二十九〉，見范文瀾注（北京：人民文學出版社，一九七八年），下冊，頁五一九。

16 參見鄔國平，《楊慎的文學批評》，收入林慶彰、賈順先編，《楊慎研究資料彙編》，下冊，頁九一四—九一七。

革方法不同。

且說入明以來，明朝的詩風因受宋代理學的影響，當時就產生了大量的「理氣詩」，這是復古派和楊慎都不能容忍的，因為他們都強調詩中要有「情」。首先，李夢陽認為「今人」之所以有此歪詩，乃因他們直接效法宋詩「主理」之緣故：

> 宋人主理作理語，於是薄風雲月露，一切鏟去不為……今人有作「性氣詩」，輒自賢於「穿花蛺蝶」、「點水蜻蜓」等句，此何異痴人前說夢也。〈缶音序〉[17]

李夢陽這段言論很值得我們注意：他把「今人」（或指陳獻章、莊昶等人）所寫的理氣詩完全歸咎於「宋詩」上，因為宋詩重理，所以「今人」才重理，因為宋代理學家（如程頤等）看不起杜甫〈曲江〉中的「穿花蛺蝶深深見，點水蜻蜓款款飛」等情語，[18]「今人」也自然以為自己所寫的「性氣詩」（即理氣詩）強過杜甫的詩歌。換言之，對李夢陽來說，所有「今人」的寫作問題完全來自宋詩的壞影響，因此李夢陽乾脆下了個結論：「宋無詩。」（〈潛虬山人記〉）[19]。此外，何景明也說過類似的話：「秦無經，漢無騷，唐無賦，宋無詩。」（〈雜言〉十首之五）[20]。

---

17 李夢陽，《空同集》，卷五二，見《四庫全書珍本》，第一九〇冊，頁六；參見陳國球，《明代復古派唐詩論研究》，頁二四。

18 見陳國球，《明代復古派唐詩論研究》，頁三二—三三。

19 李夢陽，《空同集》，卷四八，見《四庫全書珍本》，第一八九冊，頁一二。

20 何景明〈雜言〉十首之五，見何景明，《大復集》，《四庫全書珍本》，第二四七冊，第三八卷，頁一五下—一六上；參見陳國球，《明代復古派唐詩論研究》，頁三五。

當然，楊慎也反對當時的理氣詩——其實他對理氣詩的批評比李、何還要嚴厲，但他卻把箭頭指向當今之作者本人，因為他們所作的「詩」根本就不是詩，只是自己感到洋洋得意。在《升庵詩話》中的〈假詩〉一節中，楊慎解釋道：

今之作庸詩者……謂詩比用語錄之話，於是「無極」、「先天」、「行窩」、「弄丸」，疊出層見。又云：須夾帶禪和子語，於是「打乖」、「打睡」、「打坐」、「樣子」、「撇子」句子，朗誦之有矜色，疾書之無怍顏。而詩也掃地矣。[21]

可見楊慎認為，當時的許多詩作之所以「掃地」，主要因為作者本人缺乏對詩歌的基本美學修養。在《升庵詩話箋證》中，編者王仲鏞就曾說過：「升庵此論，或有為而發。當時陳獻章、莊昶諸人，好以俚語禪偈入詩，升庵雖重其人，稱其詩之善者，於此類則斥之為假詩，所以正詩風也。」[22]然而，值得注意的是，在他「正詩風」的同時，楊慎並沒有完全否定「宋詩」——因為他還是深信「人人有詩，代代有詩」的原則。雖然他認為「主情」的唐詩可能要強於「主理」的宋詩（卷八），但他並不全盤否定宋詩，因此他不同意李、何等人所謂的「宋無詩」。他在《升庵詩話》中就反覆說明了他的立場，例如在〈宋人絕句〉一節中，他曾說道：「宋詩不及唐，然其中豈無可匹體者？在選者之眼力耳。」[23]

21 楊慎，《升庵詩話》第一一卷，第五一六條。見王仲鏞箋證，《升庵詩話箋證》（上海：上海古籍出版社，一九八七），頁四一八。

22 王仲鏞箋證，《升庵詩話箋證》，頁四一九。

23 《升庵詩話》，卷二，見丁福保輯，《歷代詩話續編》，中冊，頁七一七。

一般說來，楊慎對每一時代有褒有貶，這是他很難得的批評精神。據《升庵詩話》中記載，有一次楊慎和復古派的何景明談詩，他就抄錄了宋人張文潛的〈蓮花詩〉和杜衍等人的幾首詩給何景明看，並問道：「此何人詩？」何景明因為看到好詩，立刻答道：「唐詩也。」但沒想到楊慎卻笑道：「此乃吾子所不觀宋人之詩也。」[24]足見宋詩中也有許多好詩，不可全盤排斥，一律否定。同理，唐詩也有很壞的詩，在《升庵詩話》的〈劣唐詩〉一節中，楊慎曾提出警告：「學詩者動輒言唐詩便以為好，不思唐人有極惡劣者。」[25]

然而如前所述，楊慎的時代正是李、何等「七子」在文壇上樹起「復古」大旗，烈焰方炙之時。當時復古派的「詩必盛唐」、「宋無詩」等觀念正霸占了批評界的「中心」。單從年齡來說，楊慎要比「前七子」略晚——他比七子中的李夢陽（一四七三－一五三〇年）小十五歲，比康海（一四七五－一五四〇年）小十三歲，比王廷相（一四七四－一五四四年）小十四歲，比何景明（一四八三－一五二一年）小五歲。所以比較地說，楊慎既然是「晚輩」，似乎仍站在文壇的「邊緣」。

但事實告訴我們，在當時的文學界，楊慎從一開始就處於一個頗為「中心」的地位。早在弘治年間，當楊慎還在年少時（十四歲），即以一首〈黃葉詩〉被前輩館閣大臣李東陽（一四四七－一五一六年）看重並收為門生，後來李東陽成為臺閣大臣中最有權力的「文壇領袖」，[26]可以想像楊慎的前途更是一帆風順。正德六年（一五一一年），二十四歲的楊慎又榮登狀元，任翰林修撰，因此在文壇上很早就占據了很顯赫的位置，後來他能站出來批評李、何的復古派，自然也令人刮目相待。有關這

24 《升庵集》，卷五七，〈蓮花詩〉，見影印《文淵閣四庫全書》，第一二七〇冊，頁五一八。並參見王仲鏞箋證，《升庵詩話箋證》，頁四三三－四三四）。

25 《升庵詩話》，卷四，見丁福保輯，《歷代詩話續編》，中冊，頁七〇〇。

26 簡錦松，《明代文學批評研究》，（臺北：學生書局，一九八九年），頁二一。

點，錢謙益很佩服楊慎，在他的《列朝詩集小傳》中，錢謙益就寫道：

> 及北地（李夢陽）哆言復古，力排茶陵（李東陽），海內為之風靡。用修（楊慎）乃沉酣六朝，攬采晚唐，創為淵博靡麗之詞，其意愈壓倒李、何，為茶陵別張壁壘，不與角勝口舌間也。[27]

我以為錢謙益用「不與角勝口舌間也」來解釋楊慎那種就詩論詩的態度，很有見地，然而我卻不認為楊慎是在為老師李東陽「別張壁壘」，因為他一向性喜獨立，不喜門戶之見，一切只為了闡明自己的詩歌主張。所以沈德潛在其《明詩別裁》中就說楊慎「拔戟自成一隊」。[28]

即使後來（一五二四年，三十七歲時）楊慎因「議大禮」事件而觸怒了嘉靖皇帝，在遭到廷杖之後，終被貶到雲南永昌衛，但他在長達三十五年的流放生活中仍自己繼續勤學，努力寫作，所撰寫和編篡的的文字多達四百餘種（現存約二百多種），僅雜著就有一百餘種，其持續的多產令人驚歎。[29]他雖身處「邊緣」卻新作疊出，不脛而走——包括上述已經提過的《升庵詩話》、《丹鉛總錄》和下文將會引用的《詞品》都寫於貶謫處。當時有許多同情和仰慕他的人，所以不少書商都爭先為他印書出版，成為明代出版界的佳話。[30]

---

27 錢謙益著，《列朝詩集小傳》（上海：上海古籍出版社，一九八三年新版），上冊，頁三五四。

28 沈德潛的原文是：「升庵以高明伉爽之才，宏博絕麗之學，隨題賦形，一空依傍，拔戟自成一隊。」《明詩別裁集》，卷六，見《明詩別裁集》，清沈德潛、周准編（上海：上海古籍出版社，一九七九年），頁一四二。

29 豐家驊，《楊慎評傳》，頁三四二。

30 參見拙作：Kang-iSun Chang, "Literature of the Early Ming to Mid-Ming (1375-1572)," *The Cambridge History of Chinese Literature*, edited by Kang-i Sun Chang and Stephen Owen (Cambridge: Cambridge University Press, 2010), *Volume 2: From1375* (edited by Kang-i Sun Chang), especially pp. 43-46。並見張健譯，〈中晚明之交文學新探〉，《北京大學學報》（哲學社會科學版），第四三卷第六期，二〇〇六年十一月號，頁二三－三二。

然而，書商對楊慎的過分熱情也導致了許多不良的後果，其中之一就是缺乏系統的編撰和鑑別，使得楊慎的作品顯得太多、太雜亂。[31]在其《重編升庵詩話・弁言》中，丁福保就曾歎道：

> 《升庵詩話》，自明以來無善本……有刻入升庵外集者，凡十二卷……有刻入《丹鉛總錄》者，凡四卷……《函海》又載其十二卷及補遺三卷。此詳彼略，此有彼無，前後異次，卷帙異數……[32]

另一方面，我們可以想像在雲南地區長期流亡中，楊慎自然無法參考許多典籍，因此他的詩話、詞話和其他學術作品有時犯了事實的錯誤——例如近代詞家唐圭璋曾指出，楊慎把〈生查子・元夕詞〉（「去年元夜時，花市燈如晝……」）誤以為是朱淑真的作品——其實應為歐陽修所作（清王士禎的《池北偶談》早已指出）。[33]諸如此類的錯誤，加上在流放期間楊慎經常「落魄不檢形骸」，並曾「偽撰古書」等，都引起了一些當時的詩人學者（如王世貞等）和後人的非議。[34]我想這就是楊慎在文學批評方面的貢獻之所以經常被後人忽視的原因。

但楊慎所受到的指責也有欠公允之處，像楊慎那樣長年身處流放，大多憑記憶寫作，幸而博聞強記才能如此多產，這已經很不容易了，即使偶爾誤記也是可以理解的。就如丁福保所指出：「然升庵

---

31 參見梁容若，《談楊升庵的作品》，〈楊慎的生平與著作〉，《國語日報・書和人》，第一三一期（一九七〇年四月十八日），頁一。

32 丁福保編，《歷代詩話續編》（北京：中華書局，一九八三年），中冊，頁六三四。

33 唐圭璋，〈《詞品》補正〉，《中華文史論叢》第五輯，一九六四年六月，收入林慶彰、賈順先編，《楊慎研究資料彙編》，下冊，頁八六二。

34 丁福保編，《歷代詩話續編》，中冊，頁六三四。

之才器，實在有明諸家之上，瑕玷雖多，而精華亦復不少。」因此丁福保說：「余讀升庵集，仰其為人。」[35]

走向邊緣，擺脫影響的焦慮

楊慎的流放生涯雖然是他一生中最大的不幸（他最終老死雲南，在垂暮多病的晚年曾有「旅鬢年年禿，羈魂夜夜驚」等傷心語），[36]但就他的文學成就和人生境界而言，長期貶謫生涯不幸中也自有其幸。楊慎自幼即以讀書為志，對政治上的成就頗不為意，與當過內閣首輔的父親楊廷和有所不同，因此他自己說：「束髮以還，頗厭進取。」[37]他的祖父楊春也曾說楊慎乃「吾家賈誼也」，[38]沒想到不幸而言中。但楊慎本來就是天分極高的人，遭貶之後雖處於十分困危的境地（尤其是嘉靖皇帝不斷派人到雲南監視追蹤他），但他卻能利用原有的學問和精神資源把生活上的逆境轉為「順境」。他不斷將腦中的典籍知識「反芻」成為創作的泉源，從此就由原有的仕宦生涯轉變到另一個新的生命「空間」，因此那段漫長的流放生活（長達三十五年之久，從三十七歲到七十二歲）正好成為楊慎大半生能專心讀書、著書、旅行的歲月。可以說，楊慎因為被推到了社會的「邊緣」，反而得到了「再生」的機會。

此外，由於他早已有了很高的文名，他的作品一直很受讀者們的重視，並沒因此遠離文壇。上述

35 丁福保編，《歷代詩話續編》，中冊，頁六三五。

36 楊慎，〈寒夕·七十行戍稿〉，《升庵集》，卷一八，見影印《文淵閣四庫全書》，第一二七〇冊，頁一五一。

37 《升庵集》，卷六，〈答重慶太守劉嵩陽書〉，見影印《文淵閣四庫全書》，第一二七〇冊，頁七四。

38 見張義德，《楊慎》，《中國古代著名哲學家評傳續編》（濟南，齊魯書社，一九八二年），第四冊，頁一八七—二三二。並參見林慶彰、賈順先編，《楊慎研究資料彙編》，下冊，頁四七三。

已經提過，《升庵詩話》就是他在雲南的期間寫成的，可見他與「七子」的辯論和商榷在那段期間仍繼續進行。同時，由於他身處「邊緣」，更能擺脫影響的焦慮，使他能大膽地提出反對意見，甚至大聲疾呼。

另一方面，楊慎從一個「放逐者」轉而變成了一位融入大自然的「旅人」，重要的是，他有幸與幾位雲南地區的文人結緣（他的這些朋友，時人稱為「楊門六學士」，其中包括李元陽和董難，都是政治上失意的文人）。楊慎經常與他的朋友一道旅行唱和，因此在旅途中不知不覺寫下了許多題詠和遊記。其中最著名的就是一五三〇年春，他與李元陽和董難等人遨遊大理名勝點蒼山的那次旅行，前後共歷三十九日，後來他將那三十九天的遊記題為〈遊點蒼山記〉。在那篇遊記的開頭處，楊慎寫道：「自余為僇人，所歷道途，萬有餘里……號稱名山水者，無不遊已。」但他卻表示一直到見了點蒼山之後，才終於「如醉而醒，如夢而覺……然後知吾嚮者之未嘗見山水，而見今日始。」[39]足見他對點蒼山的勝境印象之深。於是在該遊記的結尾處，他頗為感慨地說道：「自念放逐以後，得此佳遊，真如隔生事矣。」[40]

旅行的最大好處就是使楊慎從過去翰林院的閉鎖生活走入了民間，使他開始看重民俗。他曾著《滇程記》，藉以「誌山川，表俚俗，采風謠。」[41]在寫作的形式和種類方面，楊慎也變得開放而不

---

39 楊慎，〈遊點蒼山記〉，《升庵詩文補遺》，卷一，《楊升庵叢書》（成都：天地出版社，二〇〇二年），第四冊，頁六五。參見葉餘，《楊升庵的〈遊點蒼山記〉》，《滇池》，一九八二年一〇期，頁六〇。

40 楊慎，〈遊點蒼山記〉，《升庵詩文補遺》，卷一，《楊升庵叢書》，第四冊，頁六八。

41 見[清]紀昀等編纂，《欽定四庫全書》（臺北：臺灣商務印書館，一九八三年），第六四卷，頁一一六。並參見胡曉真，《旅行、獵奇與考古——〈滇黔土司婚禮記〉中的理學世界》一文中所述：「明世宗嘉靖年間，楊慎……謫戍雲南永昌府，途經鄂、湘、黔、滇四省，於是『述徵敘行』而成《滇程記》，『誌山川，表俚俗，采風謠』，具有明確的遊記性格。他在記錄貴州境內的見聞時提到當地『男女踏歌，宵夜相誘，謂之跳月。』這是最早以親身經歷記錄苗族跳月習俗的文字之一。」（《中央研究院中國文哲所研究季刊》，第二九期，二〇〇六年九月號，頁五一－五二）。

受拘束，例如他曾用說唱文學的體材寫下他那著名的《二十一史彈詞》。同時他特別注重民歌、謠諺的蒐集，他所編輯的《古今風謠》、《古今諺》、《風雅逸篇》等民歌集，等於是對自己的文學理論（即「人人有詩」的理論）的一種實踐，也是「通變」的最佳範例。[42]他的採集和編選更有他的政治傾向，他在這些謠諺中很巧妙地寄寓了他對當時朝政的批評（見《古今風謠》中的〈嘉靖初童謠〉四首歌謠）。[43]此外，就如現代學者張祖湧所說，楊慎還很「大膽」地「引用謠諺來解經」，使得「聖賢的《詩》、《書》通俗化。」[44]

楊慎對通俗文學的投入，自然豐富了他的文學成就，一直以來，一般學者都同意楊慎的詩詞曲俱佳，但尤以詞曲是他的擅場。這主要因為在被貶到雲南之後，他已逐漸從「雅正穩貼的館閣派」（梁容若語）轉向了「通俗新穎」的詞曲創作。[45]同時，他也有一位天才妻子黃峨（一四九八－一五六九年）與他唱和[46]（早自一五二九年起，即於楊慎父親楊廷和逝世後，他們夫婦就開始分居異地，升庵長期戍滇，黃峨則留蜀以照顧家務，兩人因而經常交換詩篇以記相思。）[47]他們的詞曲一直受讀者的歡迎和讚賞，尤其是楊慎的作品更為時人傳誦。早在嘉靖年間，楊南金就曾在〈升庵長短句〉的序文中說道：

42 有關楊慎在民間文學、蒐輯歌謠諺語方面的貢獻，請參豐家驊，《楊慎評傳》，頁二六〇－二六七；馮修齊，〈楊升庵與民間文學〉，《桂湖》，一九八六年第一期（總一九期），頁五〇－五一。

43 參見張祖湧，〈楊升庵對俗文學的貢獻〉，原載《文史雜誌》，一九八八年五期，頁二五－二六（轉頁二四），收入林慶彰、賈順先編，《楊慎研究資料彙編》，上冊，頁二一三－二一九。

44 見張祖湧，《楊升庵對俗文學的貢獻》，收入林慶彰、賈順先編，《楊慎研究資料彙編》，上冊，頁二一五。

45 梁容若，〈楊慎的生平與著作〉，《國語日報・書和人》，第一三一期（一九七〇年三月二十一日），頁一。

46 有關楊慎夫婦的唱和，參見呂凱，《楊升庵夫婦散曲研究》（臺灣國立政治大學碩士論文，一九八一年）。並見王文才輯校，《楊慎詞曲集》（成都：四川人民出版社，一九八四年），頁三九一－四五八。

47 但已有學者指出，許多黃峨的「散曲」實為楊慎所作（代言體）。見Ch'en Hsiao-lan and F. W. Mote, "Yang Shen and Huang O: Husband and Wife as Lovers, Poets, and Historical Figures" in *Excursionsin Chinese Culture: Festschrift in Honor of William R. Schultz* (Hong Kong: The Chinese University of Hong Kong Press, 2002), pp. 1-32.

太史公謫居滇南，託興於酒邊，陶情於詞曲，傳詠於滇雲，而溢流於夷徼。昔人雲：吃井水處皆唱柳詞，今也不吃井水處亦唱楊詞矣。[48]

此外，張俞光則在〈陶情樂府序〉裡把楊慎的詞曲（大部分指散曲）奉為「曲史」，足以和〈九歌〉比美：

若博南之詞，本山川，詠風物，託閨秀，喻岩廓，謂之曲史可也。昔人云：以世眼觀，無真不俗；以法眼觀，無俗不真。推此意也，雖與〈九歌〉並傳可也。[49]

值得注意的是，在此張俞光特別提到了「無俗不真」的道理。楊慎自己在《詞品》卷一也主張「填詞用韻宜諧俗」，並說「若作填詞，自可通變。」[50]同時他也說過：「詞愈俗愈工，意愈淺愈深。」所以現代學者張宏生在對楊慎詞學的重新肯定和闡釋時，也不忘提出「俗」在楊慎作品中的重要性：

俗，在楊慎的作品裡不一定都意味著缺點，所謂俗詞，有的俗在格調，有的俗在語言，有的俗在情趣，出於不同的審美標準，也會有不同的認識。即如楊慎最有名的〈臨江仙〉（滾滾長江

48 見王文才輯校，《楊慎詞曲集》，頁一。
49 見王文才輯校，《楊慎詞曲集》，頁一四八。
50 唐圭璋編，《詞話從編》，修訂本（北京：中華書局，一九八一年），第一冊，頁四三六。

東逝水），語言也頗通俗，但深得後人喜愛……「俗」的第一層意思其實是雅俗共賞。[51]

張宏生所提到的「雅俗共賞」的美感價值，與所謂「通變」的文學思想有很密切的關聯。其實楊慎並非只一味地求「俗」，他確實曾經從文學的「中心」走到「邊緣」，並在「俗」的探求中有所開拓和提高，因此並未停留在「俗」的層面上，而是脫俗入雅，把他那個「俗」從邊緣推向「中心」，最終達到「雅俗共賞」的境界，不但為詩、詞、曲這些既有的舊形式添入了新變的因素，而且將通常被視為下里巴人的東西通過文本的書寫，輸送到京畿內外和大江南北，為當時正在繁榮起來的書籍印刷業帶進了來自遙遠邊疆的風采。在用「傳統」文人文學的資源去嘗試民間內容的嘗試上，他的確取得了一定的成功，使「傳統」的形式適度地「俗化」為閱讀市場上喜聞樂見的東西。

古今中外的文學都經歷了這種對「俗」的東西「雅化」的過程，西方作家如但丁（一二六五－一三二一年）、莎士比亞（一五六四－一六一六年）、柏恩斯（Robert Burns, 一七五九－一七九六年）以及近代美國詩人惠特曼（一八一九－一八九二年）等人就是最佳的範例，因為他們都從深入民間開始，再將民間文學適度地雅化，最後將新文學經典化。[52]此即世界文學發展之規則，也就是劉勰所謂的「憑情以會通，負氣以適變。」

其實這也就是楊慎屢次對當時的復古派人士提出的那句話：

51 張宏生，《南京師範大學學報》（哲學社會科學版），二〇〇八年第二期，頁一三二。

52 有關柏恩斯和惠特曼如何從深入民間開始，再將民間文學適度地經典化的過程，請見："The Master Poet of Democracy (on Robert Burns)," *The New York Review of Books* (November 5, 2009), pp. 47-49; "The 'Real Cutter' (on Walt Whitman)," *The New York Review of Books* (June 24, 2010), pp. 18-20.

人人有詩，
代代有詩。

*本文原為二〇一〇年五月二十八日－二十九日香港中文大學的「詮釋、比較與建構：中國古代文學理論國際學術研討會」所寫的一篇論文。今增訂收入此書中。

隱情與「面具」

——吳梅村詩試說

給他一個面具，他便會給你說實話。

——王爾德（Oscar Wilde）

西元一六七二年，梅村病亟，臨歿，他顧言：「吾死後，斂以僧裝，葬吾於鄧尉靈岩相近，墓前立一圓石，題曰：詩人吳梅村之墓，……」[1] 彌留之際，墓前所未能釋於懷抱者，是詩。耿耿胸中熱血，知我罪我，是詩。其寄託如此，梅村是無忝於詩人之名的。

論者以為，梅村詩文為一時之冠。梅村之所以屬意於詩文，是希望透過篇章寄託其心跡，亦希望後世讀者讀其詩而知其心。梅村生際鼎革，明季清初，滄海橫流，天下分崩離析。明室之將墮，梅村以弱冠舉於鄉，為崇禎辛未科（一六三一年）會試第一人，廷試第二，授翰林院編修，是時年方二十三而已。光華滿路，榮動一時，海內爭慕其風采。及明社既屋，杜門不通請謁，卒於康熙十年（一六七一年）。二十五年間，橫於胸臆者，一則石馬、故宮禾黍的悲哀，一則晚節不保、一身事兩姓的痛苦。二者交煎，鬱鬱慘沮，無時或已。[2] 梅村自言：

1 馬導源，《吳梅村年譜》（香港：崇文書店，一九三五年出版，一九七二年重印），頁七八。以下簡稱《年譜》。

2 參見Frederic Wakeman, Jr., "Romantics, Stoics, and Martyrs in Seventeenth Century China," *The Journal of Asian Studies* 43.3(1984), p.638.

> 吾一生遭遇，萬事憂危，無一刻不歷艱難，無一境不嘗辛苦，實為天下大苦人。[3]

梅村正是試圖透過詩歌去理解其所閱歷的一生患苦，並借之見證舊朝劫餘之人的哀涼，渴望為後世所理解，正是鼓動其創作的力量。梅村嘗言：「吾詩雖不足以傳遠，而是中寄託良苦，後世讀者讀吾詩而知吾心，則吾不死矣。」其心事可想而知。

渴望為後世所理解，正是這些身閱興亡的孤臣孽子最大的私願。但清廷文網嚴密，梅村一輩的詩人自知衷曲勢難直陳無諱，因此這些遺民故老操觚之際，只得遁辭以隱意，譎譬以指事了。職是之故，後之讀者，展讀梅村的篇什，往往難窺其寄託所在。[4]清世稍後的碩儒趙翼就曾指出，梅村與當世落落寡合，是以下筆多做隱語：

> 梅村身閱興亡，時事多所忌諱，其作詩命題，不敢顯言，但撮數字為題，使閱者自得之。如〈雜感〉、〈雜詠〉、〈即事〉、〈詠史〉、〈東萊行〉、〈雒陽行〉、〈殿上行〉之類，題中初不指明某人某事，幾於無處捉摸。[5]

唯本文之作，非專為索隱梅村詩中的本事，這方面的嘗試，時賢錢仲聯氏的近著發揮盡致，堪稱

---

3 《年譜》，頁七八。

4 Stephen Owen稱梅村為「一極為隱晦的詩人」（a highly allusivepoet），參見其為The Indiana Companion to Traditional Chinese Literature（William Nienhauser主編，Bloomington: Indianan University Press, 1986）所撰寫有關梅村的條目，頁九〇二。史家余英時氏認為，梅村詩之中，即如〈七夕感事〉之類貌似尋常的詩題，讀者亦不能掉以輕心，細審詩文，多可發現重要的「時事」影射。參見其《陳寅恪晚年詩文釋證》（臺北：時報文化出版公司，一九八四年），頁八九－九〇。

5 趙翼《甌北詩話》，郭紹虞等編《清詩話續編》（上海：上海古籍出版社，一九八三年），頁一二八八－一二八九。

楷模。[6]本文所欲探究的則是梅村的寫作策略，一種容許作者游離於本事以外的技巧。要言之，我要論述的是一種「面具」（mask）的運用，其學理端在使詩篇變成一種演出，詩人假詩中人物口吻傳情達意，既收匿名的效果，又具自我指涉的作用，若即若離，左右逢源。[7]詩中「說話者」（speaker）或「角色」（persona）一經設定，因文運事，順水推舟，其聲容與實際作者看來大相徑庭，梅村借此造就客觀效果，與詩中本事保持一定距離。這一體式的詩作最堪注意者，在於作品予人儼然「坦誠布公」的感覺，而實際上，其中又寄託著私隱的一面。梅村使用「面具」一技，實即憑藉藝事，在極為險惡的政治藩籬中找到脫身而出的曲徑。在這類型的篇什中，梅村可假不同角色之口，公開而又委婉地表達其悼明的哀思了。

為了全面探究梅村使用「面具」的特色，以及更澈底闡釋戲劇化的角色如何成為梅村寄託個人衷曲的重要手段，我們得先從梅村的《秣陵春傳奇》說起。《秣陵春》一劇意義非比尋常，梅村《秣陵春》之作，大概明亡之後即動筆，而於順治十年（一六五三年）完成。[8]此劇流播以後甚邀時譽，咸稱吐納風流，藻思綺合，堪與湯顯祖《牡丹亭》媲美。[9]唯近世以還，治明清詩學者卻鮮對此劇垂

6 參見錢仲聯《吳梅村詩補箋》一文，在其《夢苕盦專著二種》（北京：中國社會科學出版社，一九八四年），頁六五—七三。

7 梅村此技與Ezra Pound所謂的「角色」（persona）、T. S. Eliot的「聲音」（voice）和W. B. Yeats的「面具」（mask）或同其趣。關於西方現代詩人對「主體」（self）在藝境上的對應的探求，參見Carol T. Christ所著*Victorian and Modern Poetics*（Chicago: University of Chicago Press, 1984），及Richard Ellmann所著*Yeats: The Man and the Masks*（1948: rpt. New York: Norton,1978）二書。

8 《秣陵春》戲文參見《梅村家藏稿》（一九一一年武進董氏誦芬室刊本；臺北：學生書局，一九七五年），頁一一三五—一二八五。

9 參見錢謙益《紅豆三集》，在其《有學集》卷一一；徐釚評語，在其《詞苑叢談》（上海：上海古籍出版社，一九八一年），頁八七。

意。這一偏廢，部分該歸咎於近世學者誤認戲劇與詩歌為截然不同的文類，[10]究其實，傳統戲劇與詩歌，體式相近相通之處甚多，二者關係極為密切。對梅村而言，戲即詩，賦戲以新的廣度即詩之延伸，梅村直稱《秣陵春》傳奇為其「新詞」，其故即在此。[11]

在探索、實踐其「面具」理念的過程中，梅村一定認識到，要將實際經歷轉化為藝境，掩飾個人情志，寓懷於某一特定事件中，最便捷的手段，無過於製作《秣陵春》一類的傳奇了。《秣陵春》一戲，情節並不複雜：某男於寶鏡中照見某女之芳姿，某女於玉杯中照見某男之儀表，兩人共墮愛河。時間背景為南唐新亡、北宋開國之初。劇中主角，生徐適，旦黃展娘，均南唐大臣之後，故事展開，南唐亡國君李後主的陰魂已廟食天庭，熙熙而樂，唯後主十五年前曾戲語，親為展娘擇婚，今雖魂歸天府，於茲仍念念不忘。為撮合展娘與適親事，乃安排二人於寶鏡玉杯中相會，唯如此神交，要非真身之會，勢難於塵世共諧連理。幸而故事結局則皆大歡喜，二人被邀至天上完婚。

驟觀此劇，無非「倩女離魂」舊題重寫，[12]生旦分屬「才子佳人」浪漫典型，或無深刻意義可言。但細讀戲文，我們則逐漸發現在這簡單情節之下，梅村正刻畫一重要命題：舊朝既亡，天回地劫，雞犬不寧，真正快樂（如婚媾之樂）之所，非在鏡中，即唯天上。此一重要命題，結局之前，梅村假曹道人（原後唐仙音院樂臣曹善才）之口道破。曹道人彈唱：

> 則我看世上姻緣，無過是影兒般照。一任你金屋好藏嬌，受用煞笙歌珠翠繞，脫不得這風流底

---

10 John Herington指出，現代的希臘戲劇研究中亦出現類似的問題，參見其*Poetry into Drama: Early Tragedy and the Greek Poetic Tradition* (Berkeley: University of California Press, 1985).

11 參見〈金人捧露盤・觀演秣陵春〉，楊學沆《吳梅村詩集箋注》（上海：上海古籍出版社，一九八三年），頁八六五。

12 「倩女離婚」這母題的名篇《離魂記》有H. C. Chang英譯，參見Tales of the Supernatural（New York: Columbia University Press, 1984）, pp. 57-61。

稿。怎及那仙人鶴背自吹簫。

渴望羽化升仙，正是明亡以後梅村的心願，曹道人（後唐遺臣）無乃梅村的「面具」。一如曹道人，明亡後的梅村，功名事業均成泡影，在異族新主的統治下，一方面心神無有依歸，一方面卻仍得竭力苟延殘命，心力疲憊，苦不堪言。明朝崇禎皇帝對梅村有知遇隆恩，及其自縊殉國（一六四四年），梅村未自盡報主，在其有生之年一直愧悔不已。明乎此，後之讀梅村詩者，方可了解何以這愧悔之感，驅使梅村於詩歌中表達了對仙界無限之嚮往。這母題反覆出現，絕非偶然，我們旁讀梅村其他自剖之詞不難發現，在這母題之下，隱藏著微妙的政治信息。在以下一詩，梅村直以明帝比作仙人：

浮生所欠只一死，塵世無繇識九還。
我本懷王舊雞犬，不隨仙去落人間。

淮南雞犬，眷戀故君，願隨明帝同歸天上，暗喻梅村對明室忠臣之心，此為梅村眾多詩作的結穴之處。唯清朝文網既密，梅村自揣或難直抒懷抱，在試借「面具」以掩飾真我的過程中，梅村必定發現於戲劇中描述歷史人物，為寄託其忠義的最佳方法。由是觀之，這一「面具」，非僅詩人一己的掩飾而已，它切入歷史，賦予歷史新的意蘊，這一刻意造就的新義正亦是詩人命意所在及希望讀者細心玩味之處。《秣陵春》寫就公演，梅村特撰一詞，致意於知音，望能玩其文詞，尋幽探祕，以知作者衷曲。其殷切之情，溢於言表：

喜新詞，初填就，無限恨，斷人腸。為知音、仔細思量。[13]

然而，梅村的同代人甚或友朋知梅村此劇為悼明之作者不多。順治九年（一六五二年），清帝「詔起遺逸」，正當梅村杜門撰作《秣陵春》之際，總督馬國柱遵旨舉地方品行著聞、才學優秀者，遂疏薦梅村。[14]梅村聞之，立修〈上馬制府書〉，以「清羸善病」故，謝此「殊榮」，[15]其事方休。唯翌年（一六五三年）初，梅村又再被當事疏薦於清帝，格於當時政治形勢以及其他考慮，梅村此次無法擺脫，乃於九月扶病出山，應召入都。當是之時，梅村方寫就寄託遙深的《秣陵春傳奇》，可想而知，梅村此際的憂危、悲憤必情見乎辭，溢滿紙上。因此此劇的深刻意義，非來自哲理玄思，而是出於切膚之痛。哀感發於至情，此個人遭際的投射，使此劇所刻畫的人世滄桑之感，分外淒哀感人。

必須指出，清世甚多作家受梅村影響至深，如孔尚任之撰作《桃花扇》，似即頗受梅村「面具」一理念之引發。實際上於劇終，孔尚任即假老贊禮之口透露了他於《秣陵春》的汲取。[16]「面具」不僅容許劇作家將明室傾頹的歷史意義客觀化，更使作品指涉作者的身世、情思，微言幽旨，難言之隱，在在託諸字裡行間。

更為觸目的則是梅村於詩歌中，亦以此種戲劇手法，傾注個人懷抱。梅村於其眾多的敘事體詩

13 〈金人捧露盤・觀演秣陵春〉，楊學沆《吳梅村詩集箋注》（上海：上海古籍出版社，一九八三年），頁八六五。末句可作兩解：梅村希望「知音」「仔細思量」，或梅村是為「知音」「仔細思量」。

14 馬國柱資料參見《年譜》，頁五五；Wakemann, *The Journal of Asian Studies* 43.3(1984), p.638。

15 參見Wakemann, p.638；另見侯方域致梅村函。函中侯方域勸告梅村不要出仕清室，參見侯方域《壯悔堂文集》（《四部備要》本，上海：中華書局，一九三六年），頁一七上－一八下。

16 為戲文「虛構型」的需要，孔尚任改梅村劇題為《秣陵秋》。《桃花扇》有Chen Shih-hsiang主譯的英文本：*The Peach Blossom Fan* (Berkeley: University of California Press, 1976)。

中，設計歷史人物角色，其意趣同符《秣陵春傳奇》的「面具」技巧。於此，梅村尤擅製七古長調，梅村此體之作，蒼涼淒麗，曲折詳盡，主觀情思寓於客觀結構，起興比物，情文相生，歎為觀止矣。早有論此體為梅村詩之最佳者，[17]清詩人、學者袁枚即云：

> 梅村七言古，用元白敘事之體，擬王駱用事之法，調既流轉，語復奇麗，千古高唱矣。[18]

尤堪注意者，則梅村七古之作又尤以歌行體最稱絕唱。歌行一體，本便抒情、敘事，詩人馳騁其中，最見真我。一己情思，中寫託寄，交織於事典肌理之間。其妙在於：此體詩歌，一如梅村之戲劇傳奇，容許詩人假所布置人物的口吻說話，暢所欲言，看似並非詩人直抒胸臆而是客觀敘事，又便於詩篇中主客交融，有我有人。梅村集中，此體夥矣。要而言之，梅村以歷史事件構篇，復在在寄寓一己之體驗、情思，於是乎歷史其貌，寄概其神。再言其要者，則梅村此體多成於明亡後十年之間，為梅村最激於興亡之感，最傷於個人遭際之時。舉例言之：〈永和宮詞〉悼明季田貴妃；[19]〈蕭史青門曲〉詠明亡以後崇禎帝幼女長平公主遺事；〈琵琶行〉寫樂師父子二人為己朗彈一曲，乃崇禎帝臨終之際情事，敘述亂離，嘈雜淒切；〈聽女道士卞玉京彈琴歌〉（一六五一年）寫易代之際，樂伎所遭之慘事；〈圓圓曲〉（一六五一年）以明叛將吳三桂、名伎陳圓圓韻事側寫明之顛覆，最富戲劇效果。[20]以上諸篇，均以戲劇化人物之口吻，敘說最緋惻動人之情事。於歌行體中使用戲劇化人物的聲

17 參見馬鈴娜〈略談吳梅村的七言古詩及其蕭史青門曲〉，《中國近三百年學術思想論集》（香港：崇文書店，一九七二年），第三冊，頁四四三。

18 袁枚《語錄》，轉引自馬鈴娜〈略談吳梅村的七言古詩及其蕭史青門曲〉。

19 此題繫年問題參見錢仲聯《吳梅村詩補注》，頁九六－九七。

20 此詩極其隱晦，論者對此詩的繫年問題一直爭論不休。參見馮沅君《吳偉業〈圓圓曲〉與〈楚雨生行〉的作期》一文，在

音，因此成就了梅村的企圖：於歌詩中傳遞一種普遍性的痛苦經驗。《四庫提要》曾點出梅村之患苦經驗與其歌行體之所以成功的關係：

> 及乎遭逢喪亂，閱歷興亡，激楚蒼涼，風骨彌為遒上。……其中歌行一體，尤所擅長。[21]

從很多方面來說，梅村詩體現著中國詩歌傳統的特色，亦展露了在這傳統中無數詩人所面對並試圖克服的難題。理論上，「詩言志」——在心為志，發言為詩，唯實際情況，特別是政治情勢又往往不容許詩人暢所欲言。有趣的是，每每又正是在改朝易代之際，政治壓力最嚴峻的時候，詩人掌握到超越這個困局的竅門。以下我將以梅村的〈聽女道士卞玉京彈琴歌〉闡明這現象，梅村此篇什，可謂其貌似最坦白無諱，而實際上乃最隱之作。梅村需要造就這種「坦誠布公」的語調作為保障，以抵擋政治橫加於言志的限制，亦反映了梅村可憐的處境。

以中國史學角度而言，梅村之謳歌卞玉京，與史家寫實紀事的職志或同其趣。事實上，此篇什亦無異明室、秦淮樂籍名姝悲慘命運的史論。晚明文化中有一非常惹人注目的現象：南京、蘇州一代出現為數眾多的樂伎，以賣藝為業，每每兼擅詩書畫，青樓之地遂成為晚明文人雅聚的文化中心。明室既亡，清兵於一六四五年陷南京，南京及其鄰近地區的藝伎乃流離四方。其中不少更為清兵擄劫北去，亦有不少遁入佛道之門，變身為尼姑或女道士。平情而論，她們所歷經的患苦與明遺民的遭遇大可相提並論。

其《馮沅君古典文學論文集》（北京：人民文學出版社，一九八〇年），頁三九二—三九九。史家陳寅恪則主為一六五一年之作，參見其《柳如是別傳》（上海：上海古籍出版社，一九八〇年），頁四九一。

21 《四庫全書總目提要及四庫未收書目禁毀書目》（臺北：商務印書館，一九七一年），頁三七〇五。

秦淮樂籍中，名伎卞玉京即曾閱歷明清二朝的廢替的經過，無怪乎玉京成為梅村謳歌的對象。玉京知書，工小楷，善畫蘭鼓琴。余懷《板橋雜記》述其畫事曰：「（玉京）喜作風枝裊娜，一落筆，畫十餘紙。」[22]其為伎亦與眾不同：

見客，初不甚酬對，若遇佳賓，則諧謔間作，談辭如雲，一座傾倒。[23]

玉京亦以詩知名，例如她親題扇面，為傾慕者之一許志衍贈別。[24]其詩曰：

剪燭巴山別思遙，送君蘭楫渡江皋。
願將一幅瀟湘種，寄予春風問薛濤。[25]

正因為玉京才色兼備，極受仕紳垂愛，在當時可能只有名伎陳圓圓堪與玉京爭領風騷。時人曾如此形容玉京明末樂伎生涯的風采：

酒爐尋卞賽，花底出圓圓。[26]

22 余懷《板橋雜記》（上海：掃葉山房，一九二八年），頁八b—九a。
23 余懷《板橋雜記》（上海：掃葉山房，一九二八年），頁八b—九a。
24 參見《梅村詩話》，《梅村家藏稿》，頁九九三。
25 「瀟湘種」，一種菊花種子。薛濤，唐時蜀中著名樂伎，亦以詩名。
26 葉襄〈贈姜垓百韻詩〉，陳維崧《婦人集》冒襄注中引，《婦人集》在《昭代叢書》己集卷三六，頁二下。卞玉京亦名卞賽。

玉京命運之逆轉，正如其他樂伎，始於明室之覆亡。明亡之初，玉京隱居不出，數年間潦倒無靠，然後某一天，玉京現身蘇州城內再為觀眾操琴，梅村本篇，即為此一情事。本篇或繫於一六五一年，則距南京之陷又六年矣。梅村自道：

……，側聽彈琴聲。
借問彈者誰？云是當年卞玉京。
玉京與我南中遇，家近大功坊底路。
………[27]

梅村以戲劇的筆法開篇，唯我們往下讀則可發現，這一框架僅為帶出後面玉京自己的長歌而已。作為一自我匿藏的敘事者，梅村於篇首鋪墊後即隱身事後，讓主角對觀眾（讀者）自彈自唱。由於敘事者並不直接介紹玉京其人其事，讀者只得聆聽玉京自道身世，並循其言，漸次了解玉京的款曲。

細讀詩文，讀者將發現玉京的身分是一目擊二朝興廢的劫餘之人，見證著無辜女性於變亂間所橫遭的劫難。其歌以敘述一薄命紅顏始，淒楚清絕：中山公子徐青君女有絕色，[28]為南明弘光帝選為昭容，未入宮而南京陷（一六四五年），為清兵擄劫北去。歌中記述了中山女家住玉京秦淮青樓對門，意味深長：

27　《全集》，頁六三—六四。
28　《板橋雜記》載：「中山公子徐青君，魏國介弟也。家貲巨萬，性豪侈，自奉甚豐，廣蓄姬妾。造園大功坊側……乙酉鼎革，籍沒田產，遂無立錐，群姬雨散，一身孑然，與傭丐為伍，乃至為人代杖。」（頁一四b—一五a）

小院青樓大道邊，對門卻是中山住。
中山有女嬌無雙，清眸皓齒垂明璫。

玉京以目擊者的語調描述中山女的故事，敘述史事儼如親歷其境，譬況中山女衷懷則設身處地，絲絲入扣。玉京直接陳述，宛如與中山女憂患與共，使詩篇更具感染力：

萬事倉皇在南渡，大家幾日能枝梧。
詔書忽下選蛾眉，細馬輕車不知數。
中山好女光徘徊，一時粉黛無人顧。
豔色知為天下傳，高門愁被旁人妒。
盡道當前黃金尊，誰知轉盼紅顏誤。
南內方看起桂宮，北兵早報臨瓜步。
聞道君王走玉驄，犢車不用聘昭容。
幸遲身入陳宮裡，卻早明填代籍中。

玉京為中山女嗟歎天意弄人，哀中山女復哀與中山女同樣命運蹇澀的女性。以玉京視之，這都是橫加於女性的桎梏：

依稀記得祁與阮，同時亦中三宮選。
可憐俱未識君王，軍府抄名被驅遣。

漫詠臨春瓊樹篇，玉顏零落委花鈿。

其聲一轉而為淒酸激楚，惟有長歌可以當哭：

我向花間拂素琴，一彈三歎為傷心。
暗將〈別鵠〉〈離鸞〉引，寫入悲風怨雨吟。

正是當玉京意識到己身的滄桑實為同代人共同的苦痛經驗時，她的聲音已化為一代人心靈的吶喊。然而玉京並不消極低首於命運的捉弄，在歌詩的下半章，玉京娓娓道出她如何因逃避異族的逼迫而成為女道：

昨夜城頭吹篳篥，教坊也被傳呼急。
碧玉班中怕點留，樂營門外盧家泣。
私更裝束出江邊，恰遇丹陽下渚船。
翦就黃絁貪入道，攜來綠綺訴嬋娟。

梅村這種自我匿藏的技巧可謂獨步一時，在製作其歌行體詩篇時，梅村自始至終於事件不加評論。此為戲劇性的抒情手法，容許情思「演出」（to be shown），而非依賴「陳述」（to be told）。[29]

[29] 關於「演出」與「陳述」二技巧在小說寫作上的分別，可參見Wayne C. Booth, The Rhetoric of Fiction (Chicago: The University of Chicago Press, 1961),p. 8。

正因我們能聆聽玉京親口道出其見證，而無須作者直接介入陳述，詩篇別具感染力，我們較易認同其觀感，同情其遭遇。事實上，梅村於篇末描述觀眾為玉京悽愴傷懷，我們今天亦感同身受：

坐客聞言起歎嗟，江山蕭瑟隱悲笳。
莫將蔡女邊頭曲，落盡吳王苑裡花。

梅村本篇之妙趣，端在其戲劇化的詩藝，詩人刻意經營成就了客觀的效果。這種「演出」的修辭手法，加強了卞玉京故事的史意。而事實上，時近一六五一年，清人確曾有強奪秦淮當時及舊日樂籍名姝之舉。此事可能與清世祖喜愛戲劇有關。[30]

作為戲劇化角色的卞玉京無非一個幌子，乃詩人主體（self）藝術化的投射。一如卞玉京，明亡後梅村的生活方式澈底改觀，一六四五年後，梅村即完全隱居不出，免招清廷耳目。顧湄〈吳梅村先生行狀〉云：

易世後，杜門不通請偈，每東南獄起，常懼收者在門，如是者十年。[31]

一如卞玉京，梅村亦悲故舊漂零，哀傷寂寞在在情見乎詞，其〈東萊行〉有句云：

異地客愁君更遠，中原同調幾人留？

---

30 陳寅恪說，參見《柳如是別傳》，頁四九四。
31 《年譜》，頁四五。

> 回首風塵涕淚流，故鄉蕭瑟海天秋。

一如卞玉京，梅村亦歷經了易代之際的種種悲劇，同樣不選擇自殺一途。二人均可謂代表著「隱逸」一類的人物，相信當公眾和私人角色水火不容時，中國文化能提供一種另類選擇——退隱，既能不降節辱身，亦可以合乎現實地解決問題。[32]

上述種種，均可以說明梅村何以經常在其七言歌行中安置女性作為戲劇化的角色，使讀者覺得其歌詩情文兼具，姿態橫生而又意味深長。透過女性角色寄託情志——其身分無論性別或社會地位皆迥異於詩人自己，梅村成功地賦予詩歌一種外物假借，一種主體憑藉的「面具」，梅村這種「面具」詩藝大大豐富了詩歌源遠流長的表達傳統。這種技巧梅村傾力為之，亦極邀時譽，而部分原因則在於戲劇在當時極為流行。除此以外，梅村特鍾情於七言歌行體詩歌，透過詩中人物曲折地傾吐心聲。基於此，雖然梅村論詩主唐，為詩亦力求詩人真我呼之欲出的境界，但很明顯，他已轉化了盛唐詩的抒情理想，他於詩篇中注入了一種戲劇性的抒情聲音。換言之，梅村固然身閱興亡，歷經艱難，他卻經常避免在詩中以第一人稱出現。以第一人稱體製肘極多，梅村經營的詩藝是在歌行體中塑造人物角色，用以寄託詩人內心的情志，這種角色即梅村的外物假借。其詩作乃成主體自我隱匿，又同時自我體現的假構。這種「面具」的詩藝於有清一代詩人啟發甚富：藉著這種客觀化的手段，詩人可以寄託他們對清廷的憤懟，而又可避免因真筆直書而招致文字獄的危險。

論者以為，梅村歌行體之所以蔚為奇觀，在善於取法中唐詩人白居易、元稹等歌行體之法式。[33]

---

32 有關中國文化中「隱逸」現象的討論，可參見F. W. More, "Confucian Eremitism in the Yuan Period", in Arthur F. Wright, ed. *The Confucian Persuasion* (Stanford: Stanford University Presss,1960), pp. 202-240。

33 傳統說法見馬鈴娜〈略談吳梅村的七言詩及其蕭史青門曲〉。

此論或有可補充者。誠然，一如元白，梅村偏好長調，篇中亦有敘事及戲劇的結構。以體裁及風格言，梅村的〈聽女道士卞玉京彈琴歌〉亦在在有白氏名篇〈琵琶行〉的意味。兩篇均敘述一曾為樂伎的女子演琴，此女子亦是從困苦中練就了堅毅的性格。在兩篇中，詩人均透過同情女性命運的蹇澀而表達了落落寡歡，不能與時人同流合汙的心情。唯兩篇之間有一重要的區別，此中關乎詩人選聲作色的角度，白詩中主體的抒情聲音表露無遺，而梅村主體的微言幽旨則全賴此一女性角色的主觀口吻傳遞，讀者必須通過此角色尋幽探祕，方可把握到梅村的情志。其所以如此，在於〈琵琶行〉中，白居易並不回避真吐心聲，或與詩中女子展開對話，而於〈聽女道士卞玉京彈琴歌〉中，梅村採取了自我隱匿的手段，詩中角色與梅村之間的關聯，端賴與梅村有相似經歷的讀者自行揣度而得。這種「面具」的詩藝容許了梅村免受傳統第一人稱歌詩的種種束縛，這個突破脫胎於戲曲，成就了梅村的「面具」那種自給自足的詩藝，容許梅村無須像中唐詩人般直接介入詩篇，而詩中主體與客體的情思已水乳交融，相得益彰。

唯此必須強調，即令梅村運用了這種「面具」的詩藝，其歌行中亦含敘事的結構，梅村此體詩仍屬抒情詩體的傳統。所謂「抒情體」（lyrical mode）乃指「一種詩人情思延伸的表達手段，其指涉歸結於現在，外物假借緣此而轉化、蛻變為主體及現在藝境的一部分。」[34]讓我們回頭再看〈聽女道士卞玉京彈琴歌〉，以外在言，本篇為一敘事詩，以戲劇性的手法敘述客觀事實。唯究其實，當我們意識到詩人正通過此一角色書寫自己的胸臆時，我們開始發現詩人的主體而非詩中的外物假借，方是全詩的焦點所在。尤有進者，則卞玉京的述說方式——一如梅村其他眾多詩篇中的說話者，處處透露著抒情詩人理解世界的獨特方法。其故在於，詩中所敘述的本事有一種周延的性質，並無明確的起點或

34 Kang-i Sun Chang, The Evolution of Chinese Tz'u Poetry: from Late T'ang to Northern Sung, p. 19.

終結，因而凸顯了一個經過主觀塑造的世界觀。詩中故事情節幾乎全無開展，稍作延伸亦以詩中的角色視點為歸依，這大可理解為詩人主體延伸的依託，這種詩境把抒情主體（lyricself）立於一個複雜的情境中。在一方面看來，詩人是在借助表層的戲劇、敘事形式經營一種客觀的質地，但從另一方面看來，在其戲劇性的「面具」背後，詩人又總是在書寫著一己遭遇的情韻。

於此有必要指出，梅村歌詩中的女性角色，歷史上都確有其人，只有少數例外，而這些人物又多半是曾於前朝名噪一時的女性。舉例言之，田貴妃與長平公主為明朝宗室；卞玉京與陳圓圓為樂籍名姝。因為這些角色確為公眾人物，梅村要給詩歌造就一種公眾知識的印象便比較容易了。[35]此種關鍵之處，在於這個歷史真實的層次會引導讀者以為，這些女性角色的故事與作者的遭際無關。但真相卻往往是詩人敘述這些角色的故事時，深帶同情、哀憐的意味，結果是詩中事件出於人工的客觀感與詩人主體的情思投射交織，產生了一種張力。詩人越是刻意操演材料，企圖掩蓋個人隱情，這種張力就越為明顯，可謂欲蓋彌彰。這首詠玉京的典型「面具」式抒情式處處可見出這個特色。

所謂「隱情」（除了上文討論的悼明之思外），其實是梅村與其詩作中反覆出現的女性人物卞玉京曾有一段纏綿悱惻的舊情。自一六三〇年左右至玉京故去，三十餘年來，梅村不斷以玉京入詩。開始的時候，梅村似乎慕其色多於其他，下面的〈西江月・春思〉一闋詞可證明此點，此詞梅村後來承認是在玉京尚為樂伎時所作：

嬌眼斜回帳底，酥胸緊貼燈前。匆匆歸去五更天，小膽怯誰瞧見。臂枕餘香猶膩，口脂微印方

35 此等女性，生際易代之世，歷盡滄桑，身世曲折，固已反映著同代人的共同命運，即使無文士為之渲染，亦自有其自身的重要意義。梅村的讀者顯然亦知此點。

鮮。雲蹤雨跡故依然，掉下一床花片。[36]

據梅村自言，玉京對己極為傾慕，甚至於求婚於己，梅村卻婉拒了玉京，玉京自然肝腸寸斷。[37] 梅村並不知道這拒絕對玉京的傷害有多深，看來玉京從沒有自這創傷中復原過來。容我仔細道來：數年之後，其時明社已屋，梅村得悉玉京仍為獨身且已遷回蘇州，梅村乃求玉京與己於友人家相會，這次卻是玉京藉故婉謝了。[38] 此時梅村已過中年，飽歷滄桑，妻子於離亂中逝去，前朝更已成泡影，梅村對玉京的感情已起了很大變化。這些年來，梅村對這個自己昔日曾輕視過的女子產生了無限的欽佩與愛慕，其情真切，乃由憂患與智慧而來，了解與同情有加。梅村因玉京不肯原諒自己，拒絕相會，在深深的悔咎中寫下〈琴河感舊〉四首以志舊情。此組詩感情熾烈，分外華豔動人，其三有如下四句，真可視為愛之自白：

青山（衫？）憔悴卿憐我，紅粉飄零我憶卿。
記得橫塘秋夜好，玉釵恩重是前生。[39]

36 此詞在《梅村詩餘》，被收錄於《清名家詞》（一九三七年本，上海：上海古籍出版社，一九八二年），頁一〇。亦可參見梅村《梅村詩話》中自剖之語，見《梅村家藏稿》，頁九九四。末一句暗指性事，甚或初夜的情況。

37 參見〈過錦樹林玉京道人墓〉前附〈傳〉文，頁二五〇—二五一。

38 參見《全集》，頁一六〇。

39 「玉釵」於此有特殊的象徵意義，乃指定情的信物。梅村詩用此語，實即告訴讀者，橫塘秋夜，梅村與玉京確已有夫婦之歡，這有助於解釋為何玉京對梅村的關係一直異常認真。李白〈白頭吟〉有句云：「頭上玉燕釵，是妾嫁時物。」玉釵即象徵夫婦之恩情。李詩在《李太白全集》（北京：中華書局，一九七七年），頁二四六。此解承余英時教授相告（私人通信），謹此致謝。

數月之後（一六五一年），玉京乃隱入道門，之後再返蘇州專為梅村及其友人彈其怨曲，這次即興的「演出」，看來真讓不少斷腸人同聲一哭，梅村此詩即記述此事。其事既曲折如此，無怪乎情詞激越，悱惻動人。雖然如此，我在上文已嘗試論證，玉京之歌轉化為梅村之詩，呈現的是對此情事一種非個人的感觀，全詩的措語更是要引導讀者，以為作者梅村與女道人卞玉京素未謀面。詩之開篇尤其予人作者力求客觀的印象，使詩中情事恍如他人故事，而非作者自抒懷抱：「……側聽彈琴聲。借問彈者誰……」毫無疑問，梅村經營這種非個人的語調，是欲避免過於激情，處處關己，而陷於苦痛之中無法自拔。

此中最重要的是，梅村運用了「面具」或是人物角色的手段去控制及客觀化個人的哀苦。其理在於，在梅村的想像中，卞玉京作為經歷了改朝換代之際種種悲劇的劫餘之人，已然是自己聲音的延續了。正是這種與世乖離以及暗中與之款曲相通之感，促使梅村以這女子的聲音長歌當哭。這一聲音，表面看來並非出自梅村，唯究其實，非梅村者其誰！「面具」之運用，容許梅村在詩中造就了一種公然的聲音，既自由亦復忠實。梅村於此道似乎深有體悟，在以後事清的幾年裡，創製了一系列歌寫樂伎樂師人世滄桑的新作。[40]於詩中，梅村幾乎全無例外地與受苦受難的女性角色融為一體，試舉其最明顯者言之，在〈臨淮老妓行〉（《秣陵春》寫畢後兩年作）中，女性角色之自哀頭白，無異梅村之暮年興寄：

> 老婦今年頭總白，淒涼閱歷興亡跡。[41]

40 例如〈圓圓曲〉（一六五一年）、〈王郎曲〉（一六五四年）、〈臨淮老妓行〉（一六五五年）。

41 詩文見《全集》，頁二八五－二八六。此詩梅村傾力為之，亦甚自得，其友談遷（一五九四－一六五八年）於其《北遊錄》（北京：中華書局，一九六〇年），頁一一〇，亦特書此事。

因此，以比喻言之，詩人之無助處境隱隱然已成一代人命運之共同縮影——尤其於是時，梅村已身不由己，被逼出事異族新朝，其身世固大有同於秦淮樂伎者矣。

梅村之事清，其事雖不過數年（一六五三－一六五七年），仍甚遭同儕詬病，只有二、三友朋肯起而為梅村置辯。王隨庵云：

是秋九月梅翁應召入都，實非本願。而士論多竊議之，未能諒其心也。[42]

惟真正可哀的是，即令梅村不斷悽悽惶惶反躬自省，益自引咎，梅村始終不能原諒自己。梅村自恨甲申之變懦忍不死，嗣後又出事清室，一身而兩姓，於大節自虧，史冊必筆其惡名。一六五四年，梅村於北京居官之時，追懷往事，俯仰身世，在愧悔的心情下，寫了極其沉痛的〈賀新郎・病中有感〉一詞：[43]

萬事催華髮。論龔生、天年竟夭，高名難沒。[44]吾病難將醫藥治，耿耿胸中熱血。待灑向、西風殘月。剖卻心肝今置地，問華佗解我腸千結。追往恨，倍淒咽。

故人慷慨多奇節。為當年、沉吟不斷，草間偷活。艾炙眉頭瓜噴鼻，今日須難決絕。早患苦，重來千疊。脫屣妻孥非易事，竟一錢不值何須說。人世事，幾完缺？

42 《年譜》，頁五六。

43 楊學沆《吳梅村詩集箋注》，頁八八九。此題傳統認為乃梅村絕命之詞。錢仲聯氏有新證，考證此題成於一六五四年，時梅村仍於北京居官，今從其說。參見錢氏《夢苕盦專著二種》，頁一七三。

44 漢代龔勝以直名，王莽篡漢，龔歸隱鄉里，莽數遣使徵之，不受，語門人曰：「旦暮入地，豈以一身事兩姓！」絕食十四日死。其事可參《漢書》卷七二，〈兩龔傳〉。

這闋極為重要的詞與其他幾首梅村振筆直書的詩作一樣，一方面為己身的淒涼處境哀歎，一方面又強烈地為自己辯解：梅村絕非明室不忠不義之臣。這是梅村自訟之詞——一個誠實心靈的告解。正是通過這樣的詩作，讀者方可替梅村揭去在不同體制的抒情式傳奇及戲劇性詩歌中戴上的「面具」。正是在這個意義上，詩人一方面在詩中造就疏離的印象，一方面又引領讀者進窺其微言幽旨。

（嚴志雄譯）

*本文譯自作者的英文論文：Kang-i Sun Chang, "The Idea of the Mask in Wu Wei-yeh (1609-1671)" *Harvard Journal of Asiatic Studies*, 48.2 (1988):p. 289-320.此譯文曾獲*Harvard Journal of Asiatic Studies*授權，特此致謝。譯文原載於《中國文化》一九九四年八月號，第十期。

錢謙益及其歷史定位

歷史上對於錢謙益（一五八二－一六六四年）其人的評價，向來毀譽不一。錢在世的大部分時間裡一直被公推為詩界巨擘、文壇領袖，以他主盟的虞山派在明末的諸多詩歌流派中聲名顯赫，數以百計的弟子向他問學不輟，[1]若不是明朝覆亡，錢肯定會彪炳史冊。然而一六四五年，滿清鐵騎攻陷南明的都城南京，錢的命運也就此急轉直下。是時在福王朝廷就任禮部尚書的錢謙益迅速投降了清人，儘管錢後來對於自己的降清搥胸泣血，深自愧悔，儘管他在一六四六年即致仕歸鄉，中國許多文史學家卻不肯寬恕（或者說忘卻）錢短暫的「叛國投敵」行為。在他們心目中，錢謙益始終是「失節者」的代名詞。[2]

富有諷刺意味的是，第一個以官方形式聲討錢謙益的人正是滿清的乾隆皇帝，他對錢作出的結論是：「大節有虧，實不齒於人類。」[3]到了一七六九年，即錢死後一百多年，乾隆下詔禁毀錢謙益的全部詩文，後來還著意指示「無使稍有存留」。[4]乾隆首先是憎惡錢謙益身事兩姓，有虧臣節，同時

1 見胡幼峰《清初虞山派詩論》（臺北：國立編譯館，一九九四年）。

2 比如說，直到一九九八年，著名學者嚴迪昌在評價錢謙益詩文時仍然抱有極深的成見。見嚴迪昌《清詩史》（臺北：五南圖書出版公司，一九九八年），上冊，頁三五三－三六一。趙園非常同情錢謙益，卻也稱他為「失節者」。見趙園《明清之際士大夫研究》（北京：北京大學出版社，一九九九年），頁三〇五頁。

3 王鍾翰點校《清史列傳》（北京：中華書局，一九八七年），第二〇冊，卷七九，頁六五七七。

4 同上。

又對錢降清後尚在詩文中「陰行詆謗」滿人的行徑怒不可遏。故此，在一七七〇年的一首御制詩中，乾隆指斥錢謙益「進退都無據」。[5]

有趣的是，乾隆皇帝褒顯忠貞風勵臣節，詔旌明季死事諸臣為大明英烈。我們由此注意到，即使是在十八世紀七〇年代大興文字獄的時候，[6]乾隆也極少公開指責那些在十七世紀為前朝捐軀的忠臣義士。J.D. Schmidt對此解釋得很到位：這是因為清政府「希望當代的官員能夠以同樣的忠誠為本朝效命」。[7]知道了這一背景，便不難理解乾隆為何於一七七六年為明朝忠烈陳子龍（一六〇八－一六四七年）平反昭雪，還英雄以本來面目，[8]凜於陳氏的「浩然正氣」，乾隆將其追謚為「忠裕」。[9]

與此相反，對於那些身事明清兩朝的官員，乾隆皇帝決定予以懲戒，至於處分輕重則因人而異。於是，一七七七年乾隆下詔為錢謙益一類的「無行」降臣專門在國史中增立〈貳臣傳〉。在乾隆看來，錢謙益「反側貪鄙」，正是「貳臣」這一類別的不貳人選。[10]一七八一年，乾隆進而將錢謙益及其他幾個「貳臣」貶入〈貳臣傳〉乙編（以示比列入甲編的洪承疇諸人更低一等）。乾隆諭旨說，錢謙益之流歸順本朝不過是「謬託保身」的一時權宜，[11]作為一種懲戒，錢謙益的詩文集被皇皇巨著

---

5 同上，卷七九，頁六五七八。

6 見Luther Carrington Goodrich, *The Literary Inquisition of Ch'ien-lung*（乾隆朝的文字獄）（Rpt. New York: Paragon Book Reprint Corp., 1966）；吳哲夫《清代禁毀書目研究》（臺北：嘉新水泥公司文化基金會，一九六九年），頁四五－四六。

7 J.D. Schmidt, *Harmony Garden: The Life, Literary Criticism, and Poetry of Yuan Mei (1776-1798)*（隨園：袁枚的生平、文學批評與詩歌）（London: Routledge Curzon, 2003）, p. 382.

8 Kang-I Sun Chang, *The Late-Ming Poet Ch'en Tzu-lung: Crises of Loveand Loyalism*（New Haven: Yale University Press, 1991）, p.4。或見該書中文版孫康宜著，李奭學譯《陳子龍柳如是詩詞情緣》（臺北：允晨文化實業股份有限公司，一九九二年），頁四七。

9 見陳子龍《陳忠裕全集》（王昶編，出版地不詳，一八〇三年），一a－三a所附錄的乾隆聖諭。

10 《清史列傳》，卷七九，頁六五七八。

11 《清實錄・高宗純皇帝實錄》乾隆四六年（1781）（北京：中華書局，一九八五－一九八七年），卷一一四二，頁二九三－二九四。

《四庫全書》澈底擯除在外。

與此形成鮮明對比的是同樣被列入〈貳臣傳〉的另一位詩人吳偉業（一六〇九－一六七二年），他受到了乾隆皇帝截然不同的對待。吳的詩文不僅從來沒有受到查禁，還被收入《四庫全書》。Wai-yee Li（李惠儀）指出，吳偉業的詩歌於故國之思、黍離之悲再三致意焉，比如吳在一六五三年迫於高壓，赴北京出仕新朝途中寫下的四首揚州詩就抒發了他追悼亡明感懷舊主的痛楚心情，[12]可是吳氏的作品顯然並沒有冒犯乾隆皇帝，或許這是因為如謝正光所說的，吳偉業「始終謹言慎行」，[13]並且與反清復明運動素無瓜葛。事實上，也許這只是乾隆玩弄的一種高明的政治手腕，意在昭示眾人：即使是像吳偉業這樣的「貳臣」，由於不曾公然「誹謗」滿人，所以還是應該和錢謙益區別對待。又或許吳偉業不過是倖免於難，因為和他情形相仿的其他幾位文人動輒成為乾隆文字獄的犧牲品，比如嚴志雄的論文就展示了儘管詩僧函可（一六一二－一六六〇年）的作品並無特別明顯的反清傾向，函可死後依然難逃乾隆朝酷烈的文字之禍。[14]

錢謙益真正的悲劇在於他不但開罪了滿人，也開罪了漢人，國有患，大臣當身殉社稷這種中國人普遍的道德期待，熟讀孔孟成仁取義之道的儒士們未嘗敢須臾忘之。故此，儘管錢謙益以其傑出的文學成就為海內士林所仰望，卻因降清招致千夫所指萬人唾罵。比如說十七世紀的曹爾勘（一六一

12 見Wai-yee Li, "*History and Memory in Wu Weiye's Poetry*"（吳偉業詩歌中的歷史與追憶）。該文已收入*Trauma and Transcendence in Early Qing Literature*, edited by Wilt L. Idema, Wai-yee Li, and Ellen Widmer (Cambridge, Mass.: Harvard University Asia Center, 2006)。

13 謝正光〈探論清初詩文對錢謙益評價之轉變〉，《香港中文大學中國文化研究所學報》第二一卷（一九九〇年），頁二七七。

14 見Chi-hung Yim（嚴志雄），"Loyalism, Exile, Poetry—Revising the Monk Hanke (1612-1660)"〈忠義、放逐、詩歌——重審詩僧函可〉。該文收入*Trauma and Transcendence in Early Qing Literature*, edited by Wilt L. Idema, Wai-yee Li, and Ellen Widmer (Cambridge, Mass.: Harvard University Asia Center, 2006。並參見嚴志雄、楊權合編：《千山詩集》（*The Collected Poems of Hanke*）（臺北：中央研究院中國文哲研究所，二〇〇八年十二月）。

七—一六七九年）、彭士望（一六一〇—一六八三年）、湯修業就一致哀歎錢謙益不能為明朝全節盡忠。[15]另一個例子是著名文人查慎行（一六五〇—一七二七年），儘管仰慕錢謙益的詩才，查還是寫了一首詩譏刺錢「點妝巾貎俱新樣」，言下之意就是說：錢已經置名節廉恥於不顧，薙發易衣冠，乖乖歸順了滿清皇朝。[16]

不過，還是有那麼一些讀者，由於敬慕錢，寧肯冒著生命危險也要保存他的詩文，所以直到今天我們還能看到錢的大部分作品。然而乾隆的文錮已經對錢造成了損害，一個多世紀以來，錢一直背負身後惡名，按照清儒錢泳（一七九五—一八四四年）的說法，正是因為這個原因，錢謙益在常熟的墳塋長期以來無人祭掃。與此形成鮮明對比的是，錢謙益寵姬柳如是的墳塋就坐落在數步開外，一直吸引著從中國各地來此憑弔追懷的仰慕者。[17]錢泳獲悉錢謙益身後蕭條，子孫已絕，便在錢謙益墓前為之立碣曰「東澗老人墓」，卻不幸為這一義舉備受奚落。[18]感傷之餘，錢泳在筆記《履園叢話》裡哀歎錢謙益當死而不死：

15 見曹爾勘《錢牧齋先生挽詞》、彭士望《讀虞山梅村詩後》、湯修業《書某公詩集後》，引自謝正光《探論清初詩文對錢謙益評價之轉變》，頁二六六—二六七。關於彭士望及其詩文集《恥躬堂文鈔》、《恥躬堂詩鈔》，見鄧之誠《清詩紀事初編》（香港：中華書局，一九七六年），上冊，頁二〇九—二一〇。

16 承蒙吳承學教授提醒，令我注意到查慎行的詩，特此鳴謝。見袁枚《隨園詩話》卷一四，第八二條引查慎行《金陵雜詠》，王英志編《袁枚全集》第三冊，頁四七八。關於明遺民對於滿清薙發易衣冠政策的反應，見趙園《明清之際士大夫研究》，頁三〇八—三一七。不過值得注意的是，儘管查慎行偶爾會批評錢謙益的政治操守，他仍然是錢的一大仰慕者。關於這一點，見謝正光《探論清初詩文對錢謙益評價之轉變》，頁二七〇。據錢泳《履園叢話》載，查慎行另有一聯詠錢謙益：「生不並時憐我晚，死無他恨惜公遲。」就表達了查對於錢既愛慕其才華絕代又惋惜其晚節不終的複雜感情。見錢泳輯《履園叢話》（北京：中國書店，一九九一年），下冊，卷二四，頁六五五—六五六。

17 錢泳輯《履園叢話》卷二四，頁六五五。柳如是的仰慕者包括常熟縣令陳文述（雲伯），他下令為柳墓清理立石。

18 見上一條批註。關於錢泳，見袁枚《隨園詩話》，卷一四，《袁枚全集》，第三冊，頁四五五—四五六。

虞山錢受翁，才名滿天下，而所欠惟一死，遂至罵名千載……[19]

物換星移幾度秋，一九〇二年，日本詩人金井秋蘋（一八六三—一九〇五年）憑弔了錢謙益在常熟的墳塋，賦得漢詩一首，立意新奇而情致感人：

烏臺詩案烏程獄，[20]
才大其如命蹇何。
若說文章千古事，
只應東澗似東坡。[21]

在詩序裡，金井秋蘋交代了他作詩的緣起：正是因為看到了錢泳（尚湖漁者）為錢謙益所立的墓碑，碑上的五個字（「東澗老人墓」）係集刻宋朝詩人蘇東坡的書法，才引發了金井的靈感。[22]通過將錢謙益比擬為宋朝的天才詩人蘇軾，金井秋蘋以一種嶄新的眼光重讀錢謙益，跳出了中國傳統詩論

19 錢泳，《履園叢話》，卷二四，頁六五五。

20 一〇七九年，宋朝詩人蘇軾以詩文賈禍，被羅織以「語涉訕謗」的罪名從湖州逮捕，押解入京，因禁於御史臺獄達四個月，是為「烏臺詩案」（「烏臺」是御史臺的別稱）。「烏程獄」指的是溫體仁對於錢謙益一連串政治攻擊，特別是一六三七年由於溫體仁黨羽的攻訐，錢被收監（之所以叫「烏程獄」，大概是因為溫體仁是烏程人）。

21 金井秋蘋，《秋蘋遺稿》（一九〇五年），三五b—三六a。感謝京都立命館大學的圖書館員長谷川祥子（Hasegawa Sachiko）為我提供了《秋蘋遺稿》的影本。對金井秋蘋詠錢謙益詩的賞析見神田喜一郎《日本填詞史話》，程郁綴、高野雪中譯本（北京：北京大學出版社，二〇〇〇年），頁四二九。

22 顯然金井秋蘋並不知道「尚湖漁者」就是錢泳的號。值得注意的是，「尚湖漁者」在《秋蘋遺稿》頁三五b裡被錯印成「尚潮漁者」。此外，「東澗老人之墓」應為「東澗老人墓」。

中以道德評判為核心的窠臼。金井詩新穎就新穎在，它著重強調了天才詩人的不幸遭際（「才大其如命蹇何」），也展現了亂世是如何將蹇厄命運不公平地強加給無辜的人們。[23]和蘇軾一樣，錢謙益歷經仕途險惡，不只一次因為政治的原因而鋃鐺入獄。儘管在詩才上，錢謙益或許還不能與蘇軾比肩，就接受史而言，錢謙益卻要比蘇軾經歷更多的是是非非。

另一方面，我們不應該忘記在十八世紀六〇至七〇年代，即乾隆皇帝無情地將錢謙益打入另冊之前，錢一直享有極高的聲望。事實上，在生前身後的一個多世紀裡，錢謙益占據了文壇的宗主地位。[24]比如，錢謙益與吳偉業、龔鼎孶合稱「江左三大家」，[25]整個明遺民群體將錢奉為詩歌創作方面的泰山北斗，尤其是後起之秀王士禛驕傲地自許為錢氏傳人。[26]另一個例子是詩人吳祖修，他在自

23 神田喜一郎認為金井秋蘋在對錢謙益的深切同情裡寄託了對於自身身世的感懷，和錢一樣，金井詩才雄驁卻仕途蹭蹬（見《日本填詞史話》中譯本，頁四二九）。在留學德國攻讀經濟學的九年裡，金井秋蘋的主要興趣愛好就是隨當時亦客居德國的中國詩人潘蘭史作漢詩。一八九三年回到日本後，金井秋蘋找工作很不順利，曾暫時被一所高中招聘為德語講師。一九〇二年春，他受聘於中國常熟的一所學校擔任東文學舍總教習，而常熟正是錢謙益的故鄉。也許金井秋蘋選擇在錢謙益的老家虞山一帶生活並非偶然，不管怎麼說，他要憑弔錢謙益在虞山的墳塋很方便，金井秋蘋的許多漢詩都是在旅居常熟的一年中寫就。

24 當然，這並不是說錢謙益從來沒有受到過批評，在探討清初詩文對錢謙益「評價之轉變」的論文中，謝正光提及，儘管錢的門生故舊一致愛戴與支持錢，也有士人對於錢的降清持嚴厲的批評態度。見謝正光《探論清初詩文對錢謙益評價之轉變》，頁二六一—二八一。

25 請注意，「江左三大家」這一名稱首先出自一六六七年，即錢謙益死後三年出版的《江左三大家詩鈔》，不過毫無疑問，在這本詩選出版以前，錢已經被公認為當代最偉大的詩人之一。一般認為，龔鼎孶在詩歌成就上要遠遠遜於錢謙益與吳偉業，對於這一觀念，見沈德潛《清詩別裁集》卷一，I：二〇。亦見嚴迪昌，《清詩史》，上冊，頁三四六、三六二。平心而論，這種品評大致上是基於美學標準，而並不是像有些人所認為那樣的僅僅基於政治考慮。

26 參見拙文〈成為典範：漁洋詩作及詩論探微〉，《文學評論》二〇〇一年第一期，頁七九—九〇。值得一提的是，到了晚年，王士禛的詩歌旨趣發生了變化，對於錢謙益的態度也轉為批評。比如在錢謙益去世數十年以後，王士禛譴責他的「門戶之見」，甚至質疑《列朝詩集》的文學價值。關於這一話題的探討，見蔣寅《王漁洋與康熙詩壇》（北京：中國社會科學出版社，二〇〇一年），頁一五—二五。

己的一首詩裡將錢謙益比作漢朝詩人揚雄和蔡邕，這兩個人都在君辱臣死的情形下不能捨身全節，而是選擇了隱忍苟活，以殘生完成手頭的文史巨著。[27]鄒式金在為錢謙益《有學集》（一六六四年）所作的序言中說：清初的讀者對於錢作推崇備至，甚至暗地裡欣賞他那些懷念故國、詆斥新朝的詩歌。[28]不過，由於畏懼清廷的文錮，鄒式金不得不援引清世祖順治的話：「明臣而不思明者即非忠臣」來為多觸忌諱的錢詩正名。[29]一六九九年，錢謙益的族孫陸燦決定彙集錢謙益《列朝詩集》中，兩千多名詩人的小傳為一編單獨刊行，以滿足當時讀者的熱烈需求，是為《列朝詩集小傳》。[30]最重要的是，清朝的宮廷詩人沈德潛將錢謙益的詩歌列為《國朝詩別裁集》第一（一七六〇年）。這一事實充分證明了錢謙益在十八世紀享有的崇高文學地位。正如沈德潛所說：

> 尚書天資過人，學殖鴻博。……一時貼耳推服，百年以後，流風餘韻猶足讋人也。[31]

不幸的是，沈德潛對錢謙益的高度評價出乎意料地激怒了乾隆皇帝，後來乾隆嚴旨禁毀錢謙益的所有詩文。順便提一句：沈德潛過去一直是乾隆最為寵信的御用詩人，當時已經是九十六歲的耄耋之

27 吳祖修《書牧齋詩後》，收入吳氏《柳塘詩集》，見錢仲聯《清詩紀事》（南京：江蘇古籍出版社，一九八九年），頁九三四—九三五。亦見謝正光《探論清初詩文對錢謙益評價之轉變》，頁二六九。

28 請注意，有些版本（例如商務印書館四部備要的本子）誤以鄒鎡為此序的作者，這篇序應是鄒式金所著，鄒式金與鄒鎡並非同一人。參見《錢牧齋全集》，錢曾注，錢仲聯點校（上海：上海古籍出版社，二〇〇三年），頁五。有關這一點，我要特別感謝Rutgers大學圖書館館長Tao Yang先生的幫助。

29 〈有學集序〉，《牧齋全集》，錢曾箋注（一九一〇年吳江邃漢齋校印本）。

30 見陸燦為《列朝詩集小傳》所作的序（一六九九年），錄於錢謙益《列朝詩集小傳》（一九五九年，新一版，上海：上海古籍出版社，一九八三年），頁四。

31 「讋人」意思是使人恐懼、失氣。見沈德潛編《清詩別裁集》（香港：中華書局，一九七七年），頁七。

齡，在這一事件發生之後不久，乾隆下令搜查沈宅，如有錢謙益詩文集遵旨繳出。經過這一番羞辱，沈很快就去世了。[32]

以上所要說明的是，在乾隆皇帝上臺以前，甚至在他執政期間，清初的讀者普遍欣賞錢謙益的作品，這可能是因為錢在詩歌中傳達出的聲音非常個人化。對於漢人（特別是那些經歷了戰爭及其創傷的漢人）來說，錢的詩文令他們回想起明亡的慘痛時光。凡是改朝換代的倖存者都會有一段難以形諸筆端的痛史，錢謙益生動地描繪了明遺民的生平遭際及其如何以不同的方式應對改朝換代所帶來的摧毀性影響，而這種描繪特別能觸發讀者的東京夢華之感故國舊君之思。值得注意的是，錢向讀者展現了一位士大夫在社稷傾圮之際進退維谷、彷徨無地的困境。不過在錢筆下，這種種深意往往是通過歷史典故（historical allusions）來表現的——或者更準確地說，錢借古喻今（use allusions as topical allegory），只有細細體味字裡行間的言外之意（read between the lines），方能領會作者的哀腸衷曲。最能說明這一點的是錢在《列朝詩集》中，特意為那些身歷元明兩朝的詩人創立《甲前集》，也就是說，《甲前集》在很大程度上是為那些由元入明的官員和元代遺民而設。和明季的情形一樣，有些元臣苟全性命於元明易代之際，又出於種種不同原因短暫地出仕新朝。儘管不曾一死殉國，他們卻留下了許多文學作品，既弘揚了元朝在文化上的輝煌成就，也弘揚了他們自身寄情文史、心存故國的隱逸生涯。那些拒絕事明的元遺民則包括王逢、李祁、朱希晦、徐舫、郭完、舒道原等隱士。錢謙益讚頌他們百折不屈的昭然勁節，[33]在身為前朝遺民的艱難處境下，這些人顯示出「富貴不能淫，貧賤不能

---

32 值得一提的是，沈德潛死後被捲入乾隆朝最大的文字獄之一徐述夔案。有人檢舉徐述夔《一柱樓集》「有悖逆語」，乾隆看到集前有沈德潛為徐所作的傳，「稱其品行文章皆可為法」，大為不懌，於是「奪德潛贈官，罷祠削謚，僕其墓碑。」見《清史稿》（北京：中華書局，一九七六—一九七七年），卷三〇五，頁一〇五一二。亦見J.D. Schmidt, *Harmony Garden*, p. 371. 不過我懷疑沈德潛身後所受的懲罰和錢謙益事件也不無關聯，因為這兩起事件在發生的時間上非常接近。

33 《列朝詩集小傳》，頁一四、一七、六六、六七、六八、六九。

移，威武不能屈」的錚錚風骨，首先值得景仰謳歌。

於是在《列朝詩集・甲前集》裡，我們看到錢謙益將劉基詩列於整部詩集之冠，並為劉撰寫了一篇精彩的小傳。在這部傳記裡，劉基和錢謙益本人的遭際時有重合。首先，劉基將自己的詩文集按朝代一分為二：作於元朝覆亡之前的作品收入《覆瓿集》，[34]作於元亡之後的作品則收入《犁眉公集》。有趣的是錢謙益也以同樣的方式，將自己的詩文集斷作兩截：作於明亡之前的作品收入《初學集》，作於明亡之後的作品則收入《有學集》，自然，錢謙益那些含有反清復明思想的詩作都收在《有學集》裡。這種獨特的編次體例強調了詩人在新舊兩朝的作品的重要區別，反映了忠於前朝的文人在朝代鼎革之際，痛苦地拷問自身靈魂，意欲將這段婉轉心曲形諸文字傳諸後世的自覺意識。此外，錢謙益以暮齒之年身逢兵燹，眼見百萬生靈慘遭塗炭，中華文物盡付劫灰，他通過編次《列朝詩集》表達了一種希望劫後重生，繼續觀察這個世界的心情。這種情形令人聯想到一九八〇年諾貝爾獎得主切斯洛・米洛什（Czeslaw Milosz）的詩句：

還不夠。只活一次還不夠。
我願意在這悲慘的星球上活兩次，
在荒蕪的城市，在飢餓的鄉村，……[35]

---

34 瓿是一種容器，用以盛酒水醯醬。漢揚雄以為經莫大於《易》，故作《太玄》，欲求文章成名於後世。劉歆觀之，告訴揚雄，天下學者尚不能通曉《易經》，又如何能了解《太玄》，恐怕後人要拿來覆醬瓿。典出《漢書》（北京：中華書局，一九六二年），卷八七，頁三五八五。古人常以「覆瓿」來表示自謙，意謂自己的作品毫無價值或不受人重視，只配用來蓋醬缸。

35 Czeslaw Milosz, *New and Collected Poems (1931-2001)*, p. 16. 亦見Charles Simic, "A World Gone Up in Smoke," *New York Review of Books* (Dec. 20, 2001): 14.

與此相類似，錢謙益將個人身世之慟擴大到國家民族之悲，他不願遺世而獨立，所以在明亡後還繼續創作詩歌。

最耐人尋味的是，在錢謙益為劉基所作的小傳裡，劉被塑造成一位懷才不遇的士大夫，在元朝覆亡以前就歷盡坎坷。按照小傳所述，劉基從早年起就在政治上屢屢失意，「累仕皆投劾去」。[36]在《列朝詩集》裡，錢謙益將劉基在元朝的艱難遭際描述得分外深摯動人：

> 方谷真反，（基）為行省都事，建議招捕，省臺納方氏賄，罷官羈管紹興，感憤欲自殺，門人密裡沙抱持得不死……公負命世之才，丁有元之季，沉淪下僚，籌策齟齬，哀時憤世，幾欲草野自屏。然其在幕府，與石抹（宜孫）艱危共事，[37]遇知己，効馳驅，……[38]

不用說，錢謙益本人在明亡之前的宦海沉浮，恰好與劉基在元朝的經歷差相彷彿。錢謙益的仕途非常不順，從一六一〇年進士登科入翰林院到一六四五年出任南明福王政權的禮部尚書，錢在明政府裡三起三落，旋進旋退，前後供職的時間加起來不到四年。富有諷刺意味的是，錢下獄的時間長達三年多，幾乎和他作官的全部時間相當。[39]彷彿是運交華蓋，錢受到一連串的政治打擊，天啟中（十七世紀二〇年代早期），他因名隸東林黨捲入與閹黨的鬥爭而坐罪罷歸，是為「閹禍」。崇禎二年（一六二八年）

36 《列朝詩集小傳》，頁一三。

37 關於石抹宜孫，見L. Carrington Goodrich and Chaoying Fang, *Dictionary of Ming Biography*（明代名人傳）(New York: Columbia Univ. Press, 1976), I: 91, 932. 石抹宜孫時為處州守將。

38 《列朝詩集小傳》，頁一三。

39 見楊晉龍《錢謙益的史學和性格述論》，錄於張高評、鄭卜五編《周虎林先生六秩榮慶論文集》（高雄：富文圖書出版社，一九九九年），頁一〇〇。

會推閣臣，錢謙益受到政敵溫體仁的攻訐，追究典試浙江取錢千秋關節事，是為「閣訟」，錢由此再次奪官，次年回家鄉常熟閒住。崇禎十年（一六三七年），溫體仁復唆使其黨羽常熟人張漢儒彈劾錢謙益貪肆不法，結果錢有好幾個月的時間身陷縲絏，不過張的指控後來被證實為誣陷之詞，溫體仁被迫引疾辭職，張漢儒則被處死。[40]到這時，錢謙益已經習慣了閒雲野鶴的蟄居生活，視前朝的田園詩人陶潛為行為楷模，他酬答朽庵和尚的〈樂歸田園十詠〉就流露出這種心情。在第八首詩裡，錢謙益將自己比擬為安貧樂道的陶潛以及陶潛在後世的追隨者——包括宋朝詩人蘇軾與明朝詩僧朽庵：

我生捽九略相似，
玉堂今作扶犁手。
和詩敢效儋耳翁，
感懷竊比朽庵叟。
歸來築室祀靖節[41]，
左白右蘇配以偶。
故山松菊當蘋藻，
薦彼清琴侑濁酒。

第一一一一八行[42]

40 見《明史》（北京：中華書局，一九七四年），卷四八四，頁一三三二四。亦見Arthur W. Hummeled, *Eminent Chinese of the Ch'ing Period (1644-1912)*（清代名人傳略）(Washington: United States Government Printing Office, 1943), pp. 149、220.

41 陶潛世號靖節先生。

42 錢謙益《初學集》卷七，收入錢曾箋注、錢仲聯標校《牧齋初學集》（上海：上海古籍出版社，一九八五年），頁二二四。

在創作這一組詩的時候，錢謙益或許希望將來處於不同文化情境下的史家會將他視為一位像陶潛一樣遭時不偶的隱逸詩人：

陶潛避俗翁，枯槁非本色。
惜哉時不偶，橫流氾邦域……
我和朽庵詩，遊戲並筆墨。
悠悠千載後，會有高人識。

第十首[43]

一六四一年，錢謙益迎娶富有才藻的名妓柳如是，一六四三年為她營築著名的絳雲樓藏書室，其中收藏宏富。看來這時錢柳已經安於終日與詩書為侶的隱逸生涯，可是突然之間，他們平靜的生活再次為外力所中斷。一六四四年，北京陷落，明臣議立福藩於南京，錢謙益應邀出仕高官。接下來所發生的一切已經是眾所周知的常識，此處無須贅述。

錢謙益最為悔恨的就是沒有為明朝死節，直到一六五九年，錢還在《投筆集》的一首詩裡寫道：「苦恨孤臣一死遲」。[44]在另一首作於辭世前一年左右的詩歌裡，錢哀歎道：

---

43 同上，頁二二六。感謝林葆玲（Pauline Lin）與我分享她對陶潛的高見。見Pauline Lin, "A Separate Space, a New Self: Representations of Rural Spaces in Six Dynasties Literature and Art,"（別樣的空間，嶄新的自我：六朝文學與藝術中對於鄉村空間的表現）, Ph.D. diss., Harvard University, 1999.

44 見〈後秋興〉第十二首，收入潘重規校注《錢謙益投筆集校本》（臺北：文史哲出版社，一九七三年），第五二頁。

漫漫長夜獨悲歌，
孤憤填胸肯自磨。
敵對災星憑酒伯，
破除愁壘仗詩魔。
逢人每道君休矣，
顧影還呼汝謂何。
欲共老漁開口笑，
商量何處水天多……[45]

「孤憤」一詞最早出自《韓非子‧孤憤篇》，表示因孤直不容於時而產生的憤慨之情，後來為司馬遷等歷代文人繼承弘揚，引申為「發憤著書說」，意即無黨孤特，悲憤憂思，鬱結胸次，發為奇文，它強調了詩人困厄的處境與受壓抑的激情對於詩歌創作的觸發激勵作用。到了錢謙益的時代，「孤憤」葉已發展成為文學創作的實踐與批評當中，一種生生不息的精神命脈。正是滿懷「孤憤」之情，錢謙益痛感自己無顏面對昔日朋儕，尤其是那些死國烈士。他在《列朝詩集》裡寫道：獲悉舊友范景文（字夢章）在殉甲申國難時留下遺言「乞虞山公志我」，不禁「深愧其言」。[46]錢謙益最後還是應范景文的請求為他撰寫了墓誌銘，可是范慷慨赴死的壯舉亦令錢無地自容。在檢點范景文生平點滴時，錢謙益深深敬服范的孤勇氣概，但錢同時也意識到，儘管自己不能像范景文那樣國亡與亡並為此永存愧疚心理，自己的選擇卻毋寧是在另外一種意義上鋪陳皇明、克盡臣節。在《列朝詩集自序》

45 見《錢謙益投筆集校本》，頁六〇－六一。
46 《列朝詩集小傳》，頁五五八。

裡，錢用這樣的理由來解釋自己的瀕死不死：

恨余之不前死，從孟陽於九京，而猥以殘魂餘氣，應野史亭之遺懺也。哭泣之不可，歎於何有？[47]

錢謙益顯然很羨慕自己的故友孟陽（程嘉燧，一五六五－一六四三年），因為他有幸在明朝覆亡的前夕及時去世。輯錄《列朝詩集》本是孟陽的創意，時謙益罷歸山居，與孟陽交好，遂合作網羅有明一代文獻掌故，意在「使一代詩人精魂留得紙上」。[48]可現在明朝已亡，孟陽已逝，悵惋之餘，錢謙益只能效仿金朝的遺民詩人元好問（一一九〇－一二五七年），全力投入續修《列朝詩集》的工作。[49]正如元好問在故國淪亡之後輯錄了一部金詩總集《中州集》，錢謙益希望續成《列朝詩集》以贖前愆。此外，元好問在野史亭內潛心纂修，錢謙益也計畫在古雅的絳雲樓上編訂他的明詩總集。《列朝詩集》最終於一六五二年殺青，可是絳雲樓卻部分毀於一六五〇年的一場火災。在此值得一提的是，錢謙益正在撰寫的《明史》手稿顯然毀於絳雲一炬，自從明亡以後，錢便一直致力於修訂有明一代的國史，所以在某種意義上，《列朝詩集》成為不幸夭折的《明史》的替代品。在錢看來，為明朝留下一部準確翔實的斷代史，乃是一個忠於明朝的臣子的首要責任。

---

47 《列朝詩集小傳》，頁八一九。

48 《錢牧齋尺牘・與周安期》，見《錢牧齋先生尺牘》，沈雲龍主編《近代中國史料叢刊》，第三九一冊（臺北：文海出版社，一九六六年），卷二，頁九五。

49 值得一提的是，入晚年後，王士禛開始認為錢謙益過分高估了元好問《中州集》的文學與史學價值。見蔣寅《王漁洋與康熙詩壇》，頁一九。

如上所述，錢謙益在編訂《列朝詩集》時，有意將效忠元朝的劉基列為第一。關於劉基在元亡以後所作的詩文，錢謙益是這樣評述的：

> 乃其為詩，悲窮歎老，諮嗟幽憂，昔年飛揚硉矹之氣，澌然無有存者……嗚呼，其可感也。孟子言誦詩讀書，必曰論世知人。余故錄《覆瓿集》列諸前編，而以《犁眉集》冠本朝之首。百世而下，必有論世而知公之心者。[50]

這何嘗不是錢謙益的夫子自道，錢顯然希望儘管自己在世時難為世人所容，後世終歸會有人懂得自己的苦心孤詣。

縱觀歷史，很少有人會像錢謙益那樣備受種種曲解誤解。當然，錢謙益的許多故交舊友（比如黃宗羲、屈大均、呂留良）參與了錢所從事的祕密抗清活動，他們當中的大部分人都很了解錢對於明朝的忠心。[51]他們尊敬錢，因為他們知道錢不辭艱險，毀家紓難——錢謙益曾經冒著生命危險參與了一六四八年的黃毓祺復明運動，因此於同一年被清廷拘捕，他還參與密謀鄭成功在一六五四和一六五九年對清軍發起的兩次進攻。所以清初的許多漢人都能同情錢的苦衷，儘管不時也會有人對於錢早先的「失節」詬病不休。

不過，正是滿清的乾隆皇帝一手毀掉了錢謙益的名譽，乾隆對錢謙益的文學聲名所作的最大損害

50 《列朝詩集小傳》，頁一三—一四。感謝黃紅宇與我共用她讀劉基的心得。

51 關於錢的反清復明活動，見陳寅恪，《柳如是別傳》，第五章（上海：上海古籍出版社，一九八〇年），下冊；裴世俊，《錢謙益詩歌研究》（銀川：寧夏人民出版社，一九九一年），頁二四—二九。並見嚴志雄的耶魯博士論文和英文專著：Chi-hung Yim, "The Poetics of Historical Memory in the Ming-Qing Transition: A Study of Qian Qianyi's (1582-1664) Later Poetry", Ph.D. diss., Yale University, 1998; Lawrence C. H. Yim, *The Poet-historian Qian Qianyi* (London and New York: Routledge, 2009).

就是在一七六九年的上諭中聲稱：錢那些含有反清意識的詩文並不是肺腑之言，而是一種手段，「以掩其失節之羞」。[52]皇帝的這種評價並不公平，可是中國的許多文學評論家在評論錢謙益的文學作品時卻經常不加置疑地全盤接受乾隆的判語，比如著名的文史學家趙翼（一七二七－一八一四年）就說錢謙益「借陵谷滄桑之感，以掩其一身兩姓之慚」，[53]與乾隆的話如出一轍。晚清學者章炳麟（太炎，一八六九－一九三六年）認為這種對待錢謙益的偏見由來已久，他寫文章為錢鳴不平，感歎「世多謂謙益所賦，多以文墨自刻飾，非其本懷。」[54]

歷史的車輪終究又轉了回來，當清朝末年漢人的反滿情緒再度高漲之際，錢謙益的冤情終於得到了洗雪。章炳麟是當時最早提請讀者關注《投筆集》寫本的「革命學者」之一（稍前本文已經提到過錢謙益的這部重要著作）。《投筆集》裡收入了許多觸犯時忌的錢詩，包括步韻杜甫〈秋興〉八首而作的一〇八首〈後秋興〉詩，這一大型七律組詩的創作起自一六五九年鄭成功水師進逼南京，清廷震恐。《投筆集》在一九一〇年以前一直祕而未刊，清廷文網嚴密，而此書多觸忌諱，所以終清一代，即使是在乾隆皇帝嚴旨禁毀錢謙益詩文以前，始終沒有書商膽敢將其付梓，即使是錢謙益的侄子錢曾一開始也沒有勇氣手錄《投筆集》裡的詩歌（用他自己的話來說是「慎不敢抄」）。在他箋注的錢謙益《有學集》初版裡，這些詩歌一律被刪削。[55]可是到了清季，章炳麟終於可以公開談論錢謙益的《投筆集》：

52 《清史列傳》，卷七九，頁六五七七。
53 趙翼《甌北詩話》卷九，見郭紹虞、富壽蓀編《清詩話續編》（上海：上海古籍出版社，一九八三年），頁一二八二。
54 章太炎《訄書重訂本・別錄甲第六十一》，收入《章太炎全集》（上海：上海人民出版社，一九八四年），第三冊，頁三三九。
55 潘重規，《讀錢謙益投筆集》，收入《錢謙益投筆集校本》，頁六六。

> 謙益則和杜甫〈秋興〉詩為凱歌，且言新天子中興，己當席稿待罪。當是時，謂留都光復在俾倪間，方偃臥待歸命，而成功敗。後二年，吳三桂弒末帝於雲南，謙益復和〈秋興〉詩以告哀。凡前後所和幾百章，編次為《投筆集》。其悲中夏之沉淪，與犬羊之傲擾，未嘗不有餘哀也。[56]

近一個世紀以來，許多國學大師都在不同的歷史和學術背景下對錢謙益進行了重新解讀，這種錢謙益研究上的眾聲喧譁現象恰足以證明：所謂歷史，說穿了不過是一種編織故事的方式（how people weave their stories）。即使是基於同樣的史實，由於論者性情氣質以及闡釋方式的不同，他們所重構的歷史面貌也往往大相徑庭，在在折射出論者自身所處的文化語境。[57] 徐緒典的重要文章（刊於一九四〇年）肯定了錢謙益作為明朝忠臣的歷史功績，譴責了乾隆皇帝的「暴行」。[58] 數十年以後，傑出的歷史學家陳寅恪（一八九〇－一九六九年）窮十年心血寫就洋洋八十萬言的《柳如是別傳》，其中以近四百頁的篇幅專門考證錢謙益與柳如是在明亡以後所從事的反清復明活動（其中亦涉及其他許多抗清義士）。[59] 儘管陳寅恪對於錢謙益的怯懦性格不無微詞，《別傳》所展現的興亡存廢的廣闊政治文化背景，已經構成了一種令人信服的歷史敘事，最終超越了過去種種對於錢謙益作品的道德性解讀。不過陳寅恪仍然聲稱將來的史家「應恕其前此失節之愆，而嘉其後來贖罪之意。」[60] 近來，明清專家

---

56 章太炎《訄書重訂本》，收入《章太炎全集》，第三冊，頁三三九。

57 亦見李紀祥《時間・歷史・敘事》（臺北：麥田出版社，二〇〇一年）。

58 徐緒典〈錢謙益著述被禁考〉，《史學學報》一九四〇年十二月，頁一〇一－一〇九。關於同一論題，稍後的著述有莊吉發〈清高宗禁毀錢謙益著述考〉，《大陸雜誌》，一九七三年十一月四七卷五期，頁二二－三〇。

59 陳寅恪《柳如是別傳》，頁八二七－一二二四。

60 陳寅恪《柳如是別傳》，頁九八五。

錢仲聯步武前賢，為錢謙益鳴不平，他說，「近有妄人……誣錢為文造情」，持論有失公允。[61]

無獨有偶，當代臺灣學界也開始掀起一股重讀錢謙益的熱潮，柳作梅開風氣之先，於一九六〇年發表錢謙益的「新傳」。儘管這篇傳記篇幅不長，卻在促進臺灣學界重新發掘錢謙益生平方面，起到了首倡作用。[62]在另一篇文章裡，柳作梅探討了《四庫提要》是如何秉承上意，凡是語涉錢謙益之處，無不對之口誅筆伐，極盡歪曲醜化之能事。[63]一九七三年，莊吉發在《大陸雜誌》撰文論述乾隆皇帝的文錮及其對於錢謙益研究的影響。[64]更重要的是，自八〇年代開始，臺灣學術界湧現出一系列以錢謙益為專題的碩士博士論文，[65]在臺灣近來重讀錢謙益的潮流當中，楊晉龍以其立論之尖新尤為令人注目。[66]通過研究錢謙益的接受史，楊晉龍指出了中國人在品評人物方面的一個普遍誤區，楊說，在品評個體人物的時候，中國的史家傾向於訴諸一種「群體偏見」（group prejudice，這個術語是楊從W.H. Walsh那裡借來的），所以個人很容易被劃入某種類型化、臉譜化的「定型」（stereotype）。[67]在錢謙益這一個案上，由於錢已經被欽定為大逆不道之人，絕大多數人會「以乾隆

---

61 錢仲聯編《清詩紀事》，頁一二七五。亦見嚴迪昌《清詩史》，上冊，頁四〇八，批註五。

62 柳作梅〈錢牧齋新傳〉，東海大學《圖書館學報》，一九六〇年六月第二期，頁一七九—一八二。

63 柳作梅，〈朱鶴齡與錢謙益之交誼及注杜之爭〉，《東海學報》一九六九年一月一〇卷一期，頁四七—五八。謝正光在其一九九〇年發表的錢謙益專論中，進一步揭示了編寫《四庫》的官員們是如何不遺餘力地中傷錢謙益。根據謝正光的研究，《四庫》的編者任意刪除（或者篡改）出現在朱鶴齡詩篇中的錢謙益的名字，而這些詩篇的原貌保存在朱的詩集《愚庵小集》裡，《四庫》的編者如此煞費苦心，就是為了編造朱錢交惡的不實之詞。見謝正光《探論清初詩文對錢謙益評價之轉變》，頁二七二—二七七。

64 莊吉發，〈清高宗禁毀錢謙益著作考〉，《大陸雜誌》一九七三年第五期，頁二二—三〇。

65 除了上面已經提到的楊晉龍的碩士論文《錢謙益史學研究》，另有廖美玉、簡秀娟、范宜如、連瑞枝等人的學位論文。關於這些著作的詳細出處，見楊晉龍《錢謙益史學研究》，頁九四頁，批註九。

66 楊晉龍，《錢謙益史學研究》。亦見楊晉龍，《錢謙益的史學和性格述論》，頁九一—一四五。

67 楊晉龍，《錢謙益史學研究》，頁七、二九。

之眼為眼，以乾隆之口為口」。[68]鑑於此，楊晉龍開始解構錢謙益的歷史形象，破立之間頗令人耳目一新。首先，楊廣徵博引歷史材料，列舉十五大理由，證明錢謙益實乃大勇之人，敢於在非常情勢下獨立決斷，這與錢謙益是懦夫的傳統觀念——即使是傑出的歷史學家陳寅恪也不能完全捐棄這一成見，形成了鮮明對比。[69]根據楊的翻案文章，即使是錢謙益在一六四五年的降清也可以被視為勇毅之舉：在大兵壓境，生死一線之際，錢敢於冒天下之大不韙率先開城迎降，由此挽救了南京城裡的百萬生靈。此外，還是在明朝作官的時候，青年時代的錢謙益就敢於出頭為首輔張居正說話，即使是為此冒犯神宗皇帝也在所不顧。又，錢謙益熟知清廷的文網之密、文禍之烈——友人黃毓祺（？－一六四八年）與馮舒（一五九三－一六四九年）的下獄就是活榜樣，但他寧肯冒殺身之險也要借詩作抒發對故國舊君無時或釋的懷戀之情。最重要的是，陳寅恪認為在一六四六年以後的祕密抗清活動當中，錢謙益僅僅是一個被動的捲入者，柳如是才是幕後真正為抗清活動積極奔走的人物，楊晉龍對此有異議，在楊看來，錢謙益的勇氣並不輸於柳如是。雖然有些史學家或許不同意楊晉龍的論點，但作為錢謙益的接受史之一，楊晉龍的重讀方式至少也會啟發讀者的反思。

與此同時，在美國的謝正光回顧了由清初詩文所反映的錢謙益身後聲名的沉浮。嚴志雄的博士論文（一九九八年）是首部研究錢謙益《投筆集》的英文論文，而最近他那本有關錢謙益的英文專著也已經出版。[70]這樣一種重讀錢謙益的潮流令人視野為之一闊，反映了當代文化中，對於重新評價固有觀念的要求日益迫切。

---

68 楊晉龍，《錢謙益史學研究》，頁六。

69 楊晉龍，《錢謙益的史學和性格述論》，頁一〇六－一四五。

70 謝正光，《探論清初詩文對錢謙益評價之轉變》，頁二六一－二八一；嚴志雄，"The Poetics of Historical Memory in the Ming-Qing Transition" Ph.D. diss., Yale University, 1998. 並見嚴志雄最近出版的英文專著：Lawrence C. H. Yim, *The Poet-historian Qian Qianyi* (London and New York: Routledge, 2009).

的確，重讀錢謙益的現象恰恰應證了宋朝詩人蘇軾所描繪的「廬山癥結」，所謂視角不同則所見有異：

橫看成嶺側成峰，
遠近高低各不同。
不識廬山真面目，
只緣身在此山中。[71]

著名現代學者錢鍾書也發表過類似的觀點，也許他的話最為一語破的：「好其文乃及其人者，論心而略跡；惡其人以及其文者，據事而廢言。」[72]換句話說，一切評判都取決於我們對錢謙益其人的好惡。不過，錢謙益自認為「神有目，天有眼」，[73]他相信終有一天，歷史的真相會大白於天下。

無論如何，一個優秀的讀者理應學會全面公允地考察事物，他應該不拘成見，獨具慧眼，從歷史的罅隙中探幽索微，切忌抓住一點不及其餘，以偏頗的根據作出全域性的結論。用錢謙益自己的話來說，世事紛紜真如棋局：

以神州函夏為棋局，史為其方……善弈者取全域，善讀者取全書。此古人讀史之法，亦古人之學範也。[74]

71 這首詩的題目是〈題西林壁〉。
72 錢鍾書，《管錐編》（北京：中華書局，一九七九年），第四冊，頁一五一九—一五二〇。
73 《牧齋有學集》，四部叢刊本，二五八b。
74 《牧齋有學集》，四部叢刊本，一四.二b—五a。亦見嚴志雄，"The Poetics of Historical Memory in the Ming-Qing Transition," p. 264.

或許我們還應該將這種比喻推而廣之：對於那些出處行藏困身歷史棋局的古人，如果其所犯過錯並非出自本心，乃迫於事勢所使然，今人持論，既有後瞻之優勢（the advantage of hind sight），還應設身處地，心平詞恕，不可以脫離特定的歷史情境而求之過苛，責之過峻。正是本著這一精神，筆者致力於研究一位遭逢亂世，進退愴惶的大文學家。

（黃紅宇譯）

*本文譯自作者的英文論文：Kang-i Sun Chang, "Qian Qianyi and His Place in History," in *Trauma and Transcendence in Early Qing Literature*, edited by Wilt L. Idema, Wai-yee Li, and Ellen Widmer (Cambridge, Mass.: Harvard University Asia Center, 2006, pp. 199-218). 此譯文曾獲Harvard University Asia Center授權，特此致謝。譯稿曾載於《九州學林》，二〇〇六年第四期第二號，頁二一－二五。今特增訂收入本書中。

典範詩人王士禎

有關文學經典（literary canon）的論述儼然已成了西方文學批評的熱點，主要因為人們已逐漸發現：一個文學典範的產生與其文化傳統的特殊運作有著根深柢固的連繫。例如，著名文學批評家哈羅德・布魯姆（Harold Bloom）就在其《西方正典》（The Western Canon）一書中討論了個別的偉大作家，如何在持續的歷史變化之中，逐漸被西方傳統納入經典，而終於在文學裡得以永垂不朽的前因後果。[1]布魯姆的經典論實源自於他先前所提出的「影響的焦慮」一概念，他以為詩的歷史就是詩的影響史，因為「所謂詩人中的強者，就是以堅忍不拔的毅力，向威名顯赫的前代巨擘進行至死不休的挑戰的詩壇主將們。」[2]換言之，根據布魯姆的理論，所有作者都是在前代作家的影響和壓力下進行創新的。在《西方正典》一書中，布魯姆再次強調後起的作家與前人競爭的現象：所謂「典範作家」就是在眾多作家互相競爭之下，最終被文學傳統本身選出之傑出者。但必須指出的是，布魯姆以為衡量

1 參見Harold Bloom, *The Western Canon* (New York: Riverhead Books, 1994) 及中譯本《西方正典》（臺北：立緒文化股份有限公司，一九九四年），高志仁譯，曾麗玲校訂。

2 Harold Bloom, *The Anxiety of Influence* (London: Oxford University Press, 1973)。中譯本參見《影響的焦慮》（北京：三聯書店，一九八九年），徐文博譯，頁三。陳文忠在其《中國古典詩歌接受史研究》（合肥：安徽大學出版社，一九九八年）一書，頁二一曾說：「美國學者布魯姆在《影響的焦慮》中，提出一個富有挑戰性的命題：詩的歷史就是詩的影響史。初聽不免詫異，深究頗有道理。」

經典的準則應當是純藝術的，與政治無關，所以一個作家與前人的競賽只是一種美學的競賽。[3]布魯姆這個理論確實和目前許多文學批評家所持之觀點不同，因而它也就引發了許多人的批評與攻擊，尤其在目前多元文化的社會裡，多數人認為名作家的產生與權力的運作息息相關。而且，作家本人不可能使自己成為經典作家，除了需要讀者和評論家的支援以外，還同時受美學以外的因素之支配。[4]總之，無論如何，今日有關經典的爭論已把文學批評引入了一個新的視野——那就是不斷對話、不斷嘗試，不斷從各種不同角度來思考傳統文化的傳承關係之新視野。[5]

由此，在今日西方文學批評界裡也出現了不少與經典論有關的新議題——例如誰是影響文學方向的主導者？究竟是美學的考慮還是外在的權力重要？在文學史裡是由哪些人來建立文學準則的？哪些作者算是經典作家？怎樣的人才是理想的先驅作家，能讓後起的詩人不斷地奉為典範，也能對後世產生一定的影響？怎樣的文學才是富有原創性的文學，而能在文學的競賽中獲得優勝？有趣的是，以上這些聽起來頗為「後現代」的議題其實早已是中國晚明時代各種詩派——前後七子、公安派、竟陵派、虞山派等詩派，不斷辯論的主題了。[6]可以說，晚明文人所面對的文學環境乃是一個充滿「影響的焦慮」的時代。他們的焦慮一方面來自於悠久文學傳統的沉重壓力，一方面也與當時文人喜歡各立

3 參見《西方正典》，頁一〇。

4 參見Hazard Adams, "Canons: Literary Criteria/Power Criteria," *Critical Inquiry* 14(Summer 1988), pp. 748-764。中譯文見〈經典：文學的準則／權力的準則〉，曾珍珍譯，載《中外文學》一九九四年七月號，頁六－二六。

5 近年來有關經典論方面的著作已多得不可勝數，除了布魯姆及Hazard Adams的作品以外，還有以下一些代表作值得參考：Robertvon Hallberg, ed., *Canons* (Chicago: University of Chicago Press, 1990); Charles Altieri, *Canons and Consequences : Reflections on the ethical force of imaginative ideals* (Evanston, Ill. : Northwestern University Press, 1990) Paul Lauter, Canons and Contexts (New York: Oxford University Press, 1991)。

6 參見吳宏一《清代詩學初探》（臺北：牧童出版社，一九七七年）；胡幼峰《清初虞山派詩論》（臺北：臺灣編譯館，一九九四年）；劉世南《清詩流派史》（臺北：文津出版社，一九九五年）。

門戶、互相詆毀有關，其中各種詩派之爭猶如黨爭一般，其激烈的程度形同水火。著名現代文學者周策縱就用「一察自好」一詞，來說明晚明的這種凡事只依自己之所好而導致以偏概全的尖銳的文學爭論。[7]晚明文壇的爭論要點不外是：作詩應當以盛唐詩為標準，還是以宋詩為標準？詩之為道，應當本乎性情，還是本於學問？在門戶之爭的偏見之下，人人幾乎都在肆力抨擊其他派別的詩論，似乎在以偏取勝，儼然成了一股風潮。即使像錢謙益那樣，本來企圖糾正「詩必盛唐」的一面倒的詩風（他四十歲以後開始學習宋元之詩，不再囿於盛唐大家），[8]後來也變得十分偏派，反而助長了門戶之見。怪不得黃宗羲不喜歡捲入唐宋之爭，他批評當時人「爭唐爭宋，特以一時為輕重高下，未嘗毫髮出於性情」，他曾感慨地說：「但勸世人各作自己詩，切勿替他人爭短爭長。」[9]

然而入清以後，尤其是十七世紀八〇年代，社會普遍走向承平之世以後，詩壇上逐漸出現了一個新的現象，那就是對文學經典的追求。如果說晚明的詩風充滿了許多熱鬧的門戶之爭的聲浪，那麼我們可以說，清初普遍表現了一種走向「正宗」詩風的傾向，而詩人王士禛也正是在這個時候奠定了他的經典作家的地位和基礎。就如王掞在為漁洋所作的〈神道碑銘〉中所說：

> 公之文章既為天下所宗，其於詩尤人人能道之。然而公之詩，非一世之詩；公之為功於詩，亦非一世之功也……公之詩，籠蓋百家，囊括千載……蓋自來論詩者，或尚風格，或矜才調，或崇法律，而公則獨標神韻。神韻得，而風格、才調數者悉舉諸此矣。明自中葉以還，先後七子互相沿習，鍾、譚、陳、李更相詆訶。本朝初，虞山、婁東數公馳驅先道，風氣始開，猶未能

---

7 參見周策縱，〈一察自好：清代詩學測微〉，刊《清代學術研討會論文集》（臺北：臺灣中山大學，一九九三年），頁七。

8 參見胡幼峰，《清初虞山派詩論》，頁三四—四四。

9 同上書，頁三八四—三八五。

盡復於古。至公出，而始斷然別為一代之宗，天下之士一歸於大雅。蓋自明迄今，歷二百年，未有逾於公者也……故曰公之詩非一世之詩，公之為功於詩，亦非一世之功也。[10]

從以上這段引言可知，王士禛之所以能從如此複雜的文學環境一躍而成為「一代之宗」，主要與他的神韻詩風廣受讀者的歡迎有關，但神韻詩風之所以如此風行，實與當時的政治環境有著密切的關係。據一六八二年著名詞人陳維崧的解釋，王士禛「嫻雅而多則」的神韻詩風，加上其柔淡之性情，在當時的太平盛世裡，無形中起了一種振興詩教的作用。[11]陳氏此說，頗獲我心，因為我一向認為一個作家（尤其是典範作家）的文學和歷史地位，不僅與美學標準有關，也同時會受政治因素的影響。而王掞所撰的〈神道碑銘〉也主要在闡明這一點：

蓋本朝以文治天下，風雅道興，巨人接踵。而一代風氣之所主，斷歸乎公，未有能易之者也。[12]

現代學者嚴迪昌在其《清詩史》一書中，尤對這種詩風與政風的必要連繫作了深刻的研究。他以為，王士禛之所以成為清初的騷壇宗主，其實是時代和某個特定人物之間雙向選擇的必然現象。[13]這裡所謂的「雙向選擇」指的是一個新朝代和一個新時代詩人的互相配合，而且更重要的是，這裡還牽涉到一個具有文學素養的滿族皇帝（康熙皇帝）對一個年輕才子的提拔。從當時的文化和政治背景看

---

10 《漁洋山人精華錄箋注》（臺北：廣文書局影），金榮注，頁三b－頁四b。

11 參見陳維崧《王阮亭詩集序》，《迦陵文集》，卷一，見嚴迪昌，《清詩史》（臺北：五南圖書出版公司，一九九八年），頁四一三。

12 王士禛，《王士禛年譜》（附王士祿年譜）（北京：中華書局，一九九二年），孫言誠點校，頁九九。

13 嚴迪昌，《清詩史》，頁四一一。

來，王士禎之所以終於擁有詩壇上的領袖地位，與皇帝的褒揚有著很大的關係。王士禎於一六七八年正月二十二日，首次受到康熙皇帝的召見，次日即改翰林院侍講，遷詩讀，入直南書房，成為有清一代漢臣自部曹改詞臣的第一先例，[14]從此他的官職就不斷升遷，從國子監祭酒一直做到刑部尚書，這在當時漢人的文人圈子裡是很少見的。值得注意的是，王士禎之所以受到康熙皇帝如此器重，並非因為他在政治上運用什麼手腕，而是純粹由於皇帝愛惜他的詩才。一六七八年正巧是清廷開設「博學宏詞科」的一年，雄才大略的康熙皇帝（其實天性好學的他早已成了一位精通詩書義理的學者皇帝了）正在積極地廣招人才，特別注重「學行兼優，文詞卓越」之文人。[15]其實，當時求才心切的康熙皇帝早已聽見不少大臣大力舉薦過王士禎，例如一六七六年，他曾問左右：「今各衙門官，讀書博學善詩文者，孰為最？」首揆高陽李公對曰：「以臣所知，戶部郎中王士禎其人也。」皇帝聽了很高興，立刻說道「朕亦知之」，可見他早已聽見過類似的推薦。次年六月，康熙皇帝又用同樣的問題來問張讀學（張英），仍然得到同樣的答案，於是他接著又問：「王某詩可傳後世否？」張對曰：「一時之論以為可傳。」[16]所謂「可傳後世」，亦即可以經得起時間的考驗而被納入經典的意思。由此可知，已精通中國古籍的康熙皇帝完全能了解一個典範作家在整個文化傳統所占的關鍵地位。

此外，王士禎的柔淡的個性與詩風正好適應了清初滿族朝廷凡事「以教化為先」的政策，在其著名的〈上諭十六條〉中，康熙皇帝就明確指出，教化的目的是為了讓人心醇良、風俗樸厚，唯其如此，才能使教化維持長久。[17]因此，康熙皇帝特別喜歡王士禎詩歌裡的典雅與溫厚，認為那才是治世

14 參見《清史稿》，卷二六六，〈王士禎傳〉。另見《王士禎年譜》，頁一一八。

15 參見《清聖祖實錄》（臺北：華文書局），頁一一－一二；李治亭《清康乾盛世》（鄭州：河南人民出版社，一九九八年），頁二五六。

16 王士禎，《漁洋山人自撰年譜》，卷下，見《王士禎年譜》，頁三七。

17 參見《清聖祖實錄》，頁三四；李治亭《清康乾盛世》，頁二五八。

的標準詩風。尤其對於漁洋那種柔和恬淡的性格，英明的聖祖更是欣賞，所以他曾諭廷臣道：「山東人偏執好勝者多，唯王士禛否，甚作詩甚佳。居家除讀書外，別無他事。」[18]有皇上如此垂青，難怪後人要說：

> 當康熙中，其聲望奔走天下。凡刊刻詩集，無不稱「漁洋山人評點」者，無不冠以「漁洋山人序」者。[19]

然而，王士禛真正得以成為一個文學典範，其關鍵處還在於當時許多遺民詩人對他的詩風的支持與褒揚。早在一六五七年，當時他只是一位二十四歲的青年作家，已經借由〈秋柳詩〉四章的寫作而名傳大江南北，一時和詩者不下數百人——其中包括著名作者顧炎武、陳維崧、朱彝尊、冒襄等人。[20]究其原因，〈秋柳詩〉之所以能在文壇上引起如此重大的反響，與其特殊的藝術手法有著密切的關係。蓋該詩所採用的含蓄手法除了在文字與意象方面給人一種朦朧美以外，它正好也巧妙地勾起了一些敢悲而不敢言的遺民情緒。[21]用英文的批評術語來說，那是一種"rhetoric of implicit meaning"

18 《清史列傳》，卷九，〈王士禛傳〉，見《王士禛年譜》，頁一一六。

19 《漁洋精華錄集釋》（上海：上海古籍出版社，一九九九年），李毓芙等整理，頁一九八三。

20 參見謝正光，《就〈秋柳〉詩之唱和考論顧炎武與王士禛之交誼》，載朱誠如、王天友主編《明清論叢》（北京：紫禁城出版社，一九九九年），一輯，頁六四—七九。

21 值得一提的是，嚴志雄在其近著《秋柳的世界：王士禛與清初詩壇側議》（香港：香港大學出版社，二〇一三年）一書中特別說，明王士禛當初作〈秋柳詩〉四首產生的時地因緣，以至於文本的語言特質，情感內涵，與王士禛的考試壓力與入仕焦慮有關係。他說：「筆者認為，〈秋柳詩〉四首實與遺民情懷無關。」（頁六五—六六）（康宜補注，二〇一四年十二月）

（李奭學將之譯為「言外意的修辭策略」），[22]其最大的藝術效果就是激起讀者想像之無限空間。這樣的「修辭策略」其實也可以用來說明漁洋的「神韻」說之基本美學觀，因為正由於〈秋柳詩〉中似有似無的含蓄深幽之韻致，才引起了當時許多遺老和知識分子的想像與共鳴。不論這些個別的讀者對此詩組的具體闡釋如何地不同，[23]但他們只要一讀到詩的開頭兩句（「秋來何處最銷魂，殘照西風白下門。」）就自然會觸發一種興亡之感和失落感。這些讀者即使不敢公開地表明內心的亡國之悲，但他們總可以寫出各種不同的和詩，也可以學王士禛用一種含蓄朦朧的方法來發抒感情。例如才女蘇世璋就在其〈和秋柳〉中寫道：「一曲淒涼羌笛裡，無情有緒總難論。」[24]意思是說，不論有情還是無情，其中的主旨總是一言難盡。諸如此類的和詩與其說是詩，還不如把它們看成一種特殊的讀者反應。

這種由含蓄的文本所引發的讀者反應，很容易令人想起美國學者Leo Strauss在其名著《迫害與寫作藝術》中所描寫的，一種只有在政治迫害頻繁的社會中才有的寫作和閱讀的特殊法則——那就是一種在字句之間反覆閱讀（reading between the lines）的心照不宣的藝術：

> 這種文學作品不是寫給所有人看的，它的對象只是一些靠得住而又知識程度極高的讀者。這樣的寫作方式既能達到「私下傳遞消息」（private communication）的各種好處和目的，但也不會只局限在作者自己的朋友群中。同時它也起了「公共傳遞」（public communication）的作用，而又不至於導致那個最為可怕的後果——那就是作者被殺頭的後果……[25]

22 參見陳康宜，《晚唐迄北宋詞體演進與詞人風格》，頁五〇。
23 有關對此詩的各種不同的闡釋，見嚴迪昌《清詩史》，頁四二一—四二三。
24 錢仲聯，《清詩紀事》（南京：江蘇古籍出版社，一九八九年），頁一五六五九。
25 Leo Strauss, Persecution and the Art of Writing (1952; rpt. Chicage: Unevrsity of Chicago Press, 1988),p. 25.

我認為，王士禛的讀者以及那些上百位的和詩者就是用這樣的闡釋方式來解讀〈秋柳詩〉的（雖然王士禛本人未必有暗示亡國之悲的意思）。然而，正因為該詩組所用的含蓄而朦朧的意象可以給讀者提供各種懷念故國的聯想，所以後來在清乾隆年間，王士禛的〈秋柳詩〉差點被禁毀，幸而乾隆皇帝挺身而出，宣布漁洋之詩語意均無違礙，才終於平安無事。[26]其實王士禛似乎早已擔心〈秋柳詩〉會有被後人查禁的可能，所以他早在編選《漁洋山人精華錄》（一七〇〇年刊刻）時，就已將原有的〈秋柳詩〉詩序刪去，或許因為詩序的字面涵義太曖昧，較詩之本身更容易遭受到文字獄的危險。該詩序曰：

> 昔江南王子，感落葉以興悲；金城司馬，攀長條而殞涕。僕本恨人，性多感慨。寄情楊柳，同〈小雅〉之僕夫；致託悲秋，望湘臯之遠者。偶成四什，以示同人，為我和之。丁酉秋日北渚亭書。[27]

有趣的是，惠棟後來於雍正年間出版的《漁洋山人精華錄訓纂》卻把此序還原到該選的注釋之中，後來金榮在他一七三四年完成的《漁洋山人精華錄箋注》中終於閉口不再提起此序。[28]金榮年長於惠棟，且早自一七一〇年（王士禛死前之一年）起，即為《精華錄》作注，同時他又本著「杜詩無一字無來歷，山人亦然」之信念，歷二十餘年，「殫力搜討」，其努力之程度可謂不尋常。[29]而他之

26 參見宮曉衛，《王士禛》（上海：上海古籍出版社，一九九三年），頁一八。
27 《漁洋精華錄集釋》，頁六七。
28 參見《漁洋山人精華錄箋注》卷一，頁二一a。
29 參見同上書，頁三a。

所以絕口不提〈秋柳詩〉之原序，恐與他深切了解王士禛刪去該序的真正苦衷有關，若果如此，金榮也算是漁洋山人的一大知音了。

在王士禛生前，他的知音大多是一些喜歡唱和為詩的明代遺民，這些大多是比他年長的隱逸詩人及藝術家，他們雖然處於政治上的邊緣位置（他們大多拒絕仕清），但卻成了文化上的中心人物，占有掌握詩文詞壇的重要地位。如果用西方批評家福柯（Michel Foucault）的「壓抑權力」（repressive power）理論來解說這種現象，[30]那麼我們或許可以說：正因為這些遺民在政治上受到了多方的壓抑，所以才激發他們文學上的想像，進而促使他們尋找文學領域中的「權力」。總之，若非這些遺老逸民的啟發和提拔，王士禛大概也不可能那麼年輕就被尊為詩壇上的「一代之宗」。[31]一六六〇年，剛中進士不久的王士禛被派到揚州上任，開始他五年的推官生活，而那五年也就成了他一生中的創作高潮，原因之一就是由於揚州方便的地理位置，王士禛得到了與江南文壇鉅子交遊唱和的好機會。後來他在《漁洋詩話》中回憶道：「余在廣陵五年，多布衣交」，他離開揚州時，遺老皆依依不捨，贈詩中有「難言無所住，齊有淚盈襟」等感人之句，[32]可見他與諸前輩交情之深厚。儘管他的亡國情緒不如那些前朝遺老濃厚（明朝滅亡時他才十一歲），但清朝入關後，他的家庭曾受到慘重的災難，他不可能無動於衷，所以自然和明遺民有某種感情上的共鳴，[33]特別是他真正同情那些懷才不遇的前朝

---

30 參見Michel Foucault, “The Repressive Hypothesis”, in Part 2 of The History of Sexuality: An Introduction, Volume I (New York: Vintage Books, 1990), pp. 15-49。

31 參見嚴迪昌，《清詩史》，頁四二三—四三〇。

32 參見王士禛，《帶經堂詩話》（北京：人民文學出版社，一九九八年），張宗柟纂集，戴鴻森校點，頁一九一。

33 有關王家的受難情況，見宮曉衛《王士禛》，頁一四—一五。另外，關於王士禛與明遺民在感情上的共鳴這一點，我曾受美國的中國藝術史專家Jonathan Hay的啟發，謹此申謝。

老人。再者，王士禎的性格具有一種魏晉名士的交友熱情，[34]他喜歡在一天辦完公事後，與朋友們泛舟紅橋等處，同時酒酣賦詩，自由地展露才情。而且他總是立刻將互相唱和之詩結集出版，難怪著名詩人吳偉業就對他「晝了公事、夜接詞人」的那種舉重若輕的風格敬佩不已。[35]此外，王士禎與冒襄、陳維崧、丁繼之等人的交情也都與類似的文學活動有關，其中最著名的集會就是一六六二年與一六六四年兩次修禊紅橋，[36]以及一六六五年與陳維崧等名士於三月三日上巳日修禊冒襄的水繪園——這些聚會分別以《紅橋唱和集》、《水繪園修禊詩》而得名。後來王士禎作《感舊集》，主要就為了懷念「自虞山、婁江、合肥諸遺老」，並載「死生契闊感」[37]。

王士禎在揚州五年的文學活動和政績，很容易使人聯想到曾在揚州立過功績的蘇軾和歐陽修，而王士禎本人也很喜歡與這兩位出色的宋朝名家拉上關係。前面已經說過，王士禎在公事繁忙之後，總不忘與朋友們登臨賦詩，其中他最喜歡去的地方除了紅橋以外，就是歐陽修於一〇四八年在揚州任太守時所建的平山堂。平山堂在揚州城西北大明寺側，從該堂看出去，可以看見「江南諸山拱立簷下，若可攀取，因目之曰平山堂。」[38]許久以來，平山堂一直是詩人喜歡登臨賦詩的地方，所以王士禎屢

34 參見宮曉衛，《王士禎》，頁三八。

35 參見王士禎，《漁洋山人自撰年譜》，卷上，《王士禎年譜》，頁二七—二八。

36 有關紅橋唱和的討論，見Tobie Meyer-Fong, "Making a place for Meaning in Early Qing Yangzhou," Late Imperial China, 20.1 (June 1999), p. 57。

37 王士禎《感舊集‧自序》，見謝正光、佘汝豐編著，《清初人選清初詩匯考》（南京：南京大學出版社，一九九八年），頁一五六。《感舊集》一書在王士禎生前未嘗刊行，一直到一七五二年才有刻本出版（由盧見曾補傳）。謝正光以為漁洋的《感舊集》乃仿馮舒（一五九三—一六四九年）《懷舊集》（一六四七年出版）的懷念故國之旨而作。馮舒因輯《懷舊集》而罹禍被殺。另一方面，嚴迪昌則認為漁洋的《感舊集》並非完全為了感舊，他指出該選集曾收了程松圓的詩作，但程早已於一六四三去世，與漁洋毫無相干，沒有什麼「舊」可「感」（《清詩史》），頁四三四）。然而，我認為「感舊」一詞或可引申為一種對故國文化的整體的懷念，實不必執著於某個相識的遺民。

38 王士禎，《方輿勝覽》，見《漁洋精華錄集釋》，頁三二二。

次在此與朋友聚集酬唱，除了表示懷念歐陽修以外，等於繼承了一種很悠久的懷古文化傳統。其中他的〈九日與方爾止、黃心甫、鄒訏士、盛珍示集平山堂送方黃二子赴青州謁周侍郎〉一詩最具代表性：

……
今我不樂出行邁，西城近對平山堂。
歐公風流已黃土，舊遊寂寞風煙蒼。
喬木修竹無復在，荒蕪斷隴棲牛羊。
劉蘇到日已陳跡，況復清淺淪滄桑。
……[39]

詩中「劉蘇到日已陳跡」一句指的是劉敞和蘇軾兩位揚州的文章太守。劉敞曾作〈平山堂〉詩，中有「蕪城此地遠塵寰，盡借江南萬疊山」諸語。至於蘇軾（一〇九二年開始為揚州太守）則更是王士禛心目中的偶像了，首先，在他的《古詩平仄論》裡，王士禛用來作為範本的詩章有大半以上都出自蘇軾，足見他對東坡的敬仰。[40]此外，王士禛還在《癸卯詩卷》（一六六三年）的自序中，描述自己每讀蘇軾與蘇轍的感懷詩而「愴然不能終卷」的情景，[41]顯然，他把自己懷念兄弟間的情懷比成蘇軾的感慨離合之意了。然而除了東坡的文學成就以外，王士禛還特別佩服這位文章太守的行政才能，

39 《漁洋山人精華錄集釋》，頁三二二。

40 參見王士禛定、翁方綱著錄《王文簡研討平仄論》，見王夫之等《清詩話》（上海：上海古籍出版社，一九七八年），頁二二四—二四二。

41 參見〈癸卯詩卷自序〉，《王士禛詩文選注》（濟南：齊魯書社，一九八二年），李毓芙選注，頁三一一。

所以時常拿自己在揚州時的政績來與之相比，以為「揚人一時誦美之，與坡公事頗相似」[42]，後來在《自撰年譜》中，他還特別引用其兄王士祿的話以紀念他與蘇軾、歐陽修等人的一等緣分：

貽上（士禎）……為揚州法曹日，集諸名士於蜀岡、紅橋間，擊缽賦詩。香清茶熟，絹素橫飛，故陽羨陳其年有「兩行小吏豔神仙，爭羨君侯斷腸句」之詠。至今過廣陵者，道其遺事，彷彿歐、蘇……[43]

由此可見，王士禛的「焦慮」就是希望能和古代的巨擘和經典作家建立一種連繫、一種平等化的「競爭」。這種「影響的焦慮」雖然不像西方的「後來者詩人」那麼明顯地與前代「強者詩人」進行各種抗衡，[44]但實際也代表了明清才子急於和傳統較量的新現象。

事實上，當時江南的布衣之士之所以如此推重王士禛，除了詩人本人的特殊才情以外，還與王士禛對古代詩學傳統和文學經典的重視有關。換言之，王士禛之所以被稱為「一代之宗」，乃因這些明朝遺老認為他可以做一個很成功的文化接班人。尤其在異族的統治之下，能像王士禛那樣既得到仕途的亨通，又符合遺民藝術趣味的年輕人，實在不多見，可以說，王士禛在當時的政治地位對遺民文化的延續起了一種很大的輔助作用。所以當錢謙益（當時已八十歲）第一次遇見如此富有才情的青年時，他就產生了一種且驚且喜的情緒，他在詩中把王士禛比成「獨角麟」，以別於當時那些有如「萬

42 王士禎，《香祖筆記》（上海：上海古籍出版社，一九八二年），湛之校點，頁一二五。
43 王士禎，《漁洋山人自撰年譜》，卷上，見《王士禎年譜》，頁二三。
44 參見Harold Bloom, The Anxiety of Influence；並見中譯本《影響的焦慮》（北京，三聯書店，一九八九年），徐文博譯。

牛毛」一般的平庸之才。[45]多年後，王士禛在他的《古夫於亭雜錄》中很感慨地回憶道：

> 予初以詩贄於虞山錢先生，時年二十有八，其詩皆丙申少年作也。先生一見欣然為序之，又贈長句……又采其詩入所纂《吾炙集》……所以題拂而揚詡之者，無所不至……今將五十年，回思往事，真平生第一知己也。[46]

錢謙益確是王士禛的「平生第一知己」，所以在編訂他自己的《漁洋山人精華錄》時，王士禛特地把錢謙益給他寫的序和詩置於卷首。在該序中，錢不但說王詩為「小雅之復作」，而且特別指出其「感時之作，惻愴於杜陵，緣情之什，纏綿於義山。」[47]言下之意就是王士禛的詩在含蓄中帶有寄託之情懷。這樣的讀法自然在某一程度上反映了錢氏本人寄託興亡的寫詩之法，[48]在其〈木末亭作〉一詩中，王士禛也說：

> 風景在江山，離宮半禾黍。
> 顧瞻金川門，悲來不能語。

45 參見〈古詩一首贈王貽上士禎〉，見《漁洋山人精華錄箋注》，頁三b。

46 王士禎，《帶經堂詩話》，頁一九四。有關錢謙益的《吾炙集》，見謝正光、佘汝豐編著《清初人選清初詩匯考》，頁三二一—四〇頁。今人所見《吾炙集》並無漁洋之詩。

47 參見《漁洋山人精華錄箋注》，錢謙益序，頁一a—二a。

48 有關錢謙益的詩論，見Chi-hung Yim, "The Poetics of Historical Memory in the Ming-Qing Transition: A Study of Qian Qianyi's (1582-1664) Later Poetry", Ph.D. diss.Yale University, 1998。

對於錢謙益來說，王士禛確為新時代文學的救星。錢氏一向反對明代李夢陽、李攀龍等人的復古運動，以為他們一味地模仿盛唐詩風、貶低宋元之詩，極不可取，至於鍾惺、譚元春等人的竟陵派，錢謙益更是肆力打擊，並視其帶有「鬼趣」的詩風為亡國之前的徵兆。[49]他認為只有公安派的「真性情」還值得肯定，但又嫌袁宏道等人矯枉過正，完全忽視了格調法式。[50]總之，錢謙益對當時的詩壇風氣失望到了極點，現在他終於找到了一個能兼取眾長而又才學並重的年輕詩人王士禛來做下一代的文壇領袖，其欣喜之情自然難以形容。這樣一來，詩學傳統的生命可以延續下去了。

從一開始，王士禛就希望能擺脫長久以來的唐宋之爭的門戶之見，他不但標舉唐詩（尤其是王維、孟浩然、韋應物等人的詩），也推崇宋元詩人，[51]同時廣涉六朝之詩，如謝靈運、謝朓等名家的作品。然而不同於錢謙益的是，王士禛並不反對明詩，他曾說：

> 明詩莫盛於弘正，弘正之詩莫盛於四傑（引者按：指李夢陽、何景明、徐禎卿和邊貢）……四傑之外，又稱七子……以李何為首庸，邊徐二家次之。……昔鍾記室品詩，謂陳思為建安之傑，公幹、仲宣為輔；平原為太康之英，安仁、景陽為輔，謝客為元嘉之友，延年為輔。而高棅論唐詩，亦有大家、羽翼之目。由是言之，四傑之在弘正，其建安之陳思，元嘉之康樂歟！[52]

49 此類評論散見於《初學集》，卷三〇、三一、三三；參見胡幼峰，《清初虞山派詩論》，頁二〇二。

50 參見胡幼峰，《清初虞山派詩論》，頁一九四—一九五。

51 有關王士禛與宋詩興起的關係，見蔣寅，〈王漁洋與清初宋詩風之興替〉，載《文學遺產》一九九九年三期，頁八二—九七；張健《清代詩學研究》（北京：北京大學出版社，一九九九年），頁三六二—四〇三。

52 王士禛，《帶經堂詩話》，頁九九。

王士禎把李夢陽、何景明等人比成魏晉時代的曹植和謝靈運，可見他對明代詩人推崇之程度了。在這一點上，王士禎的看法確實和錢謙益有很大的不同，因為錢謙益曾經抨擊李、何等人。一般說來，王士禎的思想較為開放，他一直在找一個較能容納各家的詩觀。

另一方面，作為文壇泰斗錢謙益的得意門生，王士禎實在感到獲益良深，就如布魯姆在他的《影響的焦慮》一書中曾引用王爾德的話說：「每一位門徒都會從大師身上拿走一點東西。」[53]王士禎從錢謙益那兒學到的最寶貴的東西，就是一種文學上的使命感和權威感，一種想在詩壇上嶄露頭角的願望。他知道，除了學問與性情二者應當並重之外，一個成功的文人非在寫詩的功力上奠定不可，而王士禎自幼即尤其兄王士祿授以詩法，精通各種詩體的寫作，所以早已具備了這個條件。後來他又著《古詩平仄論》，闡明古詩的平仄方法論，據翁方綱考證：「古詩平仄之有論也，自漁洋先生始也。」[54]有這樣扎實的作詩基礎，也無怪乎王士禎的詩論基本上都來自於他的創作經驗，這一點應驗了現代學者周策縱的說法：

> 一般的看法，往往以為詩人的創作必然受其自己詩論所左右，這固然不全失真；可是我認為，詩論家的詩論，受其自己詩創作的影響也許更重要。至少詩人的偏好往往左右了其詩論的觀點與趨向。[55]

眾所皆知，王士禎極力推崇「神韻」說，他以為司空圖的「不著一字，盡得風流」和嚴羽的「無

---

53 見中譯本《影響的焦慮》，頁四。

54 《王文簡古詩平仄論》，翁方綱序，見《清詩話》，頁二二三。

55 周策縱，〈一察自好：清代詩學測微〉，載《清代學術研討會論文集》，頁七。

跡可求」最能捕捉好詩的境界。[56]這樣的概念初聽起來了無新意，很容易使人覺得王士禎的詩法只是古人詩論的如法炮製。其實王士禎的「神韻」說大多來自於他的創作實際經驗，是個人創作的體驗使他領悟到「神韻」的可行性。與司空圖、嚴羽之為純粹批評家不同，王士禎乃是詩人兼詩論家，這種以作詩為大前提的態度正好與錢謙益的思想相合。此外，王士禎之所以特別偏重有神韻意味的詩，也與他自幼的寫詩訓練有關，據載，他八歲即能詩，尤其兄王士祿教授王維、孟浩然、韋應物等人詩法[57]——恰好這些盛唐詩人的作品也都是帶有神韻風格的詩，即含有「得意忘言之妙」的詩。[58]

神韻的寫作也與王士禎自幼喜歡觀賞美麗的風景有關，他不但喜歡撰寫山水詩，也喜歡閱讀古人的山水詩。因此，他把謝靈運等人詩中的「清」和「遠」的特質說成是「總其妙在神韻也」[59]，所以「神韻」就是「清」和「遠」的因素之結合。所謂「清」就是一種「白雲抱幽石」的清靜崇高之美；「遠」就是對世俗繁華的超越，一種彷彿與世隔絕的幽情，即謝靈運詩中「表靈物莫賞，蘊真誰為傳」的孤獨境界。[60]就如現代學者王英志所指出，王士禎欣賞的這種清遠的神韻意境或許受到了南宋文人畫派（詩人王維為該畫派之祖）重氣韻的美學趣味的影響。[61]例如，荊浩論畫就曾用相似的意象

56 見《帶經堂詩話》，頁九七。有關司空圖的《二十四詩品》作者問題，最近幾年來已經有許多學者先後提出討論。見陳尚君、汪湧豪，〈司空圖《二十四詩品》辨偽〉，載《中國古籍研究》（一九九四年），頁三九—七三；張健〈《詩家一指》的產生時代與作者—兼論《二十四詩品》作者問題〉，載《北京大學學報》（哲學社會科學版），一九九五年五期，頁三四四四頁。此外，南京大學出版社出版的《中國詩學》也有專刊討論有關的問題，由王運熙、張少康、張伯偉、蔣寅等人執筆，見《中國詩學》，一九九七年五期，頁一—五六。在此我要特別感謝張宏生教授提供我這一方面的材料。

57 參見王士禎，《漁洋山人自撰年譜》，卷上，見《王士禎年譜》，頁七。

58 參見王士禎，《帶經堂詩話》，頁六九。

59 同上書，頁七三。

60 參見王士禎，《帶經堂詩話》，頁七三。

61 參見王英志，《清人詩論研究》（南京：江蘇古籍出版社，一九八六年），頁六九。

來形容一種含蓄深遠的畫境：

遠人無目，
遠水無波，
遠山無皴。[62]

這種清遠的視野其實是所有喜好旅行的人常有的經驗，而王士禎更是一個愛好山水之人，在他的《居易錄》中，他曾說自己「自少癖好山水」，尤其在揚州的那段日子，不論多忙，總是「不廢登臨」[63]。而且他平生最佩服六朝文人蕭子顯說的以下這段有關登臨的話：

登高極目，臨水送歸。早雁初鶯，花開葉落。有來斯應，每不能已……[64]

其實要在「每不能已」的靈感下，一個人才可能寫出真正富有神韻的詩，王士禎本人也就在這種「不能已」的旅行經驗中創作了不少經典之作。所以在揚州任官的五年間，由於旅行機會頻繁，他一共寫出了一千多首詩，即一生中全部作品的三分之一。例如一六六一年，他由揚州到蘇州、過無錫、遊太湖，在短短的旅行中，他一共寫出了六十多首紀遊詩，編為一集，稱為《入吳集》。重要的是，就在該次旅行中，他開始自號「漁洋山人」，取詩人自己對「漁洋山」的情之所鍾也：

62 引自同上書，頁七〇。
63 《居易錄》，卷四，見宮曉衛，《王士禎》，頁四八。
64 王士禎，《漁洋詩話》，見《清詩話》，頁一八二。

漁洋山在鄧尉之南，太湖之濱，與法華諸山相連綴，岩谷幽窅，筇屐罕至；登萬峰而眺之，陰晴雪雨，煙鬟鏡黛，殊特妙好，不可名狀。予入山探梅信，宿聖恩寺遠元閣上，與是山朝夕相望，若有夙因，乃自號漁洋山人云。[65]

其實這種與山「朝夕相望」的境界若化為詩，也就成了「神韻」，因為所謂「神」就是「形」的反面，是一種想像的空間、一種精神的自由，而「韻」乃是美的化身，是對日常生活細節的超越。用王士禎的話來說，這種心境就是「入禪」的體驗，只能興會神到，偶然得之，故十分難得。他以為這種「入禪」的境界常在王維等唐代詩人的作品中出現：

唐人五言絕句往往入禪，有得意忘言之妙……觀王、裴《輞川集》及祖詠「終南殘雪」詩，雖鈍根初機，亦能頓悟……予每歎絕，以為天然不可湊泊。[66]

據王士禎自己說，他在揚州的那段時期也寫過不少「入禪」的短詩，包括以下兩首五言絕句：

〈青山〉

微雨過青山，[67] 漠漠寒煙織。

不見秣陵城，坐看秋江色。

65 王士禎，《帶經堂詩話》，頁一七五。

66 王士禎，《香祖筆記》，頁二四。

67 「微雨」二字在《漁洋山人精華錄箋注》中作「晨雨」。

蕭條秋雨夕，蒼茫楚江晦。
時見一舟行，濛濛水雲外。
〈江山〉

有趣的是，這些短詩所描寫的正是江南地區那種煙雨迷濛的境界，[68]是一個人在行旅中途中，偶然捕捉到的「清」與「遠」的意象，亦即學者嚴迪昌所謂的「造境」，[69]那是一種視覺的妙境，由看的經驗而導致的超越。在《漁洋詩話》中，王士禛特別用欣賞晚霞的經驗來解說這種「忘我」的美學：

> 江行看晚霞，最是妙境。余嘗阻風小孤三日，看晚霞，極妍盡態，頓忘留滯之苦。雖舟人告米盡，不恤也。[70]

的確，對晚霞之美的專注可以令詩人「頓忘留滯之苦」，此乃王士禛所謂「禪家以為悟境，詩家以為化境」也。[71]這一類唯美的山水絕句詩很少用典，顯然與〈秋柳詩〉等充滿典故和隱喻的作品有所不同——雖然二者都採用了「無跡可求」的詩法。

68 參見宮曉衛，《王士禎》，頁二七。
69 參見嚴迪昌，《清詩史》，頁四六〇。
70 王士禎，《漁洋詩話》，見《清詩話》，頁一八一。
71 參見王士禎《帶經堂詩話》，頁一八三。

從各方面看來，王士禎是希望讀者把他所寫的神韻絕句詩當成「入禪」和純粹的藝術經驗來理解，而且我相信有許多清初的讀者也的確是用這樣的眼光來閱讀漁洋的小詩，尤其是他的詩體正好迎合了當時大眾對一種新文體的需求，就如《四庫全書總目》所說：

> 平心而論，當我朝開國之初，人皆厭明代王、李之膚廓，鍾、譚之纖仄，於是談詩者競尚宋元。既而宋詩質直，流為有韻之語錄，元詩縟豔，流為對句之小詞。於是士禎等以清新俊逸之才，範水模山，批風抹月，倡天下以「不著一字，盡得風流」之說，天下遂翕然應之……

可見詩風也像其他各種風潮一樣，經常是從東吹到西，又從西吹到東。而清初國局漸定之時，人們正好喜歡上一種清新恬淡的短篇山水詩，那就是漁洋所擅長的那種五絕和七絕。其實王士禎也善於撰寫長詩，例如許多像〈六朝松石歌贈鄧檢討〉和〈蕭尺木楚辭圖畫歌〉等長達二百多字的詩篇，都被收錄於《漁洋精華錄》中。[72]然而，或許因為讀者更喜歡漁洋的小詩，而詩人自己也屢次宣揚山水絕句的「入禪」意境，所以他也就以短詩著名了。

值得注意的是，不管王士禎本人如何地把短篇的山水絕句視為一種純藝術的創作，不少讀者仍喜歡對其賦予政治的闡釋。其主要原因乃是：在中國文學傳統中，凡是被納入經典的作品，無不被賦予某種政治的意義或寄託。換言之，只有當一個詩人的作品被政治化時，他才有希望被奉為典範。所以漁洋的詩歌一旦籠統地被視為一種能「振興詩教」（陳維崧語）的溫和恬淡之文學，他也就漸漸地成為「一代之宗」的詩人了。同時，王士禎的山水絕句也確實是清初滿族的新統治者所欣賞的一種短而

[72] 參見《漁洋精華錄集釋》，頁四二一－四二二、四三七－四三八。

精的文學，後來的詩人袁枚以一種諷刺的口吻稱漁洋詩歌為盆景詩，此為後話。[73]

當然，王士禎之所以成為一位詩中的典範，與他自始至終熱衷於出版有很大的關聯。上文已說過，他喜歡把與朋友互相酬唱的作品隨時印成集子出版，尤其是創作率特高的他，每到一處遠遊，必有一個詩集出版，如一六七二年的《蜀道集》、一六八四年的《南海集》、一六九六年的《雍益集》。同時，他也把古人的詩歌撰成選集，如早年編選的《神韻集》、中年以後輯定的《唐賢三昧集》、《十種唐詩選》和晚年刊刻的《唐人絕句選》。此外，還有他自己的各種各樣的詩話和筆記，數不勝數。總之，對王士禎來說，出版算是一種生來就賦有的使命（他十五歲左右就出版了一本自選集）。因為，所謂出版就是與人共用的意思，同時通過選集的風行，一個作者也能藉此認識更多的讀者，擴大自己的生活和藝術空間。所以王士禎熱心著述，至老不倦，一直到七十八歲高齡一病不起時，他還在枕上編選歷年所作諸書，總為九十二卷，死後由他的兒子代為刊印，名為《帶經堂集》。

另外，王士禎之所以成為一代的詩壇盟主，與他擁有龐大的門生集團很有關係。他不但得到了康熙皇帝的百般恩寵，而且身為高官，所以自然有了很大的號召力。據估計，他的門人弟子數以百計，這些大多是一些他從前監考過的考生，或是曾經在國子監、太學等處和他讀過書的人，[74]但更多的乃是一些慕名而來，希望能與他拉上關係的人。而且漁洋的天性也喜歡與人結交，只要情趣相投，他一律來者不拒，所以阮葵生在其《茶餘客話》卷一中就說：「一時賢士，皆從其遊」，張宗泰也說：「漁洋先生以聲望奔走天下，天下之士爭赴其門，不啻百川之灌洪河。」（《魯岩所學集・五跋帶經堂詩話》）[75]尤其在十七世紀七〇年代以後，詩壇的幾位權威人士——如錢謙益、吳偉業、龔鼎孳

73 參見袁枚，《隨園詩話》，卷七；宮虹衛《王士禎》，頁五八。
74 參見嚴迪昌，《清詩史》，頁四三六—四四二。
75 參見宮曉衛，《王士禎》，頁六一。

等，都相繼去世，所以漁洋自然就成了新一代的文壇領袖，而他的「神韻」說也因而更加普及了。

這樣一來，隨著就發生了一個有趣的現象：本來王士禎在詩觀上之所以兼取眾長，乃是為了糾正明朝以來門戶之見的偏激意識，但現在他既有了那麼多的門生，實際等於在為自己建立「門戶」，一旦有了這麼多志同道合的人圍繞著他，他自然也就成了「門戶」的中心了。當然，漁洋詩派的人數之多、影響之大，很容易使人想起從前錢謙益所主導的虞山詩派。[76]但二者的不同在於：虞山詩派的成員以虞山地區為主，有強烈的地域觀念，但漁洋詩派的人遍及各處，不拘地域遠近。此外，虞山詩派對其他派別的排擊不遺餘力，而且錢謙益又以攻擊當代媚俗的詩風為己任，而漁洋派則甚為開放，漁洋本人尤其喜歡聚集各種不同詩風的人。以他為同人和弟子所編的選集《十子詩略》為例，這些「十子」都來自不同的地域，而且其中只有兩、三位作者採取了真正的神韻詩風。然而不論他們的寫作風格如何不同，漁洋仍一律稱他們為「門生」，絲毫不會因為自己特有的神韻風格而排斥他們，可謂十分寬厚。誠如他的弟子汪懋麟所說：「吾師之弟子多矣，凡經指授，斐然成章，不名一格。」[77]但另一方面，漁洋也可以利用這種廣招弟子的方法來擴展自己的文學集團，藉以進一步登上典範詩人的席位，其實，後來的詩人袁枚也採用這種廣收門生（不論男女）的「策略」來提高自己的文學地位。這裡我用「策略」一詞來比喻作者本人「自我經典化」的過程，似乎有些不確切，但在某種意義上，尤其在明清時代，也正是這種策略讓個別的詩人有意地與他人抗衡、競爭，以取得左右文風的權威。

但一名詩人要成為典範作家，除了在世時的努力以外，更重要的乃是身後的影響。例如，王士禎在文壇上的影響可謂源遠流長，即使在他死後，詩人仍發揮了典範的作用。例如一七六五年，乾隆

76 參見胡幼峰，《清初虞山派詩論》，頁二二七－三六九。

77 參見嚴迪昌，《清詩史》，頁四七一。

皇帝謚漁洋為「文簡」，乃因為他的詩風「在本朝諸家中，流派較正，宜示褒，為稽古者勸。」[78]換言之，正由於他詩裡的雅正因素（包括內容與格式的雅正），使他那富有「詩教」的文風得以流傳後代。之後沈德潛的「格調」說和翁方綱的「肌理」說，基本上也是受了漁洋「神韻」說的影響，這都一一顯示出文學影響乃是經典形成的主要基礎。

然而並非所有的人都一致地擁護王士禛，所謂「樹大招風」，漁洋的詩名遠播和官高位顯也招來了一些人的抨擊，最明顯的例子就是比漁洋年輕二十八歲的趙執信。趙執信的妻子是王士禛的甥女，照理說他應當也屬於同一個「門戶」，但由於某種原因，趙執信特別撰寫《談龍錄》來攻擊王士禛。在該書的自序中，趙執信說：

> 新城王阮亭司寇，余妻黨舅氏也，方以詩震動天下，天下士莫不趨風，余獨不執弟子之禮……司寇名位日盛，其後進門下士，若族子侄，有借余為諂者，以京師日亡友之言為口實。[79]

這足見兩人之間長期的仇隙乃為趙氏撰寫《談龍錄》的主因，據現代學者吳宏一考證，兩人的誤會除了由於所謂「求序失期」的原因以外，或與有人在其間挑撥是非有關。[80]無論如何，《談龍錄》的出版確實對王士禛的傷害很大，它的傳世版本至少有十三種之多，[81]可見它對當時讀者的影響之大。另外有人純粹因為不喜歡漁洋的詩風而企圖貶低他的文學地位，例如詩人袁枚認為王士禛雖為

78 《清史稿》，卷二六六，《王士禛傳》，見《王士禛年譜》附錄，頁一二〇。
79 趙執信，《談龍錄》，見《清詩話》，頁三〇九。
80 參見吳宏一，《清代文學批評論集》，頁一五四－二〇三。
81 參見同上書，頁一九五。

「一代之宗」，但其「才力自薄」，[82]主要可能因為袁枚無法欣賞漁洋詩中太過精練的語言。同時，王士禛的「神韻」說曾被一些現代學者否定（包括眾所尊敬的錢鍾書先生），似也或多或少與批評者個人的特殊詩風有關。然而有趣的是，最近幾年來，學界突然又有了一股「王士禛熱」，由李毓芙等人整理的《漁洋精華錄集釋》終於問世。此外，美國漢學界一向對漁洋的文學作品甚感興趣，或與西方的現代讀者普遍喜歡中國古典詩中的「言不盡意」之風格有關。無疑，雖然王士禛的文學地位忽起忽落，但在許多現代學者的心目中，他確是一位大家。如果我們相信所謂「典範」就是可以經得起一讀再讀的不朽之作，[83]那麼漁洋確是一位經得起考驗的不朽作家。

總之，有關文學「經典化」（canonization）的問題是極其複雜的，主要因為它還牽涉到文化記憶的問題。不論研究哪一國的文學，我們都會想到以下的問題：例如，為何某些作者一直活在一個民族的文化記憶之中，而另外有些作者卻被無情的時間永遠淘汰了？此外，有人生前被奉為典範，後來又被歷史遺忘，也有人生前被普遍地忽視，但死後多年又突然「復生」。以美國十九世紀兩位最偉大的小說家為例，則Nathaniel Hawthorne屬於一度為典範卻又被今日讀者遺忘的一型，[84]而Herman Melville則生前沒沒無聞，直至死後三十多年才「出土」成名，從此作品一直受到讀者的歡迎。[85]兩人同是一個時代的多產作家，同樣富有過人的才情，卻居然有如此不同的文學命運，可見所謂文學典範的建立

[82] 袁枚，《隨園詩話》，卷二，見《隨園詩話精選》（臺北：文史哲出版社，一九八六年），張健精選，頁三一。

[83] 這是評論家布魯姆的理論。見Harold Bloom, The Western Canon, p. 29。參見中譯本《西方正典》，頁四二：「正典作品必須通過一項精準無比的古老考驗，除非需要重讀，否則難擔正典之名。」

[84] 參見Richard H. Brodhead, *The School of Hawthorne* (New York: Oxford University Press, 1986) 及Kang-i Sun Chang, "Canonization of the Poet-Critic Wang Shizhen(1634-1711)" (Paper Presented at the Workshop on Seventeenth-Century China, Harvard University, May, 26-27, 2000), p. 18。

[85] 參見Elizabeth Hardwick, "Melville in Love", *New York Review of Books* (June, 15, 2000), pp. 15-20。

與變化也有著極其偶然的文化和政治因素，不僅僅受到美學考慮的影響。然而，研究文學正典的專家布魯姆卻喜歡只考慮美學的因素，他認為一個真正偉大的作家最終「絕不可能被埋沒，也絕不會被排除掉或給人取而代之」[86]。同樣，清代的詩人袁枚以為，一位大詩人只要有真正的實力，就自然會被人置於「大家」之中，自己其實大可不必故意去追求「大家」的頭銜，倒不如只求做一個當代的「名家」[87]。蓋袁枚相信，「大家」是個可遇而不可求的光榮寶座，它全靠個人的天賦才情而定，故不可力強而致。但王士禛顯然持有不同的看法，他更積極地有志成為一個永恆的大家，他以為，才情只是起點，要不斷地努力搏鬥才可以使一個人成為傳世的典範大家，所以一直到生命的最後一刻，他仍充滿了「影響的焦慮」，仍在病床上不斷地編撰改寫他的作品。在《西方正典》一書中，布魯姆曾說：「影響焦慮壓扁了小才，但卻激發出正典之大才。」[88]真可謂中肯之言。

*原載《文學評論》二〇〇一年一月號。本文曾在哥倫比亞大學及北京大學聯合主辦的「晚明至晚清：歷史傳承與文化創新」大會，（北京大學，二〇〇〇年八月）上宣讀。

86 Harold Bloom, "The Anguish of Contamination", Preface to the *Anxiety of Influence:A Theory of Poetry*, 2nd ed. (New York: Oxford University Press, 1997), p.xviii.

87 參見張健，《清代詩話研究》，頁四七五－四七六。

88 中譯本，《西方正典》，頁一六。

寫作的焦慮：龔自珍豔情詩中的自注[1]

龔自珍（一七九二—一八四一年）向來被公認為第一流的詩人與思想家，事實上，今之論者多盛譽龔為近三百年間最優秀的中國詩人，[2]朱則傑就把龔稱為「舊時代的殿後，新時代的開山，真正具有劃時代的意義。」[3]可謂推崇備至。但具有諷刺意味的是，正是這樣一位大詩人，在他的一生當中多次試圖封筆戒詩。作為一名虔誠的天臺宗信徒，龔相信只有戒絕文字的誘惑方可悟道，可作為一名詩人，他卻感到自己與文字結有不解之緣，[4]故此，龔對於詩歌的誘惑始終抱有一種且愛且懼的矛盾態度。總的說來，龔的一生中至少有三次試圖就此放棄作詩（一八二一、一八二八和一八三九年）。[5]可是寫詩之於龔猶如墮入情網，愈是想要自持便愈是神魂顛倒不可救藥，每一次龔下定決心封筆，結果都是很快破戒，寫出更多的詩歌，包括著名的詩集《破戒草》。[6]據一些評論家推測，龔在反覆戒詩的過程當中，一定焚毀了自己的大量詩作，[7]因為他在十五到四十七歲之間（龔享年五十

1 請參見筆者另一篇有關龔自珍的論文：〈擺脫與沉溺——龔自珍的情詩細讀〉，收入《文學經典的挑戰》，孫康宜著（江西：百花洲文藝出版社，二〇〇二年）。

2 劉逸生，《龔自珍詩選》（臺北：遠流，一九九〇年），頁二三六頁。

3 朱則傑，《清詩史》（南京：江蘇古籍出版社，一九九二年），頁三六七。

4 參見Shirleen S. Wong, *Kung Tzu-chen* (Boston: Twayne Publications, 1975), p. 46.

5 同上，p. 37。

6 同上。

7 同上。

一歲）寫下的二十七卷詩稿，今天已經大量佚失。

龔對於詩歌寫作的焦慮令人聯想到英國現代詩人傑哈德・曼利・霍普金斯（Gerard Manley Hopkins, 1844-1889），此君在時代上晚於龔約半個世紀，彼此經歷卻相彷彿。與龔一樣，出於宗教信仰，霍普金斯燒毀了自己的許多詩稿。如布萊德・黎豪澤（Brad Leithauser）所指出的，在一八六八年加入天主教耶穌會以後，霍普金斯「斷然決定戒詩」，而這一戒就是七年，等到七年之後，霍普金斯重新提筆寫作，竟一舉寫出了他本人最長也是最著名的詩篇〈德意志號的沉沒〉（The Wreck of the Deutschland）。[8]霍普金斯一生都游移在詩歌與宗教、對情慾的渴求（據說他是同性戀）與上帝的召喚這種種張力之間。事實上，無論是對於霍普金斯還是對於龔自珍，寫詩就是一種不斷復發的癮癖，令人欲愛不能，欲罷不舍。這既是一種天賦，令詩人創作力勃發，同時又是一種天譴，令他們的心靈備受煎熬。女權主義者桑德拉・M・吉伯特（Sandra M. Gilbert）和蘇珊・古博（Susan Gubar）譴責霍普金斯鼓吹一種「帶有父權色彩的觀念」（patriarchal notion），即所謂「男性天賦」（male gift），[9]可她們顯然誤解了這位十九世紀的英國詩人。事實上，霍普金斯所關注的遠遠超出了社會性別（gender）的範疇，而更多地涉及詩人自身對於寫作的焦慮。

與霍普金斯一樣，龔自珍最優秀的詩作是在最後一次發誓戒詩以後寫出來的。時值西元一八三八年，四十六歲的龔自珍再一次下定決心棄詩不作，可是短短幾個月之後，也就是一八三九年，他的生活猝然發生了重大變故：這一年，龔倉皇掛冠出京，連家小都沒有帶上，據說是因為某滿洲權貴行

---

8 Brad Leithauser, "A Passionate Clamor," The *New York Review of Books* (April, 29, 2004): 46.

9 Sandra M. Gilbert and Susan Gubar, *The Madwoman in the Attic: The Woman Writer and the Nineteenth-Century Literary Imagination* (New Haven: Yale University Press, 1979), pp. 3-4.

將對他進行政治迫害。[10]同年四月二十三日，龔孑然一身南下避難，直到十個月之後，方得以與家人在故鄉崐山團聚。可以想見，對於龔這樣一個富於遠大政治抱負的人，這場飛來橫禍是一個多麼沉重的打擊。在浪跡江南的漫漫長途中，龔寫下了總共三百一十五首七言絕句，後結集為《己亥雜詩》出版。出於某種機緣，自從龔離開京城以後，他產生了難以遏止的創作衝動，寫詩的靈感如泉水般奔湧不息，正如《己亥雜詩》第一首所言：「著書何似觀心賢，不奈卮言夜湧泉。」在旅途中，他給友人吳虹生寫信提到：

> 弟去年出都日，忽破詩戒，每作詩一首，以逆旅雞毛筆書於帳簿紙，投一破簏中。往返九千里，至臘月二十六日抵海西別墅，發簏數之，得紙團三百十五枚，蓋作詩三百十五首也。[11]

無論以何種標準來衡量，《己亥雜詩》都是中國詩史上罕見其匹的傑作。儘管組詩的寫作僅花費了短短十個月，其內容所涉及的時間則長達四十年之久，人物有一百二十名之多。正如龔自珍對吳虹生所說的，組詩意在傳達詩人的「心跡」，包括旅途中的瑣細點滴，「乃至一坐臥、一飲食，歷歷如繪。」[12]如當代學者劉逸生所言：「這一組詩是龔自珍有意識地對前半生經歷作一小總結而寫的。」[13]一八四〇年暮春，龔回到了崐山老家，終於得以將《己亥雜詩》編校付梓，這就是著名的「羽琌館本」。儘管早前龔經常燒毀自己的詩稿，這一次他卻一反常態，不但悉心校訂每一首詩歌並

10 錢穆，《中國近三百年學術史》（一九三七年；臺北：商務印書館，一九七六年），頁五五二。
11 龔自珍，〈與吳虹生書〉，見《龔自珍全集》，王佩諍校（上海：上海古籍出版社，一九九九年），頁三五三—三五四。
12 同上。
13 劉逸生注，《龔自珍己亥雜詩注》（一九八〇年；重印本，北京：中華書局，一九九九年），〈前言〉，頁一一。

特意加上注解，還自費印行詩集並到處分贈友人。

龔自珍研究早已成為顯學，然而幾乎所有研究龔詩的學者都忽視了《己亥雜詩》中豔情詩的特殊意義——尤其是那些題贈給名妓靈簫的詩歌。令人矚目的是，《己亥雜詩》總共收錄三百一十五首絕句，而其中的三十八首（也就是十分之一）都是龔自珍寫給靈簫的情詩，鑑於這些情詩是在非常短暫的時間跨度內寫就，龔用情之深沉、熾烈由此可見一斑（在一八三九年「往返九千里」的旅程中，龔僅僅在靈簫處駐足兩次——一次是五月十三日左右的短暫會面，另一次是九、十月間的重訪，前後約十天。）但重要的是，在這組豔情詩當中，龔以紀實的筆調再現生命中那段刻骨銘心的情緣。可惜絕大多數批評家都不太重視龔寫給靈簫的情詩，也許是因為靈簫出身於風塵賤質的緣故吧。即使是專門研究龔自珍豔情詩的劉逸生也認為，龔寫給靈簫的情詩「免不了陷進『紅似相思綠似愁』的『淒馨綺豔』之中……自然說不上有什麼積極意義。」[14]當代學者郭延禮的《龔自珍年譜》為學界所推重，但該年譜隻字不提龔與靈簫的親密關係，儘管龔本人在對其詩歌的自注中反覆提及此事。

不過，一個世紀以來，民間大眾更加津津樂道於龔自珍與同時代其他名媛之間的風流韻事，而這些街談巷議往往基於對於龔詩中某些歧義詩句的斷章取義與牽強附會。譬如小說《孽海花》的作者曾樸就將龔自珍與滿族女詩人顧太清（一七九九－一八七七年？）捏合為情人關係，儘管學者們早已證明這樣一種浪漫關係純屬子虛烏有，讀者卻依然樂此不疲。這些流言蜚語起於何時已是無從考證，但龔自珍一生遭際，風波迭起——譬如一八三九年的倉皇掛冠離都，以及一八四一年的暴卒，無不誘使讀者誤讀（或者過度閱讀）其詩歌。鑑於龔曾公然批判某些當朝權貴，這些謠言有可能出自他在京中的政敵。但同時也應該注意到，正因為龔自珍天生是個情種，又以「下筆情深不自持」的豔情詩聞

[14] 同上，頁一九。

名，沉浸於中國詩歌闡釋傳統的讀者很容易編造出浪漫「事實」與其詩歌對號入座。事實上，龔、顧豔情風傳一時與龔自珍對《己亥雜詩》第二〇九首的短注不無干係，該注曰：「憶宣武門內太平湖之丁香花」——此地名恰恰是顧太清的深閨所在。圍繞「丁香花疑案」的種種蜚短流長，儘管是無稽之談，卻給女主人公顧太清帶來了下半生的無盡災難：顧是滿州貝勒、乾隆皇帝曾孫奕繪的側室，由於這些謠傳，在奕繪死後，顧居然被夫家親屬逐出貝勒府，直到顧於一八七七年左右去世，幾十年的宿怨始終不曾化解。[15]

與此同時，也有人相信名妓靈簫向龔自珍下毒，導致詩人一八四一年的暴卒。富有諷刺意味的是，儘管讀者長期漠視靈簫其人在龔自珍豔情詩中的重要位置，龔的暴卒卻驟然提高了靈簫的知名度（儘管是惡名）。謠傳靈簫紅杏出牆，故而鴆殺了龔自珍，這個謀害親夫的傳聞之所以不脛而走，是因為人們想當然地認為，既然龔自珍被狐媚的靈簫迷住了心竅，他早晚會死在這個工於心計的煙花女子手上。沒有人說得清這個「紅顏禍水」的故事起於何時，也許言者無心，聽者有意，謀害親夫的謠言由龔自珍贈靈簫情詩中的某些自注引發。看來詩人的自注，儘管自有其文學效用，在現實生活中卻有可能造成危險。受這些注解的啟發，再發揮一下好奇心和想像力，一些讀者會趁勢向壁虛構，歪曲事實的本來面目。

不過，在很大程度上，正是龔的自注賦予其詩歌強烈的近代氣息。對龔自珍而言，情詩的意義正在於其承擔雙重功能：一方面是私人情感交流的媒介，另一方面又將這種私密體驗公之於眾。事實上，《己亥雜詩》最令人注目的特徵之一，就是作者本人的注釋散見於行與行之間、詩與詩之間，在閱讀龔詩時，讀者的注意力經常被導向韻文與散文、內在情感與外在事件之間的交互作用。如果說詩

---

[15] 張璋編校，《顧太清奕繪詩詞合集・前言》（上海：上海古籍出版社，一九九八年），頁四。

歌本文以情感的濃烈與自我耽溺取勝，詩人的自注則將讀者的注意力引向創作這些詩歌的本事，兩者合璧，所致意的對象不僅僅是情人本身，也包括廣大的讀者公眾。這些詩歌之所以能深深打動現代讀者，奧妙就在於詩人刻意將情愛這一私人（private）體驗與表白這一公眾（public）行為融為一體。在古典文學中很少會見到這樣的作品，因為中國的豔情詩有著悠久的託喻象徵傳統，而這種特定文化文本的「編碼」與「解碼」有賴於一種模糊的美感，任何指向具體個人或是具體時空的資訊都被刻意避免。郁達夫曾指出，蘇曼殊等近代作家作品中的「近代性」（modernity）在很大程度上得益於龔自珍詩歌的啟發，或許與此不無相關。[16]

正是在這樣的文化語境裡，龔自珍題贈給名妓靈簫的豔情詩顯得格外富有藝術感染力。總的說來，龔寫給靈簫的詩歌近乎詩人的自白，帶有明顯的自傳性，與傳統豔情詩的託喻象徵手法大相徑庭。此外，這些贈予靈簫的詩歌表現了一種新型的坦率，倘若要比較東西方文化中的「公－私」問題，這恰恰是一個好題目。T．S．艾略特（T. S. Eliot）就曾向妻子談起過情詩的雙重功能：「但這首獻給妳的詩作也是寫給他人看的，這些是公開向妳吐露的私語。」[17]凱茜·N·大衛森（Cathy N. Davidson）也同樣說過，情書「抹煞了『私密』與『公開』表達之間的界限」，[18]我相信，龔自珍的情詩也同樣超越了公私的界限。話說回來，可能也正是因為這一點，像王國維這樣的中國學者對於龔的豔情詩抱有很深的偏見，王國維曾經說過，龔自珍為人「涼薄無行」。[19]因為大多數傳統的中國人都認為，情愛是非常私人化的體驗，在任何情況下都不應該與公眾分享。

16 郁達夫，《郁達夫全集》（香港：三聯書店，一九八二年），第五冊。亦見孫文光、王世芸編，《龔自珍研究資料集》（合肥：黄山書社，一九八四年），頁二四八－二四九。

17 T. S. Eliot, "A Dedication to My Wife." in Jon Stallworthy, ed., *A Book of Love Poetry* (New York: Oxford University Press, 1986), p. 71.

18 Cathy N. Davidson, *The Book of Love: Writers and Their Loveletters* (New York: Pocket Books, 1992), p. 6.

19 見王國維，《人間詞話》，亦見《龔自珍研究資料集》，頁二九。

可是，在龔自珍寫給靈簫的情詩裡，我們經常看到詩人同時扮演著經歷私情的個體與自覺的史家這樣雙重角色。比如《己亥雜詩》第二〇一首：

> 此是春秋據亂作，
> 升平太平視松竹。
> 何以功成文致之，
> 攜簫飛上羽琌閣。

龔將自己與名妓靈簫的戀情比擬成孔子《春秋》裡談到的上古理想社會。孔子在《春秋》裡預言，世界在實現大道以前要經歷「亂世」、「升平世」和「太平世」三個漸進階段，[20]由此引申，龔自珍設想他和靈簫的結合將達到一種類似儒家「太平世」的完美境界。龔想要讓自己對於靈簫的愛慕得到社會認可的願望是如此強烈，以至於希望他們的情事瑣屑（無論多麼凡庸無奇）日後將載入正史，這就是為什麼見面第一天，龔自珍就寫詩強調豔情與歷史之間的密切連繫：「青史他年煩點染，定公四紀遇靈簫。」（第九七首）漸入「老年」的詩人懇請未來的史家將自己與一代名妓的浪漫戀情載入史冊。由於擔心未來的傳記作者未必了解「靈簫」一詞的涵義，龔特意在詩末插入注解，說明靈簫係人名。顯然，對於龔來說，與美人靈簫的豔遇是其生命的一大轉捩點，詩人相信，他和靈簫命中有緣，因為在他們相會的第一天，即席限韻賦詩，詩人抽到的恰好是靈簫的「簫」字。[21]

---

20 參見Benjamin A. Elman, *Classicism, Politics, and Kinship: The Ch'ang-chou School of New Text Confucianismin Late Imperial China* (Berkeley: Univ. of California Press, 1990), p. 244.

21 第九五首。見劉逸生注，《龔自珍己亥雜詩注》，頁一三五。

須知，「簫」對於龔具有特殊意義，代表了藝術創造力，「簫」與「劍」一道構成了龔自珍一生最喜歡使用的詩歌意象。[22]正是在這一意義上，詩人一開始就體驗到一種「浪漫的宿命感」（romantic fatalism），[23]也許還有某種情場得意的自我意識。這就是為什麼龔自珍希望通過訴諸儒家的理想境界，讓自己的戀情得到社會認可。

但情場得意並不能徹底消除龔內心深處的彷徨與顧慮，身為佛教徒，龔不能不意識到靈簫是個「致命的誘惑」，依戀靈簫則意味著喪失宗教修持所必須的靜心與自制。他哀歎自己抵禦不了男女之情，因為從以前的花月冶遊中，他了解到這種關係可能帶來的多重危險。所以就在那首希望歷史能夠作見證的詩篇裡，龔將自己身陷情慾，無法自拔的經歷比作佛教徒難以抵禦天花的誘惑：「天花拂袂著難銷，始愧聲聞力未超。」據《維摩詰所說經》，「天女即以天花散諸菩薩、大弟子上。花至諸菩薩，即皆墮落；至大弟子，便著不墮。天女曰：結習未盡，花著身耳；結習盡者，花不著也。」佛教詞彙「結習」指世俗的煩惱想念，大致相當於英語裡的addiction，[24]如今再次墮入情網的龔自珍自認為「結習未盡」。在《己亥雜詩》的其他篇章裡（比如第一〇二首），龔進一步哀歎自己「選色談空結習存」，擺脫不了「天花」的誘惑。

龔自珍為靈簫所寫的多篇情詩向讀者展現了這種情愛的複雜性質，包括愛慾所特有的種種心理症

22 龔詩中反覆出現「簫」和「劍」的意象組合：「來何洶湧須揮劍，去尚纏綿可付簫」（〈又懺心〉一首）；「一簫一劍平生意，負盡狂名十五年」（〈漫感〉）；「按劍因誰怒？尋簫思不堪」（〈紀夢〉七首之五）；「少年擊劍更吹簫，劍氣簫心一例消」（《己亥雜詩》之九）；「怨去吹簫，狂來說劍，兩樣消魂味」（〈湘月〉）；「長鋏怨，破簫詞，兩般合就鬢邊絲」（〈鷓鴣天・題於湘山舊雨軒圖〉）；「氣寒西北何人劍，聲滿東南幾處簫」（〈秋心〉三首之一）。見《龔自珍全集》，頁四四五、四六七、四九八、五一八、五六五、五六九。

23 "romantic fatalism"的說法借自Alain de Botton。見Botton, *On Love* (New York: Grove Press, 1993), pp. 3-13.

24 見劉逸生注，《龔自珍己亥雜詩注》，頁一三八。有關佛教的討論和「結習」的意義，我要特別感謝康正果的幫助。

狀：欣快、狂喜、疑惑、痛苦，還有詩人宗教意識的覺醒。一八三九年秋，龔自珍在靈簫住所盤桓了十天，此間寫下二十六首詩歌，統一命名為〈寱詞〉（即夢話）。以下是龔為該組詩所寫的總注：

己亥九月二十五日，重到袁浦。十月六日渡河去。留浦十日，大抵醉夢時多醒時少也。統名之曰〈寱詞〉。[25]

這是中國文學裡罕見的關於豔情的「本事」自注，詩人以自白的口吻，將自身的情愛體驗描述為一種「醉夢」。此「醉夢」不同於中國早期詩歌中頻頻出現的巫山雲雨之夢，在那些詩歌裡，詩人與一位迷離恍惚，似幻似真的神女在夢中歡會，而這類綺夢無非是詩人現實情感體驗的折射變形──自宋玉〈高唐〉、〈神女〉二賦以來，這種修辭策略奠定了豔情文學的傳統。而龔自珍所謂的「醉夢」從新的立意來表現情愛，強調了作者對於情愛的痴迷：一旦沉溺於愛戀的美妙，他就像酒徒一般，對於杯中物需索無度，直至長醉不醒方休。《己亥雜詩》第二五九首就表現了這種「醉與醒」的兩難困境：

釃江作醅亦不醉，
傾河解渴亦不醒。
我儂醉醒自有例，
肯向渠儂側耳聽。

[25] 同上，頁三一四。

該詩試圖表達詩人在愛情的痴狂中所體驗到的脆弱心態，他游移在「醉」與「醒」兩極之間，感情上充滿了矛盾與掙扎。但如何擺脫這種癡狂？首先，詩人企圖不辭而別，可是一旦收到靈簫的道歉函，他又感動莫名，馬上回到了情人身邊。

接下來，在十月六日這一天左右，龔終於下定決心再次離開靈簫，終止這段情緣。在第二七一首詩（也就是〈寱詞〉系列的最後一首詩）裡，詩人透露出這段情事已經戛然而止，顯然在一段不愉快的爭吵之後，龔自珍意識到：儘管他們深愛對方，他們的結合卻不會幸福。翌日清晨，龔悄然登舟離去——「報導妝成來送我，避卿先上木蘭船。」然而，詩人很快意識到，離別非但沒有削減他對心上人的愛戀，反而令他倍加思念靈簫。他後悔自己決定遺棄靈簫，船才航行了八里路，詩人已經開始為靈簫作詩：

欲求縹緲反幽深，
悔殺前番拂袖心。
難學冥鴻不回首，
長天飛過又遺音。

這首詩典型地表現了愛情的悖論，詩人以為只要將自己從痴情的糾纏中解脫出來，就能獲得完全的自由，猶如劃破長空的征鴻，但結果卻墮入更多的疑懼、絕望、驚慌和痛苦。事實上，他永遠也無法做到像鴻雁那樣說飛走就飛走，頭也不回，在寫於黃河之濱的另一首詩裡，詩人坦承自己從來不曾經歷過如此強烈的絕望：

亦是今生未曾有，
滿襟清淚渡黃河。

事實上，龔自珍在與靈簫分別後的頭三、四天內所作的幾首詩，可以說是《己亥雜詩》裡最具有藝術感染力的詩篇之一，正因為它們是寫給靈簫的情書，才最打動我們。具有諷刺意味的是，正是情人的缺席，使得詩人真正將注意力集中在他的愛戀對象身上——「從茲禮佛燒香罷，整頓全神注定卿。」（第二七五首）

但這些離別詩（第二七二－二七八首）與早先的〈寱詞〉系列（第二四五－二七一首）形成了鮮明對照：雖然哀感惻豔的基調猶在，這些詩歌卻表現出一種內心的平靜與精神的昇華。在第二七二首裡，龔將其情事的結局比作《易經》的末卦「未濟」：

未濟終焉心縹緲，
百事翻從闕陷好。
吟到夕陽山外山，
古今誰免餘情繞？

值得注意的是，在對該詩的自注中，詩人特別說明這是一首題壁詩，就彷彿他本人親眼目睹一段文化記憶。在《易經》原文裡，第六四卦「未濟」（意即「還未完成渡河」）乃指一種「事未成」的階段，具有諷刺意味的是，《易經》全書止於「未濟」卦，[26]顯然龔引用此卦是為了表示自己

26 Richard John Lynn 將"未濟"譯為"Ferrying Incomplete"。見Lynn, trans., *The Classic of Changes: A New Translation of the I Ching as Interpreted*

的情事尚未了局，有待生命中新的考驗。第六四卦的卦辭乃一則寓言：「小狐汔濟，濡其尾，無攸利。」意思是小狐狸就要渡過河了，卻把尾巴弄濕了，終於沒能抵達彼岸。所以「未濟」卦的象辭之一曰：「飲酒濡首，亦不知節也。」意思是如果有人沉溺於飲酒，弄濕了頭，那是因為他太不懂自我節制。[27]在此，飲酒的譬喻恰好適用於龔自珍，對於龔來說，正如〈寱詞〉總注所言，戀愛猶如飲酒，在此過渡階段，尤需審慎從事，切忌貪杯濫飲，以免樂極生悲。著名漢學家衛禮賢（Richard Wilhelm）說過，「未濟」卦表述的是「由亂及治」的過渡時期，「在『事未成』的情況下，只有深思慎行才能萬事亨通。」[28]同理，熱戀中的人切忌為激情沖昏了頭腦，只有自我慎戒方能看清事物本相。

接下來，在第二七八首詩裡，龔描繪了自己由男歡女愛到參禪入定的經歷——不無諷刺意味的是，「紅」與「禪」本來互相矛盾，「紅」卻恰恰成為「禪」的誘因：

閱盡天花悟後身，
為誰出定亦前因。
一燈古店齋心坐，
不似雲屏夢裡人。

---

by Wang Bi (New York: Columbia Univ. Press, 1994), p. 545.

27 Richard John Lynn將此句譯為"If this one were to get his head wet because of drinking wine, it would be because he does not know enough to keep to the rules of propriety."見Lynn, trans., *The Classic of Changes*, p. 550.

28 Richard Wilhelm, trans., *The I Ching Or Book of Changes.* 該書英文版見Cary F. Baynes, trans., 3 rded. (Princeton: Princeton Univ. Press, 1967), pp. 248-249.

該詩最能表達龔自珍的精神蛻變。龔承認，自己本來早已「入定」或者說進入到一種心念安住、不言不動的大自在境界。可是在邂逅靈簫之後，他驟然「出定」，再也無法抵禦俗世的誘惑。而現在經歷了與靈簫的一段激情，龔已經幡然醒悟，他的結論是：在這個世界上，你為誰「出定」，全都是前世的夙緣使然，在與「天花」發生了一段因緣糾葛之後，如今我已經在精神上大徹大悟。此論的要害在於，靈簫在龔自珍由色悟空的過程中扮演著重要角色，正是她引導龔重返「入定」狀態。這和但丁與比阿特麗斯的故事有點相似，只不過對於龔自珍而言，不是肉身的死滅，而是痴情的死滅將世俗的男女之情昇華為宗教的悟道體驗。

該詩作於十月十日，是《己亥雜詩》裡最後一首題贈靈簫的詩歌。為此，詩人特別附有長注：

> 順河道中再奉寄一首，仍敬謝之，自此不復為此人有詩矣。寄此詩是十月十日也。越兩月，自北回，重到袁浦，問訊其人，已歸蘇州閉門謝客矣。其出處心跡亦有不可測者，附記於此。

對於龔，「出處心跡」難以測知的靈簫始終是一個謎一般的人物。在現實生活中，龔自珍與靈簫的一段情緣並沒有就此結束，據龔另一首詩作手抄真跡的詩後自注，次年，他終於赴吳門替靈簫脫籍，並將她納為小星：

> 偶遊秣陵（今南京）小住，青溪一曲，蕭寺中荒寒特甚，客心無可比似。子堅以素紙索書，書竟，忽覺春回肺腑，擲筆拏舟回吳門矣……。

別處亦有證據顯示龔最終娶了靈簫，〈上清真人碑書後〉文末「姑蘇女士阿簫侍」的字樣即可為證。[29]

可是，新婚燕爾不到一年（一八四一年八月），龔就猝然辭世。正如前文所言，風傳靈簫毒殺了龔自珍，可是一切僅僅是揣測之詞，沒有任何證據證明龔真的死於謀殺。與此同時，也有人懷疑龔自珍死於另一起情殺，在清末著名的譴責小說《孽海花》裡，龔自珍與一位富有詩才的滿洲貴婦顧太清有著瓜李之嫌，於是顧的丈夫僱人謀殺了龔，可這一指控同樣屬於無稽之談。[30]所謂無風不起浪，人們不禁要問：這些風言風語究竟從何而起？在我看來，至少在靈簫一案裡，謠傳的流行與讀者對於龔自珍豔情詩「本事」自注的過度閱讀（overeading）大有干係，比如在寫給靈簫的「訣別詩」的自注裡，詩人提到此姬「出處心跡亦有不可測者」，據此讀者可能會過度闡釋他們兩人之間的感情糾葛。本來龔之喜歡為自己的作品作注，是為了彌補詩歌語境的含混，讓後來的歷史學家對自己的生活實況有更清楚的了解，誰知讀者卻據此捕風捉影，添枝加葉，編造出種種風流韻事。不可思議的是，詩作一旦寫就，便彷彿具有了自足的生命，對其涵義的闡發不再是作者的原意所能左右。

和許多偉大的作家一樣，龔自珍是在身後才被納入文學經典的，圍繞著龔的生平和作品有著許多謎團和疑點，有待現代讀者考釋發掘。套用詹姆士・芬頓（James Fenton）在其新作中對於道學批評家的評價，大部分讀者喜歡「讓現實服務於道德宗旨」（keep reality on the agenda），[31]然而，「詩有別趣」——詩歌自有其美學維度，不必拘泥於本事實錄，也許《紅樓夢》裡的一句名言能最恰切地總結

---

29 劉逸生注，《龔自珍己亥雜詩注》，頁三三六。

30 有關這一點請參照魏愛蓮（Ellen Widmer）的書：*The Beauty and the Book: Women and Fiction in Nineteenth-Century China*（Cambridge, MA: Harvard University Asia Center, 2006）, pp. 188-189.

31 James Fenton, *The Strength of Poetry: Oxford Lectures* (New York: Farrar, Straus & Giroux, 2001). 亦見Edward Mendelson關於該書的書評，"The Personal Is Poetical" *The New York Times Book Review* (July 15, 2001), p. 10.

這種現象：「假作真時真亦假，無為有處有還無。」[32]

也許這就是為什麼像龔自珍和霍普金斯這樣偉大的詩人，強烈地意識到文字的危險性——他們既無可避免地沉迷於文字的魅力，又不斷地負荷著寫作的焦慮。

黃紅宇譯

*本文的英文原稿（題為"*The Anxiety of Letters: Gong Zi Zhen (1792-1841) and His Commentary on Love*"）曾宣讀於二〇〇五年三月七－九日舉行的「北大——耶魯比較文學學術論壇」，並發表於《比較視野中的傳統與現代》（Peking—Yale University Conference: Tradition and Modernity, Comparative Perspectives），孫康宜、孟華主編（北京大學出版社，二〇〇七年），頁一三八－一五五。

32 David Hawkes將此聯譯為"Truth becomes fiction when the fiction's true; Real becomes not-real where the unreal's real." 見Hawkes, trans., *The Story of the Stone*, Vol. 1 (New York: Penguin Books, 1973), p. 55.

金天翮與蘇州的詩史傳統[1]

在中國文學裡，蘇州地區代表了一種「雙重態度」，這種雙重性賦予其特殊的地方特色。一方面，蘇州以自成格局的園林著稱，素有「人間天堂」之譽，沈周（一四二七－一五〇九年）和文徵明（一四七〇－一五五九年）的詩畫作品就把蘇州塑造為山水林石花竹禽魚的夢幻境界。但另一方面，自明初詩人高啟（一三三六－一三七四年）以降，蘇州在世人心目中還代表了一種以詩證史的強烈抒情聲音，即以詩歌見證人間苦難和當代重大歷史事件。可以說，這後一種聲音和蘇州園林文藝裡寧靜悠遠的詩境形成了鮮明對比。

提起蘇州，我希望首先說明一下，拙文所提到的蘇州指的是江蘇省的大蘇州地區。像常州、吳縣、吳江、崑山、太倉、常熟這些地方以及其他蘇州城周邊地區，一律被認為隸屬於文化意義上的蘇州，因為這一意義上的「蘇州」由普遍的文化身分認同和文化遺產所界定。追本溯源，生活在該地區的人民，世世代代都共用一種強烈的地域感，並對一般被稱為「蘇州」的社區引以為榮。[2]

拙文集中探討與柳亞子（一八八七－一九五八年）、陳去病（一八七四－一九三三年）並稱「吳

1 拙文在撰寫過程中得到了下列人士的慷慨協助，特此鳴謝夏曉虹、李又寧、康正果、楊濤、廖肇亨、嚴志雄、王政、林順夫、吳盛青、黃紅宇、Brian Steininger、David Rolston和Ellen Widmer。

2 比如說，更早期的文人諸如高啟、沈周和文徵明來自常州；唐寅來自吳縣；沈璟來自吳江；歸有光來自崑山；王世貞來自太倉，可是習慣上他們一律被視為蘇州作家。

江三傑」的文人金天翮（一八七三－一九四七年），他代表了對蘇州詩史傳統的不斷傳承創新。與其文學生涯相始終，金積極投身於各種政治改良與革命活動，一八九五年中日甲午戰爭之後，金在家鄉與陳去病一起組織「雪恥學會」。一九〇三年入蔡元培在上海主持的「愛國學社」，旋即回故里興辦名為「自治學社」的私立學校（少年時期的柳亞子曾在此就讀），次年斥資創辦吳江境內第一所女校「明華女學堂」。一九〇三年，金加入孫中山的革命團體「興中會」。金經常為當時的一些新雜誌撰稿，尤其支持陳去病在日本創辦的革命雜誌《江蘇》。此外，他還出版專著聲援當時的革命風潮，比如他將宮崎滔天（一八七〇－一九二二年）著名的自傳《三十三年の夢》翻譯成中文，該書詳盡描述了作者追隨孫中山從事革命活動的經歷，[3]也許是為了讓該書在中國讀者眼裡更加富有意象的美感，一九〇三年出版的金譯本題名為《三十三年落花夢》。[4]金一九〇四年發表的《自由血》是對煙山專太郎（一八七七－一九五四年）《近世無政府主義》一書的編譯和重寫，提倡激進的革命行動。[5]金還撰寫了小說《孽海花》的前六回，並擬定了全書回目，直到他將該書的寫作計畫移交給另一位蘇州作家曾樸（一八七二－一九三五年），而曾後來寫成的長篇小說成為「晚清四大譴責小說」之一。[6]

---

3 一九〇三年，金天翮以「K. A.」的筆名發表譯作。在該譯作一九二五年再版本裡，金署名「P. Y.」。亦見金松岑，《三十三年落花夢》（臺北：帕米爾書店，一九五二年）。

4 宮崎滔天（Miyazaki Tōten），《三十三年の夢》（東京，一九〇二年；再版，東京：文藝春秋社，一九四三年）。該書英譯本見Etō Shinkichi（衛藤沈吉）、Marius B. Jansen合譯，*My Thirty-Three Years' Dream: The Autobiography of Mayazaki Tōten* (Princeton: Princeton University Press, 1982).

5 見煙山專太郎（Kemuyama Sentarō），《近世無政府主義》（東京，一九〇二年；再版，東京：明治文獻，一九六五年）。金天翮以「金一」的筆名發表《自由血》（上海：鏡今書局，一九〇四年）。關於煙山專太郎的原著和金天翮的編譯，見蔣俊、李興芝，《中國近代的無政府主義思潮》（濟南：山東人民出版社，一九九〇年），頁二五。

6 見〈金松岑談《孽海花》〉，《〈孽海花〉資料》（上海：上海古籍出版社，一九八二年），頁一四六、一四八。亦見范培松、金學智，《插圖本蘇州文學通史》（南京：江蘇教育出版社，二〇〇四年），第四冊，頁一三三六。

金以「麒麟」的筆名發表在《江蘇》雜誌上的《孽海花》，前兩章著重描繪了近代中國的政治腐敗和社會積弊。[7]金既精通文言又擅長白話創作，他的作品在當時引起了很大的反響。

最重要的是，金天翮的詩作飽含一種強烈的憂患意識，與感時傷國的民族主義話語合流。在這一點上，他緊步梁啟超的後塵，大力宣導「詩界革命」，在創造新的意象、思想和語彙的同時，維持古典詩歌的基本形式。正如現代學者錢仲聯所指出的，金天翮是「詩界革命在江蘇的一面大纛」。[8]

金詩大體師承蘇州悠久的抒情文學傳統，這種傳統肇端於十四世紀的大詩人高啟。如同高啟一樣，金天翮將以詩證史作為自己詩歌藝術的首要目標，他有強烈的創作衝動，要用詩歌的形式記錄自己所見證的當代社會政治現實。在親眼目睹了喪權辱國的甲午中日戰爭、庚子義和團事件以及無休無止的外國軍隊武裝入侵之後，金和他的朋友對中國的未來極度擔憂。故此，在金的詩歌裡，讀者不可避免地感受到一種深沉的危機感和強有力的情感洪流。首先，他猛烈地抨擊國人缺乏情感責任和社會意識，像當時許多年輕的知識分子一樣，金感到中國已經喪失了「國魂」，金題為〈招國魂〉的組詩（一九〇二年）可以被讀作迫切的警鐘。組詩的第五首寫道：

> 籲嗟美哉神聖國，
> 沉沉睡獅東海側。
> 世界和平守不得，
> 是我國民死綏日。
> 十萬頭顱供一擲，

7 《江蘇》，第八期（一九〇三年十月）。

8 對該論題的探討，見范培松、金學智，《插圖本蘇州文學通史》，頁一三四一。

血濺梅花般紅色。
古雄若在祭壇結，
魂兮歸來我祖國。[9]

顯然，在金看來，拯救中國的唯一途徑是革命和流血，[10]詩人希望國人能夠擺脫世界和平的幻想，因為這是直面現實的時候。有鑑於此，金反覆強調了英雄主義的重要性——日後在〈國民新靈魂〉一文裡，他將這種觀念界定為「遊俠主義」。[11]金的許多同時代人高度讚賞其英雄觀，章太炎就以「豪傑之文」來形容金的文學風格。[12]

在金看來，真正的英雄必須直面時代的苦難，作為這種英雄主義的捍衛者，金並不回避中國已經成為孱弱無力的「睡獅」這一事實（如上述詩歌所寫）。他相信現代中國需要兼具道德勇氣與才智於一身的新英雄來挽狂瀾於既倒、扶大廈之將傾，蘇州的許多愛國青年與金聲氣相投。事實上，金的組詩〈招國魂〉不過是重寫早先在獅子山舉行的祕密革命集會上創作、吟誦的一些「歌詞」（注意「獅

9 金天羽（金天翮），《谷音集》，卷中，收《天放樓詩集》（上海：有正書局，一九二二年），一一a；重印本，《天放樓文言（附詩集）》，沈雲龍編《近代中國史料叢刊》第三一輯（臺北：文海出版社，一九六九年），頁四七五。

10 這是金天翮與梁啟超的主要分歧所在：梁提倡自上及下的改良，而不是以下犯上的革命。

11 見金天翮（筆名「壯遊」）文，〈國民新靈魂〉，《江蘇》，第五期（一九〇三年八月）。亦見夏曉虹《晚清女性與近代中國》（北京：北京大學出版社，二〇〇四），頁一九五。值得注意的是，金的「遊俠主義」觀肯定受到了宮崎滔天《三十三年落花夢》裡所描述的俠義精神的影響。孫中山在為該書所作的序言裡稱宮崎滔天為「今之俠客也。識見高遠，抱負不凡。具懷仁慕義之心，發拯危扶傾之志。」（英譯見*My Thirty-Three Years' Dream*, translated by Etō Shinkichi and Marius B. Jansen, p. 289）。

12 金天羽（金天翮），《天放樓文言》（一九二七年），二a；重印本，《天放樓文言（附詩集）》，《近代中國史料叢刊》，第三一輯，頁三。

子」在此的象徵意義）。[13]正如金天翮在組詩序言裡所說，這些歌詞最初出自友人包公毅（包天笑，一八七六－一九七三年）的手筆，但金對這些歌詞進行了二度創作（只保留了包作的首聯發端），以加強「厥聲悲壯」的藝術效果。對於金天翮和他的愛國同仁而言，這類詩歌才是英雄的語言，正是特定的政治氣候決定了他們獨特的抒情聲音。

這些愛國知識分子還放眼域外，尋找解決時下危機的可能途徑。就金天翮個人而言，因為他是世界文學的熱心讀者（通過中文和日文譯本），他的作品充滿了對外國名物的指稱。在他的詩歌裡，我們讀到了對法國大革命和伊斯蘭風俗的描寫，還有許多西方文學名著的讀後感，[14]典型的例子就是金寫過一組絕句吟誦斯托夫人（Harriet Beecher Stowe, 1811-1896）的小說《湯姆叔叔的小屋》（Uncle Tom's Cabin，舊譯《黑奴籲天錄》）。在這六首組詩裡，金讚頌美國南北戰爭解放黑奴的巨大歷史功績，同時批評中國人缺乏自由意識。[15]他痛切地感受到「黃人」受到外國列強的欺凌，長期以來一直被當作奴隸役使，他們也應該爭取解放。可是與美國人相比，中國人太怯懦了，就像籠養的雞、圈養的豬一樣不敢挺身而出，維護自己的權益。該組詩的末章寫道：

---

13 金天羽（金天翮），《谷音集》，卷中，收《天放樓詩集》，一〇b；重印本，《天放樓文言（附詩集）》，《近代中國史料叢刊》，第三一輯，頁四七四。

14 比如見金詩《讀〈黑奴籲天錄〉》、《讀〈利俾瑟戰血餘腥記〉》（[法]Erckmann-Chatrian，*Histoired'unconscritde 1813*）、《讀〈埃斯蘭情俠傳〉》（[英]Henry Rider Haggard, *Eric Brighteyes*）、《讀〈祕密使者〉》（[法]Jules Verne, *Michel Strogoff*）、《讀〈八十日環遊記〉》（[法]Jules Verne, *Le Tourdu Mondeenquatre-vingtsjours*），金天羽（金天翮），《谷音集》，卷下，收《天放樓詩集》，一a－二b；重印本，《天放樓文言（附詩集）》，《近代中國史料叢刊》第三一輯，頁四七七－四八〇。

15 見金詩，《讀〈黑奴籲天錄〉》，金天羽（金天翮），《谷音集》，卷下，收《天放樓詩集》，一a－二b；重印本《天放樓文言（附詩集）》，《近代中國史料叢刊》，第三一輯，頁四七七。

花旗南北戰雲收，
十萬奴星唱自由。
輪到黃人今第二，
雞欄豚柵也低頭。

儘管批評了自己的國人，這首詩卻很好地說明了金天翮的核心價值觀和目標是探索中國獨立自主的出路。他迫切希望更多國民爭取自我解放，既擺脫滿清政府的腐朽統治，也擺脫西方帝國主義的侵略。

談到解放這一話題，金還是他那個時代，女權運動最富有影響力的男性宣導者之一。受《婦女的從屬地位》（The Subjection of Women, 1869）作者約翰・斯圖亞特・穆勒（John Stuart Mill）等西方現代思想家影響，金寫了一本名為《女界鐘》（一九〇三年）的著作，提倡婦女解放是中國自救自強的關鍵。[16]金提出：「大抵女權不昌之國，其鄰於亡也近。」[17]他進一步指出，中國婦女的地位低之又低，「女子者，奴之奴也」，所以她們必須得到解放（頁三六）。最有趣的是，在寫這部書時，金署名「愛自由者金一」，既然自稱「愛自由者」，金希望自己能夠像偉大的美國女性斯托夫人一樣幫助

16 金對穆勒女權主義思想的了解，顯然是通過馬君武的譯本《女人壓制論》以及馬在《新民叢報》上連載的介紹穆勒學說的多篇文章。見須藤瑞代，《近代中國的女權概念》；小野和子，《馬君武的翻譯與日本》，載王政、陳雁主編，《百年中國女權思潮研究》（上海：復旦大學出版社，二〇〇五年），頁四五、六五。

17 見金一，《女界鐘》（一九〇三年），第五章，〈女子教育之方法〉。或見Bernadette Yu-ning Li（李又寧）編注的翻印本《女界鐘》，*Compendium of Materials on Chinese Women*（New York: Outer Sky Press, 2003），第一冊，頁三五。亦見金天翮著、陳雁編校，《女界鐘》（上海：上海古籍出版社，二〇〇三年），頁三六——以下引述《女界鐘》均採用該版本的頁碼。

奴隸們獲得解放（在這本書裡，斯托夫人被稱為「批茶」），[18]對於金和他同時代的友人而言，批茶就是他們心目中的「女英雄」。[19]金天翮仰慕的其他「女英雄」還包括聖女貞德（Joan of Arc或Jeanne d'Arc, 1412?-1431）、羅蘭夫人（Madame Roland，即Marie-Jeanne Roland, 1754-1793）和蘇菲亞・帕洛夫斯卡婭（Sophia Perovskaya, 1853-1881），這些女性都勇敢地投身於革命洪流，為國捐軀，改變了世界歷史的走向。[20]金認為這些西方女性遠比中國女性先進，因為這些西方人比中國人有更加深切的社會責任感（頁四九）。因為這一原因，金的結論是，中國婦女解放的第一步就是讓中國婦女培養一種責任感：「顧亭林（顧炎武）曰：『天下興亡，匹夫有責。』豈獨匹夫然哉？雖匹婦亦與有責焉耳。」

同樣重要的是，婦女的品德構成了婦女解放最重要的準則——《女界鐘》前兩章的標題是〈女子之道德〉和〈女子之品性〉，就說明了這一點。但應該指出的是，在此婦德指的是一種公德而不是私德，根據作者的論述，這是因為三千多年以來，中國婦女面臨的主要問題就是她們生存在一種私人空間，在絕大多數情況下被擯除在公共世界之外（頁二一—二二）。金進一步解釋道，中國的因循守舊者常常錯誤地將婦女的私人空間與婦女的品德畫上等號，因為他們沒有意識到中國古代的賢德婦

---

18 原文是：「明日轉吾身為女子，則誓為批茶」（頁三六）。夏曉虹指出「批茶」是"Beecher"的中文音譯，而"Beecher"正是哈麗特・比徹・斯托（Harriet Beecher Stowe）。但事實上，金天翮（以及和他同時代的友人）是否確知Beecher和Harriet Beecher Stowe係同一人還是個疑問。見Xia Xiaohong, "Ms Picha and Mrs Stowe", in David Pollard, ed., *Translation and Creation* (Amsterdam/Philadelphia: John Benjamins Publishing Co., 1998), pp. 241-251. 亦見夏曉虹，《晚清女性與近代中國》，頁一七二—一八六。

19 見夏曉虹，《晚清女性與近代中國》，頁一七八。

20 在這些女性當中，羅蘭夫人尤其受到梁啟超和其他男性作家的推崇，被譽為「女傑」。見夏曉虹《晚清女性與近代中國》，頁一八九—一九五。值得一提的是，當時的人物並非一概認同羅蘭夫人為「女傑」，比如錢南秀就指出女作家薛紹徽（一八六六—一九一一年）僅僅把羅蘭夫人視為法國大革命的犧牲品，不幸「被推上了斷頭臺」。見Nanxiu Qian, "Politics, Poetics, and Gender in Late Qing China:Xue Shaohui and the Era of Reform (Stanford:Stanford university puss, 2015), pp.176-177.（孫康宜補註，二〇一七年十一月二十三日）

女，比如班昭和伏生的女兒，同時也是才女，與同時代的男性才俊自由地切磋學問、砥礪德行（頁二二）。[21]金強烈呼籲，眼下正是中國婦女跨出深閨、走向社會的時機——西方的婦女已經做到了這一點，成為國家公民。[22]他甚至預言「二十世紀女權之謂也」（頁二二）——儘管夏曉虹認為，金的大膽「預言」也許只是女作家、女權主義者吳孟班（一八八三－一九〇二年）更早提出的類似主張的翻版。[23]

從婦女解放的觀念出發，金成為當時女子教育最有力的宣導者和實踐者之一。如上文所述，金在家鄉吳江成立了當地第一所女子學堂，他親自為該校設定詳細的課程表，包括為學生撰寫數首校歌。其中的一首寫道：

緹縈、木蘭真可兒，
班昭為我師；
羅蘭、若安夢見之，

---

21 但值得一提的是，在該書的其他地方（特別是頁六－七、二四），金對於班昭的《女誡》持相當的批判態度，因為在該書裡，班昭提倡女性以溫柔恭謙為美德。顯然，金讚賞班昭本人的博學多識與灑脫不羈，但不滿她對其他女性的保守勸誡。亦見夏曉虹《晚清女性與近代中國》，頁一五八－一五九。

22 但是，現代女權主義學者高彥頤（Dorothy Ko）認為，金撰寫《女界鐘》是出於「男性的焦慮」，而不是希望婦女得到解放。見高彥頤，《把「傳統」翻譯成「現代」：《女界鐘》與中國現代性》，載王政、陳雁主編，《百年中國女權思潮研究》，頁三〇－三六。

23 吳孟班在更早的時候說過：「蓋十九世紀之文明進化者，女權增進之世界也。」見夏曉虹，《吳孟班：過早謝世的女權先驅》。（夏曉虹此文已收入布拉格國際文學大會的論文集：Olga Lomova, ed., *Paths Toward Modernity: Conference on the Occasion of the Centenary of Jaroslav Prusek* [Prague: Charles University Press]）。值得一提的是，正如王政所指出的，女權主義在十九世紀的西方處於非常「邊緣」的位置。見王政、高彥頤、劉禾，《從《女界鐘》到「男界鐘」：男性主體、國族主義與現代性（代序）》，載王政、陳雁主編，《百年中國女權思潮研究》，頁五。

批茶相與期。
東西女傑並駕馳，
願巾幗、淩鬚眉。（注：「若安」即貞德）

正如歌詞中所寫，金希望現代中國女性能夠效法歷史上的「女傑」（既包括古代中國也包括西方），他還希望她們能夠「淩鬚眉」，即趕超男子。更重要的是，在《女界鐘．女子之能力》一章裡，金聲稱婦女和男子一樣聰明，值得注意的是，該章的很大篇幅都用來討論婦女的大腦，這顯然是針對英國維多利亞時代的學者關於大腦重量的辯論。正如約翰．斯圖亞特．穆勒在《婦女的從屬地位》裡反駁了婦女大腦較小的論點，[24]金引用統計數字說明婦女的大腦構造與男子沒有本質的不同（頁二五－二六頁）。他還列舉了中國古代諸多傑出的女性學者、作家、畫家、音樂家和武士，說明中國婦女的才智與能力在以前並不比男子差（頁二七－二八），所以金強烈反對當時廣為流行的說法「女子無才便是德」，認為這是「不祥之言」，對婦女危害極大。

金天翮關於婦女能力的思想不禁令人聯想到其梓里蘇州地區向來以盛產才女聞名，而這一傳統可以追溯到好幾個世紀以前，十八世紀的清溪吟社尤其廣為人知。這是一個由女詩人組成的詩社，總部在蘇州，領袖是任兆麟（活躍於一七七六－一八二三年）、張允滋（生於一七五六年）夫婦。正如高彥頤（Dorothy Ko）在有關文章中所指出的，「地利位置的接近——大家都住在蘇州，使得他們能夠頻繁交往並對彼此的藝術和智識生活施加深刻影響。……任兆麟與其學生的關係受到廣泛尊重。不

[24] "The Subjection of Women", in John Stuart Mill and Harriet Taylor Mill, *Essays on Sex Equality*, ed. Alice S. Rossi (Chicago: University of Chicago Press, 1970), p. 199. 關於這一話題的討論，亦見Elaine Showalter, *A Literature of Their Own: British Women Novelists from Brontë to Lessing* (1977; expanded edition, Princeton: Princeton University Press, 1999), p. 78.

但沒有桃色醜聞，……這些女詩人所受到的教育還經常被當地人拿來作為蘇州文風昌盛的佳話。」[25]與此相類似，袁枚（一七一六－一七九八年）的許多女弟子（主要成員為戴蘭英、吳瓊仙和歸懋儀）都是來自蘇州地區（儘管袁枚本人來自杭州）。無論如何，金天翮具備深厚的古典文學素養，肯定熟知蘇州歷史悠久的女性文化傳統，至於金氏在何等程度上受到像任兆麟這樣終身提掖才女的先賢的影響，今人當然難以臆斷。但無可置疑的是，金天翮是舊蘇州傳統的產物，儘管不可避免地，由於受時代風潮的影響，他在近代文壇上更加以見證歷史的聲音而聞名。當然，在他的身上的確有許多現代性（甚至是當代性）的因素，將他和他的蘇州前輩們區分開來。

儘管拙文著重論述金天翮見證歷史的詩歌藝術，值得一提的是，金也寫過大量詩篇歌詠蘇州園林，這些詩以對自然的描寫和沉思冥想見長。蘇州的確有兩幅面目——既有英豪的一面，也有隱逸的一面。正如所有的蘇州作家和畫家，金縱情自然，渴望見到現實生活與自然之間的溝通契合，正是在自然裡，金能夠得到慰藉與閒適，暫時遠離世俗塵囂。金身逢中國歷史上最動盪的時代之一，親眼見證了民國的沒落，軍閥割據混戰，國共兩黨曠日持久的鬥爭，最後是八年艱苦卓絕的中日戰爭（金卒於一九四七年，即抗日戰爭結束後兩年）。終其一生，儘管政治氣候令人失望，金卻養成了對自然的熱愛，所以即使在現實生活中壓力重重，他也能夠在自然裡得到暫時的休憩——金描寫當地園林（主要有頤園、鶴園、鸝園和梅園）的散文就充分表現了這一點。這些散文無不傳達出一種和自然交融一體的感情。金甚至說自己和所有這些美景「緣定於有生之前」。[26]除了這些描寫園林的散文，金還寫

[25] Dorothy Ko, "Lady Scholars at the Door: The Practice of Gender Relations in Eighteenth Century Suzhou," in *Boundariesin China*, edited by JohnHay (London: Reaktion Books, 1994), p. 204.

[26] 金天羽（金天翮），《天放樓文言》（一九二七年），五：五b－一a。「緣定於有生之前」的引文出自他的《鶴園記》，五：六a。

下了大量詩歌吟詠蘇州風景，比如他寫過寶帶橋、山塘和退思園。這些詩歌經常給人以系列山水畫軸的印象，彷彿時間在此陷於停滯。[27]

可是，他的部分園林詩中充滿了對於戰爭和外族侵略的指稱，典型的例子就是他在戰時訪問東吳大學所作的詞〈轆轤金井・避暑天賜莊東吳大學〉，在該詞中他感慨一座美麗的園林完全被日軍的鐵蹄蹂躪。[28]顯然，作為一位深深植根於詩史傳統的詩人，金有一種深切的衝動將自己所親眼見證的當代社會政治現實形諸筆端。同樣，在其他的一些風景詩裡，諸如〈登北寺塔〉，詩人懷著濃烈的憂患意識，哀歎自己的國家缺乏「霸氣」，即勇武雄偉之氣（「江山無霸氣，高唱拍闌干」）。[29]最終，詩人還是得回歸自然尋求答案，在〈訪司徒廟四柏〉一詩裡，古柏的亙古長存似乎讓詩人對中國的未來產生了新的希望，[30]由於這些古樹歷經上千年的風吹雨打依舊生機盎然，它們成為「霸氣」精神的象徵。同樣，在經歷過時間、歷史和戰亂的反覆洗禮之後，也許傑出人物還能從自然中汲取這種「霸氣」，儘管汲取的方式因人而異（「霸氣所鍾人物異」）。為了展示這種「霸氣」如何在不同的人物身上以不同的方式體現，金建議我們從一些典型的歷史人物身上吸取靈感（包括明代大藝術家徐渭）。金接著聲稱，這些往昔偉大人物的精神並沒有與時消沉，因為它們已經在傳統中獲得了永恆的生命力，就像那四棵蒼翠的古柏。這樣，通過神與物遊，詩人最終在與自然的交融感應中獲得了心靈的慰藉。事實上，在《冷香閣記》裡，金夢想有朝一日，來自中國與世界各地的賢傑能夠齊聚此地，

27 關於這些詩歌的討論，亦見范培松、金學智，《插圖本蘇州文學通史》，第四冊，頁一三四二。

28 見范培松、金學智，《插圖本蘇州文學通史》，第四冊，頁一三四四。

29 〈登北寺塔〉，金天羽（金天翮），《谷音集》，卷上，收《天放樓詩集》，一a－二b；重印本，《天放樓文言（附詩集）》，《近代中國史料叢刊》，第三一輯，頁四四三。

30 〈訪司徒廟四柏〉，金天羽（金天翮），《谷音集》，卷上，收《天放樓詩集》，九b－一〇a；重印本，《天放樓文言（附詩集）》，《近代中國史料叢刊》，第三一輯，頁四四六－四四七頁。

觀賞他的文章，了解他的思想（「花開之時，願我邦之人曁四方賢傑登斯閣者，觀余此文，欣然有契於心焉」）。[31]這不可避免地令我們聯想到中國文化裡關於文學不朽的觀念，即一種思想學說的接受（和復興）總是關聯現在、指向未來。中國人對這種連貫性的觀念深信不疑。

和許多同時代的人一樣，金獨特的教育背景——既經歷傳統國學的薰陶，又經歷歐風美雨的洗沐——使得這種文化連貫性的觀念顯得格外富有前瞻性。這些青年知識分子的視野相當激進，他們希望自己的一輩（和後輩）能夠對本國和世界培養起一種文化責任感。但是他們很快就會發現，國人所「發揚光大」的，往往正是他們希望根除的種種偏見和陳規陋習。

在自己的時代裡，金的思想和詩文創作風靡一時。不幸的是，儘管他的作品在許多方面具有開風氣之先的前驅意義，今天它們大都已經湮沒於時間的長河，也許在很大程度上，這是因為五四新文化運動的開創意義被過分誇大。事實上，正如拙文所展示的，在五四運動之前的幾十年裡，金天翮已經提出了許多五四運動的中心議題。我認為，為了躲避當時的書報審查制度，金在自己發表的作品裡頻頻更換筆名，與他在日後的湮沒不顯不無關係，因為絕大多數現代讀者沒有意識到那眾多的筆名實際上屬於同一作者。[32]可是更加值得引起焦慮的問題，是我們對於近代文學的總體忽略，像金天翮這樣

31 見金天羽（金天翮），《天放樓文言》（一九二七年），卷五，九b；重印本，《天放樓文言（附詩集）》，《近代中國史料叢刊》，第三一輯，頁一七二。

32 金天翮，原名懋基，字松岑，號壯遊，又名金一，後名天翮、天羽，號鶴望。筆名包括愛自由者金一（見《女界鐘》，上海大同書局一九〇三年出版）、K.A.（見譯作《三十三年落花夢》，中國研究會一九〇三年出版）、壯遊（見〈國民新靈魂〉，載一九〇三年八月東京《江蘇》第五期）、麒麟（見小說《孽海花》第一至二回，載一九〇三年十月《江蘇》第八期）、金一（見《自由血》，上海鏡今書局，一九〇四年出版）、愛自由者（見東亞病夫著小說《孽海花》，小說林書社一九〇五年出版）、松岑（見〈論寫情小說於新社會之關係〉，載一九〇五年六月《新小說》第一七號）、金城（見一九一〇年仲夏所編寫的教科書《文譜》的造句部分）、P.Y.（見改譯本《三十三年落花夢》，上海出版合作社一九二五年出版）、天放樓主人、鶴舫（見《鶴舫中年政論》）、松琴（署用情況未詳）等。參見徐迺翔、欽鴻編《中國現代文學作者

身處大時代轉型時期、兼作舊體文學和新文學的作家很容易被當代學者所遺忘，因為在許多人看來，在傳統和現代性之間存在一條不可逾越的鴻溝。

黃紅宇譯

*本文原載於《中山大學學報：社會科學版》，第四七卷，第五期（二〇〇七年九月），頁一－六。英文原稿（題為*Jin Tianhe and the Suzhou Tradition of Witnessing*）曾宣讀於二〇〇六年十月十三－十四日在捷克布拉格的Charles University舉行的國際漢學研討會，請參見已出版的會議論文集：*Path Toward Modernity: A Conference Volume in Commemoration of Jaroslav Prusek (1906-2006)*, edited by Olga Lomova (Prague: Charles University, 2008), pp. 307-320.

筆名錄》（長沙：湖南文藝出版社，一九八八年），頁四二四－四二五。

輯三

歐美篇

叩問經典的學旅

北大的歐陽哲生教授要我寫一篇有關我自己多年來治學經歷的長文，對於這樣一個嚴肅的要求，我竟然一口就答應了下來。後來才發現，這一類文章十分難寫，其難度與寫自傳不相上下。當然若從篇幅的長短來看，寫一篇有關自己的治學經驗的文章和寫一部龐大的自傳有很大的不同，但對我來說，其必須嚴肅地檢視自己過去的過程卻是一致的，這是因為我一向把求學的經驗視為生命的主要內容。今日在回頭檢閱自己大半生的經歷時，我不知不覺產生了一種感觸，那就是，離開了「學」，便無所謂人生的樂趣。

十九世紀美國著名的詩人佛洛斯特（Robert Frost）曾在他題為〈一條沒走過的路〉（The Road Not Taken）的詩中寫道：「在黃葉林中我看見有兩條分岔的路。」這首詩通常被解釋成為人生的隱喻——在人生的旅途中，人們或許會偶然停下腳步問道：「如果當初我選擇的是另一條路，不知今日會是如何？」佛洛斯特自己說，他所選擇的是那條偏僻而比較少人走過的路，而那個選擇也就決定了他來日的人生方向。遺憾的是，一個人不能同時走兩條路。

但我認為我一直只有一條路，而那條假想中的「沒走過的路」對我來說是不存在的，只要是沒走過的，沒經歷過的，那就不算是一條路。

我的那條路就是讀書求知的路，就是一條永遠走不完的遙遠的路。也許因為年幼就遭受到苦難的緣故，我從很小的年紀起就學會獨自一人埋頭於書中——在那個書本的世界裡，我找到了心靈的歸宿。記得我九歲那年住在林園鄉下，每天下了課之後，幾乎都在閱讀從大人那兒借來的世界名著中譯本——我讀荷馬的《伊利亞特》和《奧德賽》兩部史詩，我也讀賽萬提斯的《堂吉訶德》、薄伽丘的《十日談》、笛福的《魯濱孫漂流記》、大仲馬的《基督山恩仇記》、雨果的《悲慘世界》等。當時讀了亞米契斯的《愛的教育》一書深受感動，全書以一位義大利學生的日記形式串聯起來，尤以〈尋母三千里〉那段故事特別感人。後來我十二歲那年，在一個偶然的機會裡開始閱讀《聖經》，那本書決定了我往後的人生觀和對人性思考的興趣。

以上只是關於我幼年時期的閱讀和思考習慣的一個簡介，還說不上是什麼治學經驗，真正的治學要到大學時代才開始。我在求學的道路上一向運氣不錯，初中保送高中，高中保送大學，所以從來不覺得有準備升學考試的壓力，這樣我暑假期間也就能隨心所欲地閱讀課外書了。我之所以選擇進東海大學外文系，主要是想向美國教授學習如何閱讀西方經典作品（當時東海大學外文系裡的教師全是美國人，其中有些是傳教士）。不知怎麼，我自幼就特別喜歡英文，我有生以來的第一篇長文竟然是用英文寫的——記得當時上初一，我特別欣賞我的英文老師，她說著一口漂亮的英語，不但在課堂上鼓勵大家說英語，而且下了課還單獨教我寫英語作文。而當時我上的中學正巧在一座修女院的對面，每天放學回家之前，我總是過街去找修女們用英語聊天，同時在修女院中，我還學會了初級法文。這種種因素都使我後來決定上東海大學外文系。

一九六五年，二十一歲那年，我開始埋頭努力撰寫畢業論文，我選的題目是《美國十九世紀的作家麥爾維爾（Herman Melville, 1819-1891）》。當初之所以選擇這個題目，完全是一種巧合：一位好學青年在開學前夕送我一本麥爾維爾的小說Moby Dick（《白鯨記》）。那本書的設計十分引人注目，藍底封面配著白色的"Moby Dick"兩個大字，封底還印著出版社極力推薦的一句話：「這是頂尖的世界名著。」（The best of the world's best books.）我讀了書的開頭一段，就立刻被它深刻的語言給抓住了，所以第二天就決定拿這本小說作為我畢業論文的題目。然而問題是，該書一向以其閱讀的難度出名，尤其是整本書中大量使用了《聖經》的典故，我的指導教師Anne Cochran怕我無法應付，所以沒有立即批准我的論文題目。幾天之後，她決定給我一個有關《聖經》內容的考試，看我是否有資格研究這部充滿了《聖經》典故的小說《白鯨》，沒想到那個《聖經》測驗第一次帶領我入了研究的門。那天Anne Cochran教授閱完試卷，看我每題都答對了，高興得把我請到她的辦公室，接著就開門見山地問道：「我看妳真是做學問的材料，以後就走這條路吧……」她完全沒想到我從年幼時就開始閱讀《聖經》了。但她再一次向我強調，若想精通西方文學，首先非要熟讀《聖經》不可，而且必須反覆地讀，因為那是所有西方人公認的一本最偉大的經典，也就是最重要的典故出處。

果然，小說《白鯨記》裡的一句話"Call me Ishmael"就把我拉回到了《聖經》的世界裡。據《聖經‧創世紀》記載，以實馬利（Ishmael）為希伯來人祖先亞伯拉罕和女奴夏甲所生，後來以實馬利和母親一起被亞伯拉罕的正妻撒拉所逐，被迫離開迦南，所以他後來就成為西方文化裡典型的流浪者之象徵。在某種程度上，麥爾維爾是藉著他的小說《白鯨記》來描寫他身為一個流浪者的心靈自傳，當書中的主人公開門見山地說，「就喊我作以實馬利吧」，讀者很自然地就會想起《聖經》裡那個令人難忘的流浪故事。唯一不同的是，《白鯨記》裡的以實馬利是自我放逐而非被迫放逐——他說：「這陸地對我沒有什麼特別的樂趣，那麼就讓我出去航海，看看那片海洋的世界吧。」誠然，小說家麥爾維爾的一生正代表著苦悶的近代人那種選擇自我放逐（下海）的悲劇。麥爾維爾於一八一九年生於紐約，自幼有一段坎坷的命運。他十三歲那年父親去世，之後被迫退學，到紐約一家銀行裡去做小工，十八歲以後開始當水手，到世界各處流浪，幾年之內又多次上了捕鯨船，一直到二十五歲才回到故鄉，從此開始了他的寫作生涯。

《白鯨記》主要寫的是敘述者以實馬利登上捕鯨船「斐奎特」號之後，目睹船長亞哈不斷追捕白鯨莫比·迪克的經歷。我當初閱讀這部小說，最喜歡該書的百科全書式的敘事章節，雖然整個故事看來頗為簡單——說穿了就是一連串的巡捕、追逐、冒險加上最後全船沉沒的大災難，但每節內容之豐富、語言之生動及該書象徵意義之感人，令我在閱讀之中不得不全神貫注。這樣，我就把大四那年僅有的一些時間和精力全投入在論文寫作上了，經過幾個月的研究和廣泛地閱讀，我發現大部分有關《白鯨記》的二手資料都專注於船長亞哈如何瘋狂地追捕白鯨莫比·迪克的問題上——那就是討論亞哈為何把一個捕鯨之旅轉為個人的復仇之旅的心理因素和前後因果。然而我卻把解讀該小說的重點放在流浪者以實馬利的個人救贖上——以實馬利是書中唯一的生還者。在小說的末尾，以實馬利眼看著亞哈和「斐奎特」號沉沒在南太平洋裡，在大船下沉的時候，以實馬利差一點就被捲入了那個致命的軸心，但後來以實馬利靠著海上漂來的一隻棺材（即船上好友魁魁格的那隻棺材）而得救。他趴在棺材上，在海上漂來漂去，整整過去了一天一夜。第二天，一條船（即先前懇求亞哈放棄追逐白鯨莫比·迪克的「拉吉」號）偶然駛了過去，將漂流在海上的以實馬利撈了起來。初讀《白鯨記》，我就覺得故事結尾的場景特別感人，特別富有聯想的視覺效果，因此三十多年以後，當我看到電影《鐵達尼克》的結尾時，我就不知不覺地想起了《白鯨記》——雖然兩部作品的故事題材並不相同。

回憶六〇年代中期，當時正值「新批評」盛行的年代，我的指導老師Anne Cochran特別教給我凡事細讀（close-reading）的治學原則。她說：「妳要養成細讀的習慣，就會終身受用不盡。只有通過細讀，妳才可能在一本書中找出從前人沒看出來的意義。細讀是一種純屬個人的閱讀經驗，是妳自己找尋思考人生意義的好機會。凡是通過細讀而獲得的靈感，是屬於妳自己的財產，是別人偷不去的……。」比方說，她很喜歡我用細讀的方法讀出了《白鯨記》裡的救贖之意，她說，她很高興我能以《聖經》的典故為基礎，加上自己的想像和分析，對麥爾維爾的作品產生了獨到的見解。那是我平生第一次用嚴謹的做學問的方法寫出的第一篇論文。

六〇年代末，我移民到了美國，在美國我繼續努力研究英美文學中的經典作品。我廣泛涉獵了彌爾頓的《失樂園》、浪漫詩人布萊克的詩與畫、王爾德的戲劇、哈代的詩與小說《苔絲姑娘》、弗吉尼・伍爾夫的《燈塔行》等小說，以及葉芝和艾米莉・狄金森等詩人的作品。七〇年代初，我在美國寫的碩士論文乃是有關十九世紀英國散文大家卡萊爾（Thomas Carlyle）的英雄主義論，同時也對卡萊爾的名著《法國革命史》等書作了較為澈底的研究。我當時的指導教授Jerry Yardbrough的想法特別先進，他一方面要我注意德國作家歌德所謂的「世界文學」的重要性，一方面也鼓勵我進一步把文學和文化現象結合起來研究。他說：「凡是長久以來的經典名著，必有其永恆而根深柢固的文化價值，妳只管朝那個方向走，絕對沒錯。」他介紹我看著名學者Erich Auerbach的《模仿》一書，使我大開眼界。在那本書中，我學到了一個研究文學經典的祕訣：那就是如何從文本的段落中看到整體文化意義的祕訣，是一種由小見大的閱讀方法。在文學研究的領域中，這種批評的方式一向被稱為stylistics（文體研究）。據我看，Auerbach的最大貢獻，就是把文學經典中所用的語言——哪怕只有幾句話，落實到了廣義的文化層面上。Auerbach這種分析文本的方法後來深深地影響了美國的文學和文化批評，例如著名的新歷史主義（New Historicism）學家Stephen Greenblatt就在他的有關文藝復興的許多著作中，用類似的方法來闡明文學與文化的新意義，但不同的是，Auerbach以閱讀文學經典為出發點，但新歷史主義家們則較偏重對邊緣文化的重新闡釋。[1]

回憶六〇年代末期，我自己也很受Auerbach的研究方法的啟發。我嘗試用他的文體論的分析方法來廣泛地閱讀世界文學。奇妙的是，七〇年代初，正當我較深入地學習西洋文學和文化時（當時我已在美國獲得了兩個碩士學位），心中突然被一股強大的尋根欲望所籠罩著，久久無法平靜。我很後悔

1 參見Frank Kermode, "Art Among the Ruins", *New York Review of Books* (July, 5,2001), p.60.

自己從前只全身心努力研究西洋文學史，整個腦子只有但丁、莎士比亞、彌爾頓、歌德等人的影子，卻完全忽略了屈原、陶淵明、李白、杜甫、蘇東坡等中國古代的偉大作家。我恍然大悟：若不能深切了解自己的文化根源，將來是無法嚴肅地從事比較文學的。所以，當時我一有機會就到普林斯頓的東方圖書館裡去埋頭苦讀中國文學，幾個月下來，很粗略地涉獵了自《詩經》以來的不少經典著作（多年之後我竟然當上了該東方圖書館的館長之職，命運真不可思議，此為後話。）但我發現，中國的古籍浩瀚如海，愈往裡頭鑽就愈感到自己的不足，愈不足就更有求知的欲望，也愈對歷史悠久的中國文化肅然起敬。有些作品是從前在中學裡就熟讀過的，但現在重新閱讀卻有另一種完全不同的領會，這使我大為驚奇。例如看到《詩經》裡的詩歌和充滿了儒家氣息的《毛詩注》，就立刻會想到《聖經》裡的《雅歌》，在腦海裡對兩種文化的不同產生了有趣的比較，但這種比較的角度是從前小時候所沒有的。我發現，愈對中國文學和文化有所認識，就愈可能有舉一反三的閱讀樂趣。後來讀錢鍾書先生的《談藝錄》，對他那種將中西文化融會貫通的態度，感到既佩服又嚮往。尤其是錢著十分精彩，精闢的見解俯拾即是，記得我當時正在趕寫一篇有關法國美學家戈蒂埃（Theophile Gautier, 1811-1872）的報告，正在尋求新的靈感，突然讀到錢鍾書先生所寫的有關這一方面的討論，一時感到欣喜若狂。錢先生把戈蒂埃的文體和唐代詩人李賀相比。他說：

> 戈蒂埃（Gautier）作詩文，好鏤金刻玉。其談藝篇（L' Art）亦謂詩如寶石精妙，堅不受刃（le bloc résistant）乃佳，故當時人有寶丹之譏（le matérialisme du style）……近人論赫貝爾（F. Hebbel）之歌詞、愛倫坡（E. A. Poe）之文、波德賴爾（Baudelaire）之詩，各謂三子好取金石硬性物作比喻……竊以為求之吾國古作者，則長吉或其倫乎。如〈李憑箜篌引〉之「崑山玉碎鳳

凰叫」，「石破天驚逗秋雨」……[2]

這對我真是「石破天驚逗秋雨」的心靈經驗，我把錢鍾書先生看成是一種難得的文學現象，是把中國文化帶到世界舞臺的新現象。他對文學的熱情和他對中西文化瞭若指掌的修養，給了我很大的啟示，我因而也看到自己從小所受西洋文學教育的盲點：我一味地追求那個文化上的「他者」，多年來簡直把英文法文當成了母語（至少是寫作上的母語），但所付出的代價卻是對自己真正母語的逐漸遺忘。於是我痛定思痛，毅然決定從頭開始專攻中國文學，終於在一九七三年秋季進了普林斯頓大學的東亞研究系的博士班。

在普林斯頓求學的期間，我主修中國古典文學，當時我的指導教授就是以研究唐詩著稱的高友工教授。在研究漢學方面，我也深受蒲安迪和牟復禮兩位師長的啟迪。另一方面，我也攻讀比較文學，當時我在比較文學系的兩位指導教授是Ralph Freedman和Earl Miner（厄爾・邁納）。前者以《抒情小說》（The Lyrical Novel）一書著稱；後者以《比較詩學》（Comparative Poetics）一書著名。[3]當時我的博士論文寫的是有關文類（genre）的問題；我選的題目是《詞的演進》，主旨在分析詞體發展與詞人風格的密切關係。我在論文中強調：一個偉大詞人的個人風格經常會發展為後來的詞體成規（即詞之所以為一獨特的genre之成規），反之，次等的詞人則只能蕭規曹隨，跟著詞體的成規隨波逐流了。我到今天還很感激我的老師Earl Miner教授，因為他在我剛完成論文初稿之時（也就是尚未畢業

2 錢鍾書，《談藝錄》，補訂本（北京：中華書局，一九八四年），頁四八。

3 參見Ralph Freedman, *The Lyrical Novel: Studies in Hermann Hesse, Andre Gide, and Virginia Woolf*（Princeton: Princeton University Press, 1963）; Earl Miner, *Comparative poetics: An Intercultural Essay on Theories of Literature*（Princeton: Princeton University Press, 1990）。後者中譯本見《比較詩學》（北京：中央編譯出版社，一九九七年），王宇根、宋偉傑等譯。

拿博士學位時），就把它推薦給普林斯頓大學出版社，可以說是他的極力推薦和鼓勵才催生了《晚唐迄北宋詞體演進與詞人風格》（The Evolution of Chinese Tz'u Poetry: From T'ang to Northern Sung）一書的早日出版與問世。[4] 後來我轉到耶魯大學工作，有一次和我的同事布魯姆教授聊天，才發現我所謂的「偉大詞人」與他的「強者詩人」有極相通之處。[5] 不過從本質上看來，拙作更代表了二十世紀七〇年代後期，北美文學研究所流行的「文類研究」的詮釋方法，那種由小見大的閱讀方法也間接地受了Auerbach等人的文體研究的影響。

我的第二本專著《六朝詩研究》（Six Dynasties Poetry）寫的是有關詩中的「表現」（expression）和「描寫」（description）的問題。其實這也是一種「文體研究」，我之所以選擇這兩種文體作為檢驗個別詩人風格的參照點，主要因為在八〇年代初期的美國文學批評界中，「描寫」正是許多批評家所探討的重點。在逐漸走向後現代的趨勢中，人們開始對視覺經驗的諸多涵義產生了新的關注，而這種關注也就直接促成了文學研究者對「描寫」這一概念的興趣。但從某一程度看來，這種對「描寫」的熱衷乃是人們對此前的六〇、七〇年代間，太偏重情感「表現」的文化思潮的一種反動。然而，在我的《六朝詩研究》一書中，我是把「表現」和「描寫」當成兩個互補的概念來討論的，這樣，我一方面既能配合現代美國文化思潮的研究思潮，另一方面也能藉著研究六朝詩的機會，把中國古典詩歌的特徵介紹給西方讀者。現代西方人所謂的「表現」，其實就是中國古代詩人常說的「抒情」，而「描寫」即六朝人所謂的「狀物」和「形似」。

4 此書中譯版《晚唐迄北宋詞體演進與詞人風格》首先由台灣聯經出版社於一九九四年出版。後來該書的簡體修正版（題為《詞與文類研究》）於二〇〇四年由北京大學出版社出版（孫康宜補注，二〇一四年十二月）。

5 參見Harold Bloom, *The Anxiety of Influence* (London: Oxford University Press, 1973)。中譯本見《影響的焦慮》（北京：三聯書店，一九八九年），徐文博譯。

這些年來，我開始關注文學裡各種不同的「聲音」（voices）。「聲音」是非常難以捕捉的——有時近在眼前，有時遠在天邊；有時是作者本人真實的聲音，有時是寄託的聲音。解構主義告訴我們，作者本人想要發出的聲音很難具體化，而且文本與文本之間的關係十分錯綜複雜，不能一一解讀，因而其意義是永遠無法固定的，而且，語言是不確定的，所以一切閱讀都是「誤讀」（misreading）。另外，巴特的符號學認為，作者已經「死亡」，讀者的解讀才能算數，在知識網路逐漸多元的世界裡，讀者已經成為最重要的文化主體，因此作者的真正聲音已經很難找到了。然而值得注意的是，Stanley Fish所主導的文學接受理論雖然主要在提高讀者的地位，但另一方面卻不斷向經典大家招魂，使得作者又以較複雜的方式重新和讀者見面。同時，新歷史主義者和女性主義者都分別從不同的方面努力尋找文學以外的「聲音」，企圖把邊緣文化引入主流文化。此外，最近以來逐漸發展出來的「全球化」（globalization）研究，其實就是這種企圖把邊緣和主流、「不同」和「相同」逐漸會合一處的進一步努力。

自從一九八二年我到耶魯大學任教以來，由於面臨現代文學批評的前沿陣地（耶魯大學一直是現代文學批評的發源地），我一方面感到十分幸運，另一方面也給自己提出了警告——千萬不要被新理論、新術語轟炸得昏頭昏腦，乃至失去了自己的走向。我喜歡文學，喜歡聽作者的聲音，就讓我繼續尋找那個震撼心靈的聲音吧。回憶這些年來，我基本上是跟著文學批評界的潮流走過了結構主義、後結構主義（即解構主義）、符號學理論、文學接受理論、新歷史主義、女性主義批評、闡釋學等諸階段，但不管自己對這些批評風尚多麼投入，我都一直抱著「遊」的心情來嘗試它們，因為文學和文化理論的風潮也像服裝的流行一樣，一旦人們厭倦了一種形式，就自然會有更新的欲望和要求。然而，我並不輕視這些時過境遷的潮流，因為它們代表了我們這一代人的心靈文化，對於不斷變化著的文學理論潮流，我只希望永遠抱著能「入」也能「出」的態度——換言之，那就是一種自由的學習心態。

記得多年前一位朋友曾對我說過：「自由就是自由地退出已進入的地方，以免它成為自己的陷阱。」我一直把這句話當成了座右銘。

於是，我就抱持這種自由自在的態度陸續編寫了不少學術專著，希望能捕捉文學裡的各種各樣的聲音。在《陳子龍柳如是詩詞情緣》（The Late Ming Poet Ch'en Tzu-lung: Crises of Love and Loyalism）一書中，[6]我討論情愛與中國的隱喻和實際關係，我曾借用Erich Auerbach的「譬喻」（figura）的概念來闡釋明末詩人陳子龍的特殊美學。後來與Ellen Widmer（魏愛蓮）合編的《明清女作家》（Writing Women of Late Imperial China）[7]——共收錄了美國十三位學者的作品，則側重於婦女寫作的諸種問題。與Haun Saussy合編的一部龐大的選集《中國傳統女性詩歌和評論集》（Women Writers of Traditional China: An Anthology of Poetry and Criticism）——共收錄了六十三位美國漢學家的翻譯，則又注重中國古代婦女的各種角色與聲音。我總是希望通過翻譯與不斷闡釋文本的過程，讓讀者重新找到中國古代女性的聲音，同時我也盼望能藉此走進世界性的女性作品「經典化」（canonization）行列，從而把中國女性文學從邊緣的位置提升到主流的地位。

此外，在研究各種文學聲音的過程中，我自己也逐漸發現了中國古典作家的許多意味深長的「面具」（mask）美學。這種面具觀不僅反映了中國古代作者由於政治或其他原因所扮演的複雜角色，也同時促使讀者們一而再、再而三地闡釋作者那隱藏在面具背後的聲音。所以在中國文學批評史上，解讀一個經典詩人總是意味著十分複雜的閱讀過程——那就是讀者們不斷為作者帶上面具、揭開面具、甚至再蒙上面具的過程。在有關陶淵明、《樂府補題》、吳偉業、八大山人、王士禎和閱讀情詩等幾

6 此書的中譯本《陳子龍柳如是詩詞情緣》首先由台灣的允晨文化公司於一九九二年出版。其簡體修訂版（題為《情與忠：陳子龍、柳如是詩詞因緣》）於二〇一二年由北京大學出版社出版（孫康宜補注，二〇一四年一二月）。

7 參見Ellen Widmer and Kang-i Sun Chang, eds., *Writing Women in Late Imperial China* (Stanford: Stanford University Press, 1997)。

篇文章裡，我曾先後對這個問題作了不同程度的探討。

所以從捕鯨船上一路走來，我發現自己在經歷過千山萬水的顛沛經歷之後，終於找到了自己的聲音和方向。誠然，做學問猶如捕鯨，那是一種顯出生命的努力，也是不斷從事自我教育的過程。《白鯨記》的作者麥爾維爾就說過：「我的捕鯨船就是我的耶魯與哈佛。」（A whale ship is my Yale college and Harvard.）

但與偉大的麥爾維爾相比，我只是一個渺小的讀者，一個喜歡不斷閱讀經典作品的讀者。在此，我要特別把這篇文章獻給我的丈夫張欽次，因為他就是那位三十六年前送給我那本小說《白鯨記》的青年人。

本文摘錄自拙作《文學經典的挑戰》（南昌：百花洲文藝出版社，二〇〇一年）一書的自序。

布魯姆的文學信念

一九八二年秋，我應聘到耶魯大學教書，此後不久即在一次偶然的場合中認識了布魯姆（Harold Bloom）教授。布魯姆的著作，我那時已讀過許多，他在批評領域上的視野廣博，以及在文學研究上傾注的熱情，我自然深為敬佩。在我的心目中，他所代表的可以說正是美國早期詩人惠特曼（Walt Whitman）那種既沉著又奔放的精神。

布魯姆於一九五五年開始在耶魯執教，那一年他才二十五歲，我來耶魯的時候，他已是有名的教授，學術界的泰斗，但他對人向來沒有架子，對年輕人尤其和藹可親。因此，自從那次偶然認識後，我們見面的機會雖然並不是很多，但多年以來，我們在教學或學術上還是有過不少的接觸和交流，於是在同事的關係中遂積累出幾分同行的友誼。每年開學的時候，我總不會忘記督促我的讀中國古典詩詞的學生們去選聽他的美國詩歌課。

有一年，布魯姆突然生了一場重病，病情嚴重到不得不停課休養的程度，消息傳來，令人擔心。後來他的身體逐漸恢復，又開始在學校裡開課了，因此我一直在想，何時要抽空到他家裡去探望他一下，但又怕會打擾到他病後的休閒時間，故遲遲不敢打電話給他。正在猶豫之間，我收到了中國大陸的一位編輯凌越先生的來信，說要請我對布魯姆教授做個訪談。凌越還特別準備了幾個題目，希望我能代表他，直接向布魯姆請教。

所以有一天我和布魯姆約好了在他的家中會面。按了門鈴，只見布魯姆的妻子Jeanne微笑地為我開門，一分鐘之後，布魯姆慢慢地從房裡走了出來。我發現他不但穿了西裝，還戴上了領帶。這次見面，他顯得格外消瘦，但眼睛依然放出了兩道智慧的光芒。

「啊，妳真準時，和我意料中完全一樣！來，來，來，請坐在那邊……」布魯姆紳士派地為我脫下大衣，慢慢走向客廳，右手指向窗前的沙發。他一面在我的額頭上輕輕地投下了一個友好的親吻。

「布魯姆教授，很久不見，您身體看來還好……」我很高興地坐了下來，開始拿出錄音機和照相機。

「很抱歉，我今天看起來有點兒像新聞記者。」我瞇著眼，開口說道。

「不要再喊我作布魯姆教授了，否則我還要喊妳作張孫康宜教授，多麼麻煩呀。咱們一言為定，從此妳喊我哈羅（Harold），我喊妳康宜，好嗎？對了，首先讓我們先試試看錄音機管不管用……。」

這時，他開始情不自禁地朗誦起美國詩人Hart Crane的詩句來。他的視線朝著窗外，聲音鏗鏘，節奏穩重。從他的眼裡，我看到了一種溫潤的光影，我注視著他，自己好像也進入了另一個世界。

幾秒鐘之後，我打斷了他。「好，哈羅，我想錄音機沒問題了，我們現在就開始正式訪談吧。今天我想把題目分成兩組，一組是編輯凌越先生所提出的三個問題，一組是我自己想向您請教的問題。第一組的問題是非得要問的，但我的問題則是次要的，要看時間和情況而定。」

「當然，當然。」他點頭同意。

「凌越想問您的第一個問題是：由於翻譯滯後的原因，一般中國讀者熟悉的美國詩人最新的也是金斯堡（Allen Ginsberg）、阿什貝利（John Ashbery）這一代。可否請您向中國讀者推薦幾位值得關注的中青年一代的美國詩人？」

「首先我想說的是，阿什貝利確實是一流的偉大詩人，但金斯堡，雖然他是我的老朋友，我必須坦誠地說，他其實說不上是個詩人。至於年輕一代用英語寫作的詩人們，我最推崇的有兩位，第一位是加拿大的女詩人Anne Carson，她今年大約五十二歲左右，她是一個十分傑出的詩人，她的詩風強而有力，很奔放，很有獨創性。她的作品有幾分近似於十九世紀的詩人愛米麗・勃朗特（Emily Brontë）和荻金蓀（Emily Dickinson）。[1]另外一位美國詩人Henri Cole也十分傑出，我以為他是當前最優秀的美國年輕詩人，他的詩風具強烈的感染力和極端的形式美，有些古典的味道，他已出版了五本詩集，包括最近的《中地》（Middle Earth）。過去他兩本最為有名的詩集是：《事物的外觀》（The Look of Things）和《可見的人》（The Visible Man），都是十分感人的作品，前者的書名取自美國前輩詩人Wallace Stevens的詩，後者則取自Hart Crane的詩，Henri Cole今年大約四十六歲左右。我看年輕一代中，大概就是以上兩位詩人最為出色了，至於更年輕的作家群中，因為實在太多了，一時很難作判斷。」

「謝謝您的回答，相信中國讀者們一定會開始讀Anne Carson和Henri Cole的作品的。」我停了一下，接著說：「編輯凌越想問的第二個問題是，您好像在觀念上和新批評派有比較多的分歧，可否請您談談對新批評甚或對整個現代派文學的看法嗎？凌越主要是想知道你對這個問題有什麼較細緻的見解。」

「啊，這個問題恐怕要從我的教學生涯開始說起了。明年就是我在耶魯教學五十週年了，在這漫長的五十年間，我曾經為了我的文學信念，持續地打了四次大戰。我的第一次大戰其實就是反新批評派的一場戰爭，當時我只是一個年輕的教授，但我卻很大膽地批判了當時正在風行的新批評派的幾個大將，其中包括一些我在耶魯的師長們，例如Cleanth Brooks, W. K. Wimsatt, Robert Penn Warren等人。當

---

1 Anne Carson已出版的詩集和散文集有：《男人下班後》（*Men in the Off Hours*）；《清水：散文與詩》（*Plainwater: Essays and Poetry*）；《紅色自傳：一本用詩寫成的小說》（*Autobiography of Red: A Novel in Verse*）；《玻璃、反諷、與上帝》（*Glass, Irony and God*）；《苦樂參半的愛情》（*Eros the Bittersweet*）。其中《苦樂參半的愛情》一書則以希臘女詩人沙弗（Sappho）的話語為該書的引言：「是沙弗最先把愛情視為苦樂參半的／凡是愛過的人都會同意……。」最近Anne Carson又編了一本沙弗詩集，題為《要不然，就在冬天：沙弗詩集片斷》（*If Not, Winter: Fragments of Sappho*）.

然，Warren教授後來終於成了我的好友，但那是很久以後的事。我之所以反對他們，主要因為他們破壞了英文詩歌裡的偉大傳統——那就是從喬塞（Geoffrey Chaucer）、莎士比亞（William Shakespeare）、米爾頓（John Milton）、布雷克（William Blake）、渥茲華斯（William Wordsworth）、雪萊（Percy Bysshe Shelley）、濟慈（John Keats）、布朗寧（Robert Browning）、但尼生（Alfred, Lord Tennyson）一直傳承下來的固有傳統。此外，我發現那些新批評家們也企圖打倒早期美國的經典作家們——如惠特曼、荻金蓀、愛默生（Ralph Waldo Emerson）等。所以我這些年來完全致力於提升傳統經典的工作，我想我的工作還是很有效果的，至少大部分的文學經典都已經重新得到它們應得的地位了。當然這些經典也包括二十世紀的一些傑出作家——如Wallace Stevens, Hart Crane、葉慈（William Butler Yeats）、勞倫斯（D. H. Lawrence）等。妳知道，我基本上反對艾略特（T. S. Eliot）、龐德（Ezra Pound）、William Carlos Williams等人的詩歌理論，雖然他們個別都是十分傑出的詩人。後來，在打完「反新批評」之戰後，我又轉移了一個戰場，那就是所謂的「反解構」之戰。其實那是一場「反法國侵略」（against the French invasion）之戰。在那場戰爭中，許多我的攻擊目標都是朋友兼師長——如保羅・德曼（Paulde Man）、雅克・德里達（Jacques Derrida）、J. Hillis Miller。其中主要的爭論重點是有關「意義」的闡釋問題——那就是，「詩歌怎麼會存在意義」（How poetry can mean anything）的問題。解構主義者以為詩歌的意義都是不可決定的（indeterminate），因為語言本來就是不可捉摸的。但我不同意，我以為語言本身不能為我們負起思考的作用。我認為哲學家海德格（Martin Heidegger）不能為我們闡釋詩歌的意義，但莎士比亞卻能，因為他早已透過他的劇本點出了詩歌的真義……。總之，後來打完了這場規模宏大的「反解構主義」之戰後，我發現自己又進入了第三場戰爭，那是一場似乎永遠打不完的戰——其實一直到目前，美國的校園裡還普遍存在著這場戰爭的餘波。原來，那是一九六七年從加州柏克萊大學開始的一種「對抗文化」（counter-culture）的潮流，從此，美國的大眾文化和學術界喪失了美學的原則，逐漸被種族、性別、性傾向等考慮所支配。我曾經把這一股「對抗文化」的潮流稱之為「憤怒派」（School of Resentment），因為屬於這個派別的人，內心都充滿了憤怒，完全失去了對美學的尊重。真的，打了這麼多次戰，我已經感到十分疲勞，但沒料到不久前我又不知不覺地捲入了第四個戰爭。我看最近在整個英語界和西方文化界裡所發生最為可怕的一件事，就是大家普遍地提倡那令人啼笑皆非的哈利波特（Harry Potter）文學，人們甚至盲目地讓它取代了傳統的兒童文學。在我看來，這是一件最為令人感到可恥、愚昧的文化潮流，我因而也加入了這場文化爭論——例如，在《紐約時報》、《洛杉磯時報》中，我都強烈地攻擊這種Harry Potter文學，而且也會繼續反對下去。此外，最近美國國家書卷獎（National Book Award）居然頒給了暢銷書作者Stephen King，Stephen King是一個三流作家，他完全不懂得何謂美學，也不懂得什麼是人生的認識論終極價值，他完全投合大眾之所好，這是我感到最不可救藥的。從前曾經有人稱我是一個「擡槓批評家」（antithetical critic），我想或許還有些道理，我就是這樣的一個批評家，所以沒有人會請我參加他們的社團或俱樂部。」

「那麼，哈羅，您理想中的前輩批評家是誰呢？」我趁機打斷了他的話。

「哦，在西方批評史中，我所尊敬的英雄人物就是約翰生（Samuel Johnson）、羅斯金（John Ruskin）、裴特爾（Walter Pater）、王爾德（Oscar Wilde）、Kenneth Burke, Northrop Frye, William Empson，還有我的好友George Wilson Knight（已於一九八五年去世）。[2]總之，我的立場一直是，詩歌絕不可被政治化（politicized）。」他說這話時，面部的表情顯出了幾分沉重，我看得出他正在為英美大眾文化的價值觀感到憂慮。

[2] George Wilson Knight的作品包括以下諸書：《火輪》（*The Wheel of Fire*, 1930）、《帝國題材》（*The Imperial Theme*, 1931）、《生命冠冕》（*The Crown of Life*, 1946）、《金色迷宮》（*The Golden Labyrinth*, 1962）、《被忽視的動力：關於十九世紀和二十世紀文學》（*Neglected Powers: Essayson 19th and 20th Century Literature*, 1971）。此外，他也寫過不少劇本、詩歌以及自傳。

接著我問他：「沒想到您會崇拜文學批評家Empson。Empson不就是您所討厭的新批評派的其中一員嗎？」

「哦，Empson雖然被歸納為新批評派的一員，但他的文學觀點比Wimsatt等人高明太多了。我很尊敬Empson，因為他基本上是尊重傳統文化的。唯一讓我感到不解的是，他後來居然成了擁毛派，而且還十分欣賞毛主席的詩詞。」

「我知道中國人一直很欣賞Empson，主要是因為他從前住在中國，也曾在中國教過很多年的書，他因此也對中國人有著深厚的感情吧。」

就這樣，我們的訪談無形中轉到了中國文化。布魯姆告訴我，他一向很崇拜中國文化，在康乃爾大學讀書的時候，他曾經學過兩年的中國語文。他說他讀過《詩經》、《楚辭》、李白、杜甫等經典作品的英譯，知道古代中國曾經出過和但丁一樣的偉大詩人。他也讀過不少有關儒家、道家、佛教的書籍，所以一直很羨慕中國那種悠久而成熟的文化傳統。他以為，在西方除了蘇格拉底以外，真的沒有第二個人能比得上孔子的的文化修養。他還告訴我，他多年來在耶魯最好的朋友就是著名的中國歷史學家史景遷（Jonathan Spence），他說史景遷的妻子金安平博士（也在耶魯執教）正在開始撰寫一部有關孔子的書，[3]他為此事感到高興，因為中國古老的文化傳統是有必要持續下去的。

啊，如果您真的那麼崇拜中國傳統文化，為什麼在最近所出版的Genius（《天才》）一書中，並沒介紹任何一位中國作家呢？」我忍不住問道。「您既然收入了日本《源氏物語》的作者紫氏部，為何偏偏漏掉了《紅樓夢》的作者曹雪芹呢？」[4]

---

3 金安平的書已出版：*The Authentic Confucius: A Life of Thought and Politics* (New York: Scribner, 2007). 中譯本由臺灣的時報文化出版公司出版：《孔子：喧囂時代的孤獨哲人》（二〇〇八年）（孫康宜補注，二〇一四年十二月）。

4 魯姆這本書的全名是*Genius: A Mosaic of One Hundred Exemplary Creative Minds*（《天才：有關一百位文學創造家短評》），該書

一聽到這樣一個問題，布魯姆很快地反應道：「啊，那怎麼說呢？那實在是因為我對中國文學知道得不夠多、不夠透澈，才不敢隨便談論的緣故啊。中國傳統如此地久遠，如此地複雜，我覺得自己真的沒有足夠能力來研究它，除非我能到中國去住個一年半載的，否則絕不可能完全了解中國文化。但我今年我已經七十多歲了，加上身體又如此地衰弱，恐怕這一輩子是去不了中國了。反之，日本《源氏物語》的英譯本早已經進入了英語的世界中，我很年輕時就開始閱讀Arthur Waley的節譯本，後來又讀了Seidensticker的全譯本，加上該書對於西方讀者來說，較為容易掌握，所以我很自然地就把它包括在我的那本書中了。」

這時我看了看錶，發現時間已經不多了，距離訪談結束的時間只有半個小時而已。我想，我們的訪談似乎不能再離題太遠了，於是我說：「我還沒問完凌越所要問的所有問題呢。他的第三個問題是，有一種觀點認為，現在的西方詩歌由於限於形式化的旋渦中，已經愈來愈背離詩歌核心的力量了。《書城》一〇期發表的楊煉和阿拉伯詩人阿多尼斯的對話就是持此觀點的，很想知道您對此是怎麼看的。」

「我當然不知道那位中國詩人和阿拉伯詩人談話的上下文，但我個人的看法是，雖然西方的大眾文化很有問題，也有許多女性主義者寫了不少壞詩——因為它們都太過於政治化，但整個說來，那個承續下來的美國詩歌傳統還是十分穩固而強大的。例如，Geoffrey Hill, Seamus Heaney, 阿什貝利，還有我們的耶魯同事John Hollander等人都出版了許多一流的作品。最近剛去世的的詩人A. R. Ammons也十分優秀。此外，上一輩的女詩人Elizabeth Bishop也是美國文學史上屬一屬二的傑出詩人，所以我認為美國的詩歌傳統還是很有生命力的。」[5]

於二〇〇二年由紐約的Warner Books出版公司出版。

[5] Geoffrey Hill（1932-）較為有名的一首詩題為：*September Song*（〈九月之歌〉）。Elizabeth Bishop（1911-1979）寫過一首

「好」，我微笑地說道，「現在既然已問完了凌越先生所要問的問題，我想開始問我自己想問的問題了。我想知道的是您目前對『浪漫主義』的看法如何？記得從前加州大學鵝灣校區剛設立Irvine-Wellek演講系列時，他們請您作第一個演講者，當時該系列的主編Frank Lentricchia就用「浪漫」一詞來形容您，他說「浪漫」不僅指一種詩學的方向、一種形上學、一種歷史的理論，也指向一種特殊的生活方式。我第一次讀到那段文字時深受感動，您現在還同意Frank Lentricchia的說法嗎？」

「同意，完全同意。」他用一種回憶式的、冷靜的表情說道。「然而，我從前的耶魯學生Jerome Mc Gann（一個新歷史主義者）卻在一本題為《浪漫主義的意識形態》（The Romantic Ideology）的書中狠狠地批評了我，[6]他認為我和耶魯同事Geoffrey Hartman等人完全把「浪漫主義」的定義搞錯了。但我至今仍然深信，浪漫主義的靈魂就是我所謂的「浪漫主體性」，換言之，是那個主體性涉及到了人的自覺精神。那種浪漫的主體性有別於歐洲的理想主義（European Idealism），它其實和世界上所有的「智慧文學」（wisdom literature）有些相通之處，它使人想到了中國古代儒家、道家的生命態度，也令人想到希伯來人的聖經傳統。總之，後來的主編把我在鵝灣的那一系列演講編成了集子，終於出版了《破器》（The Breaking of the Vessels）那本小書。」

「啊，我還記得一九八二那年，我剛到耶魯，正巧到Henry Schwab先生的書店去買您的《破器》那本小書……。」

「我想，那就是我第一次遇見妳，是嗎？啊，我想起來了……。」他張大了眼睛，很興奮地說道。

題為*Fish*（〈魚〉）的詩，特別膾炙人口。A.R. Ammons（1926-2003）曾寫過一首獻給布魯姆教授的詩，題目是：*The Arc Innside and Out: for Harold Bloom*（〈方舟內外：獻給哈羅德・布魯姆〉）。

6 此書於一九八三年由芝加哥大學出版社出版。Jerome J. Mc Gann於一九六六年自耶魯大學獲得博士學位，後來曾執教於芝加哥大學、倫敦大學等校。除了《浪漫主義的意識形態》一書外，他還寫了不少有關其他方面的書籍。

「對了，能在書店遇見您，實在很巧。因為我一直有一個問題想問您——那就是作為一個文學作品的長期讀者，您個人是怎樣來閱讀詩歌的？」

「我很喜歡這個問題，因為我從小就喜歡閱讀，我閱讀的速度向來很快，記得我大約三十五歲時，閱讀之快有如閃電。而且記憶力從小就很強，可以說是過目不忘，因此許多英語詩歌我都能背誦，就連有些散文篇章，我也能背得出。在這一方面，我基本上是聖奧古斯丁的忠實信徒，聖奧古斯丁以為天下萬事均得靠記憶，我也相信一個人是靠記憶來擁有一切的。我那非凡的記憶力使得我的教書工作顯得十分容易，我幾乎可以不帶書本去上課，但為了防備萬一，我還是帶著書去學校。我認為今日美國教育最大的缺失就是，美國兒童從來沒好好學過如何閱讀，因此他們長大之後，所讀的書就愈來愈少了。」說完這話，布魯姆不知不覺地歎了一口氣。

我接著說道：「剛才我們談到『浪漫』的意義，但我忘了問一個最後的問題，您覺得自己是個浪漫的人嗎？」

「不，我一點兒也不浪漫！我基本上是個教書的人，也是文學批評家兼學者，我的工作主要是教人如何欣賞詩歌，可以說和妳的工作差不多，可惜現在從事這種工作的人太少了。所謂「閱讀詩歌的藝術」（the art of reading poetry）早已在美國大眾文化中失蹤了，這個現象很讓我失望，因此多年來，我一直在準備一系列有關「最佳英語詩歌」（The Best Poems in English）的書，我的妻子Jeanne已把我的那些稿件整理好收在箱子裡，但還沒出版呢。……對了，說到教書，我特別喜歡妳的幾個中國學生——例如已經在Rice大學教書的錢南秀，還有妳最近送來我班上學美國詩歌的王敖和黃紅宇，他們都是很聰明的學生，也真正地熱愛詩歌。我覺得中國人好像特別能欣賞詩歌，這可能和中國古老的傳統有關，因為我知道，孔子從頭就很尊重詩歌，從來不會貶低詩歌。然而西方的傳統就不同了，例如蘇格拉底一直設法把哲學與詩歌分開來，甚至對立起來……。」

突然間電話鈴響了，原來是有人打電話來問布魯姆，問他什麼時候要到墨西哥去領獎。這時布魯姆忙著站起來接電話，Jeanne就趁機走過來，悄悄地在我的耳邊說道：「告訴妳一個好消息，哈羅剛得到了有名的Alfonso Reyes獎，他下個星期要去墨西哥的Monterrey城領獎，我要陪他去呢。」據說那個文學獎是為了紀念墨西哥的偉大作家Alphonso Reyes（1889-1959）而設，[7]著名小說家博爾赫斯（Jorge Luis Borges）就曾經得過那個獎。

於是我走過去，伸出雙手向布魯姆說聲恭喜，這時突然想起了李白在〈贈孟浩然〉一詩中的結尾兩句：

高山安可仰，
徒此挹清芬。

確實，眼前的布魯姆擁有那「高山」似的文學修養，豈是平常人所能仰及？我只是徒然效法他那「清芬」的學養罷了。

那天在開車返回的途中，我再一次鼓勵自己必須更加勤奮閱讀文學經典，那條求知的路確實很長，很長……。

原載《書城》二〇〇三年十一月號

[7] Monterrey為Alfonso Reyes的出生地，故領獎處設於該地。

我所認識的Dick

我永遠忘不了二〇〇三年十二月十二日那天早晨，北卡州（North Carolina）發生了一個少有的地震（地震幅度約為四・五左右）。就在那地震發生的同時，北卡的媒體先後發表了該州的頭條新聞，那就是耶魯大學本科生院（即耶魯學院）院長Richard H. Brodhead將成為Duke大學新校長的消息。幾分鐘之後，消息傳開，很快就成了全國新聞。

對於這則新聞，耶魯人都有一種複雜的情緒，許多人在心裡不約而同地感受到有如地震一般的起伏不定，久久不能平息下來。這主要是因為Brodhead院長（我們都喊他叫Dick）是大家公認有史以來耶魯學院最成功、最有魄力的少數院長之一。在此之前，三百多年之間，只有另外一位院長有過類似的成績。現在突然聽說Dick要離開耶魯到他校去當校長，初聽到這樣的消息，大家自然感到難以接受。

但另一方面，耶魯校友們也為Dick能被選為Duke大學的新校長一事感到驕傲，因為Dick是耶魯校友，是標準的耶魯人（一九六四年，他十七歲時進耶魯大學，一九六八年得耶魯學士，一九七〇年得耶魯碩士，一九七二年得耶魯英國文學博士，之後即留校服務至今）。據說此次Duke大學的董事會為了全面推進Duke大學，以便在新的二十一世紀裡更上一層樓，苦心積慮，一共精選了兩百位候選人，最後他們全體一致推舉Dick Brodhead，以為新校長之職非他莫屬。因此，在遊說Dick接受校長職位的過程中，他們是花過一番心力的。有關這事，耶魯的校友們也不得不引以為榮了。

作為Dick多年的好友兼同事，我的心中自然有著一種說不出的滋味，我最感到傷心的是我將失去一位真正的朋友，所以一聽到他要離開耶魯的消息，我和丈夫欽次立刻寄了一封E-mail給他。次日Dick送來回音：「請相信我，我會很想念你們的……。」（I will miss you guys very much, believe me…）

這就是Dick，一個讓人捨不得說再見的朋友，他對所有的朋友都一樣真摯、熱誠。你和他說話時，他會全神關注，以誠懇的態度和你溝通，好像你頓然成了世上最重要的人。與他交往，你會覺得自己經常瞥見生命的亮光，如果你遇到挫折，你會因為他的鼓勵而振作起來。他的態度莊重但富幽默感，聽他說話，實為人生一大享受。而他的E-mail，哪怕只是三言兩語，都說得十分中肯，讓你感受到一個真正文化人的修養、氣度和才華。

記得有一回，我丈夫欽次剛從St. Louis出差回來，就忍不住給Dick發了一封E-mail，其中說道，他在St. Louis的拱門博物館牆上看到美國早期作家馬克吐溫（Mark Twain）的一句話：「你應當做個好人，但你會因此變得寂寞。」（Be good and you will be lonesome!）欽次之所以發出那封E-mail，主要因為他知道Dick是研究馬克吐溫的專家。誰知幾分鐘之後，Dick立刻回了一封E-mail：「啊，欽次，你的來信令我感到親切！但馬克吐溫也曾說過：『要隨時做好事，這樣會帶給別人快樂，也會讓其他的人感到驚訝。』（Always do right. This will please some people and amaze the rest.）」接到那封有趣而迅速的回音，我們都笑了，也佩服Dick那出口成章的本領。

總之，Dick是個有情趣的人，不像有些領導人物過分嚴肅而拘謹，他無論走到何處都隨遇而安，給人一種親切的感覺。記得有一天，我的韓文譯者Jeongsoo Shin來耶魯一遊，因為時間匆促，我只能走馬看花地帶他參觀一下耶魯的校園，連拍照的時間都沒有。我對他說，可惜沒有機會把他介紹給耶魯學院的院長，否則他一定會對耶魯的人文精神有更深刻的印象。沒想到，一走出圖書館就看見Dick出現在面前，原來他剛開完會，正要走回他的辦公室。Dick一看見我們就很興奮，經過一番介紹之後，他主動要為我和Jeongsoo Shin拍照，我說：「這不行，耶魯學院的院長怎麼可以被用來作照相師？這哪裡敢當？」但Dick很輕鬆地說道：「誰說不能，我不是你的好朋友嗎？」於是他就為我們拍了一張照。事後，那位韓文譯者一直反覆地說，他真的不敢相信，有生之日居然會遇到如此高貴而富人情味的領導人物。他決定讓出版社把那張寶貴的相片印在我那本新書（韓文版）的封底上，以紀念那個讓人回味無窮的美麗瞬間。

其實耶魯學生們也最喜歡Dick那種富人情味的風采，他們尊敬他，崇拜他，更把他當成真正的朋友。他們尤其欣賞Dick經常在校園裡給學生們的演說，佩服他那充滿智慧的演講風格與誠摯的態度。

我特別想起了二〇〇〇年九月二日開學典禮那天，Dick給一年級新生的演講。那天Dick的演講題目為："What Country, Friends, Is This ?"（「朋友們，這究竟是什麼國家？」）這題目非常吸引人，它引自莎士比亞劇本《第十二夜》（Twelfth Night）首幕第二景的一句話，同時這句話也出現在不久前有關莎翁生平的一部熱門電影"Shakespeare In Love"中。原來在莎士比亞劇本《第十二夜》中，有一位名叫Viola的年輕女子，有一天她突然發現自己被帶到一個完全陌生的海岸，她因而很驚奇地問道：「朋友們，這究竟是一個什麼國家？……」

那天在開學典禮中，Dick就以莎翁這句話來比喻一年級新生們初抵耶魯的陌生心情。他說，唯其陌生，所以更能讓人勇敢地走進全新的地方（new found lands），並跨越到一個新的生命境界。他勸所有的新生們把耶魯比成Viola進入的那個陌生的Illyria海岸，要他們開始學習將那種陌生（defamiliarization）的焦慮感轉為大膽學習、大膽擴展個人生命的動力。換言之，他們必須努力吸收新的知識，不要為了拿好分數而總是選修他們早已熟悉了的學科。他們應當本著冒險的精神，培養真正開放（authentic openness）的人生觀，這樣才不會辜負了教育的本來目的。那天Dick一再向學生們強調，所謂教育就是教人如何培養求知的冒險精神，和那種隨時隨地「探測新領域」（explore new territory）的好奇心。

我想，Dick自己也是本著這種「探測」新大陸的精神才接受Duke大學的新校長之職，對Dick來說，人生就是一連串的學習、探險與挑戰。據他十二月十二日在Duke大學的記者招待會中（Press conference）所說，他從來沒想過有一天要離開耶魯，當Duke大學的委員會開始接洽他時，他只是感到好奇，後來Duke的人真的選中他為新校長，他才發現自己必須做出一個明確的決定。他說：

> 後來，我發現自己就如Huck Finn（馬克吐溫小說中的主角）所說的那樣，「我永遠必須在兩者之間選擇其一」。我知道，擺在面前的兩個選擇就是究竟要選擇那個早就熟悉了的好日子呢，還是選擇到Duke大學去迎接冒險？你們當然知道，我最後選擇的是什麼……。」

我想，他之所以願意到Duke大學去「迎接冒險」，乃是因為Duke大學是一所正在發展中的好學校。以Dick一向對於大學教育所持有的理想和經驗，他正好可以為那所「年輕」的大學效力。而且Duke大學規模雖小，各方面的資源都十分豐富，潛力甚大。此外，與耶魯相同，Duke大學也以跨學科的教育為其目標。這一切的考慮，最後終於使他心甘情願地接受了這個富有挑戰性的工作。

但對Dick來說，最重要的原因可能是他可以從這個新的工作崗位上學到新的東西，這是因為他一直相信，人生的目的就是不斷學習、不斷更新。他曾經對學生們說道：「你們的教育過程是一種進行式，它包羅萬象，永無休止。也只有這樣，你們才能培養足夠的能力來了解這個繁複世界的眾多面貌，並進而培養凡事思慮周到、凡事積極的處世態度。」唯有抱著這種積極的學習態度，一個人才可能成為有思想、擁有心靈「資產」（resourceful）的人。但他並不鼓勵盲目地學習，他說：「你們一定要記得，你們所有活動的真正目的是為了求得智慧，不是為了只是忙碌。」此外，他認為一個人的教育過程並非總是直線發展，因為生命的進展本是曲折而多變，關於這一點，Dick屢次勸勉學生們要隨時隨地從生活中學習寶貴的經驗，哪怕只是偶然遇見的一件小事，也可能會在日後影響一個人的人生方向。例如，在他一次題為「選擇性的學習和偶然的學習」（Learning By Choice and by Chance）的演講中，Dick曾用耶魯校友Maya Lin的故事來鼓勵學生們。眾所周知，著名華裔Maya Lin以設計越戰陣亡將士紀念碑而聞名全球，然而就如Dick所說，Maya Lin當初開始設計紀念碑時還只是耶魯的一個大學生，而她完全是在偶然的情況下得到靈感的。當時她選了一門建築系的課，期末作業就是要設計一個越戰紀念碑的模型，有一天，她在耶魯學生飯廳裡吃飯，突然心血來潮，用打爛了的馬鈴薯做成一個紀念碑的初步模型，沒想到後來她那紀念碑的設計居然得了全國競賽的頭獎，從此之後，她開始立志要作個建築師。但值得注意的是，Maya Lin本來並沒想過要專攻建築，她原來想念動物系，但因害怕解剖，終於決定放棄。最後她之所以開始選修建築，只因自己一直愛好數學和藝術，心想既然建築也和數學與藝術有關，大概很有趣吧。總之，Maya Lin一路走來，曲折莫測，但她卻能不斷探險，不斷學習，永遠抱著開放的態度。

我相信Dick就是以這種「開放」的視野來迎接他那未來的新職位的，這也使我想起兩年半以前，他曾經對學生們說過的一句話：「我想用Moby Dick（《白鯨記》）裡的一句話告誡你們：『我要嘗試所有的事情，我凡事盡力。』」

其實Dick不只在他的行政崗位上持有開放和凡事盡力的態度，即使作為一個學者，他也是以同樣的開拓精神來進行研究的。因此，他的研究經常帶來驚人的創見，在今日美國文學研究的領域裡，他的貢獻也是首屈一指的。當初我開始與Dick做朋友，主要是因為文學思想的交流，因為我特別欽佩Dick研究文學與文化史的功力。每次和他談學問，總會發現他又有了新的研究題目，例如目前他正在研究美國文化裡的「先知」（prophetic）傳統，據他解釋，這個「先知」傳統（包括我們通常所謂的「真」先知和「假」先知的概念）不斷在美國產生了兩極化的社會現象，它一方面可以造就像馬丁·

路德・金（Martin Luther King, Jr）那種民權運動的領袖，另一方面也可以產生像Charles Guiteau一樣的殺人犯。[1]不論是好是壞，這些人都強調他們自己就是為上帝仗義而為，不惜犧牲生命的「先知」。根據Dick的研究，這個源遠流長的「先知」傳統已成了美國文學傳統中很奇特的一部分，他把這個傳統一直追溯到十八世紀末葉Charles Brockden Brown的小說Wieland。[2]

記得我是八〇年代開始注意到Dick在美國文學方面的研究的，因為我從前曾研究過美國文學，還寫了一篇有關《白鯨記》的作者麥爾維爾（Herman Melville）的學士論文，所以一到耶魯執教，就特別關心英文系同事們對這一方面的研究。後來聽說耶魯有一位天才教授，早在二十五歲時就拿到耶魯文學博士學位，專攻美國文學，作品屢次獲獎，頗得學生們的愛戴——與布魯姆年輕時的情況酷似，而那人的名字就是Richard H. Brodhead（後來才知道大家一般都喊他的小名Dick）。於是我開始廣泛地閱讀Dick的著作，我首先讀他那本Hawthorne, Melville, and the Novel（《霍桑、馬爾維爾、和小說》）的書，覺得他用文化史的角度來研究十九世紀美國小說，十分富有啟發性。在那以後，我又勤讀他的The School of Hawthorne（《霍桑學派》），更是不忍釋手，以至於多年後我開始著手撰寫《文學經典的挑戰》一書時，大大地受到了該書的啟發。記得我在書中還特別引用Dick有關霍桑在美國文學史上的地位忽起忽落（vicissitudes）的原因。原來二十世紀以來，霍桑的文學地位逐漸衰微，正與霍桑往日在世時的旭日東升相反，所以Dick以為，霍桑在美國現代文學史上的地位變遷，正可用來作為我們研究一般文學經典的演變史的參照點。

[1] Charles Guiteau（1841-1882）於一八八一年謀殺第十二任美國總統James Garfield（1831-1881）。Guiteau聲稱他是受上帝差遣來殺總統的。

[2] Charles Brockden Brown於一七九八年出版他的小說*Wieland*。小說情節是根據一件真實的案件，那就是一個紐約農夫於一七八一年殺死他的妻子和子女的案件。據說那名農夫曾看到異象，以為上帝是差遣他去殺自己的家人。

有趣的是，幾年前正當大家逐漸淡忘霍桑之時，我們突然發現與霍桑同時代的小說家麥爾維爾的文學地位卻逐步升高，作為麥爾維爾的小說迷，我自然認為這是十分可喜的事。但我以為，麥爾維爾死後這麼多年，居然還能登上經典地位，實與Dick和他的同事們熱心提倡麥爾維爾的小說《白鯨記》有關，尤其是Dick與Emory Elliot早已於一九八六年出版了一本New Essays on Moby Dick（《白鯨記新解讀》），甚得讀者推崇，我想或許那本書無形中也啟發了讀者們重新閱讀麥爾維爾小說的興趣吧（有趣的是，Dick的家正好是在一個外型有如白鯨Moby Dick的耶魯溜冰場對面，每天他從家中的窗戶向外眺望，正好可以看見那「白鯨」的雄姿。真可謂生活與學問，Dick與Moby Dick無形中都融合為一體了。在耶魯校園裡，這事一時引為笑談。）

其實Dick這種生活與學問合一的態度，正是我最欣賞他的地方，他一邊當耶魯學院的院長，還一邊繼續出版著作。很顯然地，他的研究成果直接促進了目前美國文化的發展。例如不久前，他連續編了兩本有關美國南方黑人作家Charles W. Chesnutt（1858-1932）的書，一本是Chesnutt的日記全集校勘本（The Journals of Charles W. Chesnutt），一本是Chesnutt小說集新編（The Conjure Woman and Other Conjure Tales）。原來，Chesnutt生於十九世紀末期的美國南方，當時黑人還普遍受到白人的欺壓，Chesnutt從年輕時代就立志要成為一個作家，因為他認為那是走向光明的第一步。他說：「我一生中最大的夢想就是成為一個作家！……這與金錢無關，但與我的許多想法有關……以我目前的情況，即使我擁有世上所有的財富，也懂得慎重和節約，我永遠也不可能提升我的生活。如果我學法律或醫科，還要等到半輩子之後才可能出頭，但文學卻能使人出頭，只要你是個成功的作家……。」（一八八〇年三月二十六日日記）Chesnutt寫這段日記時才二十三歲，後來他果然成為十九世紀末一位很受歡迎的作家。然而從一開始，Chesnutt就發現，如果要讓自己的作品順利地在第一流的雜誌中出版（如Atlantic Monthly, Overland Monthly等），他就必須採用北方白人主流文化的觀點來寫作。但既然身為黑人，他的稿件自然經常被退稿，直到一八九八年，Atlantic雜誌主編Walter Hines Page才答應幫他編選一個小說集，但有一個條件就是小說內容的取捨以及選集的安排，全依主編Page先生的構想、剪裁和指揮而定。所以，當初由Chesnutt交上去的稿件並未能全部被採用，但至少Chesnutt的小說集終於順利在一八九九年出版，題為《女魔術師的故事》（The Conjure Woman）。現在，百年之後，Dick終於通過多年的研究，把Chesnutt當時所有關於「魔術師」題材的小說全部匯集在一起出版，旨在重新呈現原作者對該一小說系列的最初構想。Dick把這個新選集取名為《女魔術師和其他有關魔術的故事》（Conjure Woman and Other Conjure Tales），因為這個集子不但包括了一八九九年那個舊選集已有的七篇小說，還收集了當時曾被主編排除在外的許多篇小說。換言之，Dick所完成的是一個很重要的「還原」工作，他使今日讀者能重新聽到黑人作家Chesnutt的真實聲音。同時我們也可以看到，在當時美國十九世紀末的出版界中，黑人的聲音還是極其受限制的，只有那些不威脅到白人中心意識的作品，才可能被當時的編輯和廣大讀者所接受。總之，當時黑人的聲音必須通過白人「聲音」的過濾和闡釋，才得以進入文學經典。

Dick對於Chesnutt作品的苦心研究尤其讓我感動，我想是Dick那種開放的人生觀使他對南方的黑人文化寄予真實的關切。巧合的是，黑人作家Chesnutt原來就生長在北卡，而那也正是Dick即將前往就職的一州，而Dick所編以上兩本有關Chesnutt的書也都是Duke大學出版社出版的。難道冥冥之中，Dick和Duke早已有了一份奇妙的緣分？

原載《世界週刊》二〇〇四年二月二十二日

「文字流」與「時間流」：論後現代美國讀者反應

《時時刻刻》（The Hours）是一部和維吉尼亞・吳爾芙（Virginia Woolf）有關的電影，也是一部十分奇特的電影。該電影是由三位著名的女演員（即Nicole Kidman, Julianne Moore, Meryl Streep）合作演出一個有關作者的心聲如何影響後代讀者，甚至神祕地左右其命運的故事。這部影片原是根據美國當代作家Michael Cunningham那本曾經榮獲普立茲獎的小說The Hours所拍成，在電影中，Nicole Kidman扮演一九二三年因患憂鬱症而暫時住在英國鄉下的女作家維吉尼亞・吳爾芙；Julianne Moore扮演一九四九年洛杉磯市郊的一名家庭主婦Laura Brown；Meryl Streep則扮演一九九〇年代後期，一位住在紐約城的女編輯Clarissa Vaughan。前後三位女士的生存年代和地點完全不同，但在電影中卻不斷交錯地出現。電影開始時先有一段序幕，首先再現了維吉尼亞・吳爾芙一九四一年懷石自沈河中的情景。銀幕上出現的是一位表情憂鬱、身心疲勞的女作家，她一步步走進河裡，一直到她消失在水中……。

不過《時時刻刻》這部電影所注重的卻是書本的感染力，而非僅是作者生平對後人的影響而已。首先，一九二三年那年的夏季，維吉尼亞・吳爾芙和她的夫婿Leonard Woolf搬到英國的Richmond鄉下居住，那是因為女作家當時已瀕臨精神崩潰，醫師認為鄉下的生活有助於心理的治療。就在那段期間，維吉尼亞・吳爾芙開始撰寫她那本《達洛衛夫人》（Mrs. Dalloway）的小說，可想而知，在該書中憂鬱症和厭世的陰影時常出現在字裡行間，小說寫的是有關女主人克雷莉莎・達洛衛（Clarissa Dalloway）於一九一九年夏季在倫敦一天之間的活動——那就是從清早出去買花，到準備宴會，一直到子夜宴會散席為止，前後總共只有二十四小時的時間。從表面上看來，現實中所發生的事情並不多，但書中個個角色的內心活動卻是極其複雜而此起彼伏的，而時光也一直在飄忽、變幻、錯綜之中，彷彿十分不合邏輯地流動著。例如從上街買花開始，達洛衛夫人一路上的思緒千變萬化，可以說所有她的過去和現在有關聯的印象全都一起出籠，都是一些頗為瑣碎、片段而不相連貫的片刻印象，僅僅在過街的那段短短的光陰裡，女主人公就經驗到了愛與恨、喜和怒、隨俗與孤傲、嫉妒與自我憐憫等種種內心思慮。難怪有人說，維吉尼亞・吳爾芙的《達洛衛夫人》是典型「意識流」小說的代表作，因為它反映了第一次世界大戰以來，那個日漸複雜的時代思潮。那種跳躍式的、神經質式的「意識流」手法，正好捕捉了現代人在日常生活中變化多端的精神節奏。

然而影片《時時刻刻》中，那個「意識流」的概念卻轉成了「文字流」，整部電影的主題其實就是有關文字如何感染人的問題，而且那種強大的感染力也是超越時光的流動。例如在銀幕上，我們突然到了一九四九年美國的加州，我們看到有位洛杉磯的主婦Laura整天沉迷於維吉尼亞・吳爾芙那本《達洛衛夫人》的小說世界中，有時她讀到著迷處，自己簡直變成了達洛衛夫人了。與小說裡的女主人公一樣，Laura清晨起來就開始為晚間的「宴會」做準備，唯一不同的是，Laura的「宴會」只為她自己丈夫的生日而預備，而且參加此會的人也只是他們夫婦兩人和一個三歲的兒子。Laura是個懷有五個月身孕的家庭婦女，對她來說，每天的家事都是極其繁瑣而重複的。特別是她一向就有憂鬱症的傾向，以她看來，日常生活經常是極其無聊的，連做個蛋糕都會成為難以負荷的重擔。於是，那天從早上開始，Laura一面在廚房裡試做蛋糕，一方面想的卻全是《達洛衛夫人》小說中的情景，那個坐在旁邊，剛滿三歲的兒子眼見母親整天如此心不在焉地活著，心裡不知不覺地籠罩了一片陰影。雖然只是小小年紀，但他臉上已經浮現了一片憂鬱的表情，似乎早已看出母親內心深層的精神危機來了。

隨著電影的進展，我們發現，與維吉尼亞・吳爾芙筆下的達洛衛夫人一樣，Laura突然起了自殺的念頭。於是她把那個做壞了的蛋糕很快地丟入了垃圾桶，又暗暗地把幾瓶安眠藥放入皮包裡，接著她強作笑容，把兒子帶到了車上，幾分鐘之後，她開車到了保姆家，說要把兒子暫時寄放在那兒。聰明的兒子一時預感到可怕的事將要發生，於是極力掙扎，一個人飛奔到街上，在母親的車子後頭拚命追趕，一面大聲哭喊……。

後來，電影的鏡頭開始對著Laura，我們看見她走進了一家旅館，手上一直捧著《達洛衛夫人》那本小說。到了房間之後，她開始服藥，我們眼看她就要離開這個世界了。但在緊要關頭之際，她突然從床上坐了起來，口裡說道：「不，我不能死。書裡說達洛衛夫人已經改變主意了……。」就這樣，Laura改變了自殺的初衷。所謂「文字流」的魄力，沒有比這樣的讀者反應更富戲劇性了。總之，那天下午，Laura終於如期地做好了生日蛋糕，等丈夫晚間回家後，一切又恢復到了平靜與笑容。當他們同聲說出「生日快樂」時，丈夫很高興地開始享用那塊蛋糕，絲毫看不出自己的妻子內心曾經有過那麼大的衝突和震動。

然而在銀幕上，我們不但目睹了一九四九年Laura在洛杉磯的生活點滴，也同時看到穿插其中的許多有關一九二三年維吉尼亞・吳爾芙在英國鄉下寫小說時的構思經過。此外，一九九〇年代在紐約所發生在女編輯Clarissa Vaughan身上的種種經驗也同樣交錯於其中，讓人感到了一種跨越時空的「文字流」。這個世界的確非常奇怪，在不同時代、不同地方，居然可能重複同樣的事，有時甚至可以預演後來的事。羅蘭・巴特（Roland Barthes）曾說：「作者已經死亡」，但其實我們應當說，讀者是通過作者的心靈和文字，再次創造了新的世界。我們或者也可以說，這就是詩人杜甫所謂「蕭條異代不同時」的現象。[1]

1 見杜甫〈詠懷古跡〉第二首。杜甫因見到宋玉在湖北歸州的故宅而作的詩，杜甫以宋玉自況，忍不住寫道：「搖落深知宋玉悲，風流儒雅亦吾師，悵望千秋一灑淚，蕭條異代不同時。」

在《時時刻刻》的電影中，那個住在紐約的新女性Clarissa Vaughan堪稱一個與維吉尼亞‧吳爾芙筆下的達洛衛夫人同等「蕭條」，但卻活在「異代不同時」的人物。首先，她的名字「Clarissa」正與達洛衛夫人的名字不謀而合，因此之故，她那多年來的好友Richard（一位有名的作家）就乾脆喊她作「Mrs. Dalloway」。故事開始時，Clarissa剛一起床就想起維吉尼亞‧吳爾芙小說中的第一句話：「達洛衛夫人說她自己去買花。」[2]很巧，Clarissa那天晚上正準備要為Richard開一個party，所以一大早就出去買花。那間花店簡直是個充滿鮮花的世界，眼前觸目所及全是色彩繽芬的花朵：諸如玫瑰、紫丁香、香石竹、香豌豆、翠雀等，可以說所有白色、紅色、黃色、紫色的花全都應有盡有。當Clarissa抱著一大束花走過紐約街頭時，她的心理和小說裡的達洛衛夫人一樣複雜，可以說整個頭腦都充滿了層出不窮的聯想和回憶。原來，Richard曾經是她年輕時代的情人，後來他成了同性戀，染上了愛滋病，現在已病得很嚴重。前幾天，他剛獲得了一個文學獎，所以Clarissa希望開一個party為他慶祝一番。Clarissa一直在想，自己不年輕了，她今年已經五十二歲，她和女伴在紐約的公寓裡同居已長達十八年之久。想到這裡，她不覺思緒萬千。

與小說裡的達洛衛夫人一樣，Clarissa也是正在廚房裡忙得不可開交的時候，突然有人來訪，那個來訪的人就是Richard過去的同性戀人，沒想到兩人的談話使得Clarissa再度陷入了感傷、矛盾和孤獨的情緒，簡直弄得一發不可收拾。後來幸而晚餐終於準備就緒，Clarissa得以及時出發到Richard的公寓去接他，不料一進公寓，就被眼前的情景給嚇住了。只見Richard正坐在高高的窗沿上，彷彿馬上就要往下跳，口中還滔滔不絕地說道：「這些年來，我之所以勉強活下去，完全是為了討好妳，這真沒意思啊！但我已看透了生命的瑣碎，現在必須尋求解脫……。」

[2] 見維吉尼亞‧吳爾芙，《達洛衛夫人‧燈塔行》，孫梁、蘇美、瞿世鏡譯，簡政珍導讀（臺北：桂冠，一九九四年），頁二五。

面對這個危險的片刻，Clarissa雖然強作鎮定，但精神上已幾近崩潰。幾秒鐘之後，她親眼看見Richard往下跳了……。

這個跳樓自殺的結局正好呼應了《達洛衛夫人》小說裡的一段重要情節，原來書中的女主人達洛衛夫人在當天晚宴將要散席時，突然聽到一個年輕人自殺的惡耗，因而感到震驚不已。那年輕人是跳樓自殺的，達洛衛夫人認為迫使那年輕人自尋短見的原因，乃是一些社會上的惡勢力在作怪。很顯然地，那年輕人的死反映了作者維吉尼亞•吳爾芙當年在寫《達洛衛夫人》那本小說時的心情。據說本來按這本小說的最初大綱，最後自殺的乃是女主人達洛衛夫人，但後來作者卻改變了計畫，因而創造了一個年輕人的角色。其實今日看來，那個最初的「版本」更能代表維吉尼亞•吳爾芙當時的心理境況。

一直到《時時刻刻》電影的結尾，我們才驚奇地發現，原來那個跳樓自殺的愛滋病患者Richard，就是從前一九四九年在洛杉磯郊外，親眼目睹母親飽受憂鬱症侵襲的那個聰明靈敏的小男孩。他從小受母親的影響，耳濡目染，因而對《達洛衛夫人》那本小說的情節瞭如指掌，沒想到後來他終於作出了最直接的讀者反應——當他從樓上跳下去時，他等於是實現了作者早已在書中所作的預言。他的命運雖然和自己母親的命運不同，選擇生死的原因也不同，但完全被文字感染的「讀者」現象卻是一樣的。

綜觀《時時刻刻》裡的幾個故事，我認為整部電影（包括Michael Cunningham的原著The Hours）所要闡釋的乃是一種後現代的文化現象——那就是「文字流」與「時間流」互相配合、互相襯托的現象。時間的流動本來就是沒有起點、沒有終點的，它就像那無始無終的河流，唯一能把那繼續流動的時光「固定」下來的，也只有靠文字了。例如女作家維吉尼亞•吳爾芙本人雖然早已被河水沖走，但她所創造出來的文字藝術卻在「時間流」中屢次再現，不斷影響著後來的讀者。所以她的小說不但表現了人的「意識流」，而且進一步捕捉了永恆時間的流動——儘管那些只是時光的片段。有趣的是，當初一九二三年維吉尼亞・吳爾芙剛開始寫那本小說時，那本書的題目原來就叫作《時時刻刻》（The Hours），但她後來將之改為《達洛衛夫人》。總之，我一直認為「時間流」的概念原來就是那本小說的真正主題。

若用現代的電腦語言來說，所謂「文字流」和「時間流」的關係就正如上網的經驗。每次上網時，我們總是感覺到所有信息都在網中繼續流動著，每個用戶都可自由地進入網絡，都可以隨時拿到資料。如此一來，網絡有如不斷在流動著的時間，它是無始無終的，只有當我們把文字和意象download下來之時，才能把流動中的片段「固定」下來。而那種片刻的「固定」也就是「文字流」發生作用的管道。

從某一方面看來，我們的後現代文化就是各種讀者都能感受到「文字流」的大眾文化，換言之，這是一個讀者至上的時代。唯其如此，作者Michael Cunningham（他是標準的維吉尼亞・吳爾芙的忠實讀者）才能在一九九八年寫出那本充滿讀者心靈想像的小說《時時刻刻》，而他的書也因此得到了今日廣大讀者的認可。其實他的書不只涉及讀者反應，它主要在寫現代的美國文化，值得注意的是，Michael Cunningham是個十足的美國人，他生於洛杉磯，長於紐約市，而他書中的兩位女性讀者（即Laura和Clarissa）也正好分別住在這兩個城市裡，這一個地理上的「巧合」是特別發人深省的。本來《時時刻刻》就是一部需要讀者用心思考的小說，它的重點乃是有關讀者的連鎖反應及其不同觀點的闡釋。

這種以讀者為中心的文化，可以說就是目前美國正在風行的出版文化。例如，二〇〇〇年才由耶魯法學院畢業的Matthew Pearl一向是個沉溺於書中的讀者，他尤其堪稱為一位但丁迷，他出版了一本題為The Dante Club（《但丁俱樂部》）的小說，表現傑出，一時走紅，但他的小說主要是受了但丁

《神曲》的「Inferno」那一部分的啟發才寫成的。另一方面，也只有讀過但丁《神曲》的人，才能完全體會Matthew Pearl那本小說的深度。不過，一般美國讀者們顯然都願意接受這種文字的挑戰。

當這種挑戰一旦被搬上了銀幕，讀者對其「文字流」的感受力也就隨著增高。就如《時時刻刻》這部電影，它已陸續獲得各種獎——包括二〇〇三年Golden Globes獎，以及柏林國際電影節日大獎中的最佳影片獎。尤其飾演維吉尼亞・吳爾芙那個角色的Nicole Kidman還得了Oscar的女影星獎。當然，這部電影的成功和三位「女主角」都是十分出名的影星有關，基本上，這三位女主角都是影片中的主人公。重要的是，觀眾們看完該影片之後，常常就會情不自禁地去買一本Michael Cunningham的書來讀，同時還會探本窮源地重新讀起《達洛衛夫人》那本小說來。

原載《世界日報・副刊》，二〇〇三年三月十九—二十日

柯慈小說中的老女人和老男人

近年來，西方文學中寫老人境況的作品很多，其中尤以柯慈（J. M. Coetzee）的幾部小說最受到讀者的關注。早在二〇〇三年——即在柯慈榮獲諾貝爾文學獎的前夕，他就出版了一本有關老女人（書名為Elizabeth Costello）的小說。接著二〇〇五年出版了《慢人》（Slow Man）的故事。二〇〇七年底，柯慈又出版了《日記：倒楣的一年》（Diary of a Bad Year）一書，描寫一位老作家逐漸走向死亡的種種情況和心態，該書出版後立即轟動文壇——最近美國許多報章雜誌都發表了有關的評論。筆者假期中偷閒閱讀了那幾本小說和相關的評論，希望能為有興趣的中文讀者提供一些資訊和看法。

在柯慈幾部有關老人的小說裡，貫穿了一個統一的主題，那就是當今的老人普遍感受的落寞無奈，和生命衰竭過程中的種種尷尬。柯慈顯然有借人物的遭遇寫個人感受的傾向，因為他筆下的老人都是極其多產的作家或藝術家，他們（無論男女）一向過慣了獨來獨往的自由生活，一朝發覺自己的身體每況愈下，自然深感挫折，充滿了力不從心的悲慨。最不幸的是，他們頭腦依然清晰，且具有七情六欲，只是此身不再由己，於是就產生了孤零無助的心態。

Elizabeth Costello一書的主角就是Elizabeth Costello，她著作等身，才六十多歲，身心已漸入老境，雖仍野心勃勃，不斷被世界名校請去演講，並在講臺上反覆宣讀自己早已十分熟練的講稿，但有些論點連她自己都不再相信。從今日的標準來看，六十多歲還不算太老，只可惜這位女作家表面上似乎還蠻有信心和活力，其實都是強大精神，內心早已感到疲勞不堪。最後她幾乎面臨崩潰，甚至連語言的表達能力也變遲鈍了，同時她對死亡逐漸產生了莫名的恐懼，而該書就以想像中步向死亡的門口作結。可以說，在正視老年和死亡的事上，作者的筆墨毫不退縮。這種孤獨無奈的老人境況也同樣出現在柯慈的另一本小說《慢人》之中——書中的男主角Paul Rayment（一位六十歲的攝影師）在一次車禍中不幸失掉了一條腿，從此就成了「慢人」，於是那本來饒有情趣的日常生活就變得緩慢、乏味，只能在不斷重複之中消磨光陰。

有關老人的困境，柯慈總是描寫得十分耐人尋味，這一個主題在他最近出版的小說《日記：倒楣的一年》中，表現得尤其引人注目。故事的大意很簡單：主角是一位七十二歲的男作家，名為C。他單獨住在公寓裡，身體已漸衰弱，並發現患有巴金森氏病（Parkinson's disease），已開始有手腳發抖的症候了。其時他剛受德國一間出版社之約，要按時撰寫一些具有爭議性的言論（Strong Opinions），但他孤零零一個人，十分寂寞，總渴望有個談天的對象。有一天，他在公寓的洗衣間碰到一位年輕女子（二十九歲），立刻被她的美貌所吸引，於是聘請她作打字員兼秘書，讓她負責每天將他所寫的稿子打出。這樣一件小事沒想到演出一些複雜的人際關係和心理變化，而柯慈這本小說就是用日記體記載男主角那樣一天天的生活經驗。所謂「日記」，其實是由兩種不同的「聲音」組成，一方面我們讀到主人翁向外公開（public）發表的議論聲音，一方面我們也聽見他私下（private）坦白的內心獨白。在這兩種聲音之間，讀者很自然地感受到一種張力（tension）。有趣的是，這種張力卻在書的版面上藉著印刷的特殊格式表現出來——那就是老人「公開」發表的聲音出現在每頁的上半部，「私下」的聲音則出現在下半部，二者以明顯的橫線隔開（後來隨著故事的發展，人的關係變複雜了，版面就又增加了女子說話的第三空間，於是每一頁就變成三部分，三種聲音同時發出，有點像交響樂的演出或眾聲大合唱。）這樣的敘事結構很是新潮，有時簡直讓讀者應接不暇，但對讀者的感染力量無疑是十分深刻的。

在描寫老人的尷尬情況時，柯慈一向不留情面，或者我們可以說，作者本人就是他自己殘酷的嘲弄對象。首先，柯慈小說中的老人大多與他本人的年齡相當，加上小說主角的名字和生平也與柯慈有相似處——例如在Elizabeth Costello那本書中，女小說家Costello的姓氏即以C開頭，使人不得不聯想到柯慈自己的名字（因為Coetzee也是以C開頭），同時女作家在會議中所宣讀的八篇演講中，有六篇是柯慈本人曾經發表過的演講。同樣，在《日記：倒楣的一年》這本書中，男主角的名字就是C，七十二歲（比柯慈本人才大四歲），而且曾出版過一本題為Waiting for the Barbarians（《等待野蠻人》）的書——正好與柯慈本人出版過的第三本小說同名。總之，這類小說的自傳成分和自嘲的心態不言自明。

但其實，柯慈所嘲弄的對象就是普遍人類的荒謬性——例如，Costello那種不服老、自以為是的失落感，那個老作家C一直到生命終結時還戒除不掉的好色淫念等，所有這些情節都不免令讀者發笑。但我們卻發現，後來在描寫面臨死亡的種種問題時，作者的口吻會慢慢從嘲弄轉為同情。我以為，那是經歷過人生的大痛大愛之後，對生命本身的了解和同情。作者似乎在問：人生究竟值得活下去嗎？這樣的生命結局有何意義？上帝為何創造這樣一個充滿問題和抉擇的錯綜世界？因此，《日記》一書最後以討論俄國作家杜斯托耶夫斯基（Dostoevsky）的小說為終結。以下乃是老作家在《日記》中寫出的一段話：

> 我昨夜又重讀《卡拉馬佐夫兄弟們》第五章，讀到小說中Ivan把那生命許可證交還給上帝。讀到那一段，我不自覺地痛哭了一場……。

值得一提的是，《紐約時報書評》（New York Times Book Review）居然在年終最後一期的首頁上（December, 30, 2007, p. 1）介紹了柯慈這本關於老年和死亡的小說。同時，著名的《紐約書評》（New

York Review of Books）也出版了長篇的書評（January, 17, 2008），特別討論該書有關「如何死」等問題。在過年過節的時刻談論這種極其嚴肅的問題，好像非同尋常，但這樣的安排似乎並非偶然，它好像在鼓勵讀者們：今年大家的「新年計畫」（new year's resolution）或許可以訂得更加富有哲學或宗教意味。

原載《世界日報・副刊》，二〇〇八年一月二十六日

詩人希尼的「挖掘」美學

諾貝爾獎評選委員會公布哈佛大學教授夏默斯・希尼（Seamus Heaney）為文學獎得主時，他本人正在希臘旅行，未能及時聽到好消息。[1] 這位早已文明西方文壇的愛爾蘭詩人一定沒有預料到一個有趣的巧合：當他好運到來之刻，也正是他在古典詩人荷馬出生地「尋根」之時。原來希尼的希臘之行是考古之遊，專門為尋找發掘古希臘的文化遺跡而去的，這次沒想到他挖掘到一個「桂冠詩人」的頭銜，正式成為荷馬傳統的文化繼承人。

尋找自我的深井：詩

對希尼來說，詩人本來就是挖掘者，一個不斷去發現個人與「文化記憶」的詩人。在〈我個人的赫利孔〉（Personal Helicon）一詩中，希尼特別強調他從小就對地下的黑暗感到無限的好奇——赫利孔原指古希臘的聖山，是阿波羅太陽神與九女神所居之山，也是詩思之源泉。但現在希尼創造了自己的「赫利孔」，因為他的靈感不從山上來，而從地下來。自打孩童時代起，他就對井的深處有所迷戀，他常趴在地上，順著井上的打水機往下望，希望能看到地下的最深處，也就是他所說的「深到看

[1] 詩人希尼已於二〇一三年八月去世，享年七十四歲（孫康宜補注，二〇一四年十二月）。

不見光線之處」。但現在詩人已發現一個屬於自我的深井，那就是詩：

如今若再去窺探那根源，
若再去玩弄地下黏土，
將有損成人的尊嚴，
於是我寫詩按律，
為了看見我自己
與黑暗共鳴。

在農村長大的希尼常把詩人比成農夫，因為二者都愛惜土地，都對發掘感到興趣。在〈挖掘〉（Digging）一詩中，他把自己寫作用的「大肚子筆」（squat pen）比成父親種田所用的鋤頭（spade），父親用鋤頭翻土，使他聯想到祖父也曾如此親近土地，也曾洞悉泥土的風味。不論是農夫或是詩人，他們都在挖掘久被遺忘的歷史與人間祕密，他們都在經驗的過程中，企圖改善自己的工作技巧。於是詩人的結論是：

在手指與拇指間，
我握著這支大肚子筆桿，
我要用它來挖掘。

但要挖掘什麼呢？如果說可以挖掘的工具（打水機、鋤頭、筆桿）代表男性的精力，則其挖掘的對象則代表女性的祕密。於是在一連串的詩中，希尼把富有女性特質的潮濕陰暗地比成人類歷史的儲藏室。所謂歷史，就是過去的痕跡與死亡的永恆紀念，而對希尼來說，最富有個人意義的隱喻則莫過於北愛爾蘭的「沼澤地」（bog land）——那裡長年累月深埋著戰場上喪生的屍體，一層層的黑泥包裹著人間悲劇的靈魂，而沼澤的中心有個無底洞。身為愛爾蘭人，希尼對自己同胞之間的長年戰爭與廝殺感到痛心，他不但要為死者哀悼，也要將那血的痕跡顯露給世人看。〈暴露〉（Exposure）一詩中，他以同情的口吻述說著那個民族悲劇，最感到無可奈何的是，當他聽到愛爾蘭婦女的哭泣聲時，他只能啞口無言地做個歷史見證人，但無法也不便以實際行動來參與。其傷心處令人想起《楚辭》中的〈招魂〉：「目極千里兮，傷春心，魂兮歸來哀江南。」可以說，希尼那本轟動一時的詩集Station Island（一九八四年）就是為愛爾蘭人招魂的民族史詩。詩人以但丁《神曲》的格式來招回許多死人的幽靈，其中一位就是充當「精神嚮導」的作家喬依斯（James Joyce）。在這個「超現實」的旅遊終點，喬依斯給人的勸告是：把寫詩作為導航的羅盤針，讓它從黑暗的大海中帶來光明。事實上，人生在世就是不斷地由黑暗的世界進到光明境界的經驗。

挖掘者的矛盾

黑暗代表未知與神祕，它基本上是女性的，光明則象徵著肯定與澄清，它是男性的，這兩種相對的因素正是希尼詩中的兩大特質。在他的文學評論集《全神貫注》（Preoccupations）中，他就曾經說過：「對我來說，愛爾蘭的題材代表女性的成分，至於英國文學給我的滋養則代表男性的元素。」這種基本矛盾的結合不斷給他探索人生的勇氣。關於這一點，他承認有很大程度受到《齊瓦歌醫生》作者帕斯捷爾納克（另一位諾貝爾文學獎得主）的影響，因為那位偉大的俄國作家自始至終保有一種

「矛盾」的特質，既創造抒情的神祕意味，也寫出震撼人心的政治小說。

希尼認為一書的終極目標就是和平，而和平就是愛的表現，也是人類的真正救贖。在他的詩集《觀物》（Seeing Things）中，和平與愛成了一體的兩面，其中一首短詩把愛和和平比成一種解凍的經驗：

在睡夢的沙堆中我遇見了你，
看見你被雪埋到了腰間，
你伸出兩臂，當我到來時，
像水一般，在解凍的夢中。

在此，代表女性的水成了人間之愛的媒介，水是神祕的、富有衝擊性的，是從地下深處湧出的生命火花。在〈愛倫島上的情人〉（Lovers on Aran）一詩中，我們看見永恆而多情的海浪日日向海島示愛，而終於獲得被愛的喜悅。愛既是複雜的也是簡單的，它像流水一般曖昧、一般清澈。詩人好像在說，要學習流水的愛與寬容，不要學習具有破壞性的激流瀑布。

有人因此以為，就因為希尼主張和平，他才獲得諾貝爾文學獎，主要為了呼應愛爾蘭內戰結束的「政治」意義。

寫詩就如釣魚

但我認為，希尼得獎確是名至實歸，多年來他一直都是英詩讀者最喜歡的詩人，他的詩既受普通讀者的歡迎，也得到學界同行的肯定。重要的是，他是真正的詩傑，他的語言運用圓美，流轉自如。

他曾把寫詩比作釣魚，他說：「詩人把經驗之餌投入語言的大海中，他必須耐心等待，靜候時機來臨才能把詩語釣上來。」這正與莊子的「得魚忘筌」理論相反，莊子把魚竿（筌）比成語言，把魚看成語言背後的涵義，因為他基本上是個哲學家，重意不重言，一旦得其意義，就可放棄語言。但希尼是個詩人，其目標是以美好的詩語表現人生經驗，所以他所要釣的魚是語言，而經驗的意義只是魚竿。

在學詩的過程中，希尼一直奉葉慈為模範大師。葉慈是第一位獲諾貝爾文學獎的愛爾蘭詩人（一九二三年），希尼正是第二位，所以希尼已名正言順地做了葉慈的接班人。最有趣的巧合是，葉慈曾於一九八三年勸勉國人道：「愛爾蘭詩人啊，你們應當好好學習你們的作詩技巧。」而次年一九三九年正是詩人希尼出生之年。希尼之所以年紀輕輕就已達到爐火純青的詩境，乃是因為他不斷地向「詩的海底」深處挖掘，他總是努力挖掘下去，一直挖到原始的生命之根。

原載於《明報月刊》，一九九五年十一月號

酒鄉月谷憶倫敦

去年某一天，我在耶魯大學的研究所大樓（HGS）突然看見一位博士生的T-Shirt上印著Jack London的名字，一時令我回憶起九〇年代曾經寫過有關Jack London的一篇文章。

——孫康宜，二〇一六年八月

住在舊金山附近的大弟康成早就想帶我去參觀美國名作家傑克・倫敦（Jack London）的故居——那個位於酒鄉（Wine Country）的「月谷」（Valley of the Moon）。這次趁著臺灣之行的方便，我特意計畫在舊金山逗留幾天，希望能好好地漫遊月谷，親眼看看傑克・倫敦從前住過的地方。

星期五，一個陽光普照的大晴天，我與康成一早就出發開往哥倫愛倫（Glen Ellen）小鎮的方向。約一個多小時的光景，我們就抵達以風景著稱的索諾馬（Sonoma）山谷，傑克・倫敦的故居「月谷」即為該山谷的一部分。這一區之所以稱為酒鄉，乃是因為附近以出產葡萄和釀造美酒著稱，從遠處看，那是一片高山、森林、農田與溪流組合而成的風景區，既有田野的風味，也有田園的氣息。我們所要參觀的「傑克・倫敦州立公園」就坐落在那長滿橡樹的山坡上。

陽光透過山中的樹林照在我們的臉上，照在飛鳥的翅膀上，照在高低不平的泥土路上。一路上沒有別人，只有我們姊弟二人，我邊走邊回憶，記得三十五年前，我在臺灣讀英文系，首次閱讀傑克・倫敦的《荒野的呼喚》、《海狼》等小說，很受震撼。但當時我更感興趣的是他的海上冒險故事，特別因為聽說倫敦自己造了一條船，想利用七年的時間周遊全世界。雖然他因生病的緣故而中斷了他的環球旅行（他僅航行到了南太平洋及澳大利亞），但他那不顧一切的探險精神大大地激發了我的想像，其實我寫那篇麥爾維爾的《白鯨記》論文，在某些程度上也受了倫敦的生平故事的啟發。後來偶然讀到一九一三年，傑克・倫敦出版的小說《月谷》，最令我感興趣的也正是書中那種漂流到異地的探險精神。還記得小說中的男主角曾經說道：

你難道沒有那種感覺嗎？你有時難道不覺得有一種比求生更強烈的欲望，想知道山的那邊是什麼，還有那山外之山，以及那山外之山的背後的山是什麼？啊，還有那個金門大橋。越過那橋你可以看見太平洋、中國、日本、印度以及各種各樣的珊瑚島。一旦穿過金門大橋你就可以到任何一個地方去……。

作為一個青年讀者，我當時自然激起了穿越太平洋一睹金山大橋的幻想。

現在三十五年後，行走在「月谷」的路上，我才發現原來傑克・倫敦除了海上探險以外，也有結廬田園的興趣。一九〇五年他首次發現酒鄉的索諾馬山谷，從一開始他就被那一片森林與交相錯落的山坡和田野給吸引住了。他說：

當時我帶著對城市與人群極端厭倦的心情來到了這裡，所以我立刻決定在這兒買下一個農場定居了下來……那是一片一百三十英畝大的土地，也是全加州風景最優美、最原始的地區。

那年六月他寫信給一位出版商，很興奮地向他報告這個重要的消息：

這絕不是避暑山莊，而是我一年到頭都居住的一個名副其實的家。我毅然決定在此拋錨，並準備長久地停泊下去……。

果然，不久倫敦就用一筆稿費從那山谷中買下更多的土地，最後增至一千四百英畝之多，可以說，他終於把自己完全投入了務農的生活。他很快就把一個本來破舊不堪的農場改造得煥然一新，他購買了許多農具和牲畜，重建牛棚、馬棚、豬圈等，並僱用了許多農工，計畫全面地採用先進的農業技術。在這片廣大的牧場和田野中，他除了養豬養牛以外，也親手種植水果和蔬菜，頗有陶淵明那種「平疇交遠曠，良苗亦懷新」的意境。而且每天他騎馬跑上山坡，觀賞峽谷和山澗的景色，這些日常經驗都成了他的寫作素材。因此，從他搬到月谷後，一直到他一九一六年逝世為止，短短的十一年間，他一共出版了四十多本書，足見簡樸的鄉村生活和大自然的風景確實給了他特殊的靈感。

我從前以為傑克·倫敦是一位獨來獨往、赤手打天下的英雄，但這次月谷之遊改變了我的想法，我發現他的成功有很大部分得力於那位與他志同道合的女人——他的第二任妻子查米安（Charmian）。他們兩人於一九〇五年結婚，而倫敦之所以在同一年買下月谷的農場，實受了查米安的影響。查米安生來就喜歡探險，嫁給了倫敦，正好得到了一個理想的旅伴。婚後兩人經常一同到世界各處旅遊、航行、考察，在月谷定居後，他們也天天一道騎馬、養豬、種菜。此外，傑克·倫敦規定自己每日清晨至少要完成一千字的寫作，而他的稿本一律都由查米安整理打出，日日如此，從不間斷。兩人所過的恩愛生活確實令人羨慕，可惜十一年後的一個夜晚，倫敦不幸病倒而死在他們的村舍中。倫敦死後，查米安繼續住在美麗的月谷中，直到一九五五年，以八十四歲高齡逝世。在她臨終之前，查米安特別留下遺囑，希望將自己於一九一九年建造的房子用作傑克·倫敦的博物館，以便展現倫敦生前的照片、作品以及到世界各處歷險所蒐集的物品等，其中還包括傑克·倫敦一九〇六年在耶魯大學演講時，校方所張貼的海報。後來加州政府以這個紀念館為基礎，才終於開闢了今日大規模的「傑克・倫敦州立歷史公園。」

現在走在月谷的每一寸土地上，我都可以感受到查米安的痕跡。她的愛發自生命深處，像風一樣吹過谷中的一排排橡樹，溫暖了田裡的一棵棵良苗。在這片土地上，她是起始者、施與者、共享者。沒有她，傑克・倫敦就沒有那詩情畫意的月谷生活。沒有她，倫敦絕不可能完成那樣驚人的寫作量。然而文學史中並沒有查米安的名字，在她歷經世間風風雨雨之後，她早已被人們遺忘了，因為生命本來就是不完美的。

誠然，生命的本質充滿了許多無奈，在實際生活中，倫敦與查米安即使享有許多樂趣，但也經常遇到挫折，似乎上帝故意不讓他們擁有太多的完美。最讓他們感到遺憾的莫過於生兒育女的一再失敗，查米安曾產下一子，但不久嬰兒即夭亡，她後來再懷孕，卻又不幸流產。此外，他們最感痛心的就是一九一三年新居的一場火災，那座新居——他們稱之為「狼宅」（Wolf House）是按照兩人共同的夢想，由舊金山著名建築師Albert Farr多年設計而成的，誰知在建築完工的當天夜裡，就被一場大火給焚毀了，失火的原因至今仍是個謎。「狼宅」共有一萬五千平方英尺，內有二十六間房間及九個壁爐，所有建房的材料都精選過，牆的內外都用美麗的熔岩石與各種衫木造成，屋內還有一間很大的圖書館，上方是為倫敦特別預備的書房，地下室還有一間防火的儲藏室，是用來保存倫敦的手稿。此外，為了防火，整座狼宅的水泥牆雙倍加厚，為防地震，房子也特別用數層水泥板為基礎。然而人算終不如天算，半夜裡一場大火，很快地就把倫敦與查米安精心設計的新居燒毀了，兩人始終無緣住進這座豪宅。

我和大弟順著蜿蜒的小路，朝著半英里以外的狼宅走去。穿過一片橡樹林，我們很快就看見一座形似中古碉堡的龐大遺址。它比我想像中的還要壯觀，所以乍一看見這個「建築」，我禁不住要瞠目結舌，連續發出驚訝的感歎。狼宅遺址的四邊牆壁仍然直立而堅固，仍然清楚而生動地勾畫出當初倫敦與查米安兩人所分享的理想世界。通過幾個至今仍完整無缺的門戶，我不斷探勘屋裡所遺下的壁爐和階梯，從那兒我彷彿目睹了一個破碎了的夢，一個永遠未能完成的夢。

一轉身，我偶然看見牆上刻有倫敦的一句話：

倘若上帝允許，我的這座屋宅將會存在一千年之久。

My house will be standing, act of God permitting, for a thousand years.

突然間，我似乎又從這片廢墟中看見了某種意義：這房子雖短暫，卻有它的永恆性，它的價值在於美的瞬間之不朽，在於它的不可重複性。我想到了倫敦的那首詩：

我寧可化為灰燼，
也不願作塵土！
我寧可
讓生命的火花在光亮的火焰中燃盡，
也不願讓它窒息、枯竭……
人生的真實意義是活，
而不僅是存在，
我不願浪費時間
去隨便延長生命……

狼宅燒毀後，倫敦並沒放棄重建的計畫，但他的健康情況逐漸惡化（他患有腎病），不到三年就維持不下去了。與那個狼宅一樣，倫敦的遺體也在熊熊烈火中化為灰燼。據說葬禮那一天，人們按照他的遺囑，從狼宅的廢墟中搬來一塊巨大的石頭，讓它重重地壓在倫敦的骨灰盒上，後來查米安去世後，她的骨灰也葬在那塊石頭底下。墓地上總是沒有墓碑，沒有名字，也沒有生死日期，那一切都似乎在紀念那個瞬間的永恆。

我與大弟靜靜地走到墓地裡，那個長滿苔蘚的巨石面前，然後又靜靜地離去。

原載於《世界日報・副刊》，一九九九年六月六日

耶魯詩人賀蘭德

讀賀蘭德的詩，給我一種「玉階生白露」的美感，……尤其是詩集中屢次出現的海浪意象，使人覺得生命雖有盡，宇宙卻無止盡。

回憶一九八二年那個暑假，我初到耶魯大學任教那一天，就得到一本「荒漠甘泉」似的禮物——那就是同事傅漢思（Hans H. Frankel）教授所贈的一本小書，書名為《詩律的概念》（Rhyme's Reason）。那本書的作者是約翰・賀蘭德（John Hollander），是耶魯大學英文系的教授，也是有名的「嘉馬地」講座教授（此一名譽教職是嘉馬地校長逝世後，校友捐款為紀念嘉馬地而設——此為後話）。

賀蘭德的小書突然又喚起我想寫英文詩的夙願——自從一九七三年，在詩人倪莫羅夫（Howard Nemerov）寫作班上學寫英文詩以後，便因攻讀博士學位的關係，漸漸遠離了詩作的旨趣。但到了耶魯之後，詩的創作慾頓時復萌，實與熟讀賀蘭德的《詩律的理念》一書息息相關。在詩歌的創作領域中，自己早已覺得像個乾枯的果核，多年來處於一種「沙漠」的狀態，沒想到就因為一本小書，又流出了甘泉。故一時技癢，便又開始了寫英文詩的習慣，無形中，這些年在耶魯的歲月，就成了我個人心路歷程中的「詩的年代」。

其實許多耶魯同事及學生都把賀蘭德的《詩律的理念》當作寫作和讀詩的活水泉源。多年來——

自從一九八一年該書由耶魯大學出版社發行以來，該書一直是本校英文系學生的必讀教科書。主要因為該書是詩人本身經過長久寫詩之鍛鍊，所寫成的一本「寫詩入門」的結晶著作，就因為它是一本「小」書，而且是五臟俱全，才更能給人一種寫詩的盼望。它是一粒詩的種子，時時能帶給人無限啟示。

我常常對學生說，賀蘭德的書（以及他的教學方式）代表一種詩歌創作的ABC——A代表appetite（寫作讀詩的「欲望」），B代表belief（對詩作的「信仰」），C代表craft（寫詩必備之「技巧」）。而他自己的詩歌創作也能做到合乎ABC的標準，這點我早在七〇年代就有同樣的看法。從前熟讀《諾頓當代詩選》時，就發現在所有當代的美國詩人中，賀蘭德（一九二九年出生）算是最看重詩的格式與心靈合一的詩人了。他對美麗字句的嚮往使他成為一個名副其實的「形式主義詩人」，但他對心靈的探索又使他超越了形式主義的桎梏。我常舉那首有名的〈七月九日〉詩來說明賀蘭德的詩歌境界——因為那首詩展現了人類心靈與外在世界的混合交融，並闡明二者之所以能交融合一，乃是因為人的作為即是言辭，言辭即是作為。

這種對「人的言辭」之信仰其實就是詩的精神，也就是耶魯的精神。在文學理論界中，人人都知道理論風潮經常從耶魯大學開始——例如四〇年代，布魯克斯（Cleanth Brooks）所宣導的「新批評主義」，以及七〇年代以後，德曼（Paulde Man）與德里達（Jacques Derrida）所主持的「解構學派」，都以耶魯英文系及比較文學系為發源地。這種理論風潮自然有助於（或有害於）耶魯的名聲，但也因此使人忘記耶魯的精神泉源所在——那就是一種崇拜詩人的傳統，一種從有限的生命去探求無限意義的文學傳統。例如有名的布魯姆教授在他今年所開的一門「二十世紀詩人」的課程裡，他所討論的重點詩人共有十二位，其中一位就是耶魯同事賀蘭德。

我以為布魯姆選今年來教賀蘭德的詩是有其深意的，對賀蘭德來說，今年（一九九三年）是極不尋常的——因為他的《選集》（Selected Poetry）及《近著總集》（Tesserae and Other Poems）恰好都於今年春季出版。不知怎的，今年六十四歲的詩人似乎突然有「概括」自己藝術生命的欲望——這一點，有幾篇書評也提到過。有趣的是，《舊作選集》及《近著總集》同時出版，自然會激發讀者的「比較癖」（或「考古癖」），會使人想去比較詩人舊作與新作的不同。首先，《舊作選集》包括一九八四年以前的作品，而《近著總集》則收集在那以後的新作品。比較一下，我個人認為詩人的新作Tesserae（《骰子》）在形式及內容方面均有許多的創新。早期賀蘭德以寫長詩著稱，而且內容涉及歐洲文學典故，給人的印象是一種「史詩」似的抒情。但新詩集Tesserae卻以「四行詩」串聯而成，整個聯章看來使人想起波斯詩人Omar Khayy'am的體裁，典故不多，而詩中意境有如透明的玻璃杯，另有一種溫柔平靜之美。我個人很欣賞這本新詩集。

但是後來讀了幾篇書評才知道美國讀者似乎不太喜歡「四行詩」那種短詩串聯的方式——覺得詩人是在賣弄新技巧。我看了這些書評以後，對於這種觀點頗感驚奇，但我想主要的問題是，美國一般讀者比較習慣於「敘述」性的長詩——即有首有尾、有特定方向的延續性長詩。而對於有「東方」味道的「短詩串聯」方式則覺得缺乏連續性，總感覺沒頭沒尾、模糊不清。相反地，以一個中國人來看賀蘭德的新詩，我不受這種文學格式的制約，也因此能夠欣賞那種類似「絕句體」的詞章。讀賀蘭德的Tesserae給我一種「玉階生白露」的美感，也有一種「二十四橋明月夜」的惆悵，更有一種「空山不見人」的超然。

更重要的是，我認為Tesserae詩集的主題是詩人接近晚年對生命的領悟，以及一種孤獨沉靜的體味。Tesserae這個字的本意是「骰子」，可能象徵人生旅程有如玩骰子一般，像在虛空中找尋答案。我最欣賞的是詩集中屢次出現的海浪意象，使人覺得生命雖有盡，宇宙卻無止盡。以下是Tesserae主題詩的第四首及第五首：

第四首

Young, in the afternoon, I'd wandered free
In the lost places I'd once thought to flee;
The Old Man of the Morning, now, I'm found
Silent beside the loudly sounding sea.

年少午後時刻我曾自由徜徉於
祕密的角落那一向夢想逃脫之處
如今我成了晨曦老人你看見
我安靜坐在浪濤洶湧的海邊

第五首

The river's literal rustlings never roar
At its attentive banks—thus all the more
Strange, the sea's listening restlessness, and all
That thundering along the stone-deaf shore.

溪流的旋律可曾
對溫柔的河岸咆哮過？
奇怪的是大海正無休止地聆聽
聽那雷聲打在靜謐的海岸上

這樣的詩是極富象徵意味的，表面上是描寫詩人在煙波浩蕩中靜靜地看海，但另一方面又象徵生命的神祕性。這種海浪意象令我想起聖經裡大衛的詩篇，因為大衛的詩歌也充滿了對海洋浪濤的描寫，只是詩的寫法不同。為了做一比較，我從詩篇中舉出兩個例子（故意抽出「四行」片段，以配合賀蘭德的詩體）：

（一）

Deep calls to deep at the thunder of thy catar acts;
All the waves and the billows have gone over me.
By day the Lord commands his steadfast love;
And at night his song is with me,
A prayer to the God of my life.

你的瀑布發聲深淵與深淵響應
你的波浪洪濤漫過我身
白晝耶和華必向我施慈愛
黑夜我要歌頌禱告賜我生命的上帝

《詩篇》，四二：七－八

（二）

Therefore we will not fear though the
Earth should change;
Though the mountains shake in the

Heart of the sea;
Though its waves roar and foam,
Though the mountains tremble with its tumult.

所以我們不會害怕——即使大地改變
即使山動搖直到海心
即使其中的水匍匐翻騰
即使山因海漲而顫抖

《詩篇》，四六：二—三

與賀蘭德的詩一樣，大衛的詩也是象徵性的——因為二者都用波浪洪濤來象徵生命裡的危機。不同的是，大衛寫詩採用的是「直言無隱」的方式，用英文來說是一種explicit meaning的修辭方式。而賀蘭德因受近代象徵主義的影響，採用的是一種implicit meaning的修辭法。（因此賀蘭德喜歡用朦朧的夜景或霧似的冬景來間接闡釋人生的玄妙。）再者，大衛處理危機的方式是不斷地追求上帝，把上帝視為避難所，因此他說：「上帝是我們的避難所，是我們的力量，是我們患難中隨時的幫助。」（《詩篇》四六：一）相較之下，賀蘭德的詩意要來得隱晦多了，因為字面缺乏直接說明的意涵，而這種寫法也正是象徵主義詩人所採用的「言外意」之修辭策略，為了讓讀者在閱讀經驗中得以馳騁想像力。

作為一個新詩的讀者，我認為賀蘭德所描寫的詩人本身面對年老及死亡的危機——至少有兩篇書評特別討論到這一點。然而，他是如何對付內心的危機呢？我覺得他的安慰也是來自宇宙的主宰——上帝，只是他不明說，要讀者自己去領會詩人心境的玄妙之處。因此他鏤刻出一幅「客觀」的圖景，描寫他如何「安靜坐在浪濤洶湧的海邊」，如何像海一般，聆聽「那雷聲打在靜謐的海岸上」。他之所以能面臨心靈危機而保持安靜，必有其內在的原因——就如林柏女士（Anne Morrow Lindbergh）在她的名著《海給的禮物》（Gift From The Sea）中所說「最終極的解答……總是來自內在」。我以為詩人內在的「安靜」，就是上帝所賜給他的禮物。

因為耶魯大學離新港（New Haven）的海邊不遠，我常喜歡看海。讀了賀蘭德的新詩集，又重讀大衛的詩篇，自然又重新聯想到海的象徵性及包涵性。如果說孤獨的人喜歡看海，那麼我們也可以說，沒有比詩人更愛看海的人了。

原載於《宇宙光》，一九九三年十一月號

納博科夫專家

——亞歷山大洛夫和他的新發現

弗拉基米爾・亞歷山大洛夫（Vladimir Alexandrov）是耶魯俄文系的教授兼系主任，他主教現代俄國小說。從前我們同是普林斯頓大學的博士班學生，雖然當時我們互相並不認識，來到耶魯以後，大家混熟了，我總是直呼其名，喊他作「弗拉基米爾」，但別人背後都稱他為「納博科夫專家」。他編訂的那部《納博科夫大全》（由來自九個國家的四十二位知名學者合作撰成）出版後，他的學術地位更如旭日東升，不可一世。今年又碰上納博科夫的百年誕辰，他無形中成了校園裡的名人。

在西方，納博科夫研究早已成了一門特殊的學問，許多人認為納博科夫（一八九九－一九七七年）是現代俄國文學史中最有成就的小說家，雖然他有一半以上的作品是用英文寫的。關於納博科夫研究，早期的學者們大多側重納氏的純文學技巧，大半喜歡探討納氏如何設計和掌握敘事結構的藝術。但近年來，以亞歷山大洛夫為首的納博科夫研究開始轉入了形而上學的課題。在他的《納博科夫的彼岸世界》（Nabokov's Other World）一書的序言中，亞歷山大洛夫開宗明義地聲明道：「這本書的宗旨就是要推翻前人對納博科夫的定論……，尤其要證明納博科夫的藝術乃是建立在一種形而上的美學觀上。」亞歷山大洛夫以為，納博科夫的「形而上」觀主要出於一種「時空交錯」（cosmic synchronization）的直覺體驗。從納氏的自傳《說吧，記憶》（Speak, Memory）以及無數的演講稿中，亞歷山大洛夫發現納氏基本上相信：除了這個世界以外，還有另一個同時存在的「彼岸世界」，與這個世界不同，那個彼岸世界是永遠超越時間的。因此，所謂人性枷鎖，其實只是今世人類無法逃出時間掌握的一種困境。但從他的寫作靈感中，納氏曾多次體驗到彼岸世界的那種擺脫時間的幸福感（epiphany），一種十分清醒的超越經驗，他相信這種瞬間的時空交錯感乃是導向彼岸世界的必經橋梁。在某種意義上，納氏的彼岸世界有些像柏拉圖的形而上世界，一個作家之所以被靈感抓住，主要是因為他受了另一世界裡的理想模式的啟發。所不同者，納氏的彼岸世界觀還帶有很深的宿命色彩，他把生命中的許多「巧合」都看成是冥冥中的造物主的精心計畫。例如納氏自己說，早在他與初戀情人塔瑪拉（Tamara）相遇以前，「Tamara」那個字已經在他的生活經驗中出現了許多回，好像超越一切的造物主特地要給他一個預告。此外，納氏發現他的父親早就在他的日記裡提到了一個少女受害於貪婪男子漢的刑事案，此事等於是他後來撰寫《洛莉塔》一書的預言，這些巧合對納博科夫來說，都是命運的啟示。至於命運，那個來自彼岸世界的神祕動力，也正是他所謂的「繆斯」（Muse）。尤其對於人世間日期的巧合，他總存有一種神祕的嚮往與好奇，所以納博科夫說，他與普希金一樣，總是「對富有預言性的日期的巧合（fatidic dates），充滿了極大的興趣。」

亞歷山大洛夫這本有關納博科夫的「彼岸世界」的書早已於一九九一年出版，並已得到了學術界的一致好評，但直到最近我才有機會好好地把它從頭到尾細讀了一遍，尤其對書中所述納博科夫的宿命觀，我格外感到興趣，因為以前很少讀過這類有關納氏的觀點。我急於和亞歷山大洛夫談談這方面的題目，也順便要向這位號稱「納博科夫專家」的朋友請教一些相關的問題。

終於最近有一天，我和我系裡的同事康正果一起約好到俄文系館去拜訪亞歷山大洛夫。我告訴康正果，亞歷山大洛夫的辦公室就是著名俄國形式主義專家Victor Erlich退休以前的辦公室，它離我在研究所大樓的辦公室不遠。我們下了樓，走進一個小小的庭院，不到五分鐘就到了。

亞歷山大洛夫笑迷迷地迎接我們，招呼我們在一張長桌旁邊坐了下來。

「嘿，弗拉基米爾，聽說你那本有關納博科夫的彼岸世界的書已經譯成了俄文，是嗎？……」我一邊拿出筆記，一邊問著。

沒等我說完，亞歷山大洛夫就站起身來，從書架上拿出那本俄文譯本，接著慢慢地說：「事情可真巧，就在四月二十三日，納博科夫百年誕辰那天，我收到了這本從俄國寄來的新書……。」

「啊」，我忍不住打斷了他的話，「那不就是納博科夫所說的日期的巧合嗎？你想這種巧合意味著什麼？」

「我也不知道這意味著什麼，但它一定有某種意義。」亞歷山大洛夫突然用一種嚴肅的聲調說著，「在納博科夫的世界裡，這一類的巧合確實具有非常的重要性。這就是為什麼我要在書中屢次強調彼岸世界的原因。我認為納博科夫一向對形而上和精神界的事情特別感到興趣，每當他處於時空交錯的情況下，他總會把現世和彼岸世界連在一起。不論是寫作，還是採集他所熱愛的蝴蝶，不論是面對自然，還是沉入愛情，他都彷彿瞥見了另一個世界的美景。如果我們不能了解納博科夫的這個精神層面，就很難全面地進入他的小說世界，可惜從前的學者都有意無意地忽略了這個課題。其實我也是受了納博科夫的遺孀薇拉（Vera）的啟發才開始探索這一方面的問題的，早在一九七九年，即納氏死後兩年，薇拉就已在一本納博科夫的詩集的序裡說，她丈夫的許多作品都是受到了彼岸世界的感召而寫出的，但讀者一直忽略了這個事實……。」

聽到這裡，靜靜坐在一旁的康正果開始提出問題，他想知道現在美國學者是怎樣看待這個形而上的問題的。

據亞歷山大洛夫的觀察，一般的美國讀者很難接受所謂的「彼岸世界」，這主要和美國文化的特色有關，尤其是學院派的學者們，他們通常對形而上或精神界的客觀存在經常持一種懷疑的態度。所以亞歷山大洛夫說，他的那本《納博科夫的彼岸世界》出版後，雖然在學術研究上得到了普遍的認可，但一般學者仍無法相信納博科夫真的會把他的美學藝術如此根植於那個形而上的世界裏。例如美國著名哲學家Richard Rorty曾在一篇評論裡大大地讚賞了亞歷山大洛夫的闡釋功力，而且還承認自己差一點就被書中的論點說服了。但他說最終他仍必須退回到哲學家的立場上，必須以一種客觀的態度來看這個問題。所以Rorty建議，大家還是不要去深究神祕主義方面的事情，因為這種考慮是不重要的。此外，另一位以研究聖經的文學性著名的美國學者Robert Alter也曾花了不少時間研究納博科夫的小說，但他始終無法對納氏的形而上思想感到興趣。對於這些學者的保守態度，亞歷山大洛夫感到有些失望，其實他自己也不太相信彼岸世界的存在，更不是一個沉迷於宿命論的人。但他發現「彼岸世界」確實是納博科夫的美學重點，作為一個嚴謹的學者，他自然就對納氏這種觀念充滿了好奇心。他喜歡研究的是一種觀念上的「不同」（difference），就像人類學家喜歡探索不同文化的特色一樣。

但亞歷山大洛夫說，比起美國人來，俄國人一般較傾向於神祕主義與宗教的信仰，所以他們也比較容易接受納博科夫的形而上的想法。這的確和俄國的文化特徵有關，他說他曾經研究過另一位俄國象徵主義小說家布爾加也夫（在西方以其筆名Andrei Bely著稱），布氏不但提倡輪迴說，而且還發展出了一套很精密的神祕主義命運觀，其思想比納博科夫的觀念還要明顯地形而上，但卻備受俄國讀者們的推崇。亞歷山大洛夫以為，在這種文化的條件下，俄國讀者的閱讀習慣自然與美國人有所不同。所以他幾次到俄國去開會演講，每提到納氏的「彼岸世界」，聽眾總是頻頻地點頭表示同意，可謂心有戚戚焉。現在他那本有關納博科夫的書既已譯成俄文，他很想趕快知道俄國讀者對該書的反應。

「這麼說，你在文化上是否更傾向於與俄國認同？可否給我們講講你的家庭背景？」我迫不及待地問道。

「奇怪的是，我並不生在俄國，但比起美國的威廉斯堡，俄國的列寧格勒更讓我感到有吸引力。我想這是因為我的父母及祖父母都生在俄國的緣故。」接著亞歷山大洛夫開始講述他的家庭辛酸史。原來他的祖父母和外祖父母都是蘇聯政府的異議分子，為了與政府積極對抗，他們不惜賠上自己的生命（他的外祖母是四人中的唯一倖存者，她被流放到西伯利亞二十年，一九六三年才終於到美國與他們團聚，於一九八〇年以九十三歲高齡逝世。）至於他的父母早就移到烏克蘭住，二次世界大戰期間，他們趁著德國打進烏克蘭的機會逃往德國。一九四七年，亞歷山大洛夫生於德國，不久就與父母移民美國。按理說，亞歷山大洛夫本人並非來自俄國，但他的家庭背景一直與俄國文化息息相關，他雖然長在美國，但自小在家中講的卻是俄語。

亞歷山大洛夫承認，他至少在兩個方面與納博科夫有共通之處：流亡者的心態及對自然界的嚮往。由於他特殊的家庭背景，亞歷山大洛夫很能了解納氏大半生的流亡生涯。對於納博科夫從俄國流亡到歐洲，由歐洲到美國，再由美國移居瑞士的坎坷過程，頗有一種感情上的認同，尤其是納氏描寫二次大戰的流亡小說最能在他的心中產生共鳴。另外，納博科夫對自然界的熱愛也深深感動了他，亞歷山大洛夫自幼喜歡大自然，父母又都是地質學家，所以在大學裡他原是攻讀地質學的，但後來因為覺悟到自己雖懂得自然卻不了解人，才毅然決定進研究所改讀比較文學的。也許是緣分，從一開始，他就喜歡上了納博科夫的自然觀。納氏酷愛蝴蝶，從蝴蝶的美麗錯綜之外形，他看見了彼岸世界的存在，因為納氏直覺地相信，如此多彩多姿的自然藝術，只有一個超越現實的造物主才能創造出來。亞歷山大洛夫自己相信達爾文的演化論，基本上並不相信那個超越者的存在，但對於納氏那種全然投入蝴蝶的想像，總是抱著十分欣賞的態度。我告訴他，納氏對蝴蝶的興趣使我想起了莊周夢蝶之事，只是莊子的齊物論自然不同於納博科夫的彼岸世界觀：莊子夢見自己變成了蝴蝶，但他不知是莊周夢作蝴蝶呢，還是蝴蝶夢作莊周？莊子更喜歡忘掉生死，忘掉是非，寧願遨遊於自然，寄寓於無物的境界之中。

「能不能讓我們換個話題，談一談納博科夫最有名的那本小說《洛莉塔》？……」坐在一旁的康正果顯然對這種抽象的討論感到有些不耐煩了。他說，「有人以為在這部小說中，納博科夫下意識裡在呈現他自己的情慾，你同意嗎？」

亞歷山大洛夫聽了搖搖頭，微笑道：「不，我不同意。我的意思是，他的確是在呈現他自己的情慾，但絕不是下意識的，因為一切都表現在文字的表層了。」他一面說，一面重複那個字「surface」（表層），接著又繼續說下去，「迷戀少女本來就是納博科夫書中的主題，除了《洛莉塔》以外，納博科夫還寫了不少有關這一方面的小說，例如《禮物》（The Gift）、《迷惑者》（The Enchanter）、《殺頭的誘惑》（Invitation to the Beheading）等。我想，這個主題一旦重複多了，納博科夫也意識到自己是有這樣的特殊情慾，這已是他本身存在的一部分了，雖然他並不以此為傲。在他的書中，文字的表層和深層之間時常存在著一個很強的張力，讀者要很努力才能完全了解他那充滿謎樣的小說世界。但我認為，藉著他的想像與回憶，納博科夫已經很有效地通過小說的方式把他個人的情慾表現出來了……。」

「但每回別人問他，《洛莉塔》是否含有自傳的成分時，納博科夫總是否認。」我忍不住插嘴了。

「啊，是的，但那是小說家慣常給自己安排的一個公開的說法（public facade），讀者不必信以為真。當然，我們也可以把《洛莉塔》看成是一本具有象徵意義的書，透過情慾的種種誘惑和苦惱、種種迷狂和罪惡，作者苦心建構了一個人與命運不斷掙扎的故事。記得嗎，小說開始時，我們就看到了一種很強烈的宿命論色彩，男主角漢勃特從頭就感覺到有一股難以阻擋的命運動力在指使著他，使他陷入了無以自拔的沉溺。各種不同的巧合使他相信，他的命運一直在被一個超越一切的力量掌握著，他回憶過去，想到死去的初戀情人安娜貝爾，早在他們相遇之前，他們就已分別作過了許多相同的夢，後來兩人互相對照筆記後，才發現了不少奇異的共鳴——例如在同一年（一九一九年）的同一個六月，兩人各別的房間裡都飛進了一隻迷途的金絲雀。其實這就是納博科夫所謂的「時空交錯」之感。在小說裡，漢勃特也同樣在洛莉塔的身上看到了許多致命性的巧合，使他不得不相信洛莉塔和從前的安娜貝爾是他生命中某種夢幻般的命定的劫數，但這樣的宿命觀最終並沒有使漢勃特擺脫了強烈的罪惡感，在情感與道德之間，究竟存在著怎樣的關係？這兩者又與命運有何關聯？我看，這種個人與命運搏鬥的悲劇經驗，大概就是這本小說的象徵意義了。」

我尤其喜歡亞歷山大洛夫的這一段話，之後我們三人又繼續就俄國文學的象徵問題閒談了一會兒。臨走前，我跟他說，我願意把他對《洛莉塔》的說法介紹給臺灣和中國的讀者。

那天走出俄文系館時，已快到了黃昏的時刻，一道斜陽透過榆樹的枝葉，映著研究所庭院裡的石凳，那景色很幽靜，很迷人。我心想，這真是一個極為豐收的下午。

沒想到回到家裡，就收到朋友陳寧寧自上海寄來《書城》的「紀念納博科夫百年誕辰」專刊。對於這個再一次的巧合，我感到十分驚奇，久久說不出話來……。

原載於《聯合報》，一九九九年七月十六日

附亞歷山大洛夫主要著作：

一、The Garland Companion to Vladimir Nabokov (New York: Garland Publishing, 1995).
二、Nabokov's Other World (Princeton: Princeton Univ. Press, 1991).
三、Andrei Bely: The Major Symbolist Fiction (Cambridge: Harvard Univ. Press, 1985).
四、"Alterity, Hermeneutic Indices, and the Limits of Interpretation", Elementa: Journal of Slavic Studies and Comparative Cultural Semiotics, No. 2 (1998), pp. 1-24.
五、"How are Ethics Possible in Nabokov's Fated Worlds?" Cycnos (Nice, France), ed. Maurice Couturier, Vol. 10, No. 1, 1993, pp. 11-17.

俄國形式主義專家：艾里克和他的詩學研究

在美國的學術界裡，人人都知道耶魯的維克多・艾里克（Victor Erlich）是第一個把俄國形式主義介紹給英文讀者的人。他那本《俄國形式主義》（Russian Formalism）的書初版於一九五五年，多年來屢次再版，至今仍以十分入時的姿態站在許多書店的書架上。這本書不僅在美國成了文學批評的經典之作，而且早已聞名於世界各國，到目前為止，此書已有德文、義大利文、西班牙文、中文、韓文、俄文等譯本，而它在各國的學術信譽更是與日俱增，有如校園裡的長春藤一般，長久不變。

與他的著作相同，艾里克本人也是經年不衰，他今年已屆八十五歲高齡，但仍十分健康。自從兩年前他的愛妻去世後，他開始過著獨居生活，只是偶爾喜歡出去旅行散散心。我十七年前與艾里克相識，當時我的辦公室緊鄰俄文系館，所以幾乎每天都可以看到他在校園裡進進出出，但自從一九八五年他退休以後，也就很少看見他了。[1]

從前我只知道艾里克是研究俄國形式主義的專家，後來偶然讀了他的另一本書《雙重意象：斯拉夫文學裡的詩人意識》（The Double Image: Concepts of the Poet in Slavic Literatures），才知道他在詩歌的研究方面也有很深的功力。此書討論五位俄國詩人（包括普希金和帕斯特爾納克）與一位波蘭詩人Krasinski。書中所貫穿的一個主題很有趣，那是有關詩人如何塑造自我、闡釋自我的問題。這個問題

[1] 艾里克已於二〇〇七年十一月去世，享年九十三歲（孫康宜補注，二〇一四年十二月）。

運用到普希金的身上，尤其發人深省，因為在普氏的作品中，我們可以不斷發現詩人各種不同的聲音。我特別喜歡艾裡克的書名「雙重意象」，那是取自古代希臘人對詩人所持的二元論：人們一方面崇拜詩人，相信詩人的創作靈感得自神助，但另一方面卻對詩人充滿了懷疑和不信任，甚至存有敵意，如何在這樣矛盾的文化情境中保持自我意識，確是每個現代詩人不斷面對的問題。

艾裡克的《雙重意象》早在三十多年前就出版問世了，我卻到如今才發現此書，自己不覺遺憾萬千，於是看完了這本《雙重意象》後又繼續參考艾里克的其他著作，尤其在讀完他不久前由哈佛大學出版社出版的《現代主義與革命》（Modernism and Revolution）一書後，深為拜服。在該書的首章，艾里克把俄國的現代主義追溯到普希金，他引用了一九二一年Alexander Blok在普氏逝世八十四週年紀念會上所發表的演說，並強調普希金對自由與和平的信念。在這本書中，艾里克以一種充滿詩意的筆法來寫文學批評，熔美學與人生的感受於一爐，這種寫法特別令我感動。我一邊讀這本獨具風格的書，一邊反覆思考艾里克所引的普希金的話：「人生在世並沒有什麼真正的快樂，但有可能得到和平與自由……。」對於普希金來說，真正的和平與自由總是來自於藝術的創作。

這些閱讀心得激發了我的想像，我因此很想去拜訪多年不見的艾里克，想趁機和他談談文學。正巧今年是普希金兩百週年誕辰，艾里克正準備到莫斯科去開為期一週的普希金紀念會和學術研討會，於是我們兩人在電話中約好，他一從俄國回來，我們就找時間見面。

七月十二日那天，我終於有機會到艾里克的家中去探望他。一早我就開車沿著美麗的維特尼湖往耶魯附近的Hamden城開去，那是一條早已熟悉了的大路，但奇怪的是，路旁的建築物與花草樹木卻突然出現了幾分陌生。按指示，我知道艾里克的房子就坐落在Glen Parkway上，就在我時常開車經過的猶太教堂的後頭，但從前我只注意到那個教堂，今天有了充分的時間和興致，終於可以集中精神用一種全新的眼光來細看周圍的環境了。於是不到一分鐘的時間，我就在教堂的停車場後頭髮現了一所頗為別致的房子，那房子的四周圍著木籬笆，籬笆襯著旁邊許多大樹的陰影，令人如置身古代隱者的住宅區。我仰頭望望四周，對一對門牌號碼，心想這就是艾里克的住處了。

「啊，十四年不見，您還是沒變，您完全看不出有八十五歲！」這是我進了門所說的第一句話。他看來確實年輕，好像時光拒絕在他的臉上留下任何痕跡，那是一張親切的臉孔，兩粒黑色的眼珠仍然閃爍著生命之光。

我迫不及待想知道他此次參加普希金記念會的觀感，所以請他就此題目講講他的經驗。

「沒想到過了四十多年後，俄國學者們還是對我的第一本書《俄國形式主義》最感興趣。」他開始慢慢地說。「這次會議中，大家都在談論我的這本書。我想這是完全可以理解的，因為以一九一五年莫斯科語言學小組和一九一六年彼得格勒詩歌語言研究會為首的俄國形式主義，確是本世紀第一次最重要的文學研究思潮。那是有史以來，人們開始如此有系統地把文學當成一種具有特殊性的文字藝術（verbal art）來研究的運動。在羅曼・雅各布森（Roman Jakobson）和維克多・施克洛夫斯基（Viktor Sklovskij）的領導下，俄國形式主義確實在二〇年代的俄國起了舉足輕重的作用，於是所謂的文學性（literariness）和陌生化（defamiliarization）一時成了文學批評裡的新概念。因為我的那本書是第一次全面地介紹這個文學潮流的著作，所以現在俄國學者們自然對我特別感到興趣……。」

他微笑地望著我，接著又用他那頗為響亮的聲音繼續說下去：「但更重要的原因是，三〇年代以後，由於史達林政權的高壓控制，以「文學性」為主的形式主義頓然淪為禁忌，成了政府要打擊的目標，因而形式主義也漸漸地從俄國境內銷聲匿跡了。所以當世界各國正在研究俄國形式主義的這些年代裡，唯獨俄國本土被排除在外了，一直到最近才有人把我的那本《俄國形式主義》譯成俄文，終於在三年前順利出版了。這一次我在莫斯科，就有不少年輕的俄國學者告訴我，他們剛讀完我的書，正在努力研究俄國形式主義，突然間，我覺得自己好像回到了五〇年代的年輕的我，一時對我那本舊書又有了一種新穎的認識。我很喜歡這些年輕人，覺得自己和這些俄國的學者有一種感情上的連繫，我很自然地把他們當成我自己的同胞。雖然我三歲半就離開俄國到波蘭去，但我的母親終其一生都用俄語和我們交談，而且經常教給我們有關俄國文化的知識，因此在感情上，我總覺得自己是半個俄國人……。」

「可不可以談談您在大會上發表的有關普希金的論文？」我很怕話題扯得太遠，故趁機轉向與普希金有關的問題。

「關於我宣讀的那篇短文，我只是通過普希金的作品來討論一個文學裡的普遍問題：那就是涉及詩歌與現實的問題。普希金是俄國人公認最有天才的詩人，而他的詩人形象也最富爭議性，因而拿他來作例子也最為適合。我認為普希金基本上是個性格複雜、風格多樣的作家，他那種變化多端的聲音正代表著詩的自由精神，所以他曾說過：『詩的目的就是詩。』這樣的態度令人聯想到Huizinga在其名著Homo Ludens中所標榜的「遊戲」（play）之精神，那是一種純粹美感的愉悅，一種忘我的渾然境界。十九世紀小說家陀思妥耶夫斯基曾大力為普希金辯護，把普氏說成是捍衛基督教倫理的詩人，但在我看來，這種說法都是不必要的。其實普希金的創作精神有點像音樂家莫札特的浪漫之風，有時這種純感性的靈感不可用理性的邏輯來解說。詩就是詩，它有超越現實的一面，也有與現實相通的一面，我們必須以變通的態度來進行闡釋，不可完全對號入座，也不可完全忽視詩歌與現實的密切關係。」

「那麼，您的意思是您並不完全贊同俄國形式主義的批評法。據我所知，早期的俄國形式主義者強調文學與現實的本質差異。」我很客氣地打斷了他的話。

「啊，是的，我對純粹的形式主義一直是抱著懷疑的態度的。眾所周知，西方傳統的批評觀念最初是建立在藝術與現實等同的基礎上的，而俄國形式主義者則與之相反，強調藝術與日常生活的格格不入。我認為這兩種批評方法都太走極端了，我自己的文學研究方法較傾向於結構主義，在某一程度認同於布拉格學派的早期結構主義。但我不喜歡後來在巴黎發展出來的結構主義學派，因為羅蘭·巴特等人的闡釋有時太過瑣碎乃至離題太遠。至於後結構主義者的解構式批評，我也不敢苟同，我無法接受他們所謂的「無終極意義」的論點。在這一點上，我和威勒克（Wellek）的闡釋方法比較相似，我們都想研究一名作家在文學裡是怎樣用各種方式來塑造現實的。此外，我們都相信文學的各種風格既不同於現實，但也並非與現實無關，例如在我那篇有關普希金的會議論文中，我強調普氏的愛情詩與書信體在體裁上的重大分野：同樣在描寫某一位女子，普氏的詩歌表現得典雅而崇高，但在他寫給朋友的書信中，普氏卻用極其不敬乃至淫穢的語調來描寫該女子。由此可見，問題的關鍵不在於文學是否等同於現實，而在於文學裡各種不同文類（genre）的表現藝術。在普希金的作品中，我們可以找到許多這樣的例子。」

「在您的《現代主義與革命》的新書裡，您好像也用同樣的方法來分析女詩人阿赫瑪托娃（Anna Akhmatova）的作品，可否談談您對她的看法？」我忽然有了靈感，趁機問起這位我最喜歡的俄國女作家。

「妳這個問題問得很好，阿赫瑪托娃是我最佩服的女詩人，她是一個很有勇氣的人，在困難的人生境遇中，她一直努力堅持寫作的自由，她既擁有美學的修養，也忠於個人的道德意識。另外在某些方面，她也很像普希金，她經歷過了許多種生命的體驗，也能用精煉的文字編織各種不同的情感畫面。我尤其欣賞她的短詩，有時她在一首短短的八行詩裡就能說出一個極其動人的故事來。」說到這裡，艾里克站起來從書架上拿出他那本《現代主義與革命》的書，讓我看書中的第五十七頁，其中引了一首阿赫瑪托娃的詩（英譯），結尾一句寫道：

My heart felt empty and clear.

我心裡覺得既空洞又清暢。

「妳看」，他繼續說道，「『空洞』和『清暢』幾乎是兩種不同的情感，阿赫瑪托娃卻把這兩個詞並放在一起，這是多麼神祕又巧妙的詩法呀！我喜歡這樣的詩，抒情詩能寫到這樣也算是極其完美了。每次我在夜晚睡不著覺，總是輕輕朗誦阿赫瑪托娃的短詩，所以她的詩已經成了我的一種安慰了……。」

艾里克的這段話令我深深地感動，我告訴他，我也特別喜歡阿赫瑪托娃的詩，她的短詩常常有一些對仗的句子，很像中國傳統的律詩，既精練小巧，又豐富含蓄，令人回味無窮。我自己就很喜歡背誦阿氏的一首題為〈夢中〉的詩，其中有兩句是：「我和你像兩座高山，永遠不能走近對方。」

那天我們一共聊了兩個鐘頭，臨走前，我請他用俄語朗誦了幾首普希金和阿赫瑪托娃的詩給我聽。我感覺到一陣微風緩緩地吹進了窗口，吹到了我的臉上。我想，美麗的藝術通常大概都在這種忘我的境界裡產生的。

原載於《萬象》，一九九九年十一月號

附艾里克主要著作：

一、Modernism and Revolution: Russian Literature in Translation, (Harvard Univ. Press), 1994.

二、Editor, Twentieth Century Russian Criticism, (Yale Univ. Press), 1975.

三、Gogol, (Yale Univ. Press), 1969.

四、The Double Image: Concepts of the Poet in Slavic Literature, (The Johns Hopkins Univ. Press), 1964.

五、Russian Formalism: History-Doctrine, (The Hague, Mouton and Co.), 1955, 1965, 1967, 1981.

重構薩福的形象

我想將來總有一天
會有人記起我們……

——薩福（Sappho）

薩福是西元前七世紀的希臘女詩人，她的詩今日留下已不多，大多是一些殘缺不全的詩章。但在西方文學史中，她是個讓人難忘的人物，古希臘人稱她為「第十位文藝女神」（The Tenth Muse），儼然把她與神話中的九位女神同等看待，著名文學批評家龍加那斯（Longinus）在他的名著《論崇高》（On the Sublime）中把薩福與荷馬相提並論。六世紀的希臘詩人瑣龍（Solon）曾有「朝讀薩福，夕可死矣」的感慨。另一方面，由於薩福既善於寫情詩又迷戀少女，她的作品曾遭一些早期的基督徒領袖的嚴厲批判，尤其自十九世紀起，學者又開始對薩福的「同性戀」問題展開各種爭議性的言論，而「累斯嬪」（lesbian）一詞也隨之被解為「女同性戀」，蓋取自女詩人曾住累斯博斯（Lesbos）島上之意——在此以前，「Lesbian」僅指累斯博斯地區的女人對性方面的開放態度。[1] 以後一世紀以來，「薩福學」就成了「女同性戀批評」的同義詞，與女同性戀認同的人就把薩福當成她們的開山祖師，

[1] 參見Sue Blundell, *Women in Ancient Greece* (Cambridge: Harvard University Press, 1995), p.83。

而反對這種論調的人又編造各種故事來企圖證明薩福的「異性戀」傾向，於是薩福逐漸被從詩歌的文本中孤立出來，以致成為性問題的個案。

在後現代的二十世紀九〇年代間，隨著女性主義的高漲，學術界終於興起了一股研究薩福文本的熱潮，通過這股熱潮，薩福的作品才真正進入了一個重新被發現、被評價的階段。可以說有史以來，薩福第一次成為重新闡釋西方文明的美學焦點，過去被認為殘缺的文本，現在卻成了十分富啟發性的「他者」。[2]有人以為這股「薩福熱」是起於人們對同性戀的逐漸接受，但我認為它與同性戀的命題關係不大，因為在多數女性主義者的心目中，薩福是否為同性戀者已不再是主要的關切點了。重要的是薩福的詩充分代表了女性欲望的「主體性」（subjectivity），而這個「主體性」也正是現代女性主義者藉以解構男權中心的出發點。從薩福的作品中，我們看見現代女性的影子，那是一種肯定自我欲望的聲音。

首先，對女性主義者來說，薩福的詩乃是對上古希臘文學裡的男性中心觀的挑戰。從荷馬（西元前八世紀）的史詩中可以看出，古希臘的文學精神基本上是歌誦男人的戰爭的。所謂「英雄」就是英武好戰、臨陣不懼，必欲置敵人於死地的好漢。然而薩福卻一反「荷馬傳統」的精神，標榜愛情，貶低戰爭。她的《殘篇》（Fragments）第十六首詩說道：

世上到底什麼最美？
有人說是步兵，有人說是馬隊，
也有人說是艦隊，

[2] 參見Du Bois, Sappho Is Burning (Chicago: University of Chicago Press, 1995),p. 25。

我卻說只有你所愛的東西最美。

天下誰不知道海倫？
誰不知道這位絕代佳人？
當年她奔向特洛伊，
既不顧念父母孩子，
也不眷戀她勇武的夫君。

這使我想起遠方的Anactoria，
想起了她可愛的步態
和煥發的面龐。
想起了她，利底亞的千乘大軍，
全都顯得黯然無光。[3]

值得注意的是，薩福用絕代佳人海倫作為甘心為愛情奉獻一切的範例。在荷馬的《伊利亞特》中，海倫只是男人渴望得到的戰利品，有名的特洛伊之戰就是起於男人對她的爭奪，海倫不但被視為一種交易品，而且是個尤物型的禍水女人。但薩福在她的詩中卻改寫了海倫的形象：海倫之所以甘心作出孤注一擲的選擇，完全不是因為她無情，而是因為她太多情。為了愛情，她願意克服一切障

[3] 參見此詩英譯及各家的闡釋：Margaret Williamson, *Sappho's Immortal Daughters* (Cambridge: Harvard University Press, 1995), pp. 166-167; Du Bois, Sappho Is Burning, pp. 100-126。

礙，即使犧牲自己亦在所不惜。比起男人的窮兵黷武，海倫那種死而無憾的愛情顯得格外地偉大，因為戰爭總是意味著屠殺與掠奪，愛情卻能激發人間美麗的東西。所以薩福說：「只有你所愛的東西最美。」用現代人的話語來說，海倫已從「欲望的客體」（object of desire）轉為「欲望的主體」（subject of desire）。所謂主體性含有很大程度的主動性，對薩福來說，痴情者總是站在主動的位置：當你痴心地愛一個人時，他會付出極大的代價，希望最終能以愛來征服對方，所以他必然窮追不捨。在一首目前公認為薩福唯一存留下來的完整的詩中，我們看到這種情愛觀的基本精神：

英明的、永恆的女神Aphrodite，
妳是編織巧計之神，也是天神Zeus之女，
我祈求妳，不要傷害我，
女神，請不要給我痛苦和傷悲。

求妳此刻降臨，
像過去妳曾聆聽我的祈求一般，
過去妳曾遠離天庭，
乘著金黃色的戰車馳騁而來。

光彩燦爛的神雀作妳的嚮導，
她展翅飛翔，一瞬間從天而降，
把妳帶到霧氣瀰漫的戰場上。

啊，神聖的女神，
妳滿臉笑容，
問我又為何受苦，
又為何向妳求助，
妳問我心中想要什麼。

「妳要什麼人來愛妳？」
啊！薩福，是誰得罪了妳？
逃脫者終會變成追逐者，
拒收禮品者也會轉為奉獻者，
不愛妳的人終會愛妳，
即使他心中不願意。」

求妳此刻就來到我的身邊，
解除我的焦慮，
成全我的全部願望，
永遠作我的同盟。[4]

---

4 Du Bois, Sappho Is Burning, p.8; Jim Powell, Sappho: *A Garland, The Poems and Fragments of Sappho* (New York: The Noonday Press, 1994), pp. 3-4。

表面上，薩福把主動的求愛者比成戰場上的追逐者，但情場終究不同於戰場，在戰場上，勝利者一般通過殘酷的殺害來征服對方，但女人在情場上卻藉著殉道式的真誠來設法擁有對方。即如以上一詩所示，痴心女子常用禱告的方式來表明內心的忠誠，她希望自己始終不渝的決心與熱情能產生一種「感天地、動鬼神」的作用。她不只表明她的信心，她也強調她的焦慮，因為她知道若要真正贏得對方，她必須經過許多的艱辛與痛苦。她也知道，僅憑一廂情願，真正的愛情是無法實現的，所以在患得患失的情緒中，她只有求之於「戀愛巫術」（love magic）的特殊幫助，希望她的心願能在現實中發生作用。

但最嚴重的失望莫過於失戀的經驗，在為對方獻上虔誠的忠心之後，自己卻發現一切全屬徒勞，到頭來，事實與原來期待的完全相反。這時候如果對方無情地投入了第三者的懷抱，痴情者就會感受到極度的煩惱，這種煩惱還不只是痛苦的煩惱，它更多地表現為嫉妒的怨恨。薩福的詩歌最突出的特點，就是經常描寫情人之間的醋意，在她的筆下，情愛關係所造成的醋意可以令人焦慮致死。希臘學者龍加那斯就曾引用薩福一首有關嫉妒的詩，並稱薩福為捕捉普天下「戀人瘋狂情緒的能手」。[5]在那首詩中，一個女人眼看她的女情人在一個公共場合與一位男士打情罵俏，她在憤怒煩躁悲傷之餘，幾乎全身崩潰：

……我望著妳，
一句話也說不出，
因為我的舌頭斷了，

5 Barbara Freeman, *The Feminine Sublime* (Berkeley: University of California Press, 1995), p.14.

火燃燒著我的皮膚。
我完全喪失了視覺，
耳朵裡轟轟作響，
身上頻頻出汗，
我痙攣，我抽搐，
面色發青如草色，
我失去了控制，
走向死亡……[6]

這首詩成為西方文學中的經典之作，後來英國女詩人伊莉莎白・勃朗寧（Elizabeth Browning）所謂「薩福的靈魂片段」，蓋皆指此類詩歌那種深入人心的刻畫。[7]

薩福詩中所描述的女性之間的愛，對今日讀者而言，或許顯得十分不尋常，但其實這種女性之愛在古代希臘（尤其是斯巴達及累斯博斯島上）卻甚為風行——這點可由早期詩人陸西安（Lucian）及安那開恩（Anacreon）的詩歌主題證明。[8]所有這些資訊都讓我們知道，在薩福的時代，希臘婦女（除去雅典地區的婦女以外）享有較大的性自由。這時因為那裡的女子常常受到高等教育，而且廣泛地參與文藝活動，所以相對地擁有較高的社會地位。據說，薩福就以一位女貴族的身分設立了一個名揚希臘的女學府，專供少女學習吟詩、唱歌、跳舞以及其他的文化儀式——雖然這個傳說尚難證實。

[6] Du Bois, *Sappho Is Burning*, pp. 64-66; Mary Barnard, *Sappho* (Berkeley: University of California Press, 1958), p. 39。
[7] 參見 Cathy N. Davidson, *The Book of Love* (New York: Pocket Books, 1992), p. 24。
[8] 參見Sarah B. Pomeroy, *Goddesses, Whores, Wives, and Slaves* (New York: Schocken Books, 1995), p. 54。

但我們至少可以猜測，薩福或許是一個性觀念較為開放的女人。據西方學者的考據，在古希臘的社會中，性別意識並不強烈，人們注重的是兩人之間的角色（role）問題——那就是主動的角色或是被動的角色、控制者的角色或是被控制者的角色，而他們要求愛的對象可以是異性也可以是同性。由此可見，在古代希臘，同性戀與異性戀從來不是兩個對立和排斥的關係。以薩福為例，她很可能是個「雙性戀者」，[9]在情愛的關係方面，她似乎有過極其複雜的經驗，她既是女同性戀者，又傳說死於對某一男子的痴戀。她在詩中抒寫對女人的情愛，卻也歌頌男女婚姻的樂趣，她結過婚，並育有一女。總之，作為一個情感與性的個體，她頗能象徵一種綜合性的女性主體。

無論如何，薩福是有史以來，第一個用詩歌來歌頌女性情愛的知名女作家。她所描繪的愛是全面性的，既是感情的，也是情慾的；既是精神的，也是肉體的。對她來說，愛是一種像暴風雨的動力，一旦被它召喚，當事人就會頓生痴情，一發而不可收拾。所以當愛慾（Eros）來臨時，誰也擋不住它的震撼：

愛神Eros自天而降，
穿著他紫色的斗篷。[10]
愛情震動我的心，
就像大風搖撼山上的樹。[11]

9 參見Sarah B. Pomeroy, *Goddesses, Whores, Wives, and Slaves*, p. 54。
10 Powell, *Sappho*, p. 10.
11 同上書，p. 18。

愛情是極其艱辛的旅程，全靠痛苦的思念來成就，因此薩福的戀歌大多以企慕不在場的情人為主題。在她的筆下，思慕者常因整日思念對方而陷入一種「沉溺」（obsession）的心理狀況，無奈的沉溺使戀情之火焚及生活的各個領域。在一首詩中，一個痴情的女子面對著被耽擱的日常家務，心生悵惘：

啊，母親，
我織不成布了，
都是神祕女神Aphrodite的錯，
她使我想死了那個人。[12]

愛是一種欲望、一種占有，最令人感到焦慮的莫過於「咫尺天涯」的距離感，情人似在眼前卻遠在天邊。在薩福的詩中，這種可望不可及的企慕之情往往通過「採蘋果」的意象來表達：一個人站在樹下，眼望樹頂上有個美麗的蘋果，心中渴求卻無能為力，只有望樹歎息：

一個甜蜜的蘋果熟透了，
在高高的樹上，
在最頂端的枝頭……
採果子的人總採不著。[13]

---

12 這裡的「人」，希臘原文作"Paidos"，意思很不明確：可以解作「小孩」、「女孩」、「男孩」、「奴僕」等。參見Du Bois, *Sappho Is Burning*, p. 11。

13 Powell, *Sappho*, p. 12。

這種果樹之高所造成的距離感使人想起中國古代《詩經》中，情人常被河水阻隔的意象：「漢之廣矣，不可泳思。江之水矣，不可方思。」[14]這一類的詩歌主題似乎都在暗示：當一個人把另一個人當作追求目標時，對方就會無可避免地顯得遙遠而難以把握，即使距離逐漸拉近，但那個若即若離的對象卻不斷引起追求者更多的渴望。就如心理學家羅洛・梅（Rollo May）在他的《愛與意志》（Love and Will）一書中所說：「在愛慾狀態中，我們往往渴望得到更多的刺激。性是一種需要，愛卻是一種欲望，正是這種欲望的參雜，才使愛變得更為複雜。」[15]與通常人所了解的浪漫情調有所不同，這種不斷渴求對方的欲望，與其說是歡樂，還不如說是受難。在薩福的詩中，最常見的「受難」就是在盼望情人出現的過程中所感到的患得患失的焦慮：

你終於來了，
我一直渴望你來沖淡
我那顆燃燒著欲望的心。[16]

薩福那顆「燃燒著欲望的心」成為她寫作的泉源，通過一層一層的記憶，寫作於是成了再次經歷戀情的過程。通過寫作，女詩人使自己不斷重溫舊夢：

[14] 《詩經・周南・漢廣》。參見趙聰，《詩經裡的戀歌》（香港：友聯出版社，一九六四年），頁三九；康正果《風騷與豔情》（鄭州：河南人民出版社，一九八八年），頁三六—三七。

[15] Roll May, *Love and Will* (1969; rpt. New York: Dell, 1989), p. 74。中譯見羅洛・梅《愛與意志》（北京：國際文化出版公司，一九八七年），頁三七。參見康正果《風騷與豔情》，頁九〇。

[16] DuBois, *SapphoIsBurning*, p.1; Powell, *Sappho*, p.18.

老實說，我真想死，
她哭著向我道別，
一次又一次地說，
這是多麼殘忍的痛苦。
啊，薩福，離開妳，
實在出於不得已……
請記得……
在那溫馨的軟床上
妳曾滿足了愛的欲望……[17]

十九世紀英國作家霍普金斯（G. M. Hopkins）曾說過：「男性的性慾就是他的文學創作的原動力。」[18]事實上，從薩福的例子可知，女人的情慾又何嘗不是她寫作的原動力？然而在西方文學批評的傳統中，女性欲望一般被排斥在外，被視為應當壓抑的東西，即使在讚賞和肯定薩福的文論中，薩福一直被視為一個超越欲望和性別的「男性化」作者。[19]本來欲望是純人性的，並無貴賤之分，歷來文學史之所以揚此（男）而抑彼（女），主要由於寫作角度上的長期偏見。在西洋文學裡，觀看世界的角度一般是由男性欲望發出的：男性是觀看的主體（所謂"male gaze"），女性是被觀看的對象。

17 Powell, *Sappho*, pp. 24-25; Blundell, *Women in Ancient Greece*, pp. 87-88。
18 Sandra Gilbert and Susan Gubar, *The Madwoman in the Attic* (New Haven: Yale University Press, 1979), pp. 3-4；康正果《重申風月鑑：性與中國古典文學》（臺北：麥田出版公司，一九九六年），頁六四。
19 參見Freeman, *The Feminist Sublime*, pp. 13-23。

長期以來，這種男性中心的立場，促使現代女性主義者對西方文化傳統展開一系列的反思及挑戰，在這個重新檢討和確認的過程中，她們發現了一個比男性傳統更加古老的薩福女性觀，一個極適合後現代意義的「女視角」（**female gaze**）。在多元文化的今日，薩福的特殊視角與聲音代表了一個新的選擇，可與男性中心的主流文化相抗衡。

女性主義者認為薩福所代表的「女性主體性」（**female subjectivity**）之所以被近代人忽視，乃是由於後來柏拉圖主義在西方文化中的壟斷。[20]在柏拉圖的哲學世界中，女性基本上是被排斥在外的，只有男性才有資格共同談論知識和人的終極關懷問題。與薩福不同，柏拉圖對人的肉體欲望是一直持否定態度的，在他的作品中，柏拉圖雖曾論及人的愛慾問題，但他的重點卻完全放在「超越」（**sublimation**）的意義上，他以為只有把肉身情慾提升到精神的真與美的高層次上，人類才可能實現「理想國」的境界。相較之下，比他早兩百年的女詩人薩福卻持相反的世界觀，她強調情慾本身的價值，以為肉體及感官的欲望有其絕對的意義，完全不必依靠超越來肯定其功能（唯一的「超越」只有藝術上的超越，那就是把感情及生活經驗，通過寫作化為文學的過程。）對薩福來說，所謂美只是人的心中「所愛的東西」，是一種「情人眼裡出西施」的主觀認定，而不是什麼客觀的超越。

女性主義者對薩福所做的考古工作給我們帶來了許多啟發性的認識，因而促使我們對一些現代的文化理論產生疑問。首先，我們應對福柯（Michel Foucault）在《性史》（The History Of Sexuality）中所描繪的古代希臘文化提出質疑。[21]福柯告訴我們，西方古代的性觀基本上是柏拉圖式的、反性愛（**anti-erotic**）的，並以男性為主體的厭女觀。這就完全抹殺了上古希臘女性所扮演的重要性角色，以及像薩福那種女性貴族所代表的寬泛的性愛觀。我認為福柯的問題乃是出於對許多文學經典作品的忽

20 參見Du Bois, *Sappho Is Burning*, pp. 77-97。

21 參見Du Bois, *Sappho Is Burning*, pp. 146-162。

視，在古代希臘的戲劇及抒情詩中，在在都顯示出女人曾經一度占有文化中心地位的事實。福柯的偏見證實了一個現代人的特殊問題，那就是現代不少文化論者（如Allan Bloom, William Bennett等），凡是涉及古代文化現象時，大多以柏拉圖的世界觀為歸依，常常忽視了比柏拉圖更早以前的文學資料。[22]

因此今日我們重看薩福，對文化研究本身具有重大的意義，它既有糾正既定理論的作用，也有開拓後現代視野的好處。從留下來的文字斷片中，薩福一直向我們顯示：詩歌的寫作並不是一個如何在詞彙上下功夫的問題，只要一個人有表達自己內心感情的欲望，不論是男是女，都能寫出簡樸而動人的詩歌。今日我們作為「披文以入情」的讀者，自然更能體會薩福那種「情動而辭發」的寫作過程，唯其有這種體會，我們才更渴望在斷簡殘編的文本中，繼續尋求古希臘女詩人的用心所在。

原載《中外文學》一九九六年八月號，今略為修改補正

[22] 參見Allan Bloom, *The Closing of the American Mind* (New York, 1987); William Bennett,ed., The Book of Virtues: A Treasury of Great Moral Stories (New York, 1993)。

掩蓋與揭示

——克里斯特娃論普魯斯特的心理問題

文學批評的風潮也像服裝的流行一樣，通常一種新的發明由巴黎開始，就隨著一陣風吹向美國，轉而傳向世界其他各地，當年德里達諸人所發起的解構主義就是一個典型的例子。現在時過鏡遷，人們已經熟悉（甚至厭倦）了各種「新」的批評風尚，自然就有渴望「更新」的希求。目前法國學院派最盛行的文學研究正是一種「煥然一新」的闡釋方法，即所謂「演進批評」（genetic criticism）。

「演進批評」主旨在研究個別作家的文本的演進，那就是通過對作者手稿以及各個版本的比較，並從其刪改、更正、遲疑的跡象中來探討作者複雜的心路歷程。從某一意義來講，「演進批評」是對多年來盛行於美國的「新批評」（New Criticism）的挑戰。「新批評」家以為文本是固定不變的藝術成品，「演進批評」家卻強調文本的流動性（fluidity），因為所謂「定本」（definitive version）其實是個十分靠不住的觀念。有趣的是，這種「演進批評」對研究中國文學的學者來說，不僅是似曾相識，簡直是司空見慣。兩百年來的「紅學」基本上建立在諸版本的發現與研究上，從脂硯齋重評《石頭記》一直到胡適所作的《紅樓夢》考證，紅學家幾乎千篇一律地把精力花在鑑定版本形成經過、續書問題以及比較諸版本的出入問題上。所謂甲戌本、庚辰本、己卯本、甲辰本、全抄本、靖藏本、程乙本等，其版本之繁之多，足令讀者眼花撩亂。究竟何者為「定本」？至今仍無人敢斷定，關鍵問題是，《紅樓夢》作者曹雪芹屢次刪改文本，他自己說「於悼紅軒中，披閱十載，增刪五次」，一直到他去世時，仍然沒有完成改訂的過程，真是：「都云作者痴，誰解其中味？」

巧合的是，法國也出了一個犯上「增刪癮」的痴情作家普魯斯特（Marcel Proust, 1871-1922）。他也花了十多年的功夫，不斷撰寫刪改他的傳世巨作《追憶似水年華》，也在未完成定本校刪時離開了人世。對目前熱衷於「演進批評」的法國學者們來說，普魯斯特所留下的無數手稿、各種各樣的版本以及散布於各處的筆記，都成為批評家施展想像力的主要素材。於是，一時洛陽紙貴，出版社爭先恐後地發行許多新的「普魯斯特作品校輯」一類的書籍。這股法國的「普學熱」自然使人想起中國的「紅學熱」，但不同的是，「紅學熱」較注重小說與曹家關係的考證（即余英時所謂的「曹學」），「普學熱」則專注於小說中，作者字裡行間撰寫與增刪的心理分析。如果說傳統的紅學是一種考據學，那麼我們也可以說，目前法國流行的「普學」就是一種文學的心理分析學。

一向以符號學理論及語言分析著稱的法國心理學家克里斯特娃（Julia Kristeva），很自然地成為「演進批評」影響下的「普學」主導人物。她於一九九四年在法國出版了有關普魯斯特的專書，此書英譯本Time And Sense: Proust and the Experience of Literature（Columbia, 1996），又隨即在美國出版，立刻被譽為是有史以來研究普魯斯特小說「最偉大」（grandest）、「最富探索性」（most searching）的著作。克里斯特娃採取的闡釋方式，其實就是她一貫使用的「互文性」（intertextuality）語言分析，她一向以為語言不能被孤立地分析，它必須被放在上下文中，被當成「複雜的意指過程」來分析。[1]用這種方式來分析普魯斯特的小說是最理想不過了，因為普氏的作品中充滿了複雜的詞語、句型與涵義，再加上各個不同版本所提供的諸種線索，也無形中豐富了「互文性」的效果。克里斯特娃以一個精神分析家的身分，居然能在文學批評界占據如此重要的地位，乃是因為她善用這種「互文性」的語言分析。

[1] 參見康正果，《女權主義與文學》（北京：中國社會科學出版社，一九九四年），頁一三六。

在這本研究普魯斯特的專著中，克里斯特娃特別注重文本中「性」的主題與作者心理的分析，因為她說：「一個人的性是與他的精神整體息息相關的。」事實上，普氏的同性戀問題早已成為法國學者的研究主題，從六〇年代的克布（Kolb）到七〇年代的波內特（Bonnet）和巴德克（Bardéche），幾乎所有研究普魯斯特的法國人都專注於普氏與同性戀的探討。而近年來，由於普氏書信的陸續出版和流傳，廣大讀者也已熟知此事。但值得注意的是，在他生前，普魯斯特通常是以一種掩蓋的方式來處理自己的性問題的。與紀德（André Gide）和王爾德（Oscar Wilde）諸位同性戀朋友不同，普氏通常不會公開承認自己的同性戀傾向，甚至在小說中故意嘲弄男同性戀者，以求達到「隱蔽」的效果。至於一個人對自己的性偏好究竟應當隱蔽還是公開，這絕不是一個道德的問題，而是一種表達方式的問題。尤其在藝術的表達上，某種程度的「掩蓋」常常成為打開心扉的理想管道——正如王爾德所說：「給我一個面具，我就向你說真話。」

無論如何，如果說普魯斯特採取的是一種「掩蓋」的策略，那麼研究普氏的學者們使用的正是一種相反的策略，因為他們以「揭示」為目的，不但要設法把作者的生平經驗和小說情節連繫起來，而且還要凡事對號入座。作為一位心理學家兼文學評論家，克里斯特娃自然是個揭示者，但她的揭示方式與一般傳記作者有所不同，她不喜歡用傳統考證的闡釋方法來分析普氏及其小說。在她的書中，她扮演著一個心理醫師的角色，她在設法幫助一個名叫「普魯斯特」的內向型人物，使他慢慢地揭露出久藏於內心的祕密。

克里斯特娃單刀直入地指出，普魯斯特的同性戀根源於「戀母情結」所造成的「性行為倒錯」（sexualinversion）：他對母親既感到迷戀又存罪惡感，而他的同性戀關係也傾向於一種愛恨交加的複雜關係。因此克氏發現，在《追憶似水年華》（尤其是〈索多姆和戈摩爾〉一卷）中，不少有關同性戀的描寫都斷斷續續地引入了「母親」的形象。值得注意的是，在後來改寫的稿本中，普魯斯特居然還增補了一段有關「褻瀆母親」的文字。但在更多的情況下，普魯斯特還是以移花接木的方式，把他對母親的特殊感情分化到不同的角色身上。例如，克氏以為書中有關外祖母生病與去世的一段，實際上寫的是作者對自己母親的懷念，原來，在實際生活中，普魯斯特在他母親死後痛不欲生，是一段刻骨銘心的經歷：

> 在我母親死後，我曾想過設法毀滅我自己。我不想自殺，因為我不願意讓自己成為報紙中的新聞人物，於是我就不吃不睡，聽任自己慢慢走向死亡。但後來我意識到，如果我就這樣死去，我會永遠失去對母親的記憶——對她那獨一無二的熱情的記憶。失去對她的記憶等於把她推向第二次死亡，一個澈底與世決裂的死亡。果真如此，我就犯了可怕的弒母罪。[2]

母親的死使普魯斯特幾乎活不下去，他後來不得不找心理醫生幫忙。但在醫院住了六星期後，他發現醫學無法治療他的心病，只好另尋出路。

最後是寫作救了他。他母親死於一九〇五年，三年後，他終於開始《追憶似水年華》的構思，於一九〇九年正式動筆。沒想到一開始動筆就停不住了，小說一冊一冊地出版，一冊一冊地修改、補充、重寫，一直到他離世的前夕（一九二二年），他仍然沒有把這部巨型小說的最後幾卷改寫完畢。在世界文學史上，像這樣一部規模宏大（全書七卷，二百萬字左右）、有血有肉的小說，恐怕除了中國的《紅樓夢》之外，很難找到它的對手。在普魯斯特的身上，我們真正看到了藝術的力量：一個人即使在生死關頭，也可以通過藝術來自我治療。在作者的創作過程中，他可以把現實中感受到的痛苦

---

[2] 原文見Duplay, *Mon Ami Marcel Proust* (Paris: Gallimard, 1972), p. 112。英譯見Julia Kristeva, *Time and Sense: Proust and the Experience of Literature* (NewYork: Columbia University Press, 1996), Trans, by Ross Guberman, p. 176。

轉變為豐富的藝術形象，從而體驗到一種心靈的淨化和解脫。

然而，雖然母親的死觸發了普魯斯特撰寫《追憶》的最初靈感，但真正使這部小說最終達到如此深度的原動力，卻可能來自於作者本身所經歷的一段愛情悲劇。

一九一三年，正當普魯斯特寫完《追憶》的首卷初稿〈在斯萬家那邊〉時，他的私生活突然來了一個急轉彎。幾年來，由於決心閉門著述，多病的他已開始過著與世隔絕的清淡生活，他以為自己從此不再有激情的蕩漾，因為欲望與誘惑好像已漸漸離他遠去，唯一的誘惑是回憶的誘惑——那就是希望通過各種感官的聯想來重新經驗「過去」。然而，命運好像給他另一種安排，就在他以為此生不會再被愛激動時，他竟出其不意地跌入情網，而且跌得很重，全神投入而無以自拔。對方是個名叫阿佛列（Alfred Agostinelli）的男子，從前曾做過普魯斯特的司機，但一九一三年一月起開始做他的私人秘書。儘管阿佛列已有妻子（或許只是情婦），普魯斯特還是不由自主地與他談戀愛，這是普魯斯特有生以來第一次（也是最後一次）如此深情地談戀愛、如此熾熱地追求一個人。他覺得人生走到這個階段，幸而遇到自己的至愛，決定不顧一切後果，要克服各種外在的障礙去努力活出一段多彩多姿的愛情。誰能預料到，命運又一次很殘酷地捉弄了人，幾個月之後，一九一四年五月間，阿佛列因學習駕駛飛機，不幸遇空難身亡，死時才二十六歲。

據考證，後來普魯斯特把他對阿佛列的思念以及兩人所踏過的每一處痕跡都寫進了《追憶》中，而他之所以不斷改寫小說細節，最後即使病入膏肓、奄奄一息，仍然繼續整理手稿的原因，大部分是出於對阿佛列的痴心懷念。

許多研究普魯斯特的學者都認為《追憶》中的主人公（即自稱「我」的馬塞爾）的情人阿爾貝蒂娜（Albertine）小姐，就是現實中的阿佛列。這個說法頗令人信服，因為在一九一三年以前，無論在首章的稿本中或是全書的綱要中，都不見有阿爾貝蒂娜的影子，所以阿爾貝蒂娜是普魯斯特於一九一三年與阿佛列正在熱戀時才創造的新角色。尤其重要的是，這個新角色在小說中所占的地位與實際生活中，阿佛列在普氏心中所占的地位相同，我們發現在小說的後半部，阿爾貝蒂娜一躍而成為女主角，與書中的「我」平分秋色，尤其在〈女囚〉、〈女逃亡者〉諸卷中，不少情節及主題頗與阿佛列的實際經驗相符。例如，阿爾貝蒂娜的出走與阿佛列死前不久的出走如出一轍，而且前者騎馬摔傷而死，其情況與後者突遇空難極為相似。從現存的書信中，我們還知道普魯斯特在阿佛列逝世的當天，曾以預言方式的筆調在信中將心上人的飛機取名為「天鵝」，乃取馬拉美（Staphane Mallarmé）詩中「被流放的天鵝」（Swan）之意：

……牠是個幻象，
牠的亮光引牠到達此地。
牠完全靜止不動，
在這個冰冷的夢中，
天鵝發出輕蔑的神情。
在這個無用的流放中。[3]

在小說中，主人公也在給阿爾貝蒂娜的一封信中提到馬拉美詩中的「天鵝」，只是「天鵝」已變成了阿爾貝蒂娜遊艇的名稱。

3 見J. E. Rivers, *Proust & The Art of Love* (New York: Columbia University Press, 1980), p. 280。有關普魯斯特與阿佛列的交往及信件，見*Rivers*，pp.83-106。

真實生活與小說之間的連繫，終於揭示了許多普魯斯特的心底祕密，有趣的是，為了掩蓋他的同性戀的真相，作者很巧妙地運用一種「變性」方法，把男性的阿佛列變成女性的阿爾貝蒂娜。這樣在小說中，作者就可以安心地去除戒心，去做他真正的「自白」（confession）了。這種「掩蓋」的美學本是小說家慣用的手法，它使真實的人生片段被改頭換面，轉而變成客觀化的藝術產品。它也使作者在創造與改造的過程中，重新去活一次「過去」的經驗，重新整理一次記憶中的甜酸苦辣。

但與一般學者不同，克里斯特娃不喜歡用對號入座的方法把《追憶》中的阿爾貝蒂娜角色還原為實際生活中的阿佛列。克氏以為阿爾貝蒂娜更多地代表著作者本人的「真正自我」（trueself），也可說是普魯斯特的面具或代言人。在小說中，阿爾貝蒂娜被描寫成一個多情而又複雜莫測的年輕女子，她既愛男人也愛女人，是個名副其實的雙性戀者。而在許多情況下，她與其他女人之間的戀情顯得特別投入而全面，因而引起書中主人公的多次嫉妒與反感。具諷刺意味的是，通過一個像阿爾貝蒂娜那樣的特殊角色，作者正可以盡情地吐露他自己身為同性戀者的真正心情。與阿爾貝蒂娜相同，普魯斯特一向視自己為社會中的邊緣人物，常與世俗的成規格格不入。因此，在某一程度上，阿爾貝蒂娜的性慾「倒錯」，正好反映了作者內心的「女性化」邊緣人的複雜心態。克里斯特娃解釋道：

> 把阿爾貝蒂娜僅看成是……阿佛列的替身是不完全正確的。因為阿爾貝蒂娜這角色代表著更多的意義……從她的身上，我們可以看見小說中的「我」的同性戀之陰性面。由於身為阿爾貝蒂娜的知己，一個洞悉她的喜怒善惡的人，書中主人公暗地裡得到一種扮演女性的快感……[4]

---

[4] Kristeva, *Time and Sense*, p. 79。

然而，不管是把阿爾貝蒂娜看成是阿佛列或是作者的代言人，我們都不會忘記一個重要的事實，那就是普魯斯特有意用女性角色來代替男性。但我認為，這還不只是藝術上的「掩蓋」手法，它更多地顯示出作者本人對性的特殊看法。根據《追憶》中的許多情節片段，我們不難發現普魯斯特基本上是「跨越性別」（transsexuality）的信奉者，[5]以為世上每個人都是「雙性同體」（bisexual hermaphrodite）的。[6]根據這種性觀，男人身上既有陽又有陰的因素，女人也同樣陰陽並具，所以任何兩個人的愛戀關係完全要看互相之間的陰陽組合與排列，其中之複雜矛盾與流動多變是不能用「異性戀」或「同性戀」等既定類別來界定的。因此，普魯斯特以為一個人的性傾向無所謂「正常」或「不正常」，從異性戀者的觀點看來，同性戀「不正常」，但在同性戀者的心目中，異性戀反而成了「不正常」。他說：

> 今天那些人（同性戀者）舉目皆是，我們幾乎可以說，他們才是正常的……比如說某某人，他不是很正常嗎？……再說，那個喜歡女人的男士……看起來反而十分不正常。[7]

普魯斯特的「跨越性別」觀使他能客觀而深刻地捕捉人類愛戀心理的複雜性。在《追憶》中，我們發現戀愛（不論是同性戀還是異性戀）常會使人難逃如火煎熬的痛苦，而最大的痛苦莫過於情人之間所產生的嫉妒心理，那是一種愛恨交加、生不如死的感情折磨。從斯萬（Swann）、夏盧

5 普魯斯特並未用「transsexuality」這一名詞，但克里斯特娃以為該詞可以用來概括普氏的基本性觀。見Kristeva, *Time and Sense*, p. 71。

6 參見Kristeva, *Time and Sense*, p. 83。關於「雌雄同體」、「陰陽同體」、「雙性戀」等觀念，見張小虹，《性別越界：女性主義文學理論與批評》（臺北：聯合文學出版社，一九九五年），頁一〇一－三九。

7 Jacques Porel, "Marcel Proust Chez Réjane", *La Tableronde*, No. 34 (1950), pp. 93-94，引自Rivers, *Proust & The Art of Love*, p. 105。

（Charlus）和主人公的個別情愛故事看來，一個陷入情網中的人之所以經驗到無法自拔的嫉妒，乃是因為他會無可避免地對被愛的對方產生一種強烈的占有欲望。其實，所謂「愛者」就是想要「占有」對方之人。[8]在一個愛戀關係中，「愛者」為了擁有對方，不斷虛構出一個「被愛者」的形象，當占有的欲望變成一種沉溺與全神貫注的焦慮時，愛就轉為一種嫉妒的「倒錯」心理——那是不斷懷疑、不斷闡釋、不斷無中生有的恐懼病態（phobia）。小說中的「我」曾如此回憶道：

> 這種恐懼會不斷地以各種姿態出現，就像它的邪惡根源一樣。當我的嫉妒還沒有在新人身上找到發洩的管道時，我還能在痛苦已成過去之際，得到暫時的片刻安寧。但是，只要遇到些許細微的誘因，我的慢性病就會復發……[9]

是這種嫉妒的「恐懼症」，使斯萬和書中主人公不斷偵探他們的情人的行蹤，只要情人不在眼前，他們立刻疑心頓起，製造百種理由來折磨自己。所以每當主人公聽說他的心上人阿爾貝蒂娜與這個女人或那個女人相識，他立刻想像出各種女同性戀的可能性，因而又開始感受到嫉妒的痛苦，[10]斯萬在偷讀情人奧黛特（Odette）給友人的書信時，也因激起疑心而醋意大發。[11]對這些神經質的求愛者來說，被愛者永遠在漸漸地離他們遠去，但他們卻無法擺脫這種因占有欲所引發的患得患失的病症。

---

8 參見Marcel Proust, *Remembrance of Things Past*, translated by C. K. Scott Moncrieff and Terence Kilmartin (New York: Vintage Books, 1982), Vol. 1, p. 217，參見Kristeva, Time and Sense, p. 28。

9 英譯見Proust, *Remembrance of Things Past*, Vol. 3, p. 14，中譯參見《追憶似水年華》（南京：譯文出版社，一九八九年），第五冊，頁一五。

10 參見*Proust*, Vol.2, p. 1153。

11 參見*Proust*, Vol.1, p. 309。

如何從嫉妒的痛苦中解脫出來？克里斯特娃認為這正是《追憶》中的一大主題。整部小說的後半部都可說是針對此問題的回應與敘述。

首先，書中主人公再三提醒自己，要從這種要命的心理困境中超脫出來，就應當把嫉妒的迷惑改變為自我的心理分析。隨著時光的流轉，他漸漸能清醒地領悟到，原來嫉妒的產生與被愛者的真正存在沒有太大的關係。嫉妒出於愛者本人想像中的幻覺，而這幻覺也就是禍首：

> 我的嫉妒由心中的意象（mental images）而生，是一種精神上的自我折磨，與可能性完全不相干……每次我和阿爾貝蒂娜出去，只要她稍稍離開我一會兒，我就會惴惴不安，我揣想她也許是在和什麼人說話，或者是在拿眼風瞧什麼人……遺憾的是，即使與外界生活隔絕，內心世界也會滋生種種事端，即使我不陪阿爾貝蒂娜出去，獨自在家遐想，紛遝的思緒中時而也會冒出一鱗半爪，真實得不能再真實的東西，它們像一塊磁鐵那樣，把未知世界的某些蛛絲馬跡牢牢地吸住，從此成了痛苦的淵藪。哪怕我們生活在密封艙裡，意念的聯想和回憶，仍然起作用……[12]

就這樣經過多次的自省與分析，主人公終於想出一個解救自我的祕方，那就是與其活在「無用的、令人疲乏不堪的」嫉妒的想像中，還不如把這種想像化為創作小說素材的想像，從而建立一個新的「廣大而奧祕無邊的世界」。[13]

12 英譯見*Proust*, Vol. 3, pp. 16-17。中譯參見《追憶似水年華》第五冊，頁一六—一七。

13 參見*Proust*, Vol. 3, pp. 100; Kristeva, *Time and Sense*, p. 30。

所以最終的解答是：寫作才是自我治療的不二法門。而在這一點上，《追憶》中的主人公儼然成為普魯斯特的化身，他已從一個普通的角色變成一個創造小說情節的「敘述者」（值得注意的是，主人公馬塞爾與普魯斯特的名字相同）。與早死的斯萬不同，主人公有幸藉著長時間的思考和追憶，把自己從痛苦的旋渦中解脫出來。從前他是自己欲望的「奴隸」，現在他卻成為策劃故事情節的「主人」；從前他是耽慾的、無知的，現在卻是理智的、充滿智慧的。由此他深深理解到藝術的淨化人心的功能，是藝術把吞噬人心的情慾轉變為鼓舞人心的動力，把稍縱即逝的幻覺化為永恆的文學。

所以偉大的作家普魯斯特心甘情願地把他的後半生花在小說的撰寫上，他深居簡出，閉門寫作，終於寫出一部極其龐大的多卷本小說。與《紅樓夢》的作者曹雪芹相同，普魯斯特認為寫作永遠是一種未完成的藝術創作，他不斷地改寫，不斷地重整，一直到死亡來臨的前夕。

原載《聯合文學》一九九六年十月號

帕斯的愛情觀

把愛情看成一個嚴肅的題目，甚至把它當作一門學問來研究，似乎是近年來西方文化的主要趨勢。然而這一方面的書籍大多從心理學著手，很少引起普通讀者的共鳴。墨西哥詩人、諾貝爾獎得主帕斯（Octavio Paz）終於出版了一本雅俗共賞的書——《雙重火焰：情愛與性愛》（The Double Flame: Love and Eroticism）。[1]這是一本極其動人的書，既是個人的，也是關乎人性的；既涉及到愛情，也涉及到生命整體的意義。

這本書的寫作緣於一段真正的愛情火焰，根據帕斯的自述，一九六五年他到印度旅遊，五十一歲的他偶然遇到一次山洪爆發似的愛情震撼，當時他就發誓要寫一部有關愛情的專書。後來時過境遷，他經常想到那本書卻一拖再拖，拖了將近三十年。直到不久前，撰寫那本書的欲望突然變得強烈起來，一種不可抗拒的靈感使得年屆八十的老作家提起筆來，寫出了那本已經在內心深處醞釀多年的書。

這本醞釀多年的書從「性愛」與「情愛」兩大主題出發，據帕斯解釋，二者都是既神祕又真實的生命火花。在人生的旅程中，幾乎人人都嘗過這種火花的滋味，但很少有人能用語言清楚地道出其中的甘苦與微妙。這是因為性愛與情愛均具有詩的特質，是感性的、觸發想像的，愈在迷離恍惚的氣氛中，我們才愈能體會其強大的力量。帕斯把前者比成熾熱的紅色火焰，把後者比成爐火純青的藍色火

[1] Octavio Paz, *The Double Flame: Love and Eroticism*, trans. by Helen Lane (New York: Harcourt Brace & Co., 1995)（帕斯先生已於一九九八年四月去世，享年八十四歲——孫康宜補注，二〇一四年十二月）。

焰，重要的是，兩種火焰均發自原始的生命之火——性。

先說性愛。帕斯認為性愛不同於原始之性，主要因為它不以生殖為目的，這也是人類與動物的基本不同。人類的性愛是一種想像的活動，它代表原始生殖作用的超越，所以它基本上是非實用的。帕斯把性愛比成詩歌，他說：

> 人的想像力把性化為性愛中的儀式與象徵，就像它把日常語言變成詩歌裡的韻律與隱喻一般。

詩歌代表人類對現實中「他者」的渴求，而性愛也正是人為克服疏離感而與「他者」融合的欲望。詩歌是一種超越形體與超越時空限制的聯想，其作用正與性愛活動相似，因為性愛可以使一對男女「回歸到無邊無際的性之海洋中」，感受到「此刻即永恆」的美感意念。詩歌是一種語言的節奏，而性愛也是一種節奏，它的變化多端代表難以捉摸的聯想作用。詩歌給人以「樂園失而復得」的感覺，性愛也能製造類似的幻覺，因為它直接碰撞到原始生命的源頭。最重要的是，詩歌與性愛都是感性而非理性的。總之，二者無論在本質上、用法上及其引申意義上都非常相似。難怪帕斯要說：

> 性愛是肉體之詩，詩是語言的性愛。

把性愛看成人類求神的象喻是西方文化的主題之一。帕斯以為，這是因為性愛與宗教都以「渴望他者」為出發點，都希望從現世中超越出來。然而另一方面，性愛卻含有致使的危險性，在賦予愉悅的同時，它也帶來了疾病與死亡。此外，毫無制約的性愛總會給社會規範與婚姻制度帶來很大的威脅，於是人類就在誘惑與恐怖之間覺得束手無策：

他們害怕疾病，也怕神也怕觸犯道德戒律。於是他們又發現了性愛的兩種面貌——生命的魅力與死亡的力量。……性愛的意義極其曖昧不明，也極其多元。

據帕斯觀察，整部西洋文化史就是禁慾與縱慾兩股動力的交相替換——從古典的柏拉圖禁慾論到現代的薩德縱慾觀，我們很清楚地看見了人類對性愛的矛盾心理。而這種傾向於極端的矛盾正巧印證了古希臘神話對性愛的原本界定：性愛之神愛洛斯（Eros）始終代表光明與黑暗兩面，他總是手持一盞燈走入黑暗的臥室中。性愛既給人以光明的撫慰，也給人以黑暗的恐懼；它是誘惑，也是陷阱。

帕斯認為，只有當性愛被提升到情愛時，人才能達到真正的愛情境界與自由。然而無可否認的是，情愛必須建立在性愛的基礎上，好比性愛根植於原始之性一般。帕斯用一個特殊的意象來解說這種微妙的互補與漸進的關係——他把愛情比成一棵花木，「性」就是花木的根，「性愛」就是由根長出來的莖，「情愛」就是生在莖上的花。花木是否開花完全要看培養的信心與功夫而定，所以情愛的發展也與人類的文明息息相關。帕斯以為，今日的西方世界面臨著一個空前的文明危機，那就是愛情觀的失落，因為愛情是人類的基本需求，如果人們不努力重建一個健康的愛情觀，西方文明就有澈底崩潰的危險。

如何建立正確的愛情觀？帕斯以為，我們首先必須認識情愛與性愛的區別。在真正的愛情關係中，相愛的一對男女追求的是靈魂與肉體的融合，換言之，情愛就是性愛加上靈魂。反之，沒有情愛的性愛是唯肉體的，它與靈魂毫無關係。「情愛」與「性愛」的關係與區別也可追溯至古希臘的神話故事：愛洛斯在未陷入愛河以前，他只是性愛本身，當他一旦愛上靈魂化身賽克（Psyche），兩人就開始形成了情愛的關係。帕斯以為關鍵處就在於靈魂的引入，沒有靈魂就沒有情愛。作為愛情的先決條件，靈魂概念是把情人個人化、永恆化的必要因素。愛情是一種靈肉的結合，也是一種矛盾，因為肉體是短暫的，靈魂卻是永恆的。然而在情愛的關係中，一對相愛的伴侶可以重新創造新的價值觀，因為愛可以使他們在彼此的肉體中找到靈魂，使他們在短暫中看到永恆的肯定。愛是對付死亡的最佳武器。

除去靈魂的要素以外，情愛還注重排他性——這也是它與性愛本身基本的不同。所謂愛就是專心只愛他／她一人，真正的情人是不能被取代的。帕斯以為這就是古往今來所有的情詩及愛情故事最動人的一點：一對男女偶然相遇，互相吸引，導致至死不渝的痴情。相遇是一種偶合，一種機緣，當愛情來臨之時，人人都逃不過它的掌握。渴望愛情是人的基本需要，根據柏拉圖的哲學觀，我們生來都是不完整的個體，所以我們渴望在愛人的身上追求完整。難怪文藝復興時代的詩人把愛情比成磁鐵相吸，相愛的人會像著魔一樣地互相吸引，為了情人可以克服一切困難，即使犧牲生命亦在所不惜。在情愛之中，求愛者永遠處於奉獻者的地位，這一切強烈的吸引不得不使人歸之於命運，但真正的愛情仍是一種個人的選擇——我們自己必須決定願不願意以「雖九死而不悔」的決心去愛對方。就因為愛情是一種選擇，它終究是自由的。

真正的愛情是痴情的、絕對忠於對方的。帕斯以為中世紀文學裡的宮廷之愛是這種愛情的最佳範例：求愛的騎士把美麗的貴婦人升高到女神的地位，為了感動對方，不惜用自己的百般堅忍和仰慕衷腸來贏得美人的心。從騎士的經驗中，我們看見愛情的矛盾性——有快樂也有痛苦，有銷魂也有惆悵，有撫慰也有驚險，有剛強也有脆弱。總之，無論相愛是如何地艱難，這些的騎士始終無怨無悔，抱著至死不渝的痴情。這種騎士之愛後來又在但丁的《神曲》裡得到了進一步的發揮：一位美麗的女子芳切斯卡告訴但丁，她與情人保羅之所以被打入第二層地獄，乃因同看一本有關騎士美人的戀愛故事，才一時情不自禁地陷入愛情，而最終導致他們的死亡。對於這對死而無悔的戀人，但丁擁有無限的同情，因為他本人正是一個情痴。無論如何，帕斯以為宮廷之愛所表彰的羅曼蒂克愛情是西方文明的精髓，它給偉大的愛情奠定了文化基礎。重要的是，女性地位的提高，使得她們的肉體與靈魂同樣受到尊重，因而直接導致後來西方情愛觀的形成。據帕斯觀察，每個時代情愛觀的進展均與婦女自由有關，因為自由是愛情的先決條件（儘管美國女權主義者米萊特早已說過，中世紀的宮廷之愛是一種文學「遊戲」，而非對當時現實中女性地位的真實反映。[2]此外，現代文學評論家奧爾巴赫也說過，騎士與美人的戀情是一種神話。）

然而帕斯所謂的自由並不指政治、經濟、社會方面的自由，他重視的是女性生命的存在價值。在他的愛情觀的上下文中，重視女性自由就是重視女性的靈魂，也就是把個別的女人當成有獨立精神及選擇能力的愛者與被愛者。從這個角度來看，帕斯算是一個真正的女性主義者，因此他反對像蒙田等哲學大家對女性靈魂價值的否定——蒙田認為女人缺乏偉大的靈魂素質，女人最多只能作為情人，不能做真正的朋友，因為她們「沒有能力維持真正友誼所需要的堅固而永久的承諾」。帕斯的看法正好相反，他以為女人（尤其是現代的女人）完全有能力保有友誼，而真正的愛情是包含友誼的，因為友誼是成熟的表現。愛情與友誼的綜合是世上的最難得的感情，是靈魂深處的真正契合。

帕斯的靈魂觀與近代心理學家對愛情的看法有很大的不同，近年來心理學界流行著「愛情是毒癮」的觀念，許多心理醫生勸人要戒掉「愛癮」像戒掉酒、咖啡及毒品一般。因為他們認為愛的經驗是十分苦澀的，談戀愛的人容易患得患失、疑神疑鬼，有害心理的健康。於是像斯坦頓・皮爾（Stanton Peele）那樣的專家就提出「愛情傻瓜」（fools for love）的概念，勸人不要陷入痴情的陷阱中，不要做傻子。把痴情當成一種病症其實也是美國的文化現象，目前心理醫生大多鼓吹一種「現代愛觀」，那就是不要付出太多，以免受傷，只要培養一種有點黏又不會太黏的感情——那是一種有節

2 參見康正果，《女權主義與文學》（北京：中國社會科學出版社，一九九四年）。

制的給予、有禮貌的傾聽、有保留的支持。凡事都只給一點點，不能多，以免引來糾纏不休的麻煩。換言之，他們勸人要在戀愛中學會輕鬆。

相較之下，帕斯人愛情觀顯得無可救藥地羅曼蒂克，也顯得格外地傳統。但帕斯想糾正的也正是所謂的「現代愛觀」——他認為當今世界的愛情危機在於很多人在感情上節省，在性慾上放縱，於是不加選擇、雜亂的性關係最終導致了普遍的靈魂失落。這不是一個道德問題，而是一個缺乏愛的能力的問題——對個人靈魂的無視，使人喪失了愛的基本了解與能力。帕斯以為，喪失愛的能力就是失去自我的存在意義，因此，他以一種宗教的熱誠呼籲世人走向正確愛情觀的重建。

帕斯苦口婆心的態度使人聯想到目前美國名列暢銷書榜首的作者馬斯・摩爾（Thomas Moore）。與帕斯相同，摩爾也鼓吹「靈魂至上」的觀念，以為愛情是一種無法抗拒的靈魂呼喚，要勇敢地去經驗它、培植它，即使為它遭受艱難痛苦也無怨無悔。他認為大家太看重得失，經不了挫折，也怕在愛情關係上出差錯。實際上，愛情無所謂對錯，有時候它幾乎是一種孤注一擲的選擇。真正的愛既是大幸也是不幸，但它總是對人間得失的超越，它永遠指向永恆。摩爾的愛情觀似乎解答了許多美國人的問題——在情慾揮霍過度之後，不論男女都已感到了心靈的空虛，於是他的「愛情學」等於是一個對症下藥的強心劑。他的兩部作品——《靈魂之保養》（一九九二年）與《靈魂伴侶》（一九九四年）一直是讀者搶購的對象，因為他正好說中了美國人的病症所在。

然而帕斯的靈魂觀與摩爾的看法不盡相同，摩爾所謂的「靈魂」包括人的一切欲望，他認為所有性的經驗也都屬於其範疇之中，因此他勸人不要忽視性行為的感情意義，要接受它，承認它，把它看成靈魂整體的經驗，換言之，摩爾以為情與慾是不可分的。然而帕斯卻相信情與慾有所區別：純性愛是一種沒有靈魂的欲望表現，而真情愛才是一種具備靈魂的情操。他的情愛至上觀無疑地建立在柏拉圖式的階級超越觀上：性愛是低層次的活動，情愛才是最高層次的表現。帕斯認為，今日世人最大的危機就是忽視這種超越式的古典情愛觀，他批評當下流行的「廣義靈魂」說，以為那正是聳動性氾濫風潮的不負責任的學說。他反對的是這種「現代」靈魂的煽動性和顛覆性。

從今日美國凡事追求「政治正確性」（political correctness）的風氣看來，帕斯算是選擇了一條「不正確」的政治路線——因為他敢於向篤信「情慾多元化」的大眾挑戰。他的立場令人想起目前一位美國文學批評大師所面臨的境況：耶魯大學的布魯姆教授曾寫《西方正典》一書，勇敢地向正在流行的「文化多元化」提出挑戰。不論他們的看法是否正確，是否能被大眾接受，這兩位選擇「不正確」的政治路線的文學領袖確實為我們提供了重新思考當今文化的新角度。

原載《讀書》，一九九五年十一月號

性形象

——一部轟動歐美文壇的專著

今年一月初，耶魯大學出版社發行了一部十分不尋常的著作，作者是費城藝術大學的佩格利亞（Paglia）教授。首先，該書書名頗不尋常——大標題《性形象》（Sexual Personae）二字使人一見以為是淫書，但小標題「由內佛蒂蒂到狄金蓀的藝術與頹廢」（Art and Decadence From Nefertiti to Emily Dickinson），一望而知是有關文學藝術之學術論著。最不尋常的乃是書的封面——臉的左半邊是古埃及女王內佛蒂蒂（生於西元前一三五〇年左右），臉的右半邊是美國著名近代女詩人狄金蓀（一八三〇年至一八八六年）。此書一出，讀者紛紛購買，立刻成為出版界的討論焦點，僅僅三個月，報刊雜誌評論這本書的文字已足夠出一專集——首先是美國的《華盛頓郵報》以極大的專欄介紹這書，英國（包括愛爾蘭及蘇格蘭）、澳大利亞、日本等國的報紙也紛紛響應。到今年八月分已有無數家廣播電臺邀請佩格利亞教授專訪，最近一次是由加拿大國家廣播電臺發起的。影響之大，流行之遠，在大學出版社中可謂空前。

但這本書也引起了極大的爭論，喜愛它的讀者認為這是文學史、藝術史上一大光輝燦爛的成就，厭惡它的人也大有人在。無論贊成或反對，所有撰寫書評的專家均以十分偏激的口氣談論它，例如紐約Village Voice報說，許多讀者看完這部長達七百多頁的大書，必定會患高血壓症。又如舉世聞名的作家安東尼・寶格斯（Anthony Burgess）也說，這部書像「針刺一般」——好處是一針見血，壞處是刺得人疼，令人難受。

為什麼這本書引起這樣熱烈的爭論呢？我以為最主要的原因不外其內容之新異。作者佩格利亞教授以一種挑釁式又十分大膽的文字（大家一致公認她有超人的寫作天才），企圖推翻西洋文化自十九世紀以來公認的理論成規。再者，書中涉及內容之廣尤其罕見，不但討論西方文明三千年歷史的特質，而且牽涉到文學、藝術、人類學、心理學諸方面。從希臘古文明時代到十九世紀，幾乎涵括了所有偉大的文學藝術家，例如英國的斯賓塞、莎士比亞、拜倫、濟慈、渥茲華斯、柯爾雷基、斯溫本（Swinburne）、裴特爾；法國的巴爾札克、高提爾（Gautier）、波多雷；美國的愛倫坡、霍桑、麥爾維爾、詹姆斯、狄金蓀等作家，都得到應有之重視。佩格利亞教授分析文學思想的方法與今日的時潮大異其趣，本文擬將書中幾個重點介紹給讀者，並做適當的討論。

首先，佩格利亞認為西方文明基本上是文化與自然的對立，文化代表男性社會，自然則是女人的代表。自從十九世紀以來，由於受到法國哲學家盧梭的影響，一般學者均深信「自然」是完美無缺的（例如浪漫詩人無條件地崇拜自然），而把「社會」看成是一種墮落不潔的文化產物。佩格利亞以為今日主張女權論者乃是繼承盧梭的「自然學說」，藉其抵抗那代表社會墮落（如欺壓貧困及其他罪行）的男性。佩氏對這種論點深表反對，她以為「自然」有極醜惡的一面，全靠社會文化（即男性的成就）來控制鎮壓那充滿危險的「自然」。她認為主張女權論者完全忽視了自然所賦予女人的特質，女人之「性」是危險的、可怕的，更是一種強大的權力（power）。就是為了躲避這可怕的女「性」（因為男人極易成為「性」的奴隸），男人才千方百計地創造藝術文化，藉著藝術成就來戰勝可怕的自然之「性」。佩格利亞以為男人實現了阿波羅神的藝術理性，女人則是希臘酒神戴奧尼索斯的化身（基本上屬於原始之自然）。男人自藝術取得自由，女人則變成「自然」之奴隸。佩格利亞承認她的理論大多採自尼采、佛洛伊德的哲學及心理學，她是沙德（Sade, 1740-1814）的信徒，主要因為沙德曾公然反叛盧梭的「自然學說」。

佩格利亞的理論無疑引起了女權論者的公憤，也導致激烈的批評。這方面的評論尤以安・尼微爾（Anne Neville, Spectrum報，五月九日）的文章為最，安・尼微爾認為佩格利亞的理論狂繆，甚至把她比成喝醉酒的水手（讓人忍不住要把作者推進海裡，讓她清醒一番）。反對女權主義的保守派也同樣嚴酷地批評佩氏，例如哈佛大學女教授海倫・凡德勒認為，佩氏的「性」觀念導致她誤讀許多文學經典（佩氏後來公然反駁，認為凡德勒尚未讀完《性形象》全書就亂下斷語）。另一方面，思想較自由開放的學者們則大多數讚賞佩氏之書，例如英國的Gay Times、愛爾蘭的Irish Times、蘇格蘭的Scotsmen、日本的《讀賣新聞》、澳大利亞的The Age，以及美國的《華盛頓郵報》，都請自由派的作家來撰寫有關該書的評論。

我個人對佩氏提出的另一概念較感興趣，那就是「femininity」（女性之美）與「femaleness」（女人本質）的差異。佩氏以為「女人本質」不一定美好，所以古代的女人塑像（例如上古三萬多年前的Venus of Willendorf的塑像）表達的全是龐大的母體，沒有任何曲線的美感，而真正的「女性之美」（或許應當譯成「陰性之美」）則是受到男人理性美感之影響才綜合產生的。因此佩氏之書，封面展現了古埃及女王內佛蒂蒂的半邊臉面，藉以表達這種從男性文化塑造而成的「陰性之美」。這種特殊美感實是一種「陰陽合併」的優美風度，已與原始的「女人本質」大相徑庭。佩氏之書標題「性形象」就是指書中所討論的無數種「兩性綜合」之陰性美——女人之中如蒙娜麗莎的微笑，男人之中如古希臘的「貌美少年」，佩氏以為十九世紀的浪漫派詩人拜倫及近代的歌星貓王皆體現了這種兩性綜合之美。在古希臘時代，這種美感只是一種象徵，到了文藝復興時代則成為實際的文學藝術形象，至十九世紀浪漫時期，終於轉為文學想像的基礎。

據佩氏解釋，這種「陰性之美」始於眼神之專注，也是西方「視覺文明」的開端。這種「視覺文明」發源於古埃及（她認為一般學者誤以為西方文明始於希臘），起自男性對金字塔線條美之專注

——直到今日仍是這種「視覺文明」左右著現代人對電影、電視的熱衷。包括哈佛大學的海倫・凡德勒教授的作品都誤會了佩氏書中的這個主題，只有倫敦的《約克夏郵報》（Yorkshire Post）（四月十二日）所載的書評〔標題是〈以視覺為主〉（The Eyes Have It）〕最正確地說出這種「視覺文明」的真義。該書評的作者派特・李（Pat Lee）評論道：「其實佩氏一書不是在講男女兩性的對立，而是在講西洋藝術的陰陽綜合之本色（androgyny），《性形象》主要在警告女權論者，不可抹殺事實地專門追求權力而忽視了文化史及自然的真相。」

佩氏一書，根本就在探求西洋文明的發展。作者一開頭即聲明書中的理論不能適用於東方文化：「因為在遠東文化中絕無此種抵制自然的現象——在那個傳統中注重的是順從的美德而非挑戰的精神。」但我個人以為，在「陰性美」（femininity）這一點上，卻能拿中國古典文學來互相印證（雖然所注重的美之本質未盡相同）。蓋自屈、宋騷賦以來，中國男性詩人習慣託喻美女的形象，以美色的鋪陳來象徵自我的德行——表面上像是止於託意，但從整個藝術性來看則是塑造一種「陰性美」的過程。中國文學自始就充滿了「兩性綜合」的美感觀念，這種觀念影響了後來文學中的模範角色，但是男人眼中的「陰性美」則要等到六朝宮體詩的時代才完全轉為具體的形象。六朝詩中美色的豔化與詠物詩體的視覺專注很有關係，現代學者康正果就曾經說過：「宮體詩人……往往把美人的各種姿態當作靜物一樣去工筆勾繪，試圖細膩地具現男人眼中的女性美。」[1]在中國詩中，所謂「陰性美」（無論是詩人自己或描寫美女）均是男性詩人首創的——後來的女詩人亦繼承此種美感概念。可惜這種以「眼神專注」為主的審美觀後來在中國古典詩中常被貶為「輕豔的」、「色情的」，或被視為「亡國之音」。儘管如此，中國詩人不斷以許多「寄託」的方式表現出豐富多彩的「陰性美」，把自己（或

1 康正果，《風騷與艷情》（鄭州：河南人民出版社，一九八八年），頁一五八。

女性）塑造成供人觀賞的「美人」。中國詩中所表現的朦朦朧朧、淒迷的情境實與這種「美人心態」有關。

佩格利亞認為西方傳統中，「視覺文明」之所以被現代人忽略，乃是因為目前學院派的批評偏重文字，忽視意象。她這一論點頗受評論家的讚賞——例如馬克・艾德蒙森（Mark Edmundson）教授在The Nation雜誌中（六月二十五日）即提出此點來討論，認為重「意象」、重「視覺」的文學批評方向是健康的，相形之下，現代流行的「文字至上」之批評精神甚不自然。其實，著名的女評論家蘇珊・桑塔格（Susan Sontag）已於一九六四年在其《反對、批評》（Against Interpretations）一書中，即已預料到類似佩氏理論之再世（她稱之為「藝術之色情性」）。艾德蒙森教授認為最理想的批評文學，最好是文字與意象並重——一方面要採取佩氏的「視覺」觀，另一方面也不能捨棄目前風行的德希達閱讀詮釋觀。只是因為視覺意象多年來被批評界所忽視，他才特別支持《性形象》一書的論點。

總之，佩氏一書引起了許多熱烈的討論（其實是辯論），艾德蒙森教授說，讀此書有如看球賽，使人狂熱也使人緊張。佩氏本人在序言中也說，此書目的之一是為了激起讀者「感情之激動」。這一點使得許多評論家（尤其是學院派的評論家）深為反感。但是，不論是支持她或是反對她的學者，都一致承認佩氏的文筆非比尋常，頗含激流式的衝力，令人難忘。例如《倫敦星期日報》上說，佩氏用的是一種「射箭式的文體」，《華盛頓郵報》上也說，《性形象》是以阿波羅神的陽剛之氣寫成，所以給人一種剛毅、迅速、奔放之感。著名的安東尼・寶格斯還特別發明一個新名詞——「佩格利亞體」（Paglian），來形容這種文筆的特殊性。此外，幾乎所有撰寫有關此書評論的人都佩服佩氏的學問及字彙有如百科全書一般豐富，而且，即使不贊成她的論點，也不得不深受她的影響，不得不改變研究文學藝術的方向。

據作者本人透露（在她本人最近寫給我的信中），《性形象》曾連續被七家出版社拒絕過，因為書中所持之理論與目前文學批評的方向相反。二十多年來，佩氏（耶魯大學英國文學博士）飽受猛潑冷水的經驗，一直到最近才獲得學術界的廣泛注意。她在信上說：「我從前受苦時，以為《性形象》要待我死後才能出版問世。但是我在失望中學習詩人狄金蓀堅忍持久之精神，因為她也曾飽受屢遭出版社拒絕之苦。」

現在《性形象》得以順利公諸同好，可謂用心良苦。

原載於《中國時報》人間副刊，一九九〇年十月三十日。今稍作補正

今日喜劇時代的愛情觀

在九〇年代的今天，大家還相信愛情嗎？這個問題正是今日許多媒體討論的關鍵，也道出了許多男女的內心情結。於是在短短的三年間，羅拔・華勒所寫的《廊橋遺夢》已在全球賣了九百五十萬本（而且根據此書改編的電影也引起注目）。在這同時，住在倫敦的瑞士人阿廉・德・巴頓（Alain de Botton）也寫了一部轟動全球的小說《關於愛情》（On Love），僅僅兩年間，該書已被譯成十四國語言。

像濃苦咖啡逼人清醒

這兩部先後由美國出版社發行的愛情小說正好代表了兩種截然不同的愛情觀與人生觀——就如The News & Observer中所說，華勒的《廊橋遺夢》好比又甜又黏的蜜，而巴頓的《關於愛情》卻像一杯又濃又苦的黑咖啡，逼人清醒過來。

值得注意的是，這個企圖用濃烈咖啡來點醒世人的小說家只是一個二十五歲的年輕人，他無疑是個天才作家，好像生來是為寫作的。當他出版《關於愛情》（一九九三年）時，年僅二十三歲，二十四歲時又寫了一本新書，題為《羅曼蒂克的趨向》（The Romantic Movement），企圖從另一個角度來詮釋愛情。於是年紀輕輕的他已贏得了「九〇年代的斯當達爾」的綽號——因為法國小說家兼評論家斯當達爾（Stendhal, 1783-1842）曾寫了一部題為《關於愛情》（De L'amour，英譯On Love）的經典之作，向世人傳授愛情的祕訣。

使用圖表來分析愛情

作為一個嘗盡愛情經驗的過來人，斯當達爾曾為自己寫下一個墓誌銘：「他活過，他寫過，他愛過。」但與斯當達爾的浪漫痴念不同，巴頓的態度是解構式的——其目的是為了解構羅曼蒂克的幻象，藉著戀情中的酸甜苦辣，利用大眾心理學的分析方式，使人從艱難痛苦的感情誤區中解脫出來。

巴頓採用的小說技巧不僅是解構式的，也是後現代化的，為了刺激大眾讀者的具體想像，他用許多圖表來不時突出書中故事情節與論述邏輯。在受到廣告文化衝擊的今日，有甚麼形式比圖表更能吸引觀眾、說服觀眾？但另一方面，巴頓所要解構的也正是後現代文化以商品推銷方式給人製造的「羅曼蒂克」之幻象。於是他在書中深入淺出地引用許多傳統哲學家、思想家、文學家的思想，使我們又回到了臺利斯（Thales, 640?-546B.C）、笛卡爾、黑格爾、福樓拜等人的世界中。

這種糅合古典於後現代中、摻雜論述於小說中的方式，其實是解構的最佳典範，因為它完全打破了傳統所謂「體格」的客觀概念。難怪《時代雜誌》（一九九五年七月十七日國際版）形容巴頓的小說「好像法國哲學家笛卡爾為美國婦女雜誌Cosmopolitan所寫的文章。」

為熱戀男子解惑

與時下的婦女雜誌連載小說相同，巴頓的《關於愛情》把一段令人神魂顛倒的戀情安排在巧遇的場合中——書中男主角（即書中的「無名」的「我」）與女主角柯羅宜在由巴黎開往倫敦的飛機上相逢，兩人由一見鍾情陷入了熱戀。但整本小說描寫的卻是熱戀中的男子如何被愛情所困擾的痛苦經驗，於是本來十分羅曼蒂克的幻想構成了身心俱焚的感情磨難。從一開始書中的「我」就把兩人一見鍾情的強烈吸引看成是前世的姻緣。

他對自己說，在走過這麼許多錯誤的愛情彎路、飽嘗了愛河慾海的沉浮經驗後，他終於找到一個可以與他死守的女人。前緣的信念使他一味地遷就於情人的需要，為了討好柯羅宜，他不由自主地成了她的意念之奴隸。日常生活中惑於愛情的他，總是在患得患失中度過——「她究竟喜歡喝酒還是白開水？」「她喜歡Joyce還是Henry James？」「她下一分鐘想要做什麼？」總之，凡事都重新調整到符合對方的趣味。他像一個胖子企圖「穿下一件太窄的衣服」，實質上愛情已經剝奪了他的自由。

粉碎愛情幻覺

然而，即使男主角處處設法遷就柯羅宜，他們的相處仍充滿了摩擦。火熱的初夜剛過，他們就開始為雞毛蒜皮的事，沒完沒了地爭來爭去，於是衝動帶來了煩惱，煩惱又引向更多的衝動。可是，一味痴迷的男主角仍然無奈地陷入愛情的幻想中，他雖然不斷通過理智分析來批評自己的沉迷不悟，卻無法使自己從痴念中解脫出來。直到最後有一天，他發現柯羅宜已經移情別戀，在痛不欲生的失望中，他起了自殺的念頭。經過了很長的一段時間，他才好不容易有了重新活下去的勇氣。

最後，小說以〈愛的教訓〉一章作結，反覆思考主人翁不斷與真正愛情失之交臂的心理因素。他終於發現，在潛在意識中，他總把愛情與痛苦聯合在一起，因此他才一而再、再而三地尋求會給自己帶來痛苦的愛情伴侶。

巴頓的《關於愛情》其實是一本諷刺小說，是對斯當達爾經典愛情論的諷刺。斯當達爾的《關於愛情》一書把愛情的發展分為七個階段，那就是由欣慕、期待、希望、互相吸引、形象具體化、懷疑，乃至於全神奉獻的漸進過程。巴頓所描寫的愛情發展次序正好相反：它始於一見鍾情式的「理想化」，經過「愛情幻覺」的認識，而終於真愛美夢的徹底粉碎。

如果說巴頓的第一本小說《關於愛情》是對斯當達爾愛情觀的反諷，那麼他的第二部小說《羅曼蒂克的趨向》乃是對福樓拜巨著《包法利夫人》的進一步解釋。

解構《包法利夫人》

與包法利夫人相同，《羅曼蒂克的趨向》中的女主角愛麗絲生性喜歡尋覓愛情，她總是迷戀那墜入情網的感覺，也喜歡看愛情小說。她往往把愛情想像成為可以「擁有」的東西，因此她也喜歡沉溺在購物癖中，利用購買衣服產生的奢侈感來製造浪漫色彩的生活情調——不同的是，她不像包法利夫人因揮霍過度而破產舉債而終至服毒自殺。小說開始時，愛麗絲正為屢次跌入失敗的愛情陷阱所苦惱，但不久她就找到了心目中的「白馬王子」耶利克，很快就進入了無法自拔的情網。不幸的是，耶利克偏偏是個尚實而以自我為中心的人，一旦火熱的肉體迷戀過後，他就暴露出喜怒無常的本來面目。面對如此難以相處的情人，愛麗絲只有百般討好，處處讓步，甚至把錯誤全歸咎在自己的身上。愛情的痴念使愛麗絲完全忘紀實際的煩惱，也完全忽視周圍親友的忠告。

但最後愛麗絲終於決定不再逆來順受，大膽地離開了耶利克，也終於克服了屢次迷戀愛情神話的行為模式。當耶利克懇求她再給他一次機會時，愛麗絲也只能流淚地說聲再見——一切都已成為過去。她不為失去耶利克而傷心，只為那曾令自己欲生欲死、如醉如痴的一段愛情惋歎。

歷經痛苦才有自覺

她最後的決定是聰明而富勇氣的，她代表一個擁有女性自覺的現代女子。就因為她敢於衝破痛苦的魔圈，她才有可能開始一個新生的生命，這也就是心理學家榮格（Jung）所謂的無痛苦即無自覺論（There is no birth of consciousness without pain）。

愛麗絲的結局是與包法利夫人截然不同的——包法利夫人的悲劇在於缺乏跳出痴迷陷阱的能力，因此她不斷陷入迷戀「可愛的壞男人」之痛苦模式，最終因美夢幻滅而導致自殺。我們可以說，在很大程度上，巴頓把一個潛在的生命悲劇很巧妙地轉化為喜劇。

福樓拜曾說，「我就是包法利夫人」，因為他基本上是個情痴，寧願像悲劇性的少年維特一樣，為愛情（即使是錯誤的愛情）付出一切而無所懊悔。但巴頓似乎在說，「我就是愛麗絲」，因為他想擺脫愛情痴念所帶來的痛苦。前者是詩人的態度，後者是心理學家的態度。巴頓無疑是明智的、清明的，也只有在今日後現代的環境中才能培養出巴頓的這種態度，因為我們的時代是個喜劇的時代。

原載於《明報月刊》，一九九五年九月號，今略為修改。

跨學科的對話

——關於瑞典「文化詮釋」國際會議

從許多方面看來，今年五月在瑞典斯德哥爾摩召開的「文化詮釋」國際會議是一個十分特殊的會議。首先，這是一次具有廣闊視野的文化詮釋大會，大會的主持人，除了斯德哥爾摩大學的羅多弼（Torbjörn Lodén）教授和陳邁平先生以外，還有香港中文大學的陳方正教授（因故未能參加），以及瑞典兩個研究基金會的首腦人物。此外，大會組織者所共同擬定的目標——「文化詮釋」，尤其富有「全球性」的意義，因為沒有比「詮釋」本身更能激發各種文化與文化之間的碰撞了。大會一共邀請了四十多位學者，但為了促進深刻而豐富的討論，大會只安排了十四個與會者發表論文，其餘皆為評論者、發問者或是幾場討論會的主持人。會議連續開了四天，專心討論了十四篇論文，其討論的深度與持續性實與今日流行於美國和臺海兩岸的「速食」式討論會相去甚遠，在這一方面，我特別感受到瑞典人的嚴謹和徹頭徹尾的性格，那是一種散發無限尊嚴氣質的民族性。

說到「尊嚴」的氣質，我自然聯想到年過古稀的馬悅然（Göran Malmqvist）教授。那天馬教授正好是大會開幕致辭的其中一人，他謙和、嚴謹、不卑不亢，以溫和的聲音向大家分享他自己研究中國文化的心得。一般中國讀者都知道他是著名的翻譯家，也是瑞典諾貝爾獎金委員會的主要成員之一，但多數人不知道他的專長原是古代的漢學——尤其是有關年代久遠的古籍，以及考證、訓詁和聲韻學等方面的研究。在漢學的領域裡，斯德哥爾摩大學算是一個拓荒的基地，早期有著名的Bernhard Kalgren（高本漢）教授，專以研究中國文字學、語音學及古代銅器為業。與高本漢一樣，馬悅然的國學底子十分扎實，而作為高本漢先生的弟子和接班人，馬悅然自然更在中國語音和文字學的基礎上發揚光大。大會開幕的當天晚上，馬教授感慨地提醒各位，雖然過去的傳統文獻常被現代人忽略，他首先希望大家能不忘中國的古代文明與文化。其次，他語重心長地強調，二十一世紀最需要的就是擁有更多忠實的、卓越的文化詮釋者（cultural interpreters）。他的這段致詞引來了許多掌聲，因而也成了幾天大會研討方向的指標。

關於文化的詮釋，似乎非從今日最切身的「全球化」（globalization）現象開始討論不可，而這個題目也正是大會所安排的第一場討論的內容——它既能激發人們對未來的理想，也會引起人的各種焦慮。可惜香港中文大學的陳方正教授臨時因故取消了瑞典之行，否則他的論點也必能引起激烈的討論，他最近在香港《二十一世紀》雜誌（二〇〇〇年四月號）中所發表的一篇題為〈全球未來文明展望：憧憬與疑惑〉的文章尤其能捕捉我們這種矛盾的心態。巧合的是，大會中該場討論的第一位發言人Jean Francois Billeter（瑞士日內瓦大學教授畢來德）就專注於這種「憧憬與疑惑」之間的問題，只是他所討論的是有關全球化的經濟問題，有別於陳方正所謂的「科技」問題。首先，畢來德教授指出，在「全球化」的上下文中，所謂「資本主義」（capitalism）一詞應作「經濟理由」（economic reason）的意義來理解才較為正確。他說明，早在文藝復興的時代，由於商業的買賣交易之開始，西方人就已種下了一種無法擺脫的「連鎖反應」（chainre action），即他所謂的「經濟理由」。而近日的經濟全球化以及它所造成的許多問題——例如，商業巨霸和商業帝國的壟斷市場等，實為此種「商業理由」的連鎖反應之延續。在此情況之下，他為逐漸捲入全球經濟化的中國（以及整個人類前景）感到擔憂，他以為，唯一的補救之道是創造一種新的「人類文明」（human civilization）。關於「人類文明」的問題，臺灣國立政治大學教授沈清松則提出一篇有關各個文化之間的對話（包括語言的、實用的和本體層面的對話）的論文。他特別強調一種由「陌生化」（strangification）的對話所產生的新視野——例如，儒家傳統的仁的觀念，道家的自然觀以及佛教的生命觀，都可以為西方文化提供一個新的角度。他以為那種新角度就是通過對已經熟悉了的人生經驗，進行一種「陌生化」的反省而得到的新視野。然而，有關全球化各個文化之間的對話，另一位主講人陳邁平則較為悲觀。首先，他同意Edward Said的觀點，以為在中西文化的交流中，一直存在著一面倒的傾向——那就是西方仍站在統治的地位，所以他發現中國文化正在進行一種把西方價值內化為中國價值的心態，即他所謂的「sinicization」，特別令他感到憂慮的是，一些中國作家也開始為了迎合西方讀者而寫，完全無視於中文之所以為中文的特有美學觀。關於這場討論，評論者Ulf Hannerz教授（執教於斯德哥爾摩大學人類學系）的結論是：以上三位主講人都可算是「改變論者」（transformationalists），因為他們基本上都相信「全球化」已為人類帶來了巨大的改變，只是對於將來的方向採取了開放的態度。

在第二場的討論中，所謂「傳統」的界定成了主要的關注點。來自夏威夷大學的成中英教授強調中國傳統中的「變」的因素，並舉例說明《易經》和《易傳》中有關「變」的生命哲學。就因為傳統並非一成不變的，所以他主張以「包羅萬象之綜合」（comprehensive integration）作為今人面對「全球化」的方法。在討論這種綜合法的過程中，成中英教授特別注重莊子〈齊物論〉裡的「兩行」的觀念，那是一種以和平來調和是非與異同的道家精神。另一方面，華東師範大學的高瑞泉教授則從現代中國的上下文來討論「變」的意義，他認為一百多年來的中國——以進步、民主與科學為前提，已建立了一個根深柢固的「中國現代精神傳統」，那是一個既與傳統斷裂又有連續性的傳統。對於這兩篇論文，來自法國國立科學研究院的Marianne Bastid-Bruguiére（巴斯蒂）教授給了極其精闢又中肯的評論。她鄭重指出，「傳統」一詞的定義似乎應當更加放寬，而且無論在古代中國或是現代中國，總有各種不同的「傳統」（她特別強調「traditions」一字的複數形式）。

關於「傳統」與「變」的關係，又有兩場報告進行了更為具體的討論。在一場題為「社會變遷與價值的衝擊」的討論中，來自北京大學中國國情研究中心的沈明明博士和麻省理工學院的崔之元教授都有很詳細的報告。沈明明根據統計調查的結果，說明目前中國的幹部與大多數人民在價值觀上的明顯改變；崔之元則就當前中國大陸的實際經濟情況，很精彩地討論了產權改革的諸種可能性。在另一場題為「知識分子與知識階級」的討論中，不同的三位學者又分別從三種變化來看當代中國。在一篇〈知識分子是否已經死亡？〉的論文中，上海師範大學的許紀霖教授分析解說九〇年代，知識分子所面臨的挑戰，他認為目前知識分子多半只是某個知識領域的專家，甚至是缺乏人文關懷的技術性專家，加上市場社會的出現，已使知識分子再度陷入了邊緣化，如何使知識分子重新發展其「公共性」，乃為今日首要的一大挑戰。他的論點使我想起中國社會科學院文學研究所的高建平博士所寫的〈傳統文化的搶救與更新〉一文，高建平認為，把知識分子的「自我邊緣化看成是一個口號，看成是一種標準，從而推動它成為一個普世性的價值觀，則是不可取的。」（此次高建平也是與會的發言者之一）另外，上海大學的朱學勤教授則著眼於對當前「文化民族主義」的批判，他發現目前中國的主流意識形態正在退守民族主義，許多人誤以為這是重新凝聚民族共識的方法，但朱學勤則從明末清初顧炎武、黃宗羲、王夫之等人的實際困境來解說那種文化民族主義的內在矛盾，並進而得到一個結論，那就是：今日中國所最需要的是一種類似於哈貝馬斯所說的「憲政愛國主義」。

此外，徐友漁（中國社會科學院哲學所）則專注於對「新左派」的批判。在題為〈九十年代的新左派〉一篇文章裡，徐友漁很激烈地批評了汪暉、甘陽與崔之元等人，說他們那種「反對資本主義及市場經濟」的觀點遠離了中國目前的實際現實。他認為汪暉的「反現代」、甘陽的農村哲學以及崔之元的「公有制」都是不務實際的想法，而且有害於中國的前途。但他承認，這幾天在會議中不斷與崔之元接觸，已經對「新左派」有了新的看法，也已經逐漸能從他們的立場來重新思考中國的問題了。可惜徐友漁發表論文的那一天，崔之元已趕回美國上課，因而無法在會場上針鋒相對。大會中曾有成中英等人指出，或許徐友漁和「新左派」的人士還是可以設法找到共同的對話點的，或許將來會有新的對話的可能。我個人則很遺憾汪暉和甘陽不在場，否則他們一定能就有關的問題予以澄清，至少根據我閱讀汪暉的幾篇文章的感想，我認為他並沒有如徐友漁所說的那般「反現代」。

大會中的高潮之一就是「東西方的宗教與烏托邦思想」的那場討論。首先，香港漢語基督教文化研究所的劉小楓提出千禧年與烏托邦的根本意義上的不同：「千禧年」是指向一種緊急狀態，一種災異，一種表現上帝憤怒的神性時間，其目的乃為了發揚上帝的公義及其終極的審判。據《聖經・啟示錄》所示，「千禧年」代表著善與惡的決然斷裂。然而，「烏托邦」卻無任何斷裂的危機，它總是指向一種永福的時間。劉小楓認為，中國古代早已有烏托邦的思想，但卻無「千禧年」的「斷裂」意識，最多只是上天對現時政權提出警告，但與「千禧年」所表現的終極觀念不同。這是因為「千禧年」的思想實來自西方的歷史哲學，是上帝表現自己神性的體現：根據這種「千年」王國論，最後這個世界是要由聖父、聖子和聖靈來統治的。他的結論是，在這個複雜的全球化的時代，我們最需要聖靈來拯救世界（評論人Fredrik Fällman曾就此點提出質問）。另一方面，以研究清史著名的復旦大學教授朱維錚則談論有關康有為的大同思想。他首先說明，過去研究康有為《大同書》的人（包括康有為的弟子梁啟超和當代著名史學家蕭公權），都把「大同」說得極其含混，其實康有為的「大同」思想只意味著一種秩序，並非無條件的和平，它原則上指向一種全球性的公共政府，很像目前我們的聯合國，所以通常人把「大同」一詞譯為「great harmony」並不合適。此外，康有為的「大同」思想基本上是西化的（例如，他的《實理公法全書》完全以西方的幾何學為基礎），後來康氏為了巧妙地說服國人，才用中國古代《春秋》公羊學派的「三世說」來比附的。朱教授以為，在很大程度上，毛澤東的社會主義公有制來自於康有為的大同思想（雖然康有為並不贊成革命）。蓋康氏的大同觀其實是一種「權力哲學」（Power Philosophy），根據這種想法，烏托邦與政治永遠是結合的。朱教授精彩的演講激起了許多深刻的討論，因而也引起了我的一個偶然的聯想：康有為晚年曾到過斯德哥爾摩遊歷（約一九二〇年左右），八十年後我們正在該城討論他的大同思想，也是一個有趣的巧合。

「性別與文化」的那場討論被安排在大會的最後一天。首先，我介紹了西方性別理論在中國古代文學研究中的探索與突破，在報告的過程中，我強調美國漢學界在有關性別的「聲音」（voice）、「欲望」（desire）和「身體」（body）三方面的輝煌研究成果。我說明「性別研究」（gender studies）顧名思義乃是有關兩性的研究，而非只涉及女性。另一位主講人是香港中文大學的Eva Hung教授，她在一篇極為深入的文章裡討論到婦女纏足的問題。一般人研究這個題目，總是強調纏足的弊害及其改革的必要——例如，才女兼女英傑秋瑾就曾在她的〈滿江紅〉一詞裡寫道：「算弓鞋三寸太無為，宜改革。」然而，Eva Hung卻注意到民國初年，一些已經纏足了的婦女「被迫」還原到天足的苦楚，在這一段過渡的期間，這些婦女不但受到人們普遍的歧視，也受到肉體的折磨——蓋纏足一旦從足布中釋放出來則痛苦萬分，寸步難行。Eva Hung的觀點十分新穎，因而也引起了很大的反響，憑良心說，比起其他幾場討論，我們的這一場特別引來了許多聽眾的踴躍發問，這或許與性別研究的新題材有關。除了香港中文大學的吳兆朋教授、柏林大學的羅梅君（Mechthild Leutner）教授、斯德哥爾摩大學的Martin Svensson和Lena Rydholm博士等人提出發人深省的問題以外，還有成中英、沈清松、陳邁平、畢來德和來自臺灣淡江大學中文系的卓福安（Toh Hock An）等人也分別在會上發表了許多關於性別的寶貴意見。

在瑞典討論性別問題真是再合適不過了，因為瑞典是個特別尊重女性的國家，例如，瑞典皇家的避暑皇宮被稱為Drottningholm宮，而其中「Drottning」一詞就是「女王」或「皇后」的意思。此外，作為一名耶魯人，我特別感到欣慰的是：未來的瑞典女王Victoria將是耶魯的校友。Victoria是現今瑞典國王Carl XVI Gustaf的長女，底下有一弟一妹，瑞典人根據男女平等的原則，決定將來讓她繼承王位。目前Victoria在耶魯上二年級，平日總是保持民主的態度，一切行動與其他同學無異，據我考察，自十六世紀中葉以來，瑞典已有過兩位執政女王：即十七世紀的Christina女王和十八世紀的Ulrika Eleonora the Younger女王。

在返美的前一天，我特地去參觀了當時正在皇宮博物館推出的「女王與皇后的展覽」。同時我也利用機會，再一次乘著汽輪沿海而遊，頗有蘇東坡〈前赤壁賦〉裡所說的「縱一葦之所如，凌萬頃之茫然」之感。當船隻駛過Lidingö海岸時，我突然看見了聳立在高處的大會會場——一座世外桃源式的別墅Högberga Gård，於是一種微妙的意境湧上了心頭：那個美麗的別墅似乎離我很近，但又十分遙遠。真的，藉著這一次國際會議，我好像已瞥見了那個久藏心底的若即若離的烏托邦。

原載《聯合報副刊》，二〇〇〇年七月十一－十三日）

二十年後說巴特

凡是研究現代西方文化的人都知道，羅蘭・巴特（Roland Barthes）是繼薩特（Jean-Paul Sartre）之後，在法國知識界最具影響力的一位大師。他比薩特小十歲，從三十多歲起就以嶄新的符號學著稱歐洲的批評界。然而，就如著名女作家蘇珊・桑塔格所說，「若把巴特僅看作一個文學評論家是非常不公平的。」這是因為巴特確是一位具有深遠影響的先鋒派思想家，他所涉獵的領域除了現代文學評論以外，還包括美學、語言學、社會學、心理學、哲學、文化史等，可以說一九五〇年代以來，許多在西方新起的文化思潮——如精神分析學、結構主義、闡釋學、符號學、解構主義、後現代主義、跨學科研究等，無不與巴特的思想主題息息相關。從多方面看來，巴特堪稱為現代西方文化的主要推動者。

然而不幸的是，一九八〇年二月二十五日那天，巴特在他執教的巴黎學院門口，突然被一輛迎面而來的卡車給撞了，因重傷不治，終於在一個月後（三月二十六日）逝世，死時才六十四歲。

還記得當初巴特的死訊傳來，舉世哀悼，大家都為這位突然離世的才子大師感到深深的惋惜。但諷刺的是，巴特的死卻很大程度奠定了往後他在美國乃至全球的經典地位，因為，儘管巴特在五〇和六〇年代早已顯赫於法國文壇，但一直要到七〇年代末期，他才開始得到美國批評界的普遍注意。首先，女作家蘇珊・桑塔格於一九六八年把巴特的作品介紹給美國讀者（巴特第一本書的英譯版Writing Degree Zero即於同年在美國出版），以後幾年又陸續有Mythologies, S/Z, The Pleasure of the Text, Roland

Barthes By Roland Barthes, Image-Music-Text等英譯本的出版。但問題是，當時的美國讀者還很少有人看得懂巴特的符號學理論，即使看得懂也還需要一段時間來消化，唯獨以耶魯大學為中心的解構學派人士（其中有好幾位來自法國的學院派）開始全面地研究起巴特來。他們最喜歡談論的就是巴特對文本（text）的嶄新的看法：巴特以為文本是無處不在而又錯綜複雜的語言文化網絡，其意義取決於文本之間的「互文關係」（intertextuality），因此作者本人對於文本的終極意義並無絕對的發言權，反而讀者才更能從事富有創見的閱讀。這樣新穎的文學理論很快就贏得了一般年輕學者們的認同，所以巴特的學說在七〇年代末期開始在美國大學的校園裡風行了起來。尤其是巴特那篇題為〈作者的死亡〉（The Death of the Author）的文章一時成為劃時代的宣言，它宣布一部作品一旦問世，它就進入了語言的無邊無際之汪洋裡，也就成了廣泛讀者的閱讀領域，所以說作者實際上已經死了。這樣看來，這種閱讀理論實際上乃為美國的解構主義奠定了基礎，所以，著名的英國文學理論家特裡·伊格爾頓（Terry Eagleton）就曾經說過，巴特是結構主義過渡到「後結構主義」（即解構主義）的必要橋梁。

應當說，一九八〇年巴特逝世時，美國批評界才正開始流行起「巴特熱」。這時，隨著作者巴特的真正「死亡」，讀者們紛紛利用他們的想像，開始創造出各種各樣解讀巴特的方法的。可以說，是死亡的事實使得讀者更加渴望了解巴特其人及其作品。同時，出版商也在此時充分利用這種大眾的好奇心，不斷把巴特作品的各種選本一版再版，至於巴特生前尚未完成的手稿（尤其是一些有關同性戀經驗的日記手稿），他們更以各種聳人聽聞的宣傳方式一一予以公開發表。直至如今，我們還能感受到巴特對後現代讀者的非尋常的魅力，而目前學院派裡流行的「文化研究」（cultural studies）也同樣受到了巴特的影響，這主要當然是由於巴特本人的研究興趣十分廣泛的緣故。他的文化評論不但涉及傳統的學科，而且也延展到了大眾文化的許多層面——如攝影、角力搏鬥、脫衣舞、服裝市場等領域。對巴特來說，即使非文字的材料也算是文化網絡中的重要「文本」。這種由各種文本交錯而成的網絡，很容易使人想起今日大家所熟悉的網路Internet。所以，雖然巴特本人無法預料到我們現在所處的全球化網絡系統，但他的思考方式和特殊的「文本」意識早已為我們現代人引向了一個新的文化方向。

因此，在這個新世紀的開頭，一向以跨學科研究著稱的耶魯大學惠特尼人文中心（Whitney Humanities Center）特別為紀念巴特而召開了一個盛大的國際會議，會議的主題是：「二十年後說巴特。」會議背後的靈魂人物是彼得・布魯克斯（Peter Brooks）教授，他是著名的法國文學專家，也是該人文中心的主任。這個會議由布魯克斯來主持，真是再恰當不過了，因為從許多方面看來，他確是個標準的巴特信徒，他那跨學科的評論方法不但繼承了巴特的多樣文本分析，而且在心理學、法律研究、身體及欲望諸問題的新視角上，都有很大的貢獻。此外，他在學術研究與文學創作兩方面也是同時並重，因此他既是學者也是作家。在一篇介紹此次大會的短文中，他曾特別強調巴特的寫作哲學。他說：「巴特把寫作經驗比成一個蜘蛛不斷吐絲而織網的程式……那蜘蛛在織網中完全忘掉了自我。」據我看，就因為布魯克斯也是個作家，所以他才更能體驗巴特對寫作的執著態度。

這次布魯克斯所設計的國際會議，乃是為了重新闡釋羅蘭・巴特的那種類似蛛網般的寫作世界。布魯克斯想藉著這個大會，把世界上一些有名的巴特專家聚集一堂，好好地討論這位二十世紀的大師在這二十年來所給於我們的許多啟示。會議計劃分兩天舉行，共有四場討論，所邀請前來與會的學者和作家們分別來自法國、英國、巴西和美國各地。我自己一向是個巴特迷，早擁有巴特作品的所有英譯版以及少數幾本法文原著。我尤其喜歡反覆閱讀巴特那本有關攝影的書：La Chambre Claire（英譯書名為Camera Lucida）。我之所以特別珍惜這書，除了它的特殊重要性之外（La Chambre Claire是巴特生前出版的最後一本書，於一九八〇年初問世），而且還因為自己近年來開始熱愛攝影，喜歡隨時拍照，也喜歡廣泛地閱讀這一方面的書籍。這次聽說著名的巴特專家蘇珊・桑塔格要來參加大會，而且她的演講題目涉及巴特的攝影觀，所以我對這次會議一直有著很高的期待。[1]

大家都知道蘇珊・桑塔格是第一個把巴特介紹到美國的文化功臣，而且人人早已通過各種媒體熟悉了她的長相，所以那天蘇珊・桑塔格一走進會場就贏得了觀眾的許多掌聲。我想，大家都希望能立刻聽到她的發言。但在這種場合裡，蘇珊・桑塔格總喜歡保持低姿態，所以她只是稍稍點頭微笑，然後就選了一個角落裡的座位，開始聚精會神地聽別人的演講。我回頭望望她，發現幾近七旬的她，雖然經過兩次癌症復發的風險，卻仍保持著年輕人的氣質，她還是那般不修邊幅、長髮披肩的樣子……。

第一場討論會由大會的召集人布魯克斯主持。首席發言人是來自康乃爾大學的大名鼎鼎的批評理論家喬納森・卡勒（Jonathan Culler），他那本有關巴特的專著，自從一九八三年出版以來，一直被公認為研究符號學的權威之作，所以大家都想聽聽他對巴特有沒有什麼新的看法。卡勒開門見山地說，他很高興看見巴特終於被美國學界和文藝界奉為經典大家，但令卡勒感到傷心的是：在今日讀者的心目中，巴特已經從符號學的大師轉變為一個媚俗的「作家」（writer）了，同時，巴特當初所倡導的高深理論已被人貶為一種普通的社會學了。這是因為現在的讀者多半只閱讀巴特晚期所寫的有關情感和欲望的作品，他們通常對巴特早期的理論作品——如S/Z等書一無所知。關於卡勒的這個看法，參加同一場討論的其他講員——除了來自法國Versailles大學的Martine Reid以外，都提出了或多或少的批評見解。例如，執教於南加州大學的Dana Polan提出對所謂純粹的「古典」符號學的質疑，他認為巴特所謂的符號學理論必須在今日文化的上下文中來考慮才行。由於人是語言的製造者，而人又不能脫離社會而存在，若因此把符號學引申為一種廣義的社會學或人類學的運用，並不會降低了巴特的地

[1] 蘇珊・桑塔格已於二〇〇四年十二月去世，享年七十一歲（孫康宜補注，二〇一四年十二月）。

位。同樣，來自巴西Sao Paulo大學的Leyla Perrone-Moises則進一步用巴特書中的實例來闡述「文學」對巴特本人的重要性。她主要想提醒大家，巴特本人並不想偏重理論而忽視文學，為此，她引用了巴特書中的話為證。巴特說：「我真的熱愛文學，愛到痛苦的程度……因此我總是嘗試效法文學家的筆法。」說穿了，巴特實為本質上的文學家。

第一場的討論很自然地轉入了第二場有關巴特與視覺藝術的討論（這場討論由耶魯大學電影學系教授Dudley Andrew主持）。這時終於輪到女作家蘇珊・桑塔格說話了，她既為巴特生前的知音好友，也是攝影藝術的權威（她的《論攝影》一書早已成為屢次再版的暢銷書了），所以那天她娓娓道來，令人感到十分親切。她開宗明義地說，身為一個富有責任感的作家，她想利用這個機會談談巴特晚年的生活以及他的藝術觀。她說，許多讀者都知道巴特生命中的最後幾年專門喜歡分析人的情感和欲望（例如，他於一九七七年出版了有名的《戀人絮語》一書），我們也應當在這個上下文中談論他對攝影影像的看法。應當說，巴特基本上把攝影看成一種生命的表現和象徵，它甚至是一種「誘惑」（seduction），一種引向原始情感的藝術。但蘇珊・桑塔格以為，巴特之所以撰寫那本La Chambre Claire的書，主要還是為了紀念他的母親。原來，巴特的母親於一九七八年十一月間去世，巴特因念母情深才走進了攝影影像的世界裡。這個動人的故事始於一張發黃了的舊相片——在這張相片裡，巴特的母親才只是個五歲大的女孩。巴特喜歡端詳那張相片，那相片既代表生命本身的短暫，也象徵著一種難以忘懷的愛，所以從某種程度看來，那影像還可以超越時間的範疇，這樣一來，巴特就自然地把愛和死的主題與攝影連在一起了。所以蘇珊・桑塔格說，La Chambre Claire是一部有關親情之愛的偉大著作。最後在結束她的演講之前，蘇珊・桑塔格還朗誦了美國著名女詩人Marianne Moore（一八八七－一九七二年）的一首紀念母親的詩：〈臉〉，在這首詩裡，女詩人把相片中的母親的臉說成是一種「回憶的攝影」。

接著，該場討論會的其他發言人也都繼續圍繞著有關「回憶」和攝影的主題來深入討論。例如，巴黎大學的Francoise Gaillard教授強調影像的深層「意義」（即巴特所謂的signification）。法國國家科學研究中心的Raymond Bellour教授則把攝影的影像視為「烏托邦的象徵符號」。另外，來自加州柏克萊分校的Martin Jay則強調個人內心經驗的重要性——他認為，巴特母親的那張舊相片之所以重要，乃因為它使巴特在「舊」的現實意義上感受到一種「新」的經驗，那個新的個人經驗就是：在那張母親的幼年之照面前，巴特好像已變成了相片中的「女孩」的父親。

第三場的討論會於次日上午舉行，主題是「文本的愉悅」（該題目顯然取自巴特一九七三年所出版的名著，Le Plaisirdu Texte）。主持人Howard Bloch（耶魯大學法文系教授）一上臺就說明該場討論以讀者反應為重點，所以講員們要用各種方式來敘述他們對巴特的「讀後感」。首先，著名的法國詩人Michel Deguy用極其抒情性的法語朗誦此回為紀念巴特而寫的長詩（幸而精通法語和法國文學的Michael Mirabile就坐在我的旁邊，才使我能及時明白那詩中的一些隱喻。）接著，來自英國Nottingham大學的Diana Knight教授則把她個人閱讀巴特文本的「愉悅」之感比成一種發現新大陸的驚喜。執教於哥倫比亞大學的D.A. Miller則在巴特有關情慾的描寫中，看到了同性戀者的「失語」情結。此外，英國牛津大學的Malcolm Bowie說明巴特的寫作文體（如《戀人絮語》中的描寫筆法）頗受法國小說家普魯斯特（Proust）的影響，因為巴特曾有意模仿普魯斯特的那種百科全書式的敘述法則。總之，這些卓越的讀者都提出了讓人佩服的真知灼見，但我認為，當天上午最令人難忘的一位講員是巴特二十年前的弟子Antoine Compagnon（現執教於巴黎大學），Compagnon教授的演講題目是「一本想像中的書」。他說，一九七九年秋季，他與巴特和幾位友人曾在巴黎的一個日本餐館裡吃晚飯，當時巴特曾對他說，自己已從哀悼母親的陰影中走出，正想寫一部題為《新生命》的書，一部足以代表他個人從黑暗走向光明的書，而且該書的敘事結構將模仿但丁的《神曲》。據Compagnon回憶，後來巴特又打過一次電話和他討論這本新書的構想……。誰知不久以後巴特就死於車禍，那書也就如此流產了。Compagnon說，多年來他每想起這件事，就會想像巴特那本在心中已設計好的書會是怎樣的書，因此他把那本想像中的書稱為「烏托邦的文本。」

Compagnon教授的發言給了我許多啟發，我這才恍然大悟，原來巴特一九七九年八月二十四日的日記裡所提到的A.C.指的就是Compagnon，而所記當天另一位與巴特吃晚餐的客人正是參加此次大會的Philippe Roger教授（他的發言如以下所述）。巴特那篇日記是《巴黎之夜》（Soireesde Paris）的遺稿系列的首篇，於一九八七年才收入《事件》（Incidents）一書中出版。今日看來，《巴黎之夜》的那些日記似乎還具有幾分預言性，它的文體讀起來有些像是遺書，尤其是在那一系列的日記前頭，巴特還特別引用了著名哲人叔本華臨終所寫的一句話：「所以，我們終於走出去了。」

那天大會的最後一場可以說是對巴特的全面評價，該場討論由耶魯大學法文系女教授Naomi Schor主持。[2]首先，來自英國Sussex大學的Geoffrey Bennington教授指出巴特的博愛思想之重要性——他說，最近有不少評論家認為巴特晚年完全沉溺於自戀中，但他不同意，他以為巴特最關心的是現代人的主體（subject）問題，而非他自己本人。關於這一點，以上曾提到過的巴特友人Philippe Roger教授（現任職於法國高等社會科學研究所）完全同意。他以為巴特是用寫小說的方式來描寫愛的情感的，在這一方面，巴特簡直是把愛的寫作看成了個人的使命，換言之，他以為寫作對巴特來說是一種無條件的奉獻。同樣，美國Dartmouth大學的Lawrence Kritzman教授則強調巴特的「悼念」寫作——首先，巴特把喪失母親的失落感化為記憶的功能，然後再進一步把它轉化為寫作的欲望。Kritzman以為這樣的寫作過程與小說家普魯斯特的經驗十分相似，普魯斯特也是因為思念逝去的祖母才開始撰寫那

[2] Naomi Schor教授已於二〇〇一年十二月去世（孫康宜補注，二〇一四年十二月）。

部《追憶逝水年華》的小說的，足見「悼念」與文學創造息息相關。然而，布朗（Brown）大學的法文系教授Pierre Saint-Amand卻從另一個角度來討論巴特的寫作美學，他用一個別出心裁的名詞——即「懶散詩學」（poetics of sloth）來形容巴特的寫作態度。一般人總以為那個著作等身的巴特整天都陷入了苦苦的寫作煎熬中，事實上，Saint-Amand以為巴特是以一種「懶散」的心情和靜觀的態度來進行人生觀察與寫作的。「懶散」是一種自由的心態，唯其自由所以才能保持對寫作的嚮往與沉溺，寫作不一定要有什麼重要的事件（events）作為背景，例如巴特的《巴黎之夜》寫的完全是一些似乎不甚重要而又隨時到來的感受與遇合（incidents）。然而就因為如此，那種隨遇而安的經驗才更加給人一種純粹的美感。

最後這場討論特別吸引人，在那個聽眾滿滿的大禮堂裡，我發現每位講員都在應接不暇地回答問題。我抬頭望望窗外，看見外面的天早已黑了，但仍不見有人離開會場。我看看錶，離原定的結束時間已超過一個多鐘頭了，但聽眾仍依依不捨，還在不停地發問……。

會後我告訴主持人布魯克斯，這個會開得十分成功，這四場討論好像是四場「讀者」閱讀大會，雖然「作者」已逝多年，但所有「閱讀的愉悅」仍舊圍繞著那個偉大的經典作家：羅蘭・巴特。

原載《聯合報副刊》，二〇〇一年二月十一～十一日）

輯四

學術訪談

跨越中西文學的邊界

採訪者：寧一中、段江麗

寧一中：孫教授，我此次作為福布賴特研究學者來到耶魯，在您工作的這所世界著名大學做研究工作，有機會拜訪學界大家名流，今天我們夫婦一起受《文藝研究》編輯部委託，就有關學術問題向您請教，深感榮幸。

段江麗：孫教授，我們希望這篇訪談能為讀者提供以下資訊：您的學術經歷以及比較全面的研究情況；您的研究理論和方法上的特點，或者說經驗、體會；您研究成果中的創新性內容；您關於「面具」美學和「性別文化」的研究情況；您關於學術研究與生活審美的看法等。謝謝。

孫康宜：謝謝你們來訪。我現在的主要研究方向是中國古典文學，具體來說主要是詩詞。這一研究對象的確定，可以說是「尋根」的結果。但我以前一直專攻西洋文學，從來沒有想過念中國文學，是後來才轉入漢學研究的。這在我的英文自傳中寫得很清楚，英文自傳的題目叫Journey Through the White Terror，中文的繁體版叫《走出白色恐怖》，簡體版叫《把苦難收入行囊》。

寧一中：您對英美文學既有強烈的興趣，又有很深厚的功底。但是我們注意到，您在獲得英國文學學位後，興趣又轉到了東亞研究。對這樣的轉變，您能具體談談嗎？

孫康宜：是這樣的。六〇年代末，我移民到了美國，繼續攻讀文學，不久即獲得了英國文學碩士學位。當時廣泛涉獵了彌爾頓的《失樂園》、浪漫詩人布萊克的詩與畫、王爾德的戲劇、哈代的詩與小說，還有佛吉尼亞・伍爾夫、葉芝以及艾米莉・狄金森等小說家和詩人的作品。我的碩士論文選題是關於十九世紀英國散文大家卡萊爾（Thomas Carlyle），同時也對卡萊爾的名著《法國革命史》等著作做了較為澈底的研究。我當時的指導老師Jerry Yardbrough的學術思想特別先進，他一方面要我注意德國作家歌德所說的「世界文學」的重要性，另一方面又鼓勵我進一步把文學和文化現象結合起來研究。他說：「凡是長久以來的經典名著，必有其永恆而根深柢固的文化價值，妳只管朝那個方向走，絕對沒錯。」他介紹我看著名學者埃利克・奧爾巴赫（Erich Auerbach）的《模仿》一書，使我大開眼界。通過這本書，我學到了一個研究文學經典的祕訣，那就是如何從文本的片段中看到整體文化意義的祕訣，是一種由小見大的閱讀方法。這就是文學批評界所說的「文體研究」（stylistics）。Auerbach這種分析文本的方法後來深深地影響了美國的文學和文化批評。

段江麗：新歷史主義也強調文學與文化語境之間的關係，與Auerbach的觀點是否有類似之處？

孫康宜：的確有類似之處，著名的新歷史主義學家Stephen Greenblatt在其有關文藝復興的許多著作中都是用類似Auerbach的方法來闡明文學與文化的新意義。不過也有不同，Auerbach以閱讀文學經典為出發點，但新歷史主義學家們則比較偏重對邊緣文化的重新闡釋。我至今仍然認為，Auerbach的最大貢獻就是把文學經典中所用的語言──哪怕只有幾句話，落實到了廣義的文化層面上。

段江麗：目前在國內的高校還經常會遇到這樣的問題，不少外語系學生問：「我們學中國文學有什麼用？」甚至連一些老師和家長也有偏見，以為外語系的學生學好外語就可以了，沒必要開設中國文學方面的課。您的求學經歷以及今日的成就，可以說是給這些學生提供了很好的參考答案。那麼，您的博士論文已經轉為中國古典文學了吧？

孫康宜：是的。我的第一部著作就是我的博士論文，The Evolution of Chinese Tz'u Poetry: From Late T'ang to Northern Sung，在我尚未畢業拿學位時，即由我的老師Earl Miner教授推薦給了普林斯頓大學出版社，一九八○年得以順利出版。中文版《晚唐迄北宋詞體演進與詞人風格》由李奭學先生翻譯，一九九四年在臺灣出版，後來二○○四年在大陸北京大學出版社出版時，書名改為《詞與文類研究》。這部書的研究思路和方法受當時北美流行的文體學研究的影響，我的研究對象雖然是晚唐至北宋的詞，但是細心的讀者一看就知道，在方法上很明顯有西方文學研究的影響。

寧一中：能看出多種理論影響的痕跡。不過，您主要受當時那些理論的影響？

孫康宜：回憶我在普林斯頓的那段時光，那是我個人奠定學問基礎的年代，也是比較安靜的時代。當時的文學批評潮流主要有三類：一是文類研究（Genre Studies），主要研究文學中每一個文類的發展歷史；二是文體研究（stylistics），就是研究每一個作家的文體和文化的關係，Erich Auerbach的名著Mimesis即為代表作之一；三是結構主義（Structuralism），以Northrop Frye的Anatomy of Cricitism為最佳範例。我的博士論文其實同時受到了以上三種文學批評思想的影響。這是一種自然的影響，而非有意為之。

寧一中：自二十世紀二○年代起，西方文學理論此起彼伏，十分活躍。您自七○年代以來就處於理論中心，很自然會受到各種理論的影響，並運用於自己的研究之中，形成了各個階段的研究特色。

孫康宜：是的。可以說我的研究具有比較明顯的階段性特點，七○年代主要以文體為重點。一九八二年我來到了耶魯，因為耶魯一直是文學理論的重鎮，我也自然受了影響。我的第二本著作是《抒情與描寫：六朝詩概論》，這是我八〇年代的代表性成果，英文名Six Dynasties Poetry，一九八六年由普林斯頓大學出版社出版，後來由大陸學者鍾振振先生翻譯，二〇〇一和二〇〇六年分別在臺灣和大陸出版。

到了八〇年代末，我回憶自己在普林斯頓所受的明代歷史的教育，聯想到明代以及清代文學，發現當時在北美，除了《紅樓夢》等少數幾部小說之外，明清文學幾乎被忽略了，尤其是詩歌，一三六八年以後的詩幾乎無人論及。於是我準備關注這一領域，在我的知識儲備中只有一些歷史知識，於是自己想方設法彌補文學方面的知識。正是在這一「補課」的過程中，我接觸到了陳寅恪先生的《柳如是別傳》，這本書對我影響很大。我覺得柳如是很有意思，對她產生了濃厚興趣，這就是我第三本書《陳子龍柳如是詩詞情緣》的寫作背景和因緣。不久，我開始做女性文學方面的工作，我先後與Ellen Widmer（魏愛蓮）和Haun Saussy（蘇源熙）合編了英文選集，注重中國古代婦女的各種角色與聲音，這些材料有許多是我八〇年代以來，花了不少精力時間和財力才終於蒐集起來的。

在編這些作品集的時候，我自己的研究也不知不覺地換了一種方式。與以前寫「大部頭」不同，九〇年代初以來，我開始喜歡上了短文，寫了一系列短篇論文，關於龔自珍、王士禎、錢謙益、八大山人等許多作家的，還有關於女性文學方面等。這些短文大都收集在《文學的聲音》、《古典與現代的女性闡釋》以及《文學經典的挑戰》等論文集中。在寫了許多短文之後，又有了「做大事」的願望。二〇〇三年秋季以後，又開始與哈佛的宇文所安（Stephen Owen）合編《劍橋中國文學史》。

段江麗：聽了您的介紹，並參考您介紹自己「學思歷程」的一篇講座稿，我們可以將您的學術經歷概括為四個階段：第一階段是從童年至大學本科階段，主要是學習西洋文學；第二階段是從六〇年代末移民美國至八〇年代初，學習和研究對象經歷了從英美文學到中國古典文學的轉向，主要關注晚唐至北宋詞，主要切入點是文體問題；第三階段是一九八二年來到耶魯至二十一世紀初，具體可以說是到二〇〇三年，主要研究詩詞，尤其是六朝詩和明清女性詩詞，切入點主要是「風格」、「面具」美學以及性別問題；第四階段，從二〇〇三年秋天開始到目前，主要致力於《劍橋中國文學史》的編輯以及部分撰寫工作，由此衍生出了許多文學史上糾偏和補白的工作。由這個簡單的「概括」，足以看到您研究視野之廣，可以說是真正意義上的「學貫中西」，令人欽佩之至。我們注意到，您在撰寫本科論文時即有了明確的創新意識，從角度、方法到結論，都有獨到之處。能否請您介紹一下您一系列學術成果中的創新性內容？

發現、糾偏、補白

孫康宜：的確如妳所說，從本科論文開始，我就要求自己的論文能夠有一些新的東西、新的研究方法以及新的結論。簡單地說，《詞與文類研究》的「新」在於受當時西方文體理論的影響，關注李煜等人詞作的「體」與整個文類的關係。《抒情與描寫：六朝詩概論》的寫作主要基於這樣的背景：當時六朝詩的研究在美國漢學界才剛剛起步，可以參考和借鑒的資料非常少，而傳統文人在討論六朝詩歌時，常常喜歡用「浮華」和「綺靡」等帶有價值判斷的字眼，以至於往往成為一種泛泛之論。美國文學批評界六、七〇年代曾特別專注於情感的「表現」問題，到八〇年代，可以說是對此前思潮的一種反應，又特別熱衷於「描寫理論」的探討。現代人所說的「表現」其實就是中國古代詩人常說的「抒情」，於是我把「表現」與「描寫」當作兩個對立又互補的概念來討論，可以說，一方面配合了美國當代文化思潮的研究，另一方面也利用研究六朝詩的機會，對中國古典詩中有關這兩個詩歌寫作的構成因素進行仔細分析，藉此給古典詩歌賦予現代的闡釋。

寧一中：這是借西方文論之「石」而攻中國文學之「玉」。您一方面以深入的討論和新穎獨到的結論推進了北美學界的六朝詩研究，另一方面，對中國學界來說，則給六朝詩研究提供了新的闡釋方法，難怪在海外漢學界和中國學界都廣受關注和歡迎。

孫康宜：前面說到，這本書是在北美出版英文版十五年之後才出中文版，中文版很受中國學者的歡迎，其關注程度遠遠高於關於詞學的那本，這一點讓我感到意外，也許與你說的提供了新的闡釋方法有關。如果說這兩本書的創新主要在於研究的理論和方法，我其他一些研究的「新意」可以說主要體現在發現新的研究領域或者新的研究材料，從而得出新的研究結論。當然，《劍橋中國文學史》的情況要更複雜一些，因為我已經在別處談過有關《劍橋中國文學史》的情況，現在就不談了。

段江麗：我們拜讀您的著作之後，對您說的新的研究領域深有體會。您對陳子龍與柳如是詩詞情緣的勾勒探討；對中國文化中「情觀」的專題分析；對《樂府補題》中象徵與託喻的分析；對龔自珍《己亥雜詩》中情詩的細讀；對蘇州詩史傳統的傑出代表金天翮的研究；對明清女作家作品的編纂和介紹，以及與此相關的一系列研究，包括對明清文人與女性詩人關係的分析，對寡婦詩人的作品和才女亂離詩的關注，以及對以柳如是為代表的青樓伎師傳統與以徐燦為代表的名門淑媛傳統的比較研究等，這些研究對象在國內學界都處於被輕視甚至全然被忽視的狀態。我們相信，您的這些研究在海外漢學界應該也具有開創性的、填補空白的意義。您或者用新的理論和方法來研究一些學界熟知的作家作品，或者開闢新的研究領域、關注學界輕視或者忽視的研究對象，自然就會新見疊出。

寧一中：孫教授，我個人以為您在文章裡討論《剪燈新話》以及「典範詩人王士禎」等問題時，提出了三個特別有意思的問題：一是關於重構歷史語境、把文本放入它所產生的語境裡去闡釋的問題；二是文學比較研究問題；三是作家作品經典化的問題。有些文本離開了它產生的語境，就很難得到滿意的解釋，比如《剪燈新話》中〈水宮慶會錄〉、〈修文舍人傳〉等篇目所隱含的意義，離開了明朝的政治歷史文化語境，很難深入挖掘。您的比較研究成果使我相信，並不像有些理論家所悲觀地宣稱那樣——「比較文學已經死去」，且不說比較文學研究可以有方法上的創新、有新領域的拓寬，就是用影響研究、平行研究這些傳統的方法，利用已有的材料，只要眼界開闊，也可以大有作為。不過對於從事比較文學的學者來說，很重要的一個條件就是對比較的雙方都要精通。像您這樣中外合璧，就能夠在比較時得心應手，遊刃有餘。至於經典的產生問題，您也做了很有深度的探討。布魯姆認為，衡量經典的準則應當是純藝術的，與政治無關，所以一個作家與前人的競賽只是一種美學的競賽。我則同意您及多數人的觀點，美學品質只是作品可能成為經典的因素之一，政治和權力同樣是經典形成過程中絕對不可忽視的因素，還有讀者和評論家的因素。而且，經典也並非一成不變。英國文學史上有一個很好的例子：瓦爾特・斯各特生前名聲鼎沸，其作品被奉為經典，與他同時的簡・奧斯丁卻默默無聞。隨著時代的不同，讀者趣味的改變，到現在這兩位作家的地位卻正好倒了過來。這種經典地位的變化是值得我們注意的。

孫康宜：在今日西方文學批評界裡出現了不少與經典論有關的新議題——例如，誰是影響文學方向的主導者？究竟是美學的考慮重要，還是外在的權力重要？在文學史裡是由哪些人來建立文學準則的？哪些作者算是經典作家？怎樣的人才是理想的先驅作家，能讓後起的詩人不斷地奉為典範，也能對後世產生一定的影響？怎樣的文學才是富有原創性的文學，而能在文學的競賽中獲得優勝？有趣的是，以上這些聽起來頗為「後現代」的議題，其實早已是中國晚明時代的前後七子、公安派、竟陵派、虞山派等各種詩派不斷辯論的主題了。可以說，晚明文人所面對的文學環境乃是一個充滿了「影響的焦慮」的時代，他們的焦慮一方面來自於悠久文學傳統的沉重壓力，一方面與當時文人喜歡各立門戶、互相詆毀有關。晚明文學的爭論要點不外是：作詩應當以盛唐詩為標準，還是以宋詩為標準？詩之為道，應當本乎性情、還是本於學問？指出這些文學史實，並非要阿Q似的強調人家有的我們祖先早已有了，而是為了真正使中國因素能夠參與到國際學術對話中去，不要一味地只是「向西方看齊」。

「出」、「入」於理論潮流：西方理論與中國文學研究

寧一中：孫教授，我們知道您於一九八二年來到耶魯大學執教，而耶魯大學一直是當代各種文學批評理論的重要傳播地或策源地。新批評始於耶魯，解構主義理論大師雅克・德里達曾執教於耶魯，保羅・德曼（Paul de Man）、希利斯・米勒（J. Hillis Miller）、傑佛瑞・哈特曼（Geoffrey Hartman）、赫拉德・布魯姆（Herold Bloom）更是聞名世界的「耶魯四人幫」，在這樣的學術氛圍中從事研究，真可以說是得天獨厚。但另一方面，如果面對各種理論沒有自己的獨立精神，很可能患上「影響的焦慮」。能否請您簡單談談您在研究中是怎樣「出」、「入」於理論潮流的？或者說，您是怎樣一方面借用他人的理論眼光，而另一方面保持著自己的「批評自我」的？

孫康宜：耶魯確實是文學批評的前沿陣地，但另一方面，自從我於一九八〇年代初來到耶魯以後，我也給自己提出了警惕——千萬不要被新理論、新術語轟炸得昏頭昏腦，乃至於失去了自己的走向。回憶這二十多年來，我基本上是跟著文學批評界的潮流走過了結構主義、後結構主義（即解構主義）、符號學理論、文學接受理論、新歷史主義、女性主義批評、闡釋學等諸階段。但不管自己對這些批評風尚多麼投入，我都一直抱著「遊」的心情來嘗試它們。對於不斷變化著的文學理論潮流，我只希望永遠抱著能「入」也能「出」的態度——換言之，那就是一種自由的學習心態。

耶魯的風氣很有意思。比方說，Harold Bloom跟Paul de Man是互相敵對的，而且意見完全不同，但卻能和平相處，而且一天到晚互相辯論。還有現在著名的格林布拉特（Stephen Greenblatt）與布羅姆的意見也很不一樣，格林布拉特以前不是很受爭議（controversial），但受聘於哈佛大學後卻變成很有爭議的人物了。布羅姆很不喜歡新歷史主義，他認為美學是經典之為經典的標準，如果作品沒有美學價值就會淹沒在歷史中，但是格林布拉特則認為，經典的形成與權力有關，權力影響經典的形成。布羅姆認為莎士比亞創造了我們（Shakespeare created us），他是一個浪漫主義者，而格林布拉特則認為，要評判經典就要回到歷史中去，經典的形成受歷史環境的影響，要重建歷史權利。他們倆一直唱對臺戲，卻能互相尊重。這樣的知識分子榜樣給我很大的啟發，使我更加深信敵對卻能共存的民主風度。其實我自己也比較喜歡有不同的聲音，八〇年代我受解構主義的影響較大，但我也研究象徵學、寓意學、闡釋學等。當時我對中國的「寄託」傳統感興趣，於是重新閱讀明清文學。我用「面具」的觀點研究吳梅村，關切他如何開始在詩中寫他的寄託，討論他如何處理個人的處境與國家命運的各種問題，這些都與解構學、象徵學、寓意學和闡釋學有關。

寧一中：您對各種理論潮流的態度對我們啟發很大，您能夠以自己深厚的學術功底和敏銳的理論思辨能力，直接與大師們對話、交鋒，而不是簡單、被動地接受。所以，讀您的大作，時時能看到西方理論和中國文學作品碰撞的思想和美學火花，聽了您剛才的介紹，更加深了這一印象。這一點，我們待會還準備就「面具」美學和性別研究等話題向您具體請教。這裡先想請您談談有關「作者」的問題。我們知道，新批評理論家提出兩個「謬誤」，一個是「意圖謬誤」，另一個是「感受謬誤」。其中，「意圖謬誤」論認為，從文本中尋找作者意圖既是不可能的，也是不必要的，因此文本不具有決定作品性質的力量，是否符合作者的意圖不能作為批評家的評判是否準確的標準。接受美學與讀者反應論則強調讀者的作用，認為文本的意義來自讀者，不同語境中的讀者會賦予文本以不同的意義，因此，一百個讀者就有一百個哈姆雷特。在這裡，作者同樣被排斥在作品意義闡釋的因素之外。解構主義認為，語言的意義來自時間上的「延」和空間上的「異」，是不確定的、多元的、沒有終極的。以上幾種理論都將「作者」排除在意義構成和意義闡釋之外，羅蘭・巴特更是宣布「作者已經死亡」，他認為作品一經產生，就與作者脫離了關係。我們也承認上述理論都有一定的合理性，但問題是，作品的生產和闡釋過程是否能排除作者本人的參與因素，比如駱賓王的〈在獄吟蟬〉中「露重飛難進，風多響易沉。無人信高潔，誰為表予心」的詩句，難道我們能脫離作者當時的處境而得到比較滿意的闡釋嗎？吳梅村的詩句「浮生所欠只一死，塵世無由識九還。我本淮王舊雞犬，不隨仙去落人間」，這樣的詩，詩人可以在寫完之後瀟灑地把它交給讀者「一任群儒釋」嗎？我們注意到，您在闡釋文本時非常注重「聲音」（voices），曾以「文學的聲音」作為一本文集的名稱，並強調自己「喜歡聽作者的聲音」。請問您怎麼看待文學作品中的「作者」問題？

孫康宜：是的，我在研究中總是努力捕捉作者各種不同的聲音，儘管文學裡的聲音是非常難以捕捉的，有時遠，有時近，有時是作者本人的真實聲音，有時是寄託的聲音。解構主義認為，作者本人所要發出的聲音很難具體化，而且文本與文本之間的關係十分錯綜複雜，不能一一解讀，因而其意義是永遠無法固定的。解構批評家又認為，語言本身是不確定的，所以一切閱讀都是「誤讀」（mis-reading）。巴特的符號學宣稱作者已經「死亡」，讀者的解讀才能算數，在知識網路逐漸多元的世界裡，讀者已成為最重要的文化主體，因此作者的真實聲音已經很難找到了。近年來，費什（Stanley Fish）所主導的「文學接受理論」雖然繼續在提高讀者的地位，卻不斷向經典大家招魂，使得作者又以複雜的方式和讀者重新見面。同時，新歷史主義者和女性主義者都分別從不同的方面努力尋找文學以外的「聲音」，企圖把邊緣文化引入主流文化。而目前流行的「全球化」（globalization）研究，其實就是這種企圖把邊緣和主流、把「不同」和「相同」逐漸會合一處的進一步努力。所以，我對符號學理論所說的「作者死亡」，總的評價是：不一定完全正確。

段江麗：您在《吳偉業的面具觀》一文中說到：「西方批評概念僅在開始比較時起作用，但在使用它的時候，我們不能為它的獨特『西方』涵義所限制。」這一點對大陸學者尤其具有啟發意義。我們在借鑑或引用西方理論時，往往容易因為對西方理論和中國文學作品的雙重「誤讀」而產生偏差，或者淪為只是為西方理論尋找中國例證的窘境。所謂「雙重誤讀」是指對西方理論和中國文學都缺乏準確深入的了解，而將西方理論生搬硬套到中國作品上去。您的比較研究的觀念和實踐都告訴我們，西方理論很多時候可以提供思考的角度，但是在具體運用到中國作品的闡釋時，不僅要考慮到理論對中國作品的實用性，更重要的，從中國作品的實際出發，很多時候還可以提供有力的證據，修正西方理論的偏差和不足。這一點，體現在您與布羅姆關於「影響焦慮」的討論中，更體現在您的性別研究之中。

性別研究：中國古代女性文學的世界意義

寧一中：我們在拜讀您的學術著作時，一個突出的感覺就是您的研究領域非常廣闊，僅就中國古代文學而言，從六朝詩、唐宋詞，到明代文學史以及明清詩詞戲曲等，廣泛涉獵而且多有開創。尤其是明清女性作品，正如您在一些文章中提到的，在既有的研究中往往處於邊緣，甚至被完全忽略，而您則努力將其從邊緣的位置提升到中心的位置。我們相信，您這一工作在北美漢學界具有開拓性意義。

孫康宜：八〇年代，在我開始關注和研究柳如是的時候，美國還很少有女性文學的問題。我當初編輯出版《明清女作家》（與Ellen Widmer合編）和《中國歷代女作家選集》（與Haun Saussy合編）這樣的著作，就是希望能通過大家共同翻譯與不斷闡釋文本的過程，讓讀者們重新找到中國古代婦女的聲音，同時讓美國的漢學家們走進世界性的女性作品「經典化」（canonization）行列，所以我特意找了一半以上的男性學者來共同參與。

段江麗：據我們了解，在美國漢學性別研究領域，以明清女性文學研究成就最為卓著。說到美國漢學界的性別研究，不能不提到由您和您的朋友們發起、主持的三次國際會議。第一次，由您和魏愛蓮教授主持，一九九三年在耶魯大學召開的明清婦女文學國際座談會；第二次，由您倡議、張宏生教授主持，二〇〇〇年在南京大學召開的明清婦女學術會議；第三次，由方秀潔（Grace S. Fong）和魏愛蓮兩位教授主持，二〇〇六年在哈佛大學為慶祝麥基爾—哈佛明清婦女文學資料庫的建成而召開的學術會議。尤其是由您和魏教授主持的第一次會議，從某種意義上說具有里程碑的意義。這是第一次大型美國漢學性別研究學術會議，會議論文集《明清女作家》以及此後出版的《中國歷代女詩人選集》，對於美國漢學界的性別研究無疑具有奠基和主導的作用。我們相信，這兩部著作以及美國漢學界已經取得的性別研究方面的豐碩成果，對國內國際的性別研究都會發揮越來越大的影響。能否請您就這三次會議做一個簡單的介紹和比較？

孫康宜：這三次會議對漢學性別研究學科的建立的確具有非常重要的意義。相對來說，第一次會議，由於資料有限，我們就把所知道的女作家資料都包括進來，這樣一來反而讓人感覺涵蓋面廣，這種評價是相對二〇〇六年哈佛會議而言的。哈佛會議為慶賀麥基爾─哈佛明清婦女文學資料庫的完成而召開，這個資料庫收錄晚明至民國初年婦女著作九十種，主要為閨秀文集，像柳如是那樣嫁入豪門的才妓也被當作「閨秀」看。所以這次會議提交的二十三篇論文均與文集收錄的作家有關，討論的主題限於閨秀文集。遺憾的是，這次哈佛的會議和上次南京的會議，我都因故未能與會，雖然我曾為南京的會議提交了論文。南京會議的最大貢獻應該是極大地促進了國內婦女文學與性別研究的進展，事實上，為了促進中美學者的交流、合作，耶魯會議就特別注意邀請國內學者參加，哈佛會議也有八位作者來自大陸和港臺。

寧一中：性別研究在美國漢學界成就突出，那麼，美國學術界對它的反應如何？

孫康宜：遺憾的是，到目前為止，美國學界對漢學性別研究的成果還是重視不夠。但是從另一方面來說，正因為這樣，也就使得中國古代婦女文學以及與此相關的性別研究走向世界、為世界性別研究做出貢獻提供了機會和可能。

寧一中：我們注意到，您在《走向「男女雙性」的理想─女性詩人在明清文人的地位》等系列論文中，從可靠的史實和文本依據出發，指出這種話語體系並不適用於漢學性別研究，因為傳統中國女性並不都是受害者，尤其是文學女性，她們的創作不僅得到了一些男性文人的肯定和欣賞，還得到了許多男性的支持和幫助。

孫康宜：是這樣的。正如Barbara Johnson在《差異的世界》中所指出的那樣，西方女性作家一直被排斥在「經典」（canon）之外。與西方這種排斥女性作家的傳統相反，中國文人自古以來就流行表彰才女的風尚，可以說世界上沒有一個文化傳統比中國更注重女性文才了。而且有時候連皇帝也對才女格外獎賞，如班昭、左芬、劉令嫻等都得到皇帝的特殊待遇。重要的是，中國傳統男女一直在分享著一個共同的文化，男女也用共同的文學語言在認同這個文化。總之，中國文學從一開始就沒有把女性排除在外，所謂詩歌的世界，其實就是男女共同的園地，尤其是古人那個「溫柔敦厚」的詩教觀念，本來就是一種女性特質的發揮，與現代人所謂的「femininity」有類似之處。在第一部詩歌總集《詩經》裡，我們所聽到的大多是女性的聲音──雖然那並不意味著那些詩篇全部是女人寫的。但是我們可以說，後來中國男性的文學傳統有很大成就建立在模仿女性的「聲音」上。中國傳統男性文人經常喜歡用女性的聲音來抒發自己內心那種懷才不遇的情懷，同時也有不少女詩人喜歡用較陽剛的語言來擺脫所謂的「脂粉氣」，總之，中國文學裡的聲音有一種男女互補的現象。我曾在論文中將這種現象稱為「cross-voicing」（聲音互換），以與時下流行的「cross-dressing」（男扮女裝或者女扮男裝）的說法相映成趣。傳統中國這種男女互補的精神與西方社會裡經常存在的性別戰爭顯然不同。

段江麗：說到對中國歷史的簡化與誤讀，我也很有同感。我發現目前國內學界在討論文學作品中的「審父」、「瀆父」、「醜父」以及「弒父」等主題時，很多論者在展開論述之前，大都有一個想當然的邏輯起點，以為傳統中國是父權制社會，具有「尊父」、「崇父」、「頌父」

的文化傳統，因此，文學作品中的父親形象總是高大、光輝的，中國文學中的「審父」意識是在異質文化的衝擊之下才有的主題，是二十世紀初期，「五四」新文化運動的產物。事實上，負面父親形象在中國古代文學作品中俯拾皆是，具有「現代性」意義的「審父」意識早已蘊涵在「傳統」之中。所以我認為，很多時候，我們在關注「現代」時，不能忽略顯在或者潛在的「傳統」資源。

孫康宜：正是這樣，可是目前在談論到中國女性或性別問題時，人們往往把眼光局限在西方潮流的影響上，完全忽略了中國「傳統」與「現代」的絡繫。殊不知，任何一種文化現象都不會全是「外來」的，它必有其「內在」於傳統本身的發展因素。

寧一中：我以為您和其他漢學家之所以在性別研究方面取得了傑出的成果，最重要的一點就是，你們一方面關注並十分了解西方性別理論的發展情況，另一方面又實事求是，注重中國傳統文化的實際情況。這樣就不是簡單套用西方理論，而是在借鑑西方理論的前提下，對中國傳統婦女創作進行審視，找出異同，從而建立中國傳統文化理論，使漢學性別研究具有獨特性和人所未有的重要性。我們相信，在以您為代表的漢學家以及國內學者共同努力之下，漢學的「聲音」一定會受到國際學界的關注和重視，並發揮影響。能否再請您簡單介紹一下您本人在漢學性別研究方面的具體情況？

孫康宜：我也相信漢學性別研究可以從一個側面幫助我們重構中國文學史、中國歷史，也可以幫助西方學者豐富和重建文學、歷史與性別研究理論。當然，我也時時警惕，要選好比較的角度，要對比較的對象有深入的了解，否則容易流於表面。至於我在性別方面研究的具體內容，主要在兩個方面：一是關注西方性別理論的進展和前沿成果；二是中國古代婦女創作的文本，尤其關注各種婦女的聲音、男女作家的關係以及女性道德力量等話題。

段江麗：請簡單介紹一下西方性別理論的發展情況好嗎？

孫康宜：在《九〇年代的美國女權主義》一文中，我曾對美國女權主義理論的發展做了一個簡單的梳理，大致情況是這樣的：七〇年代以前的女權主義可以說是傳統女權主義，主要要求兩性平等；七〇年代及八〇年代的美國女權主義發展為激進女權主義，強調兩性之間的差異，專注於父權制的顛覆及解構；九〇年代的女權主義則已經轉為不同派別的婦女之間的互相排斥與爭論。同時，到了九〇年代，「女權主義」一詞已經成為許多女人想要消解的對象。由於多年來，許多激進的女權主義者採取許多極端的抗拒方式，無形中使得「女權主義」被理解成一種「怨恨男人」（man-hating）的主義。有人甚至認為「女權主義」已變成一種「女性納粹主義」（feminazi），既恐怖又危險。九〇年代以來，許多非學院派婦女都嚮往七〇年代以前的「傳統女權主義」，以爭取自由平等及提高意識（consciousness-raising）為主，她們把重點放在人文主義的個人覺醒上，以為強分性別差異是一種錯誤。九〇年代，攻擊學院派女權主義最為激烈而徹底的人是已經轟動歐美文壇及大眾文化界的佩格利亞（Camille Paglia），她的《性形象》（Sexual Personae, 1990）和《尤物與淫婦》（Vamps & Tramps, 1994）均以挑釁式的文字，企圖推翻學院派女性主義多年來所建立的理論架構，佩格利亞在美國文化界影響之巨、涉及之遠，可謂空前。她在《性形象》一書中指出，女權主義的「致命癥結」——其實也是十九世紀以來，西洋文化的根本問題——就是對文化（culture）與自然（nature）的價值判斷之倒置。她認為女權主義的問題在於盲目地繼承盧梭的「自然學說」，藉其抵抗那代表「社會墮落」的男性，可是女權主義者在攻擊父權制時，忽略了一件事實，那就是所謂的「父權制」，其實是人類文明的共同產物，一味地攻擊父權等於是放棄文明，把自己放逐到草原茅屋中。佩氏還認為，女權主義者忽略了「性」的本質，過分簡單地把「性」的問題看成是社會的成規，而實際上，「性」的問題及其複雜，不可強分。

寧一中：打個比方說，女權主義在經過了英、法、美的三次發展浪潮後，遇到了一個有力的漩渦，也許這個漩渦預示著未來女權主義發展的新動向？二〇〇三年，我在劍橋大學訪學時讀到一篇關於女權主義的文章，大意是說，據調查，現在英國的很多女大學生對前輩女權主義者們與男權抗爭的努力不屑一顧，她們中的很多人認為性別上的生理差異造成了人類文明史上男女權力的差異，她們認可這種差異，提倡男女各守本分，從不同角度為社會發展作貢獻。所以那篇文章的標題稍帶點感慨，叫《女性主義：前路漫漫》（Feminism: A Long Way to Go）。這些人的態度好像是對佩格利亞的某種呼應，或者說，佩格利亞的觀點是她們的理論支撐？不過話又說回來，總的來說，女性還是處於權力上的劣勢，因此，婦女爭取她們應有的權力也是應該的，只是不必一說「女權」就「一切權力歸婦女」，那樣也是不實際的。請問您作為著名的學院派學者，對所謂學院派女權主義者與佩格利亞所代表的女性主義有何評論？

孫康宜：平心而論，學院派激進女權主義者也並非全無貢獻，就因為她們多年努力的成果，才使女性在學院中形成了與男性權威抗衡的力量，而最終使婦女在知識及政治上達到了真正的平等與自由。一個明顯的例子就是學院裡的「終身職」制度，就是因為激進女權主義者的不斷爭取及對抗，才使學院在八、九〇年代以來，普遍地增多了女教授「終身職」的人數。哈佛、耶魯、普林斯頓等著名大學都有這種情況。就因為「終身職」上的勝利，才使許多學院派的女強人成為女人群中的權威，從邊緣陣線走入中心。至於佩格利亞則從學院的邊緣走向大眾文化的中心，她的成功也反映出「後現代」社會的文化趨勢。當學院派普遍專注於「文字」時，佩格利亞卻標出西洋傳統中的「視覺文明」之形象，她的「視覺觀」不但迫使普遍學院派女權主義再思考，而且也使許多激進女權主義者紛紛調整自己的理論成見。總之，佩格利亞和許多女權批評者的挑戰，迫使九〇年代的女權主義者去積極地修正她們的理論框架，許多女權主義者已漸漸體驗到，過分地強調兩性抗爭會使自己淪為性別的囚徒，因此已經可以消解男性／女性二分法，同時，還覺悟到「性」的複雜性：所謂「後天的性別」（gender）是絕不能與「生理上的性別」（sex）分開的。連自稱為「唯物女權主義者」的維克（Jennifer Wicke）也修正了她對「父權制」的定義，她現在認為「父權制」是由男人和女人共同建立的。九〇年代以來，美國的女權主義已經從七〇年代及八〇年代偏於抗拒父權的「單元化」進入了容納各種各樣女權主義的「多元化」時代，這就是美國人已經用英文的複數形式Feminisms來指女權主義的原因。

關於女性的道德力量，我在《傳統女性道德力量的反思》以及《道德女子典範姜允中》等文章中已經討論了這一問題。據美國漢學家蘇珊・曼（Susan Mann）的考證，清代的女性作家們乃是通過男性學者們對她們才德的肯定而獲得了一種新的道德力量，與我的觀點不謀而合。說到女性的權力，還有一種意見值得借鑑，佩格利亞在《性形象》一書中，女人的「性」其實是一種強大的權力——在「性」及情感的範疇裡，女人永遠是操縱者，在男人為她們神魂顛倒之際，也正是女「性」權力最高漲的時刻。可惜女權主義所鼓吹的「被壓迫者的心態」，使女人無法了解她們真正權力所在，以及那種最深刻、最實在的魅力。

段江麗：無論是美國性別理論的新走向，還是您及其他漢學家們性別研究，都為國內這一領域的研究提供了非常好的參照和借鑑。我們希望而且相信會有愈來愈多的國內學者參與進來，與漢學家以及國際其他性別研究專家進行交流和對話，使中國的性別研究也能真正從國際學術的邊緣向中心移動。

「面具」美學：中國式的象徵與託喻

寧一中：在您的研究中還有一個很重要的概念就是「面具」（mask）美學，在專著《陳子龍柳如是詩詞情緣》以及《傳統讀者閱讀情詩的偏見》、《揭開陶潛的面具——經典化與讀者反應》、《隱情與「面具」——吳梅村詩試說》、《〈樂府補題〉中的象徵與託喻》、《典範詩人王士禎》等系列論文中都有論及。這是一個獨具特色又很有啟發意義的理論概念，能否請您介紹一下這一理論的來源、內涵以及具體運用情況？

孫康宜：我在研究各種文學聲音的過程中，逐漸發現中國古典作家有一種特殊的修辭方式，我將其稱之為「面具」（mask）美學。這種面具觀不僅反映了中國古代作者由於政治或其他原因所扮演的複雜角色，同時也促使讀者們一而再、再而三地闡釋作者那隱藏在「面具」背後的聲音。所以在中國文學批評史上，解讀一個經典詩人總是意味著十分複雜的閱讀過程，讀者們要不斷為作者戴上面具、揭開面具、甚至再蒙上面具。在你剛才提及的幾篇論文裡，我先後對這個問題作了不同程度的探討。

舉例來說吧，我們都知道張籍的〈節婦吟〉是為婉拒節度使李師道的延納而作，他在詩中自稱「妾」，把李師道比成「君」，於是那個為情所苦的有婦之夫只能算是詩人藉由想像所創造出的虛構代言人。這種通過虛構的女性聲音所建立起來的託喻美學，我將之稱為「性別面具」（gender mask）。之所以稱為「面具」，乃是因為男性文人的這種寫作和閱讀傳統包含著這樣一個觀念：情詩或者政治詩是一種「表演」，詩人的表述是通過詩中的一個女性角色，藉以達到必要的自我掩飾和自我表現。這一詩歌形式的顯著特徵是，它使作者鑄造

「性別面具」之同時，可以藉著藝術的客觀化途徑來擺脫政治困境。通過一首以女性口吻唱出的戀歌，男性作者可以公開而無懼地表達內心隱秘的政治情懷。另一方面，這種藝術手法也使男性文人無形中進入了「性別越界」（gender crossing）的聯想，通過性別置換與移情的作用，他們不僅表達自己的情感，也能投入女性角色的心境與立場。

值得注意的是，明清以後的女性作家也通過各種文學形式，建立了性別面具和性別越界的寫詩傳統。在這一方面，尤以女劇作家的貢獻最大。在明清女性的劇曲中，「性別倒置」的主題非常突出，利用這種手法，女作家可以通過虛構的男性聲音來說話，可以回避實際生活加諸婦女身上的種種壓力與偏見，華瑋把這種藝術手法稱為「性別倒轉」（gender reversal）的「偽裝」。同時，這也是女性企圖走出「自我」的性別越界，是勇於參與「他者」的藝術途徑。例如，在雜劇《鴛鴦夢》中，葉小紈把她家三姊妹的悲劇通過三個結義兄弟的角色表現出來。她一方面顛覆了傳統詩中的女性話語，也同時表達了她與懷才不遇的男性文人的認同。關於這種與男性文人認同的藝術手法，十九世紀的著名女詞人兼劇作家吳藻有特殊的成就，在其〈飲酒讀騷圖〉（又名〈喬影〉）中，吳藻把自己比為屈原，劇中的「她」女扮男裝，唱出比男人更加男性化的心曲。此劇在當時曾激起許多男性作家的熱烈反應，這些男性文人的評語都強調：最有效的寄託筆法乃是一種性別的跨越。屈原以美人自喻，吳藻卻以屈原自喻，兩性都企圖在「性別面具」中尋求自我發抒的藝術途徑。重要的是，要創造一個角色、一種表演、一個意象、一種與「異性」認同的價值。

段江麗：那麼，您所說的「面具」美學觀類似於傳統詩學中的「比興寄託」？

孫康宜：也可以這麼理解。我所說的「面具」美學，在學理上，強調詩人有意使詩篇變成一種演出，詩人假詩中人物口吻傳情達意，既收匿名的效果，又具自我指涉的作用。詩中「說話者」

（speaker）或「角色」（persona）一經設定，因文運事，順水推舟，其聲容與實際作者看來大相徑庭。這種技法在吳梅村的作品中表現得非常典型，對於全面理解吳梅村的「面具」技巧，《秣陵春》非常重要。這個作品借才子佳人的浪漫故事表現一個重要的命題：在舊朝滅亡之後，像結婚這樣的人生樂事只能在鏡中、在天上，劇終道破這一命題的曹道人就是吳梅村的「面具」。孔尚任的《桃花扇》其實就受到吳梅村「面具」理念的影響，結尾部分假老贊禮之口表達對明室的哀思。

更為觸目的是，吳梅村將這種戲劇手法運用於詩歌。他在眾多敘事體詩作中設計歷史人物角色，傾注個人懷抱，典型的作品如〈永和宮詞〉、〈蕭史青門曲〉、〈琵琶行〉、〈聽女道士卞玉京彈琴歌〉、〈圓圓曲〉等，都是以戲劇化人物口吻敘說歷史情事，傳遞一種普遍性的亡國之苦痛經驗，而又巧妙地躲過新朝的文網和政治限制。總之，吳梅村的這類詩歌是將抒情主體（lyricself）置於一種複雜的情境中，一方面，詩人借助表層的戲劇、敘事形式經營一種客觀的質地；另一方面，在其戲劇化的「面具」背後，詩人又總是在書寫著一己遭際的情韻。

段江麗：國內古代文學研究界對明清小說和戲曲的交互滲透和影響關注較多，您對吳梅村詩歌中戲劇化技巧的揭示及理論提升，非常富有啟發意義。同樣是討論作品中的寄寓意義，您在分析南宋遺民周密、王沂孫、張炎等十四位詞人為元人毀辱南宋諸帝陵寢的「毀陵事件」而作的五組詠物詞《樂府補題》時，用的是「象徵與託喻」；在分析陳子龍詩詞的時候，用的是「象徵與隱喻」；在分析王士禛為許多遺民推崇的詩風時，用的是「含蓄手法」，請問這些是否可以被看作是「面具」美學的其他表現方式？

孫康宜：這的確是一個很有意思的問題。我說的「面具」美學是一個很寬泛的概念，可以有多種不同表現方式。關鍵的一點是，作者很多時候是很狡猾的，不會直話直說，或者別有寄託，或者言此意彼，或者正話反說，有時即是說了真話也強調自己只是戲言等，不一而足。我覺得這些現象都可以涵括在「面具」美學這一概念之下，或者如你們所說，也可以理解為象徵與託喻。

段江麗：請問，象徵與託喻有什麼區別？西方的象徵與託喻與中國的象徵與託喻是否相同？

孫康宜：在我看來，象徵和託喻的區別在於：對於象徵來說，讀者關於（詩歌）意義的廣泛聯想是否確實符合作者的意圖無關緊要，而在托喻中，作者的意向通常是必要的（當然有關作者的意向這一點，近年來批評界又有新的闡釋，我以下會簡單說明）。至於西方文學與中國文學中的象徵與託喻，在理解和評價上有一定的差別。近年來，在西方文學批評中，象徵（symbol）和託喻（allegory）的概念變得十分困難而複雜。從浪漫主義時期開始，即有一種趨勢，把象徵手法看得高於託喻，因為許多批評家認為，象徵主義似乎「與詩歌的本質等同」，而託喻則「遠離詩之精神」。其後，二十世紀六〇年代後期，在保羅・德曼為託喻辯護並對象徵美學加以摒棄的過程中，出現了「託喻」的復活。單單就這兩種手法的命運流轉，足以說明象徵與託喻在西方文學中由來已久的對立存在。雖然在理論上，西方大多數作品可以被讀作既是託喻的，又是象徵的，然而事實上，西方批評家在閱讀作品時，一般不把這兩種手法結合起來。一九八〇年代中期，我寫關於《樂府補題》那一篇文章的最初衝動，就是想證明象徵和託喻在中國詩歌中不是互相區別而是互為補充的，而且兩者可以並存於同一文本。那篇文章具體討論了《樂府補題》中的象徵與託喻是如何與西方概念相似，同時更重要地，是如何相區別的。

但近年來，比較文學界中對於託喻又有新的研究成果。目前有些西方學者把「作者意向」可以確定的託喻稱為allegory，把純粹由讀者杜撰而成的託喻稱為allegoresis，在這一方面，華裔學者張隆溪的著作尤其令人耳目一新。在他所舉有關allegoresis的範例中，有不少例子來自中國文學，有興趣的讀者可參考張隆溪於二〇〇五年剛由康乃爾大學出版社出版的近著：*Allegoresis: Reading Canonical Literature East and West.*

然而，我以為《樂府補題》仍是一種allegory型的託喻，我那篇文章的目的就是要證明其作者意向的根深柢固。在此我應當說明的是，西方的託喻往往指向道德與宗教的真理，而中國傳統的喻方式則指向歷史與政治的事實。例如，由《樂府補題》中可知，在宋元更替的歷史時期，中國文學中的詞體發生了若干關鍵性的變化，首要的變化就是詞人們加強了對詠物手法的重視，從而使抒情自我從外部世界退入獨立的小天地中去，經由微小的自然物如梅花、蓮花、白茉莉等，作為象徵而表現出來。詩人們為了將讀者引向他們含蓄的意圖，方法之一就是運用一些循環反覆、與真實事件有直接連繫的樞紐意象。《樂府補題》中的詠物詞，以龍涎香、白蓮、蓴、蟬以及蟹這些事物作為意象，託喻毀陵事件，一般認為龍涎香、蓴、蟹託喻陵寢被毀的南宋諸帝，白蓮和蟬託喻那些屍骨與君王遺體一起被拋撒荒郊的后妃有關。在這些詠物詞中，通過象徵和反覆用典，織出了厚密的意象網路，雖然並未明指毀陵事件，但是這些謎一般的意象所具有的召喚力，不能不使那些了解相關歷史事件和文學背景的讀者們，關注其外部結構，從而聯想到詞作的託喻性意義。這些詠物詩詞的機能猶如小說，它們說的是一件事，指的是另一件事，所以我把這種類型的託喻稱為「意象型託喻」。

段江麗：可不可以這樣理解，這些詠物詞像傳統的詠物詩詞傳統那樣，通過物象和典故表情達意，同時，通過相同的物象和典故不斷重複，就形成「樞紐意象」或者說關鍵意象。這些意象的象徵意義看似不可確定，不過那些深諳歷史故實和修辭程式的讀者卻可以通過這些樞紐意象或者說關鍵意象，準確地把握詞人深藏不露的真實意圖，從而實現了「意象型託喻」的美學價值？這樣，象徵和託喻也就實現了某種意義的互補？

孫康宜：是的。要理解這種中國式的象徵和託喻，歷史和政治的因素非常重要。作家需要表達卻不能明確表達，只好以文學的手法暗示某種事實及意義，深諳這一文學傳統的讀者，這時候其實是在與作者分享同一個祕密，大家彼此心照不宣。這一點，西方的讀者，尤其是美國的讀者很難理解，因為他們不像中國古代作家那樣，有話不能說。我認為，「意象型託喻」是中國人為賦予其詩詞以獨立性的最好謀略，而《樂府補題》詠物詞僅僅是顯示了中國託喻傾向的一個主要方面。需要特別指出的是，正是在清代，當漢人在異族統治下重新遭受痛苦和屈辱時，「六陵遺事」才廣為人知，通過萬斯同、朱彝尊、厲鶚、周濟等人的不斷努力，詞評家們才最終確立了《樂府補題》的託喻解讀。從清代批評家到當代的葉嘉瑩教授，他們就《樂府補題》所作的對託喻的詮釋，具有互補的兩個方面：首先，他們詮釋的目的在於闡明作者的託喻意向；其次，他們相信詮釋是本文的象徵意義的不斷展現。第一個方面可以比之於傳統的西方詮釋方法，其目的在於「認定作者的意旨」；第二個方面，至少在精神上和現代解構主義方法相近，它堅持讀者對於無盡頭的詮釋的發現。

段江麗：您在論及陶潛的「面具」時又有不同，您一方面指出，是早期的傳記作品製造了一種「面飾」，這些傳記作品把陶潛塑造成了一個單純完美的隱士；另一方面，您也指出陶潛在詩歌中所表現出來的豐富的人性和內心世界，也將我們導向詮釋陶潛的不確定性。我們是否可以這樣理解，對於陶潛來說，「面具」主要是正統文化賦予他的一種人格理想，是歷代讀者所賦予他的一種光環，所以，要揭開陶潛的「面具」，我們不能聽信傳記以及在傳記所製造的「面飾」的導引之下所做的單純的詮釋，而需要拋開傳記所製造的「面飾」，同時也要揭下詩人自己有意無意間所造成的各種「假面」，細讀文本，才能真正發現更複雜而有趣的陶淵明？

孫康宜：陶淵明的確是一個非常有意思的個案。哈羅德・布魯姆說，在一定程度上是莎士比亞「創造了我們」，按照這種說法，或許我們也可以說，在某種程度上，是陶潛「塑造」了中國人。在過去的數世紀以來，中國人通過解讀陶潛來塑造他們自身，以至於他們常常拿陶潛的聲音來當作他們自己的傳聲筒。如果說早期的傳記作品由於過分強調陶潛作為一個隱士的單純，成了一種「面具」，那麼我們也許可以說，後起的陶詩讀者在其根本上是揭開陶氏的面具，同時又給他製造了其他的面具。他們通常渴望發現陶氏真正的自我—揭開他作為一個有隱情和焦慮的真正個體。陶潛的酒徒形象、不沾女色的正人君子形象以及怡然自適的隱士形象，都具有某種「面具」的意義，歷代有不少「讀者」，包括蕭統、杜甫、蘇軾、文天祥、梁啟超、朱光潛等古今大家，都曾試圖揭開陶潛身上的種種「面具」，觸摸到有血有肉、複雜隱祕的、真實的陶潛，正是這些努力成就了陶淵明的「經典」地位。陶潛的例子也說明，經典化的作者總是處於不斷變化的流程中，是讀者回饋的產物。

寧一中：可不可以說，您的「面具」理論，以「象徵」和「託喻」、「比喻」修辭為其形式構成，其美學功能是隱匿作者，讓他／她在一種「假象」的掩護下表達特定語境下（如出於政治的原因，或為了委婉的原因）難以表達之情，敘述難以敘述之事，性別置換是呈現「面具」的常用手法之一。在不同的作者那裡，面具的表現形式是不同的，比如在《樂府補題》中，作者主要使用「象徵」與「託喻」的手法；在吳梅村的《秣陵春》中，作者對自己的「面具」很有自我意識，他是以作品中的「自我」角色（persona）來隱匿自己的；在陶潛的作品中，作者是利用語言的多義性、不確定性而優遊於不同時代的讀者之中。而王士禛的作品則因當時的政治處境只能「寫於字裡行間」，讓讀者「從字裡行間去讀」。

既有「面具」，就有「藏真」，但「裝假」的目的還是為了「表真」，而不是為了掩飾真的「真」。借他者之口，表自我之實，「面具」不過是一種「方便」的手段而已。Abner Cohen在Masquerade and Politics中講到，在狂歡節期間，人們帶著假面具，說平時不能說的話，做平時不能做的事，與您的面具理論有異曲同工之妙。

孫康宜：你說得太對了，面具就是一種方便的手段。作者之所以要有意無意地製造面具，有美學修辭的考慮，有政治的考慮，有時還有文體特殊性的考慮。所謂文體特性，比如一般來說，詞就比詩來得含蓄。就中國特殊的歷史和文化傳統而言，政治的因素往往很重要，比如我文章中所提及的案例，《樂府補題》、吳梅村、王士禎還有陳子龍在後期的詩詞，都有明顯的政治考慮。相對來說，陶淵明的情況比較特殊一些，儘管也有人將他的隱逸與對晉室的忠貞連繫起來，但是他的那些曾被當作政治隱喻來解讀的詩作，居然作於晉室傾覆之前。所以我認為，雖然陶淵明也曾出於某種目的，否定〈閒情賦〉的真實性，說那只是模仿的戲作，更多的時候，他都在有意向讀者傳遞眾多他自己的資訊。他的案例提醒我們，除了作者和讀者的因素之外，還要考慮的是語言本身的不確定性問題，這也是解構主義給我們最大的啟示。至於陳子龍以情喻忠，我們可以將他寫於一六三五年的情詩與一六四七年亡國之後寫的愛國詩進行互讀，我驚奇地發現，不僅後者對前者有明確的呼應，甚至可以說前者對後者有著某種「figura」（預示）的意義。

段江麗：您的研究使我們看到，中國古代作品的「面具」效果，很多時候是作者有意為之的修辭所致，但也有接受過程中一些「讀者」按文化理想為其塑形的原因。除了這些之外，還有語言本身不確定的原因。

除了學術著作之外，您的《耶魯潛學集》、《耶魯·性別與文化》、《把苦難收入行囊》等文集中有許多文筆優美、集智性與感性為一體的散文，也給了我們豐富的人生啟迪以及美的享受。這些清麗雋永的文字展示了您作為學者的另一面，對生活的熱愛、對世事的洞察、對人生的感悟。如果說，您的學術著作讓我肅然起敬，那麼，您的散文作品則讓我愛不釋手。我是第一次來耶魯，卻有老友重逢的親切與溫馨，沒有界線的校園、雅禮協會、斯特靈圖書館、百內基善本圖書館、女人桌，以及校園旁邊的無街墓園、東岩等，這些屬於耶魯的特殊風景，還有許多與耶魯相關的逸聞趣事，我在來耶魯之前早已通過您的文字了然於心。我由此想到，您在許多生活或學術散文中介紹的耶魯精神以及其他美國「長青藤盟校」的「精神」一定會影響到眾多讀者，尤其是莘莘學子。在我看來，您的這些充滿人文關懷、審美趣味與生命智慧的散文，與學術著作一樣，同樣具有重大的意義。

孫康宜：我一向不喜歡枯坐書齋做死學問，我覺得解讀文學作品，首先是解讀各種各樣的人，各種各樣不同的人生。具體分析作家也好，分析作品中的人物也好，我很多時候會設想，假如我是他／她，我會怎樣。這種習慣使我比較多地留意身邊的人和事，行諸於文字，就有了這些散文。

寧一中：您這種將學術與生活、智性與審美有機地結合起來的做法，令人非常欣賞和羨慕。我們雖不能至，心嚮往之。非常感謝您在百忙之中兩次撥冗接受我們的拜訪，與您的對話讓我們獲益匪淺，我們相信本文的讀者也一定會有此同感。希望以後有更多的機會在美國或者在中國聆聽您的宏論。恭祝您健康快樂、學術之樹常青！

訪問地點：美國耶魯大學HGS三〇六，孫康宜教授辦公室。

存取時間：第一次訪問，二〇〇八年元月二十四日；

第二次訪問，二〇〇八年二月十五日。

*本文為談話錄的節錄版，全文初稿曾出版於《文藝研究》，二〇〇八年第九期，頁七〇－七七；二〇〇八年第十期，頁六七－七六。

重寫中國文學史

採訪者：《時代週報》記者李懷宇

李懷宇：《劍橋中國文學史》的啟動，是基於什麼樣的想法？

孫康宜：由劍橋大學出版社主導的世界文學史系列中，已經出版的文學史有《劍橋俄國文學史》、《劍橋德國文學史》和《劍橋義大利文學史》。在這些文學史中，每一章都介紹一個不同的時代，都是由一位被公認為十分傑出的學者來寫，就像接力賽一樣。因為我們一個人不可能對所有時期的文學都專長，所以就用接力賽的方式最為理想，但必須召集一群人，而不是一個人可以寫的。劍橋大學出版社這一套書主要以單冊為主，其主要目的就是想讓普通的英文讀者拿起書就讀，而且在看完之後，感覺跟讀完一系列的故事一樣，因此《劍橋中國文學史》希望以精彩的方式來寫。但如果要用一冊來寫這樣的一部中國文學史，根本是不可能的，所以我們後來就要求兩冊，這在這套劍橋文學史的系列中，是唯一的例外。但我必須說明的是，我們這部兩冊的《劍橋中國文學史》跟前幾年已經出版的頗為龐大的「劍橋中國史」系列的方向十分不同。「劍橋中國史」主要是寫給專家看的，基本上是一連串的參考書。但我們的《劍橋中國文學史》卻希望給普通的英文讀者看，即使是不懂中國文學的西方人讀了也會覺得精彩才行（當然這只是我們的理想）。我們自然也希望研究中國文學的專家們也會喜歡，所以必須寫得深入淺出。

李懷宇：在共同主編的人選方面，您怎麼馬上就想到宇文所安呢？

孫康宜：那很自然就會想到宇文所安，因為他在美國的漢學界是頂尖人物，而且他是我的好朋友。你也知道，不是朋友很難合作。

李懷宇：合作的過程裡，每個專家都分寫一段歷史，具體如何分工？

孫康宜：比如說在第一冊裡，宇文所安寫的是唐代文學文化史，那是他的專長，但那章所涵蓋的時期則是六五〇至一〇二〇年，與一般以朝代的分期法不同。此外，普林斯頓大學的Martin Kern（柯馬丁）所寫的是古代一直到西漢。西雅圖華盛頓大學的David Knechtges（康達維）寫的是東漢到西晉。哈佛大學的田曉菲寫的是西元三一七年至六四九年。加州大學的Ronald Egan寫的是一〇二〇至一一二六年的那段。另一位加州大學的Michael Fuller和密西根大學的Shuen-fu Lin（林順夫）合寫第十二至十三世紀那章（包括那段時期的南北文學史），亞利桑那大學的Stephen West則寫一二三〇至一三七五年的那段。在第二冊裡，我寫的那一段就是明代的前中期，大約從一三七五年到一五七二年。我的耶魯同事Tina Lu寫的是從一五七二年到一六四四年。哈佛大學的Wai-yee Li（李惠儀）寫的是清初到一七二三年。哥倫比亞大學的Shang Wei（商偉）寫的是一七二三年到一八四〇年。哈佛的David Wang（王德威）寫的是從一八四一年到一九三七年。加州大學的奚密（Michelle Yeh）寫的則是由一九三七到二〇〇八年的文學——其中包括耶魯的Jing Tsu（石靜遠）和英國倫敦大學的Michel Hockx（賀麥曉）個別撰寫的篇章。（請注意：賀麥曉已轉到美國聖母大學執教。孫康宜補註，二〇一七年十一月。）唯一的例外是伊維德（Wilt Idema）所寫的那一章無法按時代的先後排列，這是因為其中所收多為通俗文學的材料，很難判定屬於哪一個具體的歷史時期。總之，我們是希望便於讀者從頭到尾通讀，甚至坐在飛機上也可以讀。當然，這是我們的理想，為這理想我們也一直捏一把冷汗，因為我們請的這些作者都是很著名的漢學家，每一個作者都是某一領域的專家，但他們並不一定都是作家。這就是為什麼我和宇文所安當主編都謹慎萬分，凡事盡力，如果哪一頁寫得不好，無論如何也必須改寫的。我們甚至也請特別的寫作專家幫忙潤色，總是希望不要寫得枯燥無味，一定要努力寫得精彩才行。當然，我這裡指的只是我們所編寫的英文版，至於將來中文版翻譯的可讀性如何，就不是我們所能掌握的了。總之，我們只能對英文版負責。

此外，《劍橋中國文學史》的寫法和我的德國朋友顧彬（Wolfgang Kubin）所編的文學史系列很不一樣。顧彬所編的十冊中國文學史（前七冊為文學史本身，第八、九、十冊則分別為書目、索引等部分），大部分是自己一個人用德文寫成的大部頭巨著，確實驚人，也讓人佩服。據我所知，他的文學史系列早自一九八八年就開始籌備了，但一直到一九九四年才開始進行寫作。其實本來他早已召集了一批人，打算分別負責各冊的寫作，誰知後來有些作者卻中途退出不幹了，所以他最終只好親自寫了三大冊文學史—即第一冊（中國詩史），第六冊（中國戲劇史），第七冊（即二十世紀中國文學史），還負責主編第四冊（即中國散文史）。這樣一來，他大多處於孤軍奮鬥的境況中，只能長年地埋頭苦幹，因此他的寫作過程就顯得比較「寂寞」。但因為我們的《劍橋中國文學史》基本上是「接力賽」，所以作者和作者之間都必須不斷地互相參照、配合。最難的就是其中提到的每一部作品的英譯題目都必須前後一致才行，例如《金瓶梅》必須譯成The Plum in the Golden Vase，《西廂記》必須一致翻成The Western Wing，《名媛詩歸》一律譯為Poetic Retrospective of Famous Ladies等。這樣就需要兩位主編十分賣力地不斷查看核對！幸虧有E-mail，我經常會收到一位作者來信問：

這個書名怎麼翻譯？我就同時要E-mail給另外三、四位作者，討論一下該怎麼翻譯。而我和宇文所安也要同時以電子郵件互相討論！我們兩位做主編的確實很辛苦，但我們都認為這是為西方漢學界服務，我們要盡這個義務（但可惜這些努力卻是將來中文版的讀者所看不出來的，所以我經常在想，這樣一部為西方讀者所撰寫的《劍橋中國文學史》是否有必要譯成中文？我主要的顧慮是，恐怕中文版的讀者無法完全體會英文原版的所下的功夫和其用心。）

李懷宇：您寫的關於明代那一章為什麼從一三七五年開始？

孫康宜：這說來話長，在第二冊的序裡我已經詳細說明了。書出來後，請立刻買我們的書看，你就了解了。（笑）其實，我們本來是說要從一四〇〇年開始，後來覺得這樣分期比較難，我們也不能把朱元璋的時代抹殺了，因為雖然他是一個恐怖的統治者，但是在那個恐怖時期也有一些地下文學，所以後來我們認為一三七五年是一個很好的開端。明代於一三六八年立國，到了一三七五年左右，從元朝遺留下來的那些重要文人大都先後去世了，該被朱元璋殺頭的也都殺完了（包括高啟），於是就開始了另外一段新的文學。

李懷宇：這一章中有沒有仔細探討中國傳統的「四大奇書」？

孫康宜：當然有。有趣的是，所有「四大奇書」的小說都是一百回，但我只負責撰寫有關其中的三部——即《三國志演義》、《水滸傳》和《西遊記》。至於《金瓶梅》則由下一章的作者Tina Lu來寫，因為那部小說較適合那一章的內容。現代的讀者們總以為明朝那個時代是專以小說為主的，但是事實上，如果你認真去讀那個時代留下來的東西，你會發現當時小說的確不那麼重要（至少還沒變得那麼重要），當時主要還是以詩文為主。小說之所以那麼有名，是後來的讀者們認為那種書很棒，很耐讀，故將之提攜為經典作品。可以說，是後來人才把小說想成那樣重要，當時人或許還沒有那種普遍的想法。我曾和北師大的郭英德教授討論過此事，他也認為在明代前中期的時代，文人最注重的還是詩文的寫作。

我對《三國演義》的討論重點主要是有關明朝人的新的「英雄論」，我以為「四大奇書」中的《三國志演義》的確和從前的版本大為不同，其中之一就是有關英雄面貌的複雜性。至於《西遊記》和《水滸傳》，其「英雄論」也跟以前的看法不同。我以為，關於英雄方面的不同改寫，這跟明朝的文人文化有關。從前我曾專攻過英國維多利亞時代的文學，也寫過有關十九世紀作家Thomas Carlyle的Of Heroes and Hero-Worship（英雄論）的論文。總之，我選擇用新的英雄主義為出發點來進行討論「四大奇書」中的三部小說。當然，每一種文學史都是主觀的，不能說是完全客觀，如果都是客觀，寫出來人家就不愛看了。其實撰寫《劍橋中國文學史》的十六位作者都很主觀，如果每個人必須寫得一樣，那就沒意思了，就因為這些個別的學者都用自己的觀點來看那個時代，這樣配合在一起才更為有趣。

李懷宇：從一九三七年到二〇〇八年這段現代文學史是怎麼寫的？

孫康宜：有關最後這段文學史，最難的就是選擇作者，因為這一章不只要寫中國大陸的文學，還要包括臺灣、香港，海外的中文寫作，像馬來西亞等，甚至包括網路文學，所以我們必須選一個對這些地區的文學都熟悉的人。最後我們選的是執教於加州大學的奚密教授，因為她對中國大陸、臺灣、香港的文學都很熟，我們同時也選倫敦大學的Michel Hockx教授，請他在這一章專門寫網路文學和印刷文化。

李懷宇：你們為這本書定下的基本格調是什麼樣的？

孫康宜：第一，我們要用深入淺出說故事的方式，不但是普通英文讀者能看懂，專家看了也覺得精彩才行，用英文來說就是Readable，可讀性高。第二，我們是以年代先後為順序，而不是以文類為中心。因為現有的很多文學史大多以文類為中心，比如說中國詩史、中國詞史、中國戲劇史、中國小說史等，連魯迅都寫《中國小說史略》。所以我們決定以年代為主，在年代底下再討論不同的文類和文體。這樣就可以用另一個角度來看中國文學。同時，我們盡量不要用西方漢學界專業的術語（jargon），我們的目標是大部分的英文普通讀者都能看懂。

李懷宇：為了保證這本書的可讀性，讓它像講故事一樣，有沒有對所有的作者在文筆上的要求？

孫康宜：有，上頭已經說過，最好的學者不一定就是最好的作家。有些學者本來就很會寫成那種深入淺出的方式，就不需要太多的要求。但如果某一章太過份學術化，我們就聘請特別編輯來潤色。同時，我們也不能浪費文字，所以不准寫一些沒什麼意思的句子。加上劍橋大學出版社的編輯很厲害，他每行都問：你到底在說什麼，為什麼有這一句？每一句都在那裡摳你，所以我們有很好的人在監督。

李懷宇：這本書在編撰思想上有什麼明顯的特色？

孫康宜：到現在為止，所有的中國文學史通常都不是中國「文學文化史」（history of literary culture），而只是文學史（history of literature），同時，大多以文類為主。比如說，通常的文學史比較注重描述某某作家生平如何，是詩人還是小說家，一共出了多少書？但我們不是以個別作家為重點，而是以描述某段文化潮流為主。如果哪個作家真的在那段文化潮流裡很重要，當然會出現在我們的《劍橋中國文學史》中，我們也會花較多的篇幅來談他，但還是要以文學的潮流為主。如果某位作家被當時潮流所漠視，我們也會討論「為何有這種現象」、「為何讀者沒普遍接受這樣一位重要的作家」等問題。總之，這是一部文學文化史。從這點來說，這樣的寫作文學史的方式可謂特殊，尤其是我們還講到印刷文化、性別、選集的製作等主題。

此外，更重要的是這部書主要還包括文學的接受史，到目前為止的文學史很少談到接受史。比如說《太平廣記》這本書就應當出現在三個朝代裡：首先，《太平廣記》書中所有的傳奇故事都是唐朝時寫的，但一直到宋朝才編成集子，最後真正印出來則是十六世紀明朝的時候。所以在唐朝的那一章我們會講傳奇故事的形成文化，在宋朝的那一章也應當提到傳奇被蒐集成為《太平廣記》一事，在明朝的其中一章也應當提到《太平廣記》與印刷文化的關係。印刷史跟接受文化總是應當互相呼應，應當合在一起討論的。

還有「經典形成」（canonization）的問題也很值得考慮。一個文學作品怎麼會成為經典？為什麼有些偉大的作品沒能成為經典？其實那些文學作品之所以會讓人忘記，就是因為沒能及時成為經典。當然這個現象跟選集的出版有密切的關係，如果某一作品被選入選集，出版了，將來就會流傳下去。還有文學集團的支持也很重要，因為一個作家不可能自己變成有名，需要文學集團和讀者們的幫助。還有性別問題，我們目前的文學史比較少談性別方面的問題，但在我們的《劍橋中國文學史》中，性別問題是很重要的一個題目。當然，我們不會故意去談它，但如果哪個女作家當時真的很受尊重，我們就會談到，如果當時並不重要，我們現在也不要隨便給她提拔。

李懷宇：在史料的運用上，你們堅持什麼原則？

孫康宜：我們不喜歡只是看人家的文學史，然後沿襲別人的東西，我們希望能夠藉著對文本的深入研究，努力還原到本來的那個「當代」。我們堅持盡量用原來的史料文本，不喜歡用二手資料（可惜因為篇幅的限制，我們在序言中已經說明，無法把那浩如煙海的中文書籍列入《劍橋中國文學史》的書目中。）但每一個作者都很努力地研讀中文文本，都設法認識到明朝的東西就是明朝的東西，清朝的東西就是清朝的東西，這樣才能夠有新的創見，也才能更正文學史中的一些錯誤。所以，我以為這是我們比較大的貢獻：我們的東西是原本的資料，不是後來人云亦云的東西。例如，明朝真正發生了一件事，但清朝的時候經常就改變了說法，所以若能用原來的史料，就比較精確。這就證實了一個很有意思的現象：在我們的《劍橋中國文學史》中，最古的那一章其實是最「現代」的一章。上述已經說過，第一章（即最古的一章）的作者是普林斯頓大學的Martin Kern教授，因為幾乎每個月，中國大陸都有新的出土資料，所以每一次出土的時候，他就會發現文學史上的問題。所以他的那一章雖是最古，其實也最摩登，因為原始資料都是最近才發掘的。

事實上，每一位撰寫這部文學史的作者都發現了既有文學史中的一些錯誤觀念，因為時間久了，學者們一抄再抄，大家反覆抄來抄去，就忘記原來並不是這樣子的。在每一個朝代裡，我們都發現有類似的例子。

李懷宇：在中國文學史上，每個時代常常對一些文學家的評價都會不一樣，為什麼會產生這種現象？

孫康宜：這就牽涉到文學接受史的問題，比如說陶淵明在當時根本就不是太重要的魏晉「詩人」，但是後來為什麼被後人抬高了？其實很大的原因是宋朝的文人（例如蘇東坡等人）把他神化了。宋朝人在陶淵明的身上看到他們自己，陶淵明的這種afterlife（也就是他身後的不朽），可能是宋朝人創造的。

李懷宇：這本書的編撰一共花了多長時間？

孫康宜：前後大約五、六年吧，我們於二〇〇四年開始工作，經過幾次修改，於二〇〇八年交稿給劍橋出版社。但是英文書最累人的地方就是有Index——索引，通常很少中國人想到這個事，因為中文書基本上沒有Index，寫完就沒事了。所以我總覺得寫中文書都比較輕鬆，寫英文書最痛苦的一關就是準備Index。從二〇〇八到二〇〇九年間，我們一直在奮鬥掙扎，就是為了努力在幾個月的期間完成索引。而且為了配合書面和各種電子版的需要，編撰索引的過程要比從前的難度高得多，現在劍橋大學出版社所要求的是是一種稱為XML的indexing，即使讓一個人每日埋頭苦幹，最快也要花上幾個月的時間才能完工。所以，我們聘請了一位職業編輯Eleanor Goodman（她是詩人，也是《劍橋中國文學史》的第二冊編輯）來為我們作這事。她願意承擔這個編索引的艱苦工作，完全是本著任勞任怨的精神，令我們既感激又感動。此外，劍橋出版社的責任編輯對於書中每一個標點，每一個字，每一行都提出問題。總之，這個十分繁瑣的校對工作至少需要一年才能完成，這就是為什麼英文書出版得比較慢的原因。你看，通常英文書很少有錯字，就是因為他們通過這麼嚴格的階段來進行編書，所以我每次寫英文書最痛苦的時刻就是最後這個階段，當然在這艱苦的過程中，也學到了不少東西。

李懷宇：這部書將翻譯成中文在大陸出版？

孫康宜：對，我想將來會翻譯成中文在大陸出版，但要真正把每一章都順利地翻成中文，還是遙遙無期。最大的一個問題就是翻譯，在美國怎麼找適當的人來翻譯？但是要找中國大陸的人翻譯也不容易〔按《劍橋中國文學史》上下冊（下限時間截至一九四九年）已於二〇一三年，由北京三聯書店出版。又，臺灣的聯經出版社將出版《劍橋中國文學史》的全譯本。——孫康宜補注，二〇一四年十二月〕。

李懷宇：您認為《劍橋中國文學史》相對別的中國文學史而言，有什麼新意？

孫康宜：我們把文學的時代和政治朝代分成不同的方式來說，而不把它們等同，這個已經是比較新的觀念了。比如說，很多人都把五四運動當做現代文學的開始，當然也有人把鴉片戰爭當做起點，但是我們不是以這種政治分野，而是以文學本身內在運行的段落為標準。我們之所以把「現代」定為一八四一年開始，並不是因為鴉片戰爭的關係，而是以龔自珍、魏源的文學作品所發出的一種「現代性」（modernity）作為根據。

還有一個特別重要的方面，就是把有些傳統文學史的偏見改正過來。比如說很多歷史書、文學史給人一種錯誤觀念，好像宋朝結束以後才有金，然後才有元，其實這種說法是錯的。金、元跟南宋的初年是同樣一個時期的，所以在寫作的時候要特別標出這一點，而不是把它們機械性地分開，如果把它們勉強分開的話，讀者就會誤以為它們是不同時代了。

另外還有一個很有意思的主題，就是有關文學的改寫。通常人會說：《漢宮秋》、《梧桐雨》寫得這麼好，是元朝人寫的。但是有多少人知道這些作品的最後定稿並不是元朝人寫的？其實我們現在看的這些戲劇版本大都是明朝人「改寫」的，至於改寫了多少那就不知道了，因為我們並沒有看到原本。當然，西方文學也有這樣的情況，比如說莎士比亞之所以這麼有名，就是因為他能把前人寫的劇本都改寫得很生動，其實他也沒有什麼新的發明，只是原來的文本寫得枯燥無味，他一改就變生動了。對於這種所謂創新的「改寫」（rewriting）跟作者權的問題，我們就會自然想到：到底誰是真正的作者？後來改寫的作者貢獻多大？版本之間的互文（intertextuality）關係如何？像這樣的問題，我覺得都很有意思。而且每一個朝代都有類似的問題。

李懷宇：在今天西方學界，中國文學在世界文學當中的影響到底有多大？

孫康宜：我覺得現代西方人對於中國的文化非常敬仰。我於一九七〇年代開始研究中國文學，那時候漢學界就好像比較專門，讓人覺得是在研究博物館裡的東西，但是現在中國文化很紅了，是全球化很重要的一部分，無論在美國或是歐洲，學中文的人多的是。二〇〇七年，北京中央電視臺舉辦的國際大專辯論比賽，耶魯大學的美國學生就得了世界冠軍，他們只學了三年的中文，居然那麼會說中文，還會背誦〈赤壁賦〉等古典作品，令人欽佩。所以現在中國文學在世界上的地位當然很高了。

但關於中國文學總想在世界文學中得到「認同」這一點，我現在應當趁機稍作批評。中國作家應當以中國文化或文學的特質（uniqueness）為傲，不應當一味地想認同西方。

李懷宇：您認為《劍橋中國文學史》在西方會受到重視嗎？

孫康宜：會的。我們的目的就是希望沒有中國文學觀念的普通英文讀者拿起來就能讀，這就是為什麼當時我們建議要出兩冊，出版社很不甘願的原因，因為兩冊的確比較難推銷。但是要寫成一冊是絕對不可能的，因為我們不要寫出粗枝大葉的東西，我們的目的既然是要向西方的讀者介紹中國文學是怎樣發展的，有關它的特殊性如何等，我們就必須認真地寫，不能偷工減料。我覺得《劍橋中國文學史》會在西方讀者中產生很大的影響，因為我們的角度不一樣。其實在某一程度上，我們是在給西方讀者解圍，我們請來的這些作者也都是同時接受東西方傳統教育的人，所以很自然就會用不同的觀點來寫，跟中國傳統的觀點有些不同。

李懷宇：您有沒有留意到，顧彬對中國文學的評論為什麼會引起很大的反響？

孫康宜：顧彬之所以會引起很大的反響，也是因為他所用的角度不同。我以為顧彬是比較有個人色彩的人，那是他的長處，但也是他的局限。我和顧彬是朋友，不久前他就在耶魯大學演講，談魯迅等。我們也給他舉行了一個新書發表會，就是他那本已翻成中文，由上海的華東師範大學出版社發行的《二十世紀中國文學史》（由范勁等譯）。我已經說過，他那個龐大的中國文學史系列一共有十冊，當然是跟我們的《劍橋中國文學史》有不同的格局和定位，而且他的文學史是用德文寫的，做法跟我們不太一樣。但我很高興他的那本《二十世紀中國文學史》居然這麼快就出了中文版，而且聽說在中國大陸得獎了！我記得在得獎的新聞中有這麼幾句評論：「沒有哪一部歷史著作是全然客觀的，文學史的寫作更是如此，但像本書這樣具有如此鮮明個人色彩的文學史著作，卻也並不多見。」但在新聞評論中也說，顧彬對莫言、王安憶等人的評價「也不怎麼令人信服」。作為顧彬的朋友，我其實並不認同他的一些看法，我也經常和他辯論，他從來不生氣，所以多年來我們一直是朋友。一般說來，他是一個敢說真話的人，但有一點我必須指出的是，媒體對顧彬的報導經常有歪曲事實之處，有些朋友因此對他有了誤會。但他從來不介意這些，只是繼續努力讀書寫作，每天忙碌萬分，最多只睡五個小時！

李懷宇：馬悅然呢？

孫康宜：馬悅然（Göran Malmqvist）也是我多年來的好友，我常去瑞典開會，所以經常看見他。他也在二〇〇〇年初來過耶魯大學，給了一場Hume Lecture講座的專題演講。一般人提到馬悅然，總是想到他是諾貝爾獎金的評委（當然那是很重要的）。但更重要的是，他是一位令人佩服的傳統漢學家。他是瑞典漢學派的代表，他的老師高本漢（Bernhard Karlgren）當年就是西方漢學的巨擘，所以馬悅然很注重音韻學、文字學等。那次在耶魯演講，馬悅然講的就是有關西方漢學的傳承問題，那次演講十分賣座。後來，從他所寫的《高本漢傳》中，我更加看到他的真正功力之處。此外，他對現代的中國作家也很關注，我永遠不會忘記他對沈從文的提拔和讚賞，如果不是因為沈先生於一九八八那年突然過世的話，我以為他一定早已得了諾貝爾文學獎。當然，中國作家不一定要得諾貝爾文學獎才顯得偉大，因為中國文學的豐富本來就是世界上少有的。

編完《劍橋中國文學史》之後，我和宇文所安兩人都覺得對中國文學的傳統更加尊敬了。現在我們不但更能掌握一套套古老的線裝書，而且特別欣賞像馬悅然那樣的傳統漢學學者，完全是就中國文學的「特殊性」來看中國。

*本篇採訪稿曾部分刊載於《時代週報》，二〇〇九年六月八日，頁〇〇三

語言文學類　PG1373　文學視界88

孫康宜文集　第一卷

——中西文學論述

作　　者／孫康宜
封面題字／凌　超
責任編輯／盧羿珊、杜國維
圖文排版／楊家齊
封面設計／蔡瑋筠

發 行 人／宋政坤
法律顧問／毛國樑　律師
出版發行／秀威資訊科技股份有限公司
114台北市內湖區瑞光路76巷65號1樓
電話：+886-2-2796-3638　傳真：+886-2-2796-1377
http://www.showwe.com.tw
劃撥帳號／19563868　戶名：秀威資訊科技股份有限公司
讀者服務信箱：service@showwe.com.tw
展售門市／國家書店（松江門市）
104台北市中山區松江路209號1樓
電話：+886-2-2518-0207　傳真：+886-2-2518-0778
網路訂購／秀威網路書店：https://store.showwe.tw
國家網路書店：https://www.govbooks.com.tw

2018年5月　BOD一版
全套定價：12000元（不分售）

國家圖書館出版品預行編目

孫康宜文集. 第一卷, 中西文學論述 / 孫康宜著.
-- 一版. -- 臺北市 : 秀威資訊科技, 2018.05
面；　公分. -- (語言文學類；PG1373)(文學視界；88)
BOD版
ISBN 978-986-326-510-8(精裝)

1. 孫康宜 2. 比較文學 3. 文學評論

848.6　　106023061

ISBN 978-986-326-515-3

讀者回函卡

感謝您購買本書，為提升服務品質，請填妥以下資料，將讀者回函卡直接寄回或傳真本公司，收到您的寶貴意見後，我們會收藏記錄及檢討，謝謝！

如您需要了解本公司最新出版書目、購書優惠或企劃活動，歡迎您上網查詢或下載相關資料：http:// www.showwe.com.tw

您購買的書名：______________________________

出生日期：________年________月________日

學歷：□高中（含）以下　□大專　□研究所（含）以上

職業：□製造業　□金融業　□資訊業　□軍警　□傳播業　□自由業

□服務業　□公務員　□教職　□學生　□家管　□其它_____

購書地點：□網路書店　□實體書店　□書展　□郵購　□贈閱　□其他

您從何得知本書的消息？

□網路書店　□實體書店　□網路搜尋　□電子報　□書訊　□雜誌

□傳播媒體　□親友推薦　□網站推薦　□部落格　□其他__________

您對本書的評價：（請填代號　1.非常滿意　2.滿意　3.尚可　4.再改進）

封面設計____　版面編排____　內容____　文／譯筆____　價格____

讀完書後您覺得：

□很有收穫　□有收穫　□收穫不多　□沒收穫

對我們的建議：______________________________

____

____

____

請貼
郵票

11466
台北市內湖區瑞光路 76 巷 65 號 1 樓

秀威資訊科技股份有限公司 收

BOD 數位出版事業部

(請沿線對折寄回，謝謝！)

姓　　名：________________　年齡：________　性別：□女　□男

郵遞區號：□□□□□

地　　址：________________________________

聯絡電話：(日)________________ (夜)________________

E-mail：________________________________